Gisa Pauly
Die Frau des Germanen

atb aufbau taschenbuch

Gisa Pauly arbeitet seit 1993 als freie Schriftstellerin, Journalistin und Drehbuchautorin. Sie lebt in Münster, Westfalen. Bei Rütten & Loening erschienen von ihr die Sylt-Romane »Reif für die Insel« sowie »Deine Spuren im Sand«.

Die Homepage der Autorin: www.gisa-pauly.de

Thusnelda ist die Tochter des mächtigen Germanenfürsten Segestes und tut etwas, das unverzeihlich scheint. Sie lehnt sich gegen ihren Vater auf und heiratet Arminius, einen germanischen Heerführer, der große Pläne hat. Als Arminius sich gegen den römischen Heerführer Varus stellt, hat er wenig Rückhalt bei den Germanen. Auch der überwältigende Sieg gegen die Römer stärkt seine Stellung nur vorübergehend. Doch seine gefährlichste Gegnerin sitzt in Rom und schmiedet Rachepläne. Die Nichte des Kaisers hat sich ebenfalls in ihn verliebt und fühlt sich durch seine Ehe mit einer Barbarin verraten. Sie trachtet Thusnelda nach dem Leben.

Gisa Pauly

DIE FRAU DES GERMANEN

Roman

atb aufbau taschenbuch

ISBN 978-3-7466-2653-6

Aufbau Taschenbuch ist eine Marke der Aufbau Verlag GmbH & Co. KG

1. Auflage 2010

Umschlaggestaltung morgen, Kai Dieterich
unter Verwendung mehrerer Motive von akg-images
Druck und Binden CPI – Clausen & Bosse, Leck
Printed in Germany

www.aufbau-verlag.de

Für meinen Vater,
der mir viel von Arminius erzählt hat

PROLOG

Platz für meine Herrin!«

Der Sklave in der weißen Tunika wedelte mit einem Palmenzweig alles aus dem Weg, was der Sänfte zu nahe kommen konnte: das Pferd eines römischen Offiziers, einen Händler, der tropische Früchte feilbot, andere Sklaven, die ihren Herren den Weg bahnten. Der dreibeinige Hund erhielt einen wütenden Tritt, dem Bauern, der sich mit einem Korb voller Kräuter näherte, fuhr der Palmenzweig durchs Gesicht.

»Platz für meine Herrin!«

Sie beugte sich über ihren Obstkarren, als die Sänfte sich näherte. Von vier Sklaven wurde diese getragen, kräftige, tief gebräunte Kerle, deren Muskeln unter der Sonne glänzten. Blau bestickte Vorhänge verschlossen die Sänfte, nur für wenige Augenblicke war die zarte Hand zu sehen, mit den kunstvoll bemalten Nägeln, wie es zurzeit unter den Damen der römischen Gesellschaft Mode war. Sie riskierte einen schnellen Blick, dann zog sie ihren Umhang über den Kopf, so dass ihr Gesicht nicht zu erkennen war. Ja, das war die Sänfte der edlen Severina. Jetzt nur nicht aufblicken!

So lange blieb sie gebeugt stehen, bis sie sicher sein konnte, dass niemand ihr Beachtung schenkte – die Sklaven nicht, die die Sänfte trugen, und erst recht nicht die Römerin, die sich hinter den Vorhängen verbarg. Wer sie kannte, wusste, dass es winzige Schlitze darin gab, durch die sie ihre Umgebung genau beobachtete.

Die Sänfte verlor sich in der Menschenmenge. Eine Weile noch war der schwankende Baldachin auszumachen, denn die

Mitglieder der kaiserlichen Familie besaßen die größten und stärksten Sklaven, damit ihre Sänften alle anderen überragten. Dann aber konnte sie aufatmen. Die Gefahr war vorüber!

Mit bebenden Händen griff sie zu dem wackeligen Holzkarren und schob ihn weiter. Die Früchte, mit denen er beladen war, würden unverkäuflich sein. Braun gefleckt waren die Pfirsiche, überreif die Melonen, deren Saft in den Sand tropfte. Wer sich mit dem Gedanken trug, erfrischendes Obst mit ins Amphitheater zu nehmen, lächelte verächtlich, nachdem er ihr Warenangebot in Augenschein genommen hatte.

Die Sonne stand hoch über dem Platz, ein gleißendes Silber, das die oberen Ränge des Theaters berührte und auf das Rund hinabbrannte, das vermutlich längst mit frischem weißen Sand bestreut worden war. Was heute in der Arena zu sehen sein würde, zog viele Römer an. Das Theater würde bis auf den letzten Platz gefüllt sein.

Schritt für Schritt tastete sie sich auf die Arkaden zu, mit denen sich der Rundbau des Amphitheaters öffnete. Ihr war, als schlüge ihr der Geruch des Blutes entgegen, dumpf und schwer, manchmal süßlich, dann wieder bitter wie versengtes Tuch. Fest eingeschlossen war er in den Rundbau, dennoch erfasste sie hier, vor den Toren des Theaters, bereits der Ekel. Zu oft war sie von dem Geruch gequält worden, wenn die Gladiatorenkämpfe vorbei waren und die Sklaven gerufen wurden, um ihren Besitzern den Weg über die Treppen zu bahnen, die zu den Ausgängen führten. Es half nichts, dass die blutbefleckte Arena schleunigst mit weißem Sand frisch angerichtet wurde. Der Geruch verging nicht. Was dort vor sich ging, geschah zwar immer wieder aufs Neue, aber jeder weitere Tod war doch immer auch ein Teil aller vorangegangenen Leiden. Und wer einmal unter dem Geruch des Blutes gelitten hatte, wurde ihn nie wieder los.

Vorsichtig sah sie sich um. Beobachtete sie jemand? Wurde das Wachpersonal auf sie aufmerksam? Nein, die Tore waren noch geschlossen, die Arbeit der Wärter hatte noch nicht begonnen. Die Männer saßen im Schatten, aßen und tranken und betrachteten das Treiben auf dem Platz. Für eine Obstverkäuferin, die verdorbene Waren anbot, hatte niemand einen Blick.

Während sie sich den Arkadengängen näherte, spürte sie die gespenstische Stille hinter den dicken Gemäuern. Noch hatten das Lachen und Plaudern das Innere des Theaters nicht erreicht, das Gekicher der Frauen, das Prahlen der Männer und das Rascheln der Kleidung waren noch nicht in das stille Warten eingedrungen, auch das sanfte Rauschen der Fächer nicht, mit denen die Sklaven für kühle Luft sorgten. Das Summen der Gespräche und dann die plötzlich einsetzende Stille, wenn in der kaiserlichen Loge ein Zeichen gegeben wurde, wenn ein Wort vernommen oder eine Geste entdeckt wurde – das alles wartete noch vor den Toren des Theaters. Hunderte von Sklaven hatten gerade erst die Holzmasten in die Konsolen gesteckt, die am oberen Abschlussrand der Sitzränge angebracht waren, und die Segel befestigt, welche die Zuschauer vor der Sonne schützen sollten. Zwei dieser Sklaven waren vor einer halben Stunde abgestürzt. Nun mussten sich die anderen beeilen, ihre zerschmetterten Körper beiseitezuschaffen, ehe das Publikum auf die Ränge drängte.

Sie beschirmte die Augen mit der Hand und blickte nach oben. Alles war vorbereitet. Aber noch waren die Gladiatoren und die zum Tode Verurteilten ganz allein mit ihrer Angst, verbargen sich in der Stille, in der Angst der anderen, in den Erinnerungen. Ein Schauer lief über ihren Rücken. Bei Wodan, diese schreckliche Angst!

Sie machte einen zaghaften Schritt, dann noch einen und einen weiteren. Als sie sich umsah, hatte die Angst Gestalt bekommen. Bisher war sie ein junger Krieger gewesen, der sich mit wildem Geschrei selber Mut machte. Jetzt war aus der Angst ein Römer geworden, ein schwer bewaffneter, rachedurstiger, unbarmherziger Römer. Jeder von denen, die sich an den Gladiatorenkämpfen ergötzen wollten, konnte ihre Angst sein.

Die Tore öffneten sich nun, die Wärter erhoben sich vom Boden, richteten sich auf, klopften sich den gefüllten Leib. Ihre

Waffen klirrten, sie hörte sie lachen. Ob auch die Todgeweihten in den Katakomben es hörten? Dann wussten sie: Ihr erster Schritt war getan. Das Entsetzen war nicht mehr aufzuhalten.

Sie sah, wie ein vornehmer Römer, der zu Fuß unterwegs war, einen Händler grob zur Seite schlug, der ihm Feigen anbieten wollte. Während der arme Kerl noch damit beschäftigt war, die Früchte aus dem Staub aufzusammeln, schlug der Mann noch einmal zu.

«Zur Seite, elendes Weib!«, schrie er sie an. Aber zum Glück traf er sie nicht mit aller Härte, seine flache Hand prallte an ihrer Schulter ab. «Dein Obst interessiert nur die Maden.«

Erschrocken wich sie zurück. Sie hatte ihm nichts anbieten wollen. Hermut hatte ihr mit voller Absicht Früchte auf den Karren geladen, die schon seit Tagen nicht mehr frisch waren. Sie durfte nicht Gefahr laufen, das Interesse von Käufern zu wecken. Nein, sie wollte nur hier sein, ohne gefragt zu werden, warum sie sich vor dem Amphitheater herumtrieb.

»Er wird gegen einen weißen Löwen kämpfen!«, hörte sie einen Mann rufen, der einen dicken Bauch unter seiner weißen Tunika verbarg. Er versetzte einem mageren Jungen, der sich vor ihm in den Staub warf, einen Tritt. »Dein Vater soll seine Schulden bezahlen, wenn er ein freier Mann bleiben will.«

Er beachtete nicht das Gestammel des Jungen, der versuchte, den Saum der weißen Tunika zu küssen, sondern trat auf einen eleganten Römer zu, um ihn zu begrüßen. »Salve, edler Marcus!«

Sie drückte sich in den Schatten der Arkaden, als wollte sie ihr Obstangebot vor der Sonne schützen. Die beiden Männer, die an ihr vorübergingen, beachteten sie zum Glück nicht.

»Glauben Sie, dass er eine Chance hat gegen den weißen Löwen?«, fragte der eine.

Der andere schüttelte den Kopf. »Natürlich nicht. Die Frage ist nur, ob der Daumen des Kaisers nach oben oder nach unten zeigen wird.«

»Nach unten!«, bekräftigte der erste. »Dieser blonde Hüne wird von allen gehasst. Vom Kaiser und ganz besonders von der kaiserlichen Familie. Man wird dafür sorgen, dass er keine Chance hat.«

In diesem Moment erblickte sie ihn. Er trug einen wollenen Umhang wie sie. Beide sahen sie aus wie Bauersleute, die bei Sonnenaufgang auf ihren Feldern geerntet hatten.

Sie griff nach ihrem Karren und machte Anstalten, sich ihm unauffällig zu nähern. Aber seine Augen warnten sie. Sofort blieb sie stehen, beugte sich über ihre Melonen und betastete sie, als wollte sie prüfen, welche von ihnen noch frisch genug war, um sie anzubieten.

Zwei Männer blieben in ihrer Nähe stehen. Die Wärter, die gern den Gesprächen lauschten, die von Mitgliedern der römischen Gesellschaft geführt wurden, traten ein paar Schritte näher. Für eine armselige Obstverkäuferin hatten sie zum Glück keinen Blick. Sie sahen nicht, dass sie die Gelegenheit nutzte, sich mit ein paar vorsichtigen Schritten dem Eingang der Katakomben zu nähern.

Die beiden Römer verschränkten die Arme vor der Brust und schienen sich auf eine ausgedehnte Plauderei einzustellen. Beide trugen sie Tuniken, die mit vielen Perlen und feinen blauen Fäden bestickt waren, und Schuhe aus Ziegenleder.

»Wir brauchen uns nicht zu beeilen. Zuerst finden die Hinrichtungen statt.« Der eine zog verächtlich die Mundwinkel herab. »Das ist ein Spaß für das einfache Volk.«

Der andere stimmte ihm lachend zu. »Wen interessieren schon ein paar ungehorsame Sklaven, die den wilden Tieren zum Fraß vorgeworfen werden!«

Sie machte ein paar weitere Schritte auf den Eingang der Katakomben zu und stellte fest, dass Hermut es ihr gleichtat. Seine Augen warnten nicht mehr, sie lockten sie jetzt. Vorsichtig löste sie sich von ihrem Obstkarren und trat ein paar Schritte zur Seite. Niemand wurde auf sie aufmerksam. Immer tiefer zog sie sich in die Dunkelheit der Arkaden zurück. Die Wachmänner hatten noch immer keinen Blick für sie, erst recht nicht die beiden vornehmen Römer.

»Sehen wir nach, ob Flavus schon in seiner Loge angekommen ist. Er wird uns einen guten Tropfen spendieren!«

»Flavus wird heute nicht erscheinen. Seine Gemahlin auch nicht. Ich habe es von Vergilius gehört.«

Die Stimme des Älteren klang erstaunt. »Flavus versäumt sonst keinen Gladiatorenkampf. Und Salvia auch nicht.«

»Ich weiß zufällig, dass eine seiner Sklavinnen heute hingerichtet wird. Salvia selbst hat sie zum Tode verurteilen lassen.«

Beide lachten sie nun. »Zwei Barbaren, die nicht das Blut ihrer Sklavin sehen wollen?«

Da mischte sich eine dritte Stimme ein. »Ihr sprecht von einem römischen Offizier. Dass Flavus in Germanien geboren wurde, ist ohne Belang.«

Nun war sie an der Stelle angekommen, wo Hermut auf sie wartete. Ein fragender Blick empfing sie, sie antwortete mit einem kurzen Nicken. Es war so weit. Die nächste Gelegenheit würden sie nutzen. Und dann ... dann gab es kein Zurück mehr.

Hermuts Augen wanderten zu ihrem Umhang, der mit einer geflochtenen Kordel fest umgürtet war. Sie führte beide Fäuste an ihre Brust und klopfte sanft mit den Knöcheln darauf. Ein feiner metallischer Klang war zu hören.

Hermut nickte zufrieden. Ja, sie waren gut vorbereitet.

»Ihr seid sicher, dass Ihr es tun wollt?«, flüsterte er.

Sie nickte tapfer. »Es ist das Einzige, was ich für ihn tun kann. Wahrscheinlich das Letzte.«

Die Sänften der kaiserlichen Familie lockten die Wärter noch ein paar Schritte weiter auf den Platz hinaus. Die Gelegenheit war günstig. Hermut nickte zu der niedrigen Tür, die aussah wie eine schadhafte Stelle im Gewand des Amphitheaters. Ein ausgefranstes Loch, dahinter die Schwärze der Katakomben.

Hermut blieb neben ihrem Obstkarren stehen, als sie auf das Loch zuhuschte. Er folgte ihr erst, nachdem er sich ein letztes Mal versichert hatte, dass niemand sie beachtete.

Die Kälte, die das dicke Gemäuer einschloss, tat ihr gut. Die Sonnenglut hatte sie an die Hitze des Kampfes erinnert, der den

Gladiatoren bevorstand, an das heiße Blut, das vergossen werden musste, an den heißen Atem aus den Nüstern der Löwen – und an die heiße, alles versengende Angst.

Der Gang, den sie betraten, führte an den Höhlen vorbei, in denen der Tod wartete. Hinter jedem Gitter starrten ihnen Augen entgegen, verzweifelte und stumpfe, kämpferische und müde Blicke folgten ihnen. Von den zum Tode Verurteilten klammerten sich manche ans Gitter, als wollten sie sich am Leben festhalten, andere hatten sich in die dunkelste Ecke ihrer Höhle zurückgezogen, als könnten sie sich vor ihrem Ende verstecken.

Hermut war nun an ihrer Seite. Gemeinsam schlichen sie von Verlies zu Verlies, von Gitter zu Gitter, spähten hindurch, huschten weiter. Aus keiner der finsteren Höhlen drang ein Laut. Keine Stimme, kein Flüstern, kein Stöhnen, nichts! Totenstille herrschte. Nur die Umhänge raschelten, ihre Füße scharrten, kaum hörbar.

Dann plötzlich schwere Schritte! Entsetzt griff sie nach Hermuts Arm, ihr Atem stockte, die Augen weiteten sich. Wohin? Waffengeklirr, eine tiefe, brummende Stimme! Wohin? Die Angst lähmte sie, der Aufruhr in ihrem Innern nagelte sie auf die Stelle.

Erst der Griff Hermuts nach ihrem Arm befreite sie. »Schnell!«

Ein Mauervorsprung! In der Dunkelheit kaum zu erkennen! Schon zerrte er sie einen Schritt darauf zu, stieß sie in die finstere Ecke, presste sie an die kalte, feuchte Wand. »Still! Nicht bewegen!«

Nicht zittern! Nicht atmen! Sterben, nur für ein paar Augenblicke!

Das Licht der Fackeln an den Wänden zuckte über den Gang. Nun sah sie, wie der Wärter mit großen, langsamen Schritten an ihnen vorbeiging. Er blieb stehen, sah den Gang hinauf und hinab, so, als hätte ihn das Anhalten des Atems aufmerksam gemacht, als wäre ihre Angst laut und verräterisch. Aber die aufgeschreckte Wachsamkeit des Wärters schlief schnell wieder ein. Sie sah, wie er die Schultern zuckte und weiterging. So langsam, als hielte er es für möglich, dass sich in seinem Rücken die Erleichterung frühzeitig verriet.

Es war unnötig, dass Hermut sie daran hinderte, zu früh ins Leben zurückzukehren, zu früh auszuatmen und den ersten Schritt zu tun. Sie nickte unmerklich und wartete. Darauf, dass die Schritte des Wärters endgültig verklangen oder aber zurückkehrten.

Dem Versteck gegenüber befand sich das Verlies einer Frau. Schmutzige Hände klammerten sich ans Gitter, ihr Gesicht war deutlich zu erkennen. Kein junges Gesicht, mit Augen, die doppelt so alt waren wie ihr Körper. Helle Augen, hell noch im Dunkel der Katakomben. Sie berührten etwas in ihr, etwas, was vor langer, langer Zeit von Bedeutung gewesen war. In einem anderen Leben …

Sie legte die Hände auf ihre Brust, fühlte den harten Stahl, der dort verborgen war, spürte nun auch die Kraft, die von ihm ausging, und machte einen Schritt auf den Gang zurück.

«Komm!«, flüsterte sie und schlich weiter zum nächsten Verlies, starrte hinein, schlich weiter. »Schnell!«

Schon nach wenigen Schritten begriff sie, dass Hermut nicht mehr an ihrer Seite war. Erschrocken drehte sie sich um und sah, dass er vor dem Verlies der Frau stand. Sie hörte ihn einen Namen flüstern. Verstehen konnte sie ihn nicht, dennoch berührte sein Klang etwas in ihr. Ein heller spitzer Laut, auf den sich ein weiter Vokal öffnete. Es war, als würde sie diesen Namen gut kennen. Wieder hörte sie Hermut flüstern. Und diesmal verstand sie den Namen genau.

»Inaja!«

Sie starrte ihn an, sah das Zittern seiner Lippen, sah, dass seine Augen in einem Tränenteich schwammen. Die Falten schienen sich tiefer in sein Gesicht gegraben zu haben. Er bewegte sich nicht, auch hinter dem Gitter gab es keine Regung. In der Ferne war das Brüllen eines Löwen zu hören, Wasser tropfte von der Gewölbedecke, der Lärm von den Zuschauerrängen rückte näher, die Stille begann sich zu füllen.

Sie spürte, dass sie den Kopf schüttelte. Nein, der Name durfte keine Bedeutung haben. Sie hatten ein Ziel, ein großes Ziel. Nur darauf kam es jetzt an.

»Komm, wir müssen uns beeilen!«, zischte sie.

Aber Hermut beachtete sie nicht. Nun streichelte er die Hände der Gefangenen, die sich noch immer ans Gitter klammerten, und legte seine Stirn auf ihre Fingerknöchel.

Noch einmal versuchte sie es. »Das ist nicht Inaja! Sie kann es nicht sein. Inaja ist verschwunden. Schon lange! Seit über zwanzig Jahren!«

Die Verzweiflung würgte sie, ein Schluchzen stieg in ihre Kehle, das sie schwach und hilflos machte. Sie durften nicht von ihrem Plan abweichen, sie mussten weiter.

»Sie hat dich betrogen«, rief sie – viel zu laut, viel zu schrill! »Sie wird längst für ihren Verrat bezahlt haben!«

Aber aus Hermut war alle Kraft gewichen. Und als sie ihn weinen hörte, begriff sie, dass er sie allein gelassen hatte. Es war keine Zeit mehr, ihn zurück an ihre Seite zu holen.

Der Gang, der von einem Verlies vor das nächste Gitter führte, wurde enger, aber auch heller, weil an seinem Ende ein paar Stufen ins Leben hinaufführten, wo die Sonne schien. Zögernd ging sie dem Lichtschein entgegen. Dann endlich war sie angekommen. Hinter dem nächsten Gitter sah sie seine blonden Haare, seine helle Haut. Der Hüne, der bald gegen den weißen Löwen kämpfen musste, erhob sich vom Boden, als sie ans Gitter trat. Sehr aufrecht stand er da, als fürchtete er kein wildes Tier. Sein Körper war kräftig, der Brustkorb breit, die Muskulatur seiner Arme stark ausgeprägt. Er verlor seine aufrechte Haltung auch dann nicht, als er begriff, wer vor ihm stand.

»Ich bin deine Mutter, Thumelicus. Sieh mich an! Deine Mutter!« Sie wiederholte diese Worte ein ums andere Mal, bis es endlich einen Widerhall in seinen Augen gab.

»Mutter?«

Sein Blick irrte über ihr Gesicht, als suchte er etwas, eine Erinnerung, einen Beweis. Sie hielt den Atem an. Als sie ihren Plan fasste, hatte sie nicht bedacht, dass er scheitern konnte, weil er ihr nicht glaubte.

Dann jedoch ging endlich ein Lächeln über sein Gesicht. »Wie hast du mich gefunden?«

Sie schüttelte den Kopf, es war keine Zeit für Erklärungen. Hastig öffnete sie ihren Umhang und ließ ihren Sohn sehen, was sie darunter verbarg.

Seine Augen weiteten sich. »Was ist das?«

»Das Schwert deines Vaters«, antwortete sie. »Hermut hat es mir gegeben. Er war Arminius' bester Freund. Auf dem Sterbebett hat dein Vater ihm das Versprechen abgenommen, dir sein Schwert auszuhändigen. Hermut hat es nach Rom gebracht, und ich bin nun hier, um Arminius' letzten Wunsch zu erfüllen.« Sie zog das Schwert vorsichtig hervor, ein Kurzschwert, das aufblitzte in dem Licht, das die Treppe herunterfiel, mit einem Schaft, der mit Edelsteinen besetzt war. »Wenn du eine Chance hast, den Kampf gegen den weißen Löwen zu gewinnen, dann mit diesem Schwert.«

Es beunruhigte sie, dass er keinen Blick dafür hatte, dass seine Augen an ihrem Gesicht hängenblieben. Es war keine Zeit! Keine Zeit für Mutter und Sohn. Nur diese winzige Chance, sein Leben zu retten, mehr nicht.

»Nimm es, Thumelicus!«, drängte sie. »Und kämpfe, wie dein Vater gekämpft hat.«

Diesmal hörte sie die schweren Schritte zu spät. Sie konnte den Wärtern nur noch aus weit aufgerissenen Augen entgegenblicken. Keine Möglichkeit zur Flucht, kein Versteck. Es war zu spät! Auch ihr Versuch scheiterte, das Schwert durch die Gitterstäbe zu drängen und ihrem Sohn heimlich in die Hände zu geben. Zu spät!

Schon wurde es ihr aus den Fingern gewunden. »Was ist das? Was willst du hier einschmuggeln? Willst du diesem Kerl etwa einen Vorteil verschaffen?«

»Thumelicus!« Ihre Stimme gellte durch die Katakomben.

Er aber antwortete nicht. Sie sah, wie er in seine Höhle

zurückwich. Ihre Hilflosigkeit war zu seiner geworden. Die Angst vor dem weißen Löwen hatte ihm seinen Mut nicht rauben können, die Niederlage seiner Mutter jedoch hatte ihn schon besiegt, bevor er in die Arena gehen musste.

Grobe Hände griffen nach ihr. Einer der beiden Wärter steckte das Schwert hinter seinen Gürtel. »Soll der Kaiser sich diese Waffe ansehen! Soll er entscheiden, was mit dem Weib zu tun ist!«

Die Wärter zogen sie mit sich, zerrten sie den Gang entlang, scherten sich nicht darum, dass sie strauchelte, schleiften sie weiter, grob, gnadenlos. Das Letzte, was sie sah, war ein Zipfel von Hermuts Umhang. Wieder hatte er sich rechtzeitig hinter dem Mauervorsprung verbergen können. Und dann sah sie, ehe sie ohnmächtig wurde, noch das Gesicht der Frau. Ja, es war tatsächlich Inaja ...

I. BUCH

1.

Die Sonne stand hoch über der Eresburg, der Himmel war wolkenlos und klar. Aber das Licht, das auf die niedrigen Dächer fiel, wärmte nicht, es beschien nur die Kälte des ersten Frühlingstages. Hoffnung schenkte es, aber noch keine Erlösung. Der Wind, der über die Wiesen und Felder gegen die Eresburg anstürmte, war immer noch eisig. Die schmalen Windaugen der Burg waren sorgsam verhängt worden.

»Segimund hat erzählt, dass es in Rom Fenster gibt«, sagte Thusnelda und sah ihrer Dienstmagd zu, wie sie den Holzbottich mit dem Wasser füllte, das sie kurz vorher vom Brunnen geholt hatte.

Inaja richtete sich auf, ließ die Arbeit im Stich und sah ihre Herrin mit großen Augen an. Wie immer, wenn von Rom die Rede war. »Fenster? Was soll das sein?«

»Windaugen aus Glas. Das Licht dringt hindurch, aber Kälte und Wind nicht.«

Inaja schüttelte ungläubig den Kopf. »Seid Ihr sicher, dass Euer Bruder die Wahrheit gesagt hat?«

»Ganz sicher!« Thusnelda lachte und löste die Kordel ihres Nachtgewandes.

»Dann wird's wohl stimmen«, seufzte Inaja. »So was Verrücktes kann man sich nicht ausdenken. Windaugen aus Glas!« Sie schüttelte den Kopf, als habe man ihr eine dreiste Lüge aufgetischt, aber Thusnelda schien es, als lächelte sie. »Da der Herr Segimundus schon seit Jahren als hoher Priester in Rom ist, wird man ihm wohl glauben dürfen.« Sie wies mit einladender Geste zu dem Holzbottich. »Nun stellt Euch hinein, damit ich Euch abwaschen kann.«

Thusnelda löste die Fibel auf ihrer linken Schulter und ließ ihr Nachtgewand zu Boden fallen. Die langen blonden Haare fielen über ihren Rücken. Sie griff in ihren Nacken und ließ die Fingerspitzen durch die Locken gleiten. Mit geschlossenen Augen stand sie da, als müsste sie sich auf ihre Morgentoilette konzentrieren, auf die sie großen Wert legte. Egal, zu welcher Jahreszeit, gleichgültig, ob es kalt oder warm in ihrer Kammer war. Sie ließ sich von ihrer Dienstmagd sogar von Kopf bis Fuß abwaschen, wenn die Eiszapfen von den Bäumen hingen.

Thusnelda hatte ein schmales Gesicht mit hohen Wangenknochen und einem energischen Kinn, das durch ein Grübchen geteilt wurde. Wenn sie lachte, dann strahlten ihre Augen besonders blau unter den dunklen Brauen, die all dem Hellen, was sie umgab, einen Teil des Lieblichen nahm, das durch ihre blasse Haut und ihre blonden Locken entstand. Ihre kräftigen Brauen verrieten dem aufmerksamen Betrachter, dass hinter der anmutigen Gestalt der jungen Frau viel Energie und Kraft steckte.

Schaudernd stieg sie in den Waschbottich. »Segimund sagt, in Rom wird in warmem Wasser gebadet.«

Wieder seufzte Inaja. »Warmes Wasser! Herrlich muss das sein!« Dann aber schien ihr einzufallen, dass etwas anderes von ihr erwartet wurde: »Was für ein verweichlichtes Volk! Und was Euren Bruder Segimundus angeht, Herrin – wisst Ihr, was er mich bei seinem letzten Besuch in der Heimat gefragt hat?«

»Ja, ich weiß es, Inaja!« Lachend unterbrach Thusnelda ihre Dienstmagd. »Er hat dich gefragt, ob unsere Gänse auch mit Feigen gemästet werden. Du hast dich oft genug darüber gewundert.« Sie schlug die Arme um den Oberkörper, um das Frieren zu unterdrücken.

»Und seine Mahlzeiten in Rom würden mit sanftem Flötenspiel untermalt, hat er erzählt.« Inaja griff nach einem Stück Leinen und tauchte es ins Wasser.

»Und die Römer halten uns für schmutzige, ungepflegte Barbaren«, ergänzte Thusnelda. »Fang endlich mit deiner Arbeit an, Inaja, sonst wünschte ich mir, sie hätten recht.«

Gehorsam begann die Dienstmagd, ihre Herrin abzuwaschen, wie sie es jeden Morgen tat. Und wie jeden Morgen beklagte sie ausgiebig Thusneldas schlanken Körper. »Wie soll Euer Verlobter Gefallen an Euch finden, wenn so wenig an Euch dran ist? Der Bauch, die Brüste, die Hinterbacken – nichts ist so, wie es einem Semnonenfürst gefällt.«

»Woher weißt du, was ein Semnonenfürst von einer Frau erwartet?«, fragte Thusnelda.

»Das, was allen Männern gefällt«, erklärte Inaja mit großer Bestimmtheit. »Viel weißes Fleisch!«

Sie selbst hatte all das zu bieten, was angeblich eine Frau für einen Mann begehrenswert machte. Inaja besaß üppige Brüste, eine schmale Taille und ausladende Hüften. Große Augen, von dichten langen Wimpern bekränzt, funkelten in ihrem runden, pausbäckigen Gesicht, darüber kringelten sich rote Locken. Die Knechte im Hause waren allesamt in Inaja vernarrt. Sie jedoch hatte ihre Gunst noch nicht verschenkt. Wenn Thusnelda sie fragte, wann sie heiraten und einen eigenen Hausstand gründen wolle, gab Inaja zur Antwort: »Ich kann Euch doch nicht allein lassen, Herrin. Niemand kann Euch die Haare so flechten wie ich.«

Tatsächlich war die Dienstmagd der Fürstentochter treu ergeben. Ihre große Hoffung war, nach Thusneldas Hochzeit in ihren Diensten bleiben zu dürfen. Erst dann wollte sie sich in Thusneldas neuem Haushalt nach einem Ehemann umsehen.

Sorgfältig mischte Inaja die Seife aus Talg und Asche. »Die sorgt dafür, dass Eure Haut weiß bleibt. Das wird Eurem Verlobten gefallen.«

»Mir ist es egal, ob ich Aristan gefalle. Ich will ihn ja nicht heiraten. Mein Vater will es.«

»Der Fürst weiß, was gut für Euch ist.« Inaja war elternlos und beneidete alle Frauen, die unter dem Schutz eines starken Vaters standen. »Für eine Fürstentochter ist nur ein Fürst der richtige Gemahl.«

Thusnelda antwortete nicht. Schweigend ließ sie sich von

Inaja waschen und in wollene Tücher hüllen. Dann setzte sie sich auf einen hölzernen Schemel, damit Inaja ihr die langen blonden Haare kämmen und flechten konnte. Sie hielt die Augen geschlossen, um der Dienstmagd zu zeigen, dass sie nun keine Unterhaltung mehr führen wollte.

Inaja, die ihre Herrin beinahe so gut kannte wie sich selbst, verstand sofort. Schweigend erledigte sie ihre Arbeit, obwohl die Stille sie bedrückte. In germanischen Häusern gab es normalerweise keine Räume, in die man sich zurückziehen konnte, keine Stille, kein Alleinsein. Inaja war in einer winzigen Kate aufgewachsen, die aus einem einzigen Raum bestand, den sich Menschen und Vieh teilten. Die Häuser wohlhabender Bauern bestanden aus zwei Teilen – dem Wohn- und Schlafbereich aller Menschen, die in diesem Haushalt lebten, und von ihm abgetrennt der Stall für das Vieh. Im Hause des Germanenfürsten Segestes, Thusneldas Vater, jedoch gab es mehrere Räume. Seine Tochter Thusnelda schlief in ihrer winzigen Kammer, die ihr allein gehörte, auf einem Podest, das mit Fellen bedeckt war. Inaja verbrachte die Nacht zu ihren Füßen auf dem Steinboden, in ihren wollenen Umhang gehüllt. Das Haus des Fürsten hatte auch keine Wände aus lehmbeworfenem Flechtwerk wie die anderen Häuser der Eresburg, sondern bestand zur Gänze aus Holz. Jeder Raum hatte schmale Windaugen, die im Sommer Licht und Wärme hereinließen und im Winter verhängt wurden. Nur in der Küche war darauf verzichtet worden, denn sie hatte eine offene Feuerstelle in der Mitte, die nicht nur Wärme-, sondern auch Lichtquelle war. In der gesamten Eresburg war das Haus des Fürsten das größte, schönste und komfortabelste.

Thusnelda öffnete die Augen, als Inaja die geflochtenen Zöpfe um ihren Kopf legte und mit hölzernen Nadeln feststeckte.

»Segimer ist krank«, sagte Thusnelda unvermittelt. »Es sieht so aus, als warteten die Walküren bereits in Walhalla auf ihn.«

Thusnelda merkte gleich, dass sie Inaja keine Neuigkeit erzählte. Wie so oft erfuhren die Mägde und Knechte während ihrer Arbeit in Haus und Garten eher, was auf den benachbarten Burgen geschah, als ihre Herrschaften.

»Es heißt, man habe bereits nach Arminius und Flavus rufen lassen«, wusste Inaja zu berichten.

»Dann scheint es wirklich schlecht um ihn zu stehen.« Thusnelda legte die wollenen Tücher ab und ließ sich von Inaja ihren Rock, ihre Bluse und das Umschlagtuch reichen. »Segimer wird seine Nachfolge regeln wollen. Auf den Fürstenthron wollen ihm viele folgen – nicht nur seine Söhne.« Sie wehrte ab, als Inaja ihr helfen wollte, und schlang eigenhändig den Gürtel über den Rock und die Bluse. »Auch andere Fürstensöhne drängen nach. Vor allem Segimers Bruder streckt schon die Hände aus.«

Inaja nickte. »Das habe ich kürzlich auch Euren Vater erzählen hören.«

Thusnelda lächelte, als würde ihr wieder einmal klar, wie viel das Gesinde von seinen Herren wusste. »Für Segimer jedoch ist nie ein anderer Nachfolger als sein ältester Sohn in Frage gekommen«, sagte sie. »Hoffentlich bleibt ihm noch Zeit genug, ihn als zukünftigen Fürsten auszurufen.«

Sie war die Schönste von allen. Ihre schwarzen Locken umrahmten ihr schmales, mit Kreide aufgehelltes Gesicht, große schwarze Augen glühten darin, ihre mit Weinhefe geröteten Lippen lächelten, sie trug den Kopf hocherhoben. In eine weißseidene bodenlange Tunika war sie gehüllt, die in der Taille und unter den Brüsten gegürtet war. Eine edelsteinbesetzte Fibel funkelte auf ihrer linken Schulter. Wenn sie sich bewegte, veränderte sich der Faltenwurf ihrer Tunika, warf Schatten auf ihre Hüften, glänzte hell über ihren vollen Brüsten. Tief atmete sie nun ein, und die Spitzen ihrer Brüste lösten den Faltenwurf der Seide für Augenblicke auf. Dann war es, als hielten die anwesenden Männer den Atem an, so lange, bis die Form ihrer Brüste wieder nur eine Ahnung war und keine beunruhigende Gewissheit. Das Feuer der Fackeln an den Wänden ließ ihr Haar glänzen und ihre Haut schimmern.

Sie schlug die Hand ihrer Sklavin zur Seite, deren Aufgabe es war, ihrer Herrin kühle Luft zuzufächern. Aber Severina legte auf Abkühlung keinen Wert. Sie genoss die Hitze des Feuers, das auf ihrer Haut flackerte, ebenso wie die Hitze, die in ihrem Körper aufstieg.

Sie machte ein paar Schritte und bemerkte voller Genugtuung, dass Arminius ihr einen Blick zuwarf. Noch ein Schritt, und wieder irrte sein Blick zu ihr. Beim dritten Mal, als sie nur noch wenige Schritte von ihm entfernt war, sah sogar der Kaiser auf. Er runzelte ungehalten die Stirn, als er Severinas herausfordernden Blick bemerkte, während Arminius voller Verlegenheit auf seine Füße sah.

Severina war zufrieden. Arminius hatte angebissen, daran bestand kein Zweifel. Es schien ihm sogar schwerzufallen, sich in ihrer Gegenwart auf die Worte des Kaisers zu konzentrieren und auf die Zeremonie, deren Mittelpunkt er war. Severina platzierte sich vor ein Wandgemälde, das mit den goldenen Borten ihrer Tunika harmonierte. Als sie merkte, dass sich viele aufmerksame Blicke auf sie gerichtet hatten, setzte sie einen ihrer zarten Füße vor, die in bestickten Ledersandalen steckten, und fuhr mit der Spitze den Mosaiken des Fußbodens nach. So, als wäre sie in Gedanken, als nähme sie nicht wahr, was um sie herum passierte.

Aber ihr Ablenkungsmanöver gelang nicht. Severina spürte, dass sich jemand an ihre Seite schob. »Du benimmst dich wie eine läufige Hündin«, zischte ihr eine Stimme zu.

Severina hob den Blick nicht. »Kümmere dich um deine eigenen Angelegenheiten, Germanicus«, entgegnete sie ruhig. »Im Übrigen hinkt der Vergleich. Eine läufige Hündin lässt jeden zu sich, wenn er nur Hund ist. Ich bin wählerisch.«

Die Worte, mit denen der Kaiser Arminius dafür dankte, dass er seinem Adoptivsohn Tiberius in der Schlacht das Leben gerettet hatte, rauschten an ihr vorbei. Sie blickte wieder auf und sah nur das ernste Gesicht des jungen Germanen, die blonden Locken, die hellen Augen, das kantige Kinn, die vollen Lippen und seinen kräftigen Körper, die Muskeln seiner nackten Oberarme.

»Du weißt nichts von den germanischen Frauen«, raunte Germanicus ihr ins Ohr. »Arminius ist es nicht gewöhnt, sich von einer Frau erobern zu lassen. In seiner Heimat sind die Frauen sittsam und keusch. Sie gehen als Jungfrauen in die Ehe.«

Severina lachte so glockenhell, dass der Kaiser erneut die Stirn runzelte und Arminius' Hand, die er Augustus entgegenhielt, zu zittern begann. Während der Kaiser ihm einen goldenen Ring als sichtbares Zeichen seiner Ritterwürde ansteckte, flüsterte Severina ihrem Bruder zu: »Umso mehr wird es ihm gefallen, dass die römischen Frauen anders sind.«

»Sind sie das?«, fragte Germanicus zornig zurück. »Du bist anders, so viel steht fest. Ich hätte niemals eine Frau geheiratet, die vor der Ehe herumhurt.«

Severina winkte ab. »Arminius ist als Kind nach Rom gekommen, er ist mehr Römer als Germane.«

Sie selbst war als Jungfrau in die Ehe gegangen, ein junges Mädchen von fünfzehn Jahren. Aber ihre Ehe hatte nur vier Wochen gehalten, dann war ihr Mann in einem unwürdigen Zweikampf gefallen. Seitdem war Severina frei in ihren Entscheidungen. Ihrem Bruder gefiel es zwar nicht, dass sie sich die gleichen Rechte herausnahm wie ein römischer Adliger, aber wer wollte ihr etwas anhaben? Germanicus war von Tiberius adoptiert worden, nachdem der selbst zum Adoptivsohn des Kaisers geworden war. Sie war Germanicus' Schwester, nach dessen Adoption also die Enkelin des Kaisers! Sie gehörte zur kaiserlichen Familie, niemand würde es wagen, ihren Lebensstil zu kritisieren, der sich im Übrigen gar nicht so sehr von dem der anderen Damen der römischen Gesellschaft unterschied. Keuschheit und Sittsamkeit waren Inbegriffe, die Germanicus noch so oft wiederholen konnte – das würde eine Römerin nicht keusch und sittsam machen. Sollte Germanicus jemals Kaiser werden, was Severina nicht hoffte, dann würde es sicherlich bald ein Gesetz geben, mit dem eine leichtlebige Römerin im Kerker landete.

Vielleicht sogar auf dem weißen Sand eines Amphitheaters. Seine Frau Agrippina, die beinahe jedes Jahr ein Kind von ihm bekam, hatte es vermutlich nicht leicht mit ihm.

»Denk gelegentlich an die Lex Julia«, flüsterte Germanicus seiner Schwester zu.

Severina lachte leise. »Die Sittengesetze? Die gelten fürs Volk, nicht für die kaiserliche Familie.«

»Hast du Augustus' Tochter vergessen? Sie ist verbannt worden wegen ihres unsittlichen Lebenswandels.«

Severina zog die Mundwinkel herab. »Der Kaiser musste ein Exempel statuieren. Und seine Tochter hatte es wohl zu toll getrieben. Das ist alles. Mich geht das nichts an!«

Germanicus wandte sich ungehalten ab, und Severina beobachtete, wie Arminius von einem Adeligen zum anderen geschoben wurde, von einer Hand zur anderen, von einem Glückwunsch zum nächsten. Tiberius' Lebensretter wollte jeder zum Freund haben. Besonders die Frauen! Severina lächelte, als Agrippina die Gelegenheit nutzte, mit einer flüchtigen Geste, die zufällig aussehen sollte, Arminius' Haar zu berühren. Sie wusste, wie sehr ihre Schwägerin das blonde Haar der Germanen bewunderte. Ob Germanicus das auch wusste?

Severina hielt nach ihrem Bruder Ausschau, dabei streifte ihr Blick den zweiten blonden Offizier, der sich in diesem Raum aufhielt. Genauso groß und kräftig wie Arminius, aber bei weitem nicht so charismatisch. Während Arminius von den Römerinnen unverhohlen bewundert wurde, gönnte seinem Bruder Flavus niemand einen Blick. Auch Severinas Augen wanderten gleichmütig weiter. Sie erwiderte seinen Gruß nicht, übersah seinen intensiven Blick, ging mit keinem Wimpernschlag auf das Werben ein, mit dem er sie schon seit Wochen verfolgte. Nein, Flavus war es nicht, den sie begehrte. Sie wollte seinen Bruder.

Thusnelda saß an ihrem übermannshohen Webstuhl und arbeitete an ihrer Aussteuer. Feines weißes Leinen entstand unter ihren Händen. Der Semnonenfürst Aristan sollte zufrieden sein, wenn sie demnächst mit ihrem Hab und Gut in seine Burg zog.

Thusnelda seufzte auf. Sie hatte ihren Verlobten bisher nur zweimal zu Gesicht bekommen. Einmal, als er bei ihrem Vater um ihre Hand angehalten hatte, und dann, als das Heiratsversprechen feierlich bekräftigt worden war. Aristan war ein vierschrötiger Mann, kaum größer als Thusnelda, von breiter Statur, grobknochig und mit einem finsteren Blick, der ihr Angst machte. Zwar hatte er freundliche Worte an sie gerichtet, mit einer sanften Stimme, die ihr einen Teil der Angst genommen hatte, trotzdem hatte sie während der Verlobungsfeierlichkeiten den Blick kaum von seinen groben Händen nehmen können. Und der Gedanke, demnächst von ihnen berührt zu werden, verursachte ihr eine Gänsehaut.

Ja, sie hatte Angst. Große Angst! Der Stamm der Semnonen lebte östlich der Elbe. Würde sie jemals in das Haus ihres Vaters zurückkehren können, wenn sie in Fürst Aristans Burg eingezogen war? Oder würde der Abschied von zu Hause ein Abschied für immer sein? Und was, wenn sie im Semnonenland unglücklich wurde? Niemandem würde sie ihr Herz ausschütten, niemand würde ihr helfen können.

Nein, das stimmte nicht. Thusnelda lächelte, während sie sich insgeheim korrigierte. Inaja würde bei ihr bleiben. Zum Glück! Solange Inaja ihr Leben mit ihr teilte, würde sie nie ganz allein sein. Inaja war längst viel mehr als eine Dienstmagd für Thusnelda.

Der Webstuhl stand in der Küche, in die genug Licht einfiel, in der Nähe der Kochgelegenheit. Zwar wusste Thusnelda, dass es dem Stoff nicht gut tat, in der Wärme gewebt zu werden, aber sie hatte sich geweigert, in eins der Grubenhäuser zu gehen, die in die Erde eingelassen worden waren. Durch aufgeworfenen Mist schützten sie vor Frost, dienten als Vorratskeller und im Winter als warme Arbeitsräume. In ihnen ließen sich Wolle und Flachs leichter verarbeiten, weil in diesen feuchten Räumen die Fäden nicht zu trocken wurden. Doch sie hatte ihrem Vater abgetrotzt, ihre Aussteuer in der Küche weben zu dürfen. Und der hatte schließlich nachgegeben, weil er meinte, dass der fürstliche Haushalt von Aristan, der bereits zweimal verheiratet gewesen war, über ausreichend Leinen verfügte. Auf Thusneldas Aussteuer kam es im Grunde nicht an.

Segestes war zweimal in der Küche erschienen, hatte einen Blick auf Thusneldas Webarbeit geworfen, den Kopf geschüttelt, seine verstorbene Frau verwünscht, der es nicht gelungen war, aus der Tochter eine gute Hausfrau zu machen, und war dann wortlos gegangen. Thusnelda war froh gewesen, dass er auf den sonst üblichen scharfen Tadel verzichtete. Sie wusste ja, dass es um ihre Fähigkeiten am Webstuhl nicht gut bestellt war.

Sie legte die Spindel zur Seite und sah der Küchenmagd eine Weile beim Zubereiten der nächsten Mahlzeit zu. Amma mischte gerade Mehl mit Wasser und begann dann, den Teig für die Brote zu kneten. Sie wurden später unter der Asche des Herdes zwischen heißen Steinen zu großen Fladen gebacken.

Thusnelda wollte wieder zu ihrer Spindel greifen, um die ungeliebte Arbeit fortzusetzen, da erschien ihre Dienstmagd in der Küche. Inaja warf ihr einen besorgten Blick zu. Sie fand es nicht richtig, dass Thusnelda, die Tochter eines Fürsten, ihre Aussteuer eigenhändig herstellen musste. Aber Fürst Segestes hatte gesagt, so sei es der Brauch für jede Germanen-Braut, und seine Tochter solle keine Ausnahme darstellen.

Inaja ging zur Kochstelle, wo ein Krug stand, den sie kurz zuvor mit frischem Wasser gefüllt hatte. Mit einem Becher in der Hand ging sie zu ihrer Herrin. »Das wird Euch guttun.«

Thusnelda betrachtete sie nachdenklich, während sie trank. Zu gerne hätte sie Inaja um Rat gefragt. Die Dienstmagd hatte ihr einiges voraus, das wusste Thusnelda. Wenn es um Männer und um die Liebe zu einem Mann ging, hatte Inaja bereits Erfahrungen. Sie war leichtfertig, das war allgemein bekannt. Thusnelda selbst hatte sie schon im Heu liegen sehen, wo sie einen Knecht geküsst und geduldet hatte, dass seine Hand unter ihr wollenes Gewand tastete. Thusnelda war sicher, dass Inaja keine Jungfrau mehr war. Aber sollte sie sich die Blöße geben, ihre Dienstmagd zu bitten, sie auf das vorzubereiten, was eine Frau erwartete, die sich einem Mann hingab? Die sich ihm hingeben musste? Nein, Thusnelda reichte Inaja den Becher und schüttelte unmerklich den Kopf. Das war unter ihrer Würde!

»Geht es Euch nicht gut?«, fragte Inaja leise. »Soll ich Euch die Arbeit abnehmen? Euer Vater reitet gerade über die Felder, um die Bauern bei ihrer Arbeit zu kontrollieren. Er wird so schnell nicht zurückkehren.«

Thusnelda zögerte, dann schüttelte sie den Kopf. Nein, auch das musste unter ihrer Würde sein. Fürst Segestes' Tochter durfte nicht zu erkennen geben, dass sie ungeschickter war als eine Dienstmagd. Genauso wenig, wie sie zu erkennen geben durfte, dass ihr die zukünftigen Pflichten als Ehefrau Angst machten. Wenn doch ihre Mutter noch lebte! Oder wenn es in der Eresburg eine Frau gäbe, die von gleichem Stande war! Der hätte sie sich anvertrauen und ihrem Rat folgen können!

Inaja zog einen Schemel heran und setzte sich zu Thusnelda. »Gerade war ein Händler da, der Stoffe und Bernstein anbot.« Sie nahm Thusnelda unauffällig die Spindel aus der Hand und rückte ihren Schemel näher an den Webstuhl heran. Thusnelda tat so, als bemerkte sie nicht, dass Inaja ihre Webarbeit fortsetzte, während Inaja vorgab, nur ein wenig mit Spindel und Faden zu spielen. »Der Händler hat erzählt«, fuhr sie fort, »dass Segimers Zustand sich verschlechtert hat.«

»Es geht mit ihm zu Ende?«, fragte Thusnelda erschrocken.

Inaja nickte. »Seine Tochter ist bereits gekommen, um die Mutter bei der Pflege des Vaters zu unterstützen.«

»Wiete!« Thusnelda lächelte, als sie an die Hochzeit auf der Teutoburg dachte. Die einzige Tochter Fürst Segimers hatte einen Stammesfürsten der Brukterer geheiratet, die westlich der Cherusker lebten. Das Gebiet der Brukterer dehnte sich bis zum Rhein aus. Wiete war ein paar Jahre älter als Thusnelda, und als sie heiratete, waren sämtliche Gaufürsten der Umgebung mit ihren Familien zugegen gewesen. Nur Arminius und Flavus,

Wietes Brüder, waren im römischen Heer unabkömmlich gewesen. Für den Bräutigam war es bereits die zweite Ehe, seine erste Frau war im Kindbett gestorben. Das Baby jedoch hatte überlebt, und Wiete hatte es schon bei ihrer Hochzeit ins Herz geschlossen. Sie war dem kleinen Mädchen eine gute Mutter geworden. Ein eigenes Kind hatte sie bisher nicht zur Welt gebracht.

Inaja unterbrach Thusneldas Gedanken. »Ich habe gehört, dass Hermut sich bereitmacht, um Arminius und Flavus zurückzuholen.«

»Hermut?« Thusnelda runzelte die Stirn und dachte nach.

»Arminius' Freund«, erklärte Inaja. »Sein bester Freund seit Kindertagen! Obwohl er Arminius nicht ebenbürtig ist. Hermut ist der Sohn eines Bauern, der vor der Teutoburg lebt.«

Thusnelda sah ihre Magd erstaunt an. »Woher weißt du das?«

Inaja zuckte die Achseln und webte plötzlich so emsig, dass sie ihre Herrin nicht ansehen konnte. Ein feines Rot überzog ihre Wangen, und Thusnelda begriff plötzlich. »Macht er dir den Hof?«, fragte sie leise.

Inaja nickte, ohne aufzublicken. »Aber ich will nicht in die Teutoburg wechseln. Ohne Euch!«

Thusnelda erhob sich, griff nach ihrem wollenen Umhang und verließ ohne ein weiteres Wort das Haus. Draußen blieb sie stehen und atmete tief ein. Dann ging sie zu der Stelle, wo ein Teil der Einfriedung zu erkennen war, der die Teutoburg umgab. Zwischen der väterlichen Burg und der des Germanenfürsten Segimer lagen morastige Wiesen, hier und da von niedrigen Wäldchen durchsetzt. Von der höchsten Stelle der Eresburg konnte Thusnelda den höchsten Punkt der Teutoburg erahnen. Ob sie das Glück haben würde, Arminius und Flavus vorbeireiten zu sehen, wenn sie ans Sterbebett ihres Vaters eilten? Viele Jahre waren vergangen, seit sie den Brüdern zum letzten Mal begegnet war. Und viel war darüber geredet worden, wie schön, edel und siegreich Arminius in Rom geworden war.

Der Morgen stieg hinter den gläsernen Windaugen auf. Als Severina die Augen öffnete, bemerkte sie gleich, dass die Schwärze hinter den Fenstern sich gelichtet hatte. Zu einem hellen Grau war sie geworden, das sich mit winzigen Lichtpunkten sprenkelte. Bald würde die Sonne über den Bäumen stehen, gleißend und hell, dann sollte sie den kaiserlichen Palast verlassen haben. Besser, sie ließ es nicht auf einen weiteren Streit mit Germanicus ankommen und erst recht nicht auf eine Missstimmung des Kaisers. Große Sorgen machte sie sich zwar nicht, aber es konnte nicht schaden, die Beziehung zu Arminius mit aller Vorsicht anzugehen. Er selbst hatte sie sogar darum gebeten. Severina lächelte bei dem Gedanken daran, wie besorgt Arminius um ihren guten Ruf gewesen war, als sie ihm in das Gästezimmer folgte, das der Kaiser dem neuen Ritter seines Reiches zur Verfügung gestellt hatte. Tief in seinem Herzen war Arminius eben doch ein sittenstrenger Germane.

Severina stützte sich auf und betrachtete sein Gesicht. Noch im Schlaf war es das Gesicht eines Kriegers. Der entschlossene Ausdruck, die Härte in seinen Zügen verließ es auch im Schlaf nicht.

Severina lächelte, sie liebte starke Männer. Fast war sie enttäuscht gewesen, als sich herausstellte, dass Arminius in der Liebe empfindsam, zärtlich und schwach war.

Im Grau des frühen Morgens entstand nun ein goldener Schimmer. Die Sonne war auf dem besten Wege, den Tag zu erobern. Es wurde Zeit, sich zu erheben. Ihre Sklaven, die bei den Haussklaven des Kaisers übernachtet hatten, sollten beim ersten Tageslicht hinter dem Gästehaus auf sie warten. So war es ihnen befohlen worden. Severina wollte ungesehen nach Hause kommen.

Sie lauschte in den Morgen hinein. Noch war er ohne Geräusche. Die Sklaven, die den Garten zu versorgen hatten, schliefen anscheinend noch.

»Faules Pack!«, murmelte Severina. Sollten es ihre eigenen Sklaven ebenso halten, dann würden sie die Peitsche zu spüren bekommen.

Sie beugte sich ein letztes Mal über Arminius, blies ihm sanft eine Locke aus der Stirn, streichelte ihre rechte Wange mit seinem weichen Brusthaar und ließ ihre Lippen auf seiner kräftigen Armmuskulatur tanzen. Arminius regte sich, aber er erwachte nicht. Schade! Severina hätte sich gern von ihm verabschiedet, sich gern vergewissert, dass die vergangene Nacht für ihn die gleiche Bedeutung hatte wie für sie. Sie wollte sich seine Liebe beteuern lassen, wollte hören, wie sehr er sie begehrte, dass sein Begehren nie ein Ende haben würde.

Aber Arminius erwachte nicht. Sie würde ihn verlassen müssen, ohne mehr zurückzulassen als eine süße Erinnerung und die Hoffnung auf ein Versprechen. Severinas Lächeln vertiefte sich. Ja, so war es richtig. Eine Frau wie sie weckte einen Mann nicht für einen Abschiedskuss. Arminius sollte sich, wenn er erwachte, fragen, ob er die Frau, die er in der letzten Nacht besessen hatte, erobert oder schon wieder verloren hatte. Ungewissheit machte aus der Liebe ein spannendes Spiel.

Sie erhob sich, ohne Arminius aus den Augen zu lassen. Ihre seidene Tunika raschelte, als sie sie zur Hand nahm, trotzdem blieben Arminius' Atemzüge ruhig und gleichmäßig. Erstaunlich, dass ein Krieger wie er, der immer damit rechnen musste, vom Feind im Schlaf überfallen zu werden, so sorglos schlummern konnte! Das erste Vogelzwitschern, Severinas Bewegungen, das Geräusch ihre nackten Füße auf dem Bodenmosaik, das alles konnte sein Vertrauen in die Sicherheit nicht erschüttern, in der er sich zurzeit befand. Er, der Günstling des Kaisers, Tiberius' Lebensretter, der Held, der soeben zum Ritter geschlagen worden war, der blonde Schönling, dem die Enkelin des Kaisers ihre Gunst gewährt hatte. Nein, ein Krieger wurde von anderen Geräuschen aufgeschreckt …

Severina blieb keine Zeit, ihre Blöße zu bedecken. Der Griff zu ihrer Scham, mehr gelang ihr nicht, als die Schritte auf dem Gang ertönten. Herrische Schritte, eilige, die keine Angst hatten, gehört zu werden. Severina starrte noch mit weit aufgerissenen Augen auf die Tür, während Arminius bereits neben dem Bett stand und nach seinem Schwert griff.

Schon wurde die Tür aufgerissen, ein blonder Offizier stand im Raum. »Aufwachen!«

Arminius ließ sein Schwert sinken. »Flavus! Was ist geschehen?«

Severinas Schreck verging schnell in der Glut von Flavus' Augen. Aufreizend langsam nahm sie ihre Tunika vom Boden auf, die ihr aus den Händen geglitten war, und hielt sie vor ihren nackten Körper. Herausfordernd lächelte sie in Flavus' Augen, die dunkel geworden waren vor Enttäuschung, Zorn und Verzweiflung. Severinas Lächeln vertiefte sich, während sie wieder unter die seidene Decke kroch und sich dorthin legte, wo es noch warm war von Arminius' Körper. Sie wusste, dass ihre Haut im ersten Morgenlicht bronzen schimmerte und die Knospen ihrer Brüste aussahen wie Oliven an einem verbotenen Baum.

»Was ist geschehen?«, wiederholte Arminius.

Flavus riss seinen Blick von Severina los. Aus seiner grellen Gier wurde im Nu finsterer Hass, als er seinen Bruder ansah. »Aufstände in Pannonien«, stieß er mühsam hervor. »Schon wieder! Wir müssen in unsere Einheit zurück. Tiberius wartet auf uns.«

Arminius nickte und griff nach seiner Kleidung. Als er mit Severina sprach, begriff sie erschrocken, dass sie nun wieder nichts anderes war als irgendein Mitglied der kaiserlichen Familie.

»Ich hoffe, Eure Sklaven werden Euch sicher nach Hause bringen. Ihr versteht, dass der Ruf des Kaisers Vorrang hat?«

Er ließ Severina keine Zeit zu antworten. In diesen wenigen Augenblicken hatte er sich angekleidet und schob nun seinen Bruder aus dem Raum, der sich offenbar schwerer von Severinas Anblick lösen konnte als Arminius.

Eine halbe Stunde später stand Severina hinter dem Gästehaus, wo ihre Sklaven mit der Sänfte bereits auf sie warteten. Trotzdem ordnete sie fünf Peitschenhiebe für jeden von ihnen an. Sklaven waren dafür da, aus der schlechten Laune ihrer Herrin ein Gefühl zu machen, das erträglich war.

Wieder saß Thusnelda an ihrem Webstuhl. Ihre Augen wanderten zum Tuchbaum hoch, der kaum mehr als ein paar Handbreit fertiggewebtes Leinen hielt. Sie kam einfach nicht voran mit ihrer Arbeit. Mehr als zwei Leinentücher hatte sie noch nicht zuwege gebracht.

Sie legte die Hände in den Schoß und beobachtete, wie Amma die beiden Stoffe aus einem Holztrog hob und kritisch betrachtete. Im warmen Wasser, dem fettlösende Mittel beigesetzt worden waren, hatte Amma sie eingeweicht, nun sollten sie gestampft und getreten werden, damit das Gewebe gereinigt wurde und sich verdichtete. Thusnelda war froh, dass ihr Vater nicht von ihr verlangte, auch dieses Walken selber zu erledigen.

Sie spürte, dass er hinter sie trat. Eilig nahm sie die Hände aus dem Schoß und griff nach der Spindel.

»Nur gut, dass Aristan ein reicher Mann ist«, brummte Segestes hinter ihr. »Dem ist es nicht wichtig, was du in die Ehe einbringst.«

Thusnelda wandte sich nicht um. »Warum erlaubt Ihr nicht, dass Inaja mir hilft, Vater? Sie ist sehr geschickt am Webstuhl.«

Sie spürte, dass ihr Vater zögerte. Würde er ihren Bitten endlich nachgeben? Tapfer schob sie ihre Spindel, auf den der Schussfaden gewickelt war, in das sogenannte Fach, wodurch der Schussfaden und der Kettfaden sich kreuzten und zu einem festen Gewebe verbanden. Vielleicht würde es ihren Vater gnädig stimmen, wenn er sah, dass sie sich bemühte?

Tatsächlich hörte sie ihn etwas brummen, was sich anhörte wie: »Also gut!«

Thusnelda drehte sich um und sah ihren Vater mit großen fragenden Augen an. Er wich ihrem Blick aus. Seinem bärtigen Gesicht war nicht anzusehen, ob er zornig war oder milde gestimmt. Seine Feinde wussten nie, mit welcher Reaktion sie rechnen mussten. Auch seine Knechte und Mägde erhielten einen Schlag mit dem Stock oft völlig unerwartet, nicht einmal seine Familie konnte an seiner Miene ablesen, was sie vom Fürsten zu erwarten hatten. Seine kühlen grauen Augen versteckten sich unter seinen buschigen Brauen, seine Lippen öffneten sich selten zu einem Lächeln und wenn, dann verbarg es sich in seinem Vollbart, so dass niemand ganz sicher sein konnte, dass Segestes wirklich gelächelt hatte.

»Ich müsste mich ja schämen, wenn ich dich nach der Hochzeit zu Aristan in seine Burg bringe.«

Bald darauf saß Inaja vor dem Webstuhl und Thusnelda neben ihr, die vorgab, von Inajas Fähigkeiten lernen zu wollen. Amma, die junge Küchenmagd, blickte immer wieder ängstlich zu den beiden hin, während sie das Küchenfeuer schürte. Anscheinend hatte sie die Worte ihres Herrn nicht als Zustimmung verstanden und fürchtete nun, bei einer Bestrafung ebenfalls den Stock zu spüren zu bekommen. Es wäre nicht das erste Mal, dass Segestes die Schläge, die er seiner Tochter verabreichen wollte, dem Gesinde verpasste.

Thusnelda jedoch war guter Dinge. Sie kannte ihren Vater am besten von allen und wusste, wie seine verblümte Rede zu verstehen war. Seit ihre Mutter nicht mehr lebte, war sie die Einzige, die ein warmes Gefühl in Fürst Segestes erzeugen konnte. Aber sie war auch die Einzige, die es bemerkte.

»Fürst Segimer geht es schlechter«, flüsterte Inaja mit einem Blick auf Amma, die sie an ihren Geheimnissen nicht teilhaben lassen wollte. »Hermut ist nun aufgebrochen, um die Söhne aus Pannonien zurückzuholen.«

Thusnelda sah ihre Magd erstaunt an. »Von wem hast du das erfahren?«

Inaja sah nicht auf, als sie antwortete: »Von Hermut selbst.«

»Du kennst ihn?«

Inaja nickte. »Sein Weg führt oft an der Eresburg vorbei. Und Ihr wisst ja, Herrin, dass Euer Vater mich gelegentlich zur Arbeit aufs Feld schickt.«

Über Thusneldas Gesicht ging ein Lächeln. »Und dann hat Hermut angehalten, um mit dir zu plaudern?«

Inaja wurde rot. »Nur, wenn die Fürstensöhne nicht bei ihm waren.«

»Die hast du auch gelegentlich gesehen?«

Inajas Hände wurden immer flinker, immer hastiger, trotzdem webte sie wesentlich akkurater als ihre Herrin. »Nachdem sie römische Offiziere geworden waren, sind sie zwei- oder dreimal in der Heimat zu Besuch gewesen.«

»Ja, davon habe ich gehört.« Thusneldas Augen blickten verträumt. »Aber begegnet bin ich ihnen nie. Arminius und Flavus waren noch Kinder, als ich sie zum letzten Mal sah. Damals hießen sie noch Irmin und Sigwulf.« Thusnelda lachte. »Und ich war ein kleines Mädchen, dem sie keine Beachtung schenkten.«

Inaja warf ihrer Herrin einen anerkennenden Blick zu. »Das dürfte sich ändern, wenn Ihr die Brüder bei Segimers Beisetzung wiederseht.«

Thusnelda hielt es plötzlich nicht mehr auf ihrem Schemel. Sie ging zur Feuerstelle und wies Amma an, Wasser vom Brunnen zu holen. Als sie weitersprach, blieb sie dort stehen, schloss die Distanz zu Inaja nicht wieder, die ihr plötzlich zu einem Bedürfnis geworden war. Sie war Inajas Herrin, es ging nicht an, dass ihre Dienstmagd etwas wusste, auf das sie, die Tochter des Fürsten Segestes, neugierig war.

»Dieser Hermut gefällt dir wohl?«, fragte Thusnelda, griff nach einem Schürhaken und stocherte in der Glut des Herdes herum.

»Ich gefalle ihm«, korrigierte Inaja und warf ihrer Herrin einen unsicheren Blick zu. »Aber Ihr wisst ja – ich will keinen Mann, der nicht dort lebt, wo Ihr lebt.«

Dieser Satz war Thusnelda genug, um die Distanz zu ihrer Magd wieder aufzugeben. »Ist Hermut ein Bauer?«, fragte sie, nachdem sie sich wieder an Inajas Seite vor dem Webstuhl niedergelassen hatte.

Inaja schüttelte den Kopf. »Der Sohn eines Bauern ist er und eben auch Arminius' bester Freund. Er wurde Arminius mitgegeben nach Rom, als die beiden Fürstensöhne zu römischen Offizieren ausgebildet werden sollten. Hermut war Arminius'

Diener, aber auch ein Krieger wie Arminius selbst. Er hat an seiner Seite manches Gefecht überstanden. Und die beiden haben sich gegenseitig mehr als einmal das Leben gerettet.«

»Und wie kommt es«, fragte Thusnelda spöttisch, »dass Hermut so viel Zeit hatte, dir seine Lebensgeschichte zu erzählen?«

Aber Inaja ließ sich nicht einschüchtern. »Weil er beim ersten Pannonienaufstand schwer verletzt wurde. Arminius hat ihn nach Hause geschickt. Mit einem Händler ist er heimgekommen und in der Teutoburg gesundgepflegt worden. Es ist ein großes Glück, dass Hermut nach Pannonien reiten kann, um Arminius und Flavus ans Sterbebett ihres Vaters zu rufen.«

»Wird der Kaiser die beiden überhaupt gehen lassen?«, überlegte Thusnelda.

Inaja legte die Spindel zu Seite. »Wie es scheint, hat Arminius am römischen Hofe einen guten Ruf.«

»Sagt das Hermut?«, fragte Thusnelda spöttisch.

»Ja!«, kam es trotzig von Inaja zurück. »Und er sagt auch, dass die edelsten Römerinnen ganz verrückt auf Arminius' blonde Locken sind.« Inaja nahm wieder die Spindel zur Hand. »Ich habe die Brüder dreimal von weitem gesehen. Zwei wirkliche Helden! Ich glaube, sie sind schöner als alle anderen Fürsten im Cheruskerland.«

»Schöner als Aristan, willst du mir sagen?« Thusnelda fühlte plötzlich eine tiefe Traurigkeit in sich aufsteigen, die sie im Nu ausfüllte und ihr das Herz abdrückte.

»Arminius wäre Euch ebenbürtig«, flüsterte Inaja. »Nicht weniger als Fürst Aristan.«

Thusnelda schüttelte die Traurigkeit aus ihrem Körper, indem sie zu lachen begann. »Ich weiß schon, was du willst, Inaja! Du möchtest, dass mein Vater es sich anders überlegt und mich Arminius zur Frau gibt, damit du mit mir in die Teutoburg ziehen darfst. Dann kannst du Hermut heiraten und trotzdem meine Dienstmagd bleiben. Habe ich dich durchschaut?«

Thusnelda lachte und wartete darauf, dass Inaja endlich

schuldbewusst nickte und mitlachte. Aber sie wurde bald wieder ernst, weil Inaja einfach keine Zustimmung abzuringen war. Unbewegt sah die Magd auf ihre Arbeit und schien mit ihren Gedanken weit weg zu sein.

2.

Severina ließ sich vor ihrem Schminktisch nieder, auf dem eine große hölzerne Schmuck- und Schminkschatulle stand, in deren Deckel ein Perlmutt-Mosaik eingelassen war. Mehrere Öl- und Parfümflaschen standen daneben, ein breiter Kamm lag bereit, bronzene Geräte zur Nagelpflege waren exakt nebeneinander angeordnet. Severina lehnte sich zurück und schloss die Augen. Noch immer wollte sich nicht die Befriedigung einstellen, die Sättigung nach einer langen Liebesnacht, die süße Schwäche in den Gliedern und die Kraft in der Nähe des Herzens. Als sie Arminius über sich gezogen hatte, war sie sich wie eine Siegerin vorgekommen, aber schon als er neben ihr einschlief, entstand die Ahnung in ihr, dass sie einen Sieg errungen hatte, für den sich kein Kampf lohnte. Eine Kapitulation, weil es auf den Sieg nicht ankam, ein Strecken der Waffen, die sowieso nichts taugten. Und als Arminius seinem Bruder gefolgt war, ohne auch nur einen Blick zurückzuwerfen, hatte sie sich wie eine Verliererin gefühlt – zum ersten Mal in ihrem Leben.

Sie schlug einer Sklavin den Kamm aus der Hand. »Die Frisur hat Zeit. Kümmere dich um meine Zähne!«

Die Sklavin verbeugte sich ängstlich und holte eilig zwei weitere Sklavinnen herbei, die alles zusammentrugen, was für die Zahnpflege ihrer Herrin benötigt wurde. Obwohl Severina verlangte, dass das Mundwasser vor ihren Augen angerührt wurde, sah sie nicht zu, als die Sklavinnen den Urin ihrer Herrin, von dem Gaviana täglich etwas für Severinas Mundwasser abzuschöpfen hatte, mit zerstoßenem Horn, Natron, Eselsmilch,

Hasenkopfasche und Bimsstein verrührten. Eine Küchensklavin brachte das wohlschmeckende Harz des Mastixbaums herbei, das Severina nach dem Gurgeln gern kaute, um einen frischen Atem zu bekommen. Eine andere kam mit Zahnstochern, die aus Mastixholz gefertigt waren, weil Severina die silbernen Zahnstocher ablehnte, die in vornehmen Häusern üblich waren. Die Sklavinnen beobachteten die Reaktionen ihrer Herrin genau, während sie Severinas Zähne mit einem Zahnpulver einrieben, das auf der Basis von Natron hergestellt worden war. Oft wurde Severina die Pflege ihrer Zähne, die sie selbst angeordnet hatte, schnell lästig, und sie schlug unvermittelt die Hände weg, die sich um sie bemühten.

Von ihrer Hauptsklavin Gaviana ließ sie sich Kissen in den Rücken schieben und das Haar zurückkämmen, und immer noch öffnete sie ihre Augen nicht. Gut ein Dutzend Sklavinnen waren es mittlerweile, die um sie herumstanden, bemüht, ihre Wünsche zu erahnen. Als kein einziger über Severinas Lippen kam, fragte Gaviana, die sich am wenigsten vor ihrer Herrin fürchtete: »Soll ich Eure Fingernägel neu bemalen?«

Severina streckte Gaviana als Antwort die Hände hin. Aber bevor ihre Hauptsklavin sie ergreifen konnte, ertönte von der Tür eine Stimme: »Lasst mich mit eurer Herrin allein.«

Severina öffnete die Augen nicht. »Schickt dich mein Bruder, Agrippina? Dann sag ihm, er soll sich aus meinen Angelegenheiten heraushalten.«

Sie hörte, dass ihre Schwägerin sich auf einem der niedrigen Diwane niederließ, von denen es mehrere in ihrem Schlafzimmer gab. Agrippina war eine leibliche Enkelin von Kaiser Augustus, während Severina sich nur so nennen durfte, weil ihr verstorbener Vater Drusus der Bruder von Tiberius war, den Augustus adoptiert hatte, damit er einmal sein Nachfolger wurde. Agrippina aber war das Kind von Augustus' Tochter Julia, die er in die Verbannung geschickt hatte, weil sie angeblich einen liederlichen Lebenswandel geführt hatte. Vielleicht war Agrippina deswegen so sehr um die Schwester ihres Mannes besorgt? Fürchtete sie, Severina blühte ein ähnliches Schicksal wie ihrer Mutter?

Agrippinas Tunika raschelte, ihre Armreifen klirrten, sie schien nervös zu sein. »Ich mache mir genauso große Sorgen wie Germanicus«, sagte sie.

Severina lachte, ohne die Augen zu öffnen. »Darf ich fragen, warum?«

»Du warst in der vergangenen Nacht nicht zu Hause.«

Severina fuhr hoch und spuckte das Mundwasser von sich, mit dem sie gerade zu gurgeln begonnen hatte.

Die Sklavinnen stürzten herbei, um es von ihren Füßen und vom Boden zu wischen. Gaviana hielt feuchte, warme Tücher in den Händen und erkundigte sich besorgt, ob nach den Anstrengungen der Zahnpflege zunächst Severinas Teint erfrischt werden solle, ehe sie die Unterhaltung mit ihrer Schwägerin fortsetzte.

Aber Severina winkte ab. »Verschwinde!« Ihre Stimme klang nur unwesentlich freundlicher, als sie sich an ihre Schwägerin wandte. »Oder soll ich Gaviana anweisen, für dich eine Gesichtsmaske anzurühren? Oder auch ein Mundwasser? Wir können uns auch gemeinsam die Körperhaare entfernen lassen.«

Agrippina jedoch lehnte dankend ab. »Ich habe mir soeben das Gesicht mit lauwarmer Eselsmilch waschen lassen. Das reicht.«

Damit war der Höflichkeit genug getan. Severina gab sich keine Mühe, ihren Ärger zu unterdrücken, als sie fragte: »Woher weißt du, dass ich die Nacht woanders verbracht habe? Hat mein Bruder dich etwa beauftragt, mein Bett zu kontrollieren?«

»Niemand kontrolliert dich, du bist eine freie Römerin.«

»Genau! Was machst du dir also Sorgen?«

»Du gehörst zur kaiserlichen Familie, Severina, du bist Witwe. Der Kaiser möchte, dass du dich wieder vermählst. Mit einem angesehenen Römer. Germanicus möchte das auch.«

Severina lachte, ohne die Augen zu öffnen. »Das kann ich mir vorstellen! Aber ihm zuliebe werde ich bestimmt nicht noch einmal heiraten. Nur dann, wenn ich es will!«

»Wenn sich herumspricht, dass du die Nacht bei dem neuen Ritter des römischen Reiches verbracht hast ...«

»Er ist verrückt nach mir, und er ist ein schöner Mann. Warum also sollte ich ihn zurückweisen? Weil mein Bruder es will? Sicherlich nicht! Und wenn Arminius zurückkommt, werde ich so viele Nächte mit ihm verbringen, wie es mir gefällt.« Sie bemühte sich um ihr herrisches Lachen, das ihr jedoch nicht recht gelingen wollte, und hoffte nur, dass es nicht verzagt auf Agrippina wirkte. »Du hättest sehen sollen, wie verzweifelt er war, als er schon in den frühen Morgenstunden nach Pannonien gerufen wurde. Wie gern wäre er bei mir geblieben!«

Um ihrer Schwägerin zu zeigen, dass ihr dieses Gespräch viel zu lästig war, um sich davon in ihrer Morgentoilette behindern zu lassen, rief sie Gaviana wieder zu sich. »Die feuchten Tücher! Sehr warm, aber nicht zu heiß!«

Ihre Sklavin stand schon wenige Augenblicke später neben ihr, legte warme, feuchte Tücher auf ihr Gesicht und rieb es anschließend mit einem duftenden Öl ein.

Agrippina sah schweigend zu. Als Gaviana fertig war, lächelte sie. »Arminius ist eigentlich ein Barbar.«

»Er ist ein römischer Offizier«, widersprach Severina schnell. »Der Kaiser ist ihm sehr dankbar. Er hat große Taten vollbracht.«

»Deswegen bleibt er trotzdem ein Barbar«, gab Agrippina zurück. »Er ist im finsteren Germanien geboren worden, aber er hat jede Gelegenheit genutzt, dort einen Besuch zu machen. In dieser morastigen, unwirtlichen Gegend!« Aprippina schüttelte sich. »Er sollte doch froh sein, der Kälte und der Dunkelheit entronnen zu sein.«

»Germanien ist seine Heimat, dort leben seine Angehörigen.« Severina warf selbstbewusst den Kopf in den Nacken. »Ich finde, es spricht für ihn, dass er an seiner Familie hängt.« Sie stellte die Füße auf die Erde und strich ihre Tunika glatt. Angriffslustig sah sie aus, und sie bemerkte, dass es ihrer Schwägerin nicht entging. »Dir gefällt er auch«, sagte Severina leise. »Ich habe beobachtet, wie du ihn gestern angesehen hast.«

Agrippina lief rot an. Severina betrachtete sie lächelnd von Kopf bis Fuß, weil sie wusste, wie sehr Agrippina das verunsicherte. Vor allem, wenn der Blick an ihrer Brust hängen blieb, die sogar während ihrer Schwangerschaft viel zu klein war, um dem gängigen Schönheitsideal zu entsprechen. Nie verzichtete Agrippina auf ihr Busenband, während Severina stolz darauf war, ohne auszukommen. Das Busenband war eine um die Brust geschlungene Binde, die die Aufgabe hatte, den Busen aufrecht zu halten. Frauen mit schweren Brüsten und die, deren Brüste bereits erschlafft waren, mussten es tragen, und Agrippina legte es so an, dass ihre Brüste zusammengepresst wurden, damit sie üppiger erschienen, als sie waren.

»Ich habe lediglich Arminius' blonde Haare bewundert«, stieß sie aufgeregt hervor. »Oder willst du mir etwa unterstellen ...«

»Arminius' Bruder hat noch blondere Haare«, unterbrach Severina. »Aber Flavus hast du keines Blickes gewürdigt.«

Agrippina sah von einem Augenblick zum anderen aus wie ein Krieger, der seine Waffen streckt und um Gnade bittet. »Arminius ist ein Held«, sagte sie leise, als schämte sie sich für ihre Worte. »Ein Barbar, aber auch ein Held. Flavus dagegen ist noch nie aus dem Schatten seines Bruders herausgetreten. Aber auch aus ihm«, setzte sie eilig hinzu, »ist ein eleganter Römer geworden. Erstaunlich für zwei Barbaren, die in primitive Lebensumstände hineingeboren wurden.«

Severina nickte. »Kein Wunder, dass Germanien sich freiwillig und gern dem römischen Reich unterworfen hat. Die Barbaren wussten, dass sie der römischen Lebensart, den Künsten und der intellektuellen Kraft der Römer nichts entgegenzusetzen haben.«

Agrippina erhob sich und strich ihre Tunika glatt. »Wenn Arminius hört, dass du von Unterwerfung sprichst, wird er nicht erfreut sein. Und Germanicus und Tiberius auch nicht. Sie nennen die Germanen Freunde und Bundesgenossen der Römer.«

»Ja, ja.« Severina erhob sich ebenfalls, denn das Gespräch begann sie zu langweilen. Sie wollte, dass ihre Schwägerin endlich wieder ging. »Und Varus ist nun dabei, Germanien zu einer römischen Provinz zu machen. Sehr schön.«

Agrippina klatschte in die Hände, um ihre beiden Sklavinnen herbeizurufen, ohne die sie kaum einen Schritt machte. »Ob Varus der Richtige für diese Aufgabe ist?«

»Warum nicht?«, fragte Severina gleichgültig zurück.

»Denk nur an seine Zeit in Syrien. Es heißt, arm kam Varus ins reiche Syrien, und reich verließ Varus das arme Syrien.«

Severina trat an ihren Schminktisch und spielte mit den Ölfläschchen, die dort standen. Wann merkte Agrippina endlich, dass sie keine Lust auf diese Konversation hatte? »Wenn Germanien römische Provinz sein will«, sagte sie, »kann es nicht falsch sein, wenn eine römische Verwaltung dort römische Gesetze erlässt. Und natürlich ist es auch richtig, wenn Germanien es sich etwas kosten lässt, dass es nun zum glorreichen römischen Reich gehört.«

Gaviana erschien mit einem vorsichtigen Lächeln im Raum. Sie war nicht umsonst Severinas Hauptsklavin, sie konnte am besten beurteilen, in welcher Laune sich ihre Herrin befand, wie sie auf das Geschenk, das sie in Händen hielt, reagieren, ob es sie aufheitern oder verärgern würde, ob sie die Störung begrüßen oder ob sie wütend sein würde, weil das Gespräch mit ihrer Schwägerin unterbrochen wurde. Gaviana glaubte, dass ihre Herrin froh sein würde, wenn die Gattin des Germanicus sie endlich verließ, denn sie meinte, Unmutsfalten auf Severinas Stirn gesehen zu haben, aber sicher war sie keineswegs. Die Angst stand ihr ins Gesicht geschrieben, als sie mit zitternder Stimme sagte: »Dieses Geschenk wurde soeben für Euch abgegeben, Herrin.« Sie streckte Severina eine Holzschatulle hin. »Der Sklave, der sie abgegeben hat, sagte, das Geschenk komme von dem blonden Germanen.«

Severina durchfuhr ein freudiger Schreck, aber sie gab sich große Mühe, sich nichts anmerken zu lassen. Eine Frau wie sie freute sich nicht über ein Geschenk, sie beanspruchte es ganz selbstverständlich. Mit einem hochmütigen Lächeln nahm sie die Schatulle entgegen. »Anscheinend hatte er noch Zeit, für ein Geschenk zu sorgen, ehe er nach Pannonien aufbrach«, erklärte sie lächelnd. »Wie nett.«

Gaviana war erleichtert. »Sein Sklave hat ausrichten lassen, dass er das Geschenk gern selbst überreicht hätte.«

Severina gefiel es, dass Agrippinas Blick neugierig wurde. Mit einem überlegenen Lächeln stellte sie die Schatulle zur Seite. »Worüber sprachen wir noch? Ach ja, Varus ... Ich bin sicher, dass er genau richtig ist für seinen Auftrag in Germanien. Ich kenne ihn gut. Er ist ein ruhiger, freundlicher Mann, stammt aus einer angesehenen Familie. Etwas behäbig vielleicht und ein wenig bequem, aber in Germanien Steuern einzutreiben wird ihn ja körperlich nicht besonders fordern.«

Agrippina nickte, dann begriff sie, dass sie nicht länger bleiben konnte, wenn sie nicht für neugierig gehalten werden wollte. Sie gab ihren beiden Sklavinnen einen Wink, die sofort nach dem Saum ihrer Tunika griffen und dafür sorgten, dass die Perlen, mit denen Agrippinas Schuhspitzen bestickt waren, sich nicht in der zarten Seide verfingen.

Agrippina wünschte der Schwester ihres Gatten einen angenehmen Tag und versprach, kein Wort darüber zu verlieren, dass Severina die Nacht im kaiserlichen Palast verbracht hatte.

Severina glaubte ihr, deswegen schenkte sie Agrippina ein warmes Lächeln. Germanicus' Frau war eine gute Seele, man konnte ihr vertrauen. »Mir scheint, du bist schon wieder gesegneten Leibes.« Severina lächelte, obwohl sie in Wirklichkeit nichts als Verachtung empfand angesichts der jährlich wiederkehrenden Niederkünfte ihrer Schwägerin.

Agrippina lächelte sanft. »Mein Gemahl ist überglücklich«, sagte sie, bevor sie den Raum verließ und sich wieder in den Teil der riesigen Villa begab, den sie mit Germanicus und ihren Kindern bewohnte.

Severina gab Gaviana einen Wink. »Öffne die Schatulle!«

Gaviana war sich der freundlichen Reaktion ihrer Herrin jetzt sicher. Lächelnd öffnete sie die Schatulle und stieß einen Laut der Bewunderung aus, als sie die beiden goldgetriebenen Ohrringe herausnahm. Der Schlag, den Severina ihr versetzte, traf sie völlig unvorbereitet. Eigentlich war sie stets auf der Hut vor den Launen ihrer Herrin und stolz darauf, sie besser vorhersehen zu können als alle anderen Haussklaven. Aber diesmal hatte sie sich gründlich getäuscht. Severina hatte zunächst mit einem zufriedenen Lächeln die Ohrringe betrachtet, dann aber das Pergament entrollt, das dem Geschenk beilag. Wieder und wieder schlug sie nun auf Gaviana ein.

»Von diesem blonden Germanen nehmen wir keine Geschenke! Verstanden? Nur von seinem Bruder! Nur von dem! Sprich es mir nach!«

Gaviana sank auf die Knie und stieß unter jedem Schlag hervor: »Nur von seinem Bruder! Nur von seinem Bruder!«

Sie verstand nichts von dem, was sie versprechen musste. Und die Angst war viel bedrohlicher als Severinas Wut und ihre Schläge. Wie sollte sie zukünftig erkennen, welches Geschenk willkommen war und welches nicht? Welcher der blonden Brüder ihrer Herrin gefiel und welcher nicht?

Der Sommer flog übers Land. Vom Wind wurde er über die Eresburg getragen, hin zur Teutoburg. Thusnelda stand auf dem höchsten Punkt der Eresburg und sah ihm nach, diesem Strahlen und Wehen, dem Lauf der Sonne und dem Weg der hellen, bauschigen Wolken. Den Vögeln blickte sie nach, die zum Sommer gehörten, den Blüten, die von einer Bö davongetragen wurden, der Luft, die unter der Sonne sichtbar zu werden schien. Thusnelda streifte ihr wollenes Tuch ab und dehnte den Rücken. Sie liebte diesen Blick über den niedrigen Wald, aus dem sich jahrhundertealte Eichen erhoben, über das Sumpfgebiet dahinter und die große Heidefläche auf der anderen Seite des Waldes. Sie liebte ihn ganz besonders, wenn der Sommer gerade angebrochen war, wenn die Wälder grün und die Wiesen saftig waren, wenn selbst die Sümpfe ihre Düsternis verloren und unter der Sonne glitzerten und lockten.

Thusnelda wollte sich gerade abwenden, da sah sie einige Reiter am Waldrand auftauchen. Anscheinend hatten sie soeben das Waldstück durchquert, nun hielten sie auf die Eresburg zu. Es dauerte nicht lange, da erkannte sie den ersten der Gruppe, dem die anderen in gebührendem Abstand folgten.

Sie raffte das Wolltuch wieder um ihren Körper und lief ins Haus zurück, wo ihr Vater sich aufhielt. Sie fand ihn neben der Kochstelle, wo er das letzte Schweinefleisch vom Deckenbalken hob, das dort seit dem Schlachtfest hing. In dem natürlichen Rauchfang über dem offenen Herdfeuer wurde das Fleisch zu köstlichem Schinken, den Segestes für hohe Festtage aufbewahrte.

»Vater, es kommt Besuch«, stieß Thusnelda aufgeregt hervor. »Ingomar ist auf dem Weg zu uns. Fürst Segimers Bruder.«

Segestes nickte, als überraschte ihn diese Ankündigung nicht. »Dann wird es wohl unweigerlich mit Segimer zu Ende gehen«, sagte er. »Und Ingomar kommt, um seine Nachfolge anzutreten.«

Segestes betastete den tiefroten Bärenschinken, den er in Händen hielt, schien mit der Qualität zufrieden zu sein und gab Amma einen Wink. Sofort kam die Küchenmagd herbei, nahm den Schinken entgegen und hüllte ihn in saubere Leinentücher.

»Aber Segimer möchte, dass sein ältester Sohn ihm auf den Fürstenthron folgt«, sagte Thusnelda.

Segestes sah seine Tochter ärgerlich an. »Woher willst du das wissen?«

Thusnelda stellte sich zu Amma und tat so, als wollte sie der Magd beim Rühren der Hirsegrütze helfen, die es am Abend geben sollte. »Man hört so dies und das.«

Segestes schnaubte zornig. »Inaja also! Sie hat ihre Augen und Ohren überall. Ich frage mich, ob sie die richtige Magd für dich ist. Sie treibt sich überall herum, wo ein Weib alleine nichts zu suchen hat.«

Thusnelda legte den Löffel zurück, mit dem sie Amma beim Grützerühren helfen wollte. Sie sah nicht, dass die Magd ihn unauffällig verschwinden ließ, damit die Tochter des Fürsten nicht noch einmal auf die Idee kam, ihr zu helfen.

Angstvoll sah Thusnelda ihren Vater an. »Du wirst mir doch Inaja nicht nehmen?«

Segestes antwortete nicht, und Thusnelda atmete auf. Sie wusste, dass ihr Vater nicht gern Nachgiebigkeit zeigte. Wenn er schwieg, konnte sie hoffen, dass er einlenkte. »Mach dich bereit«, brummte er. »Wir werden in die Teutoburg ziehen, um Segimer die letzte Ehre zu erweisen.«

Doch bevor es so weit war, mussten Ingomar und seine Begleiter beköstigt werden. Segestes sorgte dafür, dass die Mägde Brotfladen hereinbrachten, dazu Butter und Quark. Alles wurde auf kleinen Holzgestellen serviert, die vor den Sitzbänken aufgestellt wurden. Die Knechte gaben den Männern Bier in ihre Trinkhörner, die sie gierig leerten. Es wurde aus Gerste gebraut, Eschenblätter und Schafgarbe setzte Segestes persönlich zu, die dem Bier einen säuerlichen Geschmack verliehen, das damit zu einem guten Durstlöscher wurde

»Euer Bruder Segimundus sagt«, flüsterte Inaja in Thusneldas Rücken, »die Römer halten unsere Männer für Säufer.«

Thusnelda nickte. »Sie wissen nicht, dass man die Hörner zwischendurch nicht absetzen kann. Man muss sie in einem Zug leeren.« Sie verbot ihrer Dienstmagd mit einer energischen Handbewegung das Wort. »Du musst mich jetzt umkleiden.« Sie drehte sich um und ging in ihre Kammer. »Du solltest dir die Haare kämmen, Inaja. Du wirst mich zur Teutoburg begleiten.«

Während die Magd die Festtagskleidung ihrer Herrin aus einer großen Holztruhe nahm, blieb Thusnelda in der Tür ihrer Kammer stehen und betrachtete die Männer. Ihre Gestalt lag im Schatten, denn im Hause war es wie immer dämmrig, nur in der Nähe des Herdfeuers, an dem die Männer saßen, gab es Licht.

Ingomar bemerkte nicht, dass er beobachtet wurde. Er war ein großer, kräftiger Mann, mit breiten Schultern, dicht behaarten Armen und einem bärtigen Gesicht. Wie bei Thusneldas Vater waren seine langen Haare über der rechten Stirn zu einem

Suebenknoten geschlungen und festgesteckt worden. Er trug enganliegende Hosen, die durch einen Gürtel gehalten wurden, dazu hohe, aus einem einzigen Lederstück gearbeitete Schuhe, die mit Lederriemen verschnürt waren. Sein weites Hemd war aus dunkler Wolle, den ebenfalls wollenen Überwurf hatte er abgelegt und auf die Bank geworfen, auf der er neben dem Hausherrn Platz genommen hatte. Seine Männer saßen weiter vom Feuer entfernt auf niedrigen Schemeln, die aus grob bearbeiteten Baumstümpfen bestanden. Die Wurzelenden, mal drei, mal vier, waren zu Füßen zurechtgestutzt. Manchmal so ungleichmäßig, dass die Männer auf ihren Sitzgelegenheiten hin und her wackelten, während sie redeten und tranken.

»Es ist alles bereit«, sagte Inaja, und Thusnelda ging in ihre Kammer, ließ sich auf einem Schemel nieder und von Inaja die Haarflechten lösen. Ausgiebig kämmte und bürstete die Magd das dichte blonde Haar ihrer Herrin, ehe sie es erneut scheitelte, flocht und feststeckte.

»Ihr müsst schön sein, wenn Ihr die Teutoburg betretet«, flüsterte sie.

Thusnelda fragte nicht nach dem Warum und lachte auch nicht über die unsinnige Hoffnung ihrer Magd. Ja, sie wollte schön sein, wenn sie Segimers Familie gegenübertrat. Aber die Frage, warum ihr das wichtig war, wollte sie sich nicht beantworten. Sie verbot sich sogar, darüber nachzudenken, ob die beiden Söhne des Cheruskerfürsten rechtzeitig ans Sterbebett ihres Vaters kommen würden.

Sie trat aus ihrer Kammer – und wieder scheute sie davor zurück, sich zu ihrem Vater und seinem Gast zu gesellen. Zögernd machte sie einen Schritt, verharrte dann aber, als wollte sie sich nicht ohne ihre Dienstmagd in männliche Gesellschaft begeben.

Am Feuer wurde über Arminius gesprochen. »Wir sollten bald aufbrechen«, sagte Segestes. »Besser, wir kommen in der Teutoburg an, solange Segimer noch lebt.«

Ingomar winkte ab. »Wichtig ist nur, dass Arminius noch nicht zurück ist. Es wäre nicht gut, wenn mein Bruder noch Gelegenheit bekäme, seinen Sohn als Nachfolger zu bestimmen. Ich habe die älteren Rechte. Unser Vater hätte gewollt, dass ich als zweitgeborener Sohn meinem Bruder auf den Fürstenthron folge.«

Segestes nickte. »Das wäre wirklich das Beste. Segimer sollte seine verhängnisvolle Einstellung mit sich ins Grab nehmen.«

Ingomar seufzte. »Mehr und mehr hat er sich in den letzten Jahren von allem Römischen abgewandt. Aber das Bündnis der Cherusker mit den Römern ist wichtig. Man muss dafür sorgen, dass Segimer keinen Einfluss auf seine Nachfolge mehr nehmen kann.«

Segestes zog die Mundwinkel herab. »Hoffen wir, dass der Tod schneller ist als sein ältester Sohn. Oder … hoffen wir, dass Arminius andere Ansichten vertritt als sein Vater. Schließlich ist er in Rom erzogen worden.«

»Aber er ist ein gehorsamer Sohn. Der letzte Wunsch seines Vaters wird ihm heilig sein. Und ich weiß von Flavus, dass Arminius sich schon mehr als einmal kritisch geäußert hat. Er hat es gewagt, die Gladiatorenspiele im Amphitheater ein unwürdiges Schauspiel zu nennen. Und das, während er neben dem Kaiser in dessen Loge saß.«

Segestes schien gegen seinen Willen beeindruckt zu sein. »Mutig von ihm«, murmelte er. »Und wenn wir ehrlich sind, Ingomar … ist es nicht wirklich ein unwürdiges Schauspiel, wenn Menschen von wilden Tieren gehetzt werden und andere sich daran ergötzen?«

»Meinetwegen«, gab Ingomar zu. »Aber er hätte es nicht sagen dürfen. Er hätte sich die Sympathien des Kaisers verscherzen können, und wir alle hätten es ausbaden müssen.«

»Hat er sich denn …?«

Ingomar unterbrach. »Nein, der Kaiser mag ihn. Er hat Glück gehabt. Manch anderer hätte sich nach einer solchen Kritik selbst in der Manege wiedergefunden und sich zum Vergnügen der römischen Gesellschaft von einem wilden Tier auffressen lassen dürfen.«

»Du übertreibst, Ingomar.« Segestes schien keinen Gefallen mehr an diesem Thema zu haben.

»Mag sein«, gab Ingomar zu. »Aber das ist ja noch nicht alles. Arminius hat angeblich dagegen protestiert, wie mit den besiegten Marsern umgegangen wird. Selbstverständlich gehen sie in die Sklaverei. Was sonst? Aufständische werden getötet, ihre Töchter in Bordelle gebracht, und alles, was sich dem römischen Heer entgegenstellt, wird hingemetzelt. Na und?«

Segestes lachte. »So ist das nun mal, wenn man sich erobern lässt. Und wenn man die römische Herrschaft nicht anerkennt. Das beweist doch, wie gut und wichtig es ist, mit den Römern zu paktieren. Lebenswichtig sogar!«

Nun hielt Thusnelda es nicht mehr im Schatten. Fest entschlossen trat sie zwei, drei Schritte ins Licht des Küchenfeuers. »Wie könnt Ihr so etwas sagen, Vater? Meine Mutter war Marserin. Wenn sie noch lebte, würdet Ihr dann auch so sprechen? Und was ist mit ihrer Familie? Mit unseren Verwandten?«

Aus Segestes' lächelndem Gesicht war schlagartig eine finstere Miene geworden. »Jeder hat die Chance, am Leben zu bleiben. Wer sie nicht nutzt, muss eben die Folgen tragen.«

»Und was ist mit unseren Bauern?«, fragte Thusnelda hitzig. »Sie müssen jetzt Steuern zahlen. Das mussten früher nur Unfreie, die das Stammesrecht verloren hatten. Dem einfachen Volk geht es unter den Römern viel schlechter. Warum also soll ihre Herrschaft gut sein?«

Segestes' Augen wurden dunkel vor Zorn, und seine Miene verfinsterte sich weiter, als er Ingomars belustigten Blick bemerkte. Scharf antwortete er seiner Tochter: »Dem Volk geht es nicht schlechter, nur weil es Steuern zahlen muss. Es wird ihm bald besser gehen, die Erziehung muss nur erst abgeschlossen sein. Auf dem Weg zum kultivierten Volk, das so viel kann und leistet wie das römische, müssen eben Opfer gebracht werden.«

Noch immer belustigt ergänzte Ingomar: »Und was die Römer für Germanien tun, muss natürlich bezahlt werden. Technik, Kunst, Kultur – das alles wird bald in Germanien Einzug halten. Städte werden sich entwickeln, Straßen gebaut werden …«

»Obwohl Varus mit den Steuern seine großen Feste finanziert?«, fragte Thusnelda – und erschrak über ihre eigenen Worte. Derart aufsässig hatte sie noch nie mit ihrem Vater gesprochen, und das in Gegenwart eines Gastes! »Verzeiht, Vater«, stieß sie hervor und senkte den Blick. »Ich bin ein Weib und verstehe nichts von diesen Dingen.«

»Das will ich meinen!«, knurrte Segestes. »Also mach dich bereit für den Ritt zur Teutoburg, anstatt dich in die Gespräche von erwachsenen Männern einzumischen.«

Ingomar begann zu lachen. »Es wird Zeit, dass deine Tochter heiratet, Segestes. Fürst Aristan wird schon dafür sorgen, dass seine Ehefrau sich so benimmt, wie es sich gehört.«

Thusnelda spürte, dass jemand an ihrem Rock zupfte. »Lasst Euch den Bernsteinschmuck anlegen«, hörte sie Inaja tuscheln.

Die Stimme ihrer Magd war angstvoll, das brachte Thusnelda in die Wirklichkeit zurück. Wie konnte sie ihren Vater derart brüskieren? Das Wort einer germanischen Frau galt zwar etwas in der Familie, aber in der Wirkung nach außen hatte sie sich zurückzuhalten. Thusneldas Mutter hatte immer Stellung bezogen und Einfluss ausgeübt auf ihren Mann – wenn jedoch Gäste im Hause waren, hatte sie still daneben gesessen und nur ein Auge auf das Gesinde gehabt, damit es die Gäste gut versorgte. Segestes konnte sein Gesicht verlieren, wenn er den Widerspruch seiner Tochter duldete. Zwar hatte er sie noch nie bestraft, wenn sie eine Meinung geäußert hatte, die ihm nicht gefiel, aber immer waren sie allein gewesen, wenn Thusnelda sich bei ihrem Vater über Varus' Gebaren beschwert hatte. Erst vor ein paar Tagen, als sie ihn auf einem Ritt über die Felder der Eresburg begleitete, hatte sie ihn gefragt, ob ihm die römische Herrschaft auch deshalb so gut gefiel, weil er stets zu Varus' verschwenderischen Festen eingeladen wurde. Üppige Gelage, die von den Steuern bezahlt wurden, die man den germanischen Bauern abpresste.

Segestes war ganz ruhig geblieben, als er ihr antwortete: »Es ist immer besser, mit den Wölfen zu heulen, als sich ihnen zum Fraß vorzuwerfen.«

Dass sie jetzt, in Gegenwart seines Gastes, den römischen Statthalter Germaniens erneut kritisiert hatte, war unverzeihlich. Reuevoll verneigte sie sich und bat, ohne den Blick vom Boden zu nehmen: »Vergebt mir, Vater. Ich bin nur ein dummes Weib und kann mich nicht messen mit Eurer Klugheit. Derart einfältig bin ich sogar, dass ich die Stimme erhob, obwohl ich doch weiß, dass nichts Kluges aus meinem Mund kommen kann.«

Segestes schien zufrieden zu sein. »Eigentlich sollte ich dich bestrafen«, brummte er, »aber da du einsichtig bist, werde ich davon absehen.«

Ingomar mischte sich ein. »Du bist wirklich sehr gnädig, Segestes. Ich bewundere dich für deine Langmut.«

Segestes warf Thusnelda einen Blick zu, der sie wohl warnen sollte. »Ein junges Mädchen für derart dumme Worte zu bestrafen würde bedeuten, diese Worte ernstzunehmen.«

Ingomar lachte. »Da hast du auch wieder recht.«

Die Knechte kamen, um die Trinkhörner der Männer ein weiteres Mal zu füllen. Diese Gelegenheit nutzte Inaja, erneut am Rock ihrer Herrin zu zupfen. »Kommt in die Kammer. Der Bernsteinschmuck!«

Thusnelda nickte und zog sich mit ihrer Dienstmagd zurück. Als Inaja sie auf einen Schemel drückte, glaubte sie, dass sie ihren Fehler wieder gutgemacht und das Verzeihen ihres Vaters errungen hatte.

»Wie konntet Ihr nur?«, fragte Inaja aufgeregt. »Wollt Ihr am Kreuz enden? Der Statthalter Varus hat schon Kreuzigungen aus viel nichtigeren Anlässen befohlen. Und wenn Ingomar ihm von Euren Worten berichtet, kann es schlecht für Euch aussehen.«

Thusnelda nickte zerknirscht. »Ja, es war dumm von mir.«

Inaja seufzte übertrieben. »Ihr seht es also wenigstens ein! Ihr könnt wirklich von Glück sagen, dass Euer Vater so gnädig mit

Euch umgeht. Und Ingomar hat Euer Geschwätz zum Glück nicht ernstgenommen. Außerdem schätzt er Euren Vater. Er wird dessen Tochter nicht an Varus verraten und damit den Vater gleich mit.«

Thusnelda schwieg. Ihre Magd hatte recht. Es war gefährlich, über die Römer Schlechtes zu sagen. Sie bereute es aufrichtig und würde ihrem Vater bei nächster Gelegenheit noch einmal beteuern, wie leid es ihr tat. Sicherlich würde er ihr spätestens dann verzeihen, mochte sein Herz auch in diesem Augenblick noch voller Zorn auf seine Tochter sein.

Inaja hatte mittlerweile Thusneldas Bernsteinschmuck aus der Truhe genommen und legte ihn ihrer Herrin um. Eine wundervolle Kette war es! Thusnelda hatte sie von ihrer Mutter geerbt, die die Tochter eines reichen Marserfürsten gewesen war. Der Vater hatte ihr die Kette überreicht, als sie Segestes in sein Land folgte, damit sie Unheil von ihr fernhielt. Mit diesen Worten war sie auch Thusnelda übergeben worden, und sie glaubte fest an die Heil- und Zauberkraft des Bernsteins. Ein breites Band aus Bernsteinsplittern, die durch ein feines Lederband miteinander verbunden waren, legte Inaja um Thusneldas Hals, dann rückte sie die Traube aus Bernsteinkugeln in Thusneldas Ausschnitt zurecht. Sie war an einem breiten Steg befestigt, an dem überdies zwei zarte metallene Blätter festgeschmiedet waren.

»Besser, Ihr redet jetzt kein einziges Wort mehr«, flüsterte Inaja, während sie überprüfte, ob die Bernsteintraube sich perfekt in Thusneldas Dekolleté schmiegte. »Sorgt dafür, dass Euer Vater stolz auf Euch ist, wenn Ihr in die Teutoburg einzieht. Nicht auf Eure Worte, sondern auf Eure Schönheit.«

Thusnelda nickte. Am liebsten hätte sie sich Inajas Ermahnungen verbeten, aber sie zog es vor zu schweigen. Inaja war ihre Vertraute, die sie kannte wie keine zweite. Alle Geheimnisse waren bei ihr gut aufgehoben. Inaja war loyal und war immer ehrlich zu Thusnelda. Da ging es nicht an, dass sie jetzt gemaßregelt wurde, nur weil Thusnelda ihre offenen Worte nicht gefielen.

Zudem quälte sie nun die Frage, ob sie überhaupt recht hatte. Selbstverständlich war ihr Vater klüger und weitsichtiger als sie. Vielleicht war es richtig, wenn er sagte, dass das Volk zur römischen Lebensart erzogen werden müsse. Auch Kinder wurden gezüchtigt, bis sie so weit erzogen waren, dass sie begriffen, worauf es im Leben ankam. Diese schmerzliche Erfahrung musste wohl sein. Tatsächlich brachten die Römer viele moderne Errungenschaften ins Land, und jeder Germane sollte sie zu schätzen wissen. Vielleicht war sie wirklich dumm, wenn sie Varus' Ausschweifungen zum Maßstab ihrer Beurteilungen machte? Und auf keinen Fall durfte sie wiederholen, dass die germanischen Stammesfürsten nur deshalb die römische Herrschaft begrüßten, weil Varus sie an seinen Ausschweifungen teilhaben ließ.

Sie hatte ihren Vater einmal betrunken heimkehren sehen und belauscht, wie er mit Ingomar über feinste Speisen, köstlichen Wein und sogar über nackte Tänzerinnen gesprochen hatte, die bereit gewesen waren, den anwesenden Männern alle Wünsche zu erfüllen. Thusnelda erkannte zwar nicht, was das für Wünsche waren, aber ihr Instinkt sagte ihr, es würde einen guten Grund geben, dass sie nichts von diesen Wünschen wusste.

Die Sonne hatte den Zenit überschritten und senkte sich über die Baumwipfel, als sie sich aufmachten, ein Tross von fünfzehn Pferden, Segestes und Ingomar voran. Dann folgten die beiden Frauen, Inaja auf einem kleinen aufgeregten Pferd und Thusnelda auf ihrem gutmütigen Braunen. Beide saßen seitlich auf den Pferderücken und ließen die Tiere von Ingomars Begleitern führen. Zwei von Segestes' Männern schlugen dumpf die Tontrommeln, die sie sich umgehängt hatten, damit jeder, der ihnen begegnete, wusste, mit welchem Ziel sie unterwegs waren.

Als sie die Teutoburg erreichten, war die Sonne gerade hinter den riesigen alten Eichen verschwunden, ihr Licht jedoch lag noch auf den Dächern der Häuser und Hütten, auf dem Grat des Walls, der die Teutoburg befriedete, und blitzte auf den Waffen der Männer, die sie beschützten.

Das große hölzerne Tor öffnete sich, noch bevor sie es erreichten. Die Wachen salutierten schweigend, sie wussten, dass ihr Herr sich bereit machte, den Weg nach Walhalla anzutreten, den viele germanische Krieger schon vor ihm beschritten hatten, die meisten aus einem schweren Gefecht heraus. Grabesstille lag bereits über der Burg, obwohl ihr Herr noch zu den Lebenden gehörte.

Die Wächter griffen nach den Zügeln der Pferde und machten sich daran, den Bruder des Sterbenden und die Bewohner der Eresburg zu dem größten Haus zu führen, das in der Mitte der Teutoburg lag, an ihrem höchsten Punkt.

»Lebt der Fürst noch?«, fragte Segestes leise.

Einer der Wächter nickte. »Aber die Tore Walhallas sind bereits für ihn geöffnet worden.«

»Sind die Söhne schon eingetroffen?«, fragte Ingomar.

Nun schüttelte der Wächter den Kopf. »Wohl deshalb hat Fürst Segimer das Tor noch nicht durchschritten. Er möchte sein Haus wohlgeordnet zurücklassen.«

Segestes und Ingomar warfen sich einen Blick zu, Segimers Bruder setzte sich daraufhin an die Spitze des Zuges. Hoch aufgerichtet saß er auf seinem Pferd, wandte den Kopf nach links und rechts, als messe er bereits den Wert dessen, was er künftig sein eigen nennen wollte.

Thusnelda wusste, dass nach dem Tod des Vaters Platz für zwei Söhne und ihre Familien auf der Teutoburg gewesen war. Aber Ingomar hatte es abgelehnt, in einer Burg zu leben, in der nicht er der Herr war, sondern sein Bruder. Hals über Kopf hatte er die Tochter eines anderen germanischen Fürsten geheiratet, der ohne Söhne geblieben war. Ingomar hatte sich Hoffnungen gemacht, nach dem Tod des Schwiegervaters auf den Fürstenthron zu kommen und von da an die gleiche Macht zu genießen wie sein Bruder Segimer auf der Teutoburg. Dann aber war ein Halbbruder seiner Frau aufgetaucht, der Sohn einer Magd, die seit Jahren das Bett ihres Herrn teilte. Und dieser junge Mann schaffte es, das Herz des kranken Fürsten zu erobern, was Ingomar nie gelungen war. Als dann noch seine Frau im Kindbett starb und auch der neugeborene Junge nicht überlebte, war für Ingomar kein Platz mehr im Haus seines Schwiegervaters.

Thusnelda drehte sich um, als sie spürte, dass sich in ihrem Rücken, am Ende des Zuges, etwas veränderte. Das Schweigen, von dem sie empfangen worden war und das über der gesamten Burg lag, veränderte sich plötzlich. Das dumpfe Knarren des Tores, das sich hinter ihnen schließen sollte, verstummte. Füße scharrten, die Stille wurde durch ein paar aufgeregte Anweisungen unterbrochen. Nun bemerkten auch Ingomar und Segestes, dass etwas in ihrem Rücken geschah, und wandten sich um. Das große Tor der Teutoburg, das sich gerade schließen wollte, wurde erneut geöffnet. Hell knarzte diesmal das Holz, als es aufgestoßen wurde, und dann sahen sie die beiden Reiter, die mit ihrem Gefolge auf die Teutoburg zupreschten.

»Arminius und Flavus«, flüsterte Inaja.

Thusnelda warf Ingomar einen Blick zu, der wütend der Ankunft seiner Neffen entgegenstarrte, dann sah sie ihren Vater an, der eine sorgenvolle Miene aufsetzte. Die Wächter gaben sich keine Mühe, ihre Freude zu verbergen. Sie lachten den Söhnen ihres Fürsten entgegen.

Die Gestalten der beiden wuchsen in dem geöffneten Tor heran, und schon bald füllten sie es aus. Direkt dahinter brachten sie ihre Pferde zum Stehen. Zwei junge römische Offiziere, die auf dem Weg in den Kampf zurückgeholt worden waren und ihre Rüstung nicht abgelegt hatten, die ihnen auf dem Weg in die Heimat vermutlich das Fortkommen erleichtert hatte. Jeder von ihnen trug eine rote Tunika, darüber einen Brustpanzer, der aus mehreren Platten bestand, die durch Lederbänder miteinander verbunden waren, so dass der Panzer flexibel war und die Schulterbewegungen nicht behinderte. Einen ledernen Gürtel hatte jeder von ihnen um die Hüfte gebunden, verziert mit blitzenden Metallstücken. Gleichzeitig nahmen sie die Helme von den Köpfen, die blonden Haare, die zum Vorschein kamen, fielen ihnen bis auf die Schultern.

»Ist unser Vater noch unter uns?«, fragte Arminius und nickte erleichtert, als einer der Wächter ihm versicherte, dass der sterbende Fürst sich an sein Leben klammere, um den ältesten Sohn noch als Nachfolger ausrufen zu können.

»Wir haben das erste Schiff genommen«, erklärte Arminius, »das den Rhein hinabfuhr. Nur gut, dass Tiberius mir einen Gefallen schuldete und uns gehen ließ.«

Thusnelda betrachtete Arminius fasziniert. Was für ein schöner Mann! Die hohe, breite Stirn, die kräftigen Wangenknochen, das kantige Kinn! Ein markantes und doch freundliches Gesicht, herrisch und rau wie das eines Kriegers und doch mit weichen Zügen, die von seinen hellen Augen noch betont wurden. Sehr aufmerksam blickte er um sich, wachsam und gebieterisch, aber auch milde und sogar ein wenig scheu. Sein Bruder dagegen hatte zwar die blonderen Locken, aber sein schmales Gesicht war nichtssagend mit einem fliehenden Kinn, das ihn unentschlossen und ausdruckslos machte. Seine Augen strahlten nicht, sie verbargen sich unter den Brauen, die so hell und weich waren, dass sie der Unentschlossenheit einen Rahmen gaben und nicht der Furchtlosigkeit. Flavus' Blick lief hastig von einem zum anderen, ohne sich ein Bild einzuprägen. Wer von ihm angesehen wurde, glaubte sich im nächsten Moment bereits wieder vergessen. Arminius' Blick dagegen zeichnete die Dinge und die Menschen, die er sah, aus.

Die beiden Brüder machten keine Anstalten abzusitzen. Sie drängten sich an dem Tross der Besucher vorbei, warfen Ingomar und Segestes einen Gruß zu und wollten ihren Pferden die Sporen geben, obwohl der Weg zum Haus des Fürsten, vorbei an den geduckten Hütten der Burgbewohner, schmal und mit runden, holprigen Steinen gepflastert war. Der junge Germane, der sich in Arminius' und Flavus' Gefolge befand, griff erschrocken in die Zügel, als Arminius es sich plötzlich anders überlegte. Lachend fuhr sich der blonde römische Offizier durch die Haare, als er fragte: »Ist das etwa die kleine Thusnelda? Segestes' Tochter, die zur Welt kam, kurz bevor ich als Kind nach Rom gesandt wurde?«

Thusnelda wurde rot und senkte den Blick, während ihr Vater unwirsch antwortete: »Ja, das ist meine Tochter, die Verlobte von Fürst Aristan.«

»Aha!« Das war das Einzige, was Arminius erwiderte.

Thusnelda sah auf, noch bevor er sich abwandte. Ein winziger Moment war es, in dem ihre Blicke sich trafen. Seine Augen sagten ihr etwas, ihre Augen empfingen es. Sie wusste nicht, was es war, vielleicht wusste auch er es nicht, dennoch war zwischen ihnen etwas ausgedrückt worden, was ihrer beider Leben veränderte. Als Arminius auf das Haus seines Vaters zuritt, konnte Thusnelda nicht den Blick von ihm lassen, und als er sich, bevor er absaß, nach ihr umwandte, starrte sie ihm immer noch nach.

Ertappt drehte Thusnelda sich um und suchte nach Worten, die sie an Inaja richten wollte, um Arminius und auch sich selbst von ihrer unangemessenen Neugier abzulenken. »Vielleicht kannst du den Mägden der Teutoburg zur Hand gehen, während wir Segimer die letzte Ehre erweisen.«

Aber Inaja bemerkte nicht, dass sie angesprochen wurde. Sie bemerkte nicht einmal, dass ihr Pferd nervös tänzelte und der Mann, der es am Zügel geführt hatte, alle Kraft aufwenden musste, um es zu halten. Thusnelda betrachtete ihre Dienstmagd erstaunt. Was war los mit ihr? Inaja, die Starke, Robuste, sah so schwach aus, als wäre ihr etwas auf den Kopf zugesagt worden, was sie ans Kreuz bringen konnte. So etwas wie Schuld war in ihrem Blick. Nein, Thusnelda korrigierte sich, Schuld war es nicht, sondern … ein Sichergeben ins Schicksal.

Thusnelda konnte nicht ahnen, wie recht sie mit dieser Vermutung hatte. Ja, mit Inaja war etwas geschehen, etwas, was sie irgendwann das Leben kosten würde.

Thusnelda lächelte gnädig. »Der junge Mann in Arminius' und Flavus' Gefolge ist Hermut. Habe ich recht?«

Inaja sah sie an, als erwachte sie aus einem schweren Traum. Mühsam nickte sie. »Ja, das ist Hermut.«

3.

Das Atrium war das Zentrum des großen Hauses. Hier wurden die Hausgötter verehrt, die Penaten und Manen, in denen die Geister verstorbener Vorfahren weiterlebten. Ihnen war ein kleiner Altar errichtet worden, der täglich mit frischen Blumen geschmückt wurde. Die Geister der Verstorbenen hatten großen Einfluss auf die Lebenden, niemand wollte es sich mit ihnen verderben.

Das Atrium war ein großes Quadrat, das auf allen vier Seiten von marmornen Säulenreihen umschlossen wurde. Die Wege, die durch diesen Innenhof führten, bildeten ein klares Kreuz. Wo sie sich schnitten, stand der Altar der geringeren Götter, der Laren. Im Haus jeden Römers wurde mit den Göttern verhandelt, indem man Altäre errichtete und regelmäßig Opfer brachte, damit sie den Bewohnern gewogen waren. In ihrer Nähe stand auch die mit Bronze beschlagene Geldkiste, die jeder reiche Römer im Atrium aufbewahrte. Sie war so groß, das ein erwachsener Mann sich darin hätte verbergen können. Für ihre Bewachung war der Türsteher verantwortlich, nicht die Götter. Sie sollten nur dafür sorgen, dass die Truhe immer gut gefüllt war.

Augustus bestärkte sein Volk in seiner Religion und auch in dem Glauben, dass er, der erste Kaiser Roms, ein göttliches Wesen, mindestens ein Halbgott sei. Das hatte seinen guten Grund. Denn wer würde sich schon gegen eine Gottheit auflehnen?

Von jeder der vier Seiten des Atriums lief ein Weg schnurgerade zur gegenüberliegenden, von Buchs und Rosmarin eingefasst. Auf den vier Quadraten, die dadurch entstanden, wuchsen exotische Pflanzen, ihre Blüten waren winzig oder prunkend, stachen verstohlen durchs Laub oder entfalteten sich prächtig unter der Sonne. Viele Sklaven kümmerten sich um die Erhaltung der Anpflanzungen, sorgten für die notwendige Bewässerung, für die Beschneidung der Büsche, die Behandlung der Sprösslinge und Knospen, das Entfernen der trockenen Blüten und die Anordnung der frischen zum Zeitpunkt ihrer größten

Pracht in flachen Gefäßen und bauchigen Vasen. Die Rasenflächen wurden regelmäßig gewässert, damit die Herrschaften, die barfuß auf ihm lustwandeln wollten, über einen weichen Grasteppich gingen und kein trockener Halm ihre Fußsohlen kratzte.

Severina ging nie barfuß ins Atrium, verzichtete niemals auf eine lederne Sohle und auf bestickte Seide an ihren zarten Füßen. Jetzt blieb sie im Schatten einer Säule stehen und scheuchte Gaviana mit einer ungeduldigen Handbewegung zur Seite, die gerade nach dem Saum ihrer Tunika greifen wollte, um sie vor dem Staub zu schützen, der auf den Wegen lag, die das Atrium kreuzten. Zwar wurden sie ständig von den Sklaven mit Wasser besprengt, aber die Sonne saugte die Feuchtigkeit im Nu auf, aus dem frischen Kies wurde schnell heller Staub, wenn hoher Besuch im Atrium die Anwesenheit arbeitender Sklaven verbat.

Kaiser Augustus saß mit Severinas Bruder auf einer Bank. Mindestens drei Kissen hatte er sich unterschieben lassen, damit seine geringe Körpergröße ein wenig ausgeglichen wurde. Die Bank wurde von niedrigen Büschen eingerahmt, unter ihren Blättern duckten sich zierliche Statuen. Neben der Bank war ein kleiner Teich angelegt worden, in dem sich träge Fische bewegten, die schwerfällig nach den Insekten schnappten, die auf der Oberfläche tanzten. Hinter den Büschen, die die Sitzgruppe einrahmten, plätscherte ein Springbrunnen. Bei leichtem Wind konnte es sein, dass von dort ein Schleier feuchter Luft die Bewohner und ihre Gäste erfrischte oder aber verärgerte.

So unauffällig wie möglich bewegte sich Severina den überdachten Säulengang entlang. Das Peristyl war der einzige kühle Ort außerhalb des Hauses. Im Atrium drang die Hitze auch in die Schatten der Bäume und Büsche. Augustus jedoch schien sie nichts auszumachen. Severina betrachtete verwundert den müden, alten Kaiser, der unter einem riesigen Fächer saß, den ein etwa zwölfjähriger Sklave über ihn hielt, um ihn vor direkter Sonneneinstrahlung zu schützen. Ein anderer etwa gleichaltriger Junge stand neben ihm, mit Augustus' Lieblingspapagei auf dem Unterarm, der mit einer Kette am Handgelenk des Jungen befestigt war. Der Kaiser hatte gern mindestens einen seiner gefiederten Freunde bei sich. Ein kleines Mädchen fächelte ihm Luft zu, was jedoch unmöglich für Kühlung sorgen konnte. Trotzdem sah der Kaiser nicht so aus, als litte er unter der Hitze. Im Gegenteil, er zog die Schultern hoch, als fröre er sogar. Germanicus dagegen, der sich sicherlich gern ins kühle Haus zurückgezogen hätte, tupfte sich immer wieder unauffällig den Schweiß von der Stirn.

Severina bewegte sich in kleinen unhörbaren Schritten in der Nähe der Hauswand das Peristyl entlang und nutzte die Gelegenheit für ein paar schnelle Schritte, als dem Kaiser von zwei Sklavinnen Ziegenmilch serviert wurde, die er besonders schätzte. Augustus wartete, bis die beiden Sklavinnen sich entfernt hatten, dann sprach er weiter, während er höchstpersönlich den Honig in die Tasse träufelte.

Der Kaiser war bekannt dafür, dass er die Sonne und die Wärme liebte und gelegentlich gern auf Bedienung verzichtete. Das machte seine Besuche nicht einfach. Wer Kaiser Augustus zu Gast hatte, musste schwitzen wie jetzt Germanicus und sich genau überlegen, welche Bedienung er dem Kaiser zukommen ließ und welche Tätigkeit ihm selbst überlassen bleiben musste, damit er gut gelaunt war. Anscheinend hatte Germanicus alles richtig gemacht, als er es dem Kaiser überließ, den Honig eigenhändig in die Ziegenmilch zu rühren, und den Sklaven, der diese Tätigkeit eigentlich übernehmen sollte, wegschickte.

Severina war froh, dass Kaiser Augustus sich keine weibliche Gesellschaft gewünscht hatte, wie er es sonst gerne tat. Erst vor kurzem war Agrippina im Frühstadium ihrer Schwangerschaft ohnmächtig zu Boden gesunken, als der Kaiser in der Mittagshitze im Atrium mit ihr plaudern wollte.

»Ich habe Verständnis für Tiberius«, hörte Severina den Kaiser sagen. »Schließlich verdankt er Arminius sein Leben.«

Als Severina diesen Namen hörte, machte sie einen weiteren Schritt voran und drückte sich neben den Schrein, auf dem jeden Morgen ein Teil der Speisen geopfert wurde, die zum Frühstück serviert werden sollten. Hatte sie also richtig vermutet! Der Kaiser war gekommen, um mit Germanicus über den neuen Ritter seines Reiches zu sprechen. Und sie wollte unbedingt hören, wann Arminius aus Pannonien zurückerwartet wurde.

Ihre unvorsichtige Bewegung erzeugte ein Scharren auf dem Mosaik, ein Rascheln ihrer Gewänder. Zum Glück waren die Geräusche dem Kaiser entgangen, aber Germanicus blickte ärgerlich auf. Da seine Schwester jedoch längst den Schutz einer stattlichen Säule gefunden hatte, wurde er nur auf Gaviana aufmerksam. Mit einer wütenden Handbewegung gab er ihr zu verstehen, dass sie sich zu entfernen hatte.

Severina sah das entsetzte Gesicht ihrer Hauptsklavin, die wusste, dass sie mit einer schweren Strafe rechnen musste, weil Germanicus ihr dreiste Neugier vorhalten würde oder sogar eine Belästigung des Kaisers, worauf die Todesstrafe stand.

Mit einer knappen Handbewegung schickte sie Gaviana ins Haus zurück und verdrehte ungeduldig die Augen. Ja, ja, sie würde verhindern, dass Gaviana zur Abschreckung aller neugierigen Sklaven mit dem Kopf nach unten irgendwo aufgehängt wurde. Severina war zu sehr an sie gewöhnt, um zu riskieren, sich demnächst über andere Sklavinnen zu ärgern, die ihre Wünsche nicht so gut kannten wie ihre Hauptsklavin. Also würde Gaviana mit ein paar Stockschlägen davonkommen, sie durfte ihrer Herrin dankbar sein.

Gleichmütig betrachtete Severina Gavianas bleiches Gesicht und ihre schreckgeweiteten Augen. Mit einem ärgerlichen Stirnrunzeln gab sie ihr zu verstehen, dass auch der Gedanke an Strafe ihr nicht das Recht gab, sich bequem gegen eine Säule sinken zu lassen, nur weil ihre Beine vor Angst zitterten.

»Damit bin auch ich, damit ist das ganze römische Reich Arminius verpflichtet«, fuhr der Kaiser mit seiner müden Stimme fort. »Mögen Arminius und sein Bruder auch in Pannonien gebraucht werden, ihr Vater, der sterbende Cheruskerfürst, braucht sie jetzt dringender. Tiberius' Entscheidung, die beiden in ihre Heimat zu entlassen, war sicherlich richtig.«

Severina sah, wie Germanicus sich vorbeugte. Der Schweiß tropfte ihm von der Stirn in den Schoß. »Es wäre zu überlegen«, begann er vorsichtig, »ob Arminius fortan besser Dienst in Germanien tut. Varus kann Unterstützung gebrauchen. Es gibt noch immer germanische Stämme, die sich gegen die römische Herrschaft wehren. Die Aufstände, zu denen es häufig kommt, sind lästig. Arminius ist einer der ihren, ein Germane, der nun römischer Offizier, ein Ritter des römischen Reiches ist. Sein Wort gilt mehr als die Angst, die Varus mit seiner strengen Herrschaft erzeugt. Besser, wir bekommen ihre Unterwerfung und ihre Treue durch Überzeugung als durch Zwang.«

Der Kaiser schien über Germanicus' Worte nachzudenken, während Severina hinter ihrer Säule vor Wut bebte. Ihr Bruder wollte dafür sorgen, dass Arminius nicht nach Rom zurückkehrte? Er wollte ihr den Geliebten nehmen, weil er vermutlich längst einen römischen Adeligen für sie ausgesucht hatte? Oder einen steinreichen Geschäftsmann, dessen Zugehörigkeit zur kaiserlichen Familie Germanicus irgendeinen Vorteil verschaffte? Was dachte ihr Bruder sich dabei!?

Sie gab Gaviana einen Wink, damit sie ihr folgte, und schlenderte auf die beiden Männer zu, als wäre es ihre Gewohnheit, in der Hitze durchs Atrium zu spazieren. Germanicus wusste, dass sie sich, solange die Sonne schien, in ihren Räumlichkeiten aufhielt, und sich, wenn es erforderlich war, das Haus während der heißen Tageszeit zu verlassen, nur in einer Sänfte mit dichten Vorhängen befördern ließ, die sie vor der Sonne schützten. Aber der Kaiser wusste es nicht, und da er selbst die Sonne liebte, seit er älter geworden war, sah er Severina arglos lächelnd entgegen.

Freundlich erkundigte er sich nach ihrem Wohlergehen, während Germanicus seine Schwester wütend anstarrte, weil er sich denken konnte, dass sie gekommen war, um an seinem Gespräch mit dem Kaiser teilzuhaben.

»So viel Mühe für diese Barbaren?« Severina lächelte und schloss damit ohne Umstände an die Unterhaltung der beiden Männer an. »Wenn Varus seiner Aufgabe ohne Arminius' Hilfe nicht gerecht wird, sollte man ihn wieder nach Syrien schicken.«

»Was verstehst du schon von unseren germanischen Provinzen?«, fuhr Germanicus seine Schwester an.

Aber ein tadelnder Blick des Kaisers ließ ihn verstummen. Augustus mochte keine Streitereien in seiner Gegenwart, und Unhöflichkeit war ihm zuwider. Er begegnete einer Dame immer zuvorkommend, solange sie seine Gunst verdiente, und verurteilte sie mit leichter Hand zum Tode, wenn sie ihrer nicht mehr würdig war. Dazwischen gab es wenig, das Spektrum seiner Würdigung war erschreckend gering.

Bevor er Severina bat, sich zu ihm zu setzen, sagte er zu Germanicus: »Ich werde die Angelegenheit ganz und gar Tiberius überlassen. Er soll Arminius nach seinen Wünschen fragen und dann über seine Zukunft entscheiden.«

Damit wandte er sich Severina zu, um mit ihr über seine Kindheit zu reden, womit er alle Damen seiner Umgebung schon seit Jahren langweilte.

Severina ließ sich auf einem Diwan nieder, der eiligst von einigen Sklaven ins Atrium getragen worden war, und dirigierte mit der Rechten den Baldachin, der zum Schutz gegen die Sonne über sie gehalten wurde. Um Germanicus' ärgerlichen Blick kümmerte sie sich nicht, als sie versuchte, den Kaiser von seiner Kindheit abzulenken und mit ihm ein unverfängliches Gespräch über Arminius zu beginnen. Allerdings hatte sie kein Glück. Augustus war der Meinung, dass römische Damen sich ausschließlich um ihre Schönheit, ihren Ehemann, ihre Kinder und darüber hinaus nur um den Haushalt und ihre Sklaven zu kümmern hatten. Und da Severina weder Gemahl noch Nachkommen besaß und im Haushalt ihres Bruders lebte, blieb nur ihre Schönheit als Gesprächsthema. Die rühmte der Kaiser so lange, bis er Arminius vergessen hatte und nach einem Diwan verlangte, auf dem er sich ausruhen konnte. Wenn er sich frischer fühlte, so kündigte er an, würde er Severina erzählen, wie er unter der Knute seines Erziehers gelitten hatte.

»Misch dich nicht in Dinge, die dich nichts angehen«, zischte Germanicus seiner Schwester zu, als der Kaiser sich entfernte.

»Und versuch du nicht, Arminius nach Germanien abzuschieben, damit ich ihn nicht mehr sehe.«

»Es ist mir gleichgültig, ob du ihn siehst«, ereiferte sich Germanicus. »Aber es ist mir nicht gleichgültig, wenn du dich ihm an den Hals wirfst.«

Fackeln loderten, die Dämmerung färbte sich mit ihrem Licht. Sie war nicht mehr grau, sie wurde rot-golden. Eine knisternde Dämmerung, eine flackernde Stille. Es schien schneller dunkel zu werden als sonst. Der Himmel färbte sich über den alten Eichen mit der Farbe des Feuers, finstere Wolkenfetzen zogen darüber hinweg, dann war der letzte Widerschein der Sonne verloren, und der Himmel büßte seine Farbe ein. Die Fackeln allein waren es, die dem Abend noch Leben gaben, ihr sanftes Knistern war für eine Weile der einzige Laut.

Niemand sprach, als der tote Fürst auf einer gezimmerten Bahre aus dem Haus getragen wurde. Seine Witwe schluchzte auf, dann herrschte wieder Totenstille. So lange, bis die ersten Füße scharrten und der Zug der Menschen sich in Bewegung setzte, die Fürst Segimer auf seinem letzten Weg begleiten wollten. Die Tochter, die ihre Mutter stützte, dann die beiden Söhne und sein Bruder Ingomar, der versuchte, seinen Zorn mit Trauer zu verkleiden. Es gelang ihm nicht. Thusnelda sah seine zusammengepressten Lippen, die gefurchte Stirn, seinen Blick, der nicht auf dem Leichnam seines Bruders ruhte, sondern immer wieder alles erfasste, was ihm hätte gehören können. Nun aber war Arminius, der älteste Sohn, zum Fürsten ausgerufen worden. Ingomar konnte noch so sehr auf seine älteren Rechte pochen, auf den Willen Segimers kam es an und auf dessen Worte.

Eine kurze Anspannung war am Tag zuvor durch seinen müden Leib gegangen, als Arminius an sein Lager getreten war, dann endlich war die Ruhe über ihn gekommen, auf die viele, die bei ihm wachten, schon lange gewartet hatten. Seine Familie, die ihm ein Ende des Leidens wünschte, seine Widersacher, die auf den Beginn einer neuen Macht hofften. Mit einer schwachen Handbewegung hatte der Fürst sie alle weggeschickt. Er wollte mit seinem Sohn allein sein.

Auch Thusnelda war hinausgegangen auf den Platz vor dem Haus, auf dem die Mägde und Knechte sie mit Getränken erwarteten. Sie eilten von einem zum anderen, gossen den Männern Met in ihre Trinkhörner und reichten den Frauen gepresstes Obst.

Thusnelda sah, wie ihr Vater mit Ingomar tuschelte. Arminius' Onkel schien aufzubegehren, aber Segestes sprach besänftigend auf ihn ein. Nach und nach wurde Ingomar tatsächlich ruhiger, er musste einsehen, dass er verloren hatte. Die Führungsrolle war an Arminius weitergereicht worden. Der Sohn empfing soeben die letzten Wünsche seines Vaters. Wie mochten sie aussehen?

Die Wartenden wurden bald unruhig. Was gab der sterbende Fürst seinem Sohn mit auf den Weg? Und wie weit betraf es jeden einzelnen von ihnen?

Thusneldas Blick fiel auf Inaja, die den Mägden der Teutoburg bei der Beköstigung der Gäste half. Wo sie war, da war auch Hermut. Und wenn er nicht mit ihr sprach, sie nicht mit kleinen Scherzen zum Lachen bringen konnte, dann folgte er ihr mit den Augen. Kein Zweifel, Hermut war bis über beide Ohren in Thusneldas Dienstmagd verliebt. Wahrscheinlich war er deshalb so oft an der Eresburg vorbeigeritten und hatte bei jeder Gelegenheit Halt gemacht, um mit Inaja zu reden.

Thusnelda hätte gelächelt, wenn der traurige Augenblick es nicht verboten hätte. Wie einfach das Leben doch für eine Magd war! Sie konnte sich verlieben, sie durfte tändeln und kokettieren, einem jungen Mann schöne Augen machen, ihm auf die Finger schlagen, wenn er zudringlich wurde, oder auch nicht, wenn er ihr gefiel. Für die Tochter von Fürst Segestes kam das alles nicht in Frage. Sie musste den Mann heiraten, den der Vater ausgesucht hatte, und natürlich musste sie als Jungfrau in die Ehe gehen. Alles andere wäre eine schwere Kränkung für den Vater der Braut. Inaja dagegen …

Verwirrt sah Thusnelda sich um. Wo war Inaja geblieben? Gerade noch hatte sie Hermuts Trinkhorn gefüllt, aber nun war sie nicht mehr zu sehen. Hermut schien genauso nach ihr Ausschau zu halten wie Thusnelda, aber die Dienstmagd war von einem Augenblick zum anderen verschwunden. Später behauptete sie, man habe sie im Haus gebraucht. Aber in ihren Augen hatte Thusnelda etwas gelesen, was sie nicht verstehen konnte. Wäre Hermut mit Inaja verschwunden gewesen, hätte sie sich einen Reim darauf machen können, so aber blieb das bittere Gefühl, dass Inaja etwas vor ihrer Herrin verbarg. Thusnelda war traurig, hatte sie doch bisher geglaubt, Inaja habe keine Geheimnisse vor ihr.

Doch schon bald war sie von ihren Fragen abgelenkt worden, denn Arminius trat aus dem Haus und verkündete den Tod seines Vaters. Hoch aufgerichtet stand er da, ließ den Blick über die Anwesenden gleiten und blieb schließlich an Thusneldas Gesicht hängen, als er sagte: »Fürst Segimer ist in Walhalla eingezogen.«

Totenstille legte sich über die Teutoburg. Und sie sollte durch kein lautes Wort unterbrochen werden, bevor Fürst Segimers Körper seinem Geist nach Walhalla gefolgt war. Schweigend war für die Gäste ein Lager errichtet worden, denn es war zu mühsam, am Abend zur Eresburg zurückzukehren und schon am nächsten Tag zur Bestattung des Fürsten wieder aufzubrechen. Stroh war um die Feuerstelle herum ausgebreitet worden für die Frauen, die Männer legten sich zum Vieh in den anderen Teil des großen Hauses.

Wie köstlich war das Gefühl gewesen, unter einem Dach mit Arminius zu schlafen! Thusnelda hatte lange wach gelegen, auf die Atemzüge der anderen gelauscht, auf das Schnauben des Viehs, das zur Kochstelle herüberdrang, auf das Rascheln von Füßen, das die Stille gelegentlich unterbrach. War es Arminius, der sich erhoben hatte, weil er draußen, in der Natur, mit dem

Geist seines Vaters allein sein wollte? Wie gerne hätte Thusnelda sich ebenfalls erhoben, um ihn zu suchen, sich an seine Seite zu stellen, eins zu werden mit ihm und seiner Trauer, um ihn zu trösten und ihm ins Ohr zu flüstern, dass Wodan die Geschicke aller Menschen in die richtigen Bahnen lenkte. Man musste nur darauf vertrauen!

Sie wurde aus ihren Gedanken geweckt, als der Trauerzug sich in Bewegung setzte. Die Tore der Teutoburg öffneten sich weit, Fürst Segimer verließ den Ort, an dem er geboren worden war, an dem er gelebt hatte. Arminius hatte das Schwert seines Vaters umgebunden, Segimers Schild hielt er in Händen. Flavus trug die Kiste mit den Grabbeigaben – Segimers Werkzeug, seine kostbarste Fibel und seine Spielsteine.

Langsam bewegte sich der Zug den Hang hinab und hielt auf den nahen Wald zu. Nur wenige Baumreihen waren zu durchschreiten, dann kam er auf der Lichtung an, in deren Mitte Segimers Männer einen hohen Scheiterhaufen errichtet hatten. Nun standen sie da, ihre Speere auf den Boden gestützt, die Spitzen in den Himmel gerichtet, und erwarteten zum letzten Mal ihren Herrn.

Mittlerweile waren die Lurenbläser zu hören, die ihre Melodien in den Himmel schluchzten und weinten, dann begannen die Männer der Teutoburg die Totenformeln zu sprechen. Inaja konnte den Blick nicht von dem toten Fürsten nehmen. Es war das erste Mal, dass sie einer solchen Bestattung beiwohnen durfte. Ihre Angehörigen waren durch schreckliche Unfälle ums Leben gekommen und eilig verscharrt worden. Nun erlebte sie, wie man einen Toten bestattete, der in Walhalla erwartet wurde.

Gebannt starrte sie auf den Fürsten, der mitsamt seiner Bahre auf den Scheiterhaufen gehoben wurde. Er ruhte auf einer wollenen Decke, sein langes graues Haar war gelöst worden und umkränzte sein friedliches Gesicht. Arminius legte seinem Vater den Schild auf die Brust, Flavus entnahm der Holzkiste, die er trug, die Grabbeigaben und legte sie seinem Vater an die Seite.

Die Söhne traten zurück, Eiliko, Segimers ältester Freund, machte Anstalten, den Scheiterhaufen in Brand zu setzen.

Inaja spürte plötzlich eine Bewegung in ihrem Rücken. Eine Stimme hinter ihr flüsterte: »Wunderschön siehst du im Schein der Fackeln aus.« Eine kräftige Männerhand strich sanft über ihren Rücken und zupfte zärtlich an ihrem Haar.

»Pass auf, Hermut«, flüsterte Inaja zurück, »dass uns niemand beobachtet.«

»Warum nicht? Ich bin ein freier Germane. Und du bist eine freie germanische Frau.«

»Wir stören die Bestattungszeremonie.«

Das schien Hermut einzusehen. Er wich einen Schritt zurück, aber Inaja spürte noch immer seinen Blick. Er brannte in ihrem Nacken.

In diesem Moment erklang Ingomars Stimme: »Ein Cheruskerfürst muss sein Schwert mit nach Walhalla nehmen!«

Arminius fuhr herum, das Schwert seines Vaters erhoben. »Ihr habt zwar recht, Onkel, doch da mein Vater mir dieses Schwert in seiner letzten Stunde in die Hand gegeben hat, wird es eben anders geschehen. Mein Vater wollte, dass sein Schwert an seinen ältesten Sohn übergeht, und von mir soll es ebenfalls an den ältesten Sohn übergehen. Sein Letzter Wille ist mir heilig.«

Inaja spürte, dass Hermuts Aufmerksamkeit sich von ihr löste. Er machte einen Schritt zur Seite, seine Hand lag nun auf dem Knauf seines Krummsäbels, den er an der rechten Seite trug. Anscheinend befürchtete er eine Auseinandersetzung und war bereit, seinem Freund Arminius zur Seite zu springen, wenn es nötig sein sollte.

Segimers Witwe jedoch machte dem Streit ein Ende, noch bevor er entstehen konnte. Thordis trat einen Schritt vor und sagte mit klarer Stimme: »Es war der Wunsch meines Gemahls, ohne sein Schwert bestattet zu werden. Er fürchtete sich nicht davor, unbewaffnet in Walhalla einzuziehen. Er hat immer an den Frieden geglaubt, der dort herrscht.«

Doch Ingomar wollte sich nicht zufriedengeben. »Es ist Brauch, dass ein Krieger mit seinen Waffen bestattet wird.«

Nun mischte sich auch Segestes sein. »Ingomar hat recht. Soll Segimer ohne sein Schwert im Jenseits weiterleben? Wie soll er sich dort verteidigen?«

»Es war seine Entscheidung«, betonte Arminius ein weiteres Mal. »Sein Letzter Wille.«

Thordis stellte sich an die Seite ihres Ältesten. »Dieses Schwert war mein Brautgeschenk. Also habe ich ein Wort mitzureden. Und ich verlange, dass der letzte Wille meines Gemahls erfüllt wird. Von nun an wird Arminius das Schwert tragen und demnächst sein erstgeborener Sohn.«

Selbstbewusst sah sie Ingomar und Segestes an, dann blickte sie in die Runde, bedachte Mann für Mann mit einem eindringlichen Blick. Einer nach dem anderen nickte oder schlug die Augen nieder. Das Wort der Witwe hatte Gewicht. Inaja sah, dass Hermut die Hand von seiner Waffe nahm und sich entspannte.

Schweigen breitete sich aus, dann erhob Eiliko erneut die Hand mit seiner Fackel. Er betrachtete seinen Freund ein letztes Mal ausgiebig, vielleicht wartete er auch auf weiteren Protest. Als er ausblieb, setzte er den Scheiterhaufen in Brand. Das trockene Holz begann augenblicklich zu lodern, es knisterte, die Flammen erreichten blitzschnell Segimers leblose Gestalt.

Inaja konnte den Blick nicht abwenden, obwohl sie Angst hatte vor dem, was nun geschehen würde. Die wollene Decke fing schon bald Feuer, Segimers Haare begannen zu brennen. Inaja schlug die Hand vor den Mund und stöhnte auf. Ihr war, als müsste Segimer aufspringen und vor den Flammen flüchten. Dass er sich nicht rührte, als sein hölzerner Schild, der auf seiner Brust lag, in Flammen aufging, erschien ihr unbegreiflich. Leise wimmerte sie und wich immer weiter zurück. Fürst Segimer brannte, noch nie hatte sie einen Menschen brennen sehen.

Schritt für Schritt entfernte sie sich, ohne jedoch den Blick von dem schrecklichen Schauspiel zu nehmen. Dann plötzlich schien es, als lebte Fürst Segimer doch noch. Eine riesige

Flamme schoss unter seinem Körper hervor, der Oberkörper des Toten bäumte sich auf, verharrte in dieser Stellung, als starrte er die Menschen an, die seiner Verbrennung beiwohnten.

Entsetzt floh Inaja in die Nähe der Bäume, weit genug weg, um Fürst Segimers Antlitz nicht mehr erkennen zu müssen. Sie lehnte sich an einen Baum und atmete auf, als der Scheiterhaufen derart loderte, dass sein Kern, der Leichnam des Fürsten, kaum noch zu erkennen war.

In diesem Augenblick griff ein Arm von hinten um ihren Hals und umklammerte sie mitsamt dem Baum, an dem sie lehnte. Inaja erschrak, dennoch wehrte sie sich nicht. Sie rührte sich nicht einmal, als eine Hand ihre Fibel löste und dann grob nach ihrer Brust griff. Zwei Hände waren es nun, zwei Daumen und Zeigefinger, die ihre Brustwarzen pressten und rieben. Vor Schmerz traten ihr die Tränen in die Augen, aber Inaja blieb trotzdem stehen und rührte sich nicht. Sie schloss die Augen und lächelte sogar.

4.

Die Benutzung der Therme war ausschließlich dem Kaiser und seiner Familie vorbehalten. Augustus achtete streng drauf, dass Frauen und Männer getrennt badeten, was in den öffentlichen Bädern Roms keineswegs die Regel war. Die kaiserliche Therme war ein prächtiger, mit Mosaiken geschmückter Marmorpalast, der einen Warm- und einen Heißraum, das Tepidarium und das Caldarium, enthielt, außerdem das sogenannte Frigidarium, den Kaltwasserraum, und darüber hinaus ein offenes Schwimmbecken, eine Sporthalle und die nötigen Umkleideräume. Besonders stolz war Kaiser Augustus auf das Heizsystem seiner Therme. Die Luft wurde in einem Ofen erhitzt, unter den Fußboden geleitet und dann durch Hohlräume in den Wänden in die Räume geführt. Ein aufwändiges Unterfangen, um das ständig unzählige Sklaven bemüht waren.

Severina begab sich fast jeden Nachmittag in die Therme, um zu baden, zu schwimmen, sich waschen, einölen, enthaaren zu lassen und sich mit körperlichen Übungen kräftig, beweglich und schlank zu erhalten. Häufig traf sie dann ihre Schwägerin, die die gleichen Gewohnheiten hatte. Auch ihre Schwangerschaften hatten daran nichts geändert. Severina wusste, dass andere Damen der kaiserlichen Familie, wenn sie schwanger waren, die Therme nur noch betraten, um sich anschließend von dem Weg ins Tepidarium zu erholen. Aber bei Agrippina war das anders. Sie absolvierte täglich ihre Übungen mit Hanteln und Gewichten und hörte erst damit auf, wenn ihr Gemahl es ihr untersagte. Germanicus war der Überzeugung, dass die Freiübungen seiner Gattin ungesund waren und dem ungeborenen Kind schadeten.

Severina traf Agrippina im heißen Dampfbad, einem hohen Raum mit einer gläsernen Kuppel, die im Bedarfsfall zum Lüften geöffnet werden konnte. Anzüglich betrachtete sie den leicht gewölbten Leib ihrer Schwägerin, ehe sie sie freundlich begrüßte. »Ich hoffe, du fühlst dich wohl? Wie weit ist deine Schwangerschaft mittlerweile fortgeschritten?«

Agrippina winkte ab. »Ich bin erst im fünften Monat. Die Zeit des Unwohlseins ist vorbei. Ich kann nun wieder alles essen, ohne zu erbrechen.«

Severina ließ sich ihren Ekel nicht anmerken. Sie winkte eine Sklavin herbei, die ihren Körper mit Olivenöl einreiben sollte. Dann legte sie sich zurück, schloss die Augen und hoffte, dass Agrippina den Hinweis verstehen und ihr kein Gespräch aufzwingen würde.

Aber nach einer kurzen Zeit der Stille, die in Severina schon Hoffnungen geweckt hatte, sagte Agrippina: »Du siehst müde aus. Fühlst du dich nicht gut?«

»Wie kommst du darauf?«, fragte Severina zurück, ohne die Augen zu öffnen. »Mir geht es gut. Und dass du mein Aussehen kritisierst, betrachte ich als Beleidigung.« Sie lächelte, damit Agrippina erkannte, dass sie gescherzt hatte.

Anscheinend jedoch hielt ihre Schwägerin die Augen ebenfalls geschlossen, denn sie antwortete erschrocken: »Vergib mir, Severina! Ich wollte dich nicht kränken.«

»Schon gut«, gab Severina ärgerlich zurück. Sie wurde immer ungehalten, wenn sie einen Menschen vor sich hatte, den sie auszeichnete, indem sie ihm einen Scherz gönnte, und der ihn dann nicht verstand. Ein Mann, der nicht über ihre Scherze lachte, sondern sie ernstnahm, hatte auf der Stelle im Ringen um ihre Gunst verloren.

»Geht es dir nicht gut, weil Arminius in Germanien ist?«, fragte Agrippina.

Severina wurde wütend. »Habe ich dir nicht gesagt, dass es mir ausgezeichnet geht?«

Agrippina setzte sich auf und schickte die Sklavin weg, die sich gerade daran machen wollte, mit zwei Schwämmen die Durchblutung ihrer Haut anzuregen. »Ich hatte ja auch geglaubt, dass er bald nach Rom zurückkehren wird. Deinetwegen! Wo er dir doch, bevor er nach Pannonien abrückte, noch diese wunderbaren Ohrringe geschenkt hat.« Agrippina schwieg eine Weile, während Severina, die ihrer Schwägerin gern über den Mund gefahren wäre, sich zu beherrschen versuchte. »Warum trägst du sie eigentlich nie?«

»So schön sind sie nun auch wieder nicht«, gab Severina zurück.

Sie erhob sich, um in den Warmraum zu gehen, musste aber feststellen, dass Agrippina sich gleichfalls erhob, um ihr zu folgen.

Beide winkten sie Sklavinnen mit großen Pinzetten herbei, die sie von störender Körperbehaarung befreien sollten.

Severina streckte sich auf der Liege aus, die eine Sklavin eilig mit vorgewärmten Tüchern bedeckt hatte. Sie war fest entschlossen, sich auf kein weiteres Gespräch über Arminius einzulassen. Agrippina war eine gehorsame Ehefrau. Wenn Germanicus sie angewiesen hatte, seiner Schwester den germanischen Helden auszureden, dann würde sie es tun. Aber Severina hatte weder Lust, ihrer Schwägerin zu widersprechen, noch ihr zuzustimmen, um ihre Ruhe zu haben. Sie wollte lediglich, dass man ihr nicht dreinredete, wenn ihr ein Mann gefiel.

Agrippina jedoch schien nur auf eine Gelegenheit gewartet zu haben, mit Severina über Arminius zu sprechen. »Germanicus hat mir erzählt, dass du dich in sein Gespräch mit dem Kaiser eingemischt hast.«

Der Tadel war nicht zu überhören, aber Severina verzichtete darauf, ihn zurückzuweisen. Agrippina hätte es selbstverständlich niemals gewagt, sich ungefragt in die Gesellschaft des Kaisers zu begeben. Sie kam nur zu ihm, wenn sie gerufen wurde, und sprach dann auch nur, wenn sie ausdrücklich dazu aufgefordert worden war.

»Du weißt also«, fuhr Agrippina fort, »dass Arminius nicht in Pannonien ist.«

Nun fand Severina es doch an der Zeit zu antworten. »Natürlich«, gab sie so gleichmütig wie möglich zurück. »Er ist in seiner Heimat, weil sein Vater gestorben ist.«

Agrippina wurde jetzt lebhafter. Während sie vorher leise gesprochen und behutsam formuliert hatte, schien sie nun an Sicherheit zu gewinnen. »Aber du irrst dich, wenn du glaubst, dass Germanicus dich von Arminius trennen will. Er hat es mir ausdrücklich versichert.«

»Und du glaubst ihm.« Severinas Stimme troff vor Spott. »Eine treu ergebene Ehefrau glaubt ihrem Gemahl alles.«

Agrippinas Stimme wurde eifriger. »Germanicus sagt, die Entscheidung sei objektiv richtig. Der Kaiser wäre sicherlich auch selbst darauf gekommen.«

»Von welcher Entscheidung sprichst du?«

»Arminius nach Germanien abzukommandieren.«

Severina fuhr in die Höhe, der Sklavin fiel die Pinzette vor Schreck aus der Hand. Wütend schlug Severina auf sie ein. »Wo hast du das Enthaaren gelernt? Bei den Barbaren?« Sie riss der Sklavin die Pinzette aus der Hand und warf sie gegen die Wand. »Schick mir eine andere!«

In geduckter Haltung huschte die Sklavin davon, hob die Pinzette auf und drückte sie einer älteren Frau in die Hand, die sich eilig neben Severina niederließ. »Darf ich es versuchen, Herrin?«

Severina streckte ihr ein Bein hin. »Aber wehe, ich verspüre auch nur den geringsten Schmerz.«

Der Sklavin traten die Schweißperlen auf die Stirn, während sie die Pinzette an Severinas Unterschenkel ansetzte. Ihre Hände zitterten, als sie das erste Härchen zupfte. Und sie atmete erleichtert auf, als Severina keinen Schmerzenslaut von sich gab.

Mit mühsam unterdrückter Wut sagte Severina: »Ich habe es mit eigenen Ohren gehört. Germanicus hat dem Kaiser den Vorschlag gemacht, Arminius dem Statthalter in Germanien zur Seite zu stellen. Und da soll ich glauben, dass dieser Vorschlag nichts mit der Entscheidung des Kaisers zu tun hat?«

Sehr langsam, sehr betont hatte sie gesprochen. Agrippina kannte ihre Schwägerin und wusste dieses Zeichen zu deuten. »Germanicus hat es mir versichert«, wiederholte sie, aber ihr Blick verriet, dass sie aus gutem Grunde darauf verzichtet hatte, die Beteuerungen ihres Gatten in Frage zu stellen.

»Macht Schwangerschaft eigentlich dumm?«, fragte Severina höhnisch. »Dann solltest du endlich aufhören, Kinder zu bekommen.«

Aber Agrippina schien entschlossen zu sein, sich nicht kränken zu lassen. »Es handelt sich um eine staatskluge Entscheidung. Arminius ist genau der Richtige, um dem Oberbefehlshaber Germaniens zu helfen. Er wird das Kommando über eine berittene Truppe übernehmen, die Publius Quinctilius Varus direkt unterstellt ist.« Sie schöpfte tief Luft, als müsste sie Mut einatmen, um alles, was sie sich eingeprägt hatte, überzeugend zur Sprache zu bringen. »Mit fünfhundert Reitern wird Arminius von nun an in Germanien für Ruhe und Ordnung sorgen. Er soll die Stämme dazu bringen, freiwillig Steuern zu bezahlen und sich zu Rom zu bekennen. Immer noch gibt es viele, die sich dagegen wehren und mit Rom nichts zu tun haben wollen. Sie begreifen anscheinend nicht, was der römische Kaiser für sie zu tun bereit ist. Er geht davon aus, dass niemand für diese Aufgabe so gut geeignet ist wie Arminius. Er wird wie ein Römer handeln, aber überzeugender sein als ein Römer, da er seine Wurzeln in Germanien hat.«

Erschöpft ließ sich Agrippina auf ihre Liege zurücksinken und gab der Sklavin ein Zeichen, damit sie mit der Enthaarung fortfuhr. Anscheinend hatte sie sich die vielen Worte sorgsam zurechtgelegt, oder sie waren ihr von ihrem Gemahl eingetrichtert worden.

»Ich wusste gar nicht, dass du dich für die Eroberung der römischen Provinzen interessierst.« Severina erhob sich und wandte sich ab, weil sie Angst hatte, sich mit einer unüberlegten Reaktion zu verraten. »Sag meinem Bruder, ich lasse mich von ihm zu nichts zwingen. Wenn er einen Mann für mich ausgesucht hat, dann vergisst er das am besten gleich wieder.«

»Aber Antonius Andecamus wäre genau richtig für dich! Von adeliger Herkunft und außerdem steinreich! Was willst du mit einem Barbaren?«

Severina gewann allmählich die Oberhand zurück. »Wer sagt, dass ich überhaupt irgendeinen Mann will?« Sie betrachtete ihre Schwägerin mit einem verächtlichen Lächeln. »Also wirklich, Agrippina! Deine vielen Schwangerschaften …«

»… machen dumm?«, unterbrach Agrippina. Dass sie diese Beleidigung mit einem Lächeln wiederholte, hätte Severina gleich zu denken geben müssen. Aber tatsächlich hatte sie von ihrer Schwägerin noch nie eine Boshaftigkeit zu hören bekommen, deswegen war sie sehr überrascht, als Agrippina ergänzte: »Dann pass gut auf deine Intelligenz auf. Du siehst wirklich nicht aus, als ginge es dir gut.«

Damals war es Hilger gewesen, dem ihr Herz gehörte. Blond war er, hellblond, mit einem schmalen Gesicht und kleinen, flinken Augen, die mehr zu sehen schienen als alle anderen, mit einer rohen Kraft, mit der er alles verteidigte, was ihm gehörte. Sein Leben, seinen Besitz, die Menschen, die ihm etwas bedeuteten. Er war geschaffen, ein Krieger zu sein.

Eines Tages stand er vor ihrer armseligen Kate und bat um Wasser und um einen Verband für seine blutenden Füße. Auf dem Weg nach Rom war er, im römischen Heer wollte er Dienst tun. »Ein Leben im glorreichen Rom!« Mit leuchtenden Augen erzählte er davon, als er nach dem Becher mit Wasser auch noch Obdach und zu essen erhalten hatte. Von den vielen Häusern berichtete er, von Häusern aus Stein, die sich aneinanderreihten, eins an das andere, von Tempeln, von Thermen und Amphitheatern, von Wasserleitungen, aus denen warmes Wasser floss, von Räumen, die ohne Feuer geheizt wurden, von Liegesofas, Schminktischen, Teppichen, Tischen aus Marmor, Gold und Silber, von Badezimmern und gläsernen Wasserkaraffen, von kostbaren Wandmalereien und Mosaiken. Ein herrliches Bild entstand vor ihr, solange Hilger in ihrer winzigen Kate lebte, ein Bild, in das sie selbst am Ende eintrat, in dem sie leben wollte. Ja, leben in Rom! An Hilgers Seite!

Als ihre Eltern Hilger rauswarfen, weil sie ihn für einen Schmarotzer hielten und ihn nicht länger durchfüttern wollten, ging sie so oft wie möglich zu der Höhle, in der er Schutz gesucht hatte, bevor er seinen Weg nach Rom fortsetzen wollte.

»Nimm mich mit«, bat sie jedesmal, wenn sie ihm etwas zu essen brachte.

Er versprach es hoch und heilig. »Ich bin ein guter Krieger, das habe ich oft genug bewiesen. Ich muss nur erst eine römische Legion finden, in der ich dienen kann. Mein Stamm will gegen die Römer kämpfen, aber ich will auf die andere Seite. Ein römischer Krieger will ich werden, kein germanischer mehr sein, der dem römischen Heer irgendwann unterliegen muss.«

»Und dann nimmst du mich mit?«, fragte Inaja erneut.

Genauso oft versicherte er es ihr. »Aus jedem Gefecht werde ich als Sieger zurückkehren. In das römische Haus, dem du vorstehst. Mit der Bedienung von unzähligen Sklaven ...«

Aber Hilger verlor bereits das nächste Gefecht. Er fiel einem Mordanschlag zum Opfer. Inaja fand ihn mit zertrümmertem Schädel vor seiner Höhle, als sie ihm das nächste Mal etwas zu essen bringen wollte. Wer für seinen Tod verantwortlich war, stellte sich niemals heraus. Vielleicht jemand aus seinem Stamm, für den er ein Verräter geworden war, vielleicht jemand aus ihrer Familie, der nicht zulassen wollte, dass sie ihm nach Rom folgte … Die Wahrheit kam nie ans Licht.

Der Traum von Rom war damit ausgeträumt, doch in Vergessenheit geriet er nie. Da konnte ihr Vater noch so oft sagen, dass Hilger ein Schwärmer gewesen war, ein Phantast, der nicht mit dem zufrieden sein wollte, was ihm durch Geburt vorbestimmt war, und ein Faulpelz und Lügner, der ihr nur so lange ein gutes Leben in Rom versprochen hätte, bis er nicht mehr darauf angewiesen war, dass sie ihm etwas zu essen in seine Höhle brachte. Inaja wollte den Traum trotzdem nicht vergessen.

Von weitem hatte sie dabei zugesehen, wie Hilger in einem Loch am Waldrand verscharrt wurde. Später stand sie lange vor seinem Grab und schwor ihm, den Traum seinetwegen nie ganz aufzugeben. Er war zu schön gewesen, um vergessen zu werden. Und Hilger war zu außergewöhnlich gewesen, um ihn zu vergessen. Aber dann hatte sie ihm auch noch versprochen, sich von nun an nur noch auf die Träume zu konzentrieren, die in Erfüllung gehen konnten. Ein gutes Leben in Thusneldas Haushalt, mit einem treusorgenden Ehemann an ihrer Seite. Damit wollte sie sich begnügen. Der Traum von Rom lag neben Hilger unter dem Erdhügel, den sie so lange besuchte, bis er sich der Landschaft gleichgemacht hatte. Schon im folgenden Sommer war er nicht mehr von der Vegetation zu unterscheiden, die ihn umgab. Die Erinnerung an Hilger verblasste, so wie der Traum …

Dann aber hatte sie Flavus gesehen, so blond wie Hilger, mit dem gleichen schmalen Gesicht und den kleinen Augen, die so rastlos waren wie Hilgers. Mit seinem hochmütigen Lächeln, den schmalen Händen Hilgers, die doch so kräftig zupacken konnten, mit seinem Körper, der ihr gezeigt hatte, dass der Schmerz zur Liebe gehörte.

»Wenn sie nicht wehtut, die Liebe, dann ist sie nicht richtig«, hatte Hilger gesagt, wenn sie unter seinen Händen, unter seinem Körper aufgeschrien hatte.

Dann war er zufrieden gewesen, weil er sicher sein konnte, dass sie ihn wirklich liebte.

Sanften Händen und Zärtlichkeiten konnte sie seitdem nicht mehr trauen. Hilger hatte Maßstäbe gesetzt. Seine Liebe war richtig gewesen, sein Weg in Inajas Herz war der kürzeste, der am sichersten zum Ziel führte. Wer sich ihr zu Füßen legte, konnte nichts von ihr erwarten, wohl aber der, der sie zu seinen Füßen zwingen konnte. So wie Hilger.

In der Nacht nach Fürst Segimers Tod hatte Inaja sich erhoben, ohne dass es jemand bemerkte. Sie lauschte auf den Atem ihrer Herrin, den sie genau kannte, und wusste, dass Thusnelda fest schlief. Die Mägde, die einen langen, schweren Tag hinter sich hatten, waren sofort in Schlaf gefallen, einige von ihnen schnarchten leise. Der Glut des Feuers am nächsten lagen die Witwe und ihre Tochter, auch sie rührten sich nicht. Ein schwacher Schein fiel auf ihre Gesichter, Inaja beobachtete sie eine Weile, dann war sie sicher, dass auch diese beiden fest schliefen. Das Stroh raschelte, als sie sich erhob, aber sie war sorglos. Es gab einen guten Grund, sich während der Nacht zu erheben und das Haus zu verlassen. Den würde sie anführen, wenn sie ertappt wurde.

Er griff nach ihr, kaum dass sie sich ein paar Schritte vorangetastet hatte. Im schwachen Mondlicht konnte sie sein helles Haar ausmachen und sein schmales Gesicht. Beinahe hätte sie Hilgers Namen geflüstert.

Mit einer herrischen Bewegung streifte er ihr wollenes Tuch ab. »Wehe, du gibst einen Laut von dir«, zischte er.

Zitternd gehorchte Inaja, verschloss ihre Lippen, wie er befohlen hatte, und rührte sich nicht, als er sie warnte: »Halt still, sonst beiße ich dir die Brustwarzen ab!«

Sie hielt still, als sich seine Zähne in ihr Fleisch gruben, stöhnte nur ganz leise, als seine Fingernägel ihre Haut aufrissen, und blieb gekrümmt liegen, als er sie plötzlich von sich stieß.

»Flavus!«, war eine leise Stimme zu hören. »Bist du es?«

Inaja kroch in den Schatten des nächsten Gebüschs, als Flavus sie anherrschte: »Verschwinde!«

Sie bewegte sich erst wieder, als Flavus sich mit seinem Bruder entfernte.

»Wir sollten miteinander reden«, hörte sie Arminius sagen. »Alle schlafen. Niemand kann uns belauschen.«

Die beiden blieben stehen, und Inaja überlegte fieberhaft, wie sie sich entfernen konnte, ohne gehört zu werden, oder ob sie hocken bleiben konnte, ohne entdeckt zu werden. Was mit ihr geschehen würde, wenn der Verdacht auf sie fiel, dass sie zwei Fürstensöhne, zwei römische Offiziere bei einem heimlichen Gespräch belauschte, mochte sie sich nicht ausmalen.

»Du kennst die Wünsche unseres Vaters«, sagte Arminius.

Flavus ließ ihn nicht weiterreden. »Muss ich sie kennen?«, stieß er hervor. »Nur seinen erstgeborenen Sohn hat er vor seinem Tod ins Vertrauen gezogen.«

»Trotzdem kennst du seine Wünsche«, beharrte Arminius.

»Aber ich will sie nicht aussprechen«, entgegnete Flavus schnell. »Wäre ich sein Erstgeborener und hätte er mich einschwören wollen auf den Kampf gegen Rom, ich hätte ihm erklärt, dass er nun ernten soll, was er gesät hat.«

»Er hat bereut, dass er uns in römische Erziehung gegeben hat.«

»Dann hat er zu spät bereut!«, gab Flavus heftig zurück. »Unsere Tränen haben ihn nicht gerührt, als wir von unserer Mutter getrennt wurden. Und auch ihre Tränen haben ihn nicht bewegen können, uns in der Teutoburg aufwachsen zu lassen. Dort, wo wir geboren wurden. Nun haben wir gelernt, wie groß und herrlich das römische Reich ist. Nun kennen wir römische Lebensart, römischen Luxus, römische Kultur. Nun wissen wir, dass es gut ist, all das demnächst auch hier im Cheruskerland zu haben.«

»Und was hältst du von der römischen Gewalt?«, fragte Arminius hitzig zurück. »Segestes' Frau, Thusneldas Mutter, war eine Marserin. Was mag ihre Seele klagen, wenn sie vom Totenreich hinaufsieht in ihr zerstörtes Land! Verbrannte Gehöfte, niedergemetzelte Bauern …«

»Sie hätten sich auf das Bündnis mit Rom einlassen sollen, dann wäre das nicht passiert. Und auch du solltest jeden anderen Gedanken aus dem Kopf verbannen, Bruder!«

Ein kurzes Schweigen tat sich auf. Inaja machte den Versuch, aus ihrem Versteck zu huschen, weil sie glaubte, die beiden Männer hätten sich mittlerweile so weit entfernt, dass sie ungesehen ins Haus zurückkehren konnte. Aber als sie ihr Gespräch fortsetzten, merkte Inaja, dass sie sich noch immer in der Nähe aufhielten, und zog sich in den Schutz der Sträucher zurück.

»Was ist mit der schönen Severina?«, fragte Flavus leise, aber Inaja verstand seine Worte trotzdem. »Wenn du sie heiraten willst, darfst du nicht mit Rom hadern.«

»Severina?« Arminius dehnte den Namen, als brauchte er Zeit, sich an ihn zu erinnern. Dann lachte er spöttisch. »Sie will ich gewiss nicht heiraten.« Er senkte die Stimme, aber da in diesem Augenblick kein Windhauch wisperte, konnte Inaja auch die folgenden Worte mühelos verstehen. »Es gibt unter diesem Dach eine junge Frau, um deren Hand ich auf der Stelle anhalten würde, wenn sie nicht bereits vergeben wäre ...«

Nun entfernten sich die beiden, bald waren ihre Stimmen nicht mehr zu hören. Inaja richtete sich auf und klopfte ihre Kleidung ab. Vorsichtig tastete sie über ihr Dekolleté und hoffte, dass sich die Bisswunden nicht entzünden würden. Wie sollte sie ihrer Herrin erklären, wie ihr die Verletzungen beigebracht worden waren?

Wenig später lag sie wieder an Thusneldas Seite und starrte in die Finsternis. Wie das Leben in der Burg des Fürsten Aristan aussehen würde, wusste sie nicht, und sie fürchtete sich vor der Ungewissheit genauso wie Thusnelda selbst. Das Leben auf der Teutoburg dagegen würde wunderbar sein. Dort gab es einen Mann, der für Inaja zum Ehemann taugte, sie würde bei Thusnelda bleiben und ihr weiterhin dienen können, würde viele Kinder mit Hermut haben, die gemeinsam mit den Kindern von Arminius und Thusnelda aufwachsen würden ...

5.

Sämtliche Gaufürsten des Umkreises waren mit ihren Angehörigen und einem Teil ihrer Bediensteten in die Teutoburg gekommen, um mit Segimers Familie dessen Übersiedlung nach Walhalla zu feiern. Dort würde er in die goldene Halle der Erschlagenen einkehren, wo die in der Schlacht Gefallenen einträchtig beieinander saßen, miteinander zechten und bei kleinen Kämpfen ihren Spaß hatten. Zwar war Segimer nicht im Gefecht gefallen, aber vom unrühmlichen Strohtod konnte trotzdem keine Rede sein. Segimer hatte sich nie dem Gefecht entzogen, sondern war klug und stark genug gewesen, alle Gegner zu besiegen und somit am Leben zu bleiben. Eine schwere Wunde hatte er am Ende davongetragen, mit aufgeschlitztem Leib hatte er sich in die heimatliche Burg zurückgeschleppt, mehr tot als lebendig. Dort war er gesundgepflegt worden, aber von da an kampfunfähig gewesen und in längeres Siechtum verfallen. Sein Tod war also die Folge eines Gefechtes, alle waren sicher, dass er im Goldpalast Walhallas saß, unter den Zweigen der Esche Yggdrasil, die die ganze Welt überragte, an der Seite des Göttervaters Odin. Die Totengöttin Hel holte nur die Ehrlosen in ihr dunkles Reich oder die Krieger, die sich feige davongemacht hatten, statt sich dem Gegner zu stellen. Wenn sie an Alter oder Krankheit starben, hatten sie den Strohtod erlitten und durften nicht nach Walhalla, sondern mussten ins unterirdische Totenreich der Göttin Hel einziehen. Jeder germanische Krieger hatte Angst davor. Sie alle stürzten sich in den Kampf, um am Ende neben Odins Thron zu sitzen. Nicht einmal seine Gegner hätten Segimer den Strohtod gewünscht. Sie waren genauso dankbar wie seine Familie, dass er an den späten Folgen eines schweren Kampfes gestorben war.

Lange Bänke waren auf dem Platz vor dem Haus aufgestellt worden. Auf langen Tischen, die aus hölzernen Böcken mit darüber gelegten Tafeln bestanden, wurden Brotfladen und gepökelter Fisch angeboten.

Thusnelda hatte sich von Inaja ein Stück Brot bringen lassen und gab nun vor, sich auf dessen Verzehr zu konzentrieren. Sehr aufrecht saß sie da, den Kopf, der von blonden Flechten gekrönt wurde, hoch erhoben. Ihre blauen Augen wanderten ruhig von einem zum anderen und bemühten sich, auf keinem Gesicht länger zu verweilen, als es sich für die zukünftige Ehefrau Fürst Aristans gehörte. Ihr Vater hatte sie überall als Aristans Braut vorgestellt, also wurde sie behandelt, als sei sie bereits die Ehefrau des reichen Fürsten. Voller Ehrerbietung und Respekt! Thusnelda nahm beides huldvoll entgegen, damit ihr Vater nicht noch einmal zornig auf sie war. Sie wollte alles tun, damit er ihr schlechtes Betragen in Ingomars Gegenwart vergaß.

Sie achtete gewissenhaft darauf, dass der Faltenwurf ihres Umhangs in gleichmäßigen Bahnen verlief und die roten Ornamente, mit denen Inaja ihn bestickt hatte, gut zur Geltung kamen. Tagelang hatte Inaja mit der beinernen Nadel in der Hand dagesessen und mit dem Wollfaden, den Amma gewirkt und rot gefärbt hatte, den Saum bestickt. Thusnelda fiel auf, dass Ingomars Augen häufig den Stickereien nachgingen und er gelegentlich, wenn er glaubte, dass sie es nicht bemerkte, den Blick über ihre Knie und ihre Brüste huschen ließ. Ihre Antipathie gegen ihn nahm mit jedem Blick zu, den sie auffing.

Wie anders war doch sein Neffe! Arminius hatte die stolze Haltung seines Vaters geerbt und den klaren Blick seiner Mutter. Seine Augen huschten nicht zu seinem Gegenüber, tasteten nicht seine Gestalt ab, sie kränkten nicht und versprachen nichts. Arminius' Blick war offen und unvoreingenommen. Thusnelda hätte Segimers Nachfolger gern ausgiebig betrachtet, aber das war natürlich unter der Würde einer Fürstentochter und der Verlobten von Fürst Aristan erst recht. Sie hatte sich für keinen anderen Mann zu interessieren, mochte sein Anblick auch noch so sehr ihr Herz berühren. Von ihren sehnsüchtigen Gedanken wusste ja niemand etwas. Kein Mensch, vor allem ihr Vater nicht, ahnte, in welchem Luftschloss sich ihre Gedanken eingenistet hatten. Wenn sie nun nicht dem reichen Semnonenfürst versprochen wäre … ob Fürst Segimer und ihr Vater dann beschlossen hätten, ihre Kinder miteinander zu vermählen?

Thusnelda erschrak. Was ging da nur in ihrem Kopf vor? Waren das ihre eigenen Gedanken, oder hatten sich Inajas törichte Wünsche in ihrem Kopf verselbständigt? Arminius sei einer Fürstentochter würdig, hatte sie gesagt, jetzt, wo er seinem Vater auf den Fürstenthron gefolgt war, nicht weniger als Fürst Aristan.

Plötzlich bemerkte Thusnelda, dass Arminius' Blick auf ihr ruhte. Sie wurde rot, weil es ihr schien, als wären ihr die unbotmäßigen Gedanken von der Stirn abzulesen gewesen. Arminius lächelte, und sie lächelte nach kurzem Zögern zurück, obwohl sie sich verboten hatte, auf seine unverhohlene Bewunderung zu reagieren.

Wie leicht hatte es da Inaja! Sie durfte über Hermuts Plänkelei lachen, durfte sie sogar erwidern, durfte zeigen, dass sie sich geschmeichelt fühlte, durfte mit den Augen locken, mit dem Körper etwas versprechen und musste nicht an ihren Ruf denken, wenn ein Mann ihr heimlich folgte, weil er sie küssen wollte. Undenkbar für die Tochter des Segestes!

Mit brennenden Augen beobachtete Thusnelda ihre Dienstmagd, die dem Gesinde der Teutoburg zur Hand ging. Jedesmal, wenn sie Hermut ein Getränk reichte, neckte er sie und berührte sie flüchtig. Es faszinierte Thusnelda zu sehen, wie perfekt Inaja dieses Spiel beherrschte. Sie wies Hermut zurecht, aber sie lachte dabei, sie entzog sich ihm, aber immer nur so weit, dass er erneut nach ihr greifen konnte.

»Hermut ist bis über beide Ohren verliebt«, sagte da eine Stimme neben ihr.

Thusnelda fuhr herum, sie spürte, wie ihr das Blut in die Wangen schoss. »Das ist nicht zu übersehen«, entgegnete sie mit einem hilflosen Lächeln. Ach, könnte sie doch so sorglos mit ihren Gefühlen umgehen wie Inaja!

»Vielleicht müsst Ihr Euch bald nach einer anderen Dienstmagd umsehen«, sprach Arminius weiter. »Es würde mich nicht wundern, wenn Inaja demnächst in die Teutoburg zieht, weil sie Hermut heiratet.«

Nun hatte Thusnelda sich gefangen. »Das glaube ich nicht«, gab sie zurück und verbarg ihre Hände hinter dem Rücken, damit Arminius nicht merkte, dass sie zitterten. »Inaja will ihr ganzes Leben in meinem Haushalt verbringen, das hat sie mir oft genug gesagt.«

Über Arminius' Gesicht zog ein Schatten. »Sie wird also mit Euch zu Fürst Aristan ziehen?«, fragte er so leise, als wollte er es niemanden hören lassen. »Wenn Ihr ihn heiratet?«

Thusnelda nickte. »Dort wird sie sich dann nach einem geeigneten Ehemann umsehen. Die Auswahl ist groß. Aristans Burg wird von vielen Männern bewacht. Und dann noch die Bauern, die im Umkreis leben, die Handwerker ...«

Arminius unterbrach sie. »Wollt Ihr das?«

»Es ist Inajas Wille, dort zu leben, wo ich lebe. Wir sind aneinander gewöhnt.«

»Ich meine etwas anderes. Wollt Ihr ... Fürst Aristan heiraten?«

Thusnelda sah sich unruhig um. Zum Glück war ihr Vater in ein Gespräch mit Ingomar vertieft, niemand schien sie zu beachten. »Seit wann hat eine Frau die Möglichkeit, sich selbst den Ehemann auszusuchen? Das ist Sache des Vaters.«

»Jedenfalls, wenn es um eine Fürstentochter geht. Bei einer Dienstmagd sieht es anders aus.«

»Inaja hat keinen Vater mehr«, gab Thusnelda zurück. »Und auch keine Verwandten. Sie kann über sich selbst bestimmen.«

Arminius' Blick ging an Thusnelda vorbei. »Es tut mir sehr leid für Hermut«, sagte er. »Ich habe noch nie erlebt, dass er sich verliebt. Ich hätte ihm das Glück gegönnt.«

Darauf wusste Thusnelda nichts zu antworten. Sie sah Arminius nur hilflos an und hoffte, dass er nicht aussprach, was sich hinter dem Glück Hermuts und Inajas verbarg.

Aber er tat ihr den Gefallen nicht. »Inaja wird Hermut also nur erhören, wenn er mit ihr in die Burg von Fürst Aristan zieht?«

Thusnelda war verblüfft. Sie hatte eine andere Schlussfolgerung erwartet. »Aber er ist doch Euer Freund!«, stieß sie hervor. »Warum sollte er Fürst Aristan seine Dienste antragen?«

Nun lächelte Arminius. Und sein Blick war plötzlich von so großer Intensität, dass sie glaubte, ihn auf ihrer Haut zu spüren. Sie hätte sich ihm gern entzogen, wie sie sich vor der Sommerhitze ins Haus zurückzog oder sich bei eisiger Kälte in einer Felldecke verbarg. Aber seine Augen bannten sie auf den Fleck, auf dem sie stand. Sie konnte nicht einmal daran denken, wie ihr Vater reagieren würde, wenn er bemerkte, was mit ihr unter Arminius' Blick geschah.

»Ja, er ist mein Freund«, sagte Arminius nun. »Mein bester Freund! Er würde niemals als Krieger woanders anwerben. Auch er wird immer an meiner Seite leben. So wie Inaja an Eurer.«

Thusnelda verbot sich, dieses Gespräch weiterzuführen. Was dachte sich Arminius dabei? Glaubte er, sie merkte nicht, dass er Inajas und Hermuts Glück benutzte, um über ein anderes Glück zu reden? Sie war sicher, dass er es nicht wagte, dieses andere Glück beim Namen zu nennen, dass er auf ein Zeichen von ihr wartete, das ihm Mut machen konnte, oder auf eins, das ihm jede Hoffnung nahm.

Aber Thusnelda schaffte weder das eine noch das andere. Mut machen durfte sie ihm nicht, auf keinen Fall! Aber alle Hoffnungen nehmen? Und sich selbst damit dieses sanfte Ziehen in der Herzgegend verbieten? Nein, das konnte sie nicht, das wollte sie nicht. Und das war auch nicht nötig, da schließlich niemand davon wusste. Hochaufgerichtet blieb sie stehen, legte den Kopf in den Nacken, damit Arminius sah, dass sie eine stolze Frau war, die niemals einem Mann ein Zeichen gab. So sah sie an ihm vorbei, damit seine Augen ihr nichts mehr verraten konnten. Sie blickte Flavus nach, als interessierte es sie, wohin er ging. Er drückte sich zwischen den Hecken hindurch und verschwand. Sie starrte noch eine Weile auf die Zweige, die sich hinter Flavus geschlossen hatten, doch in Wirklichkeit hatte sie ihn in dem Augenblick vergessen, in dem er nicht mehr zu sehen war …

Inaja stand in der Nähe des Schobers, in dem das Heu aufbewahrt wurde. Würde er ihr folgen? Würden sie für ein paar Augenblicke allein sein können? Lange konnte sie der Arbeit nicht fernbleiben, bei den vielen Gästen wurde jede Hand gebraucht.

Sie lehnte sich an die Balken, die den Schober vor Wind und Wetter schützten, und schloss die Augen. Die Sonne tanzte auf ihrer Haut, mit den Schatten der Zweige, mit dem kühlen Wind, mit den federleichten Wolken, die die Sonne nicht verbergen konnten, die nur ihr Licht veränderten. Wenn Inaja vor Hilgers Höhle gehockt hatte, war es ähnlich gewesen. Das Warten auf ihn hatte so gerochen wie dieses hier, nach Gras und feuchter Erde, und sich genauso angefühlt wie diese Sehnsucht nach der Angst und diese Angst vor dem Glück.

Sie riss die Augen auf, als sie Geräusche vernahm, und zog sich mit zwei, drei kleinen Schritten zurück. Vorsichtig spähte sie um die Ecke des Schobers. Hermut stand da und sah sich um. Vorsichtig, Schritt für Schritt, bewegte sich Inaja weiter rückwärts. Ein Vogelschwarm zog schreiend über sie hinweg, Inaja wagte ein paar schnelle Schritte, ohne dass Hermut sie hörte. Er blieb stehen, wo er stand, sah in alle Richtungen und zuckte dann mit den Schultern. Durch die Ritzen des Heuschobers konnte Inaja erkennen, wie er die Suche aufgab. Als erneut das Gras unter schweren Schritten raschelte, wandte er sich ab und griff unter seinen Umhang. Dort, wo er sich vom vielen Met erleichterte, hatten es schon viele Männer vor ihm getan.

Inaja biss die Zähne zusammen, als sie Flavus erkannte. Wie sollte sie ihn jetzt auf sich aufmerksam machen? Solange Hermut dort stand, war es unmöglich. Wenn auch die beiden Männer keine Notiz voneinander nahmen, Hermut hätte Inaja bemerkt, wenn sie Flavus angerufen oder auch nur einen Schritt auf ihn zugemacht hätte.

Hermut warf einen Blick über die Schulter und kümmerte sich dann wieder nur darum, dass er seine nackten Füße nicht bespritzte. Anscheinend wollte er nicht mit Flavus reden. Der

Bruder seines besten Freundes war ihm dermaßen vertraut, dass es zwischen den beiden nicht auf Höflichkeit ankam. Sie waren ja miteinander aufgewachsen.

Flavus ging mit kleinen, langsamen Schritten am Heuschober vorbei, ohne auf Inaja aufmerksam zu werden. Aber dass er sie suchte, davon war sie überzeugt. Immer wieder blieb er stehen und sah nach rechts und links. Dann machte er ein paar Schritte auf die Mauer zu, die die Teutoburg umgab, und sah über die morastigen Wiesen, als könnte er dort finden, was er suchte. Aber Inaja war sicher, er wartete nur darauf, dass Hermut sich endlich entfernte, damit er nach ihr rufen oder hinter dem Schober nach ihr suchen konnte.

Doch Hermut ließ sich sehr viel Zeit. Warum nur? Inaja betrachtete ihn zornig. Hatte er etwa die gleichen Gedanken wie Flavus? Hoffte er, der andere möge sich entfernen, damit die Suche nach ihr einfacher wurde?

Inaja duckte sich tiefer in den Schatten des Schobers und wartete ab. Wer würde zuerst aufgeben? Das Plätschern, das bis in ihr Versteck gedrungen war, hatte längst aufgehört. Hermut sorgte mit ein paar schnellen, ruckartigen Bewegungen seines Unterkörpers dafür, dass es sauber beendet wurde. Dann richtete er umständlich seine Kleidung. Währenddessen ließ Flavus noch immer den Blick über die Umgebung der Teutoburg schweifen, als traute er den Kriegern nicht, die sie bewachten. Das Warten stand zwischen den beiden wie eine durchsichtige Mauer. Jeder von ihnen schien bereit zu sein, sie zu überspringen, wenn der andere Anstalten machen sollte, darauf zuzulaufen. Beide ahnten sie nicht, dass sie auf dasselbe warteten, daher war ihnen ihr Stolz nicht im Wege.

Dann endlich schien Hermut einzusehen, dass er Inaja nicht finden würde, dass er vermutlich sowieso an der falschen Stelle suchte, dass sie vielleicht nur in aller Eile ein wenig Kleinholz gesammelt hatte und nun längst wieder neben dem Küchenfeuer stand.

Als er zurückschlenderte, atmete Inaja auf. Bald würde sie aus ihrem Versteck hervorkommen können! Doch noch bevor Hermut verschwand, sah sie, dass Flavus' Haltung sich veränderte. Er straffte sich, richtete sich auf, dehnte den Oberkörper, ging so nah wie möglich an die Grenzmauer heran und legte die Hand über die Augen. Anscheinend sah er etwas, was ihn alles andere vergessen ließ. Die Brust einer kleinen Dienstmagd, ihre pralle Haut, die so willig aufplatzte, ihre kleinen Schreie, wenn seine Lust sie quälte, und ihre Demut, die er für Angst hielt, an all das dachte er nicht mehr. Ein letztes Mal beugte er sich so weit wie möglich vor, dann lief er mit großen Schritten davon.

Inaja wäre ihm gern gefolgt, aber Hermut war mit einem Mal stehen geblieben und sah Flavus nun verwundert hinterher. Verständnislos schüttelte er den Kopf und starrte eine Weile auf seine Füße.

»Geh endlich!«, flüsterte Inaja.

Als hätte Hermut es vernommen, setzte er sich in Bewegung und drängte sich durch die Hecke zurück zu den Trauergästen, deren Stimmen mit jedem Trinkhorn, das gefüllt wurde, lauter dröhnten.

Sie wartete keinen Augenblick länger als nötig. Kaum war Hermut verschwunden, kam Inaja hinter dem Schober hervor und nahm den Weg, den Flavus gegangen war. Unmittelbar an der Begrenzungsmauer hatte er sich entlangbewegt und immer wieder hinübergesehen, bis er sich ihren Blicken entzogen hatte. So schnell es ging, folgte Inaja ihm. Hoffentlich wurde sie in der Küche nicht vermisst! Aber wenn sie sich an den Brombeerhecken entlangdrängte, konnte sie später, sofern sie beobachtet worden war, behaupten, man habe sie zum Beerenpflücken geschickt. Thusnelda würde ihr glauben, denn wenn die Männer Met in ihre Trinkhörner bekamen, wurde den Frauen häufig pürierte Beeren und gepresstes Obst angeboten.

Nun stand sie am Ende des Küchengartens und sah sich um. Herumwühlende Schweine in ihrer Nähe, ein paar Hühner, zwei Ziegen – aber Flavus war nicht zu sehen. Geduckt huschte Inaja zwischen Obstbäumen entlang, durch deren Stämme sie die

Witwe Fürst Segimers und ihre Tochter sehen konnte, die sich abseitshielten, weil die Trauer sie vom alltäglichen Leben entrückt hatte. Zum Glück hielten die beiden ihre Blicke gesenkt, so dass Inaja ungesehen ein paar Schritte weiterkam, dorthin, wo sich erneut Schutz bot. Hinter einem Klafter Holz konnte sie sich aufrichten und einen guten Teil der Teutoburg überblicken. Unter ihr, am tiefsten Punkt der Burg, lag das große hölzerne Eingangstor, das nun nicht mehr geschlossen war. Wurden weitere Gäste erwartet? Nein, das konnte nicht sein. Lediglich ein schmaler Spalt des Tores stand offen, so dass sich gerade ein Mann hindurchdrängen konnte. Für Gäste wurde das Tor immer einladend weit geöffnet.

Inaja entschloss sich, den Weg zurückzuschleichen, den sie gekommen war, hin zu dem Punkt, von dem die Umgebung der Teutoburg zu überblicken war. Wenige Augenblicke später stand sie erneut in der Nähe des Heuschobers, diesmal genau an jenem Punkt, an dem Flavus auf etwas aufmerksam geworden war, was ihn alles andere vergessen ließ. Nun sah sie es auch! Wäre sie vorher umsichtiger gewesen, hätte sie den Reiter schon früher gesehen, der sein Pferd vermutlich gerade in dem Augenblick aus dem Wald getrieben hatte, als Flavus sich dem Ausblick zuwandte. Der Reiter hatte ein gutes Stück zu überwinden, bis er am Fuß der Burg angekommen war. Zeit genug für Flavus, ihm durchs Tor entgegenzugehen.

Inaja beobachtete, dass der Reiter sein Pferd zügelte, als er den blonden römischen Offizier auf sich zutreten sah. Schon bevor er heran war, hörte Inaja ihn rufen: »Lasst mich zu Arminius! Ich komme direkt aus Rom! Kurier der kaiserlichen Familie! Ich habe eine wichtige Nachricht für den Ritter des römischen Reiches!«

Nun standen die beiden Männer voreinander. Inaja blickte von oben auf Flavus' blondes Haar und sah, dass seine unruhigen Hände nervös über die Tunika strichen. Der römische Kurier trug einen Helm, der unter der Sonne blitzte, vom Rücken seines Pferdes stieg Dunst auf. Anscheinend hatte er einen scharfen Ritt hinter sich.

Inaja sah nun, dass er in eine lederne Tasche griff, die an seinem Sattel befestigt war, und eine Papyrusrolle hervorholte.

»Vom Kaiser persönlich?«, hörte sie Flavus fragen.

Aber der Kurier schüttelte den Kopf. »Nein, eine Nachricht von Severina, der Schwester des Germanicus.«

Flavus streckte die Hand aus. »Gib her! Ich bin Arminius' Bruder.«

Der Kurier zögerte. »Mir wurde eingeschärft, die Nachricht Arminius persönlich zu überreichen.«

Obwohl sie Flavus' Gesicht nicht sehen konnte, wusste Inaja, dass er nun ärgerlich war. Seine Gesten wurden fordernd, seine Stimme nahm einen drohenden Klang an. »Wir haben gerade unseren Vater bestattet«, sagte er gefährlich leise, aber laut genug, dass Inaja ihn verstehen konnte. »Willst du die Trauer meines Bruders stören?«

Inaja sah, dass der römische Kurier unsicher wurde. »Natürlich nicht.«

»Also her damit! Ich werde meinem Bruder die Nachricht zukommen lassen. Bei passender Gelegenheit.«

Immer noch zögerte der Kurier, aber seine Angst, Flavus zu widersprechen, war unverkennbar. Er murmelte etwas, was nicht zu Inaja hochdrang, dann reichte er Flavus die Papyrusrolle.

Mit einer herrischen Bewegung riss Flavus sie an sich. »Lass dir zu essen und zu trinken geben. Obdach kann ich dir nicht gewähren. Die Teutoburg ist voller Gäste.«

Ob der Kurier enttäuscht war, ließ sich nicht erkennen. Aber Inaja war sicher, dass er nach dem langen Ritt auf ein weiches Lager und ein wenig Ruhe gehofft hatte. Vermutlich hatte er sogar fest damit gerechnet. Nun aber würde er bald umkehren müssen, um sich bei einem Bauern ein Quartier zu suchen. Sie wusste nicht, wer mehr Mitgefühl verdiente, der Kurier oder der Bauer, der herausrücken musste, was seine Vorräte hergaben, ohne etwas dafür erwarten zu dürfen.

Flavus gab den Torwächtern ein paar Anweisungen, die winkten daraufhin den Kurier herein, der sein Pferd eigenhändig in die Burg führte. Neben dem Tor gab es eine sprudelnde Quelle, dort würde er sich erfrischen und sein Pferd tränken können. Wenn er sich auf den Rückweg machte, hatte vermutlich keiner der Gäste und kein Familienmitglied gemerkt, dass er überhaupt da gewesen war.

Inaja überlegte, ob sie sich anbieten sollte, dem Mann etwas zu essen zu bringen, da sah sie Flavus zurückkehren. Auf demselben Weg, den er so eilig genommen hatte, als er auf den Reiter aufmerksam geworden war. Warum ging er nicht auf direktem Wege zu seinem Bruder und überbrachte ihm die Papyrusrolle?

Eine Nachricht aus Rom! In Inaja regte sich bereits wieder die Sehnsucht, das Staunen stieg in ihr auf, das sie immer erfüllte, wenn von Rom gesprochen wurde. Am liebsten hätte sie sich zu dem Kurier geschlichen, damit er ihr von Rom erzählte, wie Hilger es getan hatte. Dem waren der Luxus und der Prunk selber nie vor Augen gekommen, dieser Kurier jedoch konnte berichten, was er gesehen und erlebt hatte!

Doch so wagemutig Inaja auch oft war, das wäre zu viel des Leichtsinns gewesen. Schlimm genug, dass sie sich von der Arbeit entfernt hatte, dass sie Flavus gefolgt war, sich vor Hermut versteckt hatte und dann sogar Flavus hinterhergeschlichen war. Das alles würde schon reichen, um von ihrem Herrn schwer bestraft zu werden. Fürst Segestes war nur nachsichtig, wenn es um seine Tochter ging, beim Gesinde machte er kurzen Prozess, wenn sich herausstellte, dass jemand sich ungebührlich betragen hatte, ungehorsam oder aufsässig gewesen war. Nicht auszudenken, was geschehen würde, wenn er sie bei einer Plauderei mit einem römischen Kurier erwischte!

Sie zuckte zurück, als Flavus hinter der Brombeerhecke auftauchte, und drängte sich ängstlich an die Wand des Schobers. Intuitiv begriff sie, dass etwas nicht in Ordnung war, dass sich etwas zutrug, was im Verborgenen geschehen sollte, etwas Geheimes, Unrechtes, eine Indiskretion, die Schande über den brachte, der sie beging. Wieder fühlte sie sich so hilflos und kleinmütig wie in der Nacht, in der sie gezwungen worden war, das Gespräch zwischen Flavus und Arminius zu belauschen. Sie hatte es nicht gewollt, aber es war unmöglich gewesen, sich der Heimlichkeit zu entziehen.

So war es auch hier. Sie wollte das Schreckliche nicht sehen, was Flavus jetzt tat, aber sie musste. Es blieb ihr nichts anderes übrig, als mit anzusehen, wie Flavus das Siegel brach, das die Nachricht, die für seinen Bruder bestimmt war, verschloss. Mit bebenden Händen rollte er den Papyrus auseinander. Inaja sah, dass er bleich wurde und sein Gesicht sich zu einer hasserfüllten Grimasse verzog.

Thusnelda saß auf einem Schemel, den Kopf in den Nacken gelegt, und ließ sich von Inaja mit einem Kamm die Haare entwirren, die auf dem Ritt zurück zur Eresburg zerzaust worden waren. Ein kräftiger Wind hatte sich gerade in dem Moment erhoben, als sie die Teutoburg verlassen hatten, und heulte noch immer durch die Ritzen des Gebälks. Das Gesinde der Eresburg war bereits schlafen gegangen, und auch Fürst Segestes hatte sich auf sein Schlaffell zurückgezogen. Thusnelda jedoch war noch nicht müde.

»Ich möchte, dass du mir die Haare bürstest. So lange, bis sie glänzen.«

Inaja nickte, holte ein Talglicht und zündete es an. »Wie soll ich sonst sehen, ob Euer Haar glänzt?«

Sie griff zu dem Holzstiel, an dem kurze, kräftige Schweineborsten befestigt waren, und begann zu bürsten. Ruhig und gleichmäßig, wie Thusnelda es liebte, kraftvoll genug, um Anregung zu spüren, aber nicht zu schroff, damit die Haarpflege wohltuend blieb.

»Sehen sie nicht heldenhaft aus, die beiden blonden Brüder?«, begann Inaja zu plaudern. »Ich glaube, ich habe nie schönere Männer gesehen! Ein echter Fürst ist er nun, der Arminius! Und außerdem ein römischer Ritter! Die Frau, die er einmal zur Gemahlin erwählt, wird zu beneiden sein.«

Thusnelda spürte Ärger in sich aufsteigen, ein Gefühl, das sie sich nicht erklären konnte. Was Inaja sagte, war richtig, Arminius war der schönste Mann, den sie je gesehen hatte. Trotzdem wollte sie nicht, dass Inaja es aussprach. Nicht deswegen, weil es sich für eine Dienstmagd nicht gehört, über zwei Fürstensöhne zu reden. Nein, Thusnelda wollte Arminius' Bild ganz allein für sich haben. Nur in ihrem Herzen sollte es wohnen, nur in ihrem Kopf sesshaft werden. In Inajas Gedanken hatte dieses Bild nichts zu suchen.

»Habt Ihr je blondere Haare gesehen als die von Flavus?«, fuhr Inaja fort, ohne eine Antwort auf ihre Frage zu erwarten. »Ich nicht! Sie sind so hell wie … wie die Sonne, wenn sie über den trockenen Feldern steht. Was sage ich? Nein, viel heller! So hell wie …«

»Du redest über Dinge, von denen du nichts verstehst!« Thusnelda öffnete die Augen und sah ihre Dienstmagd ernst an. »Was weißt du schon von einem Fürstensohn?«

Inaja wurde verlegen und starrte auf die Bewegungen ihrer Hände, auf die Bürste, die über Thusneldas Haare fuhr, über diese blonden Haare, beinahe so blond wie Flavus' Locken. Inaja schwieg, aber in ihrem Schweigen redete sie weiter. An ihren Bewegungen und ihrer Miene konnte Thusnelda ihre Gedanken ablesen.

Heimlich gab sie Inaja recht. Frauen gab es in Germanien viele, die diese helle, leuchtende Haarpracht trugen. Vor allem, wenn es sich um Frauen von Stand handelte, deren Haare mit vielen Bürstenstrichen täglich gepflegt wurden. Aber Männer? Selbst wenn sich auf ihren Kinderköpfen heller Flaum gekringelt hatte – sobald sie zu Kriegern oder Bauern geworden waren, wurde aus der leuchtenden Seide schnell bleicher Flachs.

»Von Fürstensöhnen verstehe ich wirklich nichts«, antwortete Inaja leise und bürstete plötzlich in einem so schnellen Rhythmus, dass Thusnelda ärgerlich die Hand hob. Auf der Stelle bemühte sich Inaja wieder um langsame, gleichmäßige Bewegungen. »Aber von einfachen Männern verstehe ich etwas«, fügte sie trotzig an. Sie hob Thusneldas Haare im Nacken an und massierte mit der Bürste den unteren Haaransatz. »Und ich weiß, dass ich erst ein einziges Mal einen Mann gesehen habe, der so blonde Haare hat wie Flavus.«

Thusnelda hätte gerne gefragt, um welchen Mann es sich gehandelt hatte, aber sie verbot es sich. Die Tochter Fürst Segestes' stellte ihrer Dienstmagd keine neugierigen Fragen! Auch dann nicht, wenn sie wie eine Freundin oder sogar wie eine Schwester für sie empfand.

Sie betrachtete Inaja aufmerksam, während sie sagte: »Mir gefällt Flavus nicht. Ich habe ihn nie gemocht.«

Inaja richtete sich auf und schloss unter einer kurzen, aber heftigen Anspannung die Augen. Mit einer schwachen Geste griff sie sich an die Brust, ehe sie mit dem Bürsten fortfuhr.

»Seine Augen sind unehrlich und hinterhältig«, fuhr Thusnelda fort, »ganz anders als Arminius' Augen.«

»Wenn Ihr das sagt, muss es richtig sein«, gab Inaja zurück. »Aber Flavus' Augen sind auch hell und klug.«

»Verstehst du auch davon etwas?«, fragte Thusnelda spöttisch. »Nicht nur von den Haaren eines Fürstensohns, sondern sogar von seinen Augen? Und von seiner Klugheit?«

Inaja wurde rot, sie grub die Vorderzähne in ihre Unterlippe. »Verzeiht mir! Natürlich verstehe ich nichts davon.«

»Gut, dass du es einsiehst«, sagte Thusnelda mit scharfer Stimme. »Und nun hör auf, dir über einen Fürstensohn Gedanken zu machen! Das gehört sich nicht für eine Dienstmagd.«

Inaja hielt den Blick gesenkt, während sie noch einmal um Vergebung bat. Dann fragte sie: »Soll ich Butter auf Euer Haar geben? Damit es morgen noch heller glänzt als heute?«

Thusnelda gähnte. »Jetzt bin ich müde. Hol mein Nachtgewand.«

Inaja beeilte sich, alles zu tun, was ihre Herrin verlangte. Anscheinend war sie sich ihrer Schuld bewusst, denn sie schwieg nun, als wollte sie nicht noch einmal gemaßregelt werden. Und sicherlich hatte sie begriffen, dass es einer Dienstmagd nicht zustand, über die Schönheit und Klugheit eines Fürstensohnes zu reden.

Thusnelda beobachtete sie unauffällig, während Inaja ihr beim Auskleiden half. Irgendwas hatte ihre Dienstmagd verändert. Sie bewegte sich nicht unbekümmert, sondern vorsichtig, als wollte sie einem Schmerz ausweichen. Immer wieder griff sie sich an die Brust und schöpfte dann mit weit geöffnetem Mund Luft, als hätte sie Angst, tief durchzuatmen. Manchmal tastete sie sogar zwischen ihre Schenkel, als gäbe es dort etwas, was sie quälte.

Dann aber schüttelte Thusnelda diese Gedanken wieder ab. Nein, Inaja schien nichts zu plagen. Im Gegenteil! Während sie sich auf die Tätigkeit ihrer Hände konzentrierte, kam es Thusnelda sogar vor, als träte ein inneres Leuchten nach außen, das Inaja eigentlich in sich einschließen wollte. Eine Ahnung, die noch zu jung war, um Gewissheit zu werden.

Thusnelda lächelte, als ihr einfiel, was das bedeuten konnte. Hermut! Das Spiel der Augen und Hände zwischen Hermut und Inaja war ihr doch gleich aufgefallen! Anscheinend hatte Inaja sich in Arminius' Freund verliebt! Nur deswegen redete sie von den Fürstensöhnen in der Teutoburg, um den Namen Hermuts, der ebenfalls in der Teutoburg lebte, nicht aussprechen zu müssen. Wenn sie von Flavus' hellem Haar redete, meinte sie in Wirklichkeit Hermuts aschblonde Locken, und wenn sie Flavus' Klugheit rühmte, sprach sie in Wirklichkeit von Hermut, der ein ganzes Leben lang die Chance gehabt hatte, seinen Verstand an Arminius' Geist zu schärfen.

»Du kannst mir ruhig von Hermut erzählen«, sagte Thusnelda leise. »Ich habe Verständnis dafür, dass du dich verliebt hast.«

Inaja starrte sie an, als verstünde sie nicht, wovon ihre Herrin redete. Dann strich sie das Fell glatt, auf dem Thusnelda sich ausstrecken sollte, und hielt ein anderes bereit, um sie zuzudecken. »Es kommt nicht auf mich an«, sagte sie leise, »sondern auf Euch.«

Thusnelda erhob sich und ließ sich auf ihrer Schlafbank nieder. Seufzend legte sie sich zurück und schmiegte sich in das wärmende Fell. »Vielleicht kannst du Hermut bewegen, später bei Fürst Aristan in Dienst zu treten«, sagte sie schlaftrunken.

Sie sah, dass Inaja energisch den Kopf schüttelte, aber sie war zu müde, um auf ihre Entgegnung etwas zu erwidern.

»Niemals!«, sagte Inaja nachdrücklich. Und als wollte sie sichergehen, dass ihre Herrin sie richtig verstand, wiederholte sie: »Niemals!«

Kaum war Thusnelda eingeschlafen, erhob Inaja sich wieder. Ein letztes Mal lauschte sie auf die gleichmäßigen Atemzüge ihrer Herrin, dann huschte sie auf nackten Sohlen aus der Kammer. Fest presste sie ihr Nachtgewand an den Körper, damit es nicht raschelte. Ihre Schritte auf dem gestampften Lehm, der den Fußboden des Hauses bildete, blieben ungehört. Als sie an der Tür angekommen war, blickte sie zurück und lauschte ein letztes Mal. Noch immer regte sich niemand, nirgendwo raschelte das Stroh, kein Brummen oder Seufzen war zu hören, wie die Knechte es von sich gaben, wenn sie im Schlaf gestört wurden. Nur das Schnaufen einer Kuh drang aus dem Stall herüber, der sich ohne Zwischenwände, nur durch ein leichtes Gatter getrennt, dem Wohnbereich anschloss, das Grunzen eines Schweins war zu hören, dann wieder war nur das Beben zu spüren, das im gleichmäßigen Atmen schlafender Menschen entstand.

Vorsichtig bewegte Inaja die hölzerne Tür, die leise knarrte. So leise, dass niemand davon erwachte. Sie machte sich nicht die Mühe, die Tür wieder zu schließen. Die Luft war lau, niemand würde frieren, und der Wind war längst eingeschlafen.

Inaja machte ein paar Schritte, dann atmete sie tief ein und aus. Die Nachtluft tat gut und das Alleinsein auch. Als sie weiterging, genoss sie den Morast unter ihren nackten Fußsohlen, spürte, wie er zwischen ihren Zehen hervorquoll und ihre Schritte nun hörbar machte. Aber Inaja war zuversichtlich, dass niemand auf sie aufmerksam wurde. Und wenn schon! Sollte jemand bemerken, dass sie das Haus verlassen hatte, gab es viele gute Gründe, die keinen Verdacht erregen würden. Sie hatte nicht einschlafen können, sie wollte sich in der Nähe des Misthaufens erleichtern oder Wasser aus dem Brunnen schöpfen, weil sie durstig geworden war. Notfalls würde sie auch einen Grund dafür finden, dass sie mitten in der Nacht in eins der Grubenhäuser eindrang, diese kleinen, ein paar Fuß tief in den Boden eingelassenen Häuser, in denen Vorräte kühl gelagert wurden und in denen die Mägde webten.

Inaja wusste, was zu tun war. Sie hatte es gelernt, als Hilger noch lebte. Er hatte ihr gezeigt, wie ihr Geheimnis zu wahren war. Sie lächelte, als sie feststellte, dass der alte Tonkrug, das einzige, was ihr Vater ihr hinterlassen hatte, noch hinter dem Dachgebälk steckte. Er hatte sich mittlerweile fest mit den Rasensoden verbunden, die das Dach abdichteten, aber Inaja brauchte nicht viel Kraft aufzuwenden, um den kleinen Krug daraus zu lösen. Sie zog den Korken aus der Öffnung und schnupperte. Ja, der Weinessig duftete noch frisch und intensiv.

Inaja ließ ihr Nachtgewand über die Schultern gleiten und tastete mit den Fingerspitzen ihre Brüste und das Dekolleté ab. Scharf sog sie die Luft ein, als sie auf klebrige Feuchtigkeit stieß. Es wurde wirklich Zeit, dass sie die Wunden behandelte. Sie musste unbedingt dafür sorgen, dass sie sich nicht entzündeten. Das hatte Hilger ihr oft genug eingeschärft.

Inaja biss die Zähne zusammen, als sie mit geschlossenen Augen jeden Biss, jede Schramme mit Weinessig betupfte. Dann schob sie den Krug wieder an seinen Platz zurück und hoffte, dass der Rest des Essigs noch eine Weile reichen würde.

Als sie wieder aus dem Grubenhaus trat und die Stufen hinaufstieg, fühlte sie sich bereits besser. Der Schmerz zeigte an, dass die Heilung nicht zu spät kam. Dieser beißende, lebendige Schmerz war leicht zu unterscheiden von dem dumpfen Wüten in den Körpern der Todkranken.

Die Nacht erschien ihr nun heller und klarer als noch kurz vorher. Sie konnte die Büsche gut von den Bäumen unterscheiden, die dahinter standen. Ihre Kronen spreizten sich vor dem Nachthimmel, über den Mani, der Bruder der Sonnengöttin Sol, seinen Mondwagen lenkte und so für Licht sorgte.

Schon bald stand Inaja vor einer morschen Eiche, die genau

das hatte, was sie brauchte. Sie sah den Schwamm, ohne erst über die Rinde zu tasten. Er war hell und wuchs ihr geradezu in die Hände. Vorsichtig löste sie ihn vom Stamm, roch daran und nickte zufrieden. Dann ließ sie sich auf die Knie nieder und tastete den Boden ab. So lange, bis sie das Moos unter ihren Händen spürte. Ein dralles, feuchtes Polster. Genau richtig! Behutsam lockerte sie ein Mooskissen, hob es an, dann setzte sie sich, lehnte sich an den Stamm der Eiche und schloss die Augen. Sie richtete ihre ganze Aufmerksamkeit auf ihre Fingerspitzen, die den Schwamm behutsam teilten. Als es gelungen war, legte sie ihn mit der Innenseite auf ihre Wunden. Darüber deckte sie das Moos, damit seine heilenden Stoffe tief in ihre Haut eindringen konnten. So hatte Hilger es ihr gezeigt. Und so war jede ihrer Wunden stets gut verheilt, ohne Narben zu hinterlassen.

»Hilger!«, flüsterte sie. Aber nur ein einziges Mal und so leise, dass sie es selbst nicht hören konnte, nur wusste, dass sie den Mund geöffnet hatte und ihre Zunge an die Vorderzähne gestoßen war. »Flavus«, sagte sie dann. Ebenfalls leise, aber so, dass sie den Namen verstehen konnte. »Flavus!«

Sie streckte die Beine aus und spreizte sie. Mit der linken Hand hielt sie weiterhin die heilenden Kräfte des Schwamms auf ihrer Brust, mit der anderen strich sie über ihre Scham. So sanft und behutsam, wie Hilger und Flavus es niemals getan hätten. Der Druckschmerz auf ihrem Schambein tat ihr gut.

Sie lebte, sie liebte!

6.

Flavus war außer sich vor Wut gewesen, als er Inaja bemerkte. »Was tust du hier, elendes Weib?«, hatte er sie angefahren. »Bist du hier, um mich zu belauern?«

Inaja schüttelte den Kopf. »Niemals würde ich Euch belauern.«

»Warum bist du dann hier?«

»Zufällig! Rein zufällig!«

»Und warum versteckst du dich, wenn du ein reines Gewissen hast?«

Wie sollte sie ihm erklären, dass sie sich verborgen hatte, gerade weil sie kein Zaungast sein wollte? Würde er einsehen, dass er es war, der sie zu einem heimlichen Beobachter gemacht hatte und nicht sie selbst? Nein, sie hatte nicht mit ansehen wollen, was er Schreckliches tat, niemals hatte sie Zeugin sein wollen. Sie wäre froh gewesen, wenn sie nicht hätte beobachten müssen, dass er die wichtige Nachricht aus Rom, die für seinen Bruder bestimmt gewesen war, einfach vernichtete. Nichts davon hatte sie sehen und wissen wollen. Aber es gelang ihr nicht, Flavus davon zu überzeugen.

»Dir werde ich zeigen, dass man mich nicht ungestraft belauert!«

Grob griff er nach ihrem Oberarm, so dass sie leise aufschrie. Seine Nägel gruben sich in ihr Fleisch, sein rechtes Knie stieß sie im Rhythmus seiner Schritte vorwärts. Er schien nicht zu merken, dass seine Gewalt überflüssig war. Inaja wehrte sich nicht gegen sein Drängen, ließ sich schieben, stoßen und sogar schlagen, als er glaubte, dass er sie zwingen müsse, sich von ihm erniedrigen zu lassen.

Obwohl sie keinen Widerstand leistete, als er sie ins Heu warf, fauchte er: »Heul nur! Es wird dir nichts nützen!« Und obwohl sie ihn nur stumm aus großen Augen ansah, fuhr er sie an: »Wehe, du schreist! Dann wirst du diesen Tag nicht überleben!«

Keinen Laut gab sie von sich, als er ihr den Kittel hochschob, und stöhnte nur ganz leise auf, als er roh ihre Beine spreizte. Dass sie sich an seinen Hals klammerte, als er rücksichtslos in sie eindrang, mochte er für Angst halten, und dass sie sich von ihm beschimpfen ließ, für Demut. »Hure! Gemeine Hure! Wie viele Kerle hast du schon zu dir gelassen? Zehn? Zwanzig? Jeden, der es wollte?« Dann stöhnte er im Rhythmus seiner Stöße: »Hure!« Und immer wieder: »Hure!« Bis er über ihr zusammenbrach.

Dass sie ihn anschließend zu küssen versuchte, bemerkte er nicht. Und sie versuchte es nicht noch einmal. Denn nun kam es darauf an, nicht zu schreien. Stöhnen durfte sie, aber nur ganz leise, weinen und seufzen auch und sich gegen ihn stemmen, damit er sich an seiner Übermacht berauschen konnte. Nur schreien durfte sie nicht, damit niemand auf sie aufmerksam wurde.

Als er ihr das Blut von der Brust leckte, grinste er. »Wenn du darüber redest, bringe ich dich um.«

Nein, sie würde nicht reden. Aus Angst würde sie schweigen und auch aus Scham. So glaubte es Flavus. Wie sollte er auch ahnen, dass sie vor allem aus Liebe schwieg?

Severina verließ das Atrium, in dem es ihr auch im Schatten zu warm wurde, und begab sich ins Triclinium, den Speiseraum des Hauses. Sie hatte eine Weile an dem großen Becken gesessen, in dem das Regenwasser aufgefangen wurde, aber das Spiel ihrer Fingerspitzen mit dem lauwarmen Nass hatte ihre Laune nicht verbessert. Nachdenklich starrte sie auf die Wachsmasken ihrer Ahnen, die in Schränken ausgestellt waren, die man eigens dafür angefertigt hatte, dann wandte sie sich angewidert ab. Eben noch war sie hungrig gewesen, nun aber empfand sie Ekel beim Gedanken an die gefüllte Taube, die sie sich eigentlich servieren lassen wollte. In ihr herrschte ein quälender Disput zwischen Hunger und Sättigung, guter und schlechter Laune, Wut und Friedfertigkeit. Derart starken Schwankungen unterlag ihre Stimmung, dass es ihr selber manchmal Angst machte. Severina gehörte nicht zu denen, die ihre Handlungen und Empfindungen überdachten, aber das momentane Gefühl der Zerrissenheit belastete sie tatsächlich. Erst recht natürlich belastete es ihre Sklavinnen, die ständig in Alarmbereitschaft waren, weil niemand vorhersehen konnte, welchen Wunsch Severina als nächsten vorbringen würde.

Mürrisch betrachtete sie den großen rechteckigen Tisch, der in der Mitte des Tricliniums stand. Er war aus dem kostbaren Holz des Thujabaums gefertigt, das der Kaiser aus Mauretanien bezog, trug eine Platte mit wertvollen Einlegearbeiten und stand auf vier elfenbeinernen Säulen. Eine Seite des Tisches wurde immer frei gehalten für die bedienenden Sklaven, an den anderen drei Seiten standen Sofas, mit feinstem Samt bespannt. Zahllose farbige Seidenkissen lagen darüber, damit die Speisenden es bequem hatten.

Severina setzte sich auf eins der Sofas und klatschte in die Hände. Kurz vorher hatte sie sich noch verbeten, von irgendjemandem gestört zu werden, und verlangt, dass sich niemand in ihrer Nähe aufhielt, nun erwartete sie, dass auf der Stelle eine Sklavin bereitstand, um ihr zu dienen.

Zum Glück hatte Gaviana, hinter einem Vorhang verborgen, jeden Schritt ihrer Herrin genau beobachtet, um sofort zur Stelle zu sein, wenn Severina es sich anders überlegen sollte. Und sie hatte gut daran getan! Severinas Laune war heute besonders schlecht, sie würde alles streng bestrafen, was sie ärgerte, auch das, was sie selber angeordnet hatte. Gaviana war von morgens bis abends auf der Hut. Wie gut, dass sie den Wunsch ihrer Herrin, allein zu sein, nicht ernstgenommen hatte und unauffällig in ihrer Nähe geblieben war.

Severina, die noch vor einer halben Stunde sämtliche Sklaven aus ihrer Nähe entfernt hatte, weil selbst deren leises Huschen ihr auf die Nerven ging, wunderte sich nicht, dass Gaviana sofort neben ihr erschien, als sie erkennen ließ, dass sie von ihrer vorherigen Anordnung nichts mehr wissen wollte. »Der Appetit auf gefüllte Taube ist mir vergangen. Bring mir ein paar Pfaueneier und gegrillte Kürbisse!«

Gaviana brach der Schweiß aus. Was, wenn es in der Küche keine Pfaueneier gab? Kürbisse waren da, das wusste sie. Aber Pfaueneier?

Doch sie ließ sich nichts anmerken und verneigte sich tief. »Ich werde sofort danach rufen!« Schnell richtete sie die Kissen, als Severina Anstalten machte, sich auf dem Speisesofa auszustrecken. »Habt ihr es bequem, Herrin?«

Severina antwortete nicht, aber sie hatte auch nichts zu beanstanden. Das war mehr, als Gaviana gehofft hatte. Eilig gab sie einer Sklavin einen Wink, damit die versuchte, in der Küche Pfaueneier aufzutreiben und das Grillen der Kürbisse zu beschleunigen. Gaviana selbst wollte auf Nummer sicher gehen und in Severinas Nähe bleiben, um jeden ihrer Wünsche zu erahnen, noch bevor er ausgesprochen wurde. Besorgt betrachtete sie Severinas Gesicht. Ihre Herrin hielt die Augen geschlossen, sie war sehr blass. Hoffentlich verlangte sie nicht nach einem Spiegel! Ein Wutausbruch war das Mindeste, was zu erwarten war, wenn Severina feststellte, dass ihre Wangen bleich und ihre Lippen farblos waren.

Gaviana war froh, als sie Agrippinas Schritte hörte. Germanicus' Gattin war von freundlicher Natur. Sie verlangte ihren Sklaven nichts ab, was sie nicht leisten konnten, und hatte schon oft dafür gesorgt, dass eine Strafe, die Severina angeordnet hatte, milder ausfiel.

Severina dagegen schien vom Erscheinen ihrer Schwägerin nicht angetan zu sein. Sie schloss die Augen, als Agrippina eintrat, und reagierte auf ihren Gruß nur mit einem schwachen Nicken.

Aber Agrippina ließ sich auch diesmal von Severinas Zurückweisung nicht beirren. Während sie sich von einer Sklavin die Hände waschen ließ, fragte sie: »Du hast dir etwas zu essen bestellt?«

Severina nickte. »Eine gefüllte Taube.«

Gaviana sah ihre Herrin erschrocken an. Nun doch die gefüllte Taube? Aber erleichtert atmete sie auf, als Severina ergänzte: »Oder ein paar Pfaueneier. Mal sehen, was mir besser schmeckt.«

Gaviana warf der jungen Sklavin einen warnenden Blick zu, die sofort verstand und in die Küche lief, damit sowohl die gefüllte Taube, die eigentlich abbestellt worden war, als auch die Pfaueneier serviert wurden und die schöne Severina die Möglichkeit hatte zu wählen.

Agrippina legte sich auf das Speisesofa Severina gegenüber

und winkte nach einem Salzfässchen und dem Essigkrug. »Bringt mir ein wenig Schwarzbrot«, sagte sie. »Aber ich will es selber mit Salz bestreuen und mit Essig beträufeln.« Freundlich wandte sie sich an Severina. »Ich vertrage kein schweres Essen mehr. Und du?«

Prompt begannen Severinas Augen zu sprühen. »Ich? Warum vergleichst du dich mit mir?«

Agrippina lächelte milde. »Du hast recht, ein paar Pfaueneier liegen nicht schwer im Magen. Und wenn die Taube mit Gemüse gefüllt wurde, ist sie bekömmlich.«

Dass Agrippina immer wieder auf ihren körperlichen Zustand zu sprechen kam, erfüllte Severina mit heftigem Zorn. Niemand hatte bisher eine Bemerkung dazu gemacht, dass sie an Gewicht zugenommen hatte. Und Severina ging davon aus, dass auch niemand bemerkt hatte, dass sie launischer war als sonst und das Essen nicht mehr gut vertrug. Noch am Tag zuvor war ihr beim Anblick der in Milch gekochten Schnecken übel geworden, die man ihr serviert hatte. Und Agrippina hatte ihr leider nicht abgenommen, dass das Mitleid mit den Schnecken sie überwältigt hatte, die zunächst in Milch und Weizenmehl gemästet und dann, wenn sie fett genug waren, bei lebendigem Leibe gekocht wurden.

Agrippina hatte nur gelacht. »Du leidest mit einer gemeinen Schnecke? Verzeih, Severina, dass mich diese Behauptung amüsiert.«

Severina hatte ihr selbstverständlich nicht verziehen. Und der Blick, den Agrippina ihr gerade in diesem Augenblick zuwarf, erbitterte sie erneut. Zu dumm, dass sie vorsichtig mit ihrer Empörung umgehen musste! Gerne hätte sie ihrer Schwägerin in aller Deutlichkeit gesagt, dass ihre Gesellschaft sie langweilte und dass sie Agrippinas immerwährende Freundlichkeit insgeheim Dummheit nannte. Aber besser war es, sich in Acht zu nehmen und sie nicht zu ihrer Feindin zu machen. Wenn Agrippina auch nichts wusste! Was sie ahnte, war schon zu viel.

»Vielleicht sollte Arminius endlich erfahren, wie es um dich steht«, sagte Agrippina nun. »Wenn du willst, lasse ich ihm eine

Nachricht zukommen. Vielleicht bittet er den Kaiser dann, wieder in Rom Dienst tun zu dürfen.«

Severina richtete sich auf und sah ihre Schwägerin so eindringlich an, dass Agrippina sich tiefer in die Kissen drückte. Während die Sklavinnen duftendes Wasser und kleine Handtücher bereitlegten, sagte sie mit schneidender Stimme: »Hör zu, Agrippina! Ich sage es dir jetzt ein letztes Mal: Es ist mir gleichgültig, wo Arminius sich aufhält. Ob in Germanien oder in Rom – es ist mir egal!«

»Aber dein Kind ...«, versuchte Agrippina einzuwenden.

»Woher willst du so genau wissen, dass ich schwanger bin?« Ehe Agrippina auf den reichen Schatz ihrer Erfahrungen verweisen konnte, fügte Severina hinzu: »Und wenn ... woher willst du wissen, dass ich ausgerechnet von Arminius schwanger bin?«

Nun wurde Agrippina rot und heftete, um Severina nicht ansehen zu müssen, ihren Blick auf die Pfaueneier, die soeben serviert wurden.

»Wenn ich möchte, dass Arminius benachrichtigt wird«, fuhr Severina in unverändertem Tonfall fort, »dann sorge ich selbst dafür.«

»Natürlich, Severina«, murmelte Agrippina und nahm die Pfaueneier so gründlich in Augenschein, als wollte sie ihre Qualität prüfen. »Ich möchte dir doch nur helfen.«

»Ich will deine Hilfe nicht!« Mit herabgezogenen Mundwinkeln sah sie zu, wie Agrippina ungerührt zu dem Schwarzbrot griff und es mit Salz bestreute. »Hast du mich verstanden?«

Agrippina lächelte, und Severina hätte ihr das Lächeln am liebsten aus dem Gesicht geschlagen. Es vertiefte sich sogar noch, als die gefüllte Taube hereingetragen wurde. Denn Severina begann mit einem Mal zu würgen.

»Weg!«, stieß sie hervor. »Weg damit!«

Erschrocken nahm Gaviana das Tablett wieder hoch und drückte es einer Sklavin in die Hand. Dann eilte sie zu ihrer Herrin und half ihr, sich aufzurichten. Ohne eine Miene zu verziehen, wölbte sie ihre Handflächen vor Severinas Mund und sorgte dafür, dass keins der kostbaren Seidenkissen mit dem Erbrochenen in Berührung kam. In aufrechter Haltung trug sie es aus dem Raum und gab Anweisung, Severina kühle Tücher auf die Stirn zu legen.

Agrippina erhob sich. »Ich werde dich allein lassen, damit du dich ausruhen kannst.«

Severina war so erschöpft, dass sie nichts darauf erwiderte. Sie hoffte nur, dass ihre Schwägerin es sich nicht anders überlegte, denn gelegentlich war Agrippina von dem unerträglichen Wunsch besessen, anderen zur Seite zu stehen, wenn es ihnen schlecht ging. Grässlich! Einfach unerträglich!

Severina war froh, als das Rascheln von Agrippinas Tunika verriet, dass sie sich tatsächlich entfernte und auch die Sklavinnen, von denen sie stets begleitet wurde, den Raum verlassen hatten. Sie öffnete die Augen erst wieder, als kein Geräusch mehr zu vernehmen war. Dann streckte sie die Arme aus und ließ sich von zwei Sklavinnen in die Höhe ziehen. »Wo ist Gaviana?«

Die beiden sahen sich ängstlich um. Die Erklärung, dass Gaviana sich reinigen und mit Duftwassern dafür sorgen musste, dass sie keinen unangenehmen Geruch verströmte, kam ihnen nicht über die Lippen.

»Wo ist Gaviana?«, brüllte Severina.

Die jüngste der Sklavinnen begann zu zittern, der anderen gelang es, ein paar Worte der Erklärung herauszubringen: »Sie wäscht sich, Herrin!«

Zum Glück erschien Gaviana in diesem Moment wieder und sorgte dafür, dass ihre Herrin wohlbehalten in ihr Schlafgemach gebracht wurde. Dort ließ Severina sich auf ihr Bett sinken, streckte sich aus und schloss die Augen. Bewegungslos lag sie da. Gaviana hatte sie noch nie so kraftlos gesehen, so schwach und hilflos.

Nachdenklich betrachtete sie das blasse Gesicht ihrer Herrin, ihre schweißbedeckte Stirn, die bebenden Nasenflügel. Welche Heilkräuter mochten die richtigen sein, damit es Severina bald besser ging? Gaviana dachte noch darüber nach, als sie plötzlich die Träne sah, die aus Severinas linkem Augenwinkel trat. Noch nie hatte Gaviana ihre Herrin weinen sehen. Sie starrte auf diese Träne, als müsste sie sich vergewissern, dass es sich nicht um einen Schweiß- oder einen Regentropfen handelte, der durchs Dach gesickert war. Nein, Severina weinte tatsächlich! Nun trat auch aus dem anderen Auge eine Träne, die weitere mitbrachte, und kurz darauf begann Severina zu schluchzen.

Gaviana setzte sich zu ihr und nahm ihre Hand. »Warum seid Ihr traurig, Herrin? Wie kann ich Euch helfen?«

Aber Severina schüttelte nur den Kopf und weinte weiter. Unablässig rollten die Tränen ihre Schläfen hinab und sickerten ins Kissen.

Gaviana war so hilflos wie nie zuvor. »Was kann ich tun, Herrin?« Als Severina auch diesmal nicht antwortete, fügte sie behutsam an: »Ist es die Schwangerschaft, die Euch quält?«

Nun endlich kam wieder Leben in Severina. Sie schlug die Augen auf, und für Augenblicke verschwand die Traurigkeit aus ihnen. »Was redest du da?«, fuhr sie Gaviana an. »Sag so was nicht noch einmal! Sonst lasse ich dir die Zunge herausschneiden!«

Erschrocken wich Gaviana zurück. »Verzeiht mir, Herrin!«, stammelte sie und warf sich auf die Knie. »Bitte, vergebt mir meine Unbesonnenheit!«

Immer wieder stieß sie ihre Entschuldigungen hervor, immer flehentlicher, immer eindringlicher. Aber Severina antwortete nicht. Und als Gaviana es wagte, ihren Blick wieder zu heben, ahnte sie, dass ihr Leben keinen Pfifferling mehr wert war. Sie sah die schöne Severina, die Schwester des großen Germanicus, Mitglied der kaiserlichen Familie, wimmernd auf dem Bett liegen, die Hände vors Gesicht geschlagen, von Schmerz und Verzweiflung geschüttelt. Mit zitternden Knien erhob sich Gaviana und sah auf Severina hinab. Sollte sie versuchen, ihre Herrin zu trösten? Aber es war nicht auszuschließen, dass Severina sie bestrafen würde, weil sie sich unterstand, die Schwäche ihrer Herrin zu erkennen. Doch wenn sie sich jeden Trost versagte und über Severinas

Depression hinwegsah, konnte ihr das gleiche Schicksal blühen, weil sie sich über die Gefühle ihrer Herrin hinweggesetzt hatte. So oder so – das verhängnisvolle Faktum würde für immer und ewig zwischen ihnen stehen. Dass sie Severina schwach und hilflos gesehen hatte, würde ihr nie vergeben werden.

Amma stand den ganzen Tag am Küchenfeuer und traf Vorbereitungen für die Ankunft von Fürst Aristan und seinem Gefolge. Segestes hatte schon kurz nach der Verlobung ein Schwein schlachten lassen und den Schinken in den Rauch gehängt, damit er trocken und mürbe war, wenn Aristan seine Braut zu sich holen würde. Am Tag zuvor waren überdies mehrere Hühner, Gänse und ein Schaf geschlachtet worden, ihr Fleisch kochte in großen Kesseln über dem Feuer. Einige besonders gute Stücke sollten am nächsten Tag auf einem Spieß gebraten werden.

Als Thusnelda und Inaja das Haus verließen, war Amma gerade dabei, Roggen-, Gersten- und Hafermehl mit Wasser zu vermischen, um daraus einen Brotteig zu kneten. Zwei Mägde kümmerten sich um die Hafergrütze und den Hirsebrei. Fürst Segestes wollte seine Gäste großzügig bewirten.

Thusnelda wickelte ihr wollenes Tuch enger um ihren Körper, obwohl die Abendluft lau war und nur ein schwacher Wind ging. Auch Inaja hatte sich in ein Tuch gehüllt, als wollte sie sich vor Kälte schützen. Schweigend wanderten die beiden zum Fuß der Eresburg, blickten dabei in den Himmel, spielten im Vorübergehen mit den Blättern eines Busches und nickten einer Magd zu, die vom Brunnen zurückkehrte.

Der Wärter, der vor dem Tor hockte, das die Eresburg verschloss, sah sie besorgt an. Aber er wagte nicht zu widersprechen, als Thusnelda ihn anwies, das Tor für sie zu öffnen. Dass es ihm missfiel, daran ließ er jedoch keinen Zweifel.

»Mein Herr ist nicht daheim«, murmelte er, womit er wohl darauf hinweisen wollte, dass es ihm lieber gewesen wäre, wenn alle Bewohner der Eresburg in ihren Mauern blieben, damit es leichter war, über ihre Sicherheit zu wachen.

»Wir wollen Brombeeren suchen«, erklärte Inaja und wies zu den Hecken, die am Fuß der Eresburg standen. »Unsere Herrin möchte für ihren Bräutigam eigenhändig Brombeermus zubereiten.«

Das schien dem Wärter zu gefallen. Vielleicht hatte er auch schon gehört, dass die Fürstentochter zusammen mit ihrer Dienstmagd gern auf Beerensuche ging. Der Mann arbeitete sonst im Stall und schien unter der Angst zu leiden, am Eingang der Eresburg etwas falsch zu machen. Lange blieb er in dem geöffneten Tor stehen und sah den beiden Frauen nach. Als Thusnelda das erste Mal in die Hecke griff, hatte er sich jedoch schon abgewandt. Nun schien er darauf zu vertrauen, dass der Fürstentochter keine Gefahr drohte.

Thusnelda steckte eine Beere in den Mund, dann ließ sie sich auf die Erde sinken. Inaja warf ihr einen Blick zu und nickte. Ja, sie würde allein die Brombeeren pflücken. Ohne ein Wort machte sie sich an die Arbeit, und Thusnelda war froh, dass sie schwieg. Sie wollte nicht reden, ihre Gedanken füllten sie aus, in ihr war kein Platz für Belangloses, und alles, was in diesem Augenblick wichtig war, konnte sie nicht aussprechen.

Nach Fürst Segimers Beisetzung hatte ihr Vater die Hochzeitsvorbereitungen vorangetrieben. Fürst Aristan war einverstanden gewesen, die Verlobungszeit zu verkürzen. Thusneldas Flehen, die Bitte, ihr noch Zeit zu lassen, hatte den Fürsten nicht umstimmen können. Und als Thusnelda darüber klagte, dass sie einen Mann heiraten sollte, den sie kaum kannte, und ihrem Vater weinend ihre Angst vor der Ehe mit Fürst Aristan gestand, hatte sie genau das Gegenteil von dem bewirkt, was sie sich erhofft hatte. Der Termin der Hochzeit wurde unverzüglich festgesetzt, die Braut hatte sich zu fügen.

Oft, wenn Thusnelda in Gedanken versunken am Webstuhl saß, hatte sie sich von ihrem Vater von da an beobachtet gefühlt. Spürte er etwas von ihrer Sehnsucht? Kannte er gar ihre wahren Gefühle? Inaja hatte immer wieder behauptet, es könne nicht sein, Fürst Segestes sei ahnungslos und habe nichts gemerkt von den Heimlichkeiten seiner Tochter. Doch Thusnelda war ihre Angst nie losgeworden. Jedesmal, wenn sie von Inaja verführt wurde, machte die Angst aus dem Glück eine Qual. Und doch war sie immer wieder überwunden worden. Die Sehnsucht war ein ums andere Mal größer gewesen als die Angst. Aber Tag für Tag erhob sie sich aufs Neue. Mahnend! Warnend! Wann würde es dem Vater zu Ohren kommen, dass seine Tochter sich neuerdings häufig außerhalb der Burgmauern aufhielt? Dass sie seit kurzem Freude dran hatte, mit ihrer Dienstmagd auf den Wiesen Blumen zu suchen und wilde Kräuter und Beeren zu sammeln? Amma blickte ihrer Herrin häufig nachdenklich hinterher, das war Thusnelda nicht entgangen, und was die Torwärter dachten, wollte sie sich gar nicht ausmalen. Sicherlich war bereits jedem von ihnen aufgefallen, dass die beiden Frauen vom langen Blumenpflücken mit dürren Sträußchen zurückkamen und ihre Körbe stets nur zur Hälfte mit Wildkräutern und Beeren gefüllt waren. Und dass Thusnelda und Inaja sich gern ihren Blicken entzogen, hatten sie vermutlich auch längst bemerkt. Aber so sicher das war, so sicher war auch, dass keiner von ihnen es wagen würde, Fürst Segestes einen Hinweis zu geben. Erst recht nicht der Wärter, der an diesem Tage Dienst tat. Thusneldas Vater hatte zum Glück seine besten Männer mitgenommen, als er sich aufmachte, um Fürst Aristan entgegenzureiten. Der Kerl, der sonst den Schweinekoben ausmistete und die Kühe molk, war ein Tölpel, der glaubte, was man ihm sagte, und sich nicht traute, die Gedanken seiner Herrin zu seinen eigenen zu machen. Der Zeitpunkt war günstig, die heimatliche Burg ein letztes Mal mit den Augen eines Kindes zu sehen, mit dem Glück eines Kindes alles zu genießen, was sie bot, und das kindliche Vertrauen nun hier zurückzulassen. Die Kindheit war unwiderruflich zu Ende, das wurde Thusnelda in diesem Augenblick schmerzhaft klar.

Sie beugte sich so weit vor, dass sie ihre Knöchel umfassen konnte. Sachte schaukelte sie vor und zurück, als müsste sie sich selber trösten, als müsste sie ihren Mut wiegen, damit er aufhörte, wie die Angst zu schreien. Mit jeder Körperbewegung schwang die Bernsteinkette vor ihrer Brust hin und her. Ob auch ihre Mutter sich kurz vor der Hochzeit ein paar Schritte in die Freiheit getraut hatte, bevor sie sich die Bernsteinkette umlegen und dem Cheruskerfürsten Segestes zur Frau geben ließ?

Inaja hockte sich ebenfalls an die Erde, doch Thusnelda schien es nicht zu bemerken. Wie ihre Herrin so hing auch die Dienstmagd mit einem Mal vielen Fragen und Erinnerungen nach. Die Gewissheit, dass das Leben sich ändern würde, bedrängte sie wie die ersten Anzeichen eines Unwetters nach einer langen Zeit des Sonnenscheins. Die Erinnerungen wogen plötzlich so schwer wie Gewitterluft, kurz bevor die ersten Blitze über den Himmel zuckten, und waren doch so leicht, dass der Wind sie davontragen konnte, wenn sie nicht achtgab. Aber da waren auch die Sonne, die hinter den Wolken stand und sie irgendwann durchdringen würde, und die Luft, die klar sein würde nach der düsteren Angst. Die Zukunft mit all ihren Hoffnungen und Ungewissheiten würde am Himmel stehen neben Freyr, dem Sonnengott, der Hilfe in allen Nöten versprach.

Allerdings litt Inaja unter dem heranziehenden Sturm und konnte an die Sonne und die reine Luft nicht glauben. Vor wenigen Tagen noch war es ganz anders gewesen. Da hatte sie an den Sturm nicht denken wollen, nicht an das Gewitter, an Blitz und Donner, der ihr Geschick und das ihrer Herrin besiegeln konnte, wenn etwas schieflief. Nur an die Sonne hatte sie denken wollen und an den Sonnengott, der ihnen gewogen sein musste. Sie hatte doch alles so wunderbar eingefädelt. Inaja gab sich einen Ruck. Jetzt nur nicht verzagen! Sie war ihrem Ziel so nahe wie nie zuvor!

Als sie begriff, dass sie handeln musste, hatte sie nicht lange gezögert. Das Risiko war nicht groß. Wenn ihr Plan nicht durchzuführen war, musste sie eben auf die Gnade ihrer Herrin vertrauen. Sie war sicher, dass sie nichts zu befürchten hatte.

Thusnelda würde sie schützen. Wie sie sich der Hilfe ihrer Herrin erkenntlich zeigen wollte, wusste sie noch nicht, Inajas lebenslange Zuneigung und Ergebenheit waren Thusnelda ja sowieso gewiss. Alles Weitere wollte sie sich überlegen, wenn ihr Vorhaben tatsächlich scheitern sollte.

Aber wie es sich bald zeigte, hatte sie gut geplant, die Gefühle, Wünsche und Sehnsüchte Thusneldas, Arminius' und Hermuts genau erkannt und ihre Reaktionen perfekt vorausgesehen.

Hermuts Glück lag derart bloß und ungeschützt vor ihr, dass sie nur nach ihm greifen und es nach ihrem Willen formen musste. Gleich am nächsten Tag war er langsam an der Eresburg vorbeigeritten, dann einmal um die Burg herum und hatte schließlich sein Pferd unterhalb der Burgmauer grasen lassen. Als Inaja vors Burgtor trat und so tat, als wäre sie ausgeschickt worden, um vom nächsten Bauern ein frischgeschlachtetes Huhn zu holen, war er vom Pferd gesprungen und auf sie zugelaufen.

Strahlend hatte er vor ihr gestanden und sich an ihrer überraschten Miene geweidet. In seiner Naivität sah er nicht, dass ihr Erstaunen gespielt war und ihre Verlegenheit, ihre mädchenhafte Scheu und ihr Zögern auch. Als es ihm gelungen war, sie in das Wäldchen zu locken, das die Eresburg im Halbkreis umgab, war er vor lauter Glück bereits nicht mehr imstande, sich darüber zu wundern, dass sie so willig war. Er flüsterte ihr zu, alles geschähe aus Liebe, und er würde ganz sanft, ganz vorsichtig sein, um ihr nicht wehzutun. Inaja hatte jedes Mal nur genickt, die Augen geschlossen und dafür gesorgt, dass er so wenig wie möglich von ihrem Körper sah. Fest hielt sie ihr wollenes Tuch vor die Brust gedrückt und duldete nicht, dass er ihre Brustwarzen berührte.

»Ich habe dich vom ersten Augenblick an geliebt«, beteuerte Hermut, während er sich seiner Kleidung entledigte und sich zögernd unter ihren Rock tastete. »Vom ersten Augenblick an.« Ein ums andere Mal wiederholte er diesen Satz, als müsste er sich damit Mut machen, der tollkühne Krieger, der anscheinend vor der Liebe mehr Angst hatte als vor der Wut seiner Feinde. Als er sich über sie beugte, fragte er: »Liebst du mich auch?«

Inaja versicherte es, so oft er wollte. Und als er in sie eindrang, schrie sie es ihm sogar zu, immer wieder, immer lauter, damit er es glaubte. Sie spürte seine Enttäuschung, dieses kurze Verharren, als alles so leichtging, die unausgesprochene Frage, wer der Mann vor ihm gewesen war. Aber Inaja sorgte dafür, dass sie nicht gestellt wurde. Sie glaubte sogar, dass Hermut sie vergessen hatte, als er sich von ihrem Körper herunterrollte.

Ihr erstes Ziel hatte sie damit erreicht. Nun kam es darauf an, noch zum zweiten, zum ganz großen, alles überragenden Ziel zu gelangen.

Schon bald kam sie auf Thusnelda und Arminius zu sprechen. »Meine Herrin hat sich Hals über Kopf in Arminius verliebt«, behauptete Inaja. »Du ahnst nicht, wie unglücklich sie ist, weil ihr Vater sie mit Fürst Aristan verlobt hat!«

Sie fragte sich, wie sie herausfinden konnte, ob das, was sie sagte, wirklich der Wahrheit entsprach. Tatsache war, dass sie Thusneldas Gefühle nicht kannte, dass sie sie zwar erahnte, dass sie viel von den Sehnsüchten ihrer Herrin wusste, aber wiederum nichts von deren Ziel. Nur ihr eigenes Ziel hatte sie vor Augen. Unbeirrt hielt sie an der Hoffnung fest, daraus auch Thusneldas Ziel zu formen.

Hermut nickte ernst. »Arminius spricht täglich von der schönen Thusnelda. Er hätte längst um ihre Hand angehalten, wenn sie noch frei wäre.«

Dann berieten sie, wie den beiden zu helfen, wie ihre Liebe ans Licht zu holen war, wie man sie erstrahlen lassen konnte im Glanz eines Lichtes, vor dem Fürst Aristan fliehen und Fürst Segestes kapitulieren würde.

»Meine Herrin ist sehr tugendhaft«, erklärte Inaja, »und eine gehorsame Tochter.« Dann aber stockte sie und ergänzte: »Allerdings … nicht immer.«

Dann erzählte sie Hermut, wie Thusnelda aufbegehrt hatte, als Arminius' Onkel mit Fürst Segestes über die römische Herrschaft sprach, über Varus, der mit harter Hand Germanien verwaltete, aber auch über Arminius, der den Mut gehabt hatte, den Kaiser zu kritisieren. »Sie hat sich in das Gespräch eingemischt«, berichtete Inaja, »hat den Römern vorgeworfen, dass sie unseren Bauern Steuern abpressen, und Varus, dass er mit den Steuern große Feste feiert. Klar und deutlich hat sie ihren Vater gefragt, was an der römischen Herrschaft gut sein soll, wenn die Bauern unter ihr leiden, wenn die besiegten Völker geknechtet und in die Sklaverei getrieben werden.«

Hermut sah Inaja ungläubig an. »Vor Fürst Ingomar hat sie so mit ihrem Vater gesprochen?«

Inaja nickte. »Ich hatte große Angst, dass er sie schwer bestrafen würde. Aber zum Glück geht Fürst Segestes mit seiner Tochter meist gnädig um. Fürst Ingomar hätte sie nicht ungestraft so reden lassen, da bin ich sicher.«

»Und Fürst Aristan wird es auch nicht tun«, ergänzte Hermut. »Er ist ein mutiger und gerechter Mann, aber er kennt keine Gnade, wenn ihm der Gehorsam verweigert wird.«

Inaja seufzte, und Hermut tastete nach ihrer Hand. »Wir könnten heiraten«, flüsterte er, als habe er Angst vor lauten Worten, vor Inajas lautem Nein.

Sie schien plötzlich von einer ähnlichen Angst erfüllt zu sein. »Ich muss meiner Herrin folgen«, gab sie ebenso leise zurück. »In Fürst Aristans Burg.«

Es blieb eine Weile still zwischen ihnen, nur das Gezwitscher der Vögel und das Rauschen der Blätter im Wind war zu hören, gelegentlich der ferne Ruf eines Bauern, der seine Leibeigenen antrieb.

Dann sah Hermut hinauf in die spärlichen Baumkronen des niedrigen Hains. »Vielleicht kannst du ihr in die Teutoburg folgen?« Wieder sprach er nur ganz leise, auch diesmal schien er Angst vor einem lauten Nein zu haben.

Aber Inaja schwieg. Ob Hermut sah, dass über ihr Gesicht ein winziges Lächeln huschte? Inaja hatte einen Verbündeten gefunden auf dem Weg zu ihrem großen Ziel.

Thusnelda saß noch immer bewegungslos da. Sie spürte, dass Inaja sie ängstlich von der Seite betrachtete, aber sie wandte den Kopf nicht, sie starrte weiter vor ihre Füße und fing dann wieder an, ihren Oberkörper zu wiegen, dabei dachte sie an die Vergangenheit, die für sie nicht älter als wenige Wochen war. Als Inaja immer öfter vor die Tore der Eresburg gegangen war und mit einem Mal Gefallen daran fand, wilde Brombeeren zu suchen und Blumen von den Wiesen ins Haus zu holen! Wenn Thusnelda auf die Gefahren hinwies, die jeder Frau drohten, die sich außerhalb ihres befriedeten Heims aufhielt, hatte Inaja nur gelacht. Die Räuberbanden, die durchs Cheruskerland zogen, trauten sich nicht an die Burg eines Fürsten heran, sie trieben ihr Unwesen in den dichten Wäldern, wo sie in finsteren Höhlen wohnten, in die sie sich nach jedem Überfall flüchten konnten. Und von reisenden Römern hatten die Frauen nichts zu befürchten. Schließlich gehörten sie zum Hausstand Fürst Segestes', dem Römerfreund.

Trotzdem begleitete Thusnelda ihre Dienstmagd nur dann, wenn ihr Vater nicht zu Hause war. Sie wusste, was er sagen würde, wenn sie ihn gebeten hätte, die Burg verlassen zu dürfen. »Du bist nicht nur meine Tochter, sondern auch die Verlobte von Fürst Aristan! Ich habe ihm mein Wort gegeben, alles von dir fernzuhalten, was dir gefährlich werden könnte, bis er dich zu sich holt.«

Thusnelda ahnte, warum es Inaja so oft aus der Burg zog. Vom höchsten Punkt der Burgmauer hatte sie ein paar Mal Hermut über die Wiesen reiten sehen, und jedes Mal war Inaja kurz darauf verschwunden, um Beeren zu sammeln oder einem Bauern einen Besuch abzustatten, mit dem sie entfernt verwandt war.

Dann hatte jedoch auch Thusnelda Gefallen daran gefunden, über die Wiesen zu streifen, einmal hatte sie sogar mit Inaja in einem kleinen Weiher gebadet.

Schließlich war der Tag gekommen, der alles veränderte. Hermut war erneut von der Teutoburg zur Eresburg geritten, aber diesmal nicht allein. Arminius war bei ihm und sprang eilig vom Pferd, als er Thusnelda sah. Gerade noch war sie übermütig mit Inaja über die Wiese gelaufen, nun bemühte sie sich prompt um eine vornehme Haltung und eine gleichmütige Miene. Die Fürstentochter reichte dem Fürstensohn lächelnd die Hand und begrüßte ihn mit höflichen Worten. Dass Inaja von Hermut mit einer innigen Umarmung empfangen wurde, nahm sie nur am Rande zur Kenntnis. Arminius' Blick war so fesselnd, dass sie nichts anderes sehen konnte als seine Augen.

Thusnelda rang nach Worten. »Was für ein Zufall! Ich halte mich selten außerhalb der Burgmauern auf, aber gerade heute …« Verlegen brach sie ab, weil sie beinahe gesagt hätte, wie glücklich sie darüber war, ihn zu sehen.

Arminius und Hermut ließen ihre Pferde grasen und setzten sich auf zwei Baumstümpfe, nachdem sie den beiden Frauen einen weichen und trockenen Sitzplatz auf einem Moosbett bereitet hatten. Thusnelda versuchte, aufrecht zu sitzen und nichts zu tun, was sie nicht auch getan hätte, wenn Arminius im Hause ihres Vaters zu Gast gewesen wäre. Doch es fiel ihr immer schwerer, ihrer Rolle als Tochter des Fürsten Segestes gerecht zu werden. Und die Frage, ob ihr Vater ihr Verhalten billigen würde, wurde mehr und mehr zur Last. Erst recht, als Inaja und Hermut keinen Hehl mehr daraus machten, dass sie ein Liebespaar waren. Sie hielten sich an den Händen, liefen lachend über die Wiese und schließlich sogar in den Hain hinein. Und beim zweiten Mal, als sie sich erneut vor den Burgmauern getroffen hatten und Thusnelda sich nicht mehr vormachen konnte, dass es sich um einen Zufall handelte, waren die beiden für eine ganze Weile nicht wieder aus dem Wald herausgekommen. Arminius und Thusnelda waren allein. Noch nie in ihrem Leben war sie mit einem Mann, der nicht zu ihrer Familie gehörte, allein gewesen.

Es stellte sich heraus, dass Hermut von dem Gespräch mit Inaja berichtet hatte. Arminius wusste, dass Thusnelda ihrem

Vater und seinem Onkel mutig widersprochen hatte. »Ihr macht Euch Gedanken über die römische Herrschaft? Über das Schicksal der besiegten Stämme? Über die Ausbeutung unserer Bauern und über Varus' Lebenswandel?«

Thusnelda nickte, aber sie sah nicht auf. Es gehörte sich nicht für eine Frau, sich die Gedanken der Männer zueigen zu machen und sie sogar zu äußern. Ihr Vater hatte sie nach Ingomars Besuch eindringlich davor gewarnt, sich noch einmal in die Gespräche von Männern einzumischen. Er hatte ihr sogar die Gedanken verboten, die sie ausgesprochen hatte, und ihr prophezeit, dass die Ehe mit Fürst Aristan nicht gutgehen würde, wenn sie sich als seine Ehefrau auch nur ein einziges Mal derart schlecht benehmen würde. Thusnelda hatte sich fest vorgenommen, sich niemals wieder so gehen zu lassen.

Daher wagte sie jetzt nicht, ihre Kritik zu wiederholen, obwohl sie wusste, dass sie in Arminius einen Gleichgesinnten vor sich hatte. Sie traute sich kaum zu reden, sah sich immer wieder verzweifelt nach Inaja um und wünschte sich nichts sehnlicher, als dieser Situation zu entkommen, die sie andererseits genoss, wie sie noch nie etwas genossen hatte.

Als Inaja an Hermuts Seite aus dem Wäldchen zurückkehrte, waren ihre Haare zerzaust, ihr Gesicht war gerötet, in ihren Augen stand ein Geheimnis, das sich selbst verriet. Als sie sich wieder auf dem Moosbett niederließ, sah Thusnelda an ihren Beinen eine helle, feuchte Spur. Fasziniert beobachtete sie, wie Inaja mit dem Stoff ihres Rockes unauffällig die Innenseite ihrer Beine abrieb. Ihr wurde schwindelig, als sie sich vorstellte, was zwischen Hermut und Inaja geschehen war. Wieder brannte in ihr die Frage, die sie Inaja nun erst recht nicht stellen konnte …

Arminius hielt lange ihre Hand, als sie sich verabschiedeten. Und als Inaja schon am nächsten Nachmittag, nachdem Fürst Segestes erneut aufgebrochen war, um die Ernte seiner Bauern in Augenschein zu nehmen, den Vorschlag machte, Beeren zu sammeln, damit Amma sie zu Mus verarbeiten konnte, da wusste Thusnelda, dass sie verführt werden sollte. Sie konnte sich nichts mehr vormachen. Dennoch folgte sie Inaja, als ginge es tatsächlich nur um die Beeren, und blickte auf der Suche nach ihnen auch dann nicht auf, als sie schon das Schnauben der Pferde in ihrer Nähe vernahm.

Diesmal setzte Arminius sich zu ihr auf das Moosbett, und Inaja und Hermut liefen in das Wäldchen, ohne sich noch die Mühe zu machen, ihre Absicht zu bemänteln. Als Arminius von seinem Leben in Rom erzählte, griff er nach Thusneldas Hand und hielt sie. Kerzengerade saß sie da, auf ihren Körper konzentriert, zu dem diese Hand nicht gehören durfte, die nichts zu tun haben sollte mit ihrem aufrechten Oberkörper und der anderen Hand, die sich in den Falten ihres Rockes verbarg.

Von da an trafen sie sich täglich. Hermut und Arminius dachten sich alle möglichen Verkleidungen aus, um die Bewohner der Eresburg nicht misstrauisch zu machen. Manchmal erschienen sie in der Tracht germanischer Bauern, die frischgeschlachtetes Geflügel anboten, dann kamen sie wie Händler daher, die ihre Waren anpriesen. Manchmal machte Arminius auch ganz offiziell einen Besuch in der benachbarten Burg. Er führte dann ein Gespräch mit Segestes, redete mit ihm über seine Zeit in Rom, sprach über Varus und freute sich mit Thusneldas Vater auf das nächste Festessen bei dem Statthalter, zu dem sie beide eingeladen sein würden. Segestes verlor sogar sein anfängliches Misstrauen Arminius gegenüber. Als Ingomar einen Besuch in der Eresburg machte, hörte Thusnelda ihren Vater sagen: »Vielleicht haben wir uns getäuscht. Arminius scheint noch immer ein Römer durch und durch zu sein.«

Ob Ingomar sich seiner Meinung anschloss, bekam Thusnelda nicht mehr mit. Denn sie nutzte die Gelegenheit, mit Inaja aus der Burg zu huschen und zu einer Eichengruppe zu laufen, unter der Arminius und Hermut warteten.

An diesem Abend küsste Arminius sie leidenschaftlich und versprach ihr, sie auf die Teutoburg zu holen. »Du darfst Fürst Aristan nicht heiraten! Bitte, werde meine Frau! Komm zu mir auf meine Burg!«

Zu allem hatte sie »Nein« gestammelt, während ihr Körper »Ja« signalisierte. »Nein, ich bin Aristan versprochen! Nein, ich darf meinen Vater nicht hintergehen! Was soll aus mir werden, wenn unser Plan misslingt? Wenn mein Vater mich verstößt? Wenn …«

Dann jedoch hatte sie in Arminius' Armen gelegen, und er hatte ihr jedes Nein von den Lippen geküsst. Seine Nähe, sein Körper, sein Geruch, sein Atem, das alles konnte sie längst genießen, mit der Angst vor dem Unbekannten war es schon lange vorbei. Umso größer war die Angst vor dem geworden, was sie bei Fürst Aristan erwartete.

»Wenn dein Vater sieht, wie sehr wir uns lieben, wird er einverstanden sein«, beteuerte Arminius ein ums andere Mal.

Sie glaubte ihm nicht, aber es fiel ihr trotzdem leicht, ihm zuzustimmen. »Er muss uns einfach seinen Segen geben«, bestätigte sie. Immer wieder! So oft, bis in diesen Worten endlich die Hoffnung entstand, die ihr den Mut gab, ungehorsam zu sein.

7.

Severina saß in der kaiserlichen Loge, langweilte sich und hätte sich am liebsten wieder in ihre Sänfte gesetzt, um sich nach Hause tragen zu lassen und dort ihre schlechte Laune zu pflegen, indem sie die Sklaven drangsalierte. Sie hatte sich an diesem Tag stark schminken lassen, weil sie wusste, dass sie elend aussah und nicht auf die gesunden Farben vertrauen konnte, die ihr die Natur geschenkt hatte. Terentilla, ihre neue Sklavin, hatte deshalb ihre Haut mit einem Gemisch aus Kreide und Schweinfett aufhellen müssen, bis ihr Gesicht unnatürlich weiß und ihre Blässe darunter verschwunden war. Severina merkte nicht, dass Terentilla sie besorgt beobachtete. So ahnte sie auch nicht, dass das Rot der Weinhefe, mit dem die Sklavin ihre Lippen gefärbt hatte, in den Mundwinkeln verschmiert war und der Antimonpuder, mit dem Terentilla ihre Wimpern und Augenbrauen geschwärzt hatte, zu dick aufgetragen war. Er verdunkelte ihren Blick, als trüge sie Trauer, und verbarg ihre schönen Züge hinter abweisender Schwärze. Terentilla sah es, wagte aber nicht, am Gesicht ihrer Herrin etwas zu verändern, das Rot aus ihren Mundwinkeln zu wischen oder den schwarzen Puder von ihren Unterlidern, wo er gelandet war, nachdem Severina mehrmals nachdrücklich den Kopf geschüttelt hatte. Terentilla war voller Sorge. Hoffentlich machte niemand Severina darauf aufmerksam, dass sie früher besser geschminkt worden war. Sie würde auf der Stelle vergessen, dass sie selbst es gewesen war, die viel Kreide und kräftiges Lippenrot verlangt und außerdem gefordert hatte, dass der schwarze Antimonpuder dick aufgetragen wurde. Terentilla hatte große Angst, dass sie noch heute dort landen würde, wo Gaviana seit ein paar Tagen ihr Leben fristete.

Mürrisch betrachtete Severina die männlichen Zuschauer auf den unteren Rängen, die allesamt zu den reichsten und angesehensten Bürgern zählten. Der Eintritt zu den Spielen war für das Volk eigentlich frei, die gewaltigen Kosten dafür trug der Kaiser. Sie machten ihn beliebt, das Volk konnte hier Dampf ablassen, und damit verringerte sich die Gefahr von Unruhen und Aufständen. Für die begehrten Plätze in der ersten Reihe jedoch wurden enorme Eintrittsgelder verlangt. Dort saßen daher nur reiche Kaufleute und hohe Offiziere mit ihren Familien. Auf den unteren Rängen glitzerte mehr Gold und Silber als auf allen anderen zusammen.

Severina wandte den Blick jedoch bald wieder ab. Kein einziger der Männer, die dort saßen, gefiel ihr. Bestenfalls Antonius Andecamus, der immer wieder ihre Aufmerksamkeit suchte. Anscheinend machte er sich nach wie vor Hoffnungen auf ihre Gunst, weil Germanicus ihn ermutigt hatte. Aber da konnte er lange warten! Severina war wählerisch. Reich musste ein Mann nicht sein, reich war sie selber. Schön sollte er sein und anders als alle anderen. Vor allem durfte er keiner sein, der vor ihr buckelte.

Nein, stolz musste der Mann sein, dem Severina ihr Herz schenkte. Ein wahrer Held! Ein blonder Held? Ein germanischer? Severina warf die schwarzen Locken nach hinten und merkte zum Glück nicht, dass der Antimonpuder bei dieser heftigen Kopfbewegung von ihren Wimpern krümelte.

Als Antonius Andecamus sich erhob und in ihre Richtung verneigte, wandte sie sich so gelangweilt ab, dass Germanicus ihr einen zornigen Blick zuwarf. Sollte er sich nur ärgern! Vielleicht begriff er dann endlich, dass Andecamus ihr zwar gefiel, dass er aber trotzdem nicht ihr Jawort erhalten würde!

Sie schloss die Augen, um Germanicus zu zeigen, dass Andecamus' Verehrung sie nicht interessierte, sondern nur ermüdete. Als sie die Augen wieder aufschlug, sah sie auf den Rücken ihres Bruders, der den Sitz getauscht und vor ihr Platz genommen hatte. Germanicus besaß breite Schultern, einen kräftigen Nacken und einen muskulösen Rücken. Einen schönen Körper hatte er!

Severina erinnerte sich, wie sie auf Arminius' Rücken gestarrt hatte, als der Kaiser ihn in seine Loge gebeten hatte, um an seiner Seite den Spielen beizuwohnen. Eine Auszeichnung für einen Barbaren! Auch dann, wenn er zum römischen Offizier geworden war!

Aber Arminius war nicht stolz auf die Geste des Kaisers gewesen. Severina sah, wie er häufig den Kopf wandte und sich nervös umblickte. Er schien sich nicht wohlzufühlen. Während die Stimmung in der Arena sich aufheizte, während das Publikum johlte, tobte, applaudierte oder die Kämpfer verhöhnte, wurde er immer stiller und nachdenklicher. Als der Kaiser wieder den Daumen nach unten richtete und einem unterlegenen Gladiator eine Lanze in den Brustkorb gerammt wurde, hörte sie, wie Arminius den Kaiser fragte, woher er die vielen Gladiatoren nahm, deren Leben er in der Arena verschwendete.

Der Kaiser antwortete gleichmütig: »Die meisten von ihnen werden schon als Kinder versklavt. Dann bringt man sie in die Gladiatorenschule, dort werden sie ausgebildet. Wir haben eine fantastische Gladiatorenschule.« Augustus lachte leise. »Ein kurzes, aber ein gutes Leben. In der Gladiatorenschule wird auf gesunde und geregelte Lebensweise geachtet, auf reichhaltige Kost und viel Bewegung. Für das leibliche Wohlbefinden ist ausreichend gesorgt worden, wenn die Kämpfer die Arena betreten. Die Gladiatoren sollen Kraft haben für den Kampf, damit er lange dauert und wir alle viel davon haben. Am Vortag bekommen sie sogar einen Festschmaus, und das Volk kann sie bei der Mahlzeit besuchen und mit ihnen reden.«

Arminius schwieg zu dem, was der Kaiser sagte. Severina sah, dass er die Augen zusammenkniff, als ein weiterer Besiegter den Todesstoß erhielt. Und sie erstarrte, als Arminius den Kaiser fragte: »Ist dieses Spektakel nicht ein Hohn auf die römische Kriegskunst?«

Severina atmete erleichtert auf, als der Kaiser ruhig zurückgab: »Das Volk schreit nach Brot und Zerstreuung.«

Germanicus mischte sich ein. »Auf welchen Gladiator wollen wir wetten?«

Arminius schüttelte den Kopf. »Ich will nicht auf das Leben eines Menschen wetten.«

Germanicus lachte höhnisch. »Ein zartbesaiteter Barbar! Wer hätte das gedacht!«

Ehe Arminius antworten konnte, fuhr Severina dazwischen: »Ein grober Römer! Ist das vielleicht besser?«

Ihr Bruder sah sie verblüfft an. Aber als Arminius sich zu ihr umwandte und sie zum ersten Mal mit Interesse betrachtete, verstand er, was sie wollte. Endlich war es ihr gelungen, Arminius' Aufmerksamkeit zu erregen. Er schien sich zu freuen, dass sie sich auf seine Seite stellte, und schenkte ihr ein Lächeln, das sie nie wieder vergaß. Zum Glück verzichtete Germanicus darauf, Arminius zu verraten, dass seine Schwester mit ihren Wetten auf die Gladiatoren häufig Erfolg hatte. Heute war Severina sicher: Wenn Germanicus gewusst hätte, was dieses Lächeln in Severina anrichtete, hätte er Arminius genau erzählt, wie gerne seine Schwester den Spielen beiwohnte und wie häufig sie schon dem Kaiser, wenn er zauderte, geraten hatte, den Daumen nach unten zu drehen.

Das Amphitheater war schon eine Weile voll besetzt, sogar sämtliche Stehplätze waren vergeben, als vier kräftige germanische Sklaven den Kaiser in seiner Sänfte über den Kampfplatz trugen. Vier Fanfarenbläser gingen ihm voran, und Augustus winkte huldvoll in die Menge, die ihm begeistert zujubelte.

Als er in seiner Loge angekommen war, halfen ihm die vier Sklaven auf seinen mit roten Samtpolstern bezogenen Sitz. Dann erst wurden sämtliche Gladiatoren in die Arena geführt, die an diesem Tag ihr Leben einsetzen mussten, um die Zuschauer zu erfreuen. Sie zogen unter den Klängen der Fanfaren einmal rund um die Arena, um sich dann wieder in die Katakomben zurückzuziehen und dort auf ihren Kampf zu warten. Es waren die mit Wurfnetz und Dreizack ausgerüsteten Retiarier und ihre Gegner, die Sevutoren mit ihren enganliegenden, glatten Helmen, die verhindern sollten, dass sich das Wurfnetz allzu schnell verfing. Weitere Kämpfer folgten, aber Severina wurde erst wieder aufmerksam, als die Andabates an der kaiserlichen Loge vorbeigeführt wurden. Sie trugen ihre völlig geschlossenen Helme noch unter den Armen und starrten aus weit aufgerissenen Augen um sich, weil sie damit rechnen mussten, dass dies das Letzte war, was sie in ihrem Leben zu sehen bekamen. Wenn ihr Kampf begann, würden sie ihre Helme aufsetzen und damit nur noch auf ihr Gehör, ihr Gespür und die Reaktionen des Publikums angewiesen sein.

Unter der kaiserlichen Loge blieben sie stehen und riefen: »Ave Caesar!«

Das Volk jubelte, der Kaiser lächelte zufrieden, und Germanicus stieß seine Schwester in die Seite. »Was ist los mit dir? Augustus hat dich schon zweimal angesehen.«

Severina schüttelte seinen Arm ab und antwortete nicht. Aber sie riss sich zusammen. Ja, sie durfte niemanden merken lassen, wie es in ihr aussah. Ein kleines Lächeln rang sie sich ab, ihr Bruder schien jedoch noch nicht zufrieden zu sein. »Du solltest

Gaviana zurückholen«, knurrte er. »Wenn sie dich schminkte, sahst du gut aus. Selbst dann, wenn du schlechte Laune hattest.«

Nun war Severina ehrlich erschrocken. Wenn sie auf eins bisher hatte vertrauen können, dann auf ihre Schönheit! Und wenn sich das plötzlich geändert hatte, dann konnte nur Terentilla daran schuld sein. Die neue Sklavin taugte nichts.

Ob es tatsächlich ein Fehler gewesen war, Gaviana an ein Bordell zu verkaufen? Als ihre Sklavin sich erdreistet hatte, ihren Schmerz mitzuerleben und ihr sogar Trost zuzusprechen, war Severina sicher gewesen, dass sie Gaviana keinen Augenblick länger in ihrer Nähe ertragen würde. Ihre Tränen hatten sie nicht gerührt, als Gaviana begriff, was mit ihr geschehen würde. Nein, sie musste Severina aus den Augen gehen! Niemand durfte die Enkelin des Kaisers schwach und verletzlich sehen! Und Gaviana hätte sie ständig daran erinnert, dass es einen Mann gab, der die schöne Severina schwach und verletzlich gemacht hatte. Wie sollte sie unter den Augen ihrer Sklavin je wieder stark und unbesiegbar sein?

Agrippina konnte nicht begreifen, warum Gaviana, auf deren Hilfe Severina bisher keinen Augenblick verzichtet hatte, plötzlich in Ungnade gefallen war, aber Severina verriet ihr nicht, was die Sklavin ihr angetan hatte. Agrippina würde es ja doch nicht verstehen. Wahrscheinlich würde sie sogar behaupten, Gaviana könne gar nichts dafür, dass sie zufällig zugegen gewesen war, als Severina vor Verzweiflung geweint hatte. Und was noch schlimmer war … Agrippina würde fragen, warum Severina geweint hatte. Nein, Gaviana musste weg! Und in einem Bordell war sie am weitesten weg. Niemand würde etwas von Severinas Tränen erfahren. Gaviana würde keine Gelegenheit haben, jemandem zuzutuscheln, was sie beobachtet hatte.

Als Terentilla sich vorsichtig näherte, waren gerade die ersten Gladiatoren zum Kampf in der Arena erschienen. Das übliche Spektakel! Zwei junge Sklaven, die von ihren Herren verkauft worden waren, weil sie nicht mehr gebraucht wurden oder weil sie sich unbeliebt gemacht hatten. Nun gingen sie so verzweifelt aufeinander los, als glaubten sie tatsächlich an eine Chance, diesen Tag zu überleben.

Severina gähnte. Dass sie angesprochen wurde, kam ihr entgegen. So nahm sie den Schrei des Gladiators, dem soeben die Lanze seines Gegners den Bauch aufgerissen hatte, nur am Rande zur Kenntnis. Das Geschrei dieser jämmerlichen Kreaturen, die dort nicht wirklich kämpften, sondern sich wehklagend abschlachten ließen, ging ihr auf die Nerven. Warum sorgte der Kaiser nicht dafür, dass sämtliche Gladiatoren in der Arena auf stilvolle Weise starben? Ohne unnützen Lärm und erst nach einem langen Kampf mit vielen grausamen Verletzungen und attraktiven Qualen! Das konnte man als anspruchsvoller Zuschauer doch wohl erwarten! Nun grölte das Volk sogar, auf sämtlichen Rängen zeigten die Daumen nach unten. Der Kaiser hielt die Hände im Schoß gefaltet, seine Geste war nicht mehr erforderlich. Er nickte nur dem tiefschwarz gekleideten Kerl zu, der im Hintergrund bereitstand, damit er dem unterlegenen Gladiator den Todesstoß versetzte.

Angeekelt wandte Severina sich ab. »Was ist los, Terentilla?«

»Ein Mann ist angekommen«, flüsterte ihre Sklavin. »Ein Kurier. Er sagt, er muss Euch sprechen. Sofort! Es sei wichtig.«

Die Langeweile fiel augenblicklich von Severina ab. »Kommt er aus Germanien?«

»Ja. Er sagt, er hätte eine wichtige Mission für Euch erfüllt. Und Ihr hättet ihm aufgetragen, sofort nach seiner Rückkehr bei Euch vorzusprechen. Egal, wann und wo.«

Severina nickte zu Terentillas Erleichterung. »Wo ist er?«

»Er wartet am vierzigsten Eingang«, gab Terentilla zurück. »Er hat gesagt, alle Eingänge wären nummeriert.«

»Das weiß ich selber!« Severina erhob sich. Prompt wurde sie von Agrippina fragend angesehen. Wie sie die Fürsorge ihrer Schwägerin hasste! Germanicus' misstrauischer Blick war leichter zu ertragen als Agrippinas besorgte Miene. Sie strafte beide, indem sie sie im Unklaren ließ, wohin sie ging, als sie die kaiserliche Loge verließ.

Thusnelda träumte. Mit offenen Augen saß sie da, starrte auf Inajas Rücken, sah aber nichts außer der Vergangenheit, in der sie glücklich gewesen war. Während die Dienstmagd das Schweigen nicht länger ertragen und das Brombeerenpflücken fortgesetzt hatte, war Thusnelda außerstande, sich in die Gegenwart zu fügen oder gar nach der Zukunft zu fragen. Nur die Vergangenheit zählte, diese Vergangenheit von wenigen Wochen. In dieser kurzen Zeit hatte sie Arminius kennengelernt wie keinen anderen Menschen zuvor. Nur heimlich waren sie sich zwar begegnet, aber vielleicht gerade deswegen umso intensiver. Immer nur kurz hatten sie sich gesehen, trotzdem war eine Nähe entstanden, die Thusnelda sich vorher nicht hatte vorstellen können. Nun würde sie Arminius' Stimme unter Tausenden erkennen, auch seinen Geruch, die Wärme seiner Haut, sein Lächeln, seinen Blick, die Macht seiner zärtlichen Hände. Und sie wusste nun sogar, wie seine Lippen schmeckten, wie sie sich anfühlten, weich, heiß und feucht, wie seine Zunge ihren Mund erobern, wie seine Hände zupacken und seine Fingerspitzen Lust bereiten konnten. Das alles wusste sie, und seit ihrer letzten Begegnung kannte sie auch seine geheimsten Gedanken und hatte sogar erfahren, wie schwach und hilflos er einmal gewesen war.

»Es war schrecklich, als ich mich von meiner Mutter trennen musste«, hatte Arminius ihr anvertraut. »Ein kleiner Junge war ich und Flavus sogar noch jünger als ich. Aber unser Vater erklärte uns, wir müssten stolz darauf sein, nach Rom zu gehen, um dort zu starken Männern gemacht zu werden.« Er schüttelte den Kopf und seufzte. »Ich konnte nicht stolz darauf sein. Flavus und ich haben geweint, auch meine Mutter weinte herzzerreißend. Während der Reise nach Rom konnte ich nie ihr Schluchzen vergessen.«

Thusnelda war voller Mitleid, trotzdem versuchte sie, eine Lanze für Fürst Segimer zu brechen. »Sicherlich hat Euer Vater nur Euer Bestes im Sinn gehabt. Er wollte Euch gut vorbereitet sehen für Eure Aufgabe als Fürst der Cherusker.«

Aber Arminius schüttelte den Kopf. »Nein, nicht zur Erziehung wurden wir nach Rom gegeben, sondern als Geiseln. Das habe ich erst später begriffen, aber genau so war es. Auch die Söhne anderer Stammesfürsten wurden als Geiseln nach Rom gebracht. Damit hatte der römische Kaiser ein Druckmittel in der Hand, das germanische Aufstände verhinderte.«

Thusnelda sah ihn entsetzt an. »Ihr seid doch gut behandelt worden?«

Arminius winkte ab. »Natürlich wurden wir unserem Rang entsprechend ausgebildet. Viele sind als Erwachsene sogar gern in Rom geblieben und wollten von ihrer Heimat und ihren Familien später nichts mehr wissen. Beides war ihnen entfremdet worden. Nicht wenige dienen noch heute in den römischen Legionen als Offiziere.«

»Aber Ihr werdet es nicht mehr tun?«

Arminius schüttelte den Kopf. »Flavus jedoch wird nach Rom zurückkehren.« Er sah verlegen auf seine Hände. »Ich werde dem römischen Kaiser auch hier dienen müssen«, sagte er leise, »indem ich Varus zur Seite stehe. Aber ich will auch genießen, dass ich wieder in der Heimat bei meiner Mutter sein kann. Ich habe sie so lange vermisst.«

Thusnelda betrachtete ihn staunend. Ein Held, ein hochdekorierter Krieger, ein Offizier, dem die römische Ritterwürde verliehen worden war … er bekannte, dass er sich nach seiner Mutter gesehnt hatte? Dass er nun glücklich war, an ihrer Seite zu leben?

Dies war der Augenblick, in dem aus einem Gefühl, das sie später Verliebtheit nannte, tiefe Liebe wurde. Nichts hatte Thusnelda bis dahin von der Liebe gewusst, kaum etwas erahnt von dem innigen Gefühl, das sie nun durchströmte, und doch wusste sie in diesem Augenblick genau, dass sie die Liebe kennengelernt hatte. Sie würde Inaja nicht mehr nach den Geheimnissen der Liebe fragen müssen. Was sie empfand, war größer und allumfassender als das, was Inaja mit Hermut erlebte, wenn sie mit ihm in den Wald lief und dort für eine Weile mit ihm allein war. Was dort geschah, war nicht mehr wichtig für Thusnelda, seit sie wusste, dass sie liebte. Auf das, was Fürst Aristan ihr geben würde, war sie nicht mehr angewiesen. Was immer aus ihrem Leben wurde, sie wusste, was Liebe war. In diesen Wochen war Thusnelda nichts wichtiger als das. Nur diese Liebe zählte!

8.

Er stand am vierzigsten Eingang. Und wie es aussah, stand er schon lange dort. Sein Gesicht war kaum zu erkennen, denn er hatte die Kapuze seines Palliums, eines dunklen, schadhaften Wollumhangs, tief ins Gesicht gezogen.

Severina blieb einige Schritte von ihm entfernt stehen und betrachtete ihn, ohne dass er es merkte. War das wirklich der Mann, auf den sie seit Tagen wartete?

Sie gab Terentilla einen Stoß. »Frag ihn, warum er sich verspätet hat.«

Terentilla ging gehorsam auf den Mann zu und sprach ihn an. Aber er sah sie nur kurz an, dann wanderte sein Blick über ihren Kopf hinweg. Als er Severina sah, die sich an eine Säule lehnte, als wollte sie nur einen Moment der Ruhe genießen, schob er Terentilla zur Seite. »Herrin, mein Auftrag ist erfüllt!«

Nun konnte sie sein Gesicht erkennen und war zufrieden. Ja, das war der Mann, den sie nach Germanien gesandt hatte. Dass er sich verhüllte, war verständlich. Sein Gesicht war von mehreren Wunden entstellt, er war schmutzig und so erschöpft, als sei er mehrere Tage durchgeritten. Auch sein Pallium sah aus, als trüge er ihn seit Wochen.

»Ich bin von Räuberbanden überwältigt worden«, erklärte er nun. »Sie hausen überall in den germanischen Wäldern. Alles haben sie mir genommen, was ich bei mir trug. Mein Pallium war das Einzige, was sie mir gelassen haben.«

Severina nickte ungeduldig. »Ist das der Grund, warum du dich verspätet hast?«

Er verbeugte sich tief vor ihr. »Ich lag einen ganzen Tag lang verletzt in einem Dickicht. Zum Glück hat mich ein Bauer gefunden, der im Wald Holz suchte. Er hat mich mitgenommen, und seine Frau hat mir zu essen gegeben. In ihrer Hütte konnte ich bleiben, bis ich kräftig genug war, meinen Weg fortzusetzen. Sie glaubten mir nicht, dass ich ein römischer Kurier bin, trotzdem haben sie mir geholfen.«

Severina winkte ab. »Genug! Du kannst morgen in mein Haus kommen und deinen Lohn abholen.«

Wieder verneigte sich der Mann und versicherte, dass er trotz aller Gefahren jederzeit erneut einen Auftrag der schönen Severina ausführen würde.

»Nun sag mir endlich, ob du alles getan hast, was ich dir aufgetragen habe«, fuhr Severina dazwischen. »Hast du den Papyrus an Arminius übergeben? Und hast du eine Nachricht von ihm mitgebracht? Oder hast du sie dir etwa von der Räuberbande stehlen lassen?«

Der Mann sah jetzt so aus, als wollte er am liebsten seine Kapuze wieder tief ins Gesicht ziehen. »Ich habe den Papyrus übergeben, ganz wie Ihr befohlen habt.«

»An Arminius und an keinen anderen?«

Severina sah nicht, dass grelle Angst über das zernarbte Gesicht des Mannes zuckte. Er hatte sich schnell wieder in der Hand. »Ja, ich habe es Arminius höchstpersönlich überreicht. So, wie Ihr es verlangt habt.«

»Und? Wo ist seine Antwort?«

»Er hat mir keine mitgegeben.«

Severina lehnte sich wieder an die Säule und amtete tief durch. »Das kann nicht sein.«

»Der Zeitpunkt war ungünstig«, beeilte sich der Kurier zu erklären. »Ich traf während der Beisetzungszeremonie für Fürst Segimer ein. Die Teutoburg war voller Gäste.«

»Warum hast du nicht gewartet?«

»Man konnte mir kein Quartier geben. Nur mein Pferd durfte ich tränken, danach musste ich mich auf den Rückweg machen.« Der Kurier gewann an Sicherheit. Im Gesicht seiner schönen

Auftraggeberin stand so deutlich zu lesen, was sie von ihm hören wollte, dass er der Versuchung nicht widerstehen konnte. Und vielleicht würde ja wirklich alles genau so kommen, wie es gewünscht wurde und wie er jetzt in Aussicht stellte. »Er hat gesagt, er wird Euch antworten, sobald es ihm möglich ist. Er wird ...« Er stockte und schien nun das Gefühl zu haben, zu viel zu wagen, mehr zu riskieren, als er wollte, als gut für ihn war.

Aber schon trat Severina einen Schritt auf ihn zu und fixierte ihn, als wollte sie ihn zwingen. »Was wird er? Persönlich nach Rom kommen?«

Der Kurier atmete erleichtert auf. »Genau!« Er lächelte. »Ja, das hat er gesagt.«

Severina spürte, dass die Kraft in ihren Körper zurückkehrte, der Augenblick der Schwäche war vorüber. Terentilla ahnte nicht, dass sie mit ihrem Leben oder zumindest mit ihrer Zukunft spielte, als sie ihre Herrin mitleidig und besorgt ansah und sich zu überlegen schien, wie Severina zu helfen war. Man hatte ihr nicht verraten, warum ihre Vorgängerin ins Bordell verkauft worden war, sie konnte daher nicht wissen, wie verhängnisvoll es war, einem wunden Punkt in der Seele der schönen Severina auf die Spur zu kommen. Aber die hatte zum Glück vollauf damit zu tun, sich ihre Erleichterung nicht anmerken zu lassen, was einem Eingeständnis ihrer Schwäche gleichgekommen wäre. Sie stieß sich von der Säule ab und richtete ihren Oberkörper hoch auf. Mit einer Geste, die keine römische Dame so gut beherrschte wie sie, legte sie mit der rechten Hand den rechten Zipfel ihrer Pallia über die linke Schulter. Dieser Umhang, den sie über ihrer Tunika trug, war aus gelber Seide gefertigt, mit zarten Silberfäden waren die Kanten bestickt. Severina wusste, dass der Glanz dieser Fäden sich in ihren Augen spiegelte, wenn die Pallia ihrem Gesicht nahe war. Dass es an diesem Tag zu stark geschminkt war, um sich mit natürlichen Farben zu messen, vergaß sie in diesem Augenblick.

»Sorg dafür«, sagte sie zu Terentilla, »dass der Mann fünf Sesterzen extra bekommt für die gute Nachricht.«

Sie wies zu dem Lederbeutel mit dem langen Riemen, den Terentilla am Hals trug. Er war mit einer Kordel verschlossen, die Terentilla jetzt löste. Während sie unter den gierigen Blicken des Kuriers die fünf Sesterzen daraus hervorsuchte, ging eine dicke Römerin in der schweren, reichverzierten Stola der verheirateten Frau vorüber. Sie betrachtete Severina von oben bis unten.

»Ihr seht zauberhaft aus, verehrte Severina!«, flötete sie. »Seit ihr zugenommen habt, seid Ihr noch schöner geworden.« Ihr Doppelkinn zitterte vor boshafter Freude, ihr gewaltiger Busen wogte.

»Ihr seid mir ein leuchtendes Vorbild, hochgeschätzte Flavia«, gab Severina ebenso spitz und anzüglich zurück. »Wenn ich erst so alt bin wie Ihr, werde ich hoffentlich genauso schön sein wie Ihr.«

Damit wandte sie sich um und ließ sowohl den Kurier als auch die Gemahlin des reichen Pollio stehen, der ihr als Besitzer mehrerer Bordelle Gaviana abgekauft hatte. Leichtfüßig kehrte sie in die kaiserliche Loge zurück. Von nun an würde sie jeden Abend in Eselsmilch baden, damit ihre Haut so weich war, wie Arminius es noch nie bei einer Frau erlebt hatte.

Ein frischer Wind hatte sich erhoben, der mit den Baumkronen spielte, in ihnen heulte und fauchte. Wie mit langen Fingern fuhr er durch das hohe Gras. Sein Rauschen schien die ganze Luft zu erfüllen.

Die beiden Reiter, die sich aus dem Waldgelände lösten und auf die Eresburg zuritten, erregten keine besondere Aufmerksamkeit. Gemächlich kamen sie näher, das Schnauben ihrer Pferde, die so aussahen, als wären sie mit der langsamen Gangart nicht einverstanden, wurde vom Wind weggetragen. Jeder der beiden führte ein weiteres Pferd mit sich, das mit großen Säcken beladen war. Händler waren so in ganz Germanien unterwegs, um ihre Waren an den Mann zu bringen. Die Wachen auf den Burgmauern warfen ihnen nur einen kurzen Blick zu, dann kümmerten sie sich wieder um ihr Würfelspiel. In letzter Zeit hatten häufig Händler ans Burgtor geklopft, viel häufiger als sonst. Niemand sah ihnen mehr erwartungsvoll entgegen. Von allem, was sie anboten, war mittlerweile genug im Haus.

Als die beiden auf Rufweite herangekommen waren, öffnete sich das Tor der Eresburg, und der Wärter trat heraus. Er legte die Hand über die Augen und sah den beiden misstrauisch entgegen.

»Ist Euer Herr zu Hause?«, rief einer der beiden Reiter. Er hatte sich in einen dunklen Umhang gehüllt, der auch seinen Kopf und das halbe Gesicht bedeckte. »Wir haben Waren, die ihm gefallen werden. Langbogen und gefiederte Pfeile! Auch Trinkhörner und Würfel aus Elfenbein!«

Der Wärter schüttelte den Kopf und stellte sich breitbeinig in das geöffnete Tor. »Unser Herr ist nicht da«, rief er zurück. »Er zieht dem Bräutigam seiner Tochter entgegen. Morgen wird hier eine Hochzeit gefeiert.«

»Dann kommen wir ja gerade recht«, mischte sich der zweite Reiter ein. Er war genau wie der erste in einen Umhang gehüllt, als müsste er sich vor Kälte schützen. »Lass uns zu der jungen Braut! Wir können ihr Bänder und Schmuck für ihr Hochzeitskleid bieten.«

»Die Tochter von Fürst Segestes ist ebenfalls nicht zu Hause«, gab der Wärter zurück.

Nun zügelten die beiden Reiter ihre Pferde. »Nicht zu Hause? Eine Braut am Vortag ihrer Hochzeit?«

Der Wärter drehte sich um und machte Anstalten, das Tor wieder zu schließen. »Was geht euch das an?«

Er verriegelte das Tor von innen und rief etwas zu den Wachen hoch, die auf der Burgmauer standen. Sie lachten, sahen spöttisch auf die beiden Händler hinab und wandten sich ab, als die beiden ihre Richtung änderten und an der Burgmauer entlangritten. Anscheinend nahmen sie Kurs auf die Teutoburg, um dort ihre Waren anzubieten.

Wen interessierten schon zwei Händler, die durchs Cheruskerland zogen und über kurz oder lang erneut an die Tür klopfen würden? Das Augenmerk der Burgwachen ging in die entgegengesetzte Himmelsrichtung, denn von dort erwarteten sie ihren Herrn zurück, der Fürst Aristan und sein Gefolge mitbringen würde. Segestes hatte seinen Wachen eingeschärft, den Bräutigam seiner Tochter ehrerbietig zu empfangen. Sie würden ihr Würfelspiel sofort wegstecken, wenn der Zug der Reiter in Sicht kam.

Thusnelda und Inaja dagegen hatten das Geschehen aufmerksam verfolgt und ließen die beiden Reiter nicht aus den Augen. Sie sahen sie gemächlich auf sich zukommen, aber wenn auch aus der Ferne niemand bemerken mochte, dass die Bedächtigkeit nur vorgetäuscht war. Thusnelda und Inaja erkannten und spürten es. In der Ruhe lag eine Anspannung, die zu sehen, zu fühlen und sogar zu riechen war. Die Pferde wurden gezügelt, als könnten sie sonst durchgehen, die Männer saßen sehr aufrecht im Sattel und blickten wachsam umher. Der Schweiß ihrer Pferde stach in die laue Luft.

Thusnelda erhob sich und blickte zurück zur Eresburg. Dort war alles ruhig. Inaja stellte sich prompt an ihre Seite. Den Korb, in dem sie Beeren gesammelt hatte, warf sie achtlos in die Hecke. Beide starrten den Reitern aus großen Augen entgegen, die die beiden Lastpferde heranzogen und die Säcke, die sie trugen, zu Boden warfen. Nun sprangen sie vom Pferd. Thusnelda rührte sich nicht vom Fleck, als die Männer auf sie zukamen. Sie wartete darauf, dass sie ihre Umhänge abwarfen, doch sie zogen sie im Gegenteil noch tiefer ins Gesicht. Die Augen des Mannes, der nach ihr griff, waren nicht zu erkennen, aber Thusnelda sah ein winziges Lächeln in seinen Mundwinkeln.

Dann war Hermuts Stimme zu hören: »Die Frauen sollten die Umhänge tauschen!«

»Warum?«, fragte Thusnelda erschrocken.

Arminius war es, der antwortete: »Weil Inaja niemand verfolgen wird. Auf sie kommt es nicht an.«

Inaja hatte bereits ihren Umhang abgelegt und streckte ihn Thusnelda hin. Sie schluckte die Entgegnung herunter, die ihr auf den Lippen lag, griff danach und legte ihn sich schweigend um. Dann ließ sie sich ergreifen und auf den Pferderücken heben. Sie sah, dass Inaja es genauso machte. Beide pressten ihre Umhänge fest an den Körper, mit der anderen umschlangen sie den Hals des Pferdes und klammerten sich fest. Sie duckten sich, als die Pferde angetrieben wurden, boten dem Wind keinen Widerstand, sahen nicht nach rechts und links, wo die beiden Reiter sich dicht neben ihnen hielten, auch nicht nach hinten und erst recht nicht nach oben, wo Unruhe auf der Burgmauer entstand. Beide, Dienstmagd und Herrin, sahen nur nach vorn. Auch noch, als der Alarm in der Eresburg ausgelöst wurde. Thusnelda konnte das Geschrei der Wächter hören. Sie hatten begriffen, was geschah. In wenigen Augenblicken würde das Burgtor sich öffnen, man würde ihnen folgen, um sie zu ergreifen und in die Eresburg zurückzuholen…

Agrippina war entsetzt, als Severina erkennen ließ, dass sie sich mit Ballspielen die Zeit vertreiben wollte. »Das ist ungesund in deinem Zustand!«

Erschrocken presste sie die Lippen zusammen. Ihre Schwägerin war ihr oft genug über den Mund gefahren, wenn sie über ihre Schwangerschaft geredet hatte, aber je offensichtlicher sie wurde, desto schwerer fiel es Agrippina, über Severinas gewölbten Leib hinwegzusehen. »Das ist ungesund«, wiederholte sie.

Doch Severina lachte nur. »Vielleicht für dich. Für mich nicht.« Sie schickte Terentilla los, um Bälle zu holen. »Das Einzelspiel ist auch sehr unterhaltsam«, sagte sie und schien zu hoffen, dass Agrippina sich durch den Anblick der Bälle und durch Severinas Vorbild zum Spiel überreden lassen würde. Ihre Schwägerin sah jedoch so aus, als hätte sie sich am liebsten entfernt, um Severinas Treiben nicht mit ansehen zu müssen. Andererseits fühlte sie sich verantwortlich für ihre Gesundheit und mochte Severina daher nicht unbeobachtet dieser leichtsinnigen Betätigung überlassen, um wenigstens eingreifen zu können, wenn es nötig sein sollte.

»Warum bist du neuerdings so vergnügt?«, fragte sie, gab die Antwort aber gleich selbst: »Ja, der Körper braucht eine Weile, um sich auf die veränderten Umstände einzustellen. Während dieser Zeit ist jede Frau missgelaunt und innerlich zerrissen. Anscheinend ist bei dir diese Zeit nun vorbei.«

Severina lächelte nur geheimnisvoll und trat aus dem Umkleideraum, in dem sie ihre Tunika abgelegt hatte. Sie trug nun lediglich ein Tuch über den Hüften und ein breites Band, das ihre Brust bedeckte. Agrippina folgte ihr mit hochgezogenen Augenbrauen. Sie war froh, dass Severina wenigstens auf die knappe Sportbekleidung verzichtet hatte, in der die meisten römischen Damen ihre Leibesübungen absolvierten.

Mit wenigen Schritten hatten sie das breite Mosaikband erreicht, dass den Sportplatz umrundete. Zur Hälfte war es von einem Säulengang, dem Peristyl, beschattet, die andere Hälfte wurde von der Sonne beschienen. Über der hellen Sandfläche, auf der die Ballspiele betrieben wurden, war ein Dach aus breiten Stoffbahnen gespannt worden, um die Spieler vor der Sonne zu schützen. Niemand tummelte sich zurzeit dort, und Agrippina war froh darüber. Sie fürchtete anzügliche Fragen, die an Severina gerichtet werden konnten, und noch mehr fürchtete sie die Antworten ihrer Schwägerin.

Terentilla kam mit zwei Bällen angelaufen. In der rechten Hand hielt sie einen kleinen Ball, einen sogenannten Pila, der aus Stoffresten genäht und mit Haaren und Federn gestopft worden war. Mit der anderen streckte sie Severina einen Follis hin. Dieser Ball war wesentlich größer, aber leichter und vor allem nachgiebiger. Es handelte sich um eine aufgeblasene Rindsblase, die zurücksprang, wenn sie auf den Boden oder an die Wand geprellt wurde.

Severina entschied sich für den Pila, warf ihn in die Luft und fing ihn wieder auf. Agrippina konnte nicht umhin, ihre graziösen Bewegungen zu bewundern und ihre Leichtigkeit, die sie noch nicht verloren hatte. Sie selbst war mittlerweile froh, wenn sie sich nicht bewegen musste, und winkte einer Sklavin, damit sie ihr eine Sitzgelegenheit brachte.

Severina entschloss sich schon bald anders und griff nach dem Follis, um ihn gegen die Wand zu werfen und wieder aufzufangen. Manchmal misslang der Wurf, und sie musste große Sprünge machen, um den Ball auffangen zu können, Agrippina schloss dann jedesmal gepeinigt die Augen. Germanicus würde ihr Vorwürfe machen, wenn Severina etwas zustieß und sie bekennen musste, dass sie diese sportlichen Übungen nicht verhindert hatte.

»Was ist eigentlich aus Gaviana geworden?«, begann sie, als sie Severina eine Weile zugesehen hatte. »Ich verstehe nicht, dass du sie verkauft hast.«

»Ich war sie leid«, gab Severina zurück. »Und Pollios fette Gemahlin konnte sie gebrauchen.«

»Du redest von Pollio, dem Bordellbesitzer?« Agrippina verzog das Gesicht. »Ich habe gehört, dass Flavia die Sklavinnen, die ihr nicht mehr gefallen, in das Bordell ihres Mannes schickt.« Agrippina schüttelte den Kopf. »Ins Bordell verkauft zu werden, das ist wirklich die gemeinste Strafe. Ich kann mir nicht vorstellen, womit eine Sklavin das verdient haben könnte.«

Severina reagierte nicht auf ihre Worte. Das Thema behagte ihr ganz und gar nicht, daher gab sie vor, sich voll und ganz aufs Ballspiel zu konzentrieren.

»Antonius Andecamus hat nach dir gefragt«, fuhr Agrippina nach einer Weile fort. »Er scheint gemerkt zu haben, dass du schwanger bist, aber es sieht so aus, als hätte er damit keine Probleme.«

Severina antwortete erst, als sie den Ball nicht erreicht hatte und nun darauf wartete, dass Terentilla ihn zurückholte. »Was geht mich Antonius Andecamus an?«

Agrippina seufzte. Gern hätte sie zurückgefragt, warum ihre Schwägerin noch immer auf Arminius' Rückkehr wartete, aber mittlerweile war sie vorsichtiger geworden. Severina wurde wütend, wenn sie auf Arminius angesprochen wurde, und hatte sich bisher kein einziges Mal zu der Bestätigung hinreißen lassen, dass sie tatsächlich von dem blonden Hünen schwanger war.

Wenn das Gespräch in diese Richtung ging, ließ sie jedesmal durchblicken, dass mehrere Männer in Frage kamen, und weidete sich dann an Agrippinas Entrüstung und noch mehr an Germanicus' Empörung. Es war besser, nicht mehr davon zu reden.

»Arminius' Bruder wird bald aus Germanien zurückkehren«, sagte Agrippina leise und lächelte, als Severina der Ball aus den Händen rutschte.

Eilig sprang Terentilla hinzu, hob ihn auf und legte ihn in die Hände ihrer Herrin zurück.

»Ich weiß«, antwortete Severina derart gleichmütig, dass Agrippina sofort aufhorchte. »Die Beisetzungsfeierlichkeiten für seinen Vater sind vorbei. Er wird wieder seinen Dienst antreten.«

Sie warf den Ball so hoch in die Luft, dass Agrippina schwindelig wurde, als sie versuchte, ihm nachzublicken. »Ich glaube im Übrigen nicht, dass er allein zurückkommen wird«, ergänzte sie und warf den Ball noch ein Stück höher.

Nun konnte Agrippina ihre Neugier nicht länger zügeln. »Hast du Kontakt mit Arminius aufgenommen? War der Mann, der dich während der Spiele aufgesucht hat, ein Kurier?«

Severinas Lächeln erstarb. Nicht zu glauben, wie schnell Agrippina die Zusammenhänge erkannte! Ihr etwas vorzumachen, war wirklich nicht leicht.

Aber es gelang ihr, hochmütig das Gesicht zu verziehen. »Er hat mir eine Nachricht zukommen lassen«, behauptete sie, ohne rot zu werden. »Es hat ein bisschen gedauert, zugegeben. Aber schließlich musste er sich zunächst um die Beisetzung seines Vaters kümmern, um die Hinterlassenschaften, die Mutter, die Schwester ...«

Sie verfehlte den Ball und wartete darauf, dass Terentilla ihn zurückholte. Währenddessen warf sie Agrippina einen Blick zu und stellte erbittert fest, dass ihre Schwägerin ihr nicht glaubte. Wütend warf sie den Follis an die Wand, und noch wütender ließ sie ihn dagegenprallen, als Agrippina sagte: »Germanicus hält daran fest – Arminius wird in Germanien bleiben, um Varus zu unterstützen.«

»Das kann auch ein anderer tun.«

»Arminius ist am besten geeignet.«

»Ja, ja … aber er ist nicht abkommandiert worden, sondern hat bei Tiberius darum gebeten, in seiner Heimat Dienst tun zu dürfen. Nicht, weil er es wollte, sondern weil er sich dazu verpflichtet fühlte. Genauso gut kann er darum bitten, wieder in Rom Dienst tun zu dürfen. So einfach ist das.«

Severinas Kraft hatte mit jedem Satz zugenommen. Immer wütender hatte sie den Ball geschleudert, sich immer heftiger in die Bewegung geworfen, so lange, bis der Follis schließlich zerplatzte. Angewidert sah sie auf die Fetzen, die an der Mauer klebten und langsam heruntersackten. Dann richtete sie sich hoch auf und wandte sich Agrippina zu. »Im Übrigen ist Arminius mir vollkommen gleichgültig, das weißt du ja.«

Das Tor der Eresburg flog auf, ein junger Reiter stürmte heraus. Es war Klef, der Sohn eines Wächters, der Fürst Segestes seit Jahren diente. Klef war erst fünfzehn Jahre alt, deswegen gehörte er nicht zu denen, die dem Bräutigam der Fürstentochter entgegenreiten durften. Dabei hatte er so sehr darauf gehofft! Endlich wollte er in die erste Reihe aufsteigen, wollte zeigen, dass er ein umsichtiger Mann war, obwohl alle anderen ihn noch einen ungezogenen Jungen nannten. Dass er reiten konnte wie ein Teufel, erkannte zwar jeder an, aber dass er damit seinem Fürsten ein wichtiger Untertan sein konnte, wollte bis jetzt niemand wahrhaben. Die besten Männer und die besten Pferde waren unterwegs, um Fürst Aristan mit einem großartigen Empfang zu beeindrucken, Klef jedoch hatte in der Burg bleiben müssen.

»Warte ab«, sagte sein Vater jedes Mal, wenn er sich beschwerte. »Deine Zeit wird noch kommen. Wenn es so weit ist, werde ich bei unserem Herrn ein gutes Wort für dich einlegen.«

Aber Klef wollte nicht warten. Und als der Schrei ertönte,

dass die Braut geraubt worden war, hielt er seine Chance für gekommen. Mit heftigen Schlägen trieb er sein Pferd an, tief über dessen Hals gebeugt.

Arminius war der Erste, der Klef bemerkte, und er stellte auch bald fest, dass der Junge schneller war als sie. Thusnelda und Inaja waren keine geübten Reiterinnen. In Germanien wurde eine Frau nur aufs Pferd gesetzt, um eine längere Wegstrecke zu überwinden. Und immer wurde dann das Pferd von einem starken Mann geführt, der dafür sorgte, dass es im Schritt ging. Man konnte die Tiere nicht antreiben, ohne zu riskieren, dass die beiden abgeworfen werden.

»Wir müssen uns trennen!«, schrie Arminius seinem Freund zu.

Hermut hob kurz die Hand zum Zeichen, dass er verstanden hatte, dann lenkte er sein Pferd und auch Inajas nach links, während Arminius und Thusnelda in die entgegengesetzte Richtung auf ein Wäldchen zuhielten.

»Halt dich fest!«, rief Arminius.

Thusnelda schrie auf, als der Wald auf sie zukam, als die Baumstämme sich vor ihr erhoben und der Abstand zwischen ihnen so schmal erschien.

»Weiter, weiter!«, schrie Arminius. »Nicht langsamer werden!«

Er ritt ihr nun voran, und die Angst, ihn zu verlieren, war größer als die Angst vor den Bäumen. Zum Glück schien er sich auszukennen. Er ritt nicht geradewegs in den Wald hinein, wie Thusnelda befürchtet hatte, sondern hielt auf eine Schneise zu, die sie vor lauter Angst nicht gesehen hatte. In der Breite eines Pferdefuhrwerks öffnete sie den Wald.

Kaum waren sie im Schutz der Bäume angekommen, drosselte Arminius das Tempo, und Thusnelda wagte es, einen Blick zurückzuwerfen. Sie hatte erwartet, dass Klef ihnen folgte, aber der Trick mit dem Umhang schien gewirkt zu haben. Sie sah, dass der Junge sein Pferd zurückhielt. Er nahm die Zügel kurz, saß aufrecht da und blickte um sich. Anscheinend überlegte er, dass er nur einer Frau folgen konnte. Und welche der beiden die Tochter seines Fürsten war, schien ihm nun einzufallen. Jeder kannte ja den Umhang, den Thusnelda fast täglich trug.

Klef trieb sein Pferd erneut an und preschte weiter, Inaja und Hermut hinterher, deren Vorsprung sich ein wenig vergrößert hatte. Aber wenn Klef so weiterritt, würden sie keine Chance haben, die Teutoburg vor ihm zu erreichen. Er würde sie aufhalten können, bis die fünf Reiter, die sich nun von der Eresburg lösten, dazukamen.

»Was werden sie tun, wenn sie merken, dass ich nicht unter dem Umhang stecke?«

»Keine Sorge, Inaja und Hermut wird nichts geschehen.« Arminius hob Thusnelda vom Pferd, dann führte er die beiden Tiere an ein dichtes Unterholz heran. »Wir verstecken uns, bis alles vorbei ist.«

»Wann wird alles vorbei sein?«

»Spätestens dann, wenn Fürst Aristan eingetroffen ist.« Arminius drängte sich mitsamt den Pferden durchs Unterholz, obwohl die Tiere sich sträubten und auch Thusnelda Angst hatte, ihm zu folgen. »Dann müssen die Leute deines Vaters zurück und Bericht erstatten.«

Plötzlich tat sich eine kleine Lichtung vor ihnen auf, ein moosbedeckter Kreis, von dichten Laubbäumen beschützt.

»Hier werden wir warten!« Arminius band die Pferde fest, dann nahm er seinen Umhang ab und breitete ihn auf dem Waldboden aus.

Bis zu diesem Augenblick war Inaja nicht klar gewesen, worauf sie sich eingelassen hatte. Nun begriff sie es. Das riskante Spiel, das sie selbst inszeniert hatte, mit dem sie das Tor zum Paradies aufstoßen wollte, schien sie zur Verliererin zu machen. Sie hatte nicht damit gerechnet, dass die Verfolgung so früh einsetzen würde, und darauf vertraut, dass die Männer, die auf der Eresburg zurückgeblieben waren, die Abwesenheit ihres Herrn für Würfelspiele nutzten und nicht besonders wachsam sein würden. Und da sie nicht zu den Jungen, Tollkühnen, zu allem Entschlossenen gehörten, hatte Inaja geglaubt, dass von ihnen keine wirkliche Gefahr ausgehen würde. Schließlich befanden sich die besten Männer und die schnellsten Pferde im Gefolge Fürst Segestes'.

Was sich jedoch unter den Augen der zurückgelassenen Burgwächter abgespielt hatte, war derart ungeheuerlich, dass auf der Eresburg alles in Aufruhr geraten war, was Beine hatte. Alte Wächter und kranke junge Burschen und Kinder, schwache Pferde und alte Gäule. Inaja klammerte sich an den Hals ihres Reitpferdes, war aber unfähig, es anzutreiben. Sie hoffte nur, nicht abgeworfen zu werden und die Teutoburg unversehrt zu erreichen.

Aber etwa fünfzig Pferdelängen vor dem Eingangstor wurden sie von einem jungen Kerl, fast noch ein Kind, überholt und zum Anhalten gezwungen. »Stopp! Ich verlange die Herausgabe der Braut! Die Tochter meines Herrn gehört auf die Eresburg.«

Hermut sah Klef ruhig an, dann schob er seinen Umhang in den Nacken, der zuvor noch seinen Kopf bedeckt hatte. »Du kennst den Vater dieser jungen Frau?« fragte er ernst. »Soviel ich weiß, ist er längst tot.«

Auch Inaja nahm nun den Umhang vom Kopf und versuchte, erstaunt auszusehen. »Was willst du, Klef? Hast du mich etwa mit meiner Herrin verwechselt?«

Nun waren auch die anderen fünf Reiter herangekommen und verlangten wütend die Herausgabe der Fürstentochter, noch ehe sie erkannt hatten, wem sie gefolgt waren.

»Meine Herrin hat mir ihren Umhang geschenkt«, erklärte Inaja. »Zum Abschied! Ich konnte ja nicht ahnen, zu welchem Irrtum das führt.«

Die Männer glaubten ihr kein Wort. Wütend bedrängten sie Inaja und forderten von ihr, sie zu ihrer Herrin zu bringen. »Sie ist entführt worden! Geraubt! Hast du da etwa deine Finger im Spiel gehabt?«

Nun sprang einer von ihnen sogar ab und versuchte Inaja vom Pferd zu ziehen.

Aber Hermut war schneller. Schon während er absaß, zog er sein Schwert. »Lass deine Hände von meiner Braut«, wetterte er.

Der Mann sah ihn ungläubig an. »Deine Braut?« Er wollte lachen, aber Hermuts wütender Blick warnte ihn.

Niemand wurde darauf aufmerksam, dass Klef sein Pferd umwandte und auf das Wäldchen zuritt. Nur Inaja bemerkte es. Mit einem kurzen warnenden Blick gab sie Hermut ein Zeichen. Klef hatte gesehen, wohin sich Arminius und Thusnelda gewandt hatten. Wahrscheinlich als Einziger! Konnte er zu einer Gefahr werden?

Hermut schüttelte kaum merklich den Kopf. Nein, dieser Junge konnte nichts ausrichten. Man musste nur verhindern, dass die fünf anderen Reiter sich ihm anschlossen und mit ihm gemeinsam das Waldstück durchkämmten. Dann konnte es gefährlich werden. Arminius allein gegen sechs Männer, wenn sie auch nicht zu den besten der Eresburg gehörten, das war schon schwierig. Aber da er Thusnelda zu schützen hatte, würde er nicht frei sein für einen beherzten Kampf.

Doch zum Glück achtete niemand auf Klef, da nun die Wachmannschaft der Teutoburg auf die Gruppe zuritt. Mit erhobenen Waffen verlangten sie, dass man Hermut, einen Bewohner ihrer Burg, in Ruhe heimkehren ließ. »Er ist der beste Freund unseres Fürsten! Nehmt euch in Acht!«

Thusnelda stand stocksteif da. Mit einem Mal war aus dem kühnen Entschluss des jungen Mädchens die Entscheidung einer Frau geworden, die sich der Tragweite ihrer Handlung bewusst wurde. Aus der großen Hoffnung war Gefahr worden, womöglich entstand eine große Schuld daraus. Was bis jetzt in ihrem Kopf bewegt worden war, zog nun erst in ihr Herz ein. Die Angst, die im Kopf entstanden war, tat erst im Herzen schrecklich weh, die Gedanken, die den Geist so elegant passiert hatten, stifteten im Herzen viel Verwirrung, und das Wort Schuld flatterte durch sie hindurch wie ein Gespenst, an das keiner glaubte. Im Herzen jedoch nahm es Gestalt an. Sie tastete nach der Bernsteinkette und flehte lautlos ihre Mutter an, ihren Entschluss zu billigen und ihr ein Zeichen zu geben, dass sie mit der Entscheidung der Tochter einverstanden war. Die Sicherheit, mit der sie sich noch am Tag vorher stolz erhoben und zu Inaja gesagt hatte, dass auch eine Frau über ihr Leben entscheiden dürfe, war plötzlich dahin.

Obwohl Arminius' Nähe ihr längst vertraut war, fiel es ihr nun schwer, sich neben ihm niederzulassen. Er schien ihre Scheu zu spüren und sah sie fragend an. »Angst?«

Thusnelda nickte. »Was, wenn sie uns hier entdecken?«

Arminius antwortete nicht. Warum auch? Sie hatten diese Frage hundertmal erörtert, bevor sie ihren Plan in die Tat umsetzten. Sie waren sich einig gewesen, dass ihre Liebe das Risiko wert war, dass sie lieber auf ihre Freiheit oder ihr Leben verzichten wollten als auf diese Liebe.

Zitternd hockte sie neben Arminius auf dem Waldboden, und er zog sie so behutsam in seine Arme, als befürchtete er, sie könne seine Berührung abwehren. Erst als sie ihren Kopf an seine Schulter lehnte, schloss er beide Arme fest um ihren Körper. »Nicht wankelmütig werden«, bat er leise. »Wir wussten, dass es nicht leicht sein würde.«

Thusnelda schloss die Augen und nickte. Er hatte recht. Nicht wankelmütig werden! Einfach warten, bis die Gefahr vorüber war! Klef würde einsehen, dass er das falsche Paar verfolgt hatte. Die fünf anderen würden ihn beschimpfen und ihm Vorwürfe machen, aber in der Teutoburg würde man dafür sorgen, dass Inaja und Hermut nichts geschah. Man wartete dort auf sie, alles, was im Umkreis geschah, wurde genau beobachtet. Und selbst, wenn Inaja und Hermut weit vor den Toren der Burg angehalten wurden, würde man ihnen zur Hilfe eilen.

Es konnte den beiden nichts geschehen. Hermut war ein freier Mann, er hatte sich seine Braut geholt, die ohne Familie war und daher von niemandem zurückgefordert werden konnte. Dass Inaja ihrer Herrin zur Flucht verholfen hatte, konnte nur in der Eresburg verhandelt werden, aber niemand konnte sie zwingen, dorthin zurückzukehren. Und wenn jemand den Versuch machte, würde Hermut es verhindern.

Thusnelda legte die Hände in den Schoß und starrte durch die Baumreihen, bis sie einen Stamm nicht mehr vom nächsten unterscheiden konnte. Arminius hatte ihr fest versprochen, dass die Entführung ohne Blutvergießen abgehen würde. Das Schwert, das er immer bei sich trug, sollte nur ins Spiel kommen, wenn es galt, ihr Leben zu verteidigen.

Der Wald schloss sich wie ein Ring um sie. Die Kälte, die Stille, die Dunkelheit waren Teil dieses Rings und sie beide das Zentrum. Die Zeit des Wartens jedoch dehnte den Ring, machte ihn leichter und weiter und ließ schließlich sogar ein wenig Wärme herein. Thusnelda war dankbar, dass kein Wort fiel. Es gab so viel Falsches zu sagen. Wer konnte schon wissen, ob sie das richtige Wort finden würden! Nein, das Schweigen verband sie in diesem Moment fester als jedes Wort.

Dass Arminius auch deshalb schwieg, weil er auf jedes verdächtige Geräusch lauschte, wurde ihr klar, als er plötzlich aufmerkte. Sein Körper spannte sich, kaum wahrnehmbar richtete er sich auf, neigte sich einem Rascheln und Knistern entgegen, das nun auch Thusnelda hörte. Ein Tier, das sich bedroht fühlte? Aber sie brauchte nur Arminius anzusehen, um zu wissen, dass er an einen Menschen glaubte, der sich anschlich. Er kannte sich besser aus in der Gefahr als sie, die wohlbehütete Fürstentochter. Mit einer winzigen Handbewegung zeigte er ihr, dass sie sich nicht rühren solle. Er selbst schaffte es, sich geräuschlos zu erheben, als in ihrer Nähe ein Vogel aufflog und damit seine Bewegungen schützte. Erschrocken sah Thusnelda, dass er vorsichtig sein Kurzschwert aus der Scheide zog. Was würde er tun, wenn sie in Gefahr gerieten? Sie ballte die Hände zu Fäusten, damit sie zu zittern aufhörten. Für ihre Liebe durfte kein Blut fließen! Sie konnte nur an ihr Glück glauben, wenn kein anderer dafür leiden musste.

Plötzlich sah sie die Bewegung kurz über dem Boden. Wenn sie sich weit vorbeugte, konnte sie die Gräser erkennen, die sich zur

Erde bogen, weil andere neben ihnen von schleichenden Schritten zertreten wurden. Ganz leise war das Schnauben eines Pferdes zu hören. Thusnelda konnte nicht unterscheiden, ob es eins ihrer eigenen Pferde gewesen war oder das Pferd dessen, der sich anschlich. Sie duckte sich unwillkürlich, als sie den Fuß sah, einen nackten, schmutzigen Fuß, der in schäbigen Sandalen steckte.

Die Wächter der Teutoburg standen mit gezückten Schwertern da, zum Kampf entschlossen. Prompt wurden die fünf Vertreter der Eresburg unsicher. Was hatte es für einen Sinn, sich auf einen Kampf einzulassen, der die Fürstentochter nicht zurückbringen würde?

Der Gedanke, sich zurückzuziehen, nahm Gestalt an, als einer von ihnen fragte: »Wo ist eigentlich Klef?«

Sie blickten sich um, aber Klef war nicht zu sehen. Einer der fünf, der sich selbst zu ihrem Anführer gemacht hatte, nickte zu dem Wäldchen hinüber. »Wenn er dort verschwunden ist, dann weiß er vielleicht, wo Fürst Segestes' Tochter zu finden ist.«

Alle atmeten erleichtert auf. Wenn das kein guter Grund war, diese Gegenüberstellung zu beenden!

»Ihm nach!«, brüllte der selbsternannte Anführer und wendete sein Pferd. Erschrocken wieherte es auf, dann ließ es sich von den Schlägen des Reiters antreiben. Im gestreckten Galopp hielt es auf das Wäldchen zu. Die anderen folgten zunächst zögerlich, aber als sie ihrem Ziel näher kamen, schienen sie genauso entschlossen zu sein wie der erste Reiter. Man konnte ihr Gebrüll hören, bis sie zwischen den Bäumen verschwunden waren.

Der Fuß schob sich unter eine Dornenranke, zuckte zurück und war für wenige Augenblicke nicht mehr zu sehen. Dann ein sanftes Knistern, ein kurzes Saugen, und er war wieder da. Diesmal sah Thusnelda die nackte Ferse. Dass ihr Verfolger ihnen den Rücken zudrehte, machte Thusnelda ruhiger, und auch Arminius entspannte sich. Er ließ sein Schwert sinken und nickte Thusnelda aufmunternd zu. Nun waren die Schritte des Mannes sogar zu hören. Er schien sorglos geworden zu sein, und das konnte nur bedeuten, dass er niemanden in der Nähe vermutete und woanders weitersuchen würde.

Vermutlich war es Klef gewesen, der seinem Herrn beweisen wollte, dass er ein guter Krieger war. Thusnelda kannte ihn gut und wusste, dass der Junge schon seit seinem vierzehnten Geburtstag davon träumte, ein mutiger und starker Mann zu sein, Anerkennung zu finden wie ein Mann und Aufgaben übertragen zu bekommen wie ein Krieger.

Als wieder das Schnauben eines Pferdes zu hören war, wusste Thusnelda, dass es sich nicht um das Tier ihres Verfolgers handelte. Das Geräusch war aus der Nähe gekommen, von dort, wo Arminius ihre Pferde angebunden hatte.

Die Schritte verstummten augenblicklich. Klef hatte es also auch gehört! Nun wusste er, dass er nicht allein war in diesem Wald.

Arminius beugte sich vor und starrte durchs Laub. Anscheinend konnte er Klef beobachten. Als Thusnelda sah, dass er das Schwert anhob, wusste sie, dass Klef ahnte, wo sie sich verborgen hielten. Ein sanftes Klirren war zu hören, auch Klef hatte also seine Waffe gezogen. Dass er nur einen alten krummen Dolch besaß, beruhigte Thusnelda nicht.

Obwohl sie seinen Angriff erwartete, erschrak sie zu Tode, als Klef unvermittelt mit einem gewaltigen Satz durchs Gebüsch sprang. Drohend baute er sich vor Arminius auf, der ganz ruhig stehen geblieben war. Nun entspannte er sich, als er sah, dass er keinen ernsthaften Gegner vor sich hatte.

»Gebt die Fürstentochter heraus!«, sagte Klef und wies mit der Spitze eines Dolches auf Arminius' Brust. »Oder wir müssen um sie kämpfen.«

Arminius betrachtete ihn freundlich, weil er anscheinend nicht glauben konnte, dass Klef es ernst meinte.

Aber Thusnelda hatte den Jungen schon oft davon reden hören, dass er sich vor dem Tode nicht fürchtete. Im Gegenteil, er wollte so bald wie möglich in Walhalla einziehen, hatte er häufig gesagt, um dort in der Halle der Gefallenen mit den Göttern zu speisen und zu trinken.

Sie erhob sich und machte einen winzigen Schritt auf ihn zu. »Klef«, flehte sie ihn an, »reite zurück. Du kannst uns nicht aufhalten.«

»O doch, ich kann!«, kam es entschlossen zurück.

»Willst du wirklich gegen Arminius kämpfen? Gegen einen Ritter des römischen Reiches? Gegen einen erfahrenen Krieger, der schon viele Schlachten geschlagen hat?«

Sie sah, dass Klef einen Teil seiner Selbstsicherheit verlor. Die Hand, die den Krummdolch umklammerte, begann zu zittern. »Ich bin kein Feigling«, stieß er hervor, ohne Arminius aus den Augen zu lassen, der seinerseits unbeweglich dastand, bemüht, keine Aggression auszudrücken, um Klef nicht zum Angriff zu ermutigen, aber andererseits auch wachsam blieb, weil dem Jungen nicht zu trauen war. Zwei ungleiche Männer standen sich gegenüber. Einer zum Kampf entschlossen, der andere ebenso entschlossen, ihn zu vermeiden.

»Du bist kein Feigling, wenn du jetzt zurückreitest«, sprach Thusnelda weiter. »Vernünftig bist du dann. Was hat es für einen Sinn, sich dem Kampf gegen einen Überlegenen zu stellen, wenn es nicht sein muss?«

»Es muss sein!«, gab Klef zurück.

In diesem Moment hörten sie die Rufe. Sie waren nicht in diesem Wald entstanden, kamen von weiter her, näherten sich aber unaufhörlich und verloren bald den Raum, in dem die Stimmen sich auflösten. Nun stießen sie gegen Baumstämme und wurden von den Laubkronen zurückgeworfen. Die fünf Reiter der Eresburg waren also ebenfalls in den Wald eingedrungen. Es war nur noch eine Frage der Zeit, bis sie Klefs Pferd entdeckten und wussten, wo sie die Fürstentochter finden konnten.

Arminius verlor seine Freundlichkeit. Er würde Klef töten müssen, sobald er von ihm angegriffen wurde, und sogar, damit die fünf Männer der Eresburg nicht auf sie aufmerksam wurden.

»Es ist noch Zeit«, flüsterte Thusnelda. »Wenn du ihnen jetzt entgegengehst und sagst, dass wir dir entkommen sind, wird dir nichts geschehen. Du bist noch zu jung zum Sterben, Klef. Willst du gleich nach deinem ersten Kampf in Walhalla einziehen? Ich dachte, du wolltest noch in viele Kriege ziehen, bis es so weit sein wird. Du willst doch noch beweisen, was in dir steckt.«

Am liebsten hätte Thusnelda ihn bei den Schultern gepackt und ihn geschüttelt. Wie konnte Klef sein junges Leben für einen Kampf wegwerfen, den er nicht gewinnen konnte? Wenn sie ihn doch nur überzeugen könnte, aus dem Wald zu reiten und zu vergessen, was er gesehen hatte!

»Ich schwöre, dass ich kein Wort darüber verlieren werde, dass wir uns hier gesehen haben. Niemand wir davon erfahren.«

Die Stimmen der fünf anderen kamen nun näher. Es konnte nur noch um Augenblicke gehen, dann würde Klef die Entscheidung nicht mehr treffen können, dann musste Arminius für ihn entscheiden. Und das würde Klefs Ende bedeuten.

9.

Inaja wehrte Hermuts Umarmung ab, mit der er sie trösten wollte. Und sie weigerte sich strikt, ihr neues Heim in Augenschein zu nehmen. Niemand brachte sie dazu, die Teutoburg zu betreten, sie blieb am Eingangstor stehen und hielt nach Thusnelda Ausschau. »Wenn ihnen etwas zugestoßen ist! Was sollen wir tun?«

Thordis kam und gesellte sich für eine Weile zu ihr, ein paar Mägde erschienen, um ihr die Zeit zu vertreiben, und Hermut tat sein Bestes, um Inajas Zuversicht zu erhalten.

»Sie werden bald kommen, ganz bestimmt. Natürlich haben sie sich versteckt, bis die Gefahr vorüber ist. Sie dürfen kein Risiko eingehen.«

Aber Inaja war nicht zu beruhigen. Doch als sie fragte: »Was soll aus uns werden, wenn sie nicht kommen?«, verlor Hermut seine Geduld. »Ich verstehe deine Frage nicht. Wir haben unser eigenes Leben.«

Inaja sah ihn an, als verstünde sie kein Wort.

»Unser eigenes Leben«, wiederholte Hermut unsicher und war drauf und dran, es noch einmal zu sagen. Immer und immer wieder.

Doch Inaja ließ es nicht zu. Sie biss sich auf die Lippen und starrte weiter dem Wald entgegen.

Segestes und seine Männer erschienen noch vor Sonnenuntergang vor der Teutoburg. Dort war vorsichtshalber aufgerüstet worden. Die Wachen auf der Burgmauer waren bewaffnet, das Tor war gesichert, die Wärter dahinter trugen Lanzen und Schilde.

Als Arminius und Thusnelda in tiefer Dunkelheit endlich vor der Teutoburg erschienen waren, hatte das Tor noch weit offen gestanden. Dankbar hatte Thusnelda es betrachtet und war dann hindurchgeschritten in der Hoffnung, willkommen zu sein. Glücklich, sehr glücklich war sie gewesen. Vorbei die Angst! Klef hatte sich im letzten Augenblick entschieden, sein Leben nicht zu riskieren, hatte sich rückwärts durch Gebüsch gedrückt und war schließlich, so schnell er konnte, zu seinem Pferd gelaufen. Schon bald hatten sie ihn rufen hören: »Sie sind durch den Wald geritten! Am anderen Ende wieder heraus!«

Dann hatten sie die dunklen Schläge der Pferdehufe gehört, hatten ihnen nachgelauscht und waren still in ihrem Versteck hocken geblieben, als das Geräusch verklungen war.

Weil Arminius kein Risiko eingehen wollte, hatten sie sogar gewartet, bis die Reiter unverrichteter Dinge zurückkehrten. Kurz vor Sonnenuntergang war das gewesen. Der Rhythmus der Hufe war langsam und schwerfällig gewesen, die Stimmen der Männer ärgerlich und deprimiert. Aber erst als die Dunkelheit hereingebrochen war, hatten Thusnelda und Arminius ihr Versteck verlassen. Vorsichtig waren sie aus dem Wald herausgetreten und dann, als sie sicher sein konnten, dass die Wachen auf den Mauern der Eresburg sie nicht mehr erspähen würden, hatten sie sich auf ihre Pferde geschwungen und waren zur Teutoburg geritten.

Thusnelda war nicht einverstanden mit der Bewaffnung von Arminius' Männern. »Mein Vater würde dich niemals angreifen«, beteuerte sie. »Er wird einsehen, dass du der Richtige für mich bist und nicht Fürst Aristan. Und er wird auch verstehen, dass uns nichts anderes übrig blieb, als zu fliehen. Morgen wäre es zu spät gewesen.«

Arminius sah sie nur nachdenklich an und antwortete nicht. Er griff nach seinem Kurzschwert und legte es Thusnelda zu Füßen, dann erst sprach er wieder: »Ich werde unbewaffnet bleiben. Aber versprich mir, dich zu verteidigen, wenn es nötig sein sollte.«

Thusnelda schüttelte den Kopf. »Mich gegen meinen Vater verteidigen? Niemals!«

Arminius wollte etwas erwidern, unterließ es dann aber, als er sah, dass Inaja das Schwert sehr genau betrachtete. Beruhigt wandte er sich ab. Die Dienstmagd würde für Thusneldas Sicherheit sorgen, wenn es zum Äußersten kam.

Er winkte Hermut herbei und sprach leise mit ihm, damit Thusnelda ihn nicht hörte. Aber sie nahm den Sinn seiner Worte dennoch auf. Hermut sollte sich in Arminius' Nähe aufhalten und ihm notfalls beistehen.

Thusnelda presste die Lippen zusammen. Wie würde ihr Vater reagieren, wenn er merkte, dass man in der Teutoburg mit einem Angriff rechnete? Segestes war der Vater der Braut, ob es sich nun um Aristans oder um Arminius' Braut handelte. Wie schwer würde die Kränkung wiegen, wenn er mit guten Absichten gekommen war?

Sie stand neben dem Haus Fürst Segimers, das nun das Haus Arminius' war. Es erhob sich auf dem höchsten Punkt der Teutoburg, von dort konnte sie die ganze Umgebung überblicken. Die Wälder waren dicht, aber niedrig, die Lichtungen darin leicht zu erkennen. Wer sich der Teutoburg näherte, wurde schon bald gesehen, und dem Blick der Wächter entging es nicht, wenn sich ein Reiter sehr sicher an den Sümpfen entlangbewegte. Wer so auf die Teutoburg zukam, kannte sich aus, war in dieser Gegend zu Hause. Segestes wurde demnach schon erkannt, kurz nachdem seine Gestalt sichtbar geworden war.

Thusnelda sah von ihrem Platz aus nicht nur ihren Vater mit seinen Männern, sondern auch Fürst Aristan und sein Gefolge. Sie hielten sich abseits, als wollten sie sich nicht einmischen, aber sofort zur Hilfe eilen, falls Segestes in Bedrängnis geraten sollte. Inaja stand dicht neben Thusnelda, und auch Thordis, Arminius' Mutter, stellte sich an ihre Seite. Sie hatte nicht gutgeheißen, was ihr Sohn plante, als er aber nicht davon abzubringen gewesen war, hatte sie sich gefügt. Das Tor der Teutoburg war geöffnet worden, als Arminius mit Thusnelda darauf zugeritten war, dafür hatte Thordis gesorgt. Obwohl sie nicht der Meinung war, dass eine junge Frau sich den Bräutigam selber aussuchen durfte, und auch nicht glaubte, dass es die Liebe war, die zu einer Ehe führen sollte, war sie auf Thusnelda zugegangen. Aber sie hatte sie nicht in ihre Arme geschlossen, wie sie es noch getan hatte, als Thusnelda zu Fürst Segimers Beisetzung erschienen war. Thordis billigte die Entscheidung ihres Sohnes nicht, daran ließ sie keinen Zweifel.

»Ich habe dich für eine gehorsame Tochter gehalten!«, hatte sie Thusnelda vorgehalten.

Die Tochter des Segestes hatte beschämt die Augen niedergeschlagen. »Ich will eine gehorsame Tochter sein«, hatte sie entgegnet, »aber habe ich nicht auch ein Recht darauf, eine glückliche Frau zu werden? Hat dieses Recht nicht jeder Mensch?«

Arminius ging nun auf das Tor zu, Hermut dicht hinter sich, seine schwerbewaffneten Männer traten zur Seite. Ehe er öffnete, drehte Arminius sich um und suchte ein letztes Mal Thusneldas Blick. Sie faltete die Hände vor der Brust und nickte ihm zu. Ja, es war richtig, dass Arminius ihrem Vater unbewaffnet entgegentrat. Wenn er verzeihen sollte, was seine Tochter ihm antat, dann nur, wenn er um sein Verzeihen gebeten wurde. Sie durften nichts verlangen, nur bitten.

Das Tor öffnete sich knarrend. Arminius trat einen Schritt hinaus, hob die Hände und zeigte damit, dass er unbewaffnet war. Die Wachen mit ihren Lanzen und Schilden waren angewiesen worden, erst hervorzutreten, wenn Segestes es wagen sollte, Arminius anzugreifen oder die Burg zu stürmen. Er sollte, ohne sein Gesicht zu verlieren, der Entscheidung seiner Tochter zustimmen können. Arminius wollte ihm zeigen, dass er Respekt vor ihm hatte. Er hoffte darauf, Segestes erklären zu können, dass er zu diesem verzweifelten Mittel nur gegriffen hatte, weil keine Zeit gewesen war, Segestes zu bitten und zu überzeugen.

»Aristan wird meinem Vater schwere Vorwürfe machen«, flüsterte Thusnelda. »Er wird ihn einen Schwächling nennen, der sich von seiner Tochter zum Narren halten lässt.«

»Nur dann, wenn er erfährt, dass alles mit Eurem Einverständnis geschah«, gab Inaja zurück.

Aber Thusnelda schüttelte den Kopf. »Wenn mein Vater glaubt, dass Arminius mich gegen meinen Willen geraubt hat, dann wird alles noch schlimmer.«

Thordis warf ihr einen Blick zu, der Thusnelda schnell zum Schweigen brachte. »Du hast dich entschieden. Nun musst du die Folgen tragen.«

Thusnelda schluckte, dann nickte sie. Arminius' Mutter hatte recht, sie durfte sich nicht beklagen. Sie war es gewesen, die sich entschieden hatte, keinen Mann zu heiraten, den sie nicht liebte. Sie war es gewesen, die das Wagnis eingegangen war, sich gegen den Vater zu stellen und Arminius zu folgen. Also war auch sie es, die klaglos alles hinnehmen musste, was daraus erwuchs.

Segestes blieb neben seinem Pferd stehen und kam Arminius nicht entgegen. Feindselig blickte er ihn an. »Gebt mir meine Tochter zurück.«

Arminius reagierte freundlich und ruhig. »Thusnelda wird meine Frau. Ich bitte Euch hiermit um ihre Hand.«

Segestes wies mit dem Daumen über seine rechte Schulter zurück. »Thusneldas Hand ist bereits vergeben. Dort hinten steht ihr Bräutigam. Morgen wird Thusnelda die Frau von Fürst Aristan. Ihr wisst, dass sie mit ihm verlobt ist.«

»Das allein ist der Grund, warum ich sie in meine Burg geholt habe«, gab Arminius zurück. »Es war keine Zeit für Verhandlungen. Eure Tochter will einen Mann heiraten, den sie liebt. Sie will selbst entscheiden, welchem Mann sie folgt. Könnt Ihr das nicht verstehen?«

Doch Segestes brachte dafür nicht das geringste Verständnis auf. »Wo kommen wir hin, wenn Töchter sich den Mann selber aussuchen?«, antwortete er zornig. »Und wo kommen wir hin, wenn sogar Edelmänner sich eine Frau mit Gewalt holen? Gebt Thusnelda freiwillig heraus, oder ich hole sie mir.«

»Ihr wollt meine Burg stürmen?«, fragte Arminius ungläubig.

»Wenn es sein muss.« Segestes wies noch einmal zurück. »Nicht nur ich werde meine Tochter zurückholen, Fürst Aristan wird sich seine Braut holen. Seine Krieger und meine dazu … Wollt Ihr es wirklich darauf ankommen lassen? Wir sind in der Überzahl.«

Inaja griff erschrocken nach Thusneldas Arm. »Will er wirklich Gewalt anwenden?«

»Wir wussten, dass wir damit rechnen müssen«, sagte Thusnelda. »Ich hoffe nur, dass nicht unschuldige Menschen dafür sterben müssen, dass ich den Mann heiraten darf, den ich liebe.«

»Oder dass Ihr dafür sterben müsst«, fügte Inaja an.

Thusnelda ließ den Blick nicht von dem Geschehen vor den Toren der Teutoburg. Verzweifelt versuchte sie, Arminius mit ihren Augen, ihrem leisen Flehen zu schützen. »Es ging nicht nur um meine Liebe«, raunte sie Inaja zu, »sondern auch um deine. Du bist schwanger. Dein Kind braucht seinen Vater.«

Ehe Inaja etwas erwidern konnte, entstand in Thusneldas sorgenvollem Blick ein großes Staunen. »Er gibt auf«, flüsterte sie. »Fürst Aristan gibt auf.«

Inaja sog scharf die Luft ein, Thordis' Miene entspannte sich. »Allein wird Segestes es nicht wagen«, sagte Arminius' Mutter und atmete erleichtert auf.

Tatsächlich hatte Fürst Aristan den Arm gehoben und seinen Männern damit das Zeichen zur Umkehr gegeben. Sogar auf die Entfernung war zu erkennen, wie er sich stolz aufrichtete. Thusnelda konnte sich denken, was in ihm vorging. Eine Frau, die sich ihm verweigerte, wollte er nicht. Eine Frau, die von einem anderen geliebt wurde, die womöglich bereits von ihm berührt und geküsst worden war, wollte er erst recht nicht. Er war zu stolz, um eine Frau zu zwingen. Liebe erwartete er wohl nicht, aber Ergebenheit und Treue verlangte er ganz selbstverständlich. Eine Frau, die die Liebe vor der Ehe kennengelernt hatte, kam für ihn nicht mehr in Frage. Anscheinend hatte er Arminius' Worte hören können.

Segestes wurde erst auf das Geschehen in seinem Rücken aufmerksam, als seine Männer unruhig mit den Füßen scharrten. Ungläubig starrte er Fürst Aristan nach, der mit seinem Gefolge gemächlich in die untergehende Sonne ritt. Weg von der Eresburg …

»Das werdet Ihr mir büßen, Arminius«, stieß Segestes hervor und hob sein Schwert.

Thusnelda schrie leise auf und klammerte sich an Thordis' Arm, aber Arminius blieb stehen, als wollte er sich lieber töten als zwingen lassen, Thusnelda herauszugeben. Und so zornig Fürst Segestes auch war, sein Ehrgefühl ließ es nicht zu, auf einen Mann loszugehen, der unbewaffnet war.

»Ihr werdet in mir einen lebenslangen Feind haben«, stieß er hervor.

Damit sprang er auf sein Pferd. Bevor er die Zügel ergriff, flog sein Blick zu seiner Tochter hoch. Voller Hass war er und voller Verachtung.

Thusnelda erschrak. Noch nie hatte ihr Vater sie so angesehen. Seinen Zorn hatte sie erwartet und auch Trauer und Enttäuschung. Aber Hass? Sie spürte, wie ihr die Tränen in die Augen stiegen. Hastig wandte sie sich ab und ging ins Haus, um nicht sehen zu müssen, wie ihr Vater aus ihrem Leben verschwand.

Inaja folgte ihr bald. Sie fand Thusnelda in der Nähe des Küchenfeuers, das herabgebrannt war, weil sich niemand darum gekümmert hatte. Auch die Küchenmagd hatte sich vor dem Hause aufgehalten und das Geschehen am Fuß der Teutoburg verfolgt. Sämtliche Burgbewohner hatten zugesehen, wie Fürst Segestes den Streit um seine Tochter verlor.

»Er hat nicht gekämpft«, flüsterte Inaja, als sie Thusnelda am kalten Feuer stehen sah.

»Er ist zu stolz«, flüsterte Thusnelda zurück. Sie griff zu einem Schürhaken, beugte sich über das Küchenfeuer und stocherte nachdenklich darin herum, so lange, bis ein winziger roter Schimmer in der Asche entstand. »Ich hoffe trotzdem auf eine Versöhnung.«

Mit diesen Worten richtete sie sich auf. Inaja sah, dass sie viel Kraft hatte aufbringen müssen für diesen Satz. Ihr Vater hatte Arminius lebenslange Feindschaft angekündigt, anscheinend begriff Thusnelda erst in diesem Augenblick, dass es nicht nur um die ungehorsame Tochter ging, sondern auch und vor allem um den Nachfolger Segimers auf dem Fürstenthron.

»Ihr werdet hier glücklich werden«, sagte Inaja unbeholfen und konnte doch an nichts anderes denken als an ihr eigenes Glück.

Ja, sie war so glücklich wie noch nie zuvor in ihrem Leben. Keinen Tag länger als nötig hatte sie gewartet, um Hermut von ihrer Schwangerschaft zu erzählen. Sie wusste ja, dass Eile geboten war, dass Fürst Segestes die Hochzeitsvorbereitungen vorantrieb. Wenn ihre Herrin erst die Gemahlin Fürst Aristans war, würde der Traum von einem Leben auf der Teutoburg ausgeträumt sein.

Thusnelda war die Erste, die von Inajas Schwangerschaft erfahren hatte. Und sie hatte im Gegensatz zu Hermut die Tage gezählt, die vorangegangen waren. Aber auch Inaja hatte sie gezählt, und sie wusste, dass alles seine Richtigkeit hatte. Und dass Thusnelda ihr keine Vorwürfe machen würde, sondern hinter ihr stand, hatte sie auch richtig eingeschätzt.

»Ich werde Euch niemals verlassen, Herrin!« Diese Worte waren ihr leicht über die Lippen gekommen, weil sie absolut der Wahrheit entsprachen. »Der Vater wird auf sein Kind verzichten müssen, wenn Ihr auf Fürst Aristans Burg zieht. Ich werde auf jeden Fall mit Euch kommen.« Auch das entsprach voll und ganz der Wahrheit. Und dieser Teil der Wahrheit war auch Hermut bekannt. Er wusste, dass sein Glück von der Entscheidung Thusneldas und dem Mut seines besten Freundes abhing. So weitsichtig wie Inaja war er vermutlich nicht, aber darauf kam es ihr nicht an. Hauptsache, sie sah voraus, was geschehen würde: Den beiden Fürstenkindern fiel es leichter, nicht nur für ihr eigenes Glück zu sorgen, sondern auch für das Glück derer, die von ihnen abhängig waren. Egoismus passte nicht zu einem germanischen Helden, wohl aber, dass er sich für seinen besten Freund einsetzte. Und Egoismus passte ebenso wenig zu einer germanischen Fürstentochter, aber dass sie sich um die Zukunft ihrer Dienstmagd sorgte, das passte durchaus. So war ein wundersames Karree entstanden, von dessen vier Ecken eigentlich nur die Dienstmagd etwas wusste. Hermut und Inaja kümmerten sich um das Glück zweier Liebender, und wenn Arminius und Thusnelda sich ein ums andere Mal fragten, ob sie ihr Glück wirklich erzwingen durften, dann konnten sie sich gegenseitig versichern, dass es nicht nur um sie, sondern auch um ein weiteres Liebespaar ging. Inaja hatte, bevor die Entscheidung gefällt wurde, den Konflikt am Gesicht ihrer Herrin ablesen können. Sie wusste, was in Thusnelda vorging, und schaffte es durch gelegentliches Seufzen, wenn sie über ihren Bauch tastete, die Entscheidung zu beschleunigen.

Guda, die Küchenmagd, betrat das Haus und nahm Thusnelda wortlos den Schürhaken aus der Hand. Auch Thordis erschien nun und kurz darauf Arminius, der in der Tür stehen blieb, als müsste er das Bild Thusneldas an seinem Herd erst eine Weile betrachten, ehe er es für Wirklichkeit halten konnte. Dann ging er auf sie zu und zog sie in seine Arme.

Inaja sah, dass Thusnelda mit den Tränen kämpfte, und hörte

Arminius' leise Stimme: »Sei zuversichtlich. Lebenslange Feindschaft wird dein Vater nicht ertragen.«

Inaja wich Schritt für Schritt zurück. Niemand achtete auf sie, als sie das Haus verließ. Vor dem Eingang blieb sie stehen und sah sich um. Ihr neues Zuhause! Hier würde sie mit den Menschen leben, die sie liebte. Mit Thusnelda, mit ihrem Kind …

»Wo ist Inaja?«, hörte sie da Hermut fragen. Seine Stimme kam vom Küchenfeuer. Anscheinend hatte er das Haus an der anderen Seite, vom Stall aus, betreten.

Mit großen Schritten ging Inaja davon und machte erst halt, als sie einen Punkt der Teutoburg erreicht hatte, an dem sie bis zur Eresburg blicken konnte. Auch dort hatte sie sich gern an der höchsten Stelle der Burgmauer aufgehalten, um zur Teutoburg sehen zu können. Wie nah doch das eine Leben dem anderen war! Und wie weit sich andererseits die Zukunft von der Vergangenheit entfernt hatte!

Sie sah sich um und betrachtete das Haus, in dem sie zukünftig wohnen würde. Es war größer als das Haus von Fürst Segestes, mindestens vier bis fünf Schritte länger und auch um einiges breiter. Aus einem dreischiffigen Holzgerüst bestand es, die Dachbalken wurden von zwei Säulenreihen im Hausinneren getragen. Die Längswände waren über die vordere Querwand vorgezogen worden und bildeten so zum Schutz des Eingangs einen Vorraum.

Aus lehmbeworfenem Flechtwerk bestanden die Wände, das Dach war aus dichtem Stroh und Schilf gefertigt worden. Auch an den beiden Längsseiten des Hauses gab es je eine Tür. Die eine führte an die Feuerstelle, die andere in den Stall, der etwas tiefer lag, damit die Jauche nicht in den Wohnbereich sickern konnte. Er war nur durch einen hüfthohen Zaun vom Wohnbereich getrennt. Ein Dutzend Rinder standen hinter dem Zaun und mehrere Schweine und Schafe, Hühner hackten zwischen ihnen herum, ein paar Tauben saßen unter dem Dach. Da das Vieh viel Wärme abgab und das Herdfeuer in der Mitte des Hauses groß war, würde sie auch im Winter hier nicht frieren müssen. Alles war sehr bequem. Wie in der Eresburg gab es fellbedeckte Podeste an den Wänden, die tagsüber zum Sitzen und nachts zum Schlafen dienten. Nur der Hausherr besaß einen Stuhl. Thordis hatte ihn feierlich an ihren Sohn weitergereicht, als Segimer gestorben war, und stolz gelächelt, als Arminius zum ersten Mal darauf Platz nahm.

Inaja war zufrieden, ein gutes Leben wartete auf sie. Sie drehte sich wieder dem Ausblick zu. Von nun an würde sie jeden Tag an dieser Stelle darauf warten, dass Flavus auf die Teutoburg zugeritten kam. Er würde regelmäßig heimkehren, das wusste sie, obwohl das Haus seines Vaters nun das Haus seines Bruders war und obwohl er Rom als sein Daheim bezeichnete, zumindest dann, wenn seine Mutter es nicht hörte. Aber Inaja wusste, was Arminius zu Thusnelda gesagt hatte. Der Abschied von seinem Bruder sei versöhnlich gewesen, Flavus habe verziehen, dass der sterbende Vater nur nach seinem Erstgeborenen verlangt hatte, bevor er in Walhalla einzog. Inaja hatte gespürt, dass Thusnelda wusste, was Fürst Segimer Arminius auf dem Sterbebett ans Herz gelegt hatte. Aber natürlich fragte sie nicht. Es war auch nicht wichtig für sie. Wichtig war nur, dass Flavus zurückkehrte. Das nächste Mal würde sie ihm mit einem Kind im Arm entgegentreten.

Severina lag auf einem Diwan und ließ sich von einer Sklavin die Würfel reichen, die sie soeben in einem Anfall von Wut an die Wand geworfen hatte. »Ihr betrügt mich!«, schrie sie und achtete nicht auf die Versicherungen ihrer Sklavinnen, dass sie es niemals wagen würden, mit ihrer Herrin falsch zu spielen.

»Also weiter«, murrte Severina schließlich und sah jede der drei warnend an. »Wenn ich das nächste Mal wieder nicht gewinne, habt ihr die Würfel gezinkt.«

Severina nahm sie in die Hand, betrachtete sie genau, führte die beiden gewölbten Handflächen zusammen und schüttelte die Würfel. Mit abgewandtem Gesicht lauschte sie auf den Klang, die Sklavinnen beobachteten sie mit angehaltenem Atem.

Keine der drei war sich einer Schuld bewusst, aber allen war klar, dass es böse enden konnte, wenn eine von ihnen erneut Glück im Spiel haben sollte.

Die Würfel waren aus den Gebeinen von Schlachttieren hergestellt worden. Dafür wurde das Mark aus den Knochen entfernt und durch Metall ersetzt, damit die Würfel besser rollten. Betrüger hatten so ein leichtes Spiel. Dass ihre drei Sklavinnen keine Gelegenheit hatten, diese Würfel zu zinken, kam Severina jedoch nicht in den Sinn. Sie hatte einen ganzen Kuchen ausgelobt, das allein reichte, um ihre Mitspielerinnen zu verdächtigen. Ein letztes Mal kontrollierte sie jede Seite der Würfel, zählte nach, ob die Kreise, die dort eingeritzt waren, die richtigen Zahlen ergaben, dann warf sie die drei Würfel erneut auf den Tisch.

Eine Sklavin zählte ängstlich die Punkte. »Vierzehn!«

Severina nickte unzufrieden und schob die Würfel der nächsten zu. »Nun du.«

Dem jungen Mädchen brach der Schweiß aus. Ängstlich rieb sie die Würfel zwischen den Handflächen, dann warf sie sie auf den Tisch und atmete auf, als sie nur auf eine Punktzahl von dreizehn kam.

Die anderen beiden Sklavinnen lächelten erleichtert, als Terentilla zu ihnen trat und einen Besucher meldete.

»Wie ist sein Name?«

Terentillas Gesicht lief rot an. »Er hat ihn nicht genannt.«

»Wozu hast du eigentlich deinen Mund?«, fuhr Severina sie an. »Nur, um mir meinen Kuchen wegzuessen?« Sie nahm einen Würfel und warf ihn Terentilla entgegen. Dass ihre Hauptsklavin sich instinktiv duckte und damit der Würfel nicht an ihrer Stirn, sondern an der Wand landete, machte Severinas Laune nicht besser. »Wie sieht er aus?«

»Blond«, kam es zurück. »Er hat sehr helles Haar.«

Severina fegte mit einer schnellen Handbewegung die Würfel vom Tisch. »Raus mit euch!«

Die drei Sklavinnen sprangen auf und sammelten die Würfel ein.

»Bringt hartgekochte Eier, Oliven, gefüllte Datteln, Ölplätzchen und Pasteten! Und den Kastanienkuchen mit Honig, um den ihr mich betrügen wolltet!« Sie winkte Terentilla heran. »Wie sehe ich aus?«

»Wunderschön wie immer!«, war die prompte Antwort.

»Gib mir einen Spiegel!«

Mit zitternder Hand reichte Terentilla ihr den Spiegel und war erleichtert, als ihre Herrin nichts zu beanstanden hatte. Was für ein Glück, dass sie erst vor einer Stunde Severinas Haare gebürstet, am Hinterkopf aufgesteckt und mit vielen Bändern verziert hatte, die aus dem Stoff der weißen Tunika genäht worden waren, die Severina heute trug. Ein paar dunkle Löckchen kringelten sich über ihrer Stirn, was sie jung und zart erscheinen ließ.

»Hol purpurfarbenen Puder«, befahl Severina, »und Glimmer, damit meine Haut nicht so stumpf ist.«

Terentilla beeilte sich, die Anweisungen ihrer Herrin zu erfüllen. Schon wenige Augenblicke später tupfte sie auf Severinas Wangen den rosigen Puder, der aus der Lackmusflechte gewonnen wurde, und gab darüber den Staub eines graublauen Eisensteins, der, wenn er zermahlen worden war, der Gesichtshaut einen gesunden Schimmer verlieh.

Ungeduldig fuhr Severina ihre Sklavin an: »Wo bleibt mein Parfümflakon? Muss man dir alles sagen? Gaviana hätte gewusst, dass ich ihn brauche. Ich glaube, ich werde sie zurückholen und stattdessen dich ins Bordell stecken!«

Terentilla war den Tränen nahe, als sie ihrer Herrin den Flakon in Gestalt eines silbernen Fisches reichte, der Severina von Antonius Andecamus zum Geschenk gemacht worden war. Er hatte damit einen ausgezeichneten Geschmack bewiesen und war daher freundlich behandelt worden. Der Flakon war sogar zu Severinas Lieblingsstück geworden. Eigenhändig tupfte sie sich nun ein wenig Rosenöl an die Schläfen, dann lehnte sie sich zurück und wies Terentilla an, den Gast hereinzuführen.

Flavus hatte nicht erwartet, mit großer Freundlichkeit empfangen zu werden, aber auf diesen Zorn in Severinas Augen war er nicht gefasst gewesen. Auch Terentilla, der Severinas letzte Drohung noch in den Ohren klang, erschrak über das wütende Gesicht ihrer Herrin. Hatte sie schon wieder einen Fehler gemacht? Warum war Severina zunächst freudig erregt gewesen, als ihr der Besucher angekündigt worden war, und nun derart verärgert?

Flavus verbeugte sich tief, und als er wieder in Severinas Gesicht blickte, hatte er zu seiner Sicherheit zurückgefunden. Mit einer Anmaßung, die Severina noch nie an ihm beobachtet hatte, sah er sie an. Severina hatte sich ihm immer überlegen gefühlt, wie den meisten Männern, die sie verehrten. Arminius war eine der wenigen Ausnahmen. Er war stark und unabhängig. Obwohl ... Severina fragte sich in diesem Augenblick zum ersten Mal, ob sie sich Arminius deswegen unterlegen fühlte, weil er sie nicht verehrte, weil sein Interesse über diese eine Nacht nicht hinausgegangen war. War das möglich? Wer liebte, war schwach. War er stark, weil sie schwach war? So wie Flavus? Warum war in seinem Blick alles Hündische verschwunden, was in Severina bisher nur Verachtung erzeugt hatte? Mit Flavus war eine Veränderung vorgegangen, und eine innere Stimme warnte sie. Was immer ihn verwandelt hatte, es konnte etwas mit seinem Bruder zu tun haben. Besser also, sie verhielt sich abwartend.

Während die Sklavinnen den Imbiss hereintrugen, beobachtete sie Flavus scharf. Und als ihr erster Eindruck sich bestätigte, entschloss sie sich, freundliche Worte an ihn zu richten und ihm zu versichern, wie sehr sie den Tod seines Vaters bedaure. »Ihr habt viel Zeit in Eurer Heimat verbringen müssen.«

Flavus antwortete mit dem gebotenen Ernst, erklärte, wie wichtig es gewesen war, die Hinterlassenschaft seines Vaters neu zu ordnen, die Mutter zu trösten, ihr über den ersten Schmerz hinwegzuhelfen und dem Bruder zur Seite zu stehen, der nun zum Fürsten der Cherusker geworden war. »Er will dieser Aufgabe gerecht werden, obwohl sein Onkel bereit war, sie ihm abzunehmen.«

Severina bat ihn, es sich bequem zu machen, und sah aus

zusammengekniffenen Augen zu, wie Flavus sich auf dem Liegesofa ausstreckte und sich eine gefüllte Dattel in den Mund schob. Bisher waren seine Bewegungen unter ihren Augen stets seltsam übertrieben gewesen, als wollte er nicht nur sein Äußeres, sondern sogar sein Tun schmücken, damit er ihr gefiel. Diesmal aber waren seine Bewegungen simpel und ohne Übertreibungen. Severina fühlte Unruhe in sich aufsteigen. Irgendetwas führte Flavus im Schilde. Es war, als wollte er mit gezinkten Würfeln spielen.

Eigentlich wollte sie die Frage nicht stellen, aber sie konnte ihre Ungeduld einfach nicht beherrschen. Schon in dem Augenblick, in dem sie sie aussprach, ärgerte sie sich darüber, dass sie ihre Schwäche verriet. »Ist Euer Bruder mit Euch zurückgekommen?«

Flavus sah sie erstaunt an, aber Severina erkannte auch den winzigen Triumph in seiner Verwunderung. Was wurde hier gespielt? »Wisst Ihr nicht, dass Arminius abkommandiert wurde?«, fragte Flavus, als wäre ihm vollkommen klar, dass Severina davon wusste. »Er wird von nun an in Germanien Dienst tun.«

Severina mühte sich, Flavus weiter so arrogant wie bisher zu begegnen. »Natürlich wusste ich das. Ich frage ja auch nur …« Nun war wieder alles in ihren Augen, in ihrer Stimme, in ihrer Körperhaltung, was Flavus bisher in Schranken gehalten hatte. »Ach, was geht mich das an?«

Sie hätte Flavus am liebsten wie eine ihrer Sklavinnen behandelt, als sie sah, mit welch aufreizender Langsamkeit er sich eine Olive in den Mund schob. Anscheinend wurde es Zeit, die Karten auf den Tisch zu legen. »Mir scheint, Ihr seid aus einem bestimmten Grunde gekommen«, sagte sie nun und gab ihrer Stimme einen festen Klang.

Flavus lächelte Severina an. »Aus zwei Gründen bin ich gekommen«, sagte er mit sanfter Stimme. »Der erste: Mein Bruder schickt mich, um Euch etwas zu sagen.«

Severina spürte, wie eine eiskalte Anspannung ihren Körper aufrichtete. Sie schob sich eigenhändig ein Kissen in den Rücken, ohne dafür eine Sklavin zu rufen, und gab so der Anspannung ihre Größe. »Und das wäre?« Ihre Stimme war genauso eiskalt wie das, was sie aufrecht hielt.

Flavus wartete, bis er die Olive heruntergeschluckt hatte, dann antwortete er: »Arminius hat Eure Nachricht erhalten. Er lässt Euch ausrichten, dass er weder an Euch noch an Eurem Kind interessiert ist. Er wird in Germanien bleiben. Ihr werdet ihn nicht wiedersehen.«

Nun veränderte sich sein Blick. Der winzige Triumph verschwand daraus, und als er sich auf seinen linken Ellbogen aufstützte, wurde aus der Geste seiner rechten Hand wieder ein Schnörkel, mit dem er Severina beeindrucken wollte. »Der zweite Grund: Ich bin nicht einverstanden mit dem Verhalten meines Bruders. Es ist verantwortungslos, die Mutter des eigenen Kindes zurückzuweisen. Aber Ihr könnt auf mich zählen. Ich bin anders als mein Bruder. Ich werde Euch nie im Stich lassen. Auch das Kind nicht, wenn es auf der Welt ist. Was mein Bruder nicht will, werde ich mit Freuden für Euch tun. Ihr könnt Euch ganz auf mich verlassen.«

10.

Inaja war ganz sicher, dass das Leben es gut mit ihr meinte. Es hatte ihr die Kraft zum Handeln gegeben, sie hatte ihr Schicksal selbst in die Hand genommen, hatte ihr Glück eigenhändig geformt und das Glück ihrer Herrin gleich mit. Welcher Dienstmagd war das je gelungen?

Ihr Vater hatte ihr eingeschärft, das Leben zu nehmen, wie es kam, sich zu fügen und niemals aufzubegehren. »Sei froh, wenn du einen Mann findest, der gut zu dir ist. Mehr hast du nicht zu erwarten.«

Nun, Inaja hatte einen Mann gefunden, der gut zu ihr war, der sie sogar liebte. Und sie wollte nicht unbescheiden sein, das nahm sie sich fest vor. Natürlich wäre es wunderbar gewesen, wenn Hermut wieder mit Arminius nach Rom gegangen wäre. Ein friedliches Leben mit Thusnelda im Schutz der Teutoburg! Gelegentliche Besuche der beiden Männer, die sich überzeugen wollten, ob es ihren Kindern gutging! Dieses Ausmaß der Ehe hätte Inaja vollauf genügt. Aber in diesem Fall wollte sie auf die Worte ihres Vaters hören und sich mit dem zufriedengeben, was sie bekam, und nicht noch mehr verlangen. Wichtiger war Flavus' regelmäßige Rückkehr, wenn Hermuts Anwesenheit auch alles komplizierter machte. Aber sie würde schon dafür sorgen, dass ihr Ehemann ihr nicht im Wege stand.

Inaja verbot sich, mit ihren Wünschen zu wuchern. Sie hatte alles erreicht, was sie wollte. Die Schwangerschaft hatte sich als großes Glück erwiesen, Hermuts Liebe zu ihr ebenfalls, und wie sich die Liebe zwischen Thusnelda und Arminius gefügt hatte, grenzte an ein Wunder. Sich noch mehr zu wünschen wäre sträfliche Undankbarkeit gewesen.

Aber dennoch, obwohl sich Inaja Mühe gab, sich zu bescheiden, wurde ihr ein großes Glück zuteil, ohne dass sie sich darum bemühte. Ein Glück, das sie sich niemals hätte träumen lassen …

Sie lebten seit ein paar Tagen auf der Teutoburg, und Arminius drängte darauf, mit Thusnelda Hochzeit zu feiern. Er wollte nicht mehr, dass sie mit den Mägden am Herdfeuer schlief, er wollte sie in seiner kleinen Kammer haben, wo er mit ihr allein sein konnte.

Thordis machte sich sogleich daran, die Götter zu befragen, damit ein günstiger Zeitpunkt für die Eheschließung gefunden wurde. Sie trug Opfergaben in den nahen Hain, in dem ein Altar errichtet war, an dem den Göttern gehuldigt werden konnte. Dort wurde auch das Thing abgehalten, die Versammlung der Stammesführer zu Vollmond, die dort wichtige Angelegenheit besprachen, festlegten und beeideten. Thordis opferte auf dem Altar Speisen und Getränke, dann glaubte sie, dass die Fruchtbarkeitsgöttin Nerthus ihr den richtigen Weg gewiesen hatte. Am Tag nach dem Vollmond des Holzmonats, wenn die Ernte eingebracht war, sollte die Hochzeit stattfinden.

Sie saßen gemeinsam um das Herdfeuer herum, als Thordis den Termin verkündete, an dem die Göttin einer jungen Ehe wohlgesinnt sein würde. Es war still im Haus, die Arbeit ruhte, alle waren schläfrig. Im Hintergrund hatten sich bereits zwei Mägde in ihre Decken gewickelt, aus dem Stall drang das Gemurmel der Knechte, die sich im Heu zur Ruhe begaben. Aus dem Wald erscholl der Ruf eines Käuzchens, Insekten schwirrten herein und tanzten im Licht des Feuers.

»Wir werden einen Boten zur Eresburg schicken«, sagte Arminius, »und Segestes bitten, der Hochzeit beizuwohnen. Vielleicht bekommen wir dann sogar noch seinen Segen.«

Thusnelda war sofort Feuer und Flamme, während Thordis zweifelnd den Kopf schüttelte. »Ich glaube nicht, dass von Fürst Segestes Nachgiebigkeit zu erwarten ist«, meinte sie.

Inaja hätte ihr am liebsten zugestimmt, aber natürlich stand es ihr nicht zu, sich in dieses Gespräch einzumischen. Sie dachte an die hasserfüllten Augen des Fürsten und mochte nicht glauben, dass sich dort je wieder etwas anderes zeigen würde als Hass.

Arminius' Mutter sprach aus, was Inaja dachte: »Segestes ist nicht nur seine Tochter genommen worden, sondern auch sein Stolz. Das verzeiht kein freier Germane.«

»Trotzdem sollten wir uns um Versöhnung bemühen«, beharrte Arminius. »Ich werde mir nicht zu schade sein, noch einmal um die Hand seiner Tochter zu bitten.« Er hauchte Thusnelda einen Kuss auf die Schläfe, bevor er weitersprach. »Und wenn er einen Kniefall von mir verlangt, werde ich keinen Augenblick zögern.«

Thusnelda wurde auf einmal sehr ernst. »Wenn mein Vater uns vergibt, dann würde ich mit einer Mitgift in die Ehe gehen, wie es sich gehört. So stehe ich mit leeren Händen vor euch. Nur die Bernsteinkette meiner Mutter habe ich mitnehmen können.«

Thordis warf ihr einen kühlen Blick zu. »Auf deine Mitgift kommt es nicht an.«

Auch dazu hätte Inaja gerne etwas gesagt, aber selbstverständlich verbot sie es sich auch diesmal. Doch sie wusste so gut wie alle anderen, dass die Mitgift viel wichtiger war, als Arminius' Mutter jetzt vorgab. Sie war nicht nur ein Geschenk des Brautvaters an die Familie, zu der seine Tochter künftig gehören würde, sondern auch eine Versicherung für die Braut selbst. Die Mitgift blieb Eigentum der Frau und konnte für ihr Überleben von großer Bedeutung sein, wenn die Ehe keinen Bestand haben sollte. Der Wert der Mitgift war dann das Vermögen der Frau, das die Familie des Bräutigams ihr aushändigen musste, damit sie ein neues Leben beginnen konnte. Heirateten Arminius und Thusnelda mit dem Einverständnis des Brautvaters, würde Fürst Segestes als Kaufsumme für die Braut Arminius' Familie mehrere Rinder übergeben, mindestens ein gutes Pferd mit seinem kompletten Geschirr und einige Waffen. Nach der Hochzeitsnacht überreichte dann der Bräutigam seiner Braut die Morgengabe, damit war die Ehe rechtsgültig.

»Lasst uns vergessen, dass wir Fürstenkinder sind«, sagte da Arminius. »Warum machen wir es nicht so, wie es Hermut und Inaja tun werden?«

Alle Augen richteten sich nun auf die beiden. Inaja lief vor Verlegenheit rot an, während Hermut nach ihrer Hand suchte und sie verliebt ansah.

Arminius zwinkerte seinem Freund zu. »Weißt du schon, was du Inaja als Morgengabe schenken wirst?«

Hermut sah ihn hilflos an. »Ich habe nichts.«

»Ich weiß!« Arminius lachte. »Und Inaja hat keinen Vater, nicht einmal einen nahen Angehörigen, der eine Mitgift für sie aufbringen könnte. Ihr werdet es also so machen wie die armen Bauern.«

Hermut sah noch genauso hilflos aus wie vorher. »Und wie machen es die armen Bauern?«, fragte er.

Arminius lachte noch lauter. »Sie schenken ihrer Braut am Morgen nach der Hochzeit eine Süßigkeit oder etwas, was sie selbst hergestellt haben. Einen Krug vielleicht oder ein Kleidungsstück.«

»Nicht auf den Wert kommt es an«, ergänzte Thordis, »sondern auf die Geste. Jedenfalls bei einem armen Bauern ...«

»Und wir machen es genauso«, bekräftigte Arminius und sah fragend in Thusneldas Augen. Sie lächelte erleichtert, als er fortfuhr: »Wir brauchen keine Mitgift ...«

»Keine Morgengabe«, warf Thusnelda ein.

»... keinen Reichtum, solange wir zusammen sind«, schloss Arminius.

Inaja traten vor Ergriffenheit die Tränen in die Augen. Und sie sah, dass es den Mägden, die noch wach waren, genauso ging. Nur Arminius' Mutter blieb ungerührt. Sie trug in sich, was sie von klein auf gelernt hatte, nie hatte sie daran gedacht, sich gegen ihre Bestimmung aufzulehnen. Aber sie war auch eine Mutter, die ihre Söhne nicht hatte aufwachsen sehen dürfen, die all die Liebe, die sie nicht hatte geben können, nun nicht erneut in sich einschließen wollte. Ihr Sohn würde jede Unterstützung von ihr bekommen, dabei kam es nicht darauf an, ob sie guthieß, was er tat.

Inaja betrachtete sie voller Bewunderung. Eine solche Mutter hatte sie sich immer gewünscht! Eine starke Frau mit starken Gefühlen! Inajas Mutter war ganz anders gewesen. Geschwächt von einem strengen Vater, von einem beherrschenden Mann und von vielen Schwangerschaften hatte sie schon früh aufgegeben und war als junge Frau ohne Widerstand im Kindbett gestorben.

Plötzlich fühlte Inaja, wie Hermut nach ihrer Hand tastete. Als sie ihn ansah, weil er es verdiente, jetzt angesehen zu werden, kam es ihr so vor, als wollte er Arminius' Worte mit eigenen ergänzen, die den gleichen Sinn trugen. Was brauchen wir Überfluss, wenn wir zusammen sind? Inaja war froh, dass Hermut kein Mann der Worte war und sie keine Angst haben musste, dass er sie aussprach.

Gerade in diesem Augenblick eröffneten Thusnelda und Arminius, dass sie eine Doppelhochzeit feiern wollten. Arminius, den mit seinem besten Freund Hermut so viel verband, wollte auch den Schritt in die Ehe mit ihm gemeinsam machen, und Thusnelda bekräftigte, dass Inaja mittlerweile viel mehr für sie sei als eine Dienstmagd. »Du hast mir geholfen, damit aus Arminius und mir ein Paar wird, und du bist mit mir aus der Eresburg geflüchtet, hast meinetwegen dein Zuhause aufgegeben. Du bist jetzt nicht mehr nur meine Dienstmagd, sondern mehr. Vor allem bist du die Frau von Arminius' bestem Freund.«

Inaja schossen die Tränen in die Augen. Etwas Schöneres war ihr im ganzen Leben nicht gesagt worden, noch nie hatte sie so viel Anerkennung, Wertschätzung und Zuneigung bekommen. Derart überwältigend war es, dass ihr Gewissen, das sich mahnend erhob, sofort von ihrem Glück niedergeschrien wurde. Ja, sie hatte der Fürstentochter zu ihrem Glück verholfen, und zum Dank durfte sie es nun mit ihr teilen. Das Leben war schön! Dass sie dennoch Thusneldas Dienstmagd bleiben würde, stand für Inaja außer Frage. So vermessen war sie nicht, dass sie ihre Wünsche über ihren angeborenen Stand hinaustrieb.

Sie seufzte auf, lächelte und lehnte sich zurück. Ja, das Leben war schön!

Doch dieser Augenblick höchster Zufriedenheit hielt nicht lange an. Inaja schreckte auf und lauschte. Auch die anderen wischten sich die Müdigkeit aus den Augen und saßen plötzlich kerzengerade da. Einer starrte den anderen mit großen Augen an.

Pferde näherten sich der Teutoburg, Rufe waren zu hören, die Wachen schrien von den Burgmauern. Ein Angriff?

Arminius sprang auf, Hermut stand im selben Augenblick neben ihm. Beide griffen nach ihren Schwertern und liefen aus dem Haus.

Thordis starrte Thusnelda an. »Dein Vater?«

Thusnelda antwortete nicht. Inaja sah, dass sie blass geworden war. Aus Angst? Oder war es Enttäuschung, die ihren Blick verdunkelte? Fassungslosigkeit? Trieb Fürst Segestes es wirklich so weit, die Burg anzugreifen, in der seine Tochter lebte?

Nun sprang auch Inaja auf und lief zur Tür.

»Bleib hier!«, rief Thusnelda ihr nach.

Aber Inaja hörte nicht auf sie. So schnell sie konnte, lief sie den Weg hinab, der zum Burgtor führte. Es war inzwischen geöffnet worden, Arminius und Hermut standen in seinem Rahmen, die Schwerter erhoben. Und nun sah Inaja die Reiter herankommen. Im Schein der zuckenden Fackeln wirkten sie verzerrt, ihre Bewegungen flossen nicht, sie zuckten, mal schienen sie weit entfernt zu sein, dann wieder ganz nah. Unwirklich war ihr Erscheinen, wirklich wurde es erst, als die Geräusche zunahmen. Das Schnauben der Rösser, die Stimmen der Männer und die einer Frau!

Eine Frau? Inaja wagte sich weiter vor. Ja, nun sah sie die Haare einer Frau, die so hell waren, dass man sie im Mondlicht erkennen konnte. Diese drei späten Besucher konnten mit Fürst Segestes nichts zu tun haben. Thusneldas Vater wäre mit seinen Kriegern vor der Teutoburg erschienen. Und nicht bei Nacht! Nein, der Fürst war kein Feigling, der eine benachbarte Burg bei Dunkelheit überfiel.

Die Frau trug ein helles Kleid, auch deshalb war sie besser zu erkennen als die beiden Männer, die in ihrer Begleitung waren. Ihr dunkler Umhang, mit dem sie sich und das Kind, das sie im Arm hielt, schützte, löste sich. Als sie vor dem Tor der Teutoburg zum Stehen kam, fiel er zu Boden.

Arminius und Hermut ließen ihre Schwerter sinken und traten aus dem Tor, so langsam, als könnten sie nicht glauben, was sie sahen.

Da aber kam auch schon Thordis zum Tor gelaufen. Mit ausgestreckten Armen lief sie auf die junge Frau zu und griff nach den Zügeln ihres Pferdes. »Bist du es wirklich?«

Ja, sie war es wirklich. Wiete, Thordis' Tochter, Arminius' Schwester. In ihren Armen hielt sie ein Kind. Inaja sah es gleich: Das Kind war tot.

Der Sommer hatte seine Leichtigkeit verloren. Schwer hing er über dem Atrium, selbst im Schatten fiel das Atmen schwer. In sämtlichen Räumen des Hauses waren die Windaugen verhängt worden, damit die Sonne nicht eindringen konnte, trotzdem warfen die Mosaikböden und die Wandkacheln keine Kühle zurück. Das ganze Haus, das gesamte Anwesen hatte sich mit Wärme vollgesogen, jeder Windhauch wurde sofort von der Hitze absorbiert.

Severina konnte sich nicht entschließen, ob sie im Atrium ruhen wollte, im Peristyl oder im Hause. Zunächst ließ sie sich auf ihrem Diwan ins Atrium tragen, weil sie sich von dem natürlichen Schatten eines dichtbelaubten Baumes und der Nähe des kleinen Springbrunnens Erfrischung versprach, dann jedoch entschied sie sich für den Säulengang, in dem sie dreiseitig von kühlem Marmor umgeben war. Als es ihr auch dort unerträglich erschien, ließ sie sich zunächst in ihr Schlafzimmer tragen, dann in den Wohnraum und schließlich zurück ins Atrium. Aber wiederum hielt sie es dort nicht mehr aus, als einem der Gärtner, der in der prallen Sonne arbeitete, plötzlich die Harke aus der Hand fiel und er wortlos zu Boden sank. Angewidert verlangte Severina erneut, ins Haus getragen zu werden, damit sie nicht zusehen musste, wie die Haussklaven den leblosen Körper entfernten.

Als Terentilla den Besuch Antonius Andecamus' meldete, hätte sie ihre Haussklavin geschlagen, wenn ihr das bei der Hitze nicht zu kraftaufwändig gewesen wäre. »Habe ich dir nicht gestern noch gesagt, dass ich in den nächsten Monaten keinen Besuch will?«

Terentilla blieb mit gesenktem Kopf stehen und wartete, bis die Beschimpfungen ihrer Herrin ein Ende hatten und sie erfuhr, was zu tun war. Ja, gestern Nachmittag hatte Severina tatsächlich angeordnet, dass sie bis zur Niederkunft nicht mehr gestört werden wollte. Aber schon am selben Abend war sie außer sich vor Wut gewesen, als Terentilla einen Juwelier, der seine neueste Kollektion vorführen wollte, abgewiesen hatte. Die Sklavin war stoisch geworden im Lauf der letzten Wochen. Ihr war so oft angedroht worden, über kurz oder lang Gavianas Schicksal zu teilen und an ein Bordell verkauft zu werden, dass sie sich mittlerweile keine Hoffnungen mehr machte, diesem Los zu entgehen. Ob sie versuchte, die Wünsche ihrer Herrin zu erahnen, wie Gaviana es angeblich vermocht hatte, ob sie sich lächelnd erniedrigen ließ wie ihre Vorgängerin oder versuchte, das Herz ihrer Herrin mit Tränen zu rühren – an ihren Aussichten würde das nichts ändern. Sie musste jederzeit mit allen Möglichkeiten rechnen.

Terentilla hob den Kopf erst wieder, als es Severina einfiel, dass ein wenig Unterhaltung ihrem Wohlbefinden förderlich sein könnte. »Schick ihn herein, aber sag ihm gleich, dass ich mich nicht wohlfühle und er nicht lange bleiben kann.«

Sie verzichtete darauf, sich von Terentilla einen Spiegel vorhalten zu lassen. Was spielte es für eine Rolle, wenn Andecamus durch ihr vernachlässigtes Äußeres in die Flucht geschlagen wurde? Ihr Bruder würde sich darüber ärgern, und das war gut so. Er hatte immer noch nicht begriffen, dass sich durch ihre Schwangerschaft nichts änderte. Sie hatte es nicht nötig, sich nach einem Ehemann umzusehen, nur weil sie ein Kind erwartete. Wenn Germanicus damit Probleme hatte, dass seine Schwester von einem Unbekannten schwanger war, dann war das seine Sache. Severina war froh, dass sie sich nicht hatte erweichen lassen, die Identität des Vaters preiszugeben. Agrippina ließ zwar immer wieder durchblicken, dass man ihr nichts vormachen könne, und sicherlich waren Germanicus sämtliche Vermutungen seiner Gemahlin bekannt, aber es blieb dabei, dass sie sich auf Wahrscheinlichkeiten verlassen mussten und nicht auf ihr Wissen verweisen konnten. Ein in diesem Fall nur geringer, aber dennoch grundlegender Unterschied.

Wieder einmal machte sich die Frage an sie heran, warum es ihr so wichtig gewesen war, Arminius' Namen zu verschweigen. War tief in ihr eine Ahnung gewesen? Hatte ihr Gefühl ihr etwas zugeflüstert, was der Verstand nicht hören wollte? Gab es in ihrer Liebe vom ersten Augenblick an einen Zweifel, aus dem dieser Selbstschutz erwachsen war? Die schöne Severina war keine Frau, die sich zurückweisen ließ! Wenn es trotzdem geschah, durfte wenigstens niemand davon erfahren! Oder … wusste doch jemand davon? Hatte Agrippina ihre Mutmaßungen als Sicherheiten weitergegeben? Oder hatte Flavus nicht geschwiegen, obwohl er es versprochen hatte? Severina ballte in ohnmächtiger Wut die Fäuste.

Dann jedoch entspannte sie sich wieder. Nein, Flavus würde sein Wissen fest in sich einschließen, darauf konnte sie sich verlassen. Nur … wie lange? Sicherlich nicht länger, als er hoffen konnte, dafür belohnt zu werden! Vielleicht hätte sie ihn doch nicht so strikt zurückweisen sollen. Für die Rache, die Severina wollte, konnte er ein guter Verbündeter sein. Und Rache wollte sie, so viel stand fest. Hass und Rachedurst erfüllten sie, seit Flavus mit der Nachricht von Arminius zu ihr gekommen war. Sie würde keine Ruhe finden, ehe sie Arminius nicht heimzahlen konnte, was er ihr angetan hatte.

Antonius Andecamus spreizte sich wie ein Pfau, als er Severina begrüßte und ihr versicherte, dass ihr entzückender Anblick ihn um den Verstand brächte. Severina sah ihn an, als hätte sie in ein verdorbenes Stück Obst gebissen, und legte das Parfüm, das er ihr feierlich überreichte, achtlos zur Seite. Dabei hatte sie mit einem Blick erkannt, dass es sich um Balsam aus Judäa handelte, ein Luxusparfüm, das zu ihren liebsten zählte. Aber Andecamus sollte nicht glauben, dass sie mit kostbaren Geschenken leicht einzunehmen sei.

Doch er ließ sich nicht anmerken, dass ihr Verhalten ihn kränkte. Unbeirrt fuhr er fort, ihre Schönheit und ihre Anmut zu preisen, und behauptete, sein Glück sei vollkommen, wenn er ihrer nur ansichtig werde.

Severina gähnte demonstrativ, schloss die Augen und winkte mit kraftloser Geste Terentilla herbei. Mit so schwacher Stimme, als wäre sie zu erschöpft zum Sprechen, verlangte sie nach einem Löffel Honigsuppe als Mittel gegen ihre Übelkeit.

Zufrieden stellte sie fest, dass Andecamus nun endlich unsicher wurde. »Geht es Euch nicht gut?«

»Natürlich geht es mir nicht gut«, gab sie gereizt zurück. »Ich bin schwanger! Das seht Ihr doch!«

Als Andecamus prompt anhob, ihren gesegneten Leib zu preisen, der ihre Erscheinung nur umso strahlender mache, bedachte Severina ihn mit einem derart vernichtenden Blick, dass er mitten im Satz abbrach. Nein, so hatte sie sich die Ablenkung durch einen Verehrer nicht vorgestellt! Von einem angenehmen Zeitvertreib konnte keine Rede sein, wenn Antonius Andecamus seine Aufwartung machte. Dies würde sein letzter Besuch sein! Wenn Terentilla es noch einmal wagen sollte, ihn vorzulassen, war ihre Zukunft im Bordell besiegelt.

Obwohl Severina ihn ungnädig entließ, versicherte Andecamus zum Abschied noch einmal, dass es für ihn nichts Schöneres gab als Severinas Gesellschaft. Und er ging erst, als Terentilla mit der Honigsuppe den Raum betrat und Anstalten machte, ihrer Herrin einen Löffel einzuflößen.

Severina schickte ihm einen zornigen Blick hinterher. Was war das für ein Mann, der auf seinen Stolz verzichtete, nur um zur kaiserlichen Familie zu gehören! Bis zur Hochzeit würde er sich beleidigen und treten lassen und sich nach der Hochzeit mehr um den Kaiser als um seine Gemahlin kümmern und dem Kind, das seinen Namen erhalten würde, bei jeder Gelegenheit heimzahlen, dass es einen Vater hatte, mit dem er sich nicht messen konnte. Glaubte er wirklich, dass sie ihn nicht durchschaute? Dass Antonius Andecamus ein gutaussehender Mann mit angenehmen Manieren und einem scharfen Verstand war, tat nichts zur Sache.

Severina stieß Terentilla weg, der erst jetzt klar wurde, dass die Übelkeit ihrer Herrin nur dazu gedient hatte, den lästigen Besucher loszuwerden.

»Hol mir einen Gaukler oder einen Zwerg!«, befahl sie. »Ich will unterhalten werden. Und untersteh dich, noch einmal Antonius Andecamus zu mir zu lassen. Nie wieder! Verstanden?«

Die Sklavin nickte gehorsam, fragte sich jedoch gleichzeitig, wie ernst sie diese Anordnung nehmen sollte. Würde Severina sich darauf berufen, wenn Terentilla Andecamus noch einmal ins Haus ließ? Oder würde sie im Bordell landen, weil sie gehorchte, aber nicht bedacht hatte, dass ihre Herrin längst ihre Meinung geändert hatte?

Je länger Terentilla ihrer Herrin diente, desto sicherer schien ihr Schicksal besiegelt zu werden. Ihre Vorgängerin Gaviana hatte angeblich am besten jede Laune ihrer Herrin durchschaut, aber hatte es ihr etwas genützt? Nein, nichts! Terentillas Angst nahm von Tag zu Tag zu. Und sie begann zu zittern, als der nächste Besucher sich anmeldete.

11.

Thordis hatte ihrer Tochter behutsam das Kind aus dem Arm genommen. Während Arminius sich um seine Schwester kümmerte, betrachtete sie das kleine Mädchen traurig und schüttelte schließlich verzweifelt den Kopf. Mit einer Zartheit, die Thusnelda der unerschütterlichen Frau nicht zugetraut hatte, zog sie die Decke über das Köpfchen, drückte das Kind einmal fest an sich und reichte es dann einer Magd. Die gab mit einem Nicken zu verstehen, dass sie begriffen hatte, was von ihr erwartet wurde. Ehe Wiete Einwände erheben konnte, trug sie das tote Kind weg.

Arminius legte seiner Schwester den Umhang wieder um und nahm sie in den Arm. »Was ist passiert, Wiete?«

Aber seine Schwester war unfähig zu antworten. Ihr Körper bebte, ihre Lippen zitterten, in ihren Augen stand das blanke Entsetzen.

Einer der beiden Männer, die sie begleitet hatten, meldete sich zu Wort. »Wir sind Gefolgsleute Eures Schwagers«, erklärte er Arminius. »Der Gemahl Eurer Schwester ...« Er zuckte die Schultern, ehe er fortfuhr: »Ob er noch lebt, wissen wir nicht. Und wenn er noch lebt, weiß niemand, wo er ist.«

Thordis stieß einen erschrockenen Laut aus und schlug die Hände vor den Mund. Sie sah in die Richtung, in die die Magd mit dem toten Kind verschwunden war, dann zog sie ihre Tochter an sich. Alles, was man mit ihr tat, ließ Wiete geschehen, als bemerkte sie es gar nicht.

Die beiden Reiter hießen Argast und Jorit. Sie waren grauhaarige Männer, die schon manchen Kampf erlebt und viele Siege errungen hatten. Bald saßen sie am Feuer und hatten ein Trinkhorn in der Hand, das mit Met gefüllt war. Guda hatte das Feuer neu entfacht und einen Kessel darübergehängt, in dem der Rest der Suppe erwärmt wurde, die mittags übriggeblieben war. Thordis hatte ihrer Tochter ein dichtes, warmes Fell umgehängt, wiegte sie wie ein kleines Kind und schien froh zu sein, dass Wiete nicht nach dem kleinen Mädchen fragte, dem sie in den letzten Jahren eine Mutter gewesen war.

»Ihr wisst, dass wir Brukterer uns nicht mit der römischen Herrschaft abgefunden haben«, begann Argast zu berichten. »Anders als die Cherusker, die bald mit Rom paktiert haben.«

Arminius wusste, wovon Argast redete. »Ich bin in großer Sorge, seit meine Schwester mit einem Brukterer verheiratet ist. Dieser Stamm hat immer wieder versucht, sich gegen die römische Herrschaft zu wehren. Dabei hätten die Brukterer wissen müssen, dass sie mit den Überfällen auf die Römer nichts bewirken. Sie waren allein, für einen Krieg gegen Rom viel zu schwach.«

Argast nickte. »Ich bin Eurer Ansicht. Die Angriffe auf die kleinen römischen Einheiten haben nichts gebracht.«

»Außer fetter Beute«, warf Jorit ein.

Argast bestätigte seine Worte mit einem grimmigen Lachen. »Davon haben sich viele blenden lassen. Kriegsbeute ohne einen richtigen Krieg!«

»Einen Krieg der Nadelstiche, so nennen die Römer diese Überfälle«, erklärte Arminius, der wusste, wie verärgert Tiberius über die Brukterer war.

»Ja, und nun haben sie sich angewöhnt zurückzustechen«,

fuhr Argast auf. »Ich will nicht behaupten, dass die Taktik meines Stammes klug ist. Aber Ihr wollt sicher auch nicht behaupten, dass es richtig ist, sich dafür an Unschuldigen zu rächen!«

Als die brukterischen Krieger wieder einmal losgezogen waren, um den Römern ihre Herrschaft heimzuzahlen und einen Tross zu überfallen, den sie in der Nähe wussten, hatte es in ihrer Planung einen Fehler gegeben. Kaum hatten die Männer, darunter auch Wietes Gemahl, das Dorf gen Westen verlassen, war es von Osten her von römischen Kohorten gestürmt worden. Unter den Brukterern war nicht bekannt gewesen, dass mittlerweile berittene Spähtrupps durchs Land zogen, um abgelegene Bruktererdörfer aufzuspüren, an denen Exempel statuiert werden sollten. Sie hatten den Abmarsch der kampfbereiten Männer beobachtet und fielen kurz darauf in das Dorf ein. Frauen, Greise und Kinder wurden niedergemetzelt, nur wenige konnten entkommen, wie Wiete mit Argast und Jorit. Und von diesen wenigen gab es nur einige, die wussten, wo sie Obdach finden konnten. So wie Wiete, die ins Elternhaus zurückgekehrt war. Argast und Jorit dagegen wussten nicht, was aus ihnen werden sollte, und nahmen dankbar das Angebot an, so lange in der Teutoburg zu bleiben, bis sie über ihre Zukunft entscheiden konnten.

»Das ganze Dorf ist abgebrannt«, erzählte Jorit. »Die meisten sind tot. Die paar, die die Römer am Leben ließen, haben sie auf ihre Pferde gebunden und mitgenommen. Sie werden wohl auf dem Sklavenmarkt enden.«

Thordis schlug die Hände vors Gesicht, auch die Mägde wischten sich Tränen aus den Augen. Thusnelda und Inaja saßen da wie erstarrt, unfähig zu weinen, während die Männer aussahen, als wollten sie am liebsten sofort losziehen, um Vergeltung zu üben. Wiete selbst war die Einzige, die regungslos blieb. Schmerz und Angst hatten sie unfähig gemacht, etwas zu empfinden. Zu heftig war das Grauen gewesen, zu gewaltig. Sie hatte sich dagegen geschützt, indem sie versteinerte. Nun saß sie da, an ihre Mutter gelehnt, und starrte ins Feuer. Bewegungslos!

Ohne eine einzige Träne. Und ohne die Frage, wo man das Kind hingebracht hatte.

Thusnelda spürte plötzlich Arminius' Hand in ihrer. Sie wusste, was er empfand, worunter er litt. Er war noch immer römischer Offizier, er war immer noch ein Teil derer, die solche Gräueltaten verübten. Und sie konnte an seinem Gesicht ablesen, in welchem Konflikt er steckte. Einerseits wollte er nichts mit Kriegern zu tun haben, die sich an Schwachen vergriffen, andererseits schien er sich zu fragen, ob es nicht seine Pflicht war, so etwas in Zukunft zu verhindern. Und das konnte er nur als Teil der römischen Legionen, als einer von denen, die seiner Schwester alles genommen hatten.

Der Türsteher hatte den Gast bereits ins Haus gelassen, weil er ihn kannte. Nun suchte Terentilla verzweifelt nach Worten, um ihn zum Gehen zu bewegen, ohne unhöflich zu sein. Was blieb ihr anderes übrig? Severina hatte erst gerade jeden Besuch verboten und die Unterhaltung eines Zwerges oder eines Gauklers gewünscht. Da jedoch beides nicht in Severinas Haushalt lebte, konnte es eine Weile dauern, bis der Besitzer der Theatergruppe einen Zwerg und einen Gaukler gebracht hatte. Terentilla wurde prompt unsicher, als der Gast sich nicht wegschicken ließ. Konnte sie wissen, was geschehen würde, während ihre Herrin auf den Zwerg und den Gaukler wartete? Ob sie währenddessen nicht die Unterhaltung eines Offiziers zu schätzen wusste? Und ob sie später noch Gefallen an den Späßen des Gauklers und der Missgestalt eines Kleinwüchsigen finden würde, war sowieso unklar.

»Melde mich bei deiner Herrin an!«, forderte Flavus.

Terentilla rang die Hände. Ausgerechnet dieser Blonde? Nach seinem letzten Besuch war Severina völlig aufgelöst gewesen und hatte die Küchensklaven zur Verzweiflung gebracht, weil ihr kein Essen schmeckte und sie ständig nach neuen Delikatessen verlangte, die ihr dann doch nicht zusagten.

Ehe Terentilla eine Lösung für dieses schwierige Problem gefunden hatte, ging Flavus schon an ihr vorbei auf den Eingang des Wohnzimmers zu, hinter dem Severina ruhte. Obwohl er sonst nie höchstpersönlich die Tür öffnete, schien es ihm diesmal darauf anzukommen, keine Zeit zu verlieren.

»Ich muss deine Herrin sprechen, es ist sehr wichtig.«

Terentilla ergab sich in ihr Schicksal. Entweder, die Angelegenheit war für Severina genauso wichtig wie für Flavus, dann war es gut, dass sie dem römischen Offizier den Eintritt nicht verweigerte, oder Terentilla würde in wenigen Augenblicken ihre Strafe dafür erhalten, dass sie Severinas ausdrücklichen Anweisungen nicht Folge geleistet hatte. Und dann würde ihr niemand zugute halten, dass sie versucht hatte, den Besucher aufzuhalten. Zitternd lehnte sich die Sklavin an die Wand und wartete …

Severina fuhr wütend auf, als Flavus eintrat. »Wie kommt Ihr dazu, hier einzudringen?«

Flavus lächelte und trat mit einer kleinen Verbeugung vor ihren Diwan. »Ich komme mit Neuigkeiten. Ich bin sicher, Ihr wollt keinen Augenblick länger darauf warten als nötig.«

Severina betrachtete ihn aus zusammengekniffenen Augen. So selbstbewusst hatte sie Flavus noch nie gesehen. Was war los mit ihm? Sie hätte ihn gerne weggeschickt, um ihm zu zeigen, dass sein neues Selbstvertrauen ihr keinen Deut besser gefiel als seine frühere Unterwürfigkeit. Aber Severina war nun neugierig geworden. Plötzlich flammte eine Ahnung in ihr auf. Eine Hoffnung, sogar eine Zuversicht. Hatte Arminius es sich anders überlegt? War ihm aufgegangen, welchen Fehler er gemacht hatte? Wusste er nun, dass er sie liebte wie keine andere? Severina legte sich zurück und zeigte Flavus mit einem kleinen hochmütigen Lächeln, dass sie verstand. Es war Arminius darauf angekommen, Dienst in Germanien zu tun, er hatte Tiberius seine Zusage gegeben, Varus wollte vermutlich auf seine Unterstützung nicht verzichten … Da war ihm die Liebe zu einer Römerin nicht recht gekommen. Aber nun hatte er erkannt, was ihm wirklich wichtig war, und Flavus gebeten, ein gutes Wort bei Severina für ihn einzulegen. Ja, so musste es sein.

Severina klatschte in die Hände, damit Terentilla kam und ihr ein Kissen in den Rücken schob. Wie ängstlich die Sklavin aussah, bemerkte sie nicht, dass Terentillas Hände zitterten und ihr der Schweiß auf der Stirn stand, fiel ihr ebenfalls nicht auf.

»Also gut«, sagte Severina gönnerhaft. »Wenn Ihr meint, dass es mich interessieren könnte, dürft Ihr es mir erzählen.«

Terentilla traten vor Erleichterung Tränen in die Augen. Aber natürlich entging Severina auch das. Sie entließ ihre Sklavin mit dem Wink von zwei Fingern ihrer rechten Hand. Das war das Zeichen für Terentilla, dem Gast nichts anzubieten und den Besuch bei nächster Gelegenheit zu stören.

Flavus betrachtete Severina ausgiebig, als wollte er sich ihr Erscheinungsbild einprägen. Oder fiel ihm auf, dass sie einen Teil ihrer Schönheit eingebüßt hatte durch die Schwangerschaft, durch Unlust und Reizbarkeit? Wurde ihm in diesem Augenblick klar, dass eine zurückgewiesene Geliebte viel von ihrer Anziehungskraft verlor?

Severina jedenfalls wurde es schlagartig bewusst. Sie musste ihren ganzen Hochmut zusammennehmen, um sich genauso unbesiegbar zu fühlen wie sonst. »Es geht mir nicht gut. Lasst mich also nicht warten.«

Flavus nahm den Blick nicht von ihrem Gesicht, als er einen ledernen Beutel unter seiner Tunika hervorholte und ihm einen goldenen Ring entnahm. Er hielt ihn Severina hin, damit sie die grünen Smaragde erkennen konnte, mit denen der Ring besetzt war.

Severina sah nicht, dass er sie lächelnd beobachtete, dass er ihre Gedanken von ihrer Stirn ablas.

»Ja, es ist ein Verlobungsring«, sagte er leise, bevor sie fragen konnte.

»Warum bringt er ihn mir nicht selbst?«

Severina blickte auf, als Flavus' Antwort ausblieb. Es dauerte nur wenige Augenblicke, bis sie die Wahrheit erkannte. Noch schneller ging es, bis aus der Hoffnung in ihren Augen blanke Wut wurde.

»Was hat es mit dem Ring auf sich?«, fuhr sie Flavus an.

Er versuchte nach ihrer Hand zu greifen, um ihr den Ring aufzustecken, aber sie entzog sie ihm.

»Redet!«

Flavus ließ sich vor ihrem Diwan auf die Knie sinken. »Ich bin hier, weil ich um Eure Hand anhalten möchte.«

Severina starrte ihn ungläubig an. »Was … wollt Ihr?«

»Euch um Eure Hand bitten«, wiederholte Flavus artig. »Ich liebe Euch seit langem, schöne Severina. Und ich schwöre, ich werde Eurem Kind ein guter Vater sein. Es wird keinen besseren geben als mich. Schließlich bin ich mit Eurem Kind verwandt. Ich bin sein Onkel.«

»Ich habe Euch schon bei Eurem letzten Besuch gesagt, dass ich ohne Eure Hilfe auskomme.«

»Es geht mir nicht nur darum, Euch zu helfen, das wisst Ihr doch. Trotzdem solltet Ihr Euch überlegen, ob Ihr meine Hilfe nicht brauchen könnt. Mein Bruder wird nicht wieder nach Rom zurückkehren. Es könnte sogar sein, dass er schon bald in Rom nicht mehr willkommen sein wird. Wollt Ihr wirklich das Kind eines Römerfeindes zur Welt bringen?«

»Arminius ist kein Römerfeind. Er dient Varus in Germanien! Im Auftrag des Kaisers!«

»Man wird sehen.« Flavus veränderte seine Haltung nicht. Sie blieb flehentlich, aber dennoch selbstsicher. Die Hand, die den Ring hielt, wich nicht zurück. »Ihr habt nach meinem letzten Besuch die Hoffnung nicht aufgegeben, dass Arminius es sich anders überlegt.« Er ließ Severina keine Zeit zu antworten, aber er lächelte, während er fortfuhr, so siegessicher, als wäre ihm die Antwort längst bekannt. »Ihr solltet Euch keine Hoffnungen mehr machen. Mein Bruder wird in Kürze heiraten. Eine germanische Fürstentochter.«

Severinas Kräfte waren schlagartig erschöpft. Mit einem Mal war sie für Hochmut, Ablehnung und Zorn zu schwach. Zu schwach sogar für Zweifel! Die Entgegnung ›Das kann nicht sein!‹ stand zwar in ihren Augen, aber sie war unfähig, sie auszusprechen.

Flavus sah aus, als wollte er ihre Ohnmacht ausnutzen, um ihr den Ring an den Finger zu stecken, aber er schien zu ahnen, dass ihre Schwäche nichts mit Frieden zu tun hatte. Also erhob er sich, setzte sich wieder, hielt aber den Ring immer noch zwischen Daumen und Zeigefinger. »Ich erwarte nicht, dass Ihr mich so liebt, wie ich Euch liebe«, sagte er leise. »Dennoch wäre ich glücklich …«

Er brach ab, weil Terentilla den Raum betrat und ihrer Herrin die Mitteilung machte, dass der Besitzer der Theatergruppe eingetroffen sei, der einen Gaukler und einen Zwerg bei sich führte.

Severina reagierte nicht darauf, aber Terentilla war schon zufrieden, dass sie mit der Störung einverstanden zu sein schien. Jedenfalls wehrte sie ihre Sklavin nicht ab und hielt den Gast nicht zurück, als er sich erhob und sich verabschiedete.

»Die Hochzeit wird bald stattfinden«, sagte Flavus, ehe er ging. »Ein Kurier, der von Varus nach Rom geschickt wurde, hat es mir erzählt. Es ist sogar eine Liebesheirat. Mein Bruder hat seine Braut aus den Händen ihres Vaters geraubt.«

Nun schien endlich wieder der Zorn in Severina heranzuwachsen, der viel besser zu ihr passte als ihre Schwäche. Sie richtete sich auf und sah Flavus scharf an. »Kennt Ihr die Frau?«

Flavus lächelte. »Sie ist mir und meinem Bruder von klein auf vertraut. Eine sehr schöne Frau. Anders als ihr! Blond und von großer Statur …«

»Das interessiert mich nicht«, fuhr Severina dazwischen. »Lasst mich jetzt allein. Ihr habt ja gehört …«

»Ja, der Gaukler und der Zwerg.« Nun wurde Flavus' Lächeln sogar anzüglich. Mit großer Geste legte er den Ring auf den Tisch. »Ihr gestattet, dass ich später noch einmal meine Aufwartung mache, um Eure Antwort einzuholen?«

Severina entgegnete nichts darauf, aber sie ließ zu, dass er den Ring nicht wieder mitnahm. Dass sie ihn wütend auf den Fußboden warf, kaum dass sie allein war, bekam Flavus nicht mehr mit. Auch nicht, dass der Gaukler und der Zwerg schon bald wieder aus dem Haus gejagt wurden, weil sie angeblich nichts taugten und die schlechte Laune der schönen Severina nur noch verstärkt hatten.

»Kaiser Augustus wollte, dass der Rhein die Grenze zwischen Germanien und dem römischen Reich ist. Aber dann war ihm die Sache nicht sicher genug. Deshalb wollte er Germanien erobern, weil er auf diese Weise die Grenze bis an die Elbe vorverlegen konnte.«

Thusnelda und Arminius wanderten am Fuß der Teutoburg entlang, fassten sich manchmal, wenn sie sich unbeobachtet fühlten, an den Händen, rückten aber gleich wieder voneinander ab, wenn eine Wache über die Burgmauer sah, die sich um ihre Sicherheit sorgte.

Thordis hatte die beiden immer wieder beschworen, in der Burg zu bleiben. »Wer weiß, was Fürst Segestes sich ausdenkt, um seine Tochter zurückzuholen.«

Aber Arminius glaubte nicht daran, dass von Segestes Gefahr ausging. Und Thusnelda wollte nichts davon hören, dass sie sich vor ihrem Vater fürchten müsse. Sie fühlte sich sicher unter Arminius' Schutz und in der Geborgenheit seiner Familie. Außerdem war sie fest davon überzeugt, dass ihr Vater nachgeben würde. Er würde sie nicht allein lassen, wenn sie in den Stand der Ehe trat. Zumindest als Gast würde er auf der Teutoburg erscheinen, aber vielleicht … vielleicht auch als Brautvater. Thusnelda hoffte so sehr auf seinen Segen, und je länger sie hoffte, desto sicherer wurde sie, dass sie ihn bekommen würde. Ja, ihr Vater musste einverstanden sein, wenn ihm klar wurde, dass sie ihr Glück gefunden hatte!

Der hasserfüllte Blick, der sie getroffen hatte, war mehr und mehr in Vergessenheit geraten. In Augenblicken wie diesem, wenn sie in Arminius' Nähe vom Glück erfüllt war, dachte sie nicht mehr daran. Nur nachts, wenn sie von einem Geräusch aufwachte, das ihr nicht vertraut war, wurde ihr bewusst, dass sie nicht mehr in der Burg ihres Vaters lebte und dass sie vielleicht seine Liebe verspielt hatte. Aber wenn dann die Sonne über der Teutoburg aufging, vertraute sie wieder darauf, dass sie zwar nicht mehr in der Eresburg, aber noch immer im Herzen ihres Vaters wohnte.

»Augustus' Adoptivsöhne Drusus und Tiberius wurden mit der Eroberung Germaniens beauftragt«, erzählte Arminius weiter. »Die beiden Brüder haben ihre Arbeit gut vorbereitet. An der Rheingrenze ließen sie fünfzig Truppenstützpunkte errichten, von dort aus haben sie ihre Feldzüge geplant.«

Thusnelda genoss es, mit Arminius zu reden. In diesen Gesprächen wurde sie vom Mädchen zur Frau, zu seiner Frau. Die Heirat, die am nächsten Tag stattfinden sollte, würde nur nach außen tragen, was längst geschehen war. Arminius hatte sie angenommen als seine Frau, indem er sich ihr anvertraute und sich alles anvertrauen ließ, was Thusnelda bisher in ihrem Herzen eingeschlossen hatte. Er nahm jedes ihrer Worte ernst, er folgte ihren Gedanken, machte sie zu seinen eigenen oder formte sie mit ihr um zu neuen gemeinsamen Gedanken. Auch die erste gemeinsame Nacht in Arminius' Kammer würde, davon war Thusnelda überzeugt, ein Dialog sein. Ihre Körper würden sich einander anvertrauen wie jetzt ihre Seelen und ihr Denken. Sie hatte schon lange keine Angst mehr vor ihrer Hochzeitsnacht und auch nicht mehr das Bedürfnis, an Inajas Erfahrung teilzuhaben.

Ihr Vater hatte ihr nie zugetraut, sich an einem Gespräch zu beteiligen, dessen Inhalt über die Grenzen der Eresburg hinausging. Wenn sie eine kritische Auffassung geäußert hatte, war Segestes ihr stets über den Mund gefahren. »Was weißt du schon davon!«

Natürlich hatte er recht, sie wusste viel zu wenig von dem, was die römische Herrschaft für die Cherusker und alle anderen germanischen Stämme bedeutete. Sie wusste es deshalb nicht, weil ihr Vater sich weigerte, es ihr zu erklären. Aus Gesprächsfetzen, die sie heimlich aufgeschnappt hatte, hatte sie sich ihre Meinung bilden müssen. Sie war eine Frau, musste nichts wissen von den Entscheidungen der Männer und sollte sich mit einer eigenen Meinung zurückhalten. Segestes war sogar davon überzeugt, dass es schädlich für den Charakter einer Frau war, wenn sie sich Gedanken machte, die den Männern vorbehalten waren.

Thusnelda dachte an sein Gespräch mit Ingomar zurück, in das sie sich eingemischt hatte. Wie zornig war ihr Vater gewesen! Und jetzt glaubte er vermutlich, aus ihrem damaligen Ungehorsam sei der Trotz entstanden, mit dem sie sich gegen ihren Vater aufgelehnt und zu dem Mann geflohen war, mit dem sie ihr Leben verbringen wollte. Sicherlich bereute ihr Vater jetzt schwer, sie damals für ihre Einmischung nicht hart bestraft zu haben. Hatte er recht? Wäre dann ihr Mut, über ihre Zukunft selbst zu entscheiden, gar nicht erst erwacht?

»Drusus ist es tatsächlich gelungen, viele Stämme zu unterwerfen. Die Friesen, die Brukterer, die Marser und Chatten«, sagte Thusnelda selbstbewusst, die in den letzten Wochen von Arminius eine Menge gelernt hatte.

Er lächelte sie liebevoll an. »Aber dann ist ihm eine germanische Seherin begegnet. Sie forderte ihn zum Rückzug auf.«

»Stimmt das wirklich?«, fragte Thusnelda ehrfurchtsvoll.

Arminius zuckte mit den Achseln. »So haben es Krieger erzählt, die dabei waren. Eine sehr große Frau soll sie gewesen sein, mit einem ebenso großen Tier an ihrer Seite. Vermutlich ein Bär. Sie hat Drusus' Tod vorausgesehen, als Strafe für das, was er den germanischen Stämmen antat. Tatsächlich starb Drusus bereits auf dem Rückmarsch. Er fiel vom Pferd und erlag wenig später seinen schweren Verletzungen. Angeblich hat sein Pferd vor einem Bienenschwarm gescheut.«

»Und dann?« Thusnelda konnte gar nicht genug davon hören. Es war, als würde sie erst jetzt zu einem Teil der Gesellschaft, in die sie hineingeboren war. Nun endlich wusste sie, was mit ihrem Land geschehen war, warum es geschehen war und was in Zukunft geschehen konnte. Ihr Vater hatte auf all ihre Fragen immer nur eine einzige Antwort gehabt: »Die römische Herrschaft ist gut für uns. Mehr brauchst du nicht zu wissen.«

Arminius dagegen gefiel Thusneldas Wissbegier. »In den folgenden Jahren hat Tiberius versucht, was Drusus nicht gelungen ist. Er hat die Eroberung der germanischen Stämme fortgesetzt. Die Cherusker haben sich daraufhin freiwillig unterworfen. So gingen sie nicht in die Sklaverei, sondern wurden Bundesgenossen der Römer.«

»Aber sicher waren sich die Römer ihrer Sache anscheinend nicht. Sonst hätten sie Flavus und dich nicht als Geiseln genommen.«

»Sie werden nie sicher sein können. Daran wird auch Varus nichts ändern. Selbst wenn er Germanien bald eine römische Provinz nennen wird. Er fängt es falsch an, indem er den Germanen alles nehmen will, was germanisch ist. Ganz Germanien soll römisch werden. Mit römischen Steuergesetzen, römischer Rechtsprechung …«

»… und römischen Strafen! Nie zuvor hat es bei uns öffentliche Auspeitschungen und Hinrichtungen gegeben.«

»Varus kann aus Germanien eine römische Provinz machen, aber aus den Germanen keine Römer.«

Sie gingen wieder in die Sicherheit der Teutoburg zurück. Arminius griff nach Thusneldas Hand, obwohl Thordis in der Nähe stand, die ihnen mit gerunzelter Stirn entgegensah. Sie legte großen Wert darauf, dass die beiden Verlobten sich nicht zu nahe kamen. Wenn diese Ehe schon nicht von den Vätern gestiftet worden war, so sollte alles andere seine Ordnung haben. Dass Inaja ihre Nächte in Hermuts Armen verbrachte, spielte keine Rolle, aber der Fürst der Cherusker und seine Braut hatten sich anders zu verhalten Auch wenn am nächsten Tag die Hochzeit gefeiert werden sollte – heute waren Arminius und Thusnelda noch Brautleute, die froh sein konnten, dass sie vor der Hochzeit miteinander reden und sich kennenlernen durften. Das war mehr, als den meisten anderen Paaren erlaubt wurde.

Arminius beachtete seine Mutter nicht, er war mit seinen Gedanken woanders. Er sah auch Thusnelda nicht an, als er leise und sehr nachdenklich weitersprach: »Flavus ist ein Römer geworden, andere germanische Fürstensöhne wurden es ebenfalls. Auch ich habe lange wie ein Römer gedacht und gehandelt. Schließlich habe ich im römischen Heer gedient, römische Kriegstechnik erlernt, ich wurde zum Bürger Roms ernannt und sogar zum römischen Ritter geschlagen. Aber je öfter ich in die Heimat kam, desto sicherer wurde ich, dass ich ein Germane bin. Und immer bleiben werde!« Nun wurde seine Stimme kräftiger, er sprach lauter. »Ein freier Germane! Kein von Tiberius eroberter und von Varus verwalteter Germane!«

Thusnelda griff nach seinem Arm und wies über die Burgmauer. »Da! Der Bote, den du zur Eresburg geschickt hast! Er kommt zurück!«

Arminius griff erneut nach Thusneldas Hand und stellte sich, Seite an Seite mit ihr, in das Tor der Teutoburg. Thordis betrachtete die beiden mit unzufriedener Miene. Sie sahen jetzt schon aus, als wären sie bereits Herr und Herrin der Teutoburg. Am Tag vor ihrer Hochzeit! Missbilligend schüttelte Thordis den Kopf.

Der Reiter sprang kurz vor dem Tor vom Pferd, die beiden Torwächter nahmen ihm das Tier ab und führten es in die Burg.

Der junge Mann sah Arminius an, als hätte er ein schlechtes Gewissen. »Leider bringe ich keine positive Antwort«, sagte er. »Fürst Segestes hat sich geweigert, mich zu empfangen. Als er hörte, dass ich von der Teutoburg komme, hat er mich zurückschicken lassen. Aber ich habe dem Torwächter gesagt, aus welchem Grunde ich gekommen bin. Er hat mir versprochen, dem Fürsten die Mitteilung zu machen, dass hier morgen eine Hochzeit stattfindet und seine Anwesenheit sehnsüchtig erwartet wird.«

Arminius nickte ihm zu, dann zog er Thusnelda fest an seine Seite. »Nicht traurig sein«, flüsterte er. »Das ist wohl der Preis, den wir zahlen müssen. Aber wer weiß ... vielleicht überlegt er es sich bis morgen noch anders.«

12.

Die Priesterin Aelda hatte auf dem Platz vor dem Hause aus langen Grashalmen zwei große Kreise gelegt. Nun stand sie in der Mitte des inneren Kreises, streckte die Hände zum

Himmel und zeigte damit an, dass sie Kontakt zu den höheren Mächten aufgenommen hatte, dass Freya, die Göttin der Liebe und Fruchtbarkeit, sich der Priesterin zuneigte und ihr die Kraft gab, die Brautpaare in die Ehe zu geleiten. Ehegeleit, so wurde die Hochzeit bei den Cheruskern auch genannt. Aelda blieb stehen und wartete darauf, dass das fürstliche Paar, das sich zusammen mit einer Magd und einem Bauernsohn vermählen lassen wollte, zu ihr kam.

Thordis legte großen Wert darauf, dass die Zeremonie so abgehalten wurde, als wäre die Ehe ihres Sohnes mit dem Vater der Braut beschlossen worden. Inaja bewunderte sie für ihre unerschütterliche Haltung. Sie war eine Mutter, die zu ihrem Sohn stand, auch dann, wenn er nicht so handelte, wie sie es sich wünschte. Wie sehr hatte Inaja sich eine solche Mutter gewünscht!

Sie spürte Hermuts Hand, die sich warm auf ihren Rücken legte. Er schien genauso glücklich zu sein wie sie, wenn auch sein Glück einen anderen Namen hatte. Es hieß Inaja, und sein Glück war die Liebe, nichts anderes, nur diese Liebe zu Inaja. Deren Glück aber war anders. Es hatte viele Gesichter, rechtschaffen, beschönigend, nichtswürdig, auch frömmlerisch und sogar heimtückisch. An diesem Tag war ihr Glück dennoch strahlend, kein Schuldgefühl konnte ihm das Leuchten nehmen. Es wusste ja niemand, dass Inajas Glück nicht von Hermut abhing. Von Thusnelda hing es ab, von deren Liebe zu Arminius und von dessen Bruder. So zufrieden war Inaja mit ihrem Schicksal, dass sie sich fest vornahm, ihrem Ehemann ein Leben lang dankbar zu sein. Er hatte ihr Glück leichtgemacht und es zum Schweben gebracht, dafür verdiente er Dank. Inaja war derart fröhlich, dass sie Hermut vor ihrer Eheschließung sogar ein langes Leben wünschte. Obwohl ja jeder wusste, dass das Leben eines Kriegers selten lang war, dass es spätestens dann zu Ende ging, wenn auch seine Körperkraft nachließ und er dem Gegner unterlegen war. Und ebenso wusste jeder, dass ein Krieger genau das wollte. Er wünschte sich nicht, alt zu werden und im Bett den unwürdigen Strohtod zu erleiden. Er wollte im Kampf sein Leben lassen, damit sich ihm die Tore von Walhalla öffneten.

Unter anderen Umständen wäre Thusnelda mit ihrem Vater in der Eresburg aufgebrochen, hätte sich auf dem Weg zur Teutoburg von den Bauern, ihren Familien und dem Gesinde Glück wünschen lassen und ihnen Nüsse zugeworfen, viele, viele Nüsse. Eine Braut, die Nüsse unters Volk warf, durfte mit zahlreichen Nachkommen rechnen.

In diesem Fall aber brachen Thusnelda und Arminius zusammen am Tor der Teutoburg auf. Die Braut trug ein leuchtend blaues Gewand aus feinem Wollstoff, in der Taille eine helle Kordel mit gefransten Enden, in die die Mägde rote Beeren geknüpft hatten. Ihre blonden Flechten, die wie eine Krone am Kopf festgesteckt waren, hatte Thordis höchstpersönlich mit einem Blütenkranz geschmückt. Als einzigen Schmuck trug die Braut die Bernsteinkette ihrer Mutter, die wunderbar mit der goldenen Fibel harmonierte, die Arminius' Mutter ihr angesteckt hatte.

Thusnelda war beschämt gewesen, als sie Thordis' Großzügigkeiten entgegennehmen musste. Einmal mehr war ihr bewusst geworden, dass sie arm war. Sie war nicht mehr die Tochter ihres Vaters und noch nicht Arminius' Frau, also völlig mittellos. Die reiche Fürstentochter besaß genauso wenig wie ihre Dienstmagd. Auch die musste froh sein, dass sie ihr Hochzeitskleid geschenkt bekam. Arminius hatte dafür gesorgt, dass der Braut seines besten Freundes ein neuer Rock genäht wurde und eine Bluse, die sie mit zwei Lederriemen in der Taille schnüren konnte. Inaja war sehr stolz auf den feinen dunkelroten Wollstoff. Noch nie hatte sie ein so kostbares Kleidungsstück besessen.

Als Arminius sich in seinem Hochzeitsgewand zeigte, versetzte er alle Bewohner der Teutoburg in Erstaunen. Wenn er auch in den letzten Monaten immer öfter die Kleidung des römischen Offiziers abgelegt und zur Tracht des germanischen Edelings gegriffen hatte, so war doch an diesem Tag jeder davon ausgegangen, dass er sich in prunkender römischer Uniform in die Ehe geleiten lassen würde. Aber Arminius trug, was ein vornehmer Germane an einem Festtag zu tragen pflegte: einen bestickten weiten Kittel und eine Hose, beides aus feingewebtem Stoff, dazu hohe Stiefel aus Rindsleder. Der breite Ledergürtel, der den Kittel zusammenhielt, war mit goldenen Einlegearbeiten verziert, die große Gürtelschnalle bestand aus einem vergoldeten Hirschkopf mit ausladendem Geweih. Um die Schultern trug der Fürst der Cherusker einen Umhang aus Hermelinpelz.

Auch Hermut hatte nichts Römisches angelegt. Er sah aus wie ein germanischer Bauer an einem Festtag in seinen knielangen blauen Hosen und den ledernen Schuhen. Sein grün-rot gemusterter Umhang wurde von einer silbernen Fibel gehalten, ein Geschenk von Arminius, das Hermut nur an hohen Festtagen trug.

Inaja fragte sich, wie Fürst Segestes darauf reagiert hätte, wenn er bereit gewesen wäre, die Tochter mit einem Cheruskerfürsten zu vermählen, dem das römische Bürgerrecht verliehen und der sogar zum römischen Ritter geschlagen worden war. Er, der Römerfreund, wäre womöglich konsterniert gewesen über die sichtbare Abkehr des Fürsten von seinen römischen Gepflogenheiten.

Sie beobachtete, wie Thusnelda sich ein letztes Mal umblickte, und sah die Enttäuschung in ihren Augen. Aber Fürst Segestes war nicht zur Hochzeit seiner einzigen Tochter erschienen. Niemand wusste so gut wie Inaja, dass Thusnelda bis zum letzten Augenblick darauf gehofft hatte.

»Ich bin glücklich«, hatte sie am Morgen zu Inaja gesagt. »Aber was wird aus meinem Glück werden, wenn mein Vater es nicht segnet?«

Ein letzter Blick über die morastigen Wiesen, auf denen sich kein Reiter zeigte, dann drehte sie sich dem Haus zu, in dem sie fortan wohnen würde. Entschlossen richtete sie sich auf und schritt an Arminius' Seite, gefolgt von Inaja und Hermut, auf den Kreis zu, in dem die Priesterin auf sie wartete. Währenddessen warf sie Nüsse unter die Bewohner der Teutoburg, die sie begeistert feierten und ihnen Glückwünsche zuriefen. Sie jubelten sogar besonders laut, als wollten sie die Stimmen der anderen Gaufürsten, ihrer Familien und ihrer Gefolge ersetzen, die fehlten. Arminius war dem Wunsch seiner Mutter nicht gefolgt, die Führer der benachbarten Stämme einzuladen, wie es unter anderen Umständen selbstverständlich gewesen wäre. Nun hoffte er insgeheim darauf, niemandem möge zu Ohren kommen, dass Segestes der Eheschließung ferngeblieben war. Damit hatte Thusneldas Vater später die Chance zu verzeihen, ohne sein Gesicht zu verlieren.

Inaja machte alles genauso wie ihre Herrin. Für sie war die Zeremonie vollkommen. ›Es ist, als wäre ich eine Fürstin‹, dachte sie und warf die Nüsse mit besonders großer Geste. ›Ich bin nicht nur die Dienstmagd einer Fürstin, sondern auch deren Freundin, ich werde die Ehefrau des besten Freundes eines Fürsten sein und bin die Geliebte eines Fürsten … Ja, ich habe das Leben überlistet! Gut, dass ich nicht auf meinen Vater gehört habe!‹

Die beiden Brautpaare blieben außerhalb des Kreises stehen, die nächsten Angehörigen stellten sich im Innenkreis auf, alle anderen bildeten den Außenkreis. Eiliko, der Freund des verstorbenen Fürsten Segimer, war zum Kreiswächter ernannt worden. Er sorgte dafür, dass der Kreis geöffnet wurde, wenn es Zeit war, damit die Brautpaare sein Zentrum betreten konnten, wo die Priesterin sie erwartete. Eilikos Aufgabe war es auch, dafür zu sorgen, dass der Kreis während der Trauungszeremonie geschlossen blieb. Einer Ehe, die in einem beschädigten Kreis geschlossen wurde, gab niemand eine Zukunft. Erst wenn Aelda die Öffnung des Kreises freigab, war eine Ehe geschlossen worden, die lange anhalten und mit vielen Kindern gesegnet sein würde.

Inajas Blick fiel auf Wiete, die neben ihrer Mutter im Innenkreis Aufstellung genommen hatte. Ihre Augen gingen über die Zeremonie hinweg, Wiete schien noch immer nicht in die Realität zurückgefunden zu haben. Seit sie in die Teutoburg geflüchtet war, machte sie wie ein Kind jeden Schritt an der Hand ihrer Mutter, gehorchte ihren Anweisungen ohne Regung, bewegte sich nur, wenn sie dazu aufgefordert wurde. Sie schien keinen eigenen Antrieb mehr zu haben, schien nicht zu wissen, was sie tat und warum sie es tat. Und noch immer hatte sie mit keinem Wort nach dem Kind gefragt …

Bevor die Brautpaare das Zentrum des Kreises betraten, zündete Aelda ein Feuer darin an, ein großes Feuer, das in dem hochaufgeschichteten Reisighaufen schnell Nahrung fand und im Nu emporloderte. Dann öffnete Eiliko den Kreis, und Thusnelda und Arminius schritten auf die Priesterin zu, nach ihnen Inaja und Hermut.

Aelda empfing sie mit den Worten, dass die Göttin Freya ihren Bund segnen wolle. Sie griff nach einer roten Schärpe und verband damit Thusneldas rechte Hand mit Arminius' und Inajas Rechte mit Hermuts. »Wollt ihr Gefährten sein für den Rest eures Lebens?«, fragte sie jedes Paar.

Nachdem alle vier ihre Absicht bekräftigt hatten, reichte Aelda ihnen geweihten Wein und geweihtes Brot. »Speiset einander! Wenn ihr euch satt machen könnt, werdet ihr füreinander leben können.«

Die erste Prüfung der beiden Brautpaare! Die rechten Hände miteinander verschlungen, reichte Thusnelda ihrem Bräutigam mit der Linken das geweihte Brot, und er setzte ihr, ebenfalls mit der Linken, den Becher mit dem geweihten Wein an die Lippen. Inaja und Hermut taten es ihnen gleich, die Priesterin und die Angehörigen, die im Innenkreis standen, achteten darauf, dass nichts verschüttet oder verkrümelt wurde. Außer Wiete. Arminius' Schwester stand da und starrte über die beiden Brautpaare hinweg.

»Nun schreitet dreimal ums Feuer herum«, sprach Aelda. »Ihr werdet nun nicht mehr geleitet, sondern leitet euch gegenseitig. Kommt dem Feuer nicht zu nahe, es steht für die Versuchung, an der ihr euch verbrennen könnt. Aber kommt auch den Menschen, die zu euch gehören, nicht zu nahe, denn eure Verbindung muss Bestand haben nicht nur im Familienverband, sondern auch, wenn ihr auf euch selbst gestellt und aufeinander angewiesen seid. Und das Wichtigste: Verliert euch nicht! Zeigt der Göttin, dass ihr in Verbundenheit das Leben meistern werdet.«

Durch die rote Schärpe miteinander verbunden, wagten Thusnelda und Arminius ihre ersten gemeinsamen Schritte. Thusnelda schloss die Augen, kniff sie fest zusammen und öffnete sie dann umso weiter. Ihr Weg als Arminius' Ehefrau begann!

Vorsichtig umrundeten sie das Feuer, ohne dass Thusneldas Rock den Flammen zu nahe kam, ohne dass es einen unsicheren Schritt gab, ohne dass sich einer besonders stark oder der andere besonders schwach zeigte. Nein, sie achteten aufeinander, jeder auf die Sicherheit des anderen bedacht, wie ein Paar es tun sollte, das einen langen gemeinsamen Weg geht und dabei fest miteinander verbunden ist.

Inaja stellte fest, dass die Umrundung des Feuers mit verbundenen Händen nicht so leicht war, wie sie gedacht hatte. Tatsächlich ging es nur, wenn man sich aufeinander einstellte, Rücksicht auf den anderen nahm, aber auch nicht verzagt auf die Hilfe des anderen wartete. Verbunden – aneinandergefesselt, wie es Inaja vorkam – durfte der eine sich nicht vom anderen entfernen und musste sich in der gemeinsamen Richtung sehr sicher sein. Hermut hatte Mühe, Inaja zurückzuhalten, damit sie sich nicht zu schnell bewegte und ihre Verbundenheit in Gefahr brachte. In ihrem Bemühen, ihn mit sich zu ziehen, kam sie selbst einmal beinahe ins Straucheln. Von da an konzentrierte Inaja sich auf Thusneldas ruhige, gleichmäßige Bewegungen und versuchte, es genauso zu machen wie sie – so lange, bis sie die Geräusche hörte …

Thusnelda und Arminius stockten gleichzeitig, die rote Schärpe, die sie verband, hielt dem Erschrecken jedoch stand, denn die beiden waren sich darin so ähnlich wie in ihrer Reaktion darauf. Auch durch die Anwesenden ging ein Ruck. Ihre Aufmerksamkeit wandte sich prompt von den Brautleuten ab. Dass die beiden Paare das Feuer gerade zum ersten Mal umrundet hatten, war plötzlich nicht mehr wichtig. Die Geräusche kamen näher, laute Männerstimmen, das Wiehern eines Pferdes und dann … das Klirren von Metall.

»Bewaffnete Reiter«, flüsterte Thusnelda.

Arminius warf Eiliko einen Blick zu, der tief einatmete, als wollte er in die Breite wachsen, damit in den Kreis, der um die Brautpaare geschlossen worden war, niemand eindringen konnte.

»Weiter, Thusnelda!«, gab Arminius leise zurück. »Das Feuer dreimal umrunden! Sonst wird dein Vater unsere Ehe anfechten.«

»Du meinst ...?« Thusnelda sprach nicht weiter, sondern folgte Arminius bereitwillig auf dem Weg um das Feuer herum, der nun leichter geworden war, weil die beiden Kreise sich gelockert hatten, was dem Brautpaar mehr Raum verschaffte.

Inaja, die Arminius' Worte gehört hatte, wurde jetzt von der gleichen Sorge getrieben. »Was immer geschieht«, raunte sie Hermut zu, »ich will mit dir verheiratet sein, wenn es geschieht! Wir müssen uns beeilen!«

Hermut reagierte schnell, aber nicht schnell genug. Der Schritt, den Inaja ihm voraus war, lockerte die rote Schärpe gefährlich. Hermuts Gesicht war abzulesen, wie groß seine Sorge war, dass sie sich vollends löste. Ein Brautpaar, das die Prüfung der Priesterin nicht bestanden hatte, galt als nicht vermählt. Wenn sich nach der dritten Runde ums Feuer die Verbindung bereits gelöst hatte, war die Ehe nicht besiegelt. Zwar konnten beide bekräftigen, dass sie die Ehe trotzdem eingehen wollten, aber Hermuts Sorge, dass Inaja nach dem schlechten Omen der Mut verlassen könnte, war groß. Er wusste, dass ihr jeder abraten würde, der Zeuge dieser missglückten Verbindung geworden war.

Das Geschrei der Männer war nun ganz nahe, es prallte auf das Tor der Teutoburg, kurz darauf klirrten die Waffen. Der Wächter verteidigte den Eingang zur Burg, der markerschütternde Schrei, der kurz darauf ertönte, sorgte für großen Aufruhr unter den Anwesenden. Eiliko tat sein Bestes, den Kreis geschlossen zu halten, damit die Eheschließung zu Ende geführt werden konnte. Dennoch löste sich der äußere Kreis auf, nur der innere blieb standhaft. Arminius' Familie wusste, wie viel davon abhing.

Die Priesterin jedoch achtete nicht mehr auf die Brautleute, obwohl sie eigentlich verpflichtet war, über das Einhalten des Rituals zu wachen. Genau wie alle anderen starrte sie in die

Richtung, aus der die Gefahr kam. So sah sie nicht, dass die rote Schärpe, die Inajas und Hermuts Hände verband, sich nun vollends löste. Hermut war der Einzige, der bemerkte, dass Inaja im letzten Augenblick, bevor die Schärpe zu Boden flattern konnte, nach ihrem Ende griff und die Faust darum ballte. Es sah so aus, als wären sie noch miteinander verbunden. Aber Hermut war klar, dass sie die Prüfung nicht bestanden hatten und dass jeder es gemerkt hätte, der aufmerksam gewesen wäre.

Beide Paare hatten die dritte Runde ums Feuer knapp vollendet, als zwei bewaffnete Männer mit gezückten Schwertern heranstürmten. Von einem tropfte das Blut, die Hand, die das Schwert hielt, war rot besudelt.

Eilikos Bemühen, den Kreis geschlossen zu halten, bis die Priesterin ihn auflösen konnte, scheiterte nun. Alle stoben auseinander, retteten sich ins Haus oder in irgendein Versteck. Einer von Arminius' Männern brachte ihm eilig sein Schwert, ein zweiter erschien neben Hermut und drückte ihm einen kurzen Dolch in die Hand.

Arminius reckte sein Schwert warnend in die Höhe, während er rief: »Wer wagt es, diesen kostbaren Augenblick zu zerschneiden?«

Die beiden Eindringlinge blieben stehen und senkten ihre Waffen. »Wir sind nicht gekommen, um Euch zu bedrohen«, sagte der Erste.

»Skandor«, flüsterte Thusnelda, die nicht von Arminius' Seite gewichen war. »Ein Gefolgsmann meines Vaters.«

Prompt drängte Inaja sich hinter Thusnelda, Hermut stellte sich an Arminius' Seite.

»Wir sind gekommen«, fuhr Skandor fort, »um diese Hochzeit zu verhindern. Sie ist ungültig, egal, wie weit die Zeremonie fortgeschritten ist.«

»Wer sollte dieser Ehe ihre Gültigkeit absprechen?«, fragte Arminius.

»Mein Herr!«, gab Skandor zurück. »Fürst Segestes erhebt Einspruch gegen diese Heirat. Sie kommt ohne seine Zustimmung zustande, also ist sie nichts wert. Er schickt uns, um seine Tochter zurückzuholen.«

»Wir fordern die Herausgabe der Braut«, bekräftigte Skandors Begleiter, der auf den Namen Wiborg hörte.

Arminius machte einen Schritt auf ihn zu. »Die Tochter eures Herrn ist nun meine Gemahlin. Ihr könnt sicher sein – ich werde sie mit meinem Leben verteidigen.«

Sowohl Skandor als auch Wiborg schienen unsicher zu werden. Arminius machte einen weiteren Schritt auf die beiden zu, Thusnelda stand nun hinter ihm, geschützt durch seinen Körper. »Von wem stammt das Blut an deiner Waffe?«, fragte Arminius gefährlich leise.

Skandor antwortete, ohne zu zögern. »Von Eurem Torwächter, der mich nicht passieren lassen wollte.« Er brachte ein schiefes Grinsen zustande. »Gebt die Braut heraus!«, wiederholte er. »Diese Ehe wird ohne den Segen der Götter geschlossen. Ihr solltet froh sein, wenn wir sie verhindern!«

»Blutvergießen am Hochzeitstag!«, ergänzte Wiborg. »Ein schlechtes Omen für eine junge Ehe! Eure Verbindung wird unglücklich werden, so viel ist sicher. Und der Kreis wurde vorzeitig aufgebrochen ...«

»... weil ihr die Zeremonie gestört habt«, warf Arminius mit scharfer Stimme ein.

»Diese Ehe wird von der Göttin nicht gesegnet«, beharrte Skandor. »Seht es doch ein!«

Arminius ging mit gezücktem Schwert auf die beiden zu, aber sie wichen um keinen Schritt zurück.

»Gebt die Braut heraus!«, beharrte Skandor. »Noch vor der Hochzeitsnacht!«

Arminius sah jeden der beiden verächtlich an. »Also hat Fürst Segestes absichtlich so lange gewartet? Hat er euch befohlen, den Torwächter zu töten, damit an diesem Tag Blut fließt? Glaubt er wirklich, ich lasse von seiner Tochter ab, weil er versucht, den Willen der Götter zu manipulieren? Dann kehrt zurück und sagt ihm, dass ich mich nicht übertölpeln lasse.«

Nun lächelte er, was die beiden Abgesandten der Eresburg stärker verunsicherte, als wenn er ihnen die Spitze seines Schwertes auf die Brust gesetzt hätte. »Merkt euch diese Worte, gebt sie Fürst Segestes genau wieder: Meine Liebe zu Thusnelda ist groß genug, um einem schlechten Omen zu trotzen. Wenn auch an diesem Tag Blut geflossen ist, wenn auch der Kreis gebrochen wurde – Fürst Segestes' Tochter ist mein!«

Hermut suchte Inajas Blick, als wollte er ihr sagen: Und du bist mein Weib, auch unsere Liebe wird das schlechte Omen überwinden.

Doch Inaja beachtete ihn nicht. Sie starrte auf Thusnelda, die hochaufgerichtet dastand und so aussah, als wollte sie mit ihrem Bräutigam in den Tod gehen, wenn es sein musste. Auch Inaja richtete sich hoch auf. So stolz wie eine Fürstin wollte sie aussehen. Mit ihrem Bräutigam in den Tod gehen wollte sie allerdings nicht.

Skandor und Wiborg brauchten eine Weile, um sich Arminius' Worte einzuprägen. Inaja wurde klar, dass er ins Schwarze getroffen hatte. Fürst Segestes hatte einen perfiden Plan geschmiedet. Nicht gewaltsam wollte er seine Tochter zurückholen, nein, er wollte Arminius zwingen, sie freiwillig herauszugeben. Damit, dass Arminius den Göttern trotzen würde, hatte er anscheinend nicht gerechnet.

Inaja starrte Skandor und Wiborg an. Wie würden sie auf Arminius' Worte reagieren? Was hatte Fürst Segestes den beiden befohlen, sollte ihnen die Herausgabe der Braut verweigert werden?

Arminius schien diese Frage nicht zu kümmern. »Sagt eurem Herrn, dass ich euch nur laufen lasse, damit ihr ihm meine Antwort übermitteln könnt. Für das Leben meines Torwächters wird er noch zahlen.« Er sah Wiborg zornig an. »Und du auch!«

Wiborg nahm das Schwert in die linke Hand und schüttelte das Blut von seiner rechten. »Was ist schon das Leben Eures Torwächters gegen das einer Fürstentochter?«

Nun nahm er seine Waffe wieder in die rechte Hand und

folgte dem Zeichen, das Skandor ihm gab. Die beiden machten sich daran, die Teutoburg zu verlassen – rückwärts, ohne den Blick von Arminius zu nehmen. Als Hermut seine Waffe erhob, wurde ihr Rückzug noch vorsichtiger. Wer Arminius kannte, der wusste auch etwas von Hermut, der seinem Freund immer zur Seite gestanden hatte, wenn er in Bedrängnis geraten war.

Arminius und Hermut machten zwar keine Anstalten, sie zurückzuhalten, aber Skandor und Wiborg schienen dem Frieden nicht zu trauen. Sie hielten ihre Waffen fest umklammert, während sie sich rückwärts schoben, als rechneten sie damit, jeden Augenblick angegriffen zu werden.

Inaja trat einen Schritt vor, stellte sich an die Seite ihrer Herrin und konnte nun sehen, was Arminius und Hermut augenscheinlich schon länger beobachteten und Thusnelda ebenfalls. Im Rücken der beiden Eindringlinge waren zwei junge Männer aufgetaucht. Der eine hielt ein langes Fleischermesser in der Hand. Es war Bodo, der Sohn des Torwächters, der auf der Teutoburg für das Schlachten der Tiere und die Verarbeitung des Fleisches zuständig war. Sein Bruder Irminar, ein Zimmermann, stand neben ihm und hatte seine Axt erhoben. Inaja sog scharf die Luft ein, woraufhin Thusnelda mit einer erschrockenen Handbewegung abwehrte. Unauffällig nickte Inaja ihr zu. Nein, kein Laut würde über ihre Lippen kommen. Sie hatte begriffen, warum Arminius sich so großzügig gab, und sie würde nichts tun, um Skandor und Wiborg zu warnen.

Die beiden schienen zu fühlen, dass die ganze Teutoburg den Atem anhielt. Vorsichtig blickten sie nach rechts und links, ohne den Kopf zu bewegen. Ihr Augenmerk ruhte weiterhin auf Arminius und Hermut. Sie spürten die Gefahr, aber sie ahnten nicht, dass sie nicht vor ihnen stand, sondern in ihrem Rücken lauerte. In kleinen Schritten bewegten sie sich rückwärts, angespannt, leicht gebeugt, die Waffen erhoben. Bodo und Irminar bewegten sich mit ihnen, ebenfalls rückwärts, ebenfalls in kleinen Schritten, aber so geräuschlos, dass Skandor und Wiborg nichts hörten. Derart angespannt hatten sie ihre Aufmerksamkeit auf

Arminius und Hermut gerichtet, dass sie die Nähe der beiden Brüder nicht spürten. Dann waren Segestes' Gefolgsmänner am Fuß des Weges angekommen, an einem dichten Gebüsch, hinter dem der Weg abknickte und direkt zum Tor der Teutoburg führte, neben dem der Wächter in seinem Blut lag. Dass niemand das Tor geschlossen hatte, mussten die beiden wissen, denn das Knarren und das Klirren und Schlagen der schweren Riegel war in der ganzen Teutoburg zu hören. Eins ihrer beiden Pferde wieherte, das Geräusch war ganz nah, Skandor und Wiborg wussten spätestens jetzt genau, dass ihre Pferde unmittelbar hinter dem geöffneten Tor standen. Skandor gab einen zischenden Laut von sich, den Wiborg sofort verstand. Beide fuhren nun herum, um so schnell wie möglich durch das Tor zu fliehen, hinaus aus der Teutoburg und mit einem gewaltigen Sprung aufs Pferd …

Doch sie blieben wie angewurzelt stehen. Derart überrascht waren sie, als Bodo mit dem Fleischermesser und Irminar mit der Axt vor ihnen standen, dass sie nicht schnell genug reagieren konnten. Wiborg gab nur noch einen röchelnden Laut von sich, als das Fleischermesser seinen Leib durchbohrte, Skandor schrie auf, als die Axt auf seinen Fuß niederfuhr und ihn aus dem Gelenk trennte.

Die eisige Stille, die seit dem Erscheinen der beiden über der Teutoburg gestanden hatte, löste sich erst auf, als die beiden ausgestreckt am Boden lagen. Einer nach dem anderen kam nun aus seinem Versteck hervor, aus dem Wohnhaus, aus dem Stall, hinter dem Heuschober, den Büschen, den Bäumen, dem großen Holzstapel. Thordis vergaß ihre Tochter, stürzte aus dem Haus und lief an den beiden Brautpaaren vorbei zu Bodo und Irminar, die bewegungslos dastanden und auf ihre Opfer herabblickten.

Inaja sah, dass Thordis sanft Bodos Arm berührte und leise etwas zu ihm sagte. Vermutlich bestätigte sie ihm, dass er richtig gehandelt hatte. Ein guter Sohn musste für den Tod seines Vaters Vergeltung üben.

Bodos Blick richtete sich prompt auf Arminius. »Danke, dass Ihr uns erlaubt habt, unseren Vater mit eigener Hand zu rächen!«

Als Skandor zu zucken und zu stöhnen begann, rief Arminius: »Bindet die beiden auf ihre Pferde und treibt sie davon. Die Gäule werden den Weg zur Eresburg schon finden.«

»Und was ist mit der Antwort, die du Fürst Segestes geben wolltest?«, fragte Hermut leise.

»Die Rückkehr der beiden wird ihm Antwort genug sein«, gab Arminius zurück.

In diesem Augenblick sah Inaja, dass Wiete aus dem Haus trat. Zum ersten Mal machte sie ein paar Schritte ohne die Hand ihrer Mutter. Nun stand sie im Eingang und starrte auf die beiden Männer, die am Boden lagen, auf das Blut, auf den abgetrennten Fuß. Seit sie sich in die Teutoburg geflüchtet hatte, war kein Laut über ihre Lippen gekommen. Nun aber schien sich das Entsetzen, das sie tief in sich eingeschlossen hatte, zu lösen. Wiete begann zu schreien. Sie schrie so gellend, dass die Bewohner der Teutoburg für Augenblicke wie erstarrt dastanden. Sie schrie und schrie, dass es schien, als hörten die Vögel auf zu singen. Sie schrie auch noch, als Thordis bei ihr war und sie in ihre Arme zog. Sie schrie und schrie und hörte erst auf, als die Priesterin die Hand über ihren Kopf hielt und die Götter beschwor, Wietes Seele gnädig zu sein. Als ihr Schreien verstummt war, sah Inaja, dass ihre bleichen Lippen etwas flüsterten. Und sie ahnte, dass Wiete nun nach dem Kind fragte …

13.

Das Jahr 9 n. Chr. war angebrochen. Der kleine Silvanus spielte mit seinem Cousin Gaius, der nur wenige Monate älter war als er, auf dem Rasen des Atriums. Ein großes Segel war über ihnen aufgespannt worden, das sie vor der Sonne schützte. Zwei neue Sklavinnen, Sosia und Drusilla, hatten die Aufgabe, sich rund um die Uhr um die Kinder zu kümmern. Sie sorgten dafür, dass die beiden nicht von ihrem Schaukelpferd herunterfielen oder sich beim Balgen mit dem kleinen Hund, der den großen Namen Cäsar erhalten hatte, verletzten. Und was beinahe noch wichtiger war: Sie sorgten dafür, dass die Mütter nicht durch den Hund oder den Lärm der Kinder gestört wurden.

Beide Jungen trugen kurze rote Tuniken und Ledersandalen, und jeder hatte eine Bulla um den Hals hängen. Sowohl Silvanus' als auch Gaius' Bulla war sehr kostbar, eine goldene herzförmige Kapsel, die ein Amulett enthielt, das böse Geister von den Kindern fernhalten sollte. Jeder Nachkomme eines freien Römers trug so eine Bulla, für die Kinder von reichen Römern wurde sie aus Gold gefertigt, für die armen reichte eine aus Leder. Die Jungen trugen sie bis zum Mannesalter, die Mädchen bis zur Verheiratung. Nur die Kinder der Sklaven mussten auf eine Bulla verzichten.

Severina und Agrippina saßen am Rande der Rasenfläche und tranken Eistee. Zwei etwa zwölfjährige Jungen standen hinter ihnen und fächelten ihnen mit einem Palmwedel Luft zu.

Severina blickte unzufrieden zur Tür, die ins Haus führte. »Habe ich Terentilla nicht schon vor einer halben Stunde gesagt, dass sie uns Honigplätzchen bringen soll?«

»Vor ein paar Augenblicken erst«, korrigierte Agrippina sanft.

Severina wollte zornig auffahren, wurde aber von den beiden Kindern abgelenkt. Gaius beugte sich tief über den Hals seines hölzernen Pferdes und rief: »Schnell! Schneller!« Er hatte mittlerweile den Spitznamen Caligula erhalten, was so viel hieß wie ›Soldatenstiefelchen‹. Germanicus war es gewesen, der seinen Sohn als erster so genannt hatte. Er war davon überzeugt, dass Caligula eine große Zukunft vor sich hatte. Ein Kämpfer, ein Eroberer, ein Sieger!

Unzufrieden betrachtete Severina ihren Sohn, der gemächlich auf seinem Schaukelpferd hin und her wackelte. An einem Wettkampf mit seinem Cousin schien er kein Interesse zu haben.

»Was soll aus ihm werden, wenn er nicht besser sein will als alle anderen?«, murrte sie.

Agrippina lachte leise auf. »Er ist noch ein Kleinkind. Was erwartest du?«

»Dass er ein Sieger wird! Ein Held!«

Agrippina schüttelte den Kopf. »Silvanus ist ein gutherziges Kind, darauf kannst du stolz sein.«

»Gutherzige Menschen sind Schwächlinge«, gab Severina gereizt zurück.

»Ich glaube nicht, dass aus Silvanus ein Schwächling wird. Es scheint, dass er ein guter Mensch wird. Was ist daran auszusetzen?«

Severina antwortete nicht. Mit sorgenvoller Miene beobachtete sie ihren Sohn. Agrippina hatte gut reden. Ihre Kinder waren allesamt Draufgänger, besonders der kleine Caligula. Um ihre späteren Erfolge musste man sich nicht sorgen. So war auch Germanicus als Kind gewesen und sie selbst ebenfalls, obwohl von ihr als Mädchen etwas anderes erwartet worden war. Sie fragte sich schon jetzt, welche Erziehung ihr Sohn brauchte, um zu einem richtigen Mann zu werden. Eine harte Schule würde wohl das Richtige für ihn sein.

»Mach dir keine Sorgen«, sagte Agrippina, die die Gedanken ihrer Schwägerin kannte. »Silvanus fehlt es ja nicht an Mut und Kraft. Er wird zu einem Mann werden, der fair und gerecht ist. Und das wird ihn umso mutiger und stärker machen.«

»Ist das wirklich deine Meinung?« Severina sah ihre Schwägerin zweifelnd an.

Die erwiderte den Blick nicht. »Da dir diese Eigenschaften so fremd sind, hat Silvanus sie vielleicht von seinem Vater geerbt?«

Obwohl sie beiläufig gesprochen hatte, wurde Severina prompt ärgerlich. »Willst du behaupten, ich sei nicht gerecht?«

Nun lachte Agrippina ganz offen. »Du bist schön, Severina! Da kommt es auf den Glanz deines Charakters nicht an.«

Severina stimmte in ihr Lachen ein. Endlich konnte sie ihren Sohn auch mit dem Stolz betrachten, mit dem Agrippina jedes ihrer Kinder ansah. Sogar ihre älteste Tochter, die nach Severinas Ansicht schwachsinnig war. Als der kleine Silvanus zu seiner Mutter kam und auf den Schoß genommen werden wollte, schickte sie ihn diesmal nicht zu Sosia zurück. Sie hob ihn hoch und drückte ihn an sich, ohne darauf zu achten, dass ihre helle Seidentunika sauber blieb. Heftig sog sie den Duft von Silvanus' Haaren ein und schloss die Augen, als sie seine weichen Ärmchen an ihrem Hals spürte.

Sie hatte nicht damit gerechnet, dieses Kind lieben zu können. Noch während der Geburt war sie sicher gewesen, es genauso hassen zu müssen wie seinen Vater und sich auch an ihm rächen zu wollen. Aber als man ihr dann das blonde, hellhäutige Kind in den Arm legte, war plötzlich alles ganz anders gewesen. Einen Tag vor der Niederkunft noch hatte sie gedacht: Wenn es wenigstens nicht blond ist! Aber dann hatte es keine Rolle mehr gespielt, dass Silvanus seinem Vater ähnlich war.

Als sie die Augen öffnete, sah sie, dass sie von Agrippina beobachtet wurde. Schnell setzte sie Silvanus auf die Erde zurück und schickte ihn mit einem sanften Klaps zurück zu Sosia.

Während Agrippina ihm mit den Blicken folgte, fragte sie leise: »Wird Silvanus jemals erfahren, wer sein Vater ist?«

Severina strich ihre Tunika glatt, ehe sie antwortete: »Ich habe seinen Namen selbst längst vergessen.«

Agrippina seufzte leise und schüttelte missbilligend den Kopf. Natürlich glaubte sie Severina kein Wort. Aber war sie nicht selber schuld? Wenn sie nicht angelogen werden wollte, dann musste sie endlich aufhören, Fragen zu stellen. Der Name von Silvanus' Vater würde Severina nicht über die Lippen kommen! Wollte Agrippina das nicht endlich einsehen? Natürlich glaubte sie ihn zu kennen, trotzdem hütete Severina sich davor, ihn auszusprechen. Schlimm genug, dass Flavus die ganze Wahrheit kannte. Er hatte die Nachricht, die sie damals Arminius geschickt hatte, nicht nur gelesen, er bewahrte sie sogar in seinem Haus auf. Anscheinend hatte sein Bruder sie ihm in die Hand gedrückt, als er Flavus mit der Botschaft nach Rom schickte, dass er weder an Severina noch an ihrem Kind interessiert sei.

Noch vor wenigen Tagen hatte er ihr erneut einen Heiratsantrag gemacht. »Überlegt es Euch, schöne Severina! Man redet bereits über Euch und Euren blonden Sohn! Wollt Ihr das Kind dem öffentlichen Spott aussetzen?«

»Was für ein Unsinn!«, hatte Severina ihn angefahren. »Silvanus ist der Urenkel des römischen Kaisers. Über den wird nicht öffentlich gespottet!«

Am liebsten hätte sie ihn mit Verachtung gestraft, wie sie es früher getan hatte, als er nichts als ein lästiger Verehrer gewesen war. Aber das war nun nicht mehr möglich. So wenig sie geneigt war, seinen Antrag anzunehmen, Flavus war ihre einzige Verbindung zu Arminius. Sie brauchte ihn für ihre Pläne. Außerdem war er der Einzige, der die Wahrheit kannte. Agrippina und Germanicus glaubten sie zu kennen, aber das war etwas anderes. Flavus hielt den Beweis in Händen, und deswegen musste sie vorsichtig sein. Außerdem würde er ihr für ihre Rache von Nutzen sein können. Bis es so weit war, war es klüger, seine Hoffnung nicht ganz zu zerstören. Nur solange er sie liebte, war sie einerseits vor ihm sicher und konnte andererseits auf seine Unterstützung bauen.

»Euer Bruder steht zwischen uns!« Diese Antwort bekam Flavus auf jeden Heiratsantrag. »Solange er lebt, kann ich Euch nicht heiraten …«

Von Mal zu Mal wurde sein Gesicht entschlossener, ganz, wie Severina es vorausgesehen hatte. Er verabschiedete sich mit einer tiefen Verbeugung und kündigte an, dass Severina viel Zeit zum Überlegen haben würde. »Ich werde morgen losreiten, um die Kastelle am Rhein zu kontrollieren. Von einigen sind merkwürdige Beobachtungen gemeldet worden. Und es sieht ganz so aus, als hätte mein Bruder damit zu tun.« Er zog sich zur Tür zurück. Severina ärgerte sich, dass es ihr nicht gelang, ihre Neugier zu verbergen. Sie merkte es, als Flavus sich mit einem siegessicheren Lächeln von ihr trennte. »Bald werdet Ihr froh sein, wenn niemand den Verdacht äußert, dass Arminius der Vater

Eures Sohnes ist. Dann nämlich könnte Silvanus in großer Gefahr sein. Und das wollt Ihr doch nicht, oder? Ihr habt die Wahl: Silvanus, der Sohn eines Römerfeindes, oder Silvanus, der Sohn eines geachteten römischen Offiziers germanischer Abstammung.« Er fuhr sich durch sein Haar. »Eines blonden Offiziers wohlgemerkt«, ergänzte er.

Damit ging er und ließ Severina in großer Unruhe zurück. Stimmte es, was Flavus sagte? Oder nannte er Arminius nur einen Römerfeind, damit sie sich gezwungen sah, ihren Sohn vor dem eigenen Vater zu schützen und seinen Onkel zu heiraten?

Terentilla kam aus dem Haus, eine Silberschale mit Honiggebäck in Händen. Sie sah bleich aus, ihr Blick schien sich nach innen zu richten, als müsste sie sich nicht auf den Weg konzentrieren, den sie zurückzulegen hatte, sondern auf die Kraft, die sie dafür aufzuwenden hatte. Sie machte ein paar unsichere Schritte auf den Rasen, dann fingen ihre Knie an zu zittern, ihre Arme sanken herab, die Silberschale fiel aus ihren Händen. Agrippina und Severina wurden erst auf sie aufmerksam, als sie zu Boden stürzte, auf den Rücken fiel und die Arme ausbreitete, als wollte sie sich endlich ausruhen.

»Jetzt reicht's!« sagte Severina. »Morgen hole ich Gaviana zurück. Terentilla macht wirklich nichts als Ärger.«

Der kleine Silvanus lief zu Terentilla, sank neben ihr auf die Knie und streichelte das Gesicht der Sklavin. Mit einer letzten Willensanstrengung öffnete sie die Augen und versuchte zu lächeln. Es gelang ihr nicht, aber der Blick, den sie Silvanus schenkte, war voller Dankbarkeit. Die Sklavin Terentilla bekam in ihrem letzten Augenblick etwas, was sie ihr Leben lang entbehrt hatte: ein wenig Mitleid und Zärtlichkeit.

In Germanien begann das Jahr 9 n. Chr. mit einem seltsamen Zeichen. Am ersten Tag des Jahres, kurz nach Mitternacht, gab es ein kurzes Gewitter. Drei Blitze zuckten über den Himmel, drei Donnerschläge folgten, und dann erschien Thors Hammer am Himmel. Thor, der mächtige Gott des Blitzes und des Donners, der Herr des gefürchteten Hammers Miölnir, den er gegen seine Feinde führte, er hatte ein Zeichen gegeben.

Die Priesterin Aelda, die den Hammer am Himmel gesehen hatte, war sich seiner Bedeutung sicher: »Ein schlechtes Vorzeichen für die Römer«, erklärte sie. »Thor wird seinen Hammer schleudern und damit die römischen Legionen vernichten.«

»Wir können es wagen«, sagte Arminius, bevor er am Abend zum Thing aufbrach. »Die Zeichen stehen gut.«

Immer zu Vollmond trafen sich die Stammesführer in ihrem heiligen Hain. Jeder kam mit einem Priester, sie alle bildeten dann einen großen Kreis auf dem Versammlungsplatz. Einer nach dem anderen rammte einen Haselnusspfahl in den Boden. Sie wurden mit Seilen verbunden, die aus den Schweifen von geweihten Rössern geflochten worden waren. In der Mitte der Versammlung stieß dann der höchste Cherusker, das war Arminius, einen Pfahl aus Eichenholz in den Boden. Der war dem Gott Tiwaz gewidmet, der die Rechtsprechung schützte. Erst wenn alle versammelt waren, wurde das Thing eröffnet, und jeder brachte vor, worüber beraten werden sollte.

Auf den Thing-Versammlungen wurde über Krieg und Frieden abgestimmt und vor allem Recht gesprochen. Wer eines schweren Vergehens für schuldig befunden wurde, musste mit einer harten Strafe rechnen. So konnte aus einem freien Mann ein unfreier werden, oder er musste mit seinem Hab und Gut für sein Vergehen bezahlen. Beim letzten Thing war über das Leben einer Frau beschlossen worden, die des Ehebruchs überführt worden war, und über das eines Mannes, der seinen Nachbarn heimtückisch ermordet hatte, um an dessen Besitz zu kommen. Beide Übeltäter waren zum Tode verurteilt worden und wurden am Tag darauf im Moor versenkt. Friedensbruch und Frevel gegen die Götter wurden ebenfalls ähnlich hart bestraft.

Oft wurden auf einem Thing aber auch Beschlüsse gefasst, die Thusnelda freuten, wenn Arminius ihr später davon erzählte. Unfreie beispielsweise, die sich in der Gemeinschaft bewährt hatten, wurden zu freien Germanen gemacht und damit in die Gesellschaft eingegliedert.

Erst seit Thusnelda verheiratet war, wusste sie etwas über die Thing-Versammlungen. Ihr Vater hatte nie ein Wort über das verloren, was dort geschah. Sie war immer voller Angst gewesen, wenn er zum Thing aufbrach, weil er stets schwer bewaffnet loszog. Heute wusste sie, dass zwar alle Stammesfürsten mit ihren Waffen kamen, dass aber bei einem Thing strenge Waffenruhe galt. Die Schwerter und Säbel hatten eine andere Bewandtnis: Fand ein Antrag, der vorgebracht worden war, die Zustimmung aller Versammelten, dann wurden die Waffen zusammengeschlagen, der Antrag galt damit als angenommen. Sämtliche Beschlüsse waren anschließend in die Tat umzusetzen.

Dass in letzter Zeit römische Richter das Recht in Anspruch nahmen, über germanische Sippen- und Stammesstreitigkeiten zu richten, war ein großes Ärgernis. Obwohl seit Menschengedenken sämtliche Urteile im heiligen Hain gefällt worden waren, sollten die Thing-Versammlungen überflüssig werden. Zum Glück war das den römischen Besatzern bisher nicht gelungen, jedenfalls nicht ganz. Mit Gewalt wollten sie anscheinend nicht gegen das Thing vorgehen, denn das Zerstören des heiligen Hains galt als schwerer Frevel. Es war die größte Beleidigung, die man einem Germanen zufügen konnte. Davor schreckten die Römer zurück. Trotzdem kam es immer häufiger vor, dass diejenigen, die sich im Recht glaubten, ihre Klagen vor einen römischen Richter brachten. Und das, obwohl die Prozesskosten gewaltig waren, denn viele bereicherten sich daran. Zu einem Viertel gingen sie nach Rom, das zweite Viertel floss in die Taschen der Richter, und die Hälfte der Kosten strich Varus ein. »Rechtsprechung ist einträglicher als Kriegsführung«, hatte er kürzlich auf einem seiner Feste getönt.

Trotzdem nahm die römische Rechtsprechung zu, denn die Strafen, die von den römischen Richtern verhängt wurden, waren drakonisch. Je größer der Hass eines Anklägers auf den Beklagten war, desto sicherer konnte man davon ausgehen, dass er den

Fall vors römische Gericht brachte und nicht auf einem Thing entscheiden ließ. Vorausgesetzt natürlich, er war wohlhabend. Handelte es sich um einen reichen Germanen, zahlte er gerne die Prozesskosten, wenn sein Gegner dafür ausgepeitscht oder gar gekreuzigt wurde.

Die Dämmerung war hereingebrochen. Als Thusnelda und Arminius auf dem höchsten Punkt der Teutoburg standen und sich bei den Händen hielten, war die Eresburg längst nicht mehr zu erkennen. In den ersten Monaten ihrer Ehe hatte Thusnelda häufig hier gestanden und zur Eresburg geblickt, hatte bei allem, was sich zwischen der Teutoburg und der Burg ihres Vaters bewegte, gehofft, er würde zu ihr kommen und ihr verzeihen. Mittlerweile ging sie jedoch nur noch hierher, wenn es so dunkel war, dass sie nichts mehr von ihrer Vergangenheit sehen konnte. Noch immer fiel es ihr schwer, aber sie wusste, sie hatte sich damit abzufinden, dass ihre Heimat in der väterlichen Burg verloren war.

Sie schmiegte sich an Arminius und war dankbar, als er sie fest in seine Arme schloss. Ja, sie hatte eine neue Heimat gefunden, in der sie glücklich war, bei dem Mann, den sie liebte! Sie musste die Eresburg und die Menschen, die dort lebten, vergessen.

Wie unversöhnlich ihr Vater war, hatte sich nicht nur an ihrem Hochzeitstag gezeigt, sondern auch ein paar Wochen später, als Arminius zum ersten Mal wieder aufbrach, um einem Thing beizuwohnen.

»Bitte ihn für mich«, hatte Thusnelda ihn angefleht. »Sag ihm, wie sehr ich mich nach seiner Vergebung sehne!«

Arminius war jedoch unverrichteter Dinge heimgekehrt. Er hatte seinem Schwiegervater die Hand gereicht, doch sie war ausgeschlagen worden.

»Meine Tochter ist für mich gestorben«, hatte Fürst Segestes gesagt. Dann hatte er wiederholt, was er Arminius vor den Toren der Teutoburg ins Gesicht geschleudert hatte: »Ihr werdet in mir einen lebenslangen Feind haben!«

Ein weiteres Thing fand statt und noch eines, aber Segestes änderte nichts an seiner Einstellung.

»Es gibt nur noch eine Möglichkeit, sein Herz zu erweichen«, sagte Thordis oft.

Mittlerweile erhob sich Thusnelda dann und verließ unter einem Vorwand das Haus. Ja, ein Enkelkind mochte ihren Vater vielleicht gnädig stimmen. Aber was sollte sie tun? Sie wurde einfach nicht schwanger. Und jeder in der Teutoburg wusste natürlich, warum. Das böse Omen! Sie hörte Thordis davon flüstern und Wiete auch. Unter den Mägden war davon die Rede, und wenn Besuch aus den benachbarten Burgen kam, ebenfalls. Diese Ehe war geschlossen worden ohne die Einwilligung des Vaters und ohne den Segen der Götter. Kein Wunder, dass die Verbindung nicht mit einem Kind gesegnet wurde!

Inzwischen war es so dunkel geworden, dass Thusnelda das Gesicht ihres Mannes nicht mehr erkennen konnte. Sie wusste dennoch, dass es sorgenvoll war.

»Heute findet ein ungebotenes Thing statt«, sagt er leise, und Thusnelda wusste, was er damit meinte. An jedem Vollmond kamen die Männer im heiligen Hain zusammen, ohne dass eine Einladung ausgesprochen wurde. Nur in Notfällen berief Arminius ein gebotenes Thing ein. Zu dem lud er dann nur diejenigen, die er an seiner Seite wusste, die ihm folgen würden, wenn er zum Schlag gegen Rom ausholte.

»Ingomar und Segestes werden also heute auch dabei sein«, fuhr Arminius fort. »Hoffentlich schaffen es alle anderen, die beiden über unsere Pläne im Unklaren zu lassen. Sie dürfen nicht merken, was wir vorhaben.«

»Sie würden dich sofort bei Varus verraten«, ergänzte Thusnelda. »Aber zum Glück nennt er dich seinen Freund. Varus schätzt dich sehr, das ist dein Schutz.«

Sie spürte, dass Arminius nickte. »Meinen Onkel und deinen Vater mag er dagegen nicht besonders gern.«

»Auch das schützt dich.«

Arminius stieß ein freudloses Lachen aus. »Zum Glück herrschen unter den Römern lockere Sitten. Varus kann über die Empörung deines Vaters nur lachen.«

Ja, das war wohl ein Glück. Trotzdem konnte sich Thusnelda daran nicht erfreuen. Wenn sie sich auch gegen ihren Vater entschieden hatte, sie liebte ihn ja immer noch, und sie hatte großes Mitleid mit ihm. Daran hatte sich auch nach dem letzten Blick, den er ihr zugeworfen hatte, nichts geändert. Dieser Hass in seinen Augen machte Thusnelda nach wie vor zu schaffen, sie litt unter ihm wie unter einer ungerechten Strafe. Doch andererseits wusste sie ja, wie schwer sie ihren Vater verletzt hatte und wie verzweifelt und traurig er sein musste. War es da ein Wunder, dass er den Hass in seine Verzweiflung goss, damit die Flamme hochloderte und die Liebe zu seiner Tochter verbrannte? Sie hatte dennoch keinen Zweifel daran, dass seine Liebe zu ihr das Feuer seines Zorns überlebt hatte. Sie zu hassen, das war nur ein Versuch gewesen, mit seiner Trauer fertig zu werden, daran glaubte Thusnelda fest. Und dass Segestes bei Varus eine Klage gegen Arminius angestrengt hatte, musste auch etwas damit zu tun haben, dass er seine Tochter noch immer verzweifelt liebte. Er konnte eben nicht einsehen, dass sie mit einem Mann glücklich sein wollte, den er nicht persönlich für sie ausgesucht hatte. Alle Väter waren so. Sie verlangten Gehorsam von ihren Kindern, und das war richtig, denn so funktionierte das Zusammenleben. Trotzdem beharrte Thusnelda auf ihrer Hoffnung, dass ihr Vater ihren Ungehorsam irgendwann verzeihen und ihn damit gleichzeitig zunichte machen würde.

Varus hatte tatsächlich abgewinkt, als Segestes seine Klage gegen Arminius vorbrachte. Der Cheruskerfürst habe seine Tochter entführt, dafür verlange er Vergeltung. Sogar gelacht hatte Varus. Angeblich sei Brautraub doch eine germanische Sitte, hatte er Segestes entgegengehalten. Er habe davon gehört, dass der Brautraub oft sogar zwischen den Familien abgesprochen würde, damit die Braut an Wert gewann. Varus konnte nicht verstehen, warum Segestes gegen die Ehe seiner Tochter mit Arminius war. Der oberste Cherusker, ein römischer Offizier und Ritter, ein Günstling des römischen Kaisers! Segestes sollte stolz sein, dass ein solcher Mann seine Tochter heiraten wollte. Auf seinen

Einwand, dass Thusnelda bereits verlobt gewesen sei, hatte er mit einer wegwerfenden Handbewegung geantwortet. In Rom verlobe man sich fünf- bis zehnmal, ehe man heirate, das habe nichts zu bedeuten. Im Gegenteil, er wolle befürworten, dass sich die römischen Gewohnheiten in Germanien breit machten. Sein Freund Arminius habe also nichts getan, was bestraft werden müsse.

»Gut, dass Hermut wieder da ist«, sagte Thusnelda, als sie zum Haus zurückgingen. »Du solltest ihn nicht mehr so lange wegschicken. Inaja ist schon wieder schwanger, sie braucht ihren Mann.«

Arminius zögerte. »Seine Mission ist noch nicht beendet«, sagte er dann. »Wir brauchen viele Krieger aus allen Stämmen, die Cherusker allein sind zu schwach. Du hast es doch bei den Brukterern gesehen. Sie konnten allein gegen die Römer nichts ausrichten. Du brauchst nur Wiete zu betrachten, dann weißt du, dass ein anderer Weg eingeschlagen werden muss. Ich benötige sie alle, die Brukterer, die Chatten, Marser und Angrivarier. Wenn Hermut überall Krieger anwirbt, werden wir ein stattliches Heer zusammenstellen können. Alle Stämme gemeinsam können den Widerstand gegen Rom wagen.«

»Gegen drei Legionen?«

»Die Krieger, die mit mir in Pannonien gekämpft haben, sind gut ausgebildete Männer. Sie wissen, wie die Römer kämpfen. Die anderen werden lernen, mit welcher Taktik die Römer vorgehen. Mit ihrer eigenen Kriegskunst werden wir sie schlagen.«

»Und wenn Varus merkt, was du vorhast?«

»Hast du nicht selber gesagt, dass er mich seinen Freund nennt?«

»Wer weiß, wie lange noch!«

Arminius blieb stehen, umfasste Thusneldas Gesicht und hauchte ihr einen Kuss auf die Stirn. »Ich werde nicht mehr lange warten. Die Stammesstreitigkeiten sind begraben, die Stämme haben sich zusammengeschlossen, ihre Anführer stehen alle hinter mir.«

»Bis auf Segestes und Ingomar.«

Thusnelda fühlte, dass Arminius nickte. »Wenn sie heute beim Thing keinen Verdacht schöpfen, bin ich guten Mutes.«

»Wann soll es geschehen?« Thusnelda flüsterte, als hätte sie Angst vor der lauten Frage, als könnte die Gefahr realer werden, wenn sie laut ausgesprochen wurde.

Arminius schwieg eine Weile. Seine Finger bewegten sich nervös auf ihrer Schulter, als ein Nachtfalter über sie hinwegflatterte, löste er sich von ihr. »Wenn Varus das Sommerlager verlässt, ist es so weit«, antwortete er. »Auf dem Weg ins Winterlager wird es passieren.«

Thusnelda drängte sich an seine Brust. »Ich habe Angst. Angst um dich!«

Arminius schob sie sanft von sich und griff in seine Taille, wo sein Kittel von einer kunstvollen Kordel zusammengehalten wurde. »Du beschützt mich in jeder Gefahr«, sagte er. »Dein Hochzeitsgeschenk ist immer bei mir, als wärst du selbst an meiner Seite und könntest jede Gefahr von mir abwenden.«

Thusnelda lächelte und griff an ihren Hals. »Auch mir kann nichts geschehen, solange ich deine Liebesrune trage.«

Sie war seine Morgengabe gewesen. Ein sorgfältig bearbeitetes Stück Metall, in das Arminius die Rune geritzt hatte, die auch sein Schwert trug. Das Schwert, das sein Vater ihm auf dem Totenbett in die Hand gegeben hatte, trug das gleiche heilige Zeichen, das den Kontakt mit den Göttern ermöglichte. Die Liebesrune an Thusneldas Hals bestand aus einem Rad mit sechs Speichen, dazwischen waren sechs Herzen eingeritzt. Ihr Lebensstern, so hatte Arminius diese Rune genannt. Und Thusnelda war fest davon überzeugt, dass sie mit dieser Rune am Hals vor allem Bösen geschützt war. Am Tag nach ihrer Hochzeit hatte Arminius ihr die Liebesrune, die an einem kräftigen Lederband befestigt war, um den Hals gelegt. Seitdem nahm Thusnelda sie nur ab, wenn sie von Inaja gewaschen wurde. Auch Arminius trug die Kordel, die Thusnelda ihm geflochten hatte, ständig. Starkes Rindsleder hatte sie dafür verwendet und die zwölf Lederbänder so fest miteinander verknüpft, dass sie während des Gebrauchs immer mehr zu einer Einheit wurden, die nie mehr zu trennen war. Und viel Symbolik hatte Thusnelda hineingeflochten: eine Bernsteinperle aus dem Schmuck ihrer Mutter, die Unheil abwenden sollte, Haare aus der Mähne von Arminius' bestem Pferd, winzige Kiesel von den Wegen der Teutoburg, zudem unzählige Zauberknoten, die die Dämonen der Krankheit und des Sterbens zurückhielten. Jeden Morgen, wenn Arminius sich ankleidete, band er als letztes die Kordel um seinen Kittel.

»Es wird nie wieder so gute Voraussetzungen geben.« Auch Arminius flüsterte nun. »Varus ist ohne Misstrauen. Er glaubt, die Cherusker seien so friedlich, weil ich sie im Griff habe. Auch, dass es in den anderen Stämmen zurzeit ruhig ist, hält er mir zugute. Er glaubt, die Stämme hören auf mich und haben sich in die römische Verwaltung gefügt, weil ich sie von den Vorteilen überzeugt habe. Varus ist begeistert. Er erzählt mir bei jeder Gelegenheit, wie gut es ist, dass ich nicht mehr in Rom, sondern in Germanien diene. Er ahnt nicht, dass ich diese Ruhe angeordnet habe, damit wir gemeinsam gegen Rom angehen können.«

Er griff nach ihrer Hand, langsam setzten sie ihren Weg fort. Thusnelda war überrascht, als er plötzlich fragte: »Glaubst du wirklich, dass Inaja sich nach Hermut gesehnt hat?«

»Natürlich«, gab Thusnelda erstaunt zurück. »Er war lange unterwegs, um für dich Krieger anzuwerben. Er ist sehr selten in die Teutoburg zurückgekehrt. Und wenn, dann immer nur kurz. Inaja braucht ihren Mann. Und der kleine Gerlef braucht seinen Vater.«

Als Arminius schwieg, wurde sie unruhig. »Stimmt was nicht mit den beiden?«

Arminius zuckte mit den Schultern. »Hermut ist unglücklich, das spüre ich. Ich kenne ihn genau. Er liebt Inaja über alles, aber … liebt sie ihn auch?«

»Natürlich liebt sie ihn«, gab Thusnelda heftig zurück. »Aber sie ist unglücklich wegen der vielen Fehlgeburten.«

Inajas erstes Kind war zum Glück gesund zur Welt gekommen. Danach aber hatte keine Schwangerschaft länger als drei, vier Monate gedauert. Auch hier meinten Thordis, Wiete und die Mägde den Grund zu wissen: das böse Omen! Die Götter zürnten, indem sie Thusnelda nicht schwanger werden ließen und Inajas Schwangerschaften alle vorzeitig beendeten.

Als sie auf die Tür des Hauses zugingen, trat Flavus aus dem Schatten des Heuschobers. »Gut, dass ich dich noch treffe«, sprach er Arminius an, »so kann ich mich von dir noch verabschieden.«

»Du musst zurück nach Rom?« Arminius reichte seinem Bruder die Hand. Einmal mehr konnte Thusnelda beobachten, wie kühl die beiden miteinander umgingen. »Einen Besuch bei Varus werde ich noch machen«, erklärte Flavus. »Ich soll Bericht über die Zustände in den rheinischen Kastellen erstatten.«

Arminius zuckte gleichmütig mit den Schultern. »Macht er sich Sorgen?«

»Du solltest dir Sorgen machen, Bruder«, entgegnete Flavus und betonte das erste Wort so heftig, dass Thusnelda zusammenzuckte. Dann schwieg er und blickte sie auffordernd an.

Arminius verstand den Blick seines Bruders eher als Thusnelda und griff nach ihrer Hand. »Sie ist meine Frau, ich habe keine Geheimnisse vor ihr.«

Flavus schüttelte den Kopf. »Frauen verstehen nichts von den großen Problemen, sie sind für die kleinen zuständig.«

»Was du mir nicht in Thusneldas Gegenwart sagen kannst, interessiert mich nicht.«

Flavus verbeugte sich mit einem spöttischen Lächeln vor Thusnelda, seine Miene veränderte sich, als er Arminius wieder anblickte. Jeder Spott war daraus verschwunden, eiskalt war sein Blick. »Dann darf ich mich verabschieden. Wenn du vom Thing zurückkehrst, werde ich vermutlich schon aufgebrochen sein. Varus erwartet mich am Morgen. Ich freue mich auf ein üppiges Frühstück.«

Er wandte sich um und ging ins Haus. Thusnelda bemerkte,

dass sich in der Nähe des Schobers etwas bewegte. Ein scharrendes Geräusch, ein Schatten, dann wieder Stille! Ein Tier? Oder jemand, der sie belauscht hatte? Sie wäre dem Geräusch gern nachgegangen, aber die Frage, die sie Arminius stellen musste, hielt sie zurück. »War es richtig, wie du reagiert hast? Wäre es nicht besser gewesen, du hättest dir Flavus' Antwort angehört?«

Arminius schüttelte ärgerlich den Kopf. »Was hätte er mir schon sagen können? In den römischen Kastellen kann nichts geschehen, was für mich von Bedeutung ist.«

Im Schein des Feuers, das aus der geöffneten Tür herausschimmerte, sah Thusnelda, dass sein Gesicht sich in Sorge verzogen hatte und er die Augen zusammenkniff, als wollte er etwas erkennen, was in der Dunkelheit nicht auszumachen war.

Der reiche Pollio war ein großer, fetter Mann, der stolz auf seine Leibesfülle war, zeigte sie doch, dass er in der Lage war, viel Geld für gutes Essen auszugeben. Pollio stellte gern seinen Reichtum zur Schau, so trug er über seiner Tunika stets eine kostbare Toga, die mit Gold- oder Silberfäden bestickt war. Er wohnte mit seiner Familie in einem zweistöckigen Haus in der Nähe des Amphitheaters. Da Pollio ein geschäftstüchtiger Mann war, hatte er seinen eigenen Räumen viele weitere angefügt, die er als Läden oder Wohnräume vermietete. Sie alle waren zur Straße hin angebaut, überragten die Gehwege sogar und wurden von schweren Pfählen abgestützt, die in den Rinnstein gerammt worden waren, durch die die Abwässer sickerten. Die Fußgänger waren mit den überbauten Gehwegen sehr zufrieden, denn alles, was Räder hatte, fuhr sehr schnell, so dass der Schlamm aufspritzte. Hinter den Säulen konnte man sich in Sicherheit bringen, wenn man sauber an seinem Ziel ankommen wollte.

Als Severina die Vorhänge beiseiteschob, die ihre Sänfte verschlossen hatten, bereute sie, dass sie selbst hergekommen war. Hätte sie geahnt, dass der reiche Pollio in einer so hässlichen Gegend wohnte, wäre sie niemals auf die Idee gekommen, ihm einen Besuch abzustatten. Bisher hatte sie nur seine große Villa in der Nähe von Ostia, direkt am Strand des thyrrenischen Meeres, kennengelernt, die von einem riesigen Garten umgeben und komfortabel eingerichtet war. Etwas Ähnliches hatte sie erwartet, als sie den Sänftenträgern befahl, sie ins Stadthaus des reichen Pollio zu bringen, der mit Bordellen und Theatergruppen zu einem Vermögen gekommen war.

Die Straße, in der er wohnte, war so eng, dass die Balkone der gegenüberliegenden Häuser beinahe aneinanderstießen. Pollios Nachbarn hatten ihre Häuser, vermutlich aus Profitgier, sehr hoch gebaut, um möglichst viele Leute darin unterbringen zu können, von denen sie Miete bekamen. Severina wurde angst und bange, als sie das sah. Kannte hier denn niemand die Gesetze, die eine Beschränkung der Gebäudehöhen vorsahen?

Sie wollte gerade aus der Sänfte aussteigen, als ihr ein Lastkarren entgegenkam, der von zwei starken Ochsen gezogen wurde. Schnell zog sie sich wieder zurück und wartete, bis er vorübergerumpelt war. Währenddessen dachte sie nach. War es besser, umzukehren und einen Sklaven zu Pollio zu schicken? Aber es gab keinen in ihrem Haushalt, dem sie genügend vertraute, um diese delikate Angelegenheit zum Abschluss zu bringen. Bisher hatte sie sich keine Gedanken darüber gemacht, wie es Gaviana in diesem Bordell ergehen mochte, aber seit sie beschlossen hatte, sie zurückzuholen, wollte sie nicht, dass jemand davon erfuhr. Die schöne Severina machte eine ehemalige Prostituierte zu ihrer Hauptsklavin? Nein, das durfte sich nicht herumsprechen. Noch schlimmer wäre es, wenn Agrippina zu Ohren käme, was sie getan hatte. Eine Sklavin an ein Bordell zu verkaufen war das Schlimmste, was man ihr antun konnte. Agrippina hatte sogar einmal behauptet, es wäre noch schlimmer, als eine Sklavin in der Arena des Amphitheaters gegen ein wildes Tier kämpfen zu lassen. »Das Leiden ist wenigstens kurz«, hatte sie gesagt, »während in einem Bordell der Körper einer Frau Tag für Tag ein bisschen stirbt. Eine perfide Strafe!«

Dass Severina zu einer solchen Grausamkeit fähig gewesen war, würde Agrippina ihr nicht verzeihen. Und obwohl Severina sich immer wieder sagte, dass ihr die Meinung ihrer Schwägerin gleichgültig sein konnte, musste sie doch irgendwann bekennen, dass sie sich etwas vormachte. Nein, sie wollte nicht von Agrippina grausam genannt werden. Erst recht wollte sie ihr nicht gestehen, warum sie Gaviana derart grausam bestraft hatte.

Da Severina nie in ihrem Leben unter einem schlechten Gewissen gelitten und auch nie so etwas wie Scham verspürt hatte, wurde sie sich über den Ursprung des unguten Gefühls, das sie bedrängte, nicht klar. Sie wusste nur, es quälte sie, seit Gaviana das Haus verlassen hatte. Seitdem versuchte sie, Terentilla dafür büßen zu lassen, aber das ungute Gefühl war dennoch nie von ihr abgefallen. Jetzt hatte sie geschafft, daraus Taktik und Spitzfindigkeit zu machen. Das waren Instinkte, mit denen sie sehr gut umgehen konnte. Aus dem unguten Gefühl war Schlauheit geworden! Sie holte sich Gaviana zurück, sie sicherte sich damit ihre Dankbarkeit, sie konnte sich in der Erkenntnis sonnen, eine Sklavin gut zu behandeln, wie das für Agrippina selbstverständlich war, und sie konnte sich damit die Loyalität ihrer Schwägerin sichern. Sie brauchte Menschen, die es nicht nur gut mir ihr, sondern vor allem mit Silvanus meinten. Auch Germanicus würde, wenn seine Frau es von ihm verlangte, nichts tun, was Severina und ihrem Sohn schaden könnte. Severina lächelte in sich hinein. Aus dem unguten Gefühl war nun sogar die Erkenntnis geworden, dass sie ein guter Mensch war. Ein unglaubliches Gefühl!

Entschlossen stieg sie aus ihrer Sänfte und ging auf den Hauseingang zu. Der Sklave, der sie begleitete, sprang erschrocken zur Seite, als in einem der oberen Stockwerke des Nachbarhauses ein Kübel mit Abfall auf die Straße entleert wurde. Severina schüttelte sich. Wie konnte der reiche Pollio nur in diesem Dreck leben? Wenn seine fette, selbstgefällige Gemahlin ihr das nächste Mal begegnete, würde sie aus ihrer Verachtung keinen Hehl machen!

Kaum hatte sie das Haus betreten, war sie geneigt, ihre Meinung zu überdenken. Das Innenleben des Hauses unterschied sich gründlich von seinem Äußeren und der Umgebung. Pollio führte Severina in einen großen Raum, dessen Wände von herrlichen Mosaiken bedeckt waren. An der Wand gegenüber der Tür hatten die Mosaikkünstler eine besondere Leistung vollbracht: Die Sonne ging im Meer unter; im Vordergrund, am Strand, waren Zypressen und Palmen zu erkennen.

»Das ist der Blick aus meiner Strandvilla in Ostia«, erklärte Pollio stolz.

Mitten im Raum stand ein großer Tisch mit einer polierten Marmorplatte, auf dem Früchte, Käse, Pasteten und Wein angerichtet waren. Die Polster der Liegesofas waren mit hellgelben seidenen Decken überzogen, auch die Stützkissen schimmerten seidig. Auf dem Bodenmosaik lagen makedonische Teppiche, schwarz polierte Stühle mit geschwungenen Armlehnen standen an den Wänden. Kunstvoll verarbeitete Öllämpchen aus Silber hingen darüber.

»Welche Ehre!«, rief Pollio immer wieder und klatschte in die Hände, damit die Sklaven kamen, um Severina zu bewirten. Da konnte sie noch so sehr abwehren, Pollio ließ sie erst auf den Grund ihres Besuchs zu sprechen kommen, als sie von den Früchten, dem Käse und den Pasteten probiert und ein Glas verdünnten Wein getrunken hatte.

»Gaviana?« Er runzelte nachdenklich die Stirn. »Ja, ich erinnere mich, dass Ihr mir eine Sklavin verkauft habt. Aber ehrlich gesagt … ich habe keine Ahnung, welche von meinen Huren früher einmal Gaviana hieß. Sie bekommen alle neue Namen, wenn sie für mich arbeiten.«

Severina versuchte Gaviana zu beschreiben, aber Pollio winkte bald ab. »Jung und hübsch sind sie alle. Große Brüste und dicke Hinterteile haben auch die meisten, sonst kaufe ich sie nicht.« Er dachte noch einmal nach. »Wenn Ihr sie zurückhaben wollt, geht Ihr am besten und sucht Euch die Richtige aus. Selbstverständlich verlange ich nicht mehr von Euch, als ich Euch gezahlt habe.«

Severina starrte ihn ungläubig an. »Ich soll in das Bordell gehen?«

»Ich werde Euch selbstverständlich begleiten.« Pollio warf sich in die Brust. »Aber seid ohne Sorge! Um diese Zeit finden sich nicht viele Männer dort ein. Die meisten kommen erst am Nachmittag, und durchgehend besetzt sind die Huren erst am Abend und in der Nacht.«

Er betrachtete Severina, während sie darüber nachdachte, ob sie Gaviana unter diesen Umständen überhaupt zurückhaben wollte.

»Die Sklavin, die auf Gaviana folgte, ist tot«, erklärte sie zögernd. »Ich lasse mich nur von Sklavinnen bedienen, an die ich gewöhnt bin.« Dann erhob sie sich entschlossen. »Also gut! Wo liegt das Bordell? In welchem Stadtteil?«

»Natürlich habe ich mehrere Einrichtungen dieser Art, ein gutes Dutzend, über die ganze Stadt verteilt. Eins befindet sich in diesem Haus, im Untergeschoss und im hinteren Teil des Erdgeschosses! Ich erinnere mich genau, dass ich Eure Sklavin dort untergebracht habe.« Pollio ließ sich von einem Sklaven einen großen Schlüssel bringen. »Keine Sorge, Ihr müsst das Untergeschoss nicht durch den Eingang betreten, den auch die Männer benutzen. Wir nehmen einen anderen Weg. Niemand wird Euch sehen.«

Severina war nicht wohl, als sie Pollio durch Gänge folgte, die immer finsterer und kälter wurden. Aber nun war sie so weit gegangen, dass sie nicht unverrichteter Dinge zurückkehren wollte.

Schließlich stand sie neben Pollio vor einer schweren eisernen Tür, vor der es ein schwarz-weißes Mosaik gab. Es zeigte einen großen Hund, der seine Zähne fletschte. »Cave canem« stand unter seinem Bild, »Vorsicht, Hund!«

»Keine Sorge«, beruhigte Pollio sie ein weiteres Mal. »Der Hund ist angebunden. Er wird nur von der Leine gelassen, wenn einer fliehen will, ohne zu bezahlen.«

Das Bordell war offensichtlich für wenig zahlungskräftige Besucher gedacht. Severina hatte schon von Luxus-Bordellen gehört, die in Palästen eingerichtet worden waren, in diesem jedoch gab es keine Spur von Luxus. Severina betrat hinter Pollio einen düsteren Gang, an dessen Ende ein riesiger Hund angekettet war. Er richtete sich auf und knurrte böse, riss an seinen Ketten und ließ sich auch von Pollios besänftigenden Worten nicht beruhigen. Über seinem Platz hing ein in Stein gemeißelter Phallus, und darüber war die Inschrift eingeritzt: »Habitat felicitas!«

»Hier wohnt das Glück?« Severina schüttelte sich. Was waren das für Kerle, die hier ihr Glück suchten?

Eine Kammer reihte sich an die nächste, jeder Eingang war nur mit einem Vorhang verschlossen. Karge, von Kerzenrauch verrußte Verschläge, in denen nur Platz für eine gemauerte Liege war, darauf eine flache Matratze. Über jedem Eingang war der Name der Hure eingeritzt und auch ihr Preis.

Die erste Kammer war leer, die Matratze allerdings zeigte, dass sie noch vor kurzem benutzt worden war. In der zweiten hockte ein Mädchen am Boden und starrte die Wand an, in der dritten lag eine dicke Frau auf einem schmutzigen Laken und schlief. In der vierten Kammer verabschiedete sich gerade ein Mann, als Pollio den Vorhang zur Seite nahm. Der Mann erschrak, als er auf den Gang hinaustrat und Severina sah. Verlegen verbarg er sein Gesicht und verschwand eilig. Severina hatte den Juwelier aber trotzdem erkannt, der häufig zu ihr kam und ihr seinen Schmuck anbot.

Über der Tür stand der Name Myrtis und daneben ihr Preis: drei Sesterzen. Pollio wollte den Vorhang wieder zufallen lassen, aber Severina hinderte ihn mit einer schnellen Bewegung. Sie machte einen Schritt vor, über die Schwelle der armseligen Kammer trat sie jedoch nicht. Sie wäre direkt in die weit aufgerissenen Augen der Hure Myrtis gelaufen, und das schaffte selbst eine Frau wie Severina nicht.

»Wohnt sie auch hier?«, fragte sie leise.

Pollio warf ihr einen spöttischen Blick zu. »Was glaubt Ihr? Dass ich in meinem Wohnhaus ein kuscheliges Zimmer für sie habe, in dem sie ihre Mahlzeiten einnehmen und sich ausruhen kann?«

Am Ende des Ganges, dort, wo der Hund angekettet war, öffnete sich ein Verschlag, und eine Frau … nein, ein Mädchen erschien. Sehr jung, höchstens zwölf Jahre alt, zart, durchscheinend, geradezu mager. In der Hand trug sie einen Nachttopf, den sie anscheinend gerade geleert hatte. Er stank abscheulich. Sie blickte nicht auf, als sie in ihre Kammer zurückging.

Pollio warf ihr einen verächtlichen Blick nach. »Die werde ich morgen wieder auf den Sklavenmarkt schicken und verkaufen. Es gibt nicht so viele Männer, die gern mit Kindern schlafen, wie ich dachte.«

Severina hörte nicht, was er sagte. Sie nahm den Blick nicht von Gavianas Gesicht, denn sie wartete darauf, dass sich dort endlich ein Erkennen zeigte, ein wenig Freude und die Dankbarkeit, die Severina erwartete. Doch in Gavianas Miene regte sich nichts. Sie starrte Severina an, als hätte sie die schöne Römerin noch nie in ihrem Leben gesehen.

»Die meisten wollen eben doch Frauen haben«, plauderte Pollio weiter, »an denen was dran ist. Die beiden Knaben, die ich im Angebot habe, werden auch nur selten besucht. Einen blonden müsste ich haben, mit heller Haut, der würde Gewinne bringen.« Er rieb Daumen und Zeigefinger vor Severinas Augen und grinste boshaft. »Am besten nicht älter als sechs Jahre …«

Weiter kam er nicht. Severina holte aus und schlug ihm mit der flachen Hand das Lächeln aus dem Gesicht.

Der Hund begann prompt zu bellen und riss an seinen Ketten. Pollio griff ungläubig an seine Wange, als wollte er kontrollieren, ob Severina ihn tatsächlich geschlagen hatte. Nebenan erwachte die dicke Frau aus dem Schlaf und rief nach einem gewissen Sabinus. Schon wurde die Tür aufgerissen, durch die Severina das Bordell betreten hatte. Ein riesiger Kerl stand im Gang, der nichts als ein knappes Lendentuch trug. Er schwang eine Peitsche in der Hand, die aus mehreren Lederriemen bestand, an deren Enden Metallkugeln klickten. »Was ist hier los?«

Pollio winkte erschrocken ab. »Nichts! Ein Versehen! Es ist alles in Ordnung.«

In Gavianas Gestalt war endlich Leben gekommen. Nun saß sie aufrecht da, die Lethargie fiel von ihr ab, die Hilflosigkeit sank von ihren Schultern, das Leben kehrte in ihre Augen zurück.

»Ihr sorgt dafür, dass sie sich waschen kann«, sagte Severina mit schneidender Stimme, »und gebt ihr eine saubere Tunika. In zwei Stunden lasse ich sie abholen, und zwar aus Eurem Wohnhaus. Verstanden? Mein Sklavenaufseher, den ich schicke, wird Euch bezahlen.«

Severina drehte sich um und ging. Sie verzichtete darauf, Gaviana noch einmal anzusehen, weil sie sich nicht darüber ärgern wollte, dass keine Dankbarkeit im Gesicht der Sklavin zu erkennen war. Der Kerl, der noch immer mit erhobener Peitsche dastand, ließ sie nun sinken, öffnete die Tür und trat respektvoll zur Seite, als Severina an ihm vorbeiging.

Pollio eilte ihr nach, aber Severina drehte sich nicht zu ihm um. Hocherhobenen Hauptes durchschritt sie die Gänge und hatte zum Glück keine Schwierigkeiten, den richtigen Ausgang zu finden. Auf das Gestammel in ihrem Rücken hörte sie nicht, Pollios Beteuerungen beachtete sie nicht, sie ging so schnell, dass er keine Möglichkeit hatte, sich an ihre Seite zu drücken.

Eine Viertelstunde später saß sie wieder in ihrer Sänfte. Das Herz schlug ihr bis zum Halse. Vor Wut, vor Ekel und Entsetzen, aber auch vor Angst. Wenn ein Kerl wie Pollio sich erdreistete, eine Anspielung auf ihren blonden Sohn zu machen, dann wurde es Zeit, etwas zu ändern. Sie war die Enkelin des Kaisers, und Silvanus war sein Urenkel. Ein blonder Urenkel! Nicht noch einmal sollte es jemand wagen, an diesem Umstand irgendetwas bemerkenswert zu finden.

14.

Inaja hockte im Gras, drängte den Unterkörper so tief wie möglich in das Kühle, Feuchte und konzentrierte sich auf eine regelmäßige Atmung. »Alles wird gut«, flüsterte sie. »Wenn ich es aushalte, wird alles gut.«

Es tat wohl, seiner Stimme zu lauschen, diesem flachen,

gleichmütigen Klang, den sie nur zu hören bekam, wenn er mit anderen sprach. Es machte sie glücklich, dass sie selbst die Einzige war, die wusste, wie es klang, wenn seine Leidenschaft sprach: fordernd und rücksichtslos. Seine Liebe war wie der Traum von Rom. Beides konnte nur wahr werden, wenn man dafür bezahlte.

Sie blieb, wo sie war, bis Arminius zum Thing aufgebrochen war. Vorsichtig tastete sie unter ihren Rock, zog die Hand aber schnell wieder zurück. Atmen, ganz ruhig atmen und nur an das Glück denken, nicht an den Schmerz.

Sie hörte, dass Flavus zum Pferdestall ging und dort Anweisungen für seinen Aufbruch gab. Plötzlich mischte sich eine helle Kinderstimme ein. Gerlef! Warum schlief er nicht? Sie hatte ihn doch längst ins Stroh gelegt zu den Kindern der anderen Mägde! Wahrscheinlich war er aufgewacht, hatte nach seiner Mutter gesucht und sie nicht gefunden. Hoffentlich war Hermut nicht darauf aufmerksam geworden!

Sie kroch auf allen vieren bis zu einer Stelle, wo sie die Fackel sehen konnte, die den Eingang zum Stall beleuchtete. Flavus stand breitbeinig vor seinem Pferd und tätschelte ihm die Blesse, Gerlef blickte zu ihm auf. Wie vertrauensvoll der Kleine war! Wie sicher er sich fühlte in Flavus' Gegenwart! Aber dann hob Flavus die Hand. Inaja keuchte erschrocken, versuchte sich aufzurichten, zu ihm zu laufen, ihm zu zeigen, dass sie da war, aber da sah sie, dass Flavus ihrem Sohn über den Kopf strich. Sanft, beinahe zärtlich. Ein Anblick, der so schön war, dass er wehtat und damit noch schöner wurde. Inaja richtete sich auf, stark und selbstbewusst. Das Glück war es, was ihr Kraft gab. Ja, das Glück. Sie war die Geliebte eines Fürsten, der freundlich zu ihrem Sohn war! Was für ein Glück!

Die ersten Schritte taten noch weh, aber dann ging sie aufrecht und ohne zu zögern zur Tür des Pferdestalls. Flavus beachtete sie nicht, als sie Gerlefs Hand nahm. »Komm mit, du musst schlafen.«

Ihr Blick fiel auf eine schwere Deichsel, die sich in den Weg gelegt hatte. Wie leicht konnte man darüber stolpern und sich verletzen, wenn man unglücklich fiel! Daran musste sie denken, wenn sie sich später zu Hermut legte.

Der Kleine folgte ihr ohne Widerspruch. Als Inaja einen Blick zurückwarf, stellte sie fest, dass Flavus ihr nachsah, ihr und ihrem Sohn. Er ein Fürstensohn und sie eine niedrige Magd.

Sie legte das Kind wieder ins Stroh, direkt neben das Gatter, hinter dem die Kühe wiederkäuten. Das sanfte Geräusch würde ihn müde machen.

Der krampfartige Schmerz setzte in dem Moment ein, in dem sie über die Schwelle des Hauses trat. Am liebsten hätte sie wieder kehrtgemacht und sich in eine stille Ecke verkrochen, bis alles vorüber war. Aber Thusnelda hatte sie bemerkt und winkte sie freundlich an ihre Seite. Zögernd ließ Inaja sich neben ihr nieder. An diesem Abend hätte sie sich lieber auf einen Schemel an die Wand gesetzt, wo die anderen Mägde hockten. An anderen Tagen war sie stolz darauf, dass sie neben Thusnelda, Thordis und Wiete am Feuer sitzen durfte, aber heute …

Sie presste die Hände auf den Unterleib und ließ sich vorsichtig auf die steinerne Bank sinken. Thusnelda warf ihr einen besorgten Blick zu. »Du siehst blass aus. Macht dir die Schwangerschaft zu schaffen?«

»Übelkeit und Bauchschmerzen«, antwortete Inaja leise. »Nichts Besonderes.«

»Bauchschmerzen?« Thordis blickte auf und sah Inaja streng an. »Es wird doch nicht wieder eine Fehlgeburt geben?«

Thusnelda legte schützend den Arm um Inaja. »Macht ihr keine Angst, Mutter.«

Thordis warf ihrer Schwiegertochter einen kühlen Blick zu. Schon bald nach der Hochzeit hatte sich ihr Blick abgekühlt und war Monat für Monat kälter geworden. »Nicht ich mache ihr Angst. Die Angst hat ihr die Göttin geschickt.« Sie nickte Thusnelda zu. »Und dir auch.«

Thusnelda schluckte, nahm den Arm von Inajas Schulter, und Wiete ergänzte überflüssigerweise: »Das böse Omen!«

Thordis nickte. »Ich hätte diese Heirat verhindern müssen.«
Thusnelda blickte auf ihre Hände und antwortete nicht.

Inaja vergaß für einen Moment ihre Schmerzen. Wie gern hätte sie ihre Herrin jetzt verteidigt! Sie wusste ja, wie sehr Thusnelda selbst unter ihrer Kinderlosigkeit litt. Und wie sehr es ihr zu schaffen machte, dass sie die Anerkennung ihrer Schwiegermutter verloren hatte. Das böse Omen schlich sich von Herz zu Herz und erzeugte Misstrauen, Angst und Verachtung.

In diesem Moment trat Hermut vom Stall in den Wohnraum. »Das wäre erledigt!«, sagte er zufrieden, klopfte sich die Hände an seinem Kittel ab und lächelte Inaja an. »Ich habe das Wespennest ausgehoben. Diese Plagegeister werden dich nicht noch einmal so zurichten.« Er sah in Thordis' erstauntes Gesicht und ergänzte: »Inaja ist von den Wespen angegriffen worden, und jetzt sind die Wunden alle entzündet. Ihre Brust sieht erbarmungswürdig aus.«

Inaja befürchtete, er würde sie auffordern, ihre Bluse zu öffnen, um den anderen Frauen ihre Verletzungen zu zeigen. Aber bevor Hermut etwas sagen konnte, schnitt der Schmerz mit einer solchen Wucht in ihren Leib, dass sie leise aufschrie. Verzweifelt krümmte sie sich und umschlang mit beiden Armen ihren Leib. Ganz fest! So fest wie möglich! Wimmernd versuchte sie zu halten, was sich aus ihrem Körper lösen wollte. Sie krümmte sich tiefer, presste die Schenkel zusammen, beugte sich so weit wie möglich über ihren Schoß.

Hermut war der Erste, der begriff, was geschah. »Nein! Nicht schon wieder!«, schrie er. Mit zwei, drei Schritten war er bei Inaja und ließ sich neben ihr auf die Knie fallen. Verzweifelt griff er nach ihren Händen. »Inaja! Geliebte!«

Aber sie schüttelte ihn mit einer müden Bewegung ab. Sie war seine Frau, nicht seine Geliebte. Als er versuchte, ihren Oberkörper aufzurichten, stieß sie ihn sogar mit dem Fuß weg. »Lass mich!«

Thordis erhob sich und schob Hermut zur Seite. »Das ist Frauensache!« Sie griff unter Inajas Achseln und half ihr beim Aufstehen. »Wir gehen in den Stall. Das Stroh ist warm.«

Inaja wollte sich gegen ihre Hilfe auflehnen, aber für einen wirklichen Widerstand war sie zu schwach. Die Kraft verließ sie mit dem Blut, das aus ihr herausfloss. So musste sie zulassen, dass Thordis und Wiete sie in ihre Mitte nahmen und sie wegführten.

Das Stroh, auf das sie gelegt wurde, war im Nu blutdurchtränkt. Inaja schloss die Beine fest und versuchte erneut, Thordis mit beiden Händen abzuwehren, doch die sorgte mit einem kurzen Blick zu Wiete dafür, dass ihre Tochter Inajas Arme festhielt. »Das hilft nichts!«, sagte sie grob. »Wir müssen sehen, ob alles aus deinem Körper herausgeblutet ist. Wenn was drin bleibt, gibt es schlimme Entzündungen.«

Inaja merkte, dass sie unterlegen war. Gegen Thordis und Wiete kam sie nicht an. Also fügte sie sich notgedrungen, streckte sich aus und ließ zu, dass Thordis ihre Beine spreizte. Noch bevor Wiete eine Fackel geholt hatte, um für Licht zu sorgen, sagte Inaja: »Ich bin gestolpert und in eine Deichsel gefallen, die im Wege lag. Anscheinend habe ich mich stark verletzt. Es tat sehr weh, und danach … danach kam das Blut.«

Sie hielt die Augen geschlossen, um Thordis' und Wietes Gesichter nicht sehen zu müssen. Schlimm genug, dass sie hören musste, wie Thordis leise aufschrie und Wiete erschrocken die Luft einsog.

»Wie konnte das nur passieren?«, rief Thordis. »Eine Deichsel? Da ist eine Fehlgeburt kein Wunder! Bei Freya, es sieht wirklich so aus, als wollte die Göttin dir kein weiteres Kind zubilligen!«

Inaja presste Lippen und Augen fest zusammen, als Wiete auch diesmal ergänzte: »Das böse Omen!«

Es war eine klare Nacht, eine Nacht voller Geräusche, eine Nacht, in der die Welt zu vibrieren schien, in der der Schlaf nicht willkommen war, in der er so leicht war wie die Nacht selbst. Thusnelda lag wach auf ihrem weichen Fell, den linken Arm ausgestreckt und die flache Hand dort, wo sie sonst Arminius' schlafenden Körper fand. Sie hatte Angst. Die Nacht war bald vorbei, aber Arminius war noch nicht zurückgekehrt. Was, wenn es auf dem Thing zu einer Auseinandersetzung gekommen war? Wenn einer der Stammesfürsten, die Arminius an seiner Seite glaubte, wortbrüchig geworden war? Wenn Ingomar und Segestes wussten, was Arminius plante? Dann wurde er jetzt vielleicht zu Varus geschleppt, wo ihn ein schreckliches Urteil erwartete.

Sie drehte sich auf die Seite, griff nach Arminius' Fell und schmiegte sich daran, als könnte es ihr einen Teil seiner Wärme geben. Sie fühlte sich einsam – nicht nur, weil er nicht bei ihr war, sondern vor allem, weil ihr am Abend klar geworden war, dass seine Familie ihr nicht mehr nah war. Seine Mutter war von ihr abgerückt und seine Schwester ebenfalls, die ihr eigenes Leid nur ertrug, indem sie auch andere leiden ließ. In dieser Nacht fehlte ihr sogar Inajas Nähe, obwohl sie keine zehn Schritte von ihr entfernt neben Hermut im Stall lag. Thusnelda begriff, dass jede Schwangerschaft in ihrer Umgebung sie ein Stück einsamer machen würde. Als Frau, die ihrem Mann kein Kind schenken konnte, gehörte sie nicht dazu. Solange sie der Mutterschaft fern war, würde Arminius' Familie sich Stück für Stück von ihr entfernen.

Das böse Omen! Wiete wurde nicht müde, darauf hinzuweisen, und auch Thordis ließ keine Gelegenheit aus, von der Strafe der Göttin zu sprechen, die Thusnelda getroffen hatte, weil sie ohne den Segen ihres Vaters in die Ehe gegangen war. Thusnelda selbst nannte es die Strafe ihres Vaters, der dafür gesorgt hatte, dass an ihrem Hochzeitstag Blut geflossen und der Kreis vorzeitig aufgebrochen worden war. Anscheinend aber hatte die Göttin den Plan ihres Vaters gutgeheißen. Das böse Omen erfüllte sich, als hätte die Göttin selbst es hervorgebracht.

Die Windaugen der Teutoburg waren nicht verhängt worden, die Nacht war lau, niemand fror. Thusnelda konnte von ihrem Lager aus beobachten, wie der Himmel einen zarten, hellen Rand bekam. In der Nähe des Mondes war er noch tiefschwarz, doch hinter den Bäumen wurde er lichter, aus dem Schwarz wurde ein tiefes Grau. Sie erhob sich, wickelte sich in ein großes Wolltuch, band die Haare im Nacken zusammen und verließ das Haus. Auf den höchsten Punkt der Burgmauer wollte sie sich setzen, um Arminius' Rückkehr zu erwarten. Oder … die Reiter, die kamen, um ihr mitzuteilen, dass Arminius verraten worden war.

Ihre knirschenden Schritte, die kleinen Steine, die sich unter ihren Füßen lösten und den Weg hinabrollten, das Flüstern der Büsche, wenn sie ihre Blätter streifte, das alles schien die Nacht nicht zu stören – sie war sowieso ohne Stille. In ihr wisperte, tuschelte und schnaufte es. Eine Frühlingsnacht eben! Sie erzählte vom vergangenen und vom kommenden Tag, nur Winternächte lagen starr und schweigend da wie tot.

Die Bewohner der Teutoburg schliefen noch, dennoch wurde die Last der Einsamkeit von Thusnelda genommen, als sie nicht mehr in ihren eigenen vier Wänden, sondern Teil der Nacht geworden war. Plötzlich wog die Angst leichter, das Alleinsein tat ihr nun sogar gut. Es war schön, dem Morgen dabei zuzusehen, wie er erwachte. Als sie an der Burgmauer angekommen war, breitete sie die Arme aus, als könnte sie den Morgen an ihre Brust ziehen, wie sie es mit Arminius tat, der so gern in ihren Armen erwachte.

Kurz darauf stellte sie fest, dass sie nicht die Einzige war, die ihr Lager verlassen hatte. Hermut tauchte hinter ihr auf. »Ihr könnt auch nicht schlafen?«

Thusnelda schüttelte den Kopf. »Wie geht es Inaja?«

»Sie schläft.«

Sie betrachtete ihn von der Seite. Wie immer wich er ihrem Blick aus. Er starrte ins Dämmerlicht, um sie nicht ansehen zu müssen. Noch immer war es schwer, ihm zu zeigen, dass er für sie der beste Freund ihres Mannes war, der Mann, dem Arminius voll und ganz vertraute, dass es keine Rolle spielte, dass er ein einfacher Bauernsohn war. Nein, er wagte es nicht, der Gemahlin eines Fürsten näher als auf drei Schritte heranzukommen. Sie wollte ebenfalls mehr für ihn sein – nicht die Frau des obersten Cheruskers, sondern die Frau seines besten Freundes.

Aber Hermut sah in ihr doch immer und vor allen Dingen die Tochter und die Frau eines germanischen Fürsten. Die Freundschaft, die sie ihm anbot, wagte er nicht anzunehmen und ermahnte auch Inaja häufig, sich daran zu erinnern, dass sie nur eine Magd war, die ihrer Herrin zu dienen hatte und ihr nicht freundschaftlich verbunden sein konnte. Dass die Flucht und das Gemeinsame, was zu dieser Flucht geführt hatte, Thusnelda und Inaja verband, wollte Hermut nicht sehen.

Natürlich wollte er sie nicht mit seinen Sorgen belasten, nicht mit ihr darüber sprechen, dass er Angst um Inaja hatte, und ihr nicht zeigen, wie unglücklich er über diese erneute Fehlgeburt war. Nein, Thusneldas Sorgen waren bedeutsamer, deswegen verband er sich mit ihnen, ließ seine eigenen hinter sich und erklärte die Unruhe, die ihn nach draußen getrieben hatte, mit der Angst, die auch Thusnelda erfüllte. Wie sie wollte er auf Arminius warten, damit er sicher sein konnte, dass das Thing gut verlaufen war.

»Hoffentlich haben Arminius' Onkel und Euer Vater nichts bemerkt«, sagte Hermut leise. »Beide würden nicht zögern, Arminius an Varus auszuliefern, wenn sie herausbekommen, was er vorhat.«

Thusnelda nickte traurig. Dass ihr Vater den Mann, den sie liebte, schonen würde, daran glaubte auch sie nicht mehr. »Aber alle Stammesfürsten wissen, was auf dem Spiel steht. Keiner wird so dumm sein, Ingomar und meinem Vater etwas zu verraten.« Sie merkte, dass sie nicht nur Hermut, sondern auch sich selbst die Sorge nehmen wollte. »Nur in der Einigkeit können die Germanen stark sein, das wissen alle«, bekräftigte sie.

Hermut nickte. »Es ist bald geschafft. Arminius' Krieger werden immer mehr, das germanische Heer wächst heimlich und unbemerkt heran.«

Nun konnte sie Hermuts Gesicht erkennen. Der Punkt am Horizont, an dem die Sonne aufgehen würde, war bereits zu erkennen. Er schwoll an, ein schwacher Glanz entstand dort, der schnell heranwachsen und für Helligkeit sorgen würde, noch ehe die Sonne aufging. Er spiegelte sich bereits auf Hermuts Gesicht.

»Tiberius hat die Zwietracht unter den germanischen Stämmen oft als seine beste Verbündete bezeichnet«, fuhr Hermut fort. »Er wird sich wundern, wenn er merkt, dass es damit vorbei ist!«

»Auch er hat nichts davon mitbekommen, dass die Stämme vereint sind?« Thusnelda zögerte, dann wandte sie sich Hermut zu. »Ist das sicher?«

Er sah sie immer noch nicht an, aber es schien, als sei er nun bereit, den Abstand zwischen ihnen zu verringern. »Wenn Tiberius oder Varus etwas witterten, dann hätten sie längst reagiert.«

»Ich bin stolz darauf, dass Arminius es geschafft hat, die Stammesstreitigkeiten endlich zu beenden. Er ist ein guter Stratege.«

»Ein schlauer Fuchs«, bestätigte Hermut lächelnd. »Aber er hatte auch Glück. Varus hat ihm quasi geholfen, ohne es zu ahnen. Immer neue Steuern hat er erfunden und sich immer neue Feinde geschaffen. Der Hass gegen Varus, das ist die Einigkeit der Stämme! Und dann der harte Winter! Die römischen Streifen, die überall patrouillieren, konnten nur selten ausreiten. Und wenn, dann haben sie wenig gesehen, weil sie ihre Gesichter dick vermummt haben zum Schutz gegen die Kälte und das Schneegestöber. Beides sind die Römer nicht gewöhnt.« Er lachte, um Thusnelda zu zeigen, wie sicher er war, dass Arminius nichts zustoßen konnte. Er lachte noch einmal, aber in Thusneldas Gesicht zeigte sich trotzdem keine Zuversicht.

»Ich habe Angst, Hermut«, flüsterte sie, ohne ihn anzusehen. »Ich glaube, Arminius hat einen Fehler gemacht.«

Nun ließ Hermut sich ebenfalls auf der Burgmauer nieder. Den Abstand von ungefähr drei Schritten hielt er jedoch auch jetzt ein. »Gibt es etwas, was ich nicht weiß?«

Thusnelda nickte. »Flavus wollte Arminius warnen. Aber nur unter vier Augen.«

Hermut sah sie verständnislos an. »Und?«

»Arminius wollte mich nicht fortschicken, obwohl Flavus es verlangt hat.«

Hermuts Blick war noch immer fragend. Dann plötzlich erhob er sich. Obwohl er ihr den Rücken zuwandte, wusste sie, welche Miene er trug. Hermut hatte genauso wenig Verständnis für Arminius' Haltung wie Flavus. »Er hat auf eine Warnung verzichtet wegen … wegen …« Hermut suchte nach Worten, die Thusnelda nicht beleidigen konnten, aber anscheinend fand er keine. Kraftlos ließ er die Hände sinken und schüttelte den Kopf.

Thusnelda erhob sich, griff nach seinen Schultern und drehte ihn zu sich herum. »Du findest auch, dass Frauen nichts von großen Problemen verstehen? Dass sie sich nur um die kleinen Probleme kümmern sollen?«

Natürlich war Hermut dieser Ansicht, aber er hätte sich niemals erlaubt, sie zu äußern. Vorsichtig antwortete er: »Darauf kommt es nicht an. Worauf es ankommt, ist, ob Arminius in eine Falle getappt ist, weil er sich die Warnung seines Bruders nicht angehört hat.«

Zu Tausenden strömten sie in das Stadion, in dem die Wagenrennen stattfinden sollten. An diesem Tag wurden sie mit besonderer Spannung erwartet, weil Naso, einer der erfolgreichsten Wagenlenker, um seine Freilassung kämpfte. Wenn er auch dieses Rennen gewann, konnte er den hundertsten Sieg feiern und würde fortan als freier Römer leben können. So war es Sitte, wenn der Wagenlenker dem Sklavenstand entstammte. Das war meistens der Fall, nur gelegentlich schafften es auch begabte junge Männer aus einfachen Verhältnissen, sich auf diese Weise einen Namen zu machen und zu Reichtum zu kommen. Nasos Herr hatte sich zwar großzügig gegeben, als er versprach, Naso aus dem Sklavenstand zu entlassen, aber natürlich wusste er, dass er beim Kaiser in Ungnade gefallen wäre, wenn er anders gehandelt hätte. Kaiser Augustus wusste um die Beliebtheit der Wagenrennen, und er förderte sie, weil sie seine eigene Beliebtheit steigerten. Außerdem scherte sich ein Volk, das sich mit Spielen beschäftigte, wenig um die Politik, und die traumhaften Aufstiege mancher Wagenlenker gaukelten dem einfachen Volk vor, dass auch aus dem Kleinsten und Gemeinsten unter ihnen ein reicher und geachteter Mann werden könnte. Mittlerweile war das römische Reich gar nicht mehr in der Lage, den Bedarf an Rennpferden selber zu decken. Sie wurden aus Nordafrika, Spanien und Griechenland eingeführt, damit täglich mehrere Wagenrennen stattfinden konnten.

Antonius Andecamus, der es noch immer nicht aufgegeben hatte, zu einem Mitglied der kaiserlichen Familie aufzusteigen, und daher alles tat, um seinem Kaiser gefällig zu sein, hatte gehandelt, wie das Volk es sich wünschte: Er hatte seinem erfolgreichsten Wagenlenker die Geldprämien gelassen, die er bekam, und nichts davon für sich beansprucht! Eine wahre Mannestat! Denn für jeden seiner Siege hatte Naso etwa zwanzigtausend Sesterzen bekommen, das war zwanzig Mal so viel wie ein Legionär im ganzen Jahr bekam. Naso würde mit einem Vermögen in die Freiheit gehen, das ihm alle Möglichkeiten eröffnete. Die Zuschauer erwarteten daher ein Rennen, in dem es ums Ganze gehen würde. Naso würde eher auf sein Leben als auf den Sieg verzichten, so viel stand fest. Severina hatte am Tag vorher jemanden sagen hören, Naso plane, direkt nach seiner Freilassung als Erstes ein Denkmal auf seinem eigenen Grund und Boden errichten zu lassen, das ihn und sein bestes Pferd zeigte. Danach wollte er mit dem Bau der Villa beginnen, vor der das Denkmal demnächst seine Gäste begrüßen sollte.

Caligula und Silvanus waren eigentlich noch zu klein, um einem Wagenrennen beizuwohnen, aber Germanicus hatte darauf bestanden, dass seine Söhne dabei waren. »Wenn sie nicht früh genug Blut zu sehen bekommen, werden sie verweichlicht und haben später keinen Spaß an den Gladiatorenkämpfen.« Der Blick, mit dem er Silvanus bedachte, hatte Severina nicht gefallen. »Dein kleiner blonder Liebling hat's besonders nötig. Der beginnt ja schon zu weinen, wenn jemand eine Fliege zerquetscht.«

Damit hatte er wieder einmal Severinas wunden Punkt getroffen. Tatsächlich machte sie sich immer größere Sorgen um ihren Sohn. Silvanus jammerte, wenn ein Tier geschlagen wurde, tröstete einen Sklaven, wenn er bestraft worden war, und hatte sich am Tag zuvor sogar schützend vor Gaviana gestellt, als Severina ihr eine Ohrfeige verpassen wollte.

Der kleine Caligula dagegen hatte längst begriffen, dass Tiere und Sklaven kein Mitgefühl nötig hatten. Tag für Tag mahnte Severina ihren Sohn, sich an seinem Cousin ein Beispiel zu nehmen, aber Silvanus verstand nicht einmal, was sie meinte. Er sah auch nicht ein, warum sie sich darüber ärgerte, dass es ihm nichts ausmachte, sich besiegen zu lassen. Wenn er sich mit Caligula um ein Spielzeug stritt, gab er schnell nach; wenn Caligula ihn zu Boden ringen wollte, verzichtete er auf jeden Widerstand, und beim Spiel mit den Holzschwertern war Silvanus immer der Erste, der seine Waffe streckte und zur Seite legte. Wenn Caligula sich dann von seinen Eltern als Sieger feiern ließ, sah Silvanus nur gleichmütig zu. Und als Severina ihm von Gaviana einen Lorbeerkranz flechten ließ, um ihm zu zeigen, welch erhabenes Gefühl es war, zum Sieger gekrönt zu werden, wischte er den Kranz mit einer energischen Handbewegung vom Kopf. »Will nicht!«

Der Kaiser legte Caligula wohlwollend eine Hand auf den dunklen Schopf. »Ein schöner Urenkel, Agrippina! Caligula wird mal ein kluger, starker Mann!«

Dann betrachtete er Silvanus mit dem gleichen Blick, den auch Germanicus aufsetzte, wenn er Severinas Sohn betrachtete. »Woher hast du nur dieses blonde Kind, Severina?«, klagte der Kaiser. »Sorg wenigstens dafür, dass der Junge bald einen Vater bekommt!« Er wies zu Naso, der seinen Streitwagen inspizierte, weil er zu Recht befürchtete, dass jemand versuchte, den Sieg zu manipulieren. »Wenn du willst, sorge ich dafür, dass Naso dieses Rennen nicht überlebt. Dann fällt sein Vermögen an seinen Besitzer. Antonius Andecamus wird noch ein gutes Stück reicher. Würde dir das gefallen?«

Severina verneigte sich tief. »Ich weiß, Ihr meint es gut mit mir und meinem Sohn. Aber es ist nicht mein Wunsch, mich noch einmal zu vermählen.«

Der Kaiser seufzte, dann tätschelte er Caligula ein zweites

Mal den Kopf und winkte Silvanus mit einer ungeduldigen Handbewegung weiter.

Fest griff Severina nach der Hand ihres Sohnes, so fest, dass der Kleine sich von ihr losmachen wollte. Aber er entkam dem Willen seiner Mutter nicht. Severina drängte ihn auf einen der fünf Stühle, die für Germanicus' Kinder vorgesehen waren. Der Kaiser sollte bloß nicht glauben, dass ihr Sohn auf einen Platz in der zweiten Reihe zu drängen war, nur weil er blond und blauäugig war! Sie winkte Gaviana, damit sie sich Silvanus zu Füßen setzte und ihn unterhielt.

Germanicus runzelte die Stirn, als er sich zu seiner Schwester setzte, aber Agrippina, die ahnte, dass er Silvanus' Platz für Caligula beanspruchen wollte, winkte ab und schob ihren Sohn einer Sklavin zu. »Besorg einen weiteren Stuhl!«

Die große Prozession begann, bei der die Gespanne, begleitet von Musikanten und Tänzern, ins Stadion einzogen. An ihrer Spitze Naso mit seinem Vierspänner, der begeistert gefeiert wurde, und sein Herr, der ihm bisher so gnädig gewesen war, ebenfalls. Immer wieder warf Antonius Andecamus Severina einen verstohlenen Blick zu, während er der jubelnden Menge zuwinkte, aber noch immer erntete er nicht die Bewunderung, auf die er nach wie vor hoffte. Severina schenkte ihm nur wenig Aufmerksamkeit.

»Das Rennen besteht aus sieben Runden«, erklärte Gaviana und freute sich daran, dass Silvanus ihr aufmerksam zuhörte, obwohl nicht zu erwarten war, dass er ihre Erläuterungen verstand.

Severina warf ihr einen spöttischen Blick zu. »Bist du in Pollios Haus oft von einem Wagenlenker besucht worden? Oder woher hast du deine Kenntnisse?«

Gaviana hob den Blick nicht. Sie starrte auf Silvanus' Füße, schwieg und bewegte sich nicht. Es war, als wäre ein Kübel Unrat über sie ausgegossen worden, und sie wartete nun darauf, dass der Schmutz von ihr abtropfe. Erst als die Gespanne auf die Startboxen verteilt wurden, sprach sie weiter: »Siehst du die Mauer zwischen den beiden Wendepfeilern, Silvanus? Darauf stehen sieben große bewegliche Holzeier. Nach jeder Runde wird ein Ei abgesenkt, damit jeder weiß, wie viele Runden noch zu fahren sind.«

Als die Gespanne startfertig waren, erhob sich der Kaiser, hielt ein Stück weißes Tuch in die Höhe, zeigte es seinen erwartungsvollen Untertanen – und ließ es dann auf die Startbahn fallen. Prompt öffneten sich die Tore der Boxen, die Gespanne schossen heraus. Sämtliche Zuschauer sprangen von ihren Plätzen und schrien die Namen ihrer Favoriten. Jedes der Gespanne blieb in seiner Bahn, bis die sogenannte Weißlinie erreicht war. Dann kam der erste Wendepunkt, und von da an konnte jedes Gespann seinen Weg frei wählen. Natürlich versuchte jeder Wagenlenker, die Innenbahn zu erobern, was Naso gleich in der ersten Runde gelang. Das begeisterte auch die, die eigentlich hinter einer anderen Renngesellschaft standen. Aber wie immer waren viele Wetten abgeschlossen worden, und die meisten hatten natürlich auf Naso, den Favoriten, gesetzt. Er stand hinter seinen vier Pferden, als hätte er bereits gesiegt, hoch aufgerichtet, stolz, von seiner Kraft und der Geschicklichkeit seiner Pferde überzeugt. Sein Sturzhelm war aus besonders festem Leder, genauso wie die Bandagen an den Beinen und sein Riemenkorsett, das seinen Rumpf schützte. Darin steckte sein krummes Messer, das dazu diente, im Moment höchster Not die Zügel zu durchtrennen. Doch Naso war es noch nie passiert, dass er stürzte und aus seinem Rennwagen geschleudert wurde. Sollte es allerdings geschehen, dann war es wichtig, sofort die Zügel zu durchschneiden, die um die Taille geschlungen waren, damit er nach dem Sturz nicht mitgeschleift wurde.

Die erste Wende nahm Naso mit Bravour. Seine Pferde hatten harte, gesunde Hufe und starke Gelenke, die den extremen Belastungen standhielten. Besonders auf das innen laufende Pferd kam es an, es hatte die stärkste Belastung zu tragen. Aber dem jungen Tier stand sogar überschüssige Kraft zu Gebote. Es vollführte eine halbe Drehung auf den Rückläufen, dann warf es sich schon wieder auf die Vorderbeine und stürmte in die Gerade.

Das außen laufende Pferd hatte Mühe, sich aus der Fliehkraft zu befreien, und das wurde nach der nächsten Wende noch schwieriger. Das innen laufende Pferd gab das Tempo an, ein mörderisches Tempo, und zerrte schon an den Zügeln, kaum dass es die Gerade schnupperte, während das außen laufende noch gegen die Fliehkraft ankämpfte.

An der dann folgenden Wende büßte das Gespann die erste Stabilität ein. Es sah so aus, als hätte Naso aufs falsche Pferd gesetzt, auf das innen laufende, das möglichst stark und temperamentvoll sein sollte. Aber er hatte dessen Kraft einen zu schwachen Gegenpol gesetzt. Kurz vor der Wende war dem außen laufenden Pferd bereits seine Angst anzusehen. Es zerrte an den Zügeln, wollte das Tempo verringern, sich der Fliehkraft entziehen, Schaum stand vor seinem Maul, die Augen waren weit aufgerissen, Irrsinn stand darin. Es machte, als das innen laufende Pferd erneut zur Wende ansetzte, den wahnwitzigen Versuch auszubrechen, warf sich statt der Wendemarke der tobenden Menge entgegen und entriss so das innen laufende Pferd der Kurve. Das stieg auf die Hinterläufe, widersetzte sich verzweifelt der neuen Richtung, während die beiden Pferde, die in der Mitte liefen, weder der einen noch der anderen Richtung folgen wollten. Es war, als würde Nasos Rennwagen auseinandergerissen.

Während ein Schrei durch die Menge ging, hörte Severina den Kaiser hinter sich ganz ruhig sagen: »Er wollte auf Nummer sicher gehen, das war sein Fehler.«

In diesem Augenblick preschte der nächste Rennwagen heran. Der junge Wagenlenker hielt eisern auf die Wendemarke zu, ließ sich nicht von dem auseinanderbrechenden Vierergespann Nasos verunsichern, blieb auf seiner Bahn, spornte seine Tiere sogar noch an. Nasos Rennwagen kippte um, als das nachfolgende Gespann aufschloss und dessen außen laufendes Pferd an eins der beiden Räder stieß. Das innen laufende wurde mitgerissen, es stieß ein grelles Wiehern aus, als es auf die Seite fiel und dem verunglückten Rennwagen nachrutschte. Naso wurde gerade in dem Moment auf die Bahn geschleudert, als der nachfolgende

Wagen sich in die Innenbahn drängte und Nasos schreiendem Pferd die Hufe abfuhr – dem besten und teuersten Pferd, das Naso je besessen hatte, das er eigens für dieses Rennen, für das wichtigste Rennen seines Lebens, aus Griechenland eingeführt hatte.

Der berühmteste Wagenlenker Roms wurde durch den Staub geschleift. Severina konnte beobachten, wie er verzweifelt versuchte, seinen Kopf vor den Hufen seiner panischen Pferde zu schützen, dann sah sie, wie er in sein Lederkorsett griff. Natürlich! Er musste auf der Stelle die Zügel durchschneiden. Gewinnen konnte er dieses Rennen nicht mehr, es ging jetzt nur noch darum, sein Leben zu retten.

Naso lag auf der Seite, zwei seiner wahnsinnig gewordenen Pferde versuchten weiterzulaufen, die beiden anderen lagen am Boden und schlugen um sich. Schaumfetzen lösten sich von ihren Mäulern. Dann sah Severina, wie Nasos Hand wieder zum Vorschein kam. Aber sie war leer. Anscheinend hatte er das Messer, das er jetzt so dringend brauchte, beim Sturz verloren.

Die Menge brüllte, nicht aus Mitleid oder Entsetzen, sondern aus purer Wut. Schließlich hatten die meisten von ihnen auf Naso gesetzt, sie verloren in diesen wenigen Augenblicken viel Geld, einige sogar ein ganzes Vermögen.

Kaum einer beachtete das Gespann, das nach dem Start auf dem zweiten Platz gelegen hatte und nun vor den anderen in die letzte Runde startete. Zwei Wendepunkte lagen noch vor ihm, ein anderes Gespann holte auf der Geraden auf, der Lenker hatte sich jedoch zu viel zugemutet und verlor den gewonnenen Vorsprung in der Wende wieder, wo eins seiner Pferde ausscherte, dessen Kraft er überschätzt hatte. Nasos verunglücktes Gespann prallte in diesem Moment gegen die Balustrade, seine toll gewordenen Pferde schlugen mit den Läufen, als wäre dieses Rennen noch fortzusetzen. Als das Gespann, auf das kein einziger gesetzt hatte, durchs Ziel ging, war Nasos Kopf blutbesudelt, seine Seite war aufgerissen, ein Fuß hatte sich aus dem Gelenk gelöst, er rührte sich nicht mehr.

Die Wut des Publikums brauchte eine Weile, um zu verrauchen, dann wandte man sich dem Sieger zu. Ein hoffnungsvolles Talent, das an Nasos Stelle treten und dem einfachen Volk suggerieren würde, dass jeder es schaffen konnte, reich und berühmt zu werden, egal, in welchem Stand er geboren war. Wer nur so viel Geld verloren hatte, wie er verschmerzen konnte, jubelte nun Nasos Nachfolger zu.

Severina warf Gaviana einen ungehaltenen Blick zu. »Sorg dafür, dass Silvanus zu weinen aufhört.«

Gaviana nickte gehorsam, zog das Kind in ihre Arme, tröstete es und achtete darauf, dass der Kleine nicht mitbekam, wie Nasos lebloser Körper von der Rennbahn gezogen wurde.

Severina hörte, dass der Kaiser den Befehl gab, seine Sänfte holen zu lassen. Anscheinend hatte er nicht die Absicht, dem siegreichen Wagenlenker persönlich den Lorbeerkranz aufs Haupt zu drücken.

Während die Sklaven die kaiserliche Sänfte holten, beugte sich Augustus an Germanicus' Ohr. »Was hältst du davon, dass Arminius in ganz Germanien Krieger einzieht?«

Germanicus erhob sich und drehte sich um, damit er dem Kaiser ins Gesicht sehen konnte. »Woher wisst Ihr das?«

»Die Kommandanten von zwei rheinischen Kastellen sollen es gemeldet haben.«

Severina sah Germanicus gespannt ins Gesicht, während er überlegte. Dann antworte er ausweichend: »Glaubt Ihr, dass Arminius etwas im Schilde führt?«

Die Stimme des Kaisers klang gleichmütig. »Er gegen Rom?«

Germanicus entschloss sich zu lachen. »Das ist kaum denkbar.«

»Aber ich will keinen Ärger. Deswegen möchte ich wissen, was das zu bedeuten hat.«

»Varus kann es am besten beurteilen.«

Der Kaiser schien mit Germanicus' Hinweis zufrieden zu sein, denn Severina konnte beobachten, wie sich die Miene ihres Bruders entspannte.

»Ich habe Flavus zu ihm geschickt. Er dürfte bald wieder in

Rom ankommen, dann werden wir hören, wie Varus die Sache beurteilt.«

In Severina kroch ein Gefühl hoch, das ihr gänzlich neu war. Der Hass war ihr längst vertraut und der Wunsch nach Rache auch. Das, worunter sie jetzt litt, war jedoch etwas anderes: eine Mischung aus Angst, Unsicherheit, Verantwortung und Liebe. Noch nie hatte sie Angst vor dem Schicksal gehabt, das sie begünstigte, Unsicherheit hatte es nie gegeben, da ihre Lebensumstände für ausreichend Sicherheit sorgten. Das Bewusstsein, für Silvanus verantwortlich zu sein, tat ihr in diesem Moment weh und die Erkenntnis, dass sie ihn liebte wie sonst nichts auf der Welt, ebenfalls. Sie griff nach seiner Hand und hielt sie gegen seinen Widerstand fest. Die kleine weiche Kinderhand, die in ihrer geballten Faust zuckte, zeigte ihr, dass es sich lohnte zu warten. Ihre Rache würde kommen, so wie die Zeit kommen würde, wenn sie reif dafür war. Wohl überlegt musste sie sein, diese Rache. Das neue Gefühl, das sich nicht abschütteln ließ, würde sie vorantreiben und gleichzeitig im Zaum halten. Die Rache war wie ein Wagenrennen. Man musste im richtigen Moment die Zügel straffen und, wenn es Zeit war, alles riskieren.

»Wir gehen!«, sagte sie zu Gaviana, die wiederum gehorsam nickte, ohne sie anzusehen. »Wie wär's mit ein bisschen Freundlichkeit?«, herrschte sie ihre Sklavin an. »Hast du vergessen, dass du mir dankbar sein musst? Ohne mich würdest du noch immer auf den Namen Myrtis hören.«

Sie erhob sich, verneigte sich vor dem Kaiser, schob ihren Bruder zur Seite und übersah Agrippina, die Anstalten machte, sich von ihr zu verabschieden. Mit einer knappen Geste wies sie Gaviana an, Sosia das Kind auf den Arm zu geben und dafür zu sorgen, dass ihr ein Weg aus dem Stadion gebahnt wurde.

Es war ein schöner Morgen, der einen sonnigen Tag verhieß. Obwohl sie nicht viel geschlafen hatte, erhob sich Thusnelda, als sie den Hahn krähen hörte. Thordis würde nicht gelten lassen, dass ihre Schwiegertochter erst spät mit der Hausarbeit begann, weil sie die halbe Nacht aufgesessen und gewartet hatte. So war es auch vor ein paar Wochen gewesen. Thusnelda hatte mit Hermut bis zum Morgengrauen Arminius' Rückkehr vom Thing entgegengesehen, trotzdem waren harsche Worte gefallen, als sie sich am Morgen danach als Letzte erhoben hatte. Da half es auch nichts, Thordis die Angst zu schildern, die sie ausgestanden hatte. Für Arminius' Mutter ging Pflichterfüllung über alles.

Hermuts Sorge, dass Arminius in eine Falle geraten sein könnte, war auf der Stelle auch zu Thusneldas geworden, und die Warnung, die Flavus seinem Bruder mit auf den Weg geben wollte, hatte sich plötzlich schwer auf ihre Brust gelegt. Wäre sie nur freiwillig ins Haus gegangen! Dann hätten die beiden Brüder ein Wort von Mann zu Mann sprechen können, und Arminius hätte gewusst, wovor Flavus ihn warnen wollte.

Aber dann, im Augenblick der größten Sorge, der drängendsten Angst, der heftigsten Vorwürfe hatte sich plötzlich die Gestalt eines einsamen Reiters aus dem Wald gelöst und war gemächlich auf die Teutoburg zugeritten. Arminius! Über Thusneldas und Hermuts Angst hatte er nur gelacht und ihre Fragen, was auf dem Thing geschehen war, gleichmütig beantwortet. »Alles läuft nach Plan. Segestes und Ingomar scheinen ahnungslos zu sein. In Kürze wird ein gebotenes Thing stattfinden, zu dem beide nicht geladen werden.«

Hermut hatte ihn unterbrochen. »Bist du sicher, dass sie nichts davon wissen?«

»Ja, das bin ich«, hatte Arminius ungeduldig geantwortet. »Es gibt ein Risiko, das weiß ich, aber wir müssen es eingehen. Ist die Freiheit nicht wichtig genug, um für sie etwas zu wagen?«

Sie hatten vor dem Haus auf einer steinernen Bank gesessen und sehr leise gesprochen, damit niemand aufwachte, der auf der anderen Seite der Hauswand schlief. Doch dann war Arminius' Stimme immer lauter geworden. In seiner Entschlossenheit, in dem festen Willen, sein Volk zu retten, und der Überzeugung, das Richtige zu tun, konnte er nicht leise sein. »Sie werden mich zu ihrem Feldherrn machen, und jeder Gaufürst wird seinen

Treueeid sprechen. Sämtliche Einheiten müssen bereit sein, wenn es so weit ist, aber erst im allerletzten Moment werden sie in Stellung gehen.«

In der vergangenen Nacht hatte nun das gebotene Thing stattgefunden, in der Nacht nach Sonnenfinsternis, so hatte es die Priesterin bestimmt, die in langen Gebeten die Gunst der Götter erfragt hatte. Arminius musste drei Schimmel und einen weißen Stier auf dem Altar im heiligen Hain opfern, dann kam Aelda mit der Nachricht, dass die Götter ihm gewogen seien.

Wieder hatte Thusnelda gewartet, auch diesmal mit Hermut an ihrer Seite und von der gleichen Angst erfüllt wie beim letzten Mal.

Sie legte sich ihren Umhang um und verließ die Schlafkammer, ohne dass Arminius erwachte. Die Entscheidung war gefallen, die Zeit der größten Angst und Sorge hatte begonnen. Aus der Angst der letzten Nacht, die schnell überwunden gewesen war, würde etwas werden, das nur Sieg oder Niederlage kannte, Leben oder Tod, Entsetzen oder Glück, vielleicht auch nur Überleben. Die Gaufürsten aller germanischen Stämme hatten sich am Fuß der Externsteine zusammengefunden und Arminius zu ihrem Feldherrn gewählt. Für den entscheidenden Kampf gegen Rom hatten sie ihm Treue bis in den Tod gelobt. Es gab kein Zurück mehr. Die Krieger der vereinten germanischen Stämme standen bereit zum Kampf gegen die Legionen, und Arminius hatte nun einen Auftrag erhalten. Er war dazu ausersehen, die Freiheit der Germanen zu retten, sein Land, sein Volk. Und sie, seine Frau, war dazu ausersehen, sein Schicksal zu teilen. Sie würde sich frei nennen können, obwohl sie sich nie unfrei gefühlt hatte, oder tot sein, versklavt, in Gefangenschaft, und das, obwohl sie doch immer frei gewesen war. Aber sie hatte eingesehen, dass ihre Art von Freiheit nur Privileg gewesen war. Es wurde Zeit, dass auch sie etwas für die Freiheit opferte.

Thusnelda öffnet die Tür zum Stall, aus dem ihr die Wärme entgegenschlug, welche die vielen Tierleiber erzeugten. Inaja wartete dort auf sie. Der Wassertrog, in dem sie ihre Herrin waschen wollte, stand schon bereit. Die anderen Mägde und Knechte, die ihre Schlafplätze im Stall hatten, waren bereits bei der Arbeit.

Wie immer begannen sie den Tag im gemeinsamen Schweigen. Bevor Thusnelda das Gespräch begann, sagte ihre Dienstmagd kein einziges Wort. So war es schon gewesen, als sie noch in der Eresburg gelebt hatten.

»Hast du auf Hermut gewartet heute Nacht?«, fragte Thusnelda schließlich.

Inaja lachte erstaunt. »Warum sollte ich auf ihn warten? Ich finde es sehr angenehm, die Schlafbank für mich allein zu haben. Wenn Hermut nicht neben mir liegt, schlafe ich besser als mit ihm zusammen.«

Thusnelda warf ihr einen schnellen Blick zu. Nachdem Arminius ihr seine Sorgen um die Ehe seines besten Freundes anvertraut hatte, war sie wachsamer geworden und zu dem gleichen Schluss gekommen wie er. Hermut liebte Inaja nach wie vor, sie jedoch schien das Glück der ersten Liebe bereits vergessen zu haben. Sie war gleichgültig geworden, von Tag zu Tag mehr. Die Liebe, zu der sie fähig war, gehörte allein Gerlef, und für ihre Herrin bewahrte sie so viel Anerkennung und Treue, dass Thusnelda sich gelegentlich sogar von ihr geliebt fühlte. Aber ausgerechnet Hermut bekam ihre Liebe nicht.

»Es steht nun fest«, sagte Thusnelda, während Inaja ihr den Rücken wusch. »Die germanischen Stämme sind vereint, sie alle werden sich gemeinsam gegen Varus und seine Legionen stellen, wenn sie ins Winterlager ziehen. Es gibt keinen günstigeren Zeitpunkt, es wird nie einen günstigeren geben.«

Inaja betrachtete eine Weile schweigend die Seifenkugel, die sie in der Hand hielt. Sie hatte sie selbst hergestellt, indem sie weiße Asche und Rindertalg lange gekocht hatte. Schließlich bewegte sie die Kugel zwischen zwei Händen hin und her, dann fragte sie: »Was wird sein, wenn unsere Männer gefallen sind? Was wird dann aus uns? Und vor allem – was wird aus uns, wenn nicht Euer Gemahl, sondern Varus mit seinen Legionen siegt? Werden wir dann allesamt ans Kreuz geschlagen?«

Thusnelda erschrak. »Wie kannst du an so etwas denken?«

»Man muss der Wahrheit ins Gesicht sehen«, entgegnete Inaja gleichmütig. »Euer Gemahl will gegen mehrere römische Legionen angehen. Da wird man doch daran denken dürfen, dass er möglicherweise unterliegt.«

Thusnelda stieg aus dem Bottich, obwohl Inaja sie zurückdrängen wollte. »Ich bin noch nicht fertig, Herrin.«

»Es reicht!« Thusnelda ließ sich von Inaja wieder ihre Liebesrune umbinden und dann in ein Wolltuch wickeln. »Ich will nicht mit dir über eine Niederlage reden. Arminius hat gesagt, der Sieg sei ihm sicher. Er wird die römischen Legionen angreifen, während sie sich durch den Sumpf quälen und genug damit zu tun haben, auf den Beinen zu bleiben. Sie kennen sich nicht aus im unwegsamen Gelände und können sich nicht formieren. Sie werden ihre Waffen verstaut haben und als Marschgepäck mit sich schleppen. Die germanischen Krieger sind dann im Vorteil, sie können nicht unterliegen! Im offenen Kampf sind die Legionen nicht zu besiegen, aber wenn sie sich in lang auseinandergezogener Marschordnung befinden, sehr wohl. Die engen Täler und der Morast schränken ihre Kampftechnik entscheidend ein. Ein Gegner, der sich in dieser Wildnis auskennt, ist auf jeden Fall überlegen.«

»Vorausgesetzt, niemand verrät vorher den Plan«, ergänzte Inaja und trocknete Thusnelda von Kopf bis Fuß ab. »Woher weiß Euer Gemahl überhaupt, dass die Legionen sich durch unwegsames Gelände bewegen werden? Sie marschieren doch immer über die große Heerstraße zum Rhein. Und die ist von Kastellen gesäumt, von dort wird man ihnen zur Hilfe eilen.«

Thusnelda setzte sich auf einen Schemel, löste ihr blondes Haar und schüttelte es. »Arminius hat vorgesorgt. Er wird Varus am Abend vor seinem Abzug von Aufständischen erzählen, die am Rande der Heerstraße für Unruhe sorgen. Arminius glaubt fest daran, dass Varus auf seinen Vorschlag eingehen und einen Umweg machen wird, um diese Aufstände niederzuschlagen.

Varus nutzt gern jede Gelegenheit, die Stärke und Macht des römischen Imperiums zu demonstrieren.«

Inaja nickte. »Für Aufstände, die es in Wirklichkeit gar nicht gibt?«

»Auf diese Weise gelangen die Römer in ein Gebiet, in dem sie sich nicht auskennen.«

»In den Hinterhalt!«

»Da gibt es viele Schluchten, die Bäume stehen so dicht, dass die Römer Mühe haben werden, sich einen Weg zu bahnen. Schwerbepackt, wie sie sind! Es wird kurz nach Herbsteinbruch geschehen. Regen und Sturm wären genau richtig für Arminius' Vorhaben. Dann wird der Boden rutschig, die Römer werden über Wurzeln und Baumstümpfe stolpern. Von einer geordneten Marschformation kann dann keine Rede mehr sein. Arminius und seine Krieger aber kennen sich aus. Die Römer werden keine Chance haben, wenn sie auch zahlenmäßig überlegen sind.« Sie fuhr mit gespreizten Fingern durch ihr Haar und ordnete es. »Dass sie so viele sind, heißt auch, dass sie schwerfällig und unbeweglich sind. Arminius hat es nicht nur mit der siebzehnten, achtzehnten und neunzehnten Legion zu tun, sondern auch mit mehreren Reitereinheiten und Infanteriekohorten. Dazu kommt noch der Tross von Frauen, Kindern und Zivilisten, die Varus sehr hinderlich sein werden.«

Inaja seufzte. »Ich wundere mich trotzdem, dass Ihr so ruhig und gelassen seid.«

Thusnelda stieß ein freudloses Lachen aus. »Ich bin alles andere als gelassen. Glaub mir, ich mache mir allergrößte Sorgen um Arminius.« Leise fügte sie hinzu: »So wie du um Hermut.« Sie bedauerte, dass sie Inajas Gesicht nicht sehen konnte.

Aber sie spürte, dass ihre Dienstmagd nickte, und war dankbar dafür. Sie wollte nichts hören von den Schwierigkeiten in ihrer Ehe, wollte sich nicht sagen müssen, dass auch hier das böse Omen dafür gesorgt hatte, dass Inaja mit Hermut nicht glücklich wurde.

Inaja machte sich nun daran, Thusneldas Haare zu flechten

und am Kopf festzustecken. »Ist es wirklich klug, heute Abend Varus' Fest zu besuchen?«, fragte sie. »Was, wenn jemand etwas von dem gebotenen Thing in der letzten Nacht mitbekommen hat? Euer Vater! Oder Ingomar! Varus lässt Euren Gemahl womöglich noch heute Nacht kreuzigen, wenn man ihn verraten hat.«

Thusnelda spürte die Gänsehaut, die über ihre Arme strich, und redete sich ein, dass der Morgen sehr kühl war. Nein, sie hatte Arminius versprochen, ihn nicht mit Sorgen zu bedrängen und seine Zuversicht zu teilen. »Wenn Arminius dem Fest fernbliebe, würde er sich erst recht verdächtig machen.« Dann wurde ihr Gesicht ärgerlich, sie nahm Inaja die Haarnadeln ab und befestigte die letzte Flechte selber am Kopf. »Ich vertraue Arminius«, sagte sie mit fester Stimme, »und ich darf ihm nicht das Herz schwermachen mit meiner Angst. Es ist richtig, sich den Römern entgegenzustellen und das Land von ihrer unseligen Herrschaft zu befreien. Wenn die Römer so weitermachen, wird es am Ende keinen einzigen freien Germanen mehr geben! Ich werde sehr stolz auf Arminius sein, wenn es ihm gelungen ist, aus den germanischen Völkern wieder freie Völker zu machen.«

Als Inaja die Augen aufschlug, stellte sie fest, dass das rohrgedeckte Dach Löcher aufwies. Auch die Wände aus lehmverstrichenem Flechtwerk waren schadhaft. Warum war ihr das bisher nicht aufgefallen? Vor dem Winter musste der Bereich des Hauses, der die Tiere beherbergte und dem Gesinde als Schlafplatz diente, unbedingt ausgebessert werden. Aber wer wusste schon, ob es überhaupt noch dazu kommen würde! Womöglich würden sie den Winter gar nicht mehr erleben, und dieses Haus lag dann längst in Schutt und Asche.

Das Kind, das sie geweckt hatte, weinte noch immer. Vorsichtig erhob sich Inaja und tastete sich ans andere Ende des Stalles, wo die Kinder der Mägde vor dem Gatter im Stroh schliefen, hinter dem die Rinder wiederkäuten. Eine Kuh beugte sich über das Gatter und leckte Gerlefs Gesicht. Das war es wohl gewesen, was ihn geweckt hatte. Inaja setzte sich neben ihn, zog ihn auf ihren Schoß und wiegte ihn.

»Wer wird denn Angst vor einer Kuh haben? Dein Vater wäre traurig, wenn er das wüsste. Er will einen mutigen, starken Sohn, auf den er stolz sein kann.«

Gerlef beruhigte sich schnell wieder, steckte einen Daumen in den Mund und schloss die Augen. Flüsternd erzählte Inaja ihm von seinem Vater, von dessen Schönheit, seinem Stolz und seinem Mut. Ein Vater, der auf eine ganz besondere Weise lieben konnte. »Es gibt nicht viele Männer, die so lieben können. Hilger konnte es, und dein Vater kann es auch.«

Als sie Gerlef zurücklegen wollte, schlug er prompt die Augen wieder auf und begann erneut zu weinen. Wieder zog sie ihn auf ihren Schoß, dann erhob sie sich und ging, das Kind auf dem Arm, nach draußen. Vielleicht war Gerlef von Arminius' und Hermuts Rückkehr geweckt worden? Sie selbst glaubte nun auch, das Klappern von Pferdehufen gehört zu haben, leise Stimmen, ein aufgeregtes Rufen, erleichtertes Lachen: Thusnelda hatte vermutlich wieder auf Arminius gewartet, und Hermut würde es gut tun, wenn auch sie ihm entgegenkam, als hätte sie keine Ruhe finden können ohne ihren Mann an ihrer Seite. So, als hätte sie sich Sorgen um ihn gemacht. Wieder einmal nahm sie sich vor, Hermut in der nächsten Zeit mit Freundlichkeit und Zuwendung das Leben zu vergelten, das sie ihm verdankte. Ihm und Thusnelda. Er hatte ein wenig Liebe verdient, ehe er in seine letzte Schlacht zog.

Der Gedanke, mit Thusnelda allein zurückzubleiben, mit ihr gemeinsam den Heldentod der beiden Männer zu beklagen, war verlockend. Wäre da nur nicht die Frage gewesen, was mit ihnen geschehen würde, wenn Arminius' Plan misslang. Und dass er misslang, das glaubte Inaja ganz sicher. Ein kleines Heer von germanischen Kriegern gegen drei römische Legionen! Hermut hatte zwar ebenfalls von Arminius' List erzählt, von einer Gelegenheit, die nie wiederkehren würde, die genutzt werden musste, aber Inaja war so fest von der Größe, Stärke und Überlegenheit der Römer überzeugt, dass sie daran nicht glauben mochte. Und wenn es doch gelang, würde Varus dann zurückkehren, um Rache an denen zu nehmen, die zu Arminius gehörten? Oder ein paar Kohorten zu ihnen schicken, die ihnen zeigen sollten, wie man mit Verrätern und ihren Familien umging? Hermut behauptete, wenn der Plan aufging, würde es keinen Römer mehr geben, der ihnen Angst machen konnte. Aber sollte sie ihm das glauben?

Ganz heimlich hatte sie sogar gehofft, dass Arminius' Plan bereits an diesem Abend scheiterte, bevor er in die Tat umgesetzt werden konnte, dass er verraten worden war von einem, dem Varus' Gunst wichtiger war als die vage Aussicht auf Freiheit und Selbstbestimmung. Oder von Segestes und Ingomar, die entgegen Arminius' Zuversicht etwas von seinen Plänen mitbekommen hatten. In der Freude, einen Anschlag vereitelt zu haben, würde Varus vielleicht nicht daran denken, sich an den Angehörigen des Anführers zu rächen. Für diesen Fall hätten ihre Chancen besser gestanden. Aber wie es aussah, hatte Inaja vergeblich gehofft.

Sie drückte das Kind fest an sich und trat aus dem Stall. Nun konnte sie Arminius' Stimme deutlich unterscheiden und Hermuts auch. An Thusneldas leisem Lachen erkannte sie, dass Arminius sich als Varus' Freund an der Festtafel niedergelassen und sie als sein Freund verlassen hatte.

Die drei lächelten ihr flüchtig zu, als sie sich zu ihnen auf die Bank setzte. Hermut zog das Kind auf seinen Schoß, bettete Gerlefs Kopf an seine Brust und legte einen Arm um Inaja. Sie spürte, dass auch er damit rechnete, in ein paar Wochen für immer von ihrer Seite gerissen zu werden. Die Art, wie er sich jetzt ihre Nähe und Wärme sicherte, zeigte es deutlich.

Auch Arminius setzte sich so nah wie möglich zu Thusnelda, während seine Linke gestikulierte, war seine Rechte stets darauf bedacht, Thusnelda zu berühren. »Varus hat mich so freundlich empfangen wie immer«, erzählte er. »›Mein Freund‹ nannte er mich.«

»Auch wie immer«, ergänzte Hermut.

Arminius nickte. »Er ließ die herrlichsten Köstlichkeiten auftischen, ebenfalls wie immer. Tänzerinnen unterhielten uns, Flötenspieler untermalten das Festessen, dazu sprangen junge Sklaven herum, mit angeklebten Bockshörnern und falschem Schwanz. Ich habe Varus gefragt, was das soll, und er hat mir erklärt, diese Burschen verkörperten den Hirtengott Pan.«

Er achtete nicht darauf, dass Hermut verächtlich den Kopf schüttelte, Inaja ihn mit großen Augen ansah, als könnte sie nicht genug von seinen Erzählungen bekommen, Thusnelda jedoch eher ungehalten dreinblickte, als gefielen ihr Arminius' Erzählungen nicht.

»In seinem großen Feldherrenzelt gibt es alles, was reiche Römer in ihren steinernen Häusern haben: Liegesofas und Tische aus feinstem Holz, kostbare Teppiche, silberne Ölleuchter. Und die Speisen waren erlesen! Weichgekochte Eier und Schnecken in Orangensauce, in Honig gekochte Pilze und Langusten in Kümmelsauce, Datteln aus Jericho, korsische Meerbarben, mit Schinken umhüllte Feigen, gebratene Nachtigallenzungen und sogar Pfauenhirnragout.«

Inaja spürte, dass Thusnelda etwas sagen wollte. Einige Male versuchte sie mit einer Frage den Fluss von Arminius' Erzählung zu unterbrechen, dann endlich gelang es ihr: »Hast du mit meinem Vater gesprochen?«

Arminius schüttelte den Kopf und drückte mitleidig ihre Hand. »Er hat sich mit Krankheit entschuldigt.«

Thusnelda sah ihn erschrocken an. »Mein Vater ist krank?«

Arminius zuckte mit den Schultern. »Varus hat es ihm nicht geglaubt. Du weißt, Thusnelda, dein Vater und ich bekleiden denselben Rang. Wir hätten beieinander an der Tafel sitzen oder uns ein Liegesofa teilen müssen. Dem wollte Segestes sich entziehen, meint Varus. Und ich bin geneigt, mich seiner Meinung anzuschließen. Er ist übrigens sehr verärgert darüber und hat mich gebeten, die Familienstreitigkeiten endlich zu begraben.«

Inaja sah, dass Thusnelda nun Arminius' rechte Hand in der

Wölbung ihrer beiden Hände barg. »Gab es irgendeinen Hinweis darauf, dass Varus dir misstraut?«

Arminius schüttelte den Kopf. »Keinen! Es sei denn, er verstellt sich. Denn, ehrlich gesagt … Gründe, mir zu misstrauen, hat er.«

»Welche?«, frage Thusnelda erschrocken.

»Er hat mir lachend mitgeteilt, dass er schon vor längerer Zeit von Kundschaftern gewarnt worden ist. Denen kam es merkwürdig vor, dass ich von einem Gaufürsten zum nächsten gezogen bin. Sie ahnten wohl, dass ich sie hinter mir versammeln wollte.«

Thusnelda schlug eine Hand vor den Mund und sah Arminius ängstlich an. Aber der schüttelte beruhigend den Kopf. »Varus sagt, er hätte sie einfach zwangsversetzt. Er ließe es nicht zu, dass jemand seinen Freund Arminius verunglimpfe.«

Hermut stieß ein Lachen aus, das amüsiert und verächtlich zugleich war. »Ein Mann wie Varus sollte wirklich nicht so gutgläubig sein!«

»Es kam sogar noch schlimmer«, berichtete Arminius weiter. »Flavus hat ihm eine Mitteilung von zwei Kommandanten rheinischer Kastelle gemacht.«

»Seine Warnung!«, flüsterte Thusnelda.

»Den beiden ist aufgefallen, dass ich in den letzten Monaten verstärkt Krieger einziehe. Als ich das hörte, war ich wirklich beunruhigt. Wie sollte ich Varus diese Aufrüstung erklären?«

»Und wie hast du sie ihm erklärt?«, fragte Thusnelda.

Arminius lachte leise. »Ich brauchte nichts dazu zu sagen, Varus tat es für mich. Er erklärte mir, er habe diesen Verdacht zurückgewiesen. Er wisse doch, dass ich die Krieger der anderen Stämme nur für ihn, Varus, einziehe. Er hat einen Kurier zum Kaiser geschickt mit ein paar Wachstäfelchen, in die er eingeritzt hat, sein Freund Arminius rüste auf, um schlagkräftig gegen seine Barbaren zu sein. Ich wolle germanische Aufstände verhindern, hat er dem Kaiser geschrieben, aus diesem Grunde brauche ich Krieger, um jederzeit eingreifen zu können, wenn es Unruhe in einem Stamm gäbe.«

Es entstand eine lange Zeit der Stille. Gerlef schlief nun fest in Hermuts Arm, der Daumen war ihm aus dem Mund gerutscht, das schmatzende Geräusch verstummt. Die Sommernacht war so klar und still, als müssten die Gedanken, Gefühle, Ängste und Sorgen, Mut und Zuversicht festgehalten werden, als könnten sie davonfliegen und sich direkt über ihren Köpfen auflösen und zum Teil der Nacht werden.

»Hoffentlich macht Varus dir nichts vor«, flüsterte Thusnelda.

»Mir scheint, er vertraut mir blind«, sagte Arminius ernst. »So sicher bin ich mir dessen, dass ich mich sogar schuldig fühle, weil ich sein Vertrauen missbrauche.«

15.

Severina hielt sich in letzter Zeit häufig mit Silvanus im Haus des Kaisers auf. Sie sorgte dann dafür, dass der Blick ihres Großvaters auf den kleinen blonden Jungen fiel, wenn er besonders hübsch und niedlich anzusehen war. Silvanus' Sprachschatz war wesentlich größer als Caligulas, und Severina achtete darauf, dass dem Kaiser auffiel, wie verständig und klug ihr Sohn sich äußerte. Den gewünschten Erfolg jedoch hatte sie damit bisher nicht errungen. Noch immer war der Kaiser weit mehr an Germanicus' Kindern interessiert als an ihrem Sohn, aber Severina baute darauf, dass der tägliche Umgang mit Silvanus Augustus' Gefühle nach und nach prägen würde. Irgendwann musste er den Kleinen einfach gern haben, weil er an ihn gewöhnt war!

Das Stadthaus des Kaisers war komfortabel, jedoch nicht prunkvoll ausgestattet. In seinem Landhaus liebte er es noch einfacher, hier wie dort ging es bescheidener zu als bei den meisten reichen Römern. Zwar war jeder Raum mit kostbaren Teppichen ausgelegt, es gab weidengeflochtene Sessel, weich gepolsterte Stühle mit hohen geschwungenen Rückenlehnen, daneben kleine Tische aus Holz, aber Prunk suchte man vergeblich. Kaiser Augustus brauchte kein Gold und kein Silber in seinen Räumen, er liebte eine andere Art von Luxus: Durch sämtliche Räume flogen Papageien, die er besonders liebte. Und wehe, jemand rümpfte die Nase, der von ihren Hinterlassenschaften getroffen wurde!

Augustus residierte an diesem Tag in dem größten Raum, der sich über eine der vier Seiten erstreckte, die das Atrium umgaben. Ein riesiges Fenster füllte den Raum mit Licht, zahlreiche Sklaven sorgten dafür, dass der Kaiser die Wärme genießen konnte, die er liebte, dass aber seinen Gästen, die sie weniger liebten, etwas geboten wurde, was sie erfrischte. Zu allen Jahreszeiten hatte Augustus deshalb Schnee und Eis parat, um Getränke zu kühlen. Über die Ausgaben für diesen Aufwand verlor er kein Wort, während er die Protzerei mancher Römer harsch kritisierte, in deren Häusern Gold und Silber funkelte. Unter dem Haus des Kaisers war ein Schneekeller angelegt worden, wo zusammengepresster Schnee in großen Gruben gelagert wurde, isoliert von Gras, Stroh, Baumzweigen, Erde oder auch Leintüchern. Durch den Druck ging der Schnee in Eis über, so dass Augustus jederzeit, auch im Sommer, Eis zur Verfügung hatte, an dem er mittlerweile auch selbst Gefallen gefunden hatte. Ein Heer von Sklaven sorgte seitdem dafür, dass der Schnee von weither aus den Bergen geholt wurde, denn der Kaiser, der die Wärme liebte, liebte nun auch gekühlte Getränke, obwohl er unter Magenbeschwerden litt, seit er sich regelmäßig Eis in den Wein geben ließ.

Kaiser Augustus thronte auf einem mit rotem Samt bezogenen Stuhl, seine Arme ruhten auf breiten Lehnen, viele bunte Seidenkissen stützten ihn. Der Stuhl stand auf einem Podest in der Nähe des Fensters, so dass das Licht ihn von hinten beschien. Severina beobachtete, dass er sich manchmal leicht vorbeugte und den Rücken rundete, als wollte er die Wärme überall hinführen, wo sie ihm guttat.

Er ließ nun diejenigen vortreten, die er gerufen hatte, und

dann auch diejenigen, die ihrerseits ein Anliegen vorzubringen hatten. Severina betrachtete abschätzig die lange Reihe der Kriecher und Schleimer, die vor Augustus buckelten, und die wenigen, die ihren Stolz in der langen Reihe nicht verloren hatten, wenn sie vor den Kaiser traten.

Als sie den blonden Schopf bemerkte, runzelte sie die Stirn. Was hatte Flavus mit dem Kaiser zu besprechen? Dass er eine Bitte an ihn hatte, war nicht anzunehmen. Also war er vom Kaiser gerufen worden. Warum?

Sie winkte Sosia heran und schob ihr Silvanus entgegen. »Geh mit ihm in den Garten!«

Dann ließ sie sich auf einem zierlichen Stuhl nieder, der in der Nähe des Kaisers stand, und rief nach Gaviana. »Bring mir Wein!«

Er wurde ihr in einem kunstvoll verzierten Silberpokal gereicht, Severina führte ihn an den Mund, ohne Flavus aus den Augen zu lassen.

Es dauerte nicht lange, da wurde er auf sie aufmerksam. Es begann damit, dass sein Blick unstet wurde, dann schien er zu spüren, woher die Aufmerksamkeit kam, die auf ihn gerichtet war, und schließlich sah er sie. Röte schoss in seine Wangen, auf seiner Stirn erschienen dicke Schweißperlen. Severina schenkte ihm ein kleines Lächeln, das alles und nichts bedeuten konnte, anschließend aber sah sie kein einziges Mal mehr zu ihm hin. Trotzdem bemerkte sie, dass sich seine Finger nervös verknoteten, während er darauf wartete, dass er an die Reihe kam.

Erst als Flavus endlich vor dem Stuhl des Kaisers angekommen war, richtete Severina wieder ihr Augenmerk auf ihn. Er war nun ganz auf die Worte des Kaisers konzentriert, sie konnte ihn beobachten, ohne dass es ihm auffiel. Leider war der Abstand zu groß für ein leichtes Mithören des Gesprächs. Sie musste die beiden fest im Auge behalten und auf ihre Gesten, ihr Mienenspiel und die Bewegungen ihrer Lippen achten, wenn sie mitbekommen wollte, was zwischen dem Kaiser und Flavus besprochen wurde.

Gaviana bewies zum Glück mal wieder, dass sie nach wie vor

die beste Sklavin in Severinas Haushalt war. Demonstrativ stellte sie sich zwischen ihre Herrin und die Frau des reichen Pollio, so dass diese davon absah, Severina anzusprechen.

Kaiser Augustus lächelte Flavus wohlwollend an. »Ihr braucht mir nicht Bericht zu erstatten«, sagte er. »Der Statthalter in Germanien hat mir bereits durch einen Kurier mitteilen lassen, dass alles in Ordnung ist.«

Flavus sah ihn erstaunt an. »Er macht sich keine Sorgen?«

»Warum sollte er? Was könnte Euer Bruder schon gegen Rom ausrichten? Und vor allem: Warum sollte er es wollen?«

Flavus neigte demütig sein Haupt und antwortete, was der Kaiser hören wollte: »Rom ist unbesiegbar!«

»Und Euer Bruder ist Varus' Freund«, ergänzte der Kaiser milde. »Ihr könnt ganz unbesorgt sein! Was die beiden Kommandanten beobachtet haben, diente nur dem Frieden in Eurer Heimat. Arminius braucht Krieger, um aufständische Stämme zu bekämpfen und für Ruhe und Ordnung sorgen zu können. Das ist alles! Varus hat mich überzeugt.«

Mit einer knappen, aber durchaus freundlichen Handbewegung zeigte der Kaiser an, dass die Audienz beendet und Flavus entlassen war.

Er verneigte sich, ging ein paar Schritte rückwärts, verneigte sich ein weiteres Mal, dann glitt der Blick des Kaisers zum nächsten Besucher.

Sofort richtete Flavus sein Augenmerk auf Severina. »Ich hatte gehofft, Euch hier zu treffen. Andernfalls hätte ich Euch meine Aufwartung gemacht.«

Sie erhob sich und bewegte sich gemächlich zur Tür hin, die ins Atrium führte. Sie wusste, dass die weiße Seide ihrer Tunika leicht durchscheinend war und ihr Körper im Gegenlicht etwas preisgab, was jeden Mann in ihrer Nähe in Unruhe versetzte.

Sie wartete, bis Flavus sich an ihre Seite geschoben hatte. »Was habe ich gerade gehört? Arminius ist über jeden Verdacht erhaben?«

Flavus sah auf seine Fußspitzen, während er antwortete:

»Varus behauptet, er ziehe Krieger zum Wohle Roms ein. Die Kommandanten der beiden Kastelle waren besorgt, aber Varus glaubt nicht daran, dass mein Bruder etwas im Schilde führt.«

Severina trat mit ihm ins Atrium, in dessen Mitte es einen wunderschönen Garten gab. Zehn bis zwanzig Pfaue liefen frei herum, in einem großen Fischteich wälzten sich goldene Karpfen, an marmornen Säulen rankten Blüten empor, dichte Büsche sorgten für viele lauschige Ecken. Hinter jeder stand ein junger Sklave mit einem riesigen Palmfächer, bereit, für Schatten und Kühlung zu sorgen, wenn es gewünscht wurde.

Severina steuerte auf eine Bank zu, die unter einem Baum stand, dessen dichte Krone ausreichend Schatten bot. Mit einer ungeduldigen Handbewegung scheuchte sie Gaviana weg, die herbeigelaufen kam, um ihre Tunika in anmutige Falten zu legen.

Severina stützte den linken Ellbogen auf der Rückenlehne der Bank auf und wandte sich Flavus zu, der neben ihr hockte, als wollte er gleich im nächsten Moment wieder aufspringen. Anscheinend wusste er mit Severinas Nähe nicht umzugehen. Hilflos starrte er in ihr schönes Gesicht, als wünschte er sich, sie möge weniger schön sein, damit er sich nicht so schwach und armselig fühlte.

»Deswegen habt Ihr also Arminius einen Römerfeind genannt, als wir uns zum letzten Mal begegnet sind. Aber anscheinend habt Ihr Euch getäuscht.«

Flavus betrachtete fasziniert Severinas linken Zeigefinger, der mit einer Locke spielte, die sich über ihrem Ohr kringelte. Erst allmählich gewann er seine Fassung zurück. »Das glaube ich nicht. Varus vertraut zwar meinem Bruder, aber ich weiß, dass Arminius ihm etwas vormacht. Ich kenne meinen Bruder. Und ich kann mir denken, was unser Vater auf dem Sterbebett von ihm verlangt hat.«

»Dass er sich gegen Rom stellt?«, fragte Severina, als könnte sie es kaum glauben.

Flavus' Blick wurde nun eindringlich. »Mir ist Verschiedenes zu Ohren gekommen. Ich traue meinem Bruder nicht. Und wenn ich mir vorstelle, was er plant, dann denke ich vor allem an Euren Sohn. Ich kann Euch nur noch einmal beschwören: Gebt Eurem Kind einen Vater! Überlasst Silvanus nicht dem Schicksal, der Sohn eines Römerfeindes zu sein!«

Severina wurde prompt unsicher, wie immer, wenn die Rede auf Silvanus kam. »Was kann Arminius schon gegen Rom ausrichten?«

»Selbst wenn er nichts ausrichtet, dann versucht er es vielleicht und wird dafür ans Kreuz genagelt. Ist es etwa besser für Silvanus, wenn er einen Vater hat, der so endet?«

Severina erhob sich, sie ertrug die Nähe zu Flavus plötzlich nicht mehr. Aber auch er stand auf und schloss die Distanz auf diese Weise wieder.

»Ich bitte Euch noch einmal um Eure Hand, schöne Severina! Ich liebe Euch! Ich bete Euch an! Und ich kann Euch und Silvanus die Sicherheit bieten, die Ihr bald nötig haben werdet! Als mein Sohn wird dem Jungen nichts geschehen. Und jeder wird glauben, dass ich sein leiblicher Vater bin. Schließlich ist niemand in Rom so blond wie ich.«

Er war drauf und dran, vor ihr auf die Knie zu sinken, aber zum Glück stellte er rechtzeitig fest, dass Agrippina und Germanicus mit ihren Kindern das Atrium betraten und ihnen neugierige Blicke zuwarfen, ehe sie sich einem anderen Teil des Gartens zuwandten.

Ungeduldig wehrte Severina ab. »Dies ist nicht der richtige Ort und auch nicht der rechte Zeitpunkt.«

Flavus machte prompt einen Schritt zurück, aber aus seiner Miene wich die Entschlossenheit nicht. »Was kann ich tun, um Euch zu überzeugen? Was muss ich tun, damit Ihr mich erhört? Appelliere ich an Euch als Frau? Oder an Euch als Mutter?«

Diese Frage konnte Severina leicht beantworten. »Das Wohl meines Kindes geht mir über alles.«

»Dann verstehe ich nicht, warum Ihr zögert.«

Severina wandte sich von ihm ab und ging tiefer in den Garten hinein – mit kleinen, langsamen Schritten, als dächte sie über

Flavus' Worte nach. Das Gras hinter ihr raschelte im gleichen Rhythmus, er folgte ihr also und sorgte dafür, dass es keinen Raum zwischen ihnen gab, der genug Abstand erzeugte, um ihn zurückzustoßen.

Sie blieb so plötzlich stehen, dass Flavus' Nähe mit einem Mal zu riechen und sogar zu fühlen war, obwohl er es nicht wagte, sie zu berühren. Trotzdem musste Severina ihren Widerwillen abschütteln, ehe sie sich umdrehte. Überheblichkeit stand ihr gut, das wusste sie, deshalb ließ sie es bei dieser Wirkung bewenden, sah ihn aufmerksam an – und schwieg.

»Ich werde Euch glücklich machen«, stieß Flavus hervor. »Und Silvanus auch. Und ich werde der glücklichste Mann der Welt sein, wenn Ihr mich erhört.«

Severinas Stimme war sanft und sehr leise. »Ich habe es Euch schon einmal gesagt: Euer Bruder steht zwischen uns. Ich kann nicht seine Schwägerin werden, das müsst Ihr einsehen.« Sie holte tief Luft, richtete sich auf, legte den Kopf in den Nacken. »Solange Arminius lebt, kann ich Euch nicht heiraten.«

»Solange er lebt«, wiederholte Flavus langsam und nachdenklich und wiederholte fragend: »Solange er lebt? Wollt Ihr damit sagen, dass ich warten muss …« Hilflos brach er ab.

Severina antwortete nicht, sondern sah ihn nur eindringlich an. Dann hob sie ihre Hand und berührte sanft seinen Arm – so zart, wie hingehaucht war diese Geste, so intim, aber doch ohne die Vertrautheit, die zur Intimität gehörte, so betörend gerade deshalb, so schwelgerisch und vielversprechend, dass sich in Flavus etwas öffnete, was bis jetzt fest verschlossen gewesen war. So fest verschlossen wie einmal sein Wunsch gewesen war zu lieben wie ein Herrscher, ein Despot, ein Tyrann. Zu lieben, als wäre er stark, unabhängig und unbesiegbar. Immer war sein Bruder stärker gewesen als er. Mittlerweile aber vertraute Flavus darauf, dass seine Art zu lieben ihn stärker und überlegener gemacht hatte, als sein Bruder je sein würde. Dass niemand – außer einer Dienstmagd – von seiner Art zu lieben wusste, machte sie nicht schlechter.

Severina beobachtete Flavus nachdenklich, als wollte sie seine

Gedanken lesen. Dann nickte sie zufrieden, ohne dass es ihm auffiel. Ja, er schien nun endlich begriffen zu haben.

Die Familie hatte sich am Feuer versammelt, in einem dichten Kreis, einer wie der andere mit vorgeneigtem Oberkörper, dem Licht des Feuers zugewandt, der Kälte des kommenden Tages den Rücken zugekehrt. Sie saßen auf hölzernen Bänken. Der einzige Stuhl des Hauses, der dem Hausherrn zustand, war von Arminius beiseite geschoben worden. Er hatte sich neben Thusnelda gehockt, ihm gegenüber saß seine Mutter, neben ihr Wiete. Arminius hatte drauf bestanden, dass sich auch sein bester Freund Hermut an diesem Abend zu ihnen gesellte, wie ein Familienmitglied. »So wie er bei mir sein wird in der Schlacht, die alles entscheiden wird.«

Natürlich war Inaja an seiner Seite. Kerzengerade saß sie da, der Stolz leuchtete aus ihren Augen. In der Freude darüber, den Abend nicht mit den anderen Mägden vor dem Haus verbringen zu müssen, schien sie ihren Mann und die Sorge um die nahe Zukunft der Teutoburg zu vergessen. Thusnelda sah sie vorwurfsvoll an, während Thordis die Teigfladen vom Rost nahm. Merkte Inaja denn nicht, wie unpassend ihre Selbstzufriedenheit war? Auch Hermut warf Inaja mehrmals einen Blick zu, jedes Mal, wie Thusnelda schien, in der Hoffnung, etwas anderes in ihrem Gesicht zu finden als diese fremde Eitelkeit. Aber er wurde ein ums andere Mal enttäuscht.

Am Ende entschloss er sich, nicht nur den anderen, sondern vor allem sich selbst etwas vorzumachen und tätschelte lächelnd Inajas Hand. Thusnelda konnte an seinem Gesicht ablesen, dass er etwas gefunden hatte, mit dem das Verhalten seiner Frau zu erklären war, das Fehlen jeglicher Anteilnahme an der schweren Aufgabe, die den Männern bevorstand, die Sorge um ihr Leben, die Angst davor, dass sie nicht zurückkehren könnten. Lächelnd teilte er mit, dass Inaja erneut schwanger war. »Dieses Kind wird zur Welt kommen«, sagte er zuversichtlich. »So sicher, wie wir siegen werden.«

Die Freude war verhalten, wenn man die zerstreute Zustimmung auf den Gesichtern überhaupt so nennen durfte. Die Frage, was aus diesem Kind werden sollte, wollte niemand an sich heranlassen. Für die Zuversicht, die Hermut auszustrahlen versuchte, fehlte Thusnelda der Mut, während Thordis und Wiete sich ein Lächeln abrangen, das noch mutloser war als Thusneldas Schweigen.

Nur Arminius sagte: »Hermut hat recht. Es beginnt ein neues Leben. Für uns alle! Nicht nur unter Inajas Herzen.«

Thordis hatte beschlossen, dass es an diesem Abend ein Festessen geben sollte. Kopfschüttelnd hatte Arminius ihren Vorbereitungen zugesehen. »Warum greifst du die Vorräte für den Winter an? Sie werden uns in den kommenden Monaten fehlen.«

Thordis hatte ihren Sohn nicht angesehen, als sie ihm antwortete: »Möglicherweise werden wir sie nicht mehr brauchen. Dann wäre es schade, wenn sie den Römern in die Hände fallen oder verderben.«

Sie hatte frisches Bier gegoren und bestrich die Teigfladen nun sogar mit Honig. Mehrere Hühner waren gebraten und mit Beeren gefüllt worden, die eigentlich für den Winter getrocknet werden sollten. In der Asche hatte Thordis sie gegart, nun hob sie die Hühner heraus und schnitt sie auf. Inaja wurde angewiesen, zu den Knechten und Mägden so viel Essen herauszubringen, wie sie vertragen konnten. »Es soll ihnen noch einmal richtig gut gehen.«

Obwohl Arminius protestierte, holte Thordis sogar den Bärenschinken vom Balken, der noch Monate dort reifen sollte, schnitt ihn auf und bestrich ihn ebenfalls mit Honig. Dass niemandem ein Essen schmeckte, das so offensichtlich eine Henkersmahlzeit werden sollte, kam ihr anscheinend nicht in den Sinn.

Hermut erhob sich, kaum dass er gesättigt war. »Ich muss zu den Einheiten zurück.« Fragend blickte er Arminius an. »Am Einsatzbefehl hat sich nichts geändert?«

Arminius schüttelte den Kopf. »Es ist alles gut vorbereitet. Unser Plan wird aufgehen.« Er erhob sich und zog seinen Freund zum Ausgang. »Ihr bleibt in Deckung, bis die zweite Legion vorübergezogen ist. Dann erfolgt der Angriff auf die langgezogene Flanke. Das erste Drittel rennt gegen die erste Legion, das zweite gegen die dritte. Du stürmst mit deinen Männern direkt auf die zweite zu, dort komme ich dir entgegen, und wir wenden uns gemeinsam gegen die Römer. Es kann nichts schiefgehen.«

Thusnelda hatte lange nichts gesagt, nun klang ihre Stimme rau, als wäre sie nicht mehr geübt in hellen Lauten. »Mir wäre es lieber, du würdest mit Hermut zusammenbleiben. Dass du dich nochmals in Varus' Nähe begeben willst ...«

Arminius unterbrach sie, indem er zu ihr zurückkam und nach ihrer Hand griff. Währenddessen winkte Hermut Inaja nach draußen, um sich dort von ihr zu verabschieden. »So ist es am sichersten«, erklärte Arminius. »Sollte er auch nur den geringsten Zweifel an mir gehabt haben, dann ist er spätestens jetzt ausgeräumt. Dass ich ihm angeboten habe, ihm bis zum Rhein Geleit zu geben, rechnet er mir hoch an. Möglich, dass er sich wirklich überlegt hat, ob ein Angriff zu befürchten ist. Jetzt jedenfalls ist er sorglos. Er sagt sich, dass ich ihn nicht mit meinen Gefolgsleuten begleiten und gleichzeitig ein kleines Heer gegen ihn aufmarschieren lassen kann.«

Thusnelda nickte wie ein gescholtenes Kind. »Aber was ist, wenn er auf der Heerstraße bleiben will?«

Arminius verlor nichts von seiner Geduld, obwohl nun auch Thordis und Wiete ihre Zweifel anbrachten. »Warum sollte ich ihm Geleit geben, wenn die Legionen auf der Heerstraße marschieren? Er hat deshalb mein Angebot angenommen, weil er mir geglaubt hat, dass sich Aufstände formieren. Er will sie zerschlagen, ehe mehr daraus wird. Sozusagen auf einem Wege ohne zusätzlichen Aufwand!«

»Bist du sicher?«, fragte Wiete. »Drei Legionen umleiten, nur um ein paar Aufständische zurückzudrängen? Will er das wirklich?«

Arminius nickte. »Noch etwas hat er mir geglaubt. Oder sagen wir es besser so ... Ich habe ihn dazu gebracht, selber diese Idee zu formulieren. Er denkt, dass er ein weitsichtiger Feldherr ist, der die Gelegenheit nutzt, die Stärke des römischen Heeres zu demonstrieren. Varus sagt sich, dass es nie wieder zu Aufständen kommen wird, wenn die Stammesführer sehen, gegen welche Macht sie sich stellen wollen. Für dieses Ergebnis macht Varus den Umweg gern.«

»Und wenn er unterwegs etwas merkt?«, fragte Thusnelda.

»Oder wenn es dir nicht gelingt, dich unbemerkt zu entfernen und zu Hermut zu stoßen?«, ergänzte Thordis.

»Das wird mir gelingen«, sagte Arminius voller Zuversicht. »Und Varus wird nichts merken. Hermut und ich haben alles genau durchgesprochen. Auch die andern Stammesführer wissen, wann und wie sie zu ihren Einheiten stoßen können.«

Wiete kamen nun ebenfalls Zweifel. »Ich glaube, dass es einen Verräter unter den Stammesführern gibt. Wie sonst hat Segestes von deinen Plänen erfahren?«

Varus hatte den Termin des Abmarschs ins Winterlager so gelegt, dass am Tag, bevor zum Aufbruch gerüstet wurde, noch der Geburtstag des Kaisers feierlich begangen werden konnte. Dazu waren sämtliche Stammesfürsten geladen worden, daher waren die Krieger aller Stämme ohne ihre Führer. Varus glaubte, er habe es schlau eingefädelt und so auch die Skeptiker auf römischer Seite beruhigt, die ihn vor Arminius gewarnt hatten. Wenn alle Stammesfürsten bei ihm zu Gast waren, konnten sie keinen Angriff gegen ihn vorbereiten, so einfach war das. Wie konnte er auch ahnen, dass Arminius einen Freund hatte, der die gleichen Fähigkeiten besaß wie der junge germanische Fürst? Der genauso gut wusste, wie es um die römische Kriegskunst bestellt war? Der genauso wie Arminius in der Lage war, eine germanische Heerschar in den Krieg zu führen?

Inaja kam zum Feuer zurück, obwohl Hermut aufgebrochen war und es eigentlich keinen Grund mehr gab, sich zur Familie des Fürsten zu gesellen. Doch weder Arminius noch Thordis erhoben dagegen Einspruch. Auch Thusnelda sagte nichts dazu, obwohl sie sich insgeheim schämte für die anmaßende Haltung ihrer Dienstmagd.

»Was ist, wenn Wiete recht hat?«, flüsterte Thusnelda. »Wenn es wirklich einen Verräter in deinen Reihen gibt?«

Arminius schüttelte den Kopf. »Die Götter sind mir wohlgesinnt, das ist bewiesen. Also muss ich mich nicht sorgen.«

Thusnelda wusste, was er meinte. Ja, Arminius hatte den Schutz der Götter bereits einmal genossen. Der Schreck war ihr in die Glieder gefahren, als er ihr nach seiner Rückkehr von Varus' Fest erzählt hatte, wie er von ihrem Vater attackiert worden war. Er konnte nicht verhehlen, dass seine Hand unwillkürlich zu seinem Schwert gefahren war, als Segestes während des Festmahls aufgestanden war und schwere Vorwürfe gegen ihn erhoben hatte.

»Es war von Anfang an zu spüren gewesen«, hatte Arminius erzählt, »dass er etwas plante. Ich war auf der Hut, aber ich konnte mir nicht vorstellen, was er im Schilde führte. Auf das, was dann kam, war ich nicht gefasst.«

Ohne erkennbare Erregung hatte er berichtet. Thusnelda war jedoch sicher, dass er ihr einiges verschwieg, was sie geängstigt hätte. Wie Segestes herausbekommen hatte, was Arminius plante, würde wohl für immer ein Geheimnis bleiben. Vielleicht war es auch gar keine Gewissheit gewesen, die ihn angetrieben hatte, sondern nur eine Ahnung oder ein drängender Verdacht. Womöglich hätte er Beweise schuldig bleiben müssen, wenn sie von ihm gefordert worden wären.

»Er sorgte dafür, dass es ruhig im Zelt wurde«, hatte Arminius erzählt. »Die Tänzerinnen hatten ihre Darbietung gerade beendet, und Segestes gab den Musikern ein Zeichen, das sie warten sollten. Dann stand er auf, wies mit dem Finger auf mich und erklärte Varus rundheraus, dass er einen Feind an seiner Tafel sitzen habe. Er solle sich vor mir in Acht nehmen, ich plane einen Überfall auf die römischen Legionen.«

Die Stille, die eintrat, wäre eisig gewesen, hatte Arminius weiter berichtet. Jeder der Gaufürsten hatte die Hand an der Waffe gehabt, forschende Blicke waren durch den Raum geflogen, jeder hatte im Nächsten den Verräter gesucht. Dann hatten sich alle Blicke auf Arminius gerichtet. Wie würde er reagieren? Und was würde geschehen, wenn Varus nicht mehr ihm, sondern Segestes glaubte?

Doch ehe Arminius etwas entgegnen konnte, hatte Varus schon zu lachen begonnen. »Warum beendet Ihr nicht endlich Eure Familienstreitigkeiten?«, hatte er gerufen und so heftig gelacht, dass ihm die Tränen in die Augen getreten waren. Deswegen hatte er auch nicht sehen können, wie sich die germanischen Stammesführer erleichtert angeblickt hatten. »Arminius ist Euer Schwiegersohn, Segestes! Ob Euch das nun passt oder nicht! Es wird Zeit, dass Ihr Euch mit ihm versöhnt!«

Dieses Ansinnen hatte Fürst Segestes jedoch strikt von sich gewiesen. Wer ihm die Tochter geraubt hatte, dem würde er niemals die Hand reichen.

Darauf hatte Varus gleichgültig mit den Schultern gezuckt. »Wenn Ihr keine Versöhnung wollt, so solltet Ihr wenigstens aufhören, Arminius zu bekämpfen.« Strafend hatte er Segestes angesehen. »Es ist nicht richtig, dass Ihr den Gemahl Eurer Tochter verunglimpft. Nur um Rache an ihm zu nehmen!«

Arminius starrte nachdenklich ins Feuer, während er beschrieb, wie hasserfüllt Segestes' Blick gewesen war, als er begreifen musste, dass nicht Arminius, sondern er selbst bei Varus in Ungnade gefallen war.

Dann kam der Abschied. Stille legte sich über die Teutoburg. Es war, als hielte alles, was dort lebte, den Atem an. Die Geräusche aus dem Stall schienen leiser zu sein als sonst, die Kinder lärmten nicht, das geschäftige Klappern der Gerätschaften war nicht zu hören, keine Gespräche, kein Lachen, kein Fluchen. Das Rad, welches das Leben auf der Teutoburg antrieb, war stehen geblieben. Es würde sich erst wieder in Bewegung setzen, wenn das Schicksal über die Burg und ihre Bewohner entschieden hatte. Jeder wusste es, niemand sprach es aus. Die Knechte standen mit gesenkten Köpfen da, als wollten sie nicht sehen, wie ihr Herr mit seinem besten Freund sich auf den Weg machte, die

Mägde drückten ihre Kinder an sich und wischten sich die Tränen aus den Augen.

Trotz des schweren Moments genoss Inaja ihre herausragende Stellung. Sie stand nicht neben den anderen Mägden, sondern neben Thusnelda, Thordis und Wiete. Sie gehörte zur Familie des Fürsten. In der Bedeutung dieses Augenblicks gelang es ihr sogar, Hermut ein Lächeln zu schenken, das ihm Mut machen sollte, und es fiel ihr nicht einmal schwer.

Thusnelda weinte herzzerreißend, kaum dass die Männer sich entfernt hatten und sie sich nicht mehr zu sorgen brauchte, dass Arminius ihre Tränen sehen könnte. Inaja trat an ihre Seite und hätte den Arm um sie gelegt, wenn da nicht Thordis' strenger Blick gewesen wäre. Sie schätzte keine Vertraulichkeiten zwischen Gesinde und Herrschaft. Ein ums andere Mal wies sie Inaja in ihre Schranken, wenn sie sich etwas herausnahm, was ihr nicht zustand.

Sie konnten beobachten, wie Arminius und Hermut sich nach mehreren hundert Schritten trennten. Arminius wandte sich mit einer kleinen berittenen Einheit von rund zwanzig Männern Varus' Sommerlager zu, wo sich die Legionen formierten, Hermut ritt mit zwei Begleitern in die entgegengesetzte Richtung, um zu dem kleinen germanischen Heer zu gelangen, das er befehligen würde, bis Arminius zu ihm gestoßen war.

Inaja konnte nicht den Blick von Hermuts Gestalt nehmen, die immer kleiner wurde und sich in der Nähe des Waldes aufzulösen schien, während Arminius an der Spitze seiner Truppe noch lange vor dem hellen Himmel zu erkennen war. So hatte sie auch Flavus nachgeblickt, als er sich das letzte Mal von der Teutoburg trennte. Wenn es auch jetzt irgendwo einen Schmerz gäbe, der ihr zeigte, wie groß Hermuts Liebe war, wenn es eine Stelle an ihrem Körper gäbe, die nicht berührt werden dürfte, weil der Schmerz dann unerträglich würde, wenn Hermuts Liebe so wie Flavus' Liebe sie gezeichnet hätte, dann wäre sie schon jetzt voller Sehnsucht. Aber Hermuts Liebe war auch diesmal weich, lau und ohne Wirkung gewesen. Zärtlichkeit nannte er sie, Inaja nannte sie Kraftlosigkeit. Wenn auch Thusnelda diese Liebe von Arminius bekommen hatte, verstand Inaja nicht, warum sie so heftig weinte. Nein, darum beneidete Inaja ihre Herrin nicht, wohl aber um ihre Tränen, die sie nicht zu verstecken brauchte.

Sie war die Erste, die sich umwandte, um zum Haus zurückzugehen. So war sie auch die Erste, die sah, dass über der Burg ein Unwetter aufzog. Aus dem frischen Wind wurde schnell ein heftiger Sturm, der die Bäume neigte und alles davontrug, was nicht festgebunden war. Kurz darauf fegten Hagelschauer übers Land, der Himmel öffnete sich, es begann zu regnen. Bald schon standen die Wiesen unter Wasser, die Wege verwandelten sich in morastige Pfade, die sie bald den grün überwachsenen Sümpfen gleichmachen würden. Tödliche Fallen! Nur wer sich auskannte, würde es schaffen, auf dem Wege zu bleiben. Die Wälder waren bereits zu einem großen Teil entlaubt, ihre Böden ungeschützt dem Regen ausgeliefert. Die heruntergefallenen Blätter verbanden sich mit Nässe und Moos zu tückischer Schlüpfrigkeit.

Sie blieb in der Tür des Hauses stehen und sah in den dichten Regen hinaus. Senkrecht fiel er in diesem Augenblick zu Boden, aber schon im nächsten wurde er vom Wind gegen die Hauswand geworfen.

Inaja zog ihr Tuch enger um den Körper. »Arminius und Hermut können einem leid tun«, sagte sie, als sie fühlte, dass Thusnelda neben sie trat.

»Die Römer können einem leid tun«, korrigierte Thusnelda. »Das ist genau das Wetter, das Arminius sich gewünscht hat. Die Römer werden mitten in ihrem Kampf gegen Sturm und Regen stecken, wenn sie angegriffen werden.«

Am vierten Tag hörte der Regen auf, am fünften kamen die Vögel. Zunächst nur einige große, kräftige. Sie flogen voran, ihr heiseres Krächzen klang wie eine Warnung. Dann folgten einige Vogelstriche, schließlich wurde die Sonne verdunkelt von den Schwärmen.

Als der erste sich auf einem Baumwipfel niederließ, stand das Rauschen über den Wäldern wie ein Sturm, der in den Wolken Kraft sucht, bevor er hinabfährt. Ein gewaltiges Brausen war es, das jedes andere Geräusch verschluckte. Ein riesiger Schatten, der die Sonne verdunkelte. Doch dann wurde aus der zusammengeballten Masse eine Masse aus Millionen von Vögeln. Einige flatterten hinab, dann immer mehr, ließen sich in den Baumkronen nieder, wurden von den folgenden auf die Zweige und Äste hinabgedrängt – und dann begann das Warten. Darauf, dass das Stöhnen und Wimmern ein Ende hatte. Darauf, dass das Blut zu fließen aufhörte. Darauf, dass die Toten ihre Ruhe fanden. Viele Tote, Tausende, Zigtausende. Erstochen, erschlagen, durchbohrt, enthauptet. Manchmal waren die Köpfe so sauber vom Rumpf getrennt worden, dass der Schnitt kaum zu erkennen war. Nur das Blut, das ihn besudelte, zeigte an, was geschehen war. Andere Köpfe waren davon gerollt, einen Abhang hinab, in eine Grube oder ein Wasserloch. Manche Leichen lagen aufeinander, mit einem einzigen Schwert durchbohrt, das noch in den Körpern steckte, andere waren übereinandergefallen, weil sie sich im Augenblick des Todes zusammengedrängt hatten. Einige lagen neben ihren verendeten Pferden. Es gab sogar Tote, die mit dem Schwert an Baumstämme genagelt worden waren, als hätte der Hass selbst sich an ihnen vergangen.

Zu ihren Füßen lagen zerbrochene Waffen. Alle Schwerter, Säbel und Dolche, die den Kampf überstanden hatten, waren in die Hände der Sieger gefallen.

Dann flogen die ersten Vögel dem Geruch entgegen, der von der Erde aufstieg. Eine Hand zuckte hoch, schwer und blutverkrustet. Ein kurzes Abwehren, ein letztes Erschrecken, dass der Tod die Gestalt eines Vogels angenommen hatte. Ein flatterndes Augenlid, ein zuckender Mundwinkel, die stumme Bitte, ein Ende zu machen.

Lange hielten die Vögel sich in diesem Wald auf. Und im nächsten und übernächsten Wald, in den Sümpfen dazwischen, in den morastigen Ebenen, im Schlamm, in dem die Getöteten noch bis zu den Knien steckten. Als die ersten Vögel wieder aufflatterten, wetzten sie sich an den Bäumen die Schnäbel, bevor sie sich zurück in den Himmel schwangen. Andere blieben, viele verließen den Ort erst, als es nichts mehr gab als bleckende Schädel und bleiche Knochen und der Geruch allmählich erträglicher wurde.

Der letzte Schwarm blieb sehr lange. Große schwarze Vögel, die immer größer zu werden schienen, je erbärmlicher ihre Opfer wurden. Sie wollten sich nicht zufriedengeben, staksten von einem Gerippe zum nächsten, pickten in leere Augenhöhlen, lösten Fingerknöchel und trugen sie fort, suchten Haarbüschel zusammen und stopften sie in einen Helm. In einen der wenigen, die zurückgeblieben waren. Alles andere, was einen Wert besessen hatte, war mitgenommen worden. Die Vögel hatten nur noch das geplündert, was niemand wollte. Die Reste des Lebens …

II. BUCH

16.

Claudia Pulchra war einmal eine große Frau mit einem ungewöhnlich hellen Teint und kleinen schwarzen Augen gewesen, die aus ihrem Gesicht stachen, die ihr Gegenüber nicht anblickten, sondern anzugreifen schienen. Damals hatte sie noch hoffnungsvoll in die Zukunft geblickt. Nun jedoch blitzten ihre Augen meist nicht mehr herausfordernd, sie waren müde und gleichgültig geworden. Sogar heller und durchsichtiger erschienen sie, während ihre Gesichtshaut dunkel geworden war, als setzte sie sich zu stark der Sonne aus. In den letzten vier Jahren hatte sie überdies stark an Gewicht zugenommen, war unbeweglich geworden, schwitzte leicht und klagte viel. Kurz – aus ihr war eine Matrone geworden, die Severina niemals zu werden hoffte, auch nicht, wenn sie in Claudias Alter sein würde.

Sie hätte sich am liebsten unbemerkt wieder zurückgezogen, als sie merkte, dass Varus' Witwe bei Agrippina zu Besuch war. Und es wäre ihr vermutlich gelungen, wenn sie nicht den Fehler gemacht hätte, in der Tür stehen zu bleiben und Claudia eine Weile zu betrachten. Sie war eine Verwandte, die Großnichte des Kaisers, der sie Varus zur Frau gegeben hatte, nachdem der ihn mehrmals auf seinen Orientreisen begleitet hatte. Augustus hatte einen Narren an dem jungen Varus gefressen. Ob seine Großnichte genauso hingerissen von ihm war, hatte er sie nie gefragt. Römische Ehen wurden selten aus Liebe geschlossen, und Claudia hatte sich nie beklagt. Ihr Gemahl hielt sich selten in Rom auf, wurde ihr auf diese Weise also nicht lästig. Während Augustus seine Wertschätzung zeigte, indem er Varus in der Westtürkei, in Syrien und in Germanien einsetzte, führte Claudia ein angenehmes Leben in ihrem römischen Stadthaus, in dem niemand an Varus dachte, solange er nicht höchstpersönlich dort auftauchte. Claudia schien sogar zu vergessen, dass es ihn überhaupt gab, derart erstaunt war sie jedes Mal, wenn Varus sich tatsächlich einmal in seinem Hause blicken ließ. Seit er jedoch nicht mehr lebte, spielte sie mit großer Überzeugungskraft die trauernde Witwe.

»Mein armer Varus!«, rief sie in diesem Moment aus. »Ich mag gar nicht daran denken, wie verzweifelt er gewesen sein mag! Aber es tröstet mich, dass er sich in sein eigenes Schwert gestürzt hat. Besser, als wäre er in die Hände der Barbaren gefallen! Was die mit ihm gemacht hätten …«

Severina gab Gaviana ein Zeichen, damit sie sich leise mit Silvanus entfernte, und machte selbst ein paar vorsichtige Schritte zurück. Doch Silvanus, der nicht verstand, dass seine Mutter nicht bemerkt werden wollte, fragte laut und deutlich, warum man erst Tante Agrippina besuchen wolle und dann wieder nicht.

Damit war Severinas Plan gescheitert. Sie musste zu Varus' Witwe gehen, sie begrüßen und sogar zusehen, wie Claudia ihrem Sohn mit spitzen Fingern die beringte Hand reichte und ihm über das Haar strich, als erwartete sie, Stroh auf seinem Kopf vorzufinden.

»Diese blonden Haare! Man könnte meinen, dass dieser elende Verbrecher, dieser Verräter, dieser feige, hinterlistige Meuchelmörder …« Sie brach ab, als versagte ihr die Stimme, plötzlich blickten ihre Augen wieder so aggressiv wie zu ihren besten Zeiten. »Wann war das eigentlich? Wann hatte der Kaiser diesen unsäglichen Einfall, einen Barbaren mit der römischen Ritterwürde zu ehren?«

Severina griff nach Silvanus' Schultern und schob ihn Gaviana entgegen. Die Sklavin verstand sofort, nahm den Jungen an ihre Seite und verließ mit ihm den Raum.

Im nächsten Moment ärgerte Severina sich über sich selbst. Sie durfte nicht anfangen, Silvanus zu verstecken, dann wurde alles noch schlimmer, damit bestätigte sie nur die Gerüchte, die sich um ihn rankten.

Vor ein paar Jahren noch schien sich alles zum Guten zu wenden. Wohl auch durch Flavus' Betreiben setzte sich die Auffassung durch, dass Severina eine Affäre mit Arminius' Bruder gehabt hatte, von der sie nach Silvanus' Geburt nichts mehr wissen wollte. Es schien auch jeder in Rom zu wissen, dass Flavus sie mit Heiratsanträgen bestürmte, von denen sie einen um den anderen ablehnte. Warum sie Flavus nicht heiraten wollte, wusste niemand, aber Mutmaßungen gab es vermutlich genug. Und sie schienen am Ende interessanter zu sein als die Überlegung, ob Flavus wirklich Silvanus' Vater war. Severina war mit dieser Entwicklung sehr zufrieden.

Doch seit jenem unglückseligen Tag hatte sich die Angst wieder in ihrem Herzen ausgebreitet. Wie eine ansteckende Krankheit schwärte sie in ihr, schmerzte, schwächte sie. Wenn sie daran dachte, sich von dieser Krankheit zu befreien, ging es längst nicht mehr um ihre Rache. Arminius musste sterben, so oder so! Nicht mehr nur deshalb, weil er es gewagt hatte, die schöne Severina, die Enkelin von Kaiser Augustus, abzuweisen, sondern weil er zu einer tödlichen Gefahr für Silvanus geworden war. Solange Arminius lebte, konnte Silvanus nicht sicher sein. Der Urenkel des Kaisers war nicht in Gefahr, aber der Sohn des Cheruskerfürsten würde niemals sicher sein können. Man würde ihn töten, weil man seinen Vater nicht töten konnte. Alles, was man seinem Vater nicht antun konnte, würde Silvanus erleiden müssen. Nein, nicht einfach töten würde man ihn, sondern zu Tode quälen. Jeden möglichen Schmerz würde man ihm zufügen wollen, jede nur denkbare Erniedrigung. Sämtliche Mitglieder der römischen Gesellschaft hatten Familienangehörige durch Arminius' Schuld verloren. Der Hass auf ihn war so gewaltig, dass der Kaiser sich am Ende überlegen mochte, ob das Volk zu beruhigen sei, wenn er einen Sechsjährigen als Gladiator in die Arena schickte.

Es war ein Tag wie jeder andere gewesen, dieser schreckliche Tag vor nunmehr vier Jahren. Severina war mit Silvanus in das Haus des Kaisers gegangen, wie sie es gerne tat, wenn der Senat dort tagte. Seit es mit der Gesundheit des Kaisers bergab ging, verließ er die vier Wände, in denen er sich wohlfühlte, nicht mehr gerne und versammelte die Senatoren in seinem Hause. Eigentlich tagte der Senat in der Curia, dem alten Rathaus Roms, einem hoheitsvollen Ziegelbau mit einem großen Saal, in dem die gut dreihundert Senatoren mühelos Platz fanden. Sie saßen dann auf Estraden, die sich an den Seitenwänden entlangzogen, alle mit Blick auf das Podium, auf dem der Kaiser thronte. Seit er die Sitzungen des Senats in seinem eigenen Hause abhielt, gab es Platzprobleme. Wenn alle dreihundert Senatoren sich in Kaiser Augustus' Haus drängten, passte kein Sklave mehr in ihre Mitte, um sie zu bedienen. Schon viele Stunden vor der anberaumten Versammlung erschienen die ersten Senatoren, die sich einen guten Platz sichern wollten, manche lagerten schon am Tag vorher in dem Saal, in dem die Versammlung stattfinden sollte, wenn sie etwas vorzubringen hatten, was ihnen sehr wichtig war, und sichergehen wollten, dass es an die Ohren des Kaisers drang. Wenn die Versammlungen eröffnet wurden, glich der Saal oft einem Legionärslager, in dem gegessen und getrunken worden war und die Abfälle, die sich angesammelt hatten, den knappen Platz noch weiter einschränkten. Dass kurz vor dem Erscheinen des Kaisers ein Stuhl in seine Nähe getragen wurde, auf dem Severina Platz nahm, war für alle Senatoren ein großes Ärgernis. Erstens, weil sie diese besondere Behandlung erfuhr, und noch dazu, weil sie als Frau bei diesen Versammlungen eigentlich nichts zu suchen hatte. Aber was wollte man machen? Augustus liebte weibliche Gesellschaft, ihm gefiel es, wenn seine Enkelin in seiner Nähe war.

Severina beobachtete ihn aus zusammengekniffenen Augen. Er sah müde aus. Seine gebräunte Haut hatte einen ungesunden Gelbstich angenommen, die dunklen Augen wirkten heller, seit sie ständig in einem Tränenteich schwammen. Er klammerte sich an die Armlehnen seines Stuhls, als hätte er Halt nötig. Die Altersflecken auf seinen Handrücken hatten sich in den letzten Wochen verdoppelt.

Wie immer stand sein Stuhl auf einem Podest, damit er auf die Mitglieder des Senats hinabblicken konnte. Augustus hatte sein Leben lang unter seiner geringen Körpergröße gelitten, nun sorgte er dafür, dass er, wo immer er sich aufhielt, trotzdem der Größte war.

Durch sorgfältige Auslese hatte er diesen Senat aus den vermögendsten und angesehensten Bürgern Roms gebildet. Der Senat wirkte offiziell an den Gesetzen mit, stellte alle hohen Beamten und teilte sich die Regierung mit dem Princeps, dem Ersten Bürger Roms, wie Kaiser Augustus sich gern nennen ließ. Dies war allerdings nur eine Formsache. In Wirklichkeit hatte der Senat lediglich eine beratende Funktion, sämtliche Entscheidungen traf der Kaiser allein. Er legte jedoch Wert auf den Eindruck beim Volk, der Senat – und damit die Bürgerschaft Roms – habe Einfluss auf das, was im Lande geschah. Die Senatoren fügten sich bereitwillig in diese Beschneidung ihrer Macht, da ihnen als Mitglieder des Senats viele Vorteile zugutekamen, die ihnen den Verzicht auf einen wirklichen Einfluss leichtmachten.

Im Raum war es dämmrig, die Luft war verbraucht, aber zum Glück nicht sehr warm. Schon seit Tagen schien die Sonne nur gelegentlich, meist verbarg sie sich hinter einer dichten Wolkenwand. Es regnete häufig, oft sogar derart heftig, dass die Straßen der Stadt aufgeweicht waren und manches Fuhrwerk im Morast stecken blieb.

Severina hatte das Haus nur ausnahmsweise verlassen und auch nur deshalb, weil sie sich gerne in die Nähe des Kaisers begab, wenn die Senatoren in seinem Hause zusammenkamen. Zwar wusste sie, dass es ihnen nicht gefiel, in ihrer Gegenwart zu beraten, aber niemand wagte es, ihre Anwesenheit in Frage zu stellen, solange der Kaiser es nicht tat. Mittlerweile waren alle daran gewöhnt, dass Severina sich häufig in seiner Nähe aufhielt, auch daran, dass der kleine Silvanus das eine oder andere

Gespräch mit seinem Geplapper unterbrach. Severina wusste, dass sich manch einer gestört fühlte, aber wichtiger war, dass der Kaiser immer häufiger lächelte, wenn er Silvanus' helle Stimme hörte. Und sobald er lächelte, brachen die Senatoren prompt in amüsiertes Gelächter aus. Severina war sehr zufrieden, dass ihr Sohn immer wohlwollender betrachtet wurde und die Frage, wie sie an dieses blonde Kind gekommen war, immer seltener durch die Höflichkeiten schien, die der Enkelin des Kaisers gebührten. Möglich auch, dass sich Flavus' häufige Besuche in ihrem Hause herumgesprochen hatten. Die Blicke, die zwischen Silvanus und Flavus hin und her wanderten, sprachen jedenfalls eine immer deutlichere Sprache. Severina unternahm nichts gegen die Gerüchte, die sich bildeten. Flavus kannte sie genauso gut wie sie selbst und schien sie zu seinem Vorteil auszulegen. Auch dagegen unternahm Severina nichts. Dass er für Silvanus' Vater gehalten wurde, motivierte ihn, seine Pläne weiter zu verfolgen und nicht an ihrer Verwirklichung zu zweifeln.

Severina lehnte sich zurück und lächelte in sich hinein. Endlich konnte sie ihr Ziel ansteuern. Die Zeit war gekommen, es deutlich auszusprechen. Flavus musste endlich wissen, was sie von ihm erwartete. Sicherlich ahnte er es längst, aber er musste es ihr nachsprechen, laut und deutlich. Seine eigene Stimme musste er davon reden hören, dass sein Bruder im Wege war. Arminius musste sterben, damit die Mutter seines Sohnes endlich frei war, das wollte sie ihn klar und unmissverständlich sagen hören. Sobald er nicht mehr nur ahnte oder mutmaßte, sondern es genau wusste und so überzeugt versicherte, dass er später nicht wieder zurückkonnte, würde sie ihre Pläne konkretisieren. Sie musste endlich ihre Rache bekommen. Es wurde Zeit!

Zerstreut hörte sie zu, wie die Senatoren dem Kaiser vorsichtig nahelegten, die Lex Julia weniger streng zu handhaben. Die Mitglieder der kaiserlichen Familie kümmerten sich nicht um diese Gesetze, mit der Augustus für Sitte und Moral im lasterhaften Rom sorgen wollte. Und so murrte das Volk natürlich, wenn es selbst für etwas bestraft wurde, was der Kaiser seinen eigenen Angehörigen nachsah. Dass Kaiser Augustus selbst in jüngeren Jahren kein Muster an römischer Tugend gewesen war, davon redete selbstverständlich niemand. Aber jeder dachte daran, dass er seine dritte Frau Livia nur hatte heiraten können, weil deren Ehemann gezwungen worden war, sich von ihr scheiden zu lassen. Als er sich dann aber Erster Bürger Roms nannte und sich selbst zum Sittenwächter machte, hatte Augustus in seiner Familie ein Exempel statuiert, um dem Volk zu zeigen, dass er einer der ihren sein wollte. Seine Tochter war nach den Gesetzen der Lex Julia wegen ihres sittenlosen Lebenswandels verurteilt und auf eine einsame Insel verbannt worden. Das hatte ihm im Volk Respekt eingebracht. Nun versuchten die Senatoren, dem Kaiser vorsichtig die Einsicht einzuflößen, dass dieser Respekt längst aufgebraucht war. Augustus sollte einsehen, dass das Volk nicht mehr zu etwas zu zwingen war, um das sich in der kaiserlichen Familie niemand scherte.

Antonius Andecamus meldete sich als einer der Ersten zu Wort. »Junge Männer sind nicht damit einverstanden, dass sie ihr Erbe nicht antreten dürfen, weil sie nicht verheiratet sind.«

Der Kaiser blickte unbewegt zu Boden. »Dann sollen sie eben heiraten. Sie wissen, dass sie als Ehemänner alle Rechte als freie Römer genießen. Ich will, dass die Männer meines Volkes Familienväter sind, die sich um Frau und Kinder kümmern, statt herumzuhuren.«

Ein anderer Senator mischte sich ein. »Ich habe einen verheirateten, aber kinderlosen Mann klagen hören. Er muss, weil er keine Nachkommen hat, so hohe Steuern zahlen, dass er sich kaum noch Sklaven leisten kann.«

»Soll er doch Kinder zeugen!«, antwortete der Kaiser.

»Wie soll er das tun, wenn seine Frau unfruchtbar ist?«, fragte Andecamus. »Geschlechtsverkehr mit einer unverheirateten Römerin ist nach der Lex Julia ja ebenfalls strafbar.«

Severina gestattete sich ein Lächeln, das jedoch sofort erlosch, als sie merkte, dass Antonius Andecamus sie anblickte. Sie schob Silvanus von sich weg und winkte nach Gaviana, um ihr zu zeigen, dass sie gehen wollte. Sie fühlte sich unwohl, dieser Debatte wollte sie nicht beiwohnen. Anzügliche Blicke ihres Großvaters hatte sie zur Genüge ertragen, ehe er sich damit abgefunden hatte, dass sie als Witwe schwanger geworden war. Die Gefahr, dass er sie in einem Anfall von lächerlicher Sittenstrenge als schlechtes Beispiel vorführte, war ihr zur groß. Am Ende würde er noch gezwungen sein, auch sie mit ihrem Sohn zu verbannen, obwohl er es eigentlich gar nicht wollte. Besser, sie ging ihm aus den Augen, ehe ihm einfiel, dass seine Enkelin ein Fall für die Lex Julia war.

Und da kam auch schon eine Stimme, die ihr gefährlich werden konnte: »Pollio hat sich beschwert, dass sein Sohn eine hohe Strafe zahlen musste, weil er mit einer verwitweten Römerin verkehrte. Die Familie der Witwe wurde gezwungen, die Frau in die Verbannung zu schicken. Niemand weiß, wo sie geblieben ist.«

Der Kaiser nickte unbeeindruckt. »Gut so! Was lässt sie sich als Witwe mit einem Mann ein?«

Mehrere Gesichter wandten sich nun Severina zu. Sie hatte, als sie sich erhob, Mühe, sich aufzurichten, sich ihre Sorge nicht anmerken zu lassen und ihren Stolz auf jeden hinabfahren zu lassen, dessen Blick geringschätzig wurde. Der winzige Triumph, den sie in Antonius Andecamus' Augen entdeckte, erbitterte sie. Glaubte er, dass sie sich über kurz oder lang glücklich schätzen musste, ihn heiraten zu dürfen, damit sie kein Fall für die Lex Julia wurde?

Dann jedoch hatte sie Glück. Vor der Tür, durch die Gaviana soeben mit Silvanus den Raum verlassen hatte, entstand ein kleiner Tumult. Aufgeregte Stimmen waren zu hören. Die dunklen Anweisungen der Türwärter, eine helle Bitte, die drängend, geradezu flehentlich vorgetragen wurde! Dann schienen die Wärter überzeugt worden zu sein. Die Tür wurde geöffnet, ein Wärter buckelte herein, stotterte eine Entschuldigung, setzte zu langen, umständlichen Erklärungen an, aber der Legionär, der hinter ihm eintrat, ließ ihn nicht zu Wort kommen, schob ihn einfach beiseite und drängte sich durch die Menge auf den kaiserlichen Thron zu.

Unruhe entstand unter den Senatoren, und auch Kaiser Augustus sah besorgt aus, als der Legionär mit schweren Schritten auf ihn zutrat. Er trug eine kurze Tunika, die völlig verschmutzt war, eine schadhafte Rüstung, der der Helm fehlte, und einen Wurfspeer an seiner Seite. Er machte einen erschöpften und übernächtigten Eindruck, es war unschwer zu erkennen, dass er für die Schritte, die er auf den Kaiser zumachte, seine ganze Kraft aufbieten musste. Der Korb, den er in Händen hielt, schien kein großes Gewicht zu haben, trotzdem trug der Mann schwer an ihm. Als er vor dem Stuhl des Kaisers angekommen war, sank er auf die Knie.

»Wie heißt du?«, fragte Kaiser Augustus. »Und was willst du?«

»Mein Name ist Piso«, antwortete der Legionär. »Ich gehöre zur siebzehnten Legion.« Er rang nach Atem und hatte Mühe weiterzusprechen.

Das Gesicht des Kaisers wurde nun sehr aufmerksam und ernst. Die Gleichgültigkeit, mit der er seit ein paar Jahren allen Menschen und Ereignissen begegnete, war aus seiner Miene verschwunden. »Wer hat dich geschickt?«

Der Legionär musste anscheinend seinen ganzen Mut zusammennehmen, ehe er antwortete: »Arminius! Der Fürst der Cherusker!«

Ein Raunen ging durch die Anwesenden, Severina tastete sich unauffällig zur Tür. Ganz deutlich spürte sie die Gefahr auf sich zu kriechen. Kalt fühlte sie sich an, eisig und schlüpfrig, und sie ging von der Gestalt dieses erschöpften Legionärs aus. Severina war froh, als sie den Türrahmen unter ihren Handflächen spürte, und bewegte sich weiter der kühlen Luft entgegen, die durch die hohe Eingangstür drang, die die Wärter nicht wieder geschlossen hatten, nachdem der Legionär ins Haus gekommen war. Offensichtlich hatte sein Erscheinen für viel Verwirrung gesorgt. Auch Severina fragte sich besorgt, was dieser Mann, der sich eigentlich mit Varus' Legionen im Winterlager aufhalten musste, hier wollte. Und vor allem – was hatte Arminius damit zu tun?

Die Wärter hielten sich in der Nähe der Tür auf, um etwas von dem mitzubekommen, was vor dem Stuhl des Kaisers geschah. Severina konnte ihre Gegenwart spüren und sogar riechen. Sie hasste den Geruch fremder Menschen, erst recht den Geruch von Sklaven, trotzdem bewegte sie sich weiter darauf zu. Weg vom Kaiser, weg von den Senatoren und vor allem weg von diesem Legionär!

»Was hat Arminius mir zu sagen?«, fragte der Kaiser. »Warum hat er dich geschickt?«

Der Legionär nahm das Tuch von dem Korb, das bisher den Inhalt verdeckt hatte. Dann griff er hinein und hielt etwas in die Höhe, was Severina erst im zweiten oder gar dritten Augenblick erkannte. Leise stöhnte sie auf, presste die Hände auf den Mund, drängte den Ekel und das Würgen zurück, spürte förmlich den Schrei, der aus ihr herauswollte, und wusste doch, dass sie unfähig sein würde zu schreien.

Was der Legionär seinem Kaiser hinstreckte, war ... der Kopf von Publius Quinctilius Varus.

Severina konnte an nichts anderes denken, als sie Claudia Pulchra mit zuckersüßem Lächeln begrüßte. Mit größtem Widerwillen ergriff sie ihre Hand. Severina gelang es nicht, den Gedanken abzuschütteln, dass diese Hand einmal nach den Haaren des abgetrennten Kopfes gegriffen hatte. Germanicus hatte es Agrippina erzählt, und die hatte Severina zugetuschelt, wie Claudia reagiert hatte, als man ihr die Nachricht vom Tode ihres Mannes überbrachte. Nach einem Beweis hatte sie verlangt und nicht eher Ruhe gegeben, bis man den Korb vor sie hingestellt und sie einen Blick in Varus' tote Augen geworfen hatte. Dann, so hieß es, habe sie nach seinen Haaren gegriffen, den Kopf angehoben und dicht vor ihre Augen geführt. Ob sie mit dieser schrecklichen Geste ihrem Mann einmal auf Augenhöhe begegnen, ob sie ihn ein letztes Mal höhnisch angrinsen oder gar küssen wollte, wusste nur Claudia allein. Der Augenblick, in dem sich das Haarbüschel, an dem sie den Kopf ihres Mannes hielt, aus der Kopfhaut löste, musste entsetzlich gewesen sein.

Er polterte zu Boden, rollte über die Fliesen, einem Hund direkt vor die Vorderpfoten, der von sieben Sklaven davon abgehalten werden musste, sich darüber herzumachen. Severina schüttelte sich bei dem Gedanken an diese Szene und war unfähig, sie zu vergessen, während sie mit Claudia Pulchra sprach.

Die hatte sich in ihrer Witwenschaft mittlerweile bequem eingerichtet. Der schwere Fehler ihres Gemahls wurde ihr nicht angelastet, sie war und blieb ein Mitglied der kaiserlichen Familie, Varus' Schuld war nicht ihre. Und Augustus' Wut auf Varus' Vertrauensseligkeit war mittlerweile einer tiefen Resignation gewichen, sein Wunsch nach Vergeltung richtete sich ausschließlich auf Arminius.

Drei Legionen hatte er durch ihn verloren! Das waren etwa zwanzigtausend Soldaten, ein Sechstel der gesamten Heeresmacht Roms! Dazu auch der größte Teil der Reiterei, von der sich nur wenige in das Kastell Aliso an der Lippe hatten retten können! Sämtliche Hilfstruppen und der ganze Tross der unzähligen Begleiter waren ebenfalls vernichtet worden! Einfach zu viel für simple Gefühle wie Wut und Verzweiflung! Diese Dimension verlangte nach überdimensionalen, nach kaiserlichen Gefühlen … aber zu ihnen war Augustus nicht fähig. Er rettete sich in eine Reaktion, die dem Gewaltigen, dem Unfassbaren nicht gerecht wurde: Er ergab sich in sein Alter. Dort fand er Ruhe vor der größten Niederlage Roms, vielleicht fand er dort in den folgenden Jahren auch eine Erklärung dafür, warum er die besiegten Legionen nicht wieder aufstellte. Sein Alter war von da an Erklärung für alles, was die Jüngeren ihm heimlich vorwarfen. Der Kaiser war todmüde geworden, der Verlust der Legionen hatte ihn dermaßen geschwächt, dass er am Ende sogar Varus verzeihen musste, damit es im weichen Bett seines Alters keine Stelle gab, die ihn drückte. Hätte die erste schreckliche Wut ihn gestärkt, dann wäre er vermutlich bald nach der verhängnisvollen Schlacht gestorben. Er hätte seine letzten Kräfte aufgebraucht für seinen Zorn und den Wunsch nach Rache. So aber war er am Leben geblieben. Ein junger Kaiser hätte es wohl nicht geschafft, sich mit dieser entsetzlichen Niederlage abzufinden, sein Alter aber hatte auf diese Weise Augustus gerettet.

Severina war die Einzige, die ihn auf dem kurzen Weg ins Greisentum begleitet hatte, nur sie war Zeugin seiner Ankunft dort geworden. Zunächst hatte er Varus' Kopf angestarrt, als könnte er damit einen Funken in den toten Augen des Statthalters anzünden, dann ließ er sich von dem geschwächten Legionär Einzelheiten erzählen. Severina konnte zusehen, wie der Kaiser für wenige Augenblicke wieder jung wurde, wie sich der Hass in seinen Augen entzündete, als Piso berichtete, dass Varus gewarnt worden war, aber trotzdem vertrauensvoll den Schutz Arminius' angenommen hatte. Der junge Legionär stärkte sich allmählich an seinem Report, immer flüssiger schilderte er den heimtückischen Überfall, der die Römer völlig unerwartet und unvorbereitet getroffen hatte, erzählte von dem Gemetzel, das anschließend stattfand, von der Grausamkeit der Germanen, der ein römischer Soldat nach dem anderen zum Opfer fiel. An dieser Stelle loderte der Hass sogar hell in Augustus' Augen, und als er fragte, warum der junge Legionär am Leben geblieben sei, begriff Piso nicht, dass sich der Hass des Kaisers mittlerweile gegen ihn richtete.

»Alle sind umgekommen«, erklärte Piso. »Ich wurde verschont, damit ich euch Varus' Kopf bringe.«

Er schrie gellend auf, als er nach einer knappen Handbewegung des Kaisers von den Wächtern ergriffen und abgeführt wurde. Kaiser Augustus hatte beschlossen, dass Piso das Leben nicht verdiente, nachdem alle anderen so grausam abgeschlachtet worden waren.

Danach ließ der Kaiser sich von seinen Sklaven in sein Arbeitszimmer tragen, der Korb mit Varus' Kopf blieb zurück.

Schritt für Schritt tastete Severina sich durch die offene Tür in den Raum zurück, in dem niemand mehr an sie dachte und niemand sie beachtete. Nicht einmal Antonius Andecamus. Einige der Senatoren standen ratlos um den Korb herum, andere überlegten, was zu tun sei, wieder andere beklagten den Tod ihrer

Söhne und Brüder, die meisten jedoch stellten immer wieder dieselbe Frage: »Wie konnte das geschehen?«

Severina drängte sich an ihnen vorbei und ging auf die Tür des kaiserlichen Arbeitszimmers zu. Sie trat ein, ohne zu klopfen – und blieb fassungslos auf der Schwelle stehen. Langsam ging sie in den Raum hinein und schloss die Tür so leise hinter sich, als hätte sie Angst, die Verzweiflung des Kaisers zu stören.

Augustus stand vor der holzvertäfelten Wand seines Arbeitszimmers und stieß seinen Kopf dagegen. Einmal, zweimal, immer wieder. Das dumpfe Dröhnen machte Severina Angst, sie hörte, wie seine Zähne aufeinander schlugen und sah die Blutspuren an der Wand. Verzweifelt gab sie den Sklaven ein Zeichen, aber keiner von ihnen traute sich, die Raserei des Kaisers zu stören.

Endlich war seine Kraft erschöpft, er warf sich ein letztes Mal gegen die Wand, dann lehnte er seine blutende Stirn dagegen, ließ auch die Schultern nach vorn fallen und stützte sich mit den flachen Händen an der Wand ab.

»Varus, Varus! Gib mir meine Legionen wieder!«

In einer einzigen Stunde war aus dem alten Kaiser ein Greis geworden.

Claudia Pulchra beobachtete Severina schon eine ganze Weile. »Ihr seid mit Euren Gedanken woanders, meine Liebe! Habt Ihr Probleme?«

Severina schrak zusammen. »Ich? Probleme? Wie kommt Ihr darauf?«

Bevor Claudia etwas erwidern konnte, griff Agrippina ein, der nie entging, wenn ein Gespräch feindselig zu werden drohte. Geschickt lenkte sie Claudias Aufmerksamkeit von Severina weg. Sie wusste, wie gerne sich Varus' Witwe mit ihrer eigenen Person beschäftigte, und lobte langatmig ihre Tapferkeit, mit der sie den schrecklichen Tod ihres Gemahls ertrug. »Ich bewundere Eure Haltung! Und dass nie ein Wort des Hasses über Eure Lippen gekommen ist!«

»Obwohl ich allen Grund hätte!« Claudia rang theatralisch die Hände. »Es ist schrecklich, wenn das Vertrauen eines Menschen derart ausgenutzt wird. Mein armer Varus hat diesen Cheruskerfürsten seinen Freund genannt. Wie konnte er ahnen, dass er eine Natter an seinem Busen nährte?«

Ihr Blick veränderte sich, plötzlich wurde er kalt und lauernd. Severina wusste, dass sie auf der Hut sein musste.

»Ihr tut mir sehr leid, meine Liebe!«

Severina legte den Kopf in den Nacken. »Warum? Ich sehe keinen Grund.« Es gelang ihr sogar ein kleines Lächeln. »Mir geht es gut.«

Claudias Busen wogte, ihr Doppelkinn zitterte. »Ihr müsst Euch nicht um Tapferkeit bemühen, meine Liebe! In diesen Zeiten ein blondes Kind mit blauen Augen zu haben ist ein hartes Schicksal. Habt Ihr eine zuverlässige Sklavin, die den Knaben nicht aus den Augen lässt? Besser, Ihr haltet ihn im Hause versteckt.«

Wieder griff Agrippina ein. »Ich verstehe Euch nicht, Claudia. Was hat Silvanus' Aussehen für eine Bedeutung? Unter den Vorfahren meines Gemahls hat es mehrere blonde Menschen gegeben. Germanicus hat es mir erzählt.«

Claudia schnitt Agrippinas Beteuerungen mit einer barschen Handbewegung ab. »Habt Ihr vergessen, dass ich auch ein Teil dieser Familie bin? Von einem blonden Vorfahren habe ich nie etwas gehört.«

»Ihr vergesst, dass mein Gemahl adoptiert wurde«, entgegnete Agrippina hastig. »Seine Vorfahren sind nicht Eure.«

Aber Claudia schien ihr nicht zuzuhören. Sie ließ Severina nicht aus den Augen, als sie sagte: »Wirklich großzügig vom Kaiser, dass der Bruder des feigen Verräters in römischen Diensten bleiben darf.«

Agrippina antwortete, ehe Severina etwas entgegnen konnte: »Dass er der Bruder des Mannes ist, dem Rom seine größte Schmach zu verdanken hat, ist nicht seine Schuld.«

»Stimmt!« Claudia nickte. »Er hat sich ausdrücklich von der

ruchlosen Tat seines Bruders distanziert. Ich habe ihn sagen hören, er würde sogar gegen seinen Bruder kämpfen, wenn er die Gelegenheit bekäme, die Niederlage Roms zu rächen.« Sie ließ sich von einer Sklavin ein Silbertablett reichen, auf dem exotische Früchte angerichtet waren. Genüsslich schob sie sich ein Stück Mango in den Mund, dann lächelte sie Severina an, als wollte sie ihr ein Kompliment machen. »Warum heiratet Ihr ihn nicht? Jeder weiß, dass er Euch schon mehrere Anträge gemacht hat. Und Flavus ist längst kein Germane mehr, er ist ein geachteter römischer Offizier. Und wenn man glauben darf, dass er der Vater Eures Sohnes ist …« Sie sprach den Satz nicht zu Ende und betrachtete Severina mit scharfem Blick.

Sie antwortete, ehe Claudia zu Ende sprechen und ehe Agrippina mit versöhnlichen Worten von der Frage ablenken konnte. »Soll ich die Schwägerin des Mannes werden, der Euren Gemahl so schändlich betrogen hat? Der für seinen Tod verantwortlich ist?« Mit einer eindrucksvollen Geste strich sie ihre himmelblaue Tunika glatt und betrachtete ihre bemalten Fingernägel, als wären die in diesem Augenblick wichtiger als Claudia Pulchra. »Das würde ich Euch niemals antun, hochgeschätzte Claudia. Und dem Kaiser auch nicht.«

»Aber wenn er der Vater Eures Sohnes ist!« Claudia Pulchra wollte noch nicht aufgeben und rollte mit den Augen, als ginge ihr Severinas Schicksal tatsächlich zu Herzen.

»Es müssen Opfer gebracht werden.« Severina lächelte. Sie merkte, dass Agrippina sie bewundernd ansah, und das tat ihr gut. »Opfer für Rom!«

17.

Thordis' Atem ging schwer. Schweiß stand auf ihrer Stirn, ihre Augen irrten auf der Suche nach einem Punkt umher, an dem ihr Blick sich festhalten konnte. Manchmal fand sie diesen Punkt in Thusneldas Gesicht, dann wieder im Gesicht ihrer

Tochter. Jedes Mal tasteten dann ihre Finger über die Felldecke, die Thusnelda über ihren Körper gebreitet hatte, als könnten sie helfen auf dem Weg zu den richtigen Worten. Thordis, die zeitlebens eine wortkarge Frau gewesen war, schien nun, am Ende ihres Lebens, noch so vieles sagen zu wollen. Die Angst, ihr Haus und ihre Familie zurückzulassen, die Sorge, was in der Teutoburg ohne ihren Einfluss geschehen könnte, machten ihr das Sterben schwer. Thordis schien weder Thusnelda noch Wiete leichten Herzens die Herrschaft über den großen Haushalt übertragen zu können. Keiner der beiden traute sie zu, genauso sorgfältig wie sie selbst Haus und Hof zu verwalten.

»Wo bleibt nur Arminius?«, flüsterte Wiete.

»Man weiß nie, wie lange ein Thing dauert«, flüsterte Thusnelda zurück.

»Mutter möchte Abschied von ihm nehmen.« Wiete starrte Thordis' Lippen an, die mühevoll den Namen ihres ältesten Sohnes formten.

Thusnelda beugte sich vor und strich sanft über Thordis' Hände. »Arminius wird bald da sein«, versuchte sie zu trösten.

Plötzlich wurde Thordis' Stimme kräftiger. »Und Flavus?« Der Name ihres Zweitgeborenen war mühelos zu verstehen.

Wiete sah ihre Schwägerin ängstlich an, daher antwortete Thusnelda an ihrer Stelle: »Wir wissen nicht, ob Flavus nach Germanien kommen kann. Niemand weiß genau, in welchem Teil des römischen Reiches er sich zurzeit aufhält. Arminius hat einen Kurier geschickt, aber ob der ihn erreicht ...« Sie hob die Schultern und ließ sie wieder fallen. »Vielleicht weiß er bis jetzt nicht, dass Ihr krank seid, Mutter.«

Thordis' Blick war nun ganz klar. »Ich werde warten. Segimer hat auch gewartet, bis seine Söhne bei ihm waren.«

Thusnelda nickte zaghaft. »Es kann aber sein, dass Flavus nie wieder nach Germanien zurückkehren wird. Ihr dürft nicht vergessen: Arminius und Flavus sind Feinde geworden. Arminius hat Rom besiegt, und Flavus ist ein Römer geblieben. Die Germanen werden von den Römern gehasst. Möglich, dass auch

Flavus uns jetzt hasst. Oder … er wagt es nicht, uns nicht zu hassen.«

Thordis nickte, dann schloss sie erneut die Augen. »Bitte, schweigt nicht«, flüsterte sie. »Redet, damit ich weiß, dass ich noch lebe.«

Wiete griff nach Thordis' linker Hand, Thusnelda nach ihrer rechten. Für beide waren es unwillkürliche Gesten gewesen, aus dem Bedürfnis entstanden, Thordis so viel Trost wie möglich zu geben. Was aber plötzlich daraus erwuchs, war viel mehr als eine tröstliche Berührung. Aus diesem Zusammenfügen der Hände wurde ein Bündnis, das bis zu diesem Tag nur eine Verbindung gewesen war, um die sich niemand bemüht hatte. Thordis hatte der Ehe ihres Ältesten, die ohne den Segen des Vaters zustande gekommen war, von vornherein misstrauisch gegenübergestanden, und das böse Omen, das die Götter am Tag der Hochzeit über den Ehebund gesenkt hatten, hatte sie blind gemacht für die Liebe des Paares. Die Kinderlosigkeit der beiden stand wie ein stummer Vorwurf in Thordis' Gesicht, wenn sie mit ihrer Schwiegertochter sprach. Jetzt schien er endlich daraus zu verschwinden.

Wiete hatte lange fest an der Seite ihrer Mutter gestanden, doch ihre Feindseligkeit war bereits gewichen, als ihr eigenes Unglück nicht mehr den Sinn ihres Lebens ausmachte. Zwar hoffte sie immer noch darauf, dass ihr Gemahl am Leben war und eines Tages vor der Teutoburg erscheinen würde, aber allmählich war die Fluchtburg für Wiete wieder ihr Zuhause geworden, ihr Heim, in das sie gehörte und zu dem auch Thusnelda gehörte. Seit Thordis krank geworden war und sie sich die Pflege teilten, gingen sie sich nicht mehr aus dem Wege, sondern verbrachten ihre Zeit gemeinsam, saßen gemeinsam an Thordis' Bett, obwohl es vernünftiger gewesen wäre, Kraft und Zeit zu teilen, damit Thordis nie allein sein musste. Wiete war zwar keine Freundin für Thusnelda geworden und auch keine Schwester, dennoch war etwas zwischen ihnen entstanden, was das Leben auf der Teutoburg schöner machte. Es gab Gespräche, fröhliche Plaudereien, Gelächter und nun auch die gemeinsame Sorge um Thordis.

In diesem Moment, in dem der Zusammenhalt so deutlich war, so dicht, dass man sich daran festhalten konnte, hätte Thusnelda gern die Stille zwischen ihnen genossen, aber Thordis' Wunsch hatte Vorrang. Sie mussten reden, damit ihre Schwiegermutter sich nicht einsam fühlte.

»Arminius will dieses Thing nutzen, um die anderen Stammesfürsten zu warnen«, begann sie. »Sie wiegen sich zu sehr in Sicherheit. Sie glauben, Rom sei ein für allemal besiegt.«

»Ist es doch auch«, gab Wiete zurück. »Drei Legionen sind ausgelöscht! So viele Soldaten müssen sie erst mal wieder heranwachsen!«

»Rom ist ein riesiges Reich, darin leben unzählige Menschen.«

Wiete schien nun zu vergessen, dass Thordis zwar Gesellschaft, aber auch Ruhe brauchte. Ihre Stimme wurde laut und heftig. »Denk an die Truppen, mit denen Tiberius über den Rhein vorgestoßen ist! Wahrscheinlich waren die Soldaten viel zu jung und unerfahren. Arminius hat die Angriffe allesamt zurückgeschlagen.«

Auch Thusnelda vergaß ihre sterbende Schwiegermutter für Augenblicke. »Er fürchtet trotzdem, dass Rom keine Ruhe geben wird. Er glaubt nicht, dass Rom keine Soldaten mehr besitzt. Tiberius' Angriffe waren halbherzig ...«

»... weil er Angst hatte, dass es ihm genauso ergeht wie Varus!«, warf Wiete ein.

»Ein römischer Kaiser hat keine Angst«, hielt Thusnelda dagegen. »Vergiss nicht: Tiberius wird bald den Thron besteigen. Augustus ist sehr krank, und sein Stiefsohn wird sein Nachfolger. Wenn er erst Kaiser Tiberius ist, wird es noch schwerer wiegen, dass seine Versuche, Rom zu rächen, allesamt fehlgeschlagen sind. Tiberius' Hass wird gewaltig sein. Und der Hass eines Kaisers ist etwas, was man fürchten muss.«

Wietes Blick wurde nun ängstlich. »Aber es wird Jahre dauern, bis er so weit ist«, begann sie erneut. »Die Verluste aus der Varusschlacht ...«

Thusnelda unterbrach ihre Schwägerin ungeduldig. »Glaub

mir, Wiete, Rom hat noch viele Legionen zur Verfügung, die gegen Germanien aufmarschieren können. Arminius hat mir erklärt, dass Rom außerdem reichlich Nachschub an Soldaten, Pferden und Waffen aus seinen Provinzen bekommt.«

»Du meinst, sie könnten es wagen zurückzuschlagen?« Wiete schien es immer noch nicht glauben zu wollen.

»Fürs erste ist wohl nichts zu befürchten«, sagte Thusnelda. »Tiberius ist nach Rom zurückgekehrt, um zur Stelle zu sein, wenn sein Stiefvater stirbt. Deswegen hat er sich zurückgezogen. Nicht, weil er aufgegeben hat. Aber sobald er zum Kaiser gekrönt worden ist, wird er dafür sorgen, dass der Verlust der drei Legionen gerächt wird.«

»Woher willst du das wissen?«

»Arminius hat es mir erklärt.« Thusnelda merkte nicht, dass sie lächelte, als sie an die wunderbaren Abende auf dem gemeinsamen Schlaffell dachte, an die Ungestörtheit in ihrer kleinen Kammer, wenn Arminius alle Sorgen mit ihr geteilt hatte.

Wiete sah sie prompt ungläubig an. »Arminius redet mit dir über seine Pläne? Über seine Aufgaben als Fürst der Cherusker?«

Thusnelda nickte stolz. »Hast du vergessen, dass wir verheiratet sind, weil wir uns lieben?«

Wiete schüttelte den Kopf, als wollte sie nichts davon hören. »Nein, nein!« Über eine Liebesheirat zu reden erschien ihr wohl unschicklich. »Die Römer wissen jetzt, dass die Germanen unbesiegbar sind.«

»Wir sind nicht unbesiegbar«, sagte Thusnelda eindringlich. »Die Römer wissen, dass wir nur stärker waren, weil Arminius eine List angewandt hat, auf die Varus hereingefallen ist.«

»Und was ist mit den Siegen, die Arminius gegen Tiberius errungen hat? Tiberius hat keinen seiner Rachefeldzüge zu Ende führen können.«

»Das waren keine Siege«, betonte Thusnelda. »Arminius hat Tiberius lediglich zurückgedrängt. Diese Angriffe hatten auch nichts mit Rache zu tun. Kaiser Augustus hat seinen Stiefsohn an den Rhein geschickt, damit er Arminius' Vorstoß nach Gallien verhindert. Ihm kommt anscheinend nicht in den Sinn, dass Arminius das germanische Reich gar nicht vergrößern will. Er möchte nur die vereinigten germanischen Stämme zusammenhalten und dafür sorgen, dass sie unabhängig sind und ihre alten Lebensweisen wieder aufnehmen können.«

»Tiberius hat ganze Landstriche zerstört!« Wiete sah Thusnelda empört an. »Ich weiß am besten, was das für die Menschen bedeutet, die dort gelebt haben. Das soll keine Rache gewesen sein? Doch, es war Rache. Und jetzt wissen die Römer, dass es besser ist, wenn sie auf Rache verzichten.«

Thusnelda schüttelte den Kopf. »Die Römer gebärden sich wie verletzte Tiere, die in blinder Wut nach ihrem Peiniger schlagen, ohne ihn wirklich zu treffen.«

»Na, also! Sie haben verstanden, dass sie gegen uns nichts ausrichten können.«

»Sie werden ihre blinde Wut irgendwann überwunden haben und einen Angriff genau planen. Davor müssen wir uns schützen.«

»Sagt das auch Arminius?« Wietes Stimme klang scharf. Nun war sie ihrer Mutter wieder sehr ähnlich, die Thusnelda in einem Augenblick wie diesem genauso abweisend angesehen hätte.

»Ja, er hat gesagt, die Auseinandersetzungen mit Tiberius waren nur Scharmützel, keine wirklichen Gefechte. Die stehen uns noch bevor.«

Wiete betrachtete das Gesicht ihrer Mutter, und auch Thusnelda fragte sich, ob Thordis eigentlich verstand, worüber sie redeten, oder ob es ihr genügte, dass die beiden Stimmen sie bewachten.

»Sämtliche Niederlagen werden ein Stachel im Fleisch der Römer sein«, fuhr Thusnelda leise fort. »Arminius ist in großer Sorge, weil die anderen Stammesfürsten nicht einsehen wollen, dass Germanien wachsam bleiben muss. Sie denken wie du. Nach der Schlacht haben alle nur an die Siegesfeier und an die Beute gedacht, die sie den toten Legionären abgenommen haben. Jetzt sind sie satt und fühlen sich sicher, ähnlich wie Varus. Er fühlte sich auch sicher. Und wir wissen ja, wohin seine Vertrauensseligkeit führte.«

Wiete schien noch immer nicht überzeugt zu sein. »Sie werden Arminius zu ihrem Oberhaupt machen. Wenn die Römer davon hören, werden sie sich nicht trauen, uns anzugreifen. Sie wissen, wie schlau Arminius ist. Und wie stark und mutig!«

Thusnelda schüttelte den Kopf. »Du vergisst euren Onkel Ingomar und meinen Vater. Obwohl sie Arminius so viel zu verdanken haben, stellen sie sich erneut gegen ihn. Sie spielen ihr Alter aus und ihre Erfahrungen. Beide wollen die Krone für sich. Sie lehnen Arminius als Oberhaupt der Germanen ab.«

Wiete war empört. »Ingomar und Segestes stehen immer noch auf der Seite der Römer?«

»Arminius jedenfalls glaubt es«, antwortete Thusnelda nachdenklich. »Aber die beiden dürfen nicht an die Macht kommen. Sonst endet Germanien doch noch als Provinz des römischen Reiches. Dann wird es keine freien Germanen mehr geben, unsere Kinder werden zu Sklaven gemacht.«

»Dann ist es ja gut, dass du keine Kinder hast!« Plötzlich war sie wieder da, Wietes Feindseligkeit, die Thusnelda überwunden geglaubt hatte.

Mit einem Mal war Thordis' Stimme zu hören. Hell und klar! »Das böse Omen!«

Thusnelda saß stocksteif da. Die wohlige Wärme, die am Anfang des Gespräches durch ihre Glieder gerieselt war, wich im Nu eisiger Kälte.

»Das böse Omen«, wiederholte Thordis mühsam.

Thusnelda riss sich zusammen und antwortete mit ruhiger Stimme: »Das böse Omen hat sich bereits erfüllt. Die Götter haben uns keine Kinder geschenkt. Wenn wir das böse Omen noch zu fürchten hätten, wäre die Schlacht gegen Varus anders ausgegangen.«

Severina griff fest nach Silvanus' Hand, als sie das Atrium durchschritt. Viele Blicke folgten ihr und ihrem Sohn. Die der Senatoren, die auf eine Nachricht aus Augustus' Schlafzimmer warteten, die der kaiserlichen Verwandten, die sich seit Tagen in

Augustus' Haus herumdrückten, die Blicke der reichen Römer, die hier häufig zu Gast waren und sich das Recht nahmen, sich in der Nähe des Kaisers aufzuhalten. Severina gab keinen der Blicke zurück. Sie hatte nur die Tür im Auge, die ins Schlafzimmer ihres Großvaters führte. Und sie zögerte nicht, wenn ihr jemand in den Weg treten wollte. Wer in diesem Falle auszuweichen hatte, war von vornherein klar.

Sie trug eine seidene Tunika in einem blassen Goldton, der ihren Teint aufhellte, ihre Augen aber umso dunkler und ausdrucksvoller erscheinen ließ. Unter der Brust wurde die Tunika mit einer Kordel zusammengehalten, in die ihre Sklavinnen Perlen in verschiedenen Farben geflochten hatten. Bei jeder Bewegung blitzten sie auf und gaben so Severinas Gang und ihrer Haltung etwas Vibrierendes, Funkelndes. Die Haare hatte sie sich hochstecken und mit weißen Bändern am Hinterkopf befestigen lassen. Die Butter, mit der Gaviana ihre Gesichtshaut am Morgen bestrichen hatte, ließ ihren Teint noch jetzt, am Nachmittag, sanft schimmern. Das Gemisch aus Asche und Antimonpuder, mit dem die Hauptsklavin ihre Augenpartie und die Wimpern gefärbt hatte, bewies wieder einmal, dass Gaviana für Severina unersetzlich war. Noch Stunden später war nichts von dem Puder auf die Wangen gerieselt. Natürlich sollte Gaviana nichts davon erfahren, aber mittlerweile ärgerte sich Severina tatsächlich darüber, dass sie auf die Dienste ihrer Hauptsklavin so lange verzichtet hatte.

Die vielen neugierigen Blicke schienen Severina zu umschmeicheln und zu stärken, Silvanus jedoch wurde von ihnen durchbohrt. Er starrte auf seine Füße und hatte Mühe, mit seiner Mutter Schritt zu halten. Verzweifelt versuchte er, seine Hand aus ihrer zu lösen, doch Severina gab sie erst frei, als sie vor der Schlafzimmertür des Kaisers angekommen waren. Nun erst schien sie darauf zu vertrauen, dass Silvanus nicht im letzten Augenblick die Flucht ergriff. Mittlerweile war er fünf Jahre alt, zwar noch nicht so aufsässig wie Caligula, aber mit seinem Bedürfnis, alles haarklein erklärt zu bekommen, nicht minder schwierig. Und seit er seiner Mutter nicht mehr widerstandslos folgen wollte, war Severinas Wunsch umso drängender geworden, schon jetzt für seine Zukunft zu sorgen. Er würde immer blond und blauäugig bleiben, aber vermutlich niemals so egoistisch, zielstrebig und machthungrig werden, wie Severina sich ihren Sohn wünschte und wie ein zukünftiger Kaiser zu sein hatte.

Die Sklaven, die die Tür zum kaiserlichen Schlafzimmer bewachten, wichen ehrfürchtig zurück, die Tür öffnete sich wie von selbst. Hochaufgerichtet betrat Severina den Raum und griff erneut nach Silvanus' Hand, damit er nicht hinter ihr zurückblieb.

Das Bett des Kaisers stand auf einem Podest in der Mitte des Raumes, der wie alle römischen Schlafzimmer nur spärlich möbliert war. Die Wände allerdings waren mit üppigen Gemälden und verschiedenfarbigen Täfelungen bedeckt, der Fußboden bestand aus einem Mosaik, das ein prächtiges Bildnis ergab: ein Papageienschwarm über einer üppigen Tafel, die mit Köstlichkeiten gefüllt war, die den Papageien gehören sollten. Seit der Kaiser aber sein Bett aus einer Wandnische in die Mitte des Raumes hatte stellen lassen, war die Wirkung des Gemäldes zerstört worden, denn die Pfosten des Kopfendes waren auf den Flügeln zweier Papageien zu stehen gekommen und die des Fußendes mitten in der mit exotischen Früchten gefüllten Silberschale.

Der Kaiser lag auf zwei dicken Matratzen, entweder, damit er es besonders weich hatte, oder damit er auch im Liegen auf alle, die sich ihm näherten, herabblicken konnte. Einer seiner Lieblingspapageien flatterte durchs Zimmer und ließ sich dann am Kopfende seines Bettes nieder. Kissen stützten Augustus' ausgemergelten Körper, unter den flauschigen Decken war er kaum auszumachen. Der Kaiser, der ständig fror, war sorgfältig zugedeckt worden, nur sein Gesicht war zu sehen, als Severina zu ihm trat. Mit einer energischen Bewegung zog sie Silvanus an ihre Seite, der seinen Urgroßvater mit ängstlichen Augen anstarrte.

Severina strich dem Kaiser über die Wange und wartete geduldig darauf, dass er ihre Anwesenheit bemerkte und die Augen aufschlug. Es dauerte eine Weile, bis er sie erkannte. Severina war erschrocken, wie sehr sich sein Gesundheitszustand verschlechtert hatte. Würde er ihr Anliegen überhaupt noch verstehen? Und wenn ja, würde er noch in der Lage sein, ihren Wunsch zu erfüllen?

Sie hätte gern nach seiner Hand gegriffen, sie geküsst, um vor ihre Bitte die Ehrerbietung zu stellen, aber sie wagte nicht, unter die Decke zu greifen, aus Angst vor dem, was sie dort finden würde. Von dem Bett des Kaisers ging ein beißender Geruch aus, ein Gemisch aus Schweiß und Urin. Augustus war unrasiert, seine Haare waren lange nicht geschnitten und nicht einmal gekämmt worden. Seit dem Verlust der drei Legionen hatte er sich immer öfter geweigert, sich waschen zu lassen. Seit einigen Wochen wies er auch das dargebotene Essen zurück, trank nur gelegentlich etwas und erlaubte niemandem, die Bettdecke von seinem Körper zu ziehen. Severina hätte am liebsten den Atem angehalten. Es wurde wirklich Zeit, dass sie ihre Bitte vorbrachte!

Bisher hatte sie kein Glück gehabt. Der Kaiser war noch kräftig genug gewesen, um unliebsame Themen zur Seite zu wischen. Heute war er dazu eindeutig zu schwach. Aber war er mittlerweile auch zu schwach, ihre Bitte zu erfüllen? Selbst, wenn er es wollte? Ein Nicken würde er zustande bringen, und das reichte normalerweise, um daraus einen Befehl zu machen, der auf der Stelle ausgeführt wurde. Aber wenn Severina jetzt in die Augen des Kaisers sah, fragte sie sich, ob er ihre Worte überhaupt verstehen würde.

Während sie ihn begrüßte und dafür sorgte, dass auch Silvanus seine Ehrerbietung ausdrückte, schien es, als fände der Kaiser zu der Kraft zurück, die notwendig war, eine Entscheidung zu treffen. Sein Blick wurde wach und aufmerksam, Severinas Optimismus kehrte zurück: »Silvanus ist Euer Urenkel, Großvater! Ich bitte Euch, sichert ihm einen Platz in der Erbfolge! Versprecht mir, dass aus ihm ein Mann von Rang und Würde wird, wenn er erwachsen ist. Wenn ich einmal nicht mehr bin, wird es sonst niemanden geben, der sich um ihn sorgt.«

Es tat ihr leid, dass sie nicht niederknien konnte, aber das Bett des Kaisers war derart erhöht, dass sie sich damit seinen Blicken entzogen hätte. Noch nie war Severina vor einem Menschen in die Knie gesunken, doch diesmal hätte sie es mit Freuden getan. Alles, einfach alles hätte sie getan, um die Zustimmung des Kaisers zu erhalten.

»Bitte gebt mir die Zusicherung, dass aus meinem Sohn ein freier Römer wird, der über ein Vermögen und über einen Titel verfügt und bis zum Ende seiner Tage Teil der kaiserlichen Familie sein wird. Ich flehe Euch an! Sorgt dafür, dass Silvanus sein Leben lang unter dem Schutz des Kaisers steht, wer immer es auch sein wird.«

Nun hätte sie doch unter der Decke nach der Hand des Kaisers gesucht, wenn sie nicht in diesem Augenblick begriffen hätte, dass es sinnlos war. Augustus schloss erschöpft die Augen. Severina wusste nicht einmal, ob er ihre Worte verstanden hatte.

Die Sklaven, die den Kaiser Tag und Nacht bewachten, traten einen Schritt vor, als Severinas Stimme lauter und eindringlicher wurde. Anscheinend sorgten sie sich um die Sicherheit des Kaisers, als Severina die Hände auf seinen Oberkörper legte, über dem die Decken heiß und klamm waren. In einer Ecke des Schlafraums entstand Bewegung, Severina achtete jedoch nicht darauf.

»Seht Euch meinen Sohn an«, flehte sie. »Er ist ein so schönes Kind. Dass er blond ist und blaue Augen hat, dafür kann er nichts. Aber er ist klug und besonnen, er hat die Fähigkeiten zum Staatsmann. Von Germanicus' Söhnen ist keiner klug und besonnen, sie taugen zum Krieger, aber nicht zum Kaiser. Der Erste Bürger Roms muss nicht mit dem Schwert kämpfen können, sondern mit dem Geist und mit der Zunge.«

Ihr Großvater öffnete die Augen, starrte sie an, und sie begriff, dass er sie nicht verstanden hatte. Doch immerhin entdeckte sie wieder so etwas wie Interesse in seinen Augen, eine Frage, die sie aufforderte weiterzureden. Oder täuschte sie sich? Bat der Kaiser nur um ihre Gesellschaft? War ihm ihr Anliegen gleichgültig?

Severina schüttelte ihre Sorge ab. Sie hatte ein Angebot für den Kaiser, das er nicht ablehnen konnte. Zwar hatte sie gehofft, es nicht aussprechen zu müssen, aber wenn es nicht anders ging, musste es eben sein.

Sie machte einen Schritt zur Seite, als könnte sie damit erreichen, dass Silvanus nichts von dem hörte, was sie jetzt dem Kaiser vorschlagen würde. Wenn der Junge auch nicht verstand, worum es ging – es fiel ihr schwer, es vor Silvanus auszusprechen. Er kannte den Namen nicht, den sie nennen würde, aber es kostete sie trotzdem Überwindung, ihn über die Lippen zu bringen. Doch es musste sein! Es war ja nur zum Besten ihres Sohnes.

»Ich bin bereit zu einer Gegenleistung«, fuhr sie fort und wiederholte den Satz, weil sie merkte, dass sie zu leise gesprochen hatte. »Ich biete Euch etwas für die sichere Zukunft meines Sohnes. Nicht nur Euch allein, sondern dem gesamten römischen Reich.«

Das Interesse in den Augen des Kaisers verstärkte sich nun. Severina war froh, dass sie ihren Trumpf früh genug ausgespielt hatte. Morgen schon wäre es vielleicht zu spät gewesen. Der Geist des Kaisers schien sich schneller zu verdunkeln, als sie angenommen hatte.

Wieder musste sie sich zwingen, laut und deutlich zu sprechen, obwohl es ihr lieber gewesen wäre zu flüstern: »Ich biete Euch Arminius' Kopf für Silvanus' Sicherheit. Sein Leben gegen das meines Sohnes! Der Beweis, dass der größte Widersacher Roms tot ist, gegen einen Platz in der Erbfolge für meinen Sohn!«

Aus dem Interesse in den Augen des Kaisers wurde Ungläubigkeit und zu Severinas Entsetzen kurz darauf Überdruss. Er schien ihr nicht glauben zu wollen, oder er war längst nicht mehr fähig, die Tragweite dessen, was ihm vorgetragen wurde, zu erfassen.

»Ich kenne einen Weg, Großvater!«, beschwor sie Augustus weiter. »Ich weiß, wie Arminius zu besiegen ist. Nicht durch

Kriege, wie Tiberius glaubt. Was er nicht geschafft hat, wird mir gelingen. Ich liefere Euch Arminius' Kopf, und Silvanus bekommt dafür die Chance, Kaiser von Rom zu werden!«

Die Lider des Kaisers begannen zu flattern, Severina hätte am liebsten nach seinem Arm gegriffen, ihn gerüttelt und ihn damit am Einschlafen gehindert.

»Ein Nicken, Großvater! Ein Zeichen des Einverständnisses! Und ich hole einen der Senatoren, der aus Eurer Zustimmung ein Gesetz macht! Ein Gesetz, das auch für Euren Nachfolger Gültigkeit hat!«

Die Augen des Kaisers schlossen sich jedoch, über sein Gesicht breitete sich tiefe Müdigkeit aus, auf seiner Oberlippe erschien ein bleiches Dreieck, die Augäpfel sanken tiefer in ihre Höhlen. Es war, als stiege plötzlich Kälte von der Decke auf, die den Körper des Kaisers bedeckte. Augustus' Atem veränderte sich nicht, sein Brustkorb hob und senkte sich im gleichen Rhythmus wie zuvor, trotzdem begriff Severina, dass ihr Großvater in diesen Augenblicken dem Tod ein gutes Stück näher gekommen war.

Die Verzweiflung schüttelte sie, es kostete sie große Mühe, Haltung zu bewahren. Fest zog sie Silvanus an ihre Seite, der sich diesmal nicht gegen ihre Hand wehrte, weil er spürte, dass seine Mutter einen entscheidenden Kampf verloren hatte. Die Tränen würgten sie. Sie hatte Mühe, das Zittern ihrer Unterlippe zu verbergen. Aber Severina, die Enkelin des römischen Kaisers, weinte nicht! Sie war viel zu schön, zu stark und zu unanfechtbar für Tränen.

Sie legte den Kopf in den Nacken, bevor sie sich vom Bett des Kaisers abwandte. Dann erst merkte sie, dass sie nicht mit dem Kaiser allein gewesen war. Gewiss gab es rund zwanzig Sklaven im Raum, aber die zählten nicht. Der Mann jedoch, der aus einer Ecke des Raums auf sie zutrat, der zählte.

Tiberius, der zukünftige römische Kaiser, lächelte, als er vor ihr stand. »Ein interessantes Angebot, das Ihr meinem Stiefvater gemacht habt, schöne Severina!«

18.

In letzter Zeit fragte Inaja sich häufig, welchen Verlauf ihr Leben genommen hätte, wenn sie auf der Eresburg geblieben oder ihrer Herrin auf die Burg Fürst Aristans gefolgt wäre. Dass sie mit dem Leben auf der Teutoburg nicht mehr zufrieden war, ahnte zwar niemand, aber dass sie von Tag zu Tag mürrischer wurde, sah jeder. Doch zu ihrem Glück fragte keiner nach dem Grund, denn er schien auf der Hand zu liegen.

Ein gütiges Geschick hatte ihr zwar den Ehemann gesund aus der Schlacht zurückgebracht, so hieß es auf der Teutoburg, aber gleich darauf war es ihr wieder ungnädig geworden und hatte sie mit zwei weiteren Fehlgeburten bestraft. Wofür? Inaja behauptete, sie habe nichts Böses getan. Wiete war jedoch nach jeder Fehlgeburt die Erste, die von dem bösen Omen sprach. Inaja hatte ihrer Herrin zur Flucht geholfen, hatte das Ihrige dazu getan, dass aus der heimlichen Liebe eine Ehe geworden war, der der Segen der Götter verwehrt wurde. Also musste sie das böse Omen genauso treffen. Inajas Schuld war besiegelt. Seit Thordis nicht mehr unter ihnen war, sprach Wiete doppelt so oft davon.

Hermut hatte es längst aufgegeben, auf ein weiteres Kind zu hoffen. Thusnelda hatte es aufgegeben, Inaja auf die nächste Schwangerschaft zu vertrösten, und niemand erschrak mehr, wenn das Blut wieder an Inajas Beinen herunterlief. Inaja selbst am allerwenigsten, die zufrieden war mit dem einen gesunden Sohn. Dass Hermut ihn liebte und Gerlef an Hermut hing, war etwas, womit sie sich abzufinden hatte.

Nach Thordis' Tod hatte sie gewagt zu fragen: »Kann Flavus wirklich nicht kommen? Wenn die Mutter beigesetzt wird, müssen doch all ihre Söhne dabei sein!«

Thusnelda hatte es ihr erklärt, ohne Verdacht zu schöpfen: »Flavus ist Römer geblieben, und Germanien hat Rom gedemütigt. Arminius ist damit nicht mehr nur Flavus' Bruder, sondern auch sein Feind.«

»Er wird nie wieder in seine Heimat kommen?«

Thusnelda hatte mit den Schultern gezuckt. »Jeder Mensch sehnt sich nach seiner Heimat. Vielleicht findet Flavus irgendwann einen Weg, in die Teutoburg zurückzukehren, ohne in Rom als Verräter dazustehen.«

Vielleicht! An diesem Wort hielt Inaja sich fest. Vielleicht kam er zurück. Vielleicht vergaß er sie nicht. Vielleicht liebte er sie. Vielleicht kam er sie irgendwann holen. Und vielleicht machte er aus Gerlef einen reichen, geachteten Römer.

Sie bückte sich unter die Sträucher und Büsche, unter denen die Hühner pickten, und sammelte ein paar Eier auf. Dann ging sie zum Haus zurück. Davor hockte das Gesinde auf langen Bänken und löffelte den Hirsebrei, den es fast jeden Abend gab. Eier, Milch und Quark waren nur etwas für die Familie des Fürsten. Nach wie vor war Inaja stolz darauf, dass sie mit Thusnelda das Essen einnehmen durfte. Das war es, was das Leben auf der Teutoburg noch immer schön machte. Sie gehörte zur Fürstenfamilie, und ihr Sohn war das Kind eines Fürsten. Es war gut und richtig, dass nur dieses eine Kind den Weg ins Leben gefunden und jedes andere sich als zu schwach erwiesen hatte. Mochte Wiete noch so oft von dem bösen Omen reden! Gerlef war so stark wie ihre Liebe zu Flavus. Deswegen lebte er! Und deswegen lebten alle anderen Säuglinge nicht.

Hermut lächelte ihr zu, als sie ans Feuer trat. Dass er immer noch so lächeln konnte! In Augenblicken wie diesem tat es ihr leid, dass sie sein Lächeln nicht erwidern konnte. Nicht nur für ihn, sondern auch für sich selbst.

Inaja betrachtete Thusneldas gerundeten Rücken und Arminius, der in der gleichen Haltung neben ihr saß. Seit Thordis nicht mehr lebte, verzichtete er ganz darauf, auf dem einzigen Stuhl des Hauses Platz zu nehmen, der dem Hausherrn vorbehalten war. Er liebte Thusneldas Nähe, genoss sie jeden Tag und verzichtete nur auf sie, wenn es nötig war. Je länger die beiden zusammenlebten, desto ähnlicher wurden sie sich. Ihre Körperhaltung war die gleiche, ihre Gesten, ihre Mimik stimmten überein, und wenn sie lachten, sahen sie einander an, um sich zu vergewissern, dass die Freude des anderen ähnlich war. Jetzt legte Arminius seine flache Hand auf Thusneldas Rücken und ließ sie dort liegen. In vollkommener Ruhe, ohne dass sie vibrierte, ohne dass die Finger spielten, lag sie da. Kein Festhalten, kein Vergewissern, keine Aufforderung, nur der Wunsch, Thusnelda Wärme zu schenken, und ihr Wunsch, sie anzunehmen und zurückzugeben.

»Segestes und Ingomar haben beim letzten Thing gegen mich gestimmt«, sagte Arminius gerade. »Sie haben anscheinend Angst, dass ich zu mächtig werde. Sie begreifen nicht, dass es mir nicht um Macht geht, sondern ausschließlich um unsere Freiheit.«

»Die beiden sind selber machthungrig«, gab Hermut zurück. »Deswegen können sie sich nicht vorstellen, dass es Männer gibt, die anders denken.«

Nun wurde die Hand auf Thusneldas Rücken doch unruhig. »Mein Schwiegervater hasst mich nach wie vor«, sagte Arminius. »Er ist schon deswegen gegen mich, weil ich mit seiner Tochter glücklich bin.«

Wiete hörte nicht gerne etwas vom Glück anderer Menschen. Wenn sie sich auch mit ihrem Verlust abgefunden hatte, so wurde er ihr doch immer aufs Neue vor Augen geführt, wenn jemand das Glück beim Namen nannte. Sie wollte nichts mehr vom Glück hören, seit sie selbst es verloren hatte. Sie sah ihren Bruder an, als hätte sie ihm die Mutter zu ersetzen. »Pass auf, dass dein Volk nicht deinem Glück geopfert wird.«

Inaja schlug die Eier in den Trog, in dem sie vorher den Getreidebrei für die Fürstenfamilie angerührt hatte. Das Gesinde bekam den Brei mit Wasser vermischt vorgesetzt, aber hier, am Küchenfeuer, wurde er mit Eiern verrührt und mit Kräutern gewürzt. Inaja lächelte in sich hinein. Auch sie bekam den Abendbrei mit Eiern und Kräutern und ihr Sohn auch.

»Wenn wir weitere Angriffe der Römer fürchten müssen«, sagte Thusnelda nun, »dann ist es wichtig, dass die germanischen Stämme vereint bleiben und von einem gemeinsamen Oberhaupt geführt werden.«

Inaja sah sie bewundernd an. Wie selbstverständlich und klug sich Thusnelda an den Gesprächen beteiligte, die eigentlich den Männern vorbehalten waren! Fürst Segestes wäre entsetzt, wenn er miterleben müsste, wie seine Tochter die Gedanken ihres Gemahls zu ihren eigenen machte. »Dass die Römer so vernichtend geschlagen werden konnten«, fuhr sie fort, »war nur möglich, weil die Stämme sich vereinigt hatten und unter einem einzigen Befehl standen.«

Arminius nickte besorgt. »Wenn Segestes und Ingomar dafür sorgen, das einzelne Stämme abtrünnig werden und ihre Fürsten sich hinter sie stellen …«

»Statt hinter dich!«, warf Hermut ein.

»… dann sind wir nicht stark genug, um uns zur Wehr zu setzen.«

»Das muss mein Vater einsehen!«, rief Thusnelda verzweifelt.

Hermut wandte sich ihr zu. »Er glaubt nicht, dass die Römer uns angreifen werden. Und Fürst Ingomar glaubt es auch nicht. Sie halten die Römer für besiegt. Und sie glauben, dass Tiberius nach Rom zurückgekehrt ist, weil er kapituliert hat.«

»Er wird wiederkommen.« Arminius nickte düster. »Er oder ein anderer Feldherr. Augustus ist alt und müde, aber Tiberius ist voller Wut, weil er nicht zum Gegenschlag ausholen konnte. Er wird es wieder versuchen, sobald er Kaiser ist. Und wenn wir dann nicht gut vorbereitet sind …«

Thusnelda wollte etwas ergänzen, aber da meldete sich plötzlich Wiete zu Wort. »Nur gut, dass das böse Omen sich bereits erfüllt hat. Wir können sicher sein, dass die Götter mit uns sind.«

Nun war Wiete wieder ihrer Mutter sehr ähnlich, hochmütig und von der eigenen Überzeugung erfüllt. Inaja mochte sich nicht vorstellen, wie selbstzufrieden Arminius' Schwester sein würde, wenn sie selbst Mutter geworden wäre und Thusnelda noch mehr voraushätte als ihr Unglück.

Inaja hätte gern etwas erwidert, hätte Thusnelda gern in Schutz genommen vor dem Vorwurf, der seit der Hochzeit in

Thordis' Gesicht gestanden und sich seit ihrem Tod in der Miene ihrer Tochter verdoppelt hatte. Aber natürlich wusste sie, dass es ihr nicht zustand, Wietes Anschauung in Frage zu stellen oder zu korrigieren. Dass sie den Getreidebrei mit Eiern und Kräutern essen durfte, hieß nicht, dass ihr eine Gegenrede zustand. Sogar Thusnelda selbst schwieg immer zu Wietes Anwürfen. Kein einziges Mal hatte Inaja gehört, dass ihre Herrin die Schuld an ihrer Kinderlosigkeit von sich wies, dass sie sich verteidigte mit ihrer Liebe zu Arminius und der Unversöhnlichkeit ihres Vaters, mit der er den Willen der Götter beeinflusst hatte.

Umso erstaunter war Inaja, als Thusnelda sich erhob und Wiete so fest ansah, dass sich deren Mund öffnete und ihre Augen größer wurden. Inaja war sich noch nicht klar darüber geworden, ob es Mut war, der in den Augen ihrer Herrin stand, oder Aufbegehren, da hörte sie Thusnelda sagen: »Es wird wohl Zeit, euch mitzuteilen, dass ich schwanger bin!«

Tiberius trug seinen Lorbeerkranz wie ein wahrer Kaiser. Hochaufgerichtet stand er da, neigte das Haupt zu keinem seiner Untertanen, die vor ihm auf die Knie sanken, sondern bewegte nur die Augen und sah auf sie herab.

Er war ein großer, kräftiger Mann von Mitte fünfzig, der lange auf seinen Tag gewartet hatte, lange vergeblich und dann lange als zweite Wahl. Augustus hatte sich einen anderen Nachfolger gewünscht und Tiberius am Ende nur deshalb dazu gemacht, weil es keinen anderen gab, der zur Verfügung stand.

Tiberius' leibliche Eltern waren kurz nach seiner Geburt mit ihm nach Griechenland geflohen, weil sie sich gegen Augustus gestellt hatten, der damals noch Octavian hieß. Als er Kaiser Augustus geworden war, erzwang er die Rückkehr von Tiberius' Eltern und ihre Scheidung, weil er Livia, Tiberius' Mutter, heiraten wollte. So wurde Tiberius Augustus' Stiefsohn ebenso wie sein Bruder Drusus, Severinas und Germanicus' Vater, der erst nach der Scheidung geboren wurde.

Drusus war von Anfang an Augustus' Liebling gewesen, er

sollte dem Stiefvater später auf den Thron folgen. Aber als Drusus 9 v.Chr. starb, musste Augustus seine Nachfolge neu überdenken. Tiberius kam damit in die engere Wahl. Er, der glücklich verheiratet und Vater eines Sohnes war, ließ sich darauf ein, sich scheiden zu lassen und Augustus' Tochter zu heiraten. Für Julia, die drei Söhne und eine Tochter hatte, war es bereits die dritte Ehe, zu der ihr Vater sie zwang. Kein Wunder, dass sie mit Tiberius nicht glücklich werden konnte. Sie flüchtete vor der häuslichen Tristesse in ein ausschweifendes Leben und fand ihr einziges Glück schließlich darin, dass ihr Vater plötzlich nicht mehr Tiberius als seinen Nachfolger favorisierte, sondern einen ihrer Söhne.

Als Tiberius das begriff, zog er sich gekränkt ins freiwillige Exil nach Rhodos zurück. Dort erfuhr er, dass Kaiser Augustus, um dem Volk mit gutem Beispiel voranzugehen, die Lex Julia in seiner eigenen Familie angewandt und seine Tochter wegen ihres unsittlichen Lebenswandels in die Verbannung geschickt hatte. Da Rhodos auf der römischen Haupthandelslinie lag, war Tiberius dort nicht vom politischen Leben ausgeschlossen. So kam ihm zu Ohren, welches Schicksal der Frau zugedacht war, mit der er immer noch verheiratet war, und hochherzig setzte er sich für sie ein. Doch vergeblich! Julia sah Rom nie wieder, Tiberius allerdings wurde von Kaiser Augustus zurückgeholt, nachdem er sich bereit erklärt hatte, sich von Julia scheiden zu lassen.

Trotz vieler Versprechungen gestand Kaiser Augustus seinem Stiefsohn Tiberius dann doch keine politischen Funktionen zu, als er von Rhodos zurückgekehrt war. Erst als kurz hintereinander seine drei Enkelsöhne, die er sogar adoptiert hatte, starben, rückte der verbitterte Tiberius in die Position des möglichen Nachfolgers auf. Besiegelt wurde das Thronerbe schließlich durch seine Adoption im Jahre 4 n.Chr. Gleichzeitig erhielt Tiberius den Oberbefehl in Germanien, zog im folgenden Jahr bis ins Mündungsgebiet des Rheins und drang sogar bis zur Weser vor. Er besiegte die Langobarden an der Unterelbe, zog daraufhin elbaufwärts, eroberte an der mittleren Elbe das Land der

Semnonen, wobei ihm auch Fürst Aristan zum Opfer fiel, und wurde erst von Marbod, dem König der Markomannen, gestoppt. Mit ihm schloss Tiberius einen Freundschaftsvertrag, damit er sich den Aufständen in Pannonien widmen konnte.

Nach Varus' schmachvoller Niederlage plante er die Rückeroberung Germaniens, aber zu mehr als zu einer Strafexpedition kam er nicht. Er überschritt den Rhein, drang in langen Spitzen ins Landesinnere ein, verwüstete ein paar germanische Siedlungen und ihre Felder, kehrte dann aber nach Rom zurück, als ihm gemeldet wurde, dass Kaiser Augustus auf dem Sterbebett lag. Zu seiner eigenen Krönung wollte er nicht zu spät kommen. Vor allem wollte er sichergehen, dass sich kein anderer ans Bett des schwachen Kaisers drängte, um Augustus einen besseren Kandidaten als den immer noch ungeliebten Stiefsohn zu präsentieren.

Nun also hatte er sein Ziel erreicht. Mit erhobenen Armen nahm er die Huldigungen seines Volkes entgegen, das sich im Amphitheater auf den Plätzen drängte und ihm zujubelte.

Gnädig empfing er auch die Gratulation seiner Nichte Severina, die ihm ihren Sohn entgegenschob, damit er vom neuen Kaiser geherzt wurde. Aber Tiberius ließ sich nur zu einem Lächeln für Silvanus herab. »Geduld, schöne Severina! Du hast deinen Part noch nicht erfüllt. Solange wird dein Sohn auf meine Gunst warten müssen.«

Severinas Lächeln veränderte sich nur geringfügig. Vermutlich nahm außer Tiberius niemand wahr, dass ihre Augen einen harten Glanz bekamen. »Seid unbesorgt, Onkel! Es wird mir gelingen. Nicht heute oder morgen, aber in absehbarer Zeit.«

Tiberius' Lächeln blieb, wie es war. »In absehbarer Zeit könnte es zu spät sein. Womöglich hat dann Euer Bruder bereits für Vergeltung gesorgt.«

»Abwarten!«, gab Severina zurück. »Arminius ist nicht mit Schwert und Lanze zu besiegen, das wisst Ihr doch. Außerdem … wäre es nicht viel passender, ihn mit einer List zu Fall zu bringen? So, wie er es mit Varus gemacht hat?«

»In der Tat!« Tiberius' Blick wurde wohlwollender. »Warten wir also ab, wer mehr Erfolg hat. Germanicus mit seinen Legionären oder du mit deiner List!«

Er schien sich erkundigen zu wollen, was sie plante, aber in diesem Augenblick trat Antonius Andecamus auf ihn zu, um ihm seine Ehrerbietung zu erweisen. Hinter ihm konnte Severina Flavus' blonden Schopf ausmachen. Sie wandte sich ab und ging zum Eingang der kaiserlichen Loge, wo Gaviana darauf wartete, ihrer Herrin zu dienen. Wortlos nahm sie Silvanus in Empfang und ging mit ihm in die Loge, in der Agrippinas Kinder von ihren Sklavinnen bewacht wurden.

In diesem Augenblick begann der Einzug der Gladiatoren. Nur die Besten waren ausgewählt worden, um den neuen Kaiser mit außergewöhnlichen Spielen zu erfreuen. Fanfarenbläser gingen den Gladiatoren voran, die später gegen Löwen und Leoparden, gegen Nashörner, Bären und sogar gegen Krokodile kämpfen würden. An exotischen Tieren war alles zur Krönung des neuen Kaisers nach Rom gebracht worden, was die Provinzen hergaben. Jeder wusste ja, dass Tiberius besonderen Gefallen an Tierkämpfen fand. Ihm gefiel nicht nur der Wettstreit zwischen Gladiatoren und Tieren, er liebte es auch, wenn die Tiere aufeinandergehetzt wurden. Aus den fernsten Gegenden waren sie geholt worden. Sogar friedliche Exemplare wie Hirsche, Rehe, Affen, Giraffen und Strauße ließ man an diesem Tag in die Arena ziehen, damit Kaiser Tiberius viel zu sehen bekam.

Severina tat so, als wäre sie an dem Kampf interessiert, den ein junger Gladiator mit einem Braunbären aufnahm. Sie brauchte nicht lange zu warten, da spürte sie, dass Flavus zu ihr getreten war.

»Habt Ihr endlich einen Plan?«, fragte sie leise, ohne sich nach ihm umzusehen.

»Es ist schwer«, flüsterte es in ihrem Rücken. »Ich habe keine Gelegenheit, nach Germanien zu reisen. Früher konnte ich den Kaiser darum bitten, aber jetzt? Man erwartet von mir, dass ich mich von meinem Bruder distanziere.«

»Ihr habt doch längst Eure Loyalität bewiesen«, gab Severina zurück. »Schließlich habt Ihr darauf verzichtet, an der Beisetzung Eurer Mutter teilzunehmen. Reicht das nicht?« Sie drehte sich um und blickte Flavus in Gesicht. Er sah unglücklich aus, in seinen Augen schimmerte es so verzagt, als wären sie voller Tränen.

»Ich muss auf eine gute Gelegenheit warten«, sagte er. »Es hat keinen Sinn, die Sache zu überstürzen. Arminius ist schlau. Er darf nicht merken, was wir im Schilde führen.«

Severina schenkte ihm ein Lächeln, das seine Entschlussfreude beflügeln sollte. »Dann habt Ihr endlich die Gelegenheit zu beweisen, dass Ihr schlauer seid. War das nicht immer schon Euer Wunsch?«

Thusnelda öffnete die Augen nicht, trotzdem wusste sie, dass sie nicht mehr von Dunkelheit umgeben war, dass der graue Morgen vor dem Windauge stand. Sie kannte das frühe Licht des Tages, wie es in ihre Kammer sickerte und sich auf die Schlaffelle legte. Arminius' Fell war immer das erste, was seine Konturen preisgab, dann stellten sich die feinen Haare ihres eigenen Fells gegen das Licht. Das war der Augenblick, in dem sie Arminius' Hand auf dem Fell liegen sehen und erkennen konnte, ob er sich ihr zu- oder abwandte. Dann schmiegte sie sich entweder an seinen Bauch oder an seinen Rücken und war glücklich, wenn er mit geschlossenen Augen lächelte und sein Körper sich ihr entgegenwölbte oder -rundete. Ob er in diesem Moment die gleichen Gedanken hatte wie sie? Oder band er sich schon seine Rüstung um, auf nichts konzentriert als auf den Kampf, der ihm bevorstand? Sie tastete nach der Liebesrune an ihrem Hals, die sie auch während der Nacht nicht abnahm. So wie Arminius auch die Kordel nie ablegte, die sie ihm geknüpft und zur Hochzeit geschenkt hatte. Selbst dann nicht, wenn er in eine Schlacht zog. Gerade dann nicht! Die Kordel begleitete ihn unter seiner Rüstung und würde ihn schützen. Diese Zuversicht hielt Thusnelda mit beiden Händen fest.

Die Nachricht, dass der neue Kaiser seinen Neffen gegen

Germanien geschickt hatte, war von einem Soldaten gebracht worden, der in einem der Kastelle Dienst tat, die von Kaiser Augustus am Rhein erbaut worden waren. Nach der Schlacht gegen Varus hatte er sämtliche römische Soldaten abgezogen, Arminius hatte sie daraufhin von germanischen Söldnern besetzen lassen, die die Grenzen bewachen sollten. Sie befanden sich nun in einem aussichtslosen Kampf gegen die römische Übermacht und brauchten dringend Hilfe.

Arminius und Hermut zögerten nicht mit der Aufrüstung. Im Nu waren sie und die kriegstauglichen Männer der Teutoburg bewaffnet und zogen los, um die Soldaten der germanischen Stämme zu mobilisieren, die sich in der Schlacht gegen Varus bewährt hatten. Ob die anderen Fürsten nun glauben konnten, dass die Gefahr noch nicht vorüber war? Zwar wusste bis jetzt niemand, wie groß das Heer war, mit dem Germanicus zum Vergeltungsschlag ausholen wollte, aber nun musste jeder einsehen, dass der neue römische Kaiser nicht daran dachte, die Vernichtung der drei Legionen auf sich beruhen zu lassen.

Thusnelda tastete über ihren Bauch. Was mochte es zu bedeuten haben, dass die Göttin ihre Ehe nun doch mit einem Kind segnete? Hatte sie eingesehen, dass ihre Liebe etwas war, das diesen Segen verdiente? Arminius war fest davon überzeugt, aber als Wiete aussprach, was sie dachte, wurde Thusnelda schlagartig klar, dass es ihre eigenen Gedanken waren, die sich in Wietes Mund formten. Ja, sie war von den gleichen Zweifeln angefallen worden, hatte sie nur verdrängt und so dafür gesorgt, dass sie ihr nichts anhaben konnten. Niemandem vertraute sie ihre Angst an, schon gar nicht Arminius, und sie gab auch Wiete nicht offen recht. Nicht einmal Inaja verriet sie später, dass sie unter derselben Angst litt wie Wiete. Wenn das böse Omen sich nicht erfüllte, indem es ihr Nachkommen verwehrte, wie dann? Kam ein noch größeres Unglück auf die Teutoburg zu?

Thusnelda spürte die Angst über ihren Rücken rieseln. Nun öffnete sie die Augen, um sich von dem Vertrauten, das sie umgab, besänftigen zu lassen. Aber das leere Schlaffell neben ihr verstärkte ihre Angst nur noch. Was, wenn das böse Omen sich erfüllte, indem ihrem Kind der Vater genommen wurde, noch bevor es zur Welt kam? Sie selbst hätte diese Angst vielleicht in sich einschließen und totschweigen können, aber nachdem Wiete sie ausgesprochen hatte, war ihre Sorge nicht mehr beiseitezuschieben. Die entsetzliche Angst stand neben ihrem Bett und würde sie auf Schritt und Tritt verfolgen, bis Thusnelda sich erneut zur Ruhe begab. Und am nächsten Tag würde sie immer noch da sein. So lange, bis Arminius aus der Schlacht zurückgekehrt war oder …

Nein, nicht weiterdenken! Thusnelda richtete sich auf und starrte das Windauge an, als könnte sie den Morgen, der dahinter stand, überreden, nie wieder zur Nacht zu werden. Kalter Schweiß stand nun auf ihrer Stirn, und durch ihren Leib zog sich eine scharfe Diagonale. Sie legte sich zurück und bemühte sich, ruhig und gleichmäßig zu atmen und den Schmerz zur Ruhe zu bringen. In ihrem Körper durfte es keinen Aufruhr geben, das werdende Leben musste ungestört bleiben.

Plötzlich kam ihr der Gedanke, dass sich das böse Omen auch erfüllen konnte, indem es ihr das gleiche Schicksal wie Inaja auferlegte. Noch schlimmer, als niemals schwanger zu werden, war es ja, ein Kind geschenkt zu bekommen und es wieder hergeben zu müssen. Grausam wäre das nach dem großen Glück, das sie erfüllt hatte, als sie glauben konnte, dass sie wirklich schwanger war. Wie herrlich waren die Nächte gewesen, in denen sie mit Arminius ganz heimlich dieses Glück genossen hatte! Nebeneinander hatten sie gelegen, Hand in Hand, durch das Windauge in den sternenübersäten Himmel geblickt und sich ihren großen, starken Sohn oder ihre schöne, blondgelockte Tochter ausgemalt. Vielleicht hätte sie dieses Glück noch eine Weile in sich einschließen sollen, dann wäre es ganz nah bei ihr geblieben, nur bei ihr. Aber sie hatte sich darauf gefreut, das Glück noch größer zu machen, indem die ganze Teutoburg davon erfuhr und sämtliche Cherusker im Umkreis. Wie hatte sie ahnen können, dass es ein Glück gab, das weder Licht und Sonne noch die Gesellschaft vieler Menschen vertrug? Ganz heimlich hatte sie sogar darauf gehofft, dass ihrem Vater ihr neues Glück zu Ohren kommen und ihn gnädig stimmen würde. Wenn auch viele Jahre vergangen waren und sie die Hoffnung auf Versöhnung längst aufgegeben hatte – dieses Kind gab ihr die Kraft, wieder auf die Liebe zu vertrauen, die ihr Vater ihr entgegenbrachte. Noch immer! Auch noch, nachdem sie ihn so schwer enttäuscht hatte! Von dieser Überzeugung wollte Thusnelda nicht abweichen.

Sie hörte zu, wie die Teutoburg erwachte. Die Hähne krähten immer wieder, als müssten sie die Langschläfer an die Arbeit holen, Hühner flatterten auf, Schweine grunzten, Kühe blökten, und ein Vogelschwarm zog über die Burg hinweg.

Das Gesinde war schon bei der Arbeit. Am Feuer wurde mit dem Suppenkessel geklappert, der Webstuhl klackte, die Handspindel, mit der Wolle gesponnen wurde, surrte leise. Ein Knecht schimpfte mit seiner Frau, die Wasser verschüttet hatte, der Schmied begann mit seiner Arbeit am Amboss.

Dann, ganz plötzlich, änderte sich etwas. Die Tiere waren noch zu hören, aber alle anderen Geräusche verstummten. Der Knecht hörte auf zu schimpfen, der Schmied legte seine Arbeit nieder, am Küchenfeuer wurde es still.

Ein Ruf ging über die Teutoburg. Eine helle Stimme war es, die etwas meldete, vermutlich die eines jungen Burschen. Thusnelda konnte nicht verstehen, was er rief, doch der Ton war drängend, alarmierend. Sämtliche Bewohner der Burg schienen aufmerksam geworden zu sein. Und dann mit einem Mal das Gewirr vieler Stimmen! Wietes stach daraus hervor. Thusnelda glaubte, dass sie ihren Namen rief, aber ganz sicher war sie nicht.

Eilig erhob sie sich. Wiete hatte viele Aufgaben ihrer Mutter übernommen. Es war nicht auszuschließen, dass sie nun auch, genau wie Thordis, darauf achtete, dass Thusnelda frühzeitig bei der Arbeit war. So, wie ihr zu Thordis' Lebzeiten nicht nachgesehen worden war, dass sie die halbe Nacht auf Arminius gewartet hatte, so würde ihr jetzt nicht angerechnet werden, dass sie schwanger war.

Während sie sich in ihr Wolltuch wickelte, lauschte sie nach draußen. Irgendetwas ging in der Burg vor sich. Oder außerhalb der Burgmauern? Mit ein paar hastigen Bewegungen ordnete sie ihre Haare, dann trat sie aus der Schlafkammer in den Wohnbereich des Hauses. Er war leer. Die Mägde, die sich um die Zubereitung des Frühstücks für die Familie und die Vorbereitung für das Mittagessen zu kümmern hatten, waren anscheinend hinausgelaufen.

Gegen die kalte Angst, die Thusnelda frieren ließ, konnte der wollene Umhang nichts ausrichten. Dies war eine andere Angst als die, die ihr die Freude auf den neuen Tag genommen hatte. Diese Angst war groß, schwer, erdrückend, aber weich gewesen. Diese hier war scharf und grell, erreichte auf direktem Wege das Herz, sie tat weh.

Im Nu stand Thusnelda vor dem Haus. Der Vorplatz lag verlassen da, Stimmengewirr drang von der Burgmauer herunter. Die Männer, die das Tor bewachten, riefen etwas zu den Wachen hoch, die auf der Burgmauer patrouillierten. Ein Angriff im Morgengrauen? An einem Tag, an dem der Burgherr nicht anwesend war? Wer konnte das sein? Überfälle geschahen für gewöhnlich in der Nacht. Wer also näherte sich der Burg einerseits im ersten Tageslicht, in dem er gesehen wurde, andererseits in Arminius' Abwesenheit?

Inaja kam auf Thusnelda zugelaufen. »Herrin! Bleibt im Hause!«

Aber Thusnelda wehrte sie ab und lief zur Burgmauer. Die Mägde und Knechte, die dort standen, machten ehrerbietig Platz, als sie Thusnelda bemerkten, und starrten sie an, als erwarteten sie von ihr die Anweisung, was zu tun sei.

Es war ein Tross von fünf Reitern, der auf die Teutoburg zukam, ihnen voran ritt ein großer, stattlicher Mann auf einem kräftigen Schimmel. Er bestimmte das Tempo und fiel nun in den Schritt, als er bemerkte, dass er erspäht worden war. Wie schwer er bewaffnet war, konnte Thusnelda nicht ausmachen. Aber als sie erkannte, um wen es sich handelte, spielte das plötzlich keine Rolle mehr. Sie schrie auf und lief zum Eingangstor, obwohl Inaja versuchte, sie zurückzuhalten.

»Rache!«, seufzte Agrippina. »Der neue Kaiser spricht von Rache. Viel zu oft für meinen Geschmack.«

Sie blieben vor dem Käfig stehen, der nach Augustus' Tod in einer schattigen Ecke des Atriums errichtet worden war. In ihm lebten nun seine Papageien, die früher durch die Räume flattern durften, wie es ihnen gefiel. Schon am Tag nach seiner Krönung hatte Tiberius den Auftrag erteilt, diesen Käfig zu bauen, damit es mit den herumfliegenden Papageien ein Ende hatte. Am liebsten hätte er ihnen sicherlich die Hälse umdrehen lassen, aber er wagte nicht, das Andenken an Kaiser Augustus, an dem er sich in Zukunft messen lassen musste, derart zu verunglimpfen.

»Natürlich spricht er von Rache«, gab Severina gleichmütig zurück. »Unser Großvater war viel zu weichherzig, um von Rache zu reden, und am Ende viel zu verzweifelt über den Verlust der drei Legionen. Tiberius ist anders. Stärker!«

Agrippina wandte sich von dem Papageienkäfig ab, ihre Sklavin sorgte dafür, dass der Saum ihrer Tunika nicht schmutzig wurde, während sie mit Severina weiterbummelte. Sie waren nicht die Einzigen, die sich im Atrium des kaiserlichen Hauses die Zeit vertrieben. Viele Senatoren hielten sich hier auf, reiche Bürger Roms, die sich die Nähe zur kaiserlichen Familie erkauft hatten. Sie unterhielten sich mit anderen reichen Bürgern, mit denen sie Geschäfte machten oder zu machen gedachten. Die Bittsteller, die in Scharen gekommen waren, seit Tiberius gekrönt worden war, drängten sich im Audienzsaal, den der neue Kaiser eingerichtet hatte. Nur diejenigen, die sich seine Gäste nennen durften, hielten sich im Atrium auf oder in den Besuchszimmern, von denen es nun zahlreiche gab. Tiberius hatte Augustus' Haus das Private genommen, hatte sich entschlossen, sein eigenes Haus vor den Toren der Stadt, in dem er seit langem lebte, zu behalten und Augustus' Stadthaus lediglich als Amtssitz zu benutzen. Das Schlafzimmer hatte er zu dem Raum gemacht, in dem er über politische Entscheidungen nachdenken wollte, dort würde er sich mit Senatoren beraten und ihnen seine Entschlüsse mitteilen. Der riesige Diwan war so aufgestellt worden, dass die Wirkung des Bodenmosaiks nicht beeinträchtigt wurde. Wer den Raum betrat, betrachtete zunächst unwillkürlich das herrliche Mosaik, so dass Tiberius Zeit hatte, sich ein Bild von seinem Besucher zu machen, ehe der vor ihm auf die Knie sank. Severina war beeindruckt, als ihr aufging, welch geschickter Schachzug das war.

»Es tut mir weh«, fuhr Agrippina fort, »dass ausgerechnet Germanicus die Rache des neuen Kaisers stillen soll.«

Sie hatte seinen Namen noch kein einziges Mal ausgesprochen, redete nur von dem neuen Kaiser, obwohl Tiberius einmal mit ihrer Mutter Julia verheiratet gewesen war. Auch deren Namen nannte Agrippina nie, zu sehr schämte sie sich dafür, dass ihre Mutter Opfer ihres unsittlichen Lebenswandels geworden war.

»Der neue Kaiser weiß selbst am besten«, fuhr Agrippina fort, »dass den Germanen im eigenen Lande nicht beizukommen ist. Hat er selbst mit seinen Rachefeldzügen Erfolg gehabt? Nein!«

»Anscheinend traut er Germanicus mehr zu«, gab Severina zurück. »Du solltest stolz auf deinen Gemahl sein.«

»Ich sorge mich um ihn«, antwortete Agrippina heftig. »Ich habe Angst, dass er dasselbe Schicksal erleidet wie Varus.«

Severina gähnte. »Er wird sich auf keine List einlassen.«

»Das nicht! Aber wenn Arminius sich ihm entgegenstellt, dann wird er das dort tun, wo das Land der Barbaren besonders unwegsam ist. Die Wälder dort sind dichter als woanders, die Sümpfe sind gefährlicher, die Moore tückischer. Es wimmelt dort nur so von Gefahren! Dieses Land muss scheußlich sein. Anscheinend regnet es dort ständig, und es ist immer kalt und finster.«

Severina betrachtete ihre Schwägerin erstaunt, die sich in heftige Erregung geredet hatte. Sie gab Gaviana einen Wink, damit sie Agrippina einen Tee zur Beruhigung brachte, und sorgte dafür, dass ihre Schwägerin sich auf eine steinerne Bank setzte, weil ihren Sklavinnen kaum Zeit blieb, die Schleppe ihrer Tunika immer wieder zu ordnen. Wenn sich Agrippina weiterhin so aufregte, würden ihre Füße sich noch im Saum ihrer Tunika verfangen und sie womöglich zu Fall bringen.

»Die Germanen werden immer im Vorteil sein«, stieß Agrippina hervor, »weil sie als Einzige ihr Land kennen. Das weiß der neue Kaiser genau! Er hat es ja selbst nicht geschafft, Germanien zurückzuerobern.«

Severina wollte sich ihrer Erregung auf keinen Fall anschließend. Ihr lag nichts daran, dass Germanicus' Rachefeldzug gelang. Sie war es, der die Rache gehören sollte, sie wollte es sein, die dem Kaiser Arminius' Kopf präsentierte.

»Er wird wissen, dass er eine Übermacht entsenden muss.« Sie nahm Gaviana die Teeschale ab und reichte sie Agrippina persönlich. »Das Heer der Germanen ist klein.«

Agrippinas Antwort war so heftig, dass sie die Hälfte des Tees verschüttete. »Das ist es ja! Er hat Angst vor großen Verlusten und hat Germanicus deswegen nur ein paar kleine Einheiten zugestanden. Und das, nachdem Arminius drei Legionen vernichtet hat!«

Severina konnte sich eine gewisse Rührung nicht verwehren, als sie beobachtete, wie sehr Agrippina sich um ihren Mann sorgte. Severina wusste nicht von vielen Liebesheiraten in Rom, aber die Ehe ihres Bruders gehörte zweifellos dazu.

»Welchen Auftrag hat Germanicus?«, fragte sie vorsichtig. »Soll er das Land vernichten, das Volk oder … oder seinen Anführer?«

Von Agrippina fiel die Erregung schlagartig ab. »Verzeih, Severina! Ich vergaß, was es für dich bedeuten muss, wenn Arminius der Rache des neuen Kaisers zum Opfer fällt.«

»Was soll es schon für mich bedeuten?«, gab Severina gleichmütig zurück. »Rache bedeutet es. Sonst nichts! Jeder Römer denkt an Rache, wenn Arminius' Name fällt. An nichts anderes.«

»Und Silvanus?«, fragte Agrippina leise. »Was ist mit ihm?«

Severina stand auf und sah wütend auf ihre Schwägerin hinab.

»Wann wirst du endlich aufhören …?« Sie unterbrach sich selbst und gab Gaviana einen Wink, damit sie den Saum ihrer Tunika so um ihre Füße legte, dass sie sich umdrehen und ins Haus zurückkehren konnte, ohne zu stolpern. »Rache ist ein wunderbares Wort«, sagte sie in Agrippinas erschrockenes Gesicht. »Das unterscheidet uns von den Tieren und den Sklaven. Die Tiere wissen nichts von Rache, und die Sklaven können sie sich nicht leisten.«

Sie überließ Agrippina Varus' Witwe, die auf die Bank zusteuerte und schon von weitem damit begann, ihre Anteilnahme herauszuzwitschern. »Ich hoffe, meine Liebe, dass Euch nicht das gleiche Schicksal erwartet wie mich!«

»Bring mir ein Glas Honigwasser«, sagte Severina zu Gaviana, als sie im Säulengang angekommen waren, in dem mehrere weich gepolsterte Stühle standen. Auf einem von ihnen saß der Juwelier, den Severina in Pollios Bordell beim Verlassen der Hure Myrtis überrascht hatte. Als er Severinas gewahr wurde, sprang er auf, verbeugte sich vor ihr und bot ihr seinen Platz an, obwohl sämtliche anderen Stühle nicht besetzt waren. »Es wäre mir eine Ehre, wenn ich Euch diesen besonders weich gepolsterten Stuhl überlassen dürfte …«

Severina brachte ihn zum Verstummen, indem sie sich auf einen anderen Stuhl setzte und ihm demonstrativ den Rücken zukehrte. »Die einzige Ehre, die ich Euch erweisen könnte, wäre der Kauf von Schmuckstücken zum halben Preis. Oder soll ich Eurer Gemahlin vorschlagen, Eure nächstgeborene Tochter Myrtis zu nennen?«

Sie blickte nicht hinter sich, weil sie dem Juwelier keine Gelegenheit geben wollte, seine Demut mit einem Kniefall zu bezeugen, sondern herrschte Gaviana an: »Was ist? Habe ich dir nicht gesagt, dass ich Honigwasser will? Aber nicht zu kalt!«

Sie folgte Gaviana mit den Augen, wandte sich jedoch ab, als sie merkte, dass der Juwelier es aufgegeben hatte, sich mit vielen Verbeugungen auf das schlechte Geschäft einzulassen. So sah sie nicht, das Gaviana ihr kurz den Rücken zukehrte, bevor sie ihr das Honigwasser reichte. Und als Severina in großen Zügen trank, weil sie durstig war, konnte sie nicht ahnen, dass Sklaven erfindungsreich waren, wenn es darum ging, sich eine Rache zu leisten. Severina schmeckte das Honigwasser gut, obwohl Gaviana kurz vorher hineingespuckt hatte.

19.

Inaja blieb ängstlich im Eingangstor stehen, die Wächter, die versucht hatten, Thusnelda aufzuhalten, wichen zurück, als sie den Reiter und seine Gefolgsleute erkannten. In ihren Gesichtern stand Unsicherheit. War das die Gefahr, vor der ihr Herr sie gewarnt hatte, bevor er aufgebrochen war? Aber würde ihre Herrin einen Reiter, der ihr gefährlich werden konnte, so freudig, so überschwänglich begrüßen?

Inaja stellte sich ähnliche Fragen. Was führte Fürst Segestes im Schilde? War er gekommen, um sich mit seiner Tochter zu versöhnen? Hatte die Nachricht, dass Thusnelda schwanger war, die Eresburg erreicht und den Vater gnädig gestimmt? Ging Thusneldas sehnlichster Wunsch nun in Erfüllung?

Nicht nur Segestes, auch seine Männer waren von ihren Pferden gestiegen. Inaja stellte fest, dass der Fürst gealtert war. Sein Haar, das früher noch einzelne dunkle Strähnen aufwies, war nun schlohweiß, seine Gesichtszüge waren müde geworden.

Der Fürst betrachtete seine Tochter eingehend. »Wie ich höre, wirst du mir ein Enkelkind schenken?«

Thusnelda strahlte. »Ich habe mir dieses Kind vor allem deshalb gewünscht, weil ich hoffte, dass es Euer Herz erweicht, Vater!«

Fürst Segestes ließ seinen Blick über die Teutoburg wandern, als hätte er sie nie zuvor gesehen. »Du bist also glücklich hier?«

Thusnelda nickte und blickte zurück zu Inaja und zu den Wachen, die sich in respektvollem Abstand hielten. »Ja, ich bin glücklich hier.«

»Obwohl dein Gemahl dich allein lässt?«

Es gefiel Inaja nicht, dass der Fürst seine Tochter beim Arm nahm und sich ein paar Schritte mit ihr entfernte, so, als hätte er ein vertrauliches Gespräch mit ihr zu führen. Oder war er nur rücksichtsvoll? Wollte er klarstellen, dass er nicht die Absicht hatte, die Teutoburg in Abwesenheit des Burgherrn zu betreten?

»Er musste mich allein lassen.« Thusnelda lachte. »Ihr wisst doch, Vater, dass der römische Kaiser Germanicus ausgesandt hat, um die Schlacht gegen Varus zu rächen. Arminius verteidigt unser Land, unsere Freiheit.«

Segestes gab seinen Männern einen Wink, ehe er antwortete. »Hat er sich überlegt, was geschieht, wenn er diesmal nicht siegt? Wenn wir alle die Konsequenzen dafür tragen müssen, dass Arminius sich dem römischen Kaiser widersetzt?« Er winkte ab, als käme es auf Thusneldas Antwort nicht an. »Was frage ich dich? Wie sollst du, ein schwaches Weib, einschätzen, was Arminius dir und deinem ungeborenen Kind antut?«

In diesem Augenblick ahnte Inaja, was passieren würde. Sie schob eine der Wachen zur Seite und sprang vor das Tor. Doch obwohl sie mit ihren schwachen Kräften sowieso nichts hätte verhindern können, wäre es dafür auch bereits zu spät gewesen. Zwei Männer ergriffen Thusnelda und hoben sie auf ein Pferd. Ehe sie durchschauen konnte, was geschah, ehe sie sich widersetzen, ehe sie auch nur schreien konnte, schwang sich einer der beiden hinter sie, umklammerte sie mit festem Griff und trieb das Pferd an. Alle anderen folgten ihm. Fürst Segestes war der Letzte, der aufsaß. Inaja sah, dass er lächelte, als er einen Blick zurückwarf. Dann preschte er hinter seinen Leuten her.

Starr vor Angst und Schrecken stand Inaja da und beobachtete, wie Thusneldas wollenes Tuch sich löste, eine Weile, vom Wind getragen, über ihrem Kopf zu schweben schien und dann in sich zusammenfiel und zu Boden flatterte.

Das war der Augenblick, in dem sie zu schreien begann. Und nun endlich kam Leben in die Wachen der Teutoburg. Hilflos rannten einige vors Tor, machten Anstalten, dem Entführer zu

Fuß zu folgen, sahen dann ein, wie unsinnig dieses Unterfangen war, schrien nach den Pferden, liefen zurück, um sie aus dem Stall zu holen, und trieben sie aus der Burg. Aber nur noch mit halbem Herzen, weil sie längst einsahen, dass Fürst Segestes und seine Männer nicht mehr einzuholen waren.

Inaja saß verzweifelt auf der Burgmauer, als sie beobachtete, wie sie zurückkehrten. Mit hängenden Köpfen, im Schritt, so dass es aussah, als ließen auch die Pferde die Köpfe hängen.

Flavus wirkte nervös und fahrig, als er Severina begrüßte. Er war blass, seine Haare sahen aus, als hätte er sie sich gerauft. Seine Augen waren noch kleiner, noch stechender als sonst.

»Bringt Ihr schlechte Nachrichten?«, fragte Severina misstrauisch und wies Gaviana an, für den Gast Früchte, Käse, Pasteten und verdünnten Wein aus der Küche zu holen.

Flavus nahm Platz, atmete tief durch, zwang sich zur Ruhe, lobte Severinas Schönheit, dankte ihr, dass sie bereit gewesen war, ihn zu empfangen – dann aber hielt er sich nicht mehr mit Höflichkeiten auf. »Arminius hat schon wieder einen Angriff zurückgeschlagen.«

Severina hatte sich von Gaviana vor wenigen Augenblicken Kissen in den Rücken stopfen lassen, damit sie bequem lag, nun richtete sie sich erschrocken auf. »Was ist passiert?«

»Arminius hat Wind davon bekommen, dass Germanicus den Rhein überquert. Er hat in Windeseile die Truppen aller germanischen Stämme zusammengetrommelt und ist gegen Germanicus gezogen.«

Severina runzelte die Stirn. »Er kann keine Übermacht gehabt haben.«

»Das nicht. Aber er hat es auch diesmal raffiniert angestellt. Er ist Germanicus nicht entgegengekommen, sondern hat wieder seine Ortskenntnisse genutzt. Er hat es geschafft, die römischen Truppen zu umgehen, dann hat er von hinten die Nachhut überfallen. Unsere Soldaten konnten sich nicht mehr formieren und mussten sich dem Nahkampf stellen. Die Germanen sind mit Speeren über sie hergefallen. Germanicus hat schwere Verluste hinnehmen müssen.«

Severina sah Flavus unruhig an. »Und mein Bruder selbst? Ist er unversehrt?«

Flavus nickte. »Er soll Arminius sogar gegenübergestanden haben, aber die beiden sind respektvoll miteinander umgegangen.« Er griff nach einer Pastete, die Gaviana ihm auf einem silbernen Teller reichte. Lange betrachtete er den Leckerbissen, ehe er ihn zum Munde führte, kaute sehr gründlich, schien jedoch nicht zu wissen, ob ihm die Pastete schmeckte. »Der Kaiser wird mich bald wieder in die Schlacht schicken«, sagte er nachdenklich. »Über kurz oder lang werde ich gegen meinen eigenen Bruder kämpfen müssen, wenn Germanicus es nicht schafft, Arminius ein für allemal zu besiegen.«

Er erhob sich, blieb vor Severina stehen, setzte zu einer erneuten Rede an, schluckte die Worte dann aber herunter und schüttelte den Kopf. Er sah ratlos und unglücklich aus. Severina lehnte sich zurück und beobachtete, wie er hin und her ging und schließlich ein Spielzeug aufnahm, über das er beinahe gestolpert wäre. Nachdenklich betrachtete er Silvanus' aus Holz geschnitztes Pferd.

Die Stille begann gerade eine Trennung zwischen ihnen zu ziehen, da sagte Flavus: »Vielleicht wäre das ganz gut.« Er legte das Holzpferdchen zur Seite und sank vor Severina auf die Knie. »Dann wäre Euer Wunsch erfüllt, Arminius stünde nicht mehr zwischen uns.«

Severina hielt es nicht mehr in ihren Kissen. Mit einer energischen Handbewegung schob sie Flavus zur Seite und stellte die Füße auf die Erde. »Ihr wollt es auf einen Zweikampf mit Arminius ankommen lassen?«

Flavus setzte sich wieder auf den Stuhl und legte die Hände auf seine Oberschenkel. »Ich bin nicht schlechter als er im Zweikampf.«

Severina winkte ab. »Im Zweikampf entscheidet oft das Glück. Was ist, wenn nicht Ihr den Kampf gewinnt, sondern Arminius? Wollt Ihr das Risiko eingehen?«

Flavus schluckte, sah auf seine Fußspitzen und antwortete nicht.

»Und wollt Ihr Euch später Vorwürfe machen lassen, dass Ihr Euren eigenen Bruder getötet habt?«

Sie hielt einen Augenblick den Atem an, denn ihr wurde bewusst, dass sie in diesem Augenblick zum ersten Mal deutlich etwas ausgesprochen hatte, für das sie bisher verharmlosende und beschönigende Worte gefunden hatte. Töten!

Besänftigend fügte sie an: »Besser, niemand weiß später, wie Arminius zu Tode gekommen ist.«

Da! Schon wieder war das Wort gefallen, das sie bisher vermieden hatte! Tod! Severina beobachtete Flavus aufmerksam, aber der zuckte mit keiner Wimper. Das zeigte ihr, wie nah ihm ihre Pläne mittlerweile waren, wie vertraut, wie selbstverständlich. Sie musste trotzdem aufpassen, durfte nicht die Kontrolle verlieren. Es reichte nicht, dass Arminius starb. Nein, das war nicht genug. Sie musste Kaiser Tiberius seinen Kopf präsentieren. Sie, Severina, die Enkelin Kaiser Augustus', die Nichte von Kaiser Tiberius, musste Arminius besiegen. Ihr musste der Kaiser es zu verdanken haben, dass sein größter Widersacher zur Strecke gebracht worden war.

Waffengeklirr! Kriegsgeschrei! Das wütende Gebrüll der Angreifer, die verzweifelten Rufe der Verletzten. Pferde wieherten schrill, Speere sausten durch die Luft, Schilde barsten, Triumphgeschrei wechselte ab mit Schmerzgeheul. Dann zwei, drei Atemzüge Stille – und wieder brach der Tumult los. Fürst Segestes stand auf der Burgmauer und feuerte seine Speerwerfer an. Bald würde es keinen einzigen Speer mehr auf der Eresburg geben und Segestes seine Krieger vors Tor schicken müssen. Bis es so weit war, zog er es jedoch vor, seine Burg von den Mauern herab zu verteidigen.

Thusnelda stand am Windauge ihrer Kammer und versuchte, etwas von dem Geschehen da draußen mitzubekommen. Ihr Vater hatte ihr befohlen, sich nicht vorm Haus zu zeigen, und sie hielt sich daran. Wie sie sich immer an seine Anweisungen gehalten hatte, bis … ja, bis zu dem Tag, an dem sie sich geweigert hatte, Fürst Aristan zu heiraten, und dem Ruf ihres Herzens gefolgt war. Aber jetzt war sie wieder hier, wo sie als Kind, als junges Mädchen gelebt hatte, wo ihr Vater herrschte und nur sein Wort galt.

»Ich werde hier nicht bleiben«, hatte sie gerufen, kaum dass Segestes' Gefolgsmann sie vom Pferd gehoben hatte. »Glaub nicht, dass du mich von Arminius trennen kannst. Das wird dir nicht gelingen! Ich werde warten, bis er mich holen kommt. Nur um auf ihn zu warten, bin ich hier! Sobald er hier erscheint, werde ich ihm wieder zur Teutoburg folgen.«

Nichts war verändert worden in ihrer Kammer. Ihr Schlaffell lag noch da, als hätte sie es gerade erst verlassen, die Holztruhe stand noch in der Ecke, darin die Aussteuer, die sie für ihre Ehe mit Fürst Aristan gewebt hatte. Fast sah es so aus, als hätte ihr Vater mit ihrer Rückkehr gerechnet und deswegen alles so gelassen, wie es gewesen war, als sie noch hier lebte.

Zu ihrem heftigen Zorn hatte sich bald eine zarte Wehmut gesellt. Als sie sich das erste Mal wieder auf ihr Schlaffell legte, den kleinen Haarwirbel an der rechten Seite ertastete und die raue, abgeschabte Stelle an der linken, war sie erschrocken gewesen, dass sie sich tatsächlich wieder zu Hause fühlte. Eine winzige Sehnsucht war gestillt worden, ein kleines huschendes Glück raubte ihr in der ersten Nacht auf der väterlichen Burg den Schlaf.

Aber am nächsten Morgen hatte sie Sehnsucht und Glück überwunden, es gab nur noch helle Empörung. »Arminius wird mich zurückholen! Verlass dich drauf! Warum lässt du es auf einen Krieg zwischen der Eresburg und der Teutoburg ankommen? Wir müssen zusammenhalten, das ist jetzt wichtiger als je zuvor!«

»Soll meine Tochter für die Fehler eines Mannes büßen, der so verrückt ist, sich gegen die Römer zu stellen?« Segestes hatte seine Tochter auf einen Schemel gedrückt und Amma angewiesen, ihr warme Milch mit Honig zu reichen. Dass Thusnelda wieder aufsprang und die Honigmilch zurückwies, kümmerte ihn nicht. »Germanicus ist auf dem Vormarsch. Was meinst du, was er mit dir machen wird, wenn er Arminius besiegt hat? Er wird anschließend die Teutoburg stürmen! Und was dann mit dir geschieht, kannst du dir wohl denken. Du bist hier, weil du auf der Eresburg sicher bist! Du und mein Enkelkind!«

»Wir sind alle Cherusker«, versuchte Thusnelda es noch einmal. »Du genauso wie Arminius. Wenn Germanicus sich rächen will, dann nicht nur an Arminius, sondern an allen Cheruskern.«

Darauf antwortete Segestes nicht. Er redete überhaupt sehr wenig, folgte seiner Tochter aber häufig mit den Augen und schien sich ihrer Anwesenheit in jedem Augenblick bewusst zu sein. Thusnelda fühlte sich nicht wohl unter diesem Blick, hatte Angst davor, dass er wieder besitzergreifend werden würde, dieser Blick, dass ihr Vater über kurz oder lang nicht nur Sicherheit bieten, sondern auch wieder Gehorsam verlangen würde. Das Warten auf Arminius fiel ihr schwer, von Stunde zu Stunde mehr, aber die Hoffnung gab ihr die Kraft dazu. Die Hoffnung, dass er unversehrt zurückkehren würde, und ebenso die Hoffnung, dass die Sicherheit, die ihr Vater bot, zur Versöhnung führen würde. Dass sie wieder auf der väterlichen Burg war, dass sie neben ihrem Vater am Feuer saß und sein Brot aß, zeigte das nicht, dass auch er sich Versöhnung wünschte? Nur daran wollte sie denken. Mit der Versöhnung wurde dem bösen Omen die Macht genommen. Und mit dem Glück, das sie ihrem Vater schenkte, indem sie bereitwillig in der Eresburg ausharrte, würde sie alles wiedergutmachen, was sie ihm angetan hatte.

»Hast du mal daran gedacht«, fragte sie am Abend, »dass ich wahrscheinlich nicht mehr am Leben wäre, wenn ich Fürst Aristan geheiratet hätte? Die Semnonen sind von den Römern vernichtet worden.«

Segestes antwortete nicht, starrte nur ins Feuer und rieb die Handflächen aneinander, als wollte er sie wärmen. Der Herbst war ins Land gezogen, die Tage waren noch hell und mild, aber am Abend schlich die Kälte ums Haus.

»Ob du immer noch ein Freund der Römer wärst, wenn ich ihnen zum Opfer gefallen wäre?«, fragte Thusnelda weiter.

Segestes antwortete auch diesmal nicht. Er schien mit seinen Gedanken weit weg zu sein. Thusnelda fragte nicht, welchen Erinnerungen er nachhing, sie war zufrieden mit seiner Nähe und der Ruhe, die zwischen ihnen stand. Ja, sie fühlte sich bereits mit ihm versöhnt.

»Inaja wird sich um mich sorgen«, sagte sie leise. »Sie weiß ja nicht, dass du mich geholt hast, um mich zu beschützen.«

»Ich bin dein Vater«, brummte Segestes. »Aus welchem Grunde sollte ich dich sonst hergeholt haben?«

Thusnelda zögerte. »Um mich von Arminius zu trennen«, sagte sie dann und sah ihren Vater ängstlich an.

Auch diesmal antwortete er nicht, obwohl es ihr viel bedeutet hätte. Sie wollte endlich hören, dass er bereit war, sich nicht nur mit ihr, sondern auch mit Arminius auszusöhnen. Aber jedes Mal, wenn sie davon sprach, wich er ihr aus. Wie würde er auf Arminius zugehen, wenn er kam, um sie zu holen? Oder rechnete ihr Vater damit, dass Arminius in dieser Schlacht unterlag? Wusste er gar etwas, was er ihr verschwieg?

Sie wagte nicht, diese Fragen auszusprechen. Thordis hatte ihr kurz nach ihrem Einzug in die Teutoburg eingeschärft, niemals den Gedanken zuzulassen, dass der geliebte Mann nicht aus der Schlacht zurückkehren könnte. Teiwaz, der Gott des Krieges, war leicht zu beeinflussen. Ängstliche Gedanken machten das Schwert stumpf und die Rüstung schwer.

Nun hielt es sie doch nicht mehr im Haus. Der erste Schreck, das Entsetzen war überwunden. Sie wollte sehen, was zu Füßen der Burgmauern geschah. Sie musste es sehen, und sie musste von ihrem Vater erfahren, wie es zu diesem Gemetzel gekommen war.

Eilig verließ sie das Haus, blieb auf der Schwelle stehen, hocherhobenen Hauptes, damit niemand wagte, sie aufzuhalten. Sie wich Ammas Blick aus, die sie flehentlich ansah, und ging dann mit großen Schritten auf die Burgmauer zu, wo Fürst Segestes hinter den Speerwerfern stand und dafür sorgte, dass sie ihr Ziel nicht verfehlten.

Am Morgen, gleich nach dem Aufwachen, war es gewesen. Da hatte sie endlich gemerkt, dass etwas nicht stimmte. Wie am Tag zuvor war sie früh aufgestanden, hatte das Haus verlassen und war zu ihrem Lieblingsplatz an der Burgmauer gegangen, wo alles zu beobachten war, was sich von der Teutoburg her näherte. Sie wollte die Erste sein, die Arminius entdeckte, sie wollte ihm zuwinken, ihm zeigen, dass alles in Ordnung war, dass es ihr gut ging, dass ihr Vater sie geholt hatte, weil er in Sorge um sie war, weil er sie beschützen wollte. Nur deshalb! Und dann würde sie zum Tor laufen, Arminius ein paar Schritte entgegengehen, ihn in die Eresburg führen ... und dabei sein, wenn Arminius und ihr Vater sich die Hand reichten.

Die Burgmauer war kalt, das Moos, das aus den Ritzen wuchs, hatte sich mit Feuchtigkeit vollgesogen. Thusnelda setzte sich nicht, wie sie es gern getan hätte, sondern lehnte sich an die Mauer, die bis zu ihren Achseln reichte, und kreuzte die Arme vor der Brust. Es war kalt. Sie hätte sich ein Wolltuch umlegen sollen. Zwar hatte sie während des Ritts zur Eresburg ihr Tuch verloren, aber in der Truhe gab es ein zweites, das dort geblieben war, als sie vor der Hochzeit mit Fürst Aristan geflohen war. Doch bisher hatte sie nichts angerührt, was in der Truhe lag. Es wäre ihr wie ein Verrat an Arminius vorgekommen, wenn sie sich wieder an ihr altes Leben angeschmiegt hätte. Sie hatte den Deckel der Truhe gleich wieder fallen lassen und ihn nicht noch einmal angehoben. Nein, ihr Leben in der Eresburg war vorbei, hier konnte sie nur noch zu Gast sein. Es tat gut, dass ihr Vater sich um sie sorgte, dass er sie in Sicherheit gebracht hatte, als er glaubte, sie sei in Gefahr. Aber ihr Zuhause war bei Arminius. Und er würde sie holen. Bald!

Der Nebel stand noch über den Wiesen, er deckte die Sümpfe zu, strich in langgezogenen Fetzen über die Bäume. Eine milchige Herbstsonne drängte sich hindurch, konnte den Nebel aber nicht lichten, sondern machte ihn nur noch undurchdringlicher.

Still war der Morgen. Zwar hörte Thusnelda die Knechte und Mägde hantieren, hörte sie reden und lachen, das vertraute Geräusch der Stalltür, das Knarren der Zäune, das Klappern des Eimers, in dem Amma das Wasser ins Haus trug, außerhalb der Eresburg aber war es still, ganz still. Kein Wind regte sich, nur gelegentlich stach ein Vogel aus dem Nebel, alle Geräusche jedoch blieben unter ihm verborgen.

Später hätte sie nicht mehr sagen können, wann sie die dunklen Bewegungen hinter dem Nebelvorhang bemerkt hatte. Zarte Schatten waren sie zunächst gewesen, aber dann schärften sich ihre Konturen, und schließlich war das stete Auf und Ab zu erkennen, das Thusnelda zeigte: Reiter kamen auf die Eresburg zu. Arminius?

Die Schatten wuchsen heran, nahmen Gestalt an, dann endlich durchbrachen sie den Nebel. Vor dem gleißenden Licht der Sonne näherte sich eine kampfbereite Truppe. Lanzen stachen in die Helligkeit, scharfes Metall glitzerte unter der Sonne. Thusnelda legte die Hand über die Augen. War das wirklich Arminius? Wenn er es war, dann hatte er nur die Krieger der Teutoburg bei sich, dann hatte er alle anderen Einheiten zu ihren Stämmen zurückgeschickt. Das bedeutete, dass er siegreich zurückgekehrt war.

Gern hätte sie nach ihrem Vater gerufen, ihm Arminius' Ankunft mitgeteilt, aber sie wollte erst ganz sicher sein. Sobald die Reiter sich nicht mehr direkt aus dem Licht auf sie zubewegten, würde sie Arminius erkennen. So lange musste sie warten. Dann aber wurde es Zeit, alles zu tun, um ihn gebührend auf der Eresburg zu empfangen. Er musste merken, dass man ihn hier wie einen Gast erwartete.

Der letzte Speer war geworfen, als Thusnelda hinter ihren Vater trat. »Wie konnte Germanicus hier auftauchen?«

Segestes drehte sich um und lächelte leicht. »Weil ich ihn gerufen habe.«

Thusnelda starrte ihn an, ohne ihn zu verstehen. Dann aber … dann entstand in seinen Augen die Antwort auf die Fragen, die ihr nicht über die Lippen kamen. Wort für Wort konnte sie plötzlich lesen, Satz für Satz. Und die Sorge, dass aus den Ausflüchten, die sie in den Augen ihres Vaters sah, Triumph wurde, machte sie stumm. Vor ihren Augen entstand eine Wand aus Angst, ganz langsam zunächst, dann folgte Stein auf Stein. Die Mauer versperrte ihr den Weg in die Teutoburg, den Weg zurück zu Arminius. Und es kam ihr sogar so vor, als trennte diese Wand sie auch von ihrem Vater. Was war das für eine Mauer?

Inaja stand am Tor der Teutoburg und blickte in die Richtung, aus der sie Arminius und Hermut zurückerwartete. Selbstverständlich mit Thusnelda in ihrer Mitte! An eine andere Möglichkeit wollte Inaja nicht denken. Nur daran, dass Arminius und Hermut die Eresburg gestürmt und Thusnelda aus den Händen ihres Vaters befreit hatten. Und der hatte seine Tat entweder bereut und war von Arminius verschont worden, oder er hatte sein Recht als Vater so lange verteidigt, bis Arminius gezwungen gewesen war, sein Recht als Ehemann geltend zu machen. Was das bedeuten mochte, daran wollte Inaja nicht denken. Noch nicht!

»Warum ist Fürst Segestes dieses Risiko eingegangen?«, fragte sie sich immer wieder, und als sie spürte, dass Wiete hinter sie getreten war, sprach sie die Frage aus. »Er muss wissen, dass Arminius sich seine Gemahlin nicht rauben lässt. Will er einen Krieg gegen die Teutoburg führen, den er auf Dauer nicht gewinnen kann?«

Wiete war genauso ratlos wie Inaja. »Vermutlich ist er verblendet vom Hass. Hat er nicht von lebenslanger Feindschaft gesprochen, nachdem Thusnelda von Arminius entführt worden war?«

»Aber damals hat er nicht den Versuch gemacht, sie gewaltsam zurückzuholen. Warum jetzt?«

»Vielleicht, weil er sein Enkelkind in der Eresburg haben will?«

Die beiden sahen sich an, zuckten mit den Schultern, als könnte es sein, was sie vermuteten, und blickten dann wieder sorgenvoll hinaus, als könnte es doch nicht sein.

Als Inaja den Reiter am Waldrand entdeckte, glaubte sie zunächst, Arminius sei es, der allein zurückkehrte. Wiete jedoch stellte bald fest, dass es sich um einen Händler handelte, der mit Stoff und Bernstein über Land zog. Er steigerte das Tempo, als er auf die Teutoburg zuritt, und sprang aufgeregt vom Pferd, kaum dass er das Eingangstor erreicht hatte, wo Wiete und Inaja ihn erwarteten.

Noch bevor sie eine Frage an ihn richten konnten, redete er schon drauflos: »Vor der Eresburg tobt ein schwerer Kampf.« Er brach ab, weil er merkte, dass er erst zu Kräften kommen musste, ließ sich sein Pferd abnehmen, damit es getränkt wurde, und sich selbst nur zu gern in die Burg führen, als er merkte, wie sehr Inaja und Wiete an seiner Erzählung interessiert waren. Er war ein Mann von mindestens fünfzig Jahren, mit einem wettergegerbten Gesicht und zottigen grauen Haaren. Wiete versprach ihm die Abnahme von mehreren Ballen Leinen und bot ihm Honigwasser zur Erfrischung an. Dafür sollte er erzählen, was er beobachtet hatte.

»Etliche Männer sind schon gefallen«, berichtete der Mann bereitwillig. »Mehr Germanen als Römer.«

Inaja sprang auf, Wiete blieb wie erstarrt sitzen. »Römer?«, stieß sie hervor. »Wieso Römer?« Sie schüttelte den Kopf und sah den Händler an, als hielte sie ihn für einen Lügner. »Dort kämpfen die Männer der Eresburg gegen meinen Bruder und seine Krieger. Dort können keine Römer sein!«

Der Händler hob die Schultern. »Ich habe Römer gesehen«, beharrte er. »Sie sind unschwer zu erkennen an ihren Rüstungen und den Bannern, die die Reiter mit sich führen. Ich hab's genau gesehen: Euer Bruder kämpfte gegen römische Legionäre.«

»Wie ist das möglich?«, fragte Wiete aufgeregt. »Warum sind die Römer zur Eresburg gezogen? Was wollen sie dort?«

»Das kann kein Zufall sein!« So viel stand für Inaja fest.

»Und wie verläuft der Kampf?«, fragte Wiete den Händler.

»Die Römer sind in der Überzahl.« Er sah die beiden Frauen mitfühlend an. »Die Krieger der Eresburg kämpfen an der Seite der Römer. Fürst Arminius ist in schwerer Bedrängnis.«

Wiete wies Inaja an, für den Händler eine Holzschale mit Hirsebrei zu füllen. Er löffelte gierig, während er die Frauen nicht aus den Augen ließ und ihre Überlegungen, Mutmaßungen, Sorgen und Hoffnungen in sich aufnahm, um sie auf der nächsten Burg mitsamt dem Bernstein und seinem Stoff anzubieten.

»Was bezweckt Segestes?«, fragte Wiete ein ums andere Mal, während Inaja nur eine Frage interessierte: »Wird es Arminius gelingen, meine Herrin zu befreien?«

Wiete winkte ab. »Wenn nicht heute, dann in absehbarer Zeit. Was denkt Fürst Segestes sich? Will er in Zukunft die Eresburg mit Kriegern umstellen, um seine Tochter dort einzuschließen? Er muss doch wissen, dass Arminius sich niemals geschlagen geben wird. Er wird es wieder versuchen und immer wieder. So lange, bis er Thusnelda wieder an seiner Seite hat. Segestes kann seine Tochter nicht ein Leben lang bewachen.«

Inaja spürte, wie die Angst an ihrem Rücken hinaufkroch. »Er muss etwas anderes mit ihr vorhaben. Er ist ja nicht dumm.«

Wiete sah sie spöttisch an. »Du willst über die Klugheit eines Fürsten urteilen?«

Inaja senkte den Blick und schwieg. Selbstverständlich stand es ihr nicht zu, die Handlungsweise eines Fürsten zu bewerten. Was wusste sie, eine einfache Dienstmagd, schon von dem, was ein Fürst dachte und tat? Nichts! Trotzdem glaubte sie weiterhin, dass Fürst Segestes etwas im Schilde führte, von dem sich niemand ein Bild machte, aber sie sprach es nicht aus.

Sie hatten sich zum Totengedenken versammelt. Sämtlicher Mitglieder der kaiserlichen Familie, die den Lebenden vorausgegangen waren, sollte an diesem Tage gedacht werden, besonders aber demjenigen, der sie als Letzter verlassen hatte: Kaiser

Augustus. Sein Nachfolger ging voran, trug höchstpersönlich einige der Opfergaben, die Kaiser Augustus dargebracht werden sollten, zu seiner Grabstätte. Die restlichen wurden von den Sklaven herbeigebracht, Brot und Früchte, Kuchen und Wein, Weihrauch und Blumen.

Alle, die sich zur kaiserlichen Familie zählen durften, folgten Tiberius, ihnen voran Severina und Agrippina, die ihre eigenen Opfergaben mitgebracht hatten. Auch ihre Kinder hielten kleine Geschenke für den Urgroßvater in ihren Händen, selbst geflochtene Opferkränze, Salzkörner, die im Innern des Grabmals ausgestreut werden sollten, Brot, das in Wein getaucht worden war. Silvanus hütete in den gewölbten Handflächen die Blüten von Veilchen, die er der Urne des Urgroßvaters zu Füßen legen wollte.

Das kreisrunde Grabmal hatte Kaiser Augustus schon vor über vierzig Jahren errichten lassen. Ein großer Grabhügel auf einem Sockel aus weißem Marmor, von riesigen Pinien beschirmt, dahinter ein großer Park mit mächtigen Bäumen. Den Auftrag hatte er nach der Eroberung Ägyptens gegeben, nachdem er in Alexandria das Grab Alexander des Großen besucht und bewundert hatte.

In der Mitte des Grabmals, als seine zentrale Säule, erhob sich eine Bronzestatue, die Augustus in der Blüte seiner Jahre zeigte, am Eingang standen zwei Obelisken, an denen Bronzetafeln angebracht waren. Auf ihnen waren nach der Beisetzung sämtliche großen Taten des verstorbenen Kaisers verewigt worden. Ein langer Gang führte vom Eingang ins Innere des Grabmals, an dessen Ende Kaiser Tiberius als erster einen Vorraum betrat, in dem steinerne Bänke standen, die Platz boten für alle, die zur Totenehrung gekommen waren. Später würden nur die nächsten Angehörigen in den Raum gehen, in dem sich die Urne mit der Asche des Kaisers befand.

Augustus hatte das Grabmal nicht nur für sich, sondern für seine ganze Familie errichten lassen, und er war nicht der Erste, der hier bestattet wurde. Schon kurz nach der Fertigstellung war sein Neffe Marcellus beigesetzt worden, später auch seine

Enkel, die Söhne seiner Tochter Julia, in die er so große Hoffnungen gesetzt hatte.

Während sie den Vorraum betraten, sagte Agrippina leise: »Ich mache mir Sorgen. Die Kuriere haben gemeldet, dass Germanicus weit ins Land der Barbaren eingedrungen ist. Aber einen wirklichen Sieg hat er nicht errungen. Arminius hat ihn zurückgedrängt, ohne ihn jedoch zu schlagen. Die Verluste sind anscheinend auf beiden Seiten gleich groß.«

Severina beobachtete Kaiser Tiberius, der sich auf einer der gemauerten Ruhebänke niederließ. »Wo befindet sich Germanicus jetzt?«, fragte sie.

Agrippina hob unglücklich die Schultern. »Wenn ich das wüsste! Ein Bote hat die Nachricht gebracht, dass er sich zurückziehen musste, weil Arminius wieder einmal im Vorteil war. Der kennt ja jede finstere Ecke seiner Heimat. Die Schlacht war damit entschieden, aber einen Sieger gab es nicht.«

Severina runzelte ungeduldig die Stirn. »Wenn Germanicus sich zurückgezogen hat, kann es kein Geheimnis sein, wo er Quartier bezogen hat.«

»Das ist ja das Merkwürdige! Der nächste Bote hat die Nachricht gebracht, dass Germanicus erneut aufgebrochen ist. Niemand weiß, in welche Richtung er mit seinen Einheiten marschiert ist. Und vor allem, warum! Seitdem gibt es keine Nachrichten.« Sie warf Tiberius einen scheuen Blick zu. »Ob der neue Kaiser mehr weiß?«

Tiberius gab Agrippina und Severina einen Wink, sie sollten sich zu ihm setzen. Severina folgte ihm ungern, sie hätte lieber darüber gewacht, dass Silvanus seine Aufgabe, die Veilchen für seinen Urgroßvater zu verstreuen, perfekt erledigte.

Sie bedachte Gaviana mit einem scharfen Blick. Sollte Caligula, wenn er seinen kleinen Opferkranz niederlegte, mehr Rührung auf den Gesichtern der Anwesenden erzeugen als Silvanus, dann würde ihre Sklavin die Peitsche zu spüren bekommen!

Livia, Tiberius' alte Mutter, rückte unwillig zur Seite, als der Kaiser darauf bestand, Severina und Agrippina an seiner Seite sitzen zu haben, aber sie verzichtete auf jeden Widerspruch. Tiberius ließ sich, wie es seine Art war, Zeit damit, das Gespräch zu eröffnen. Lange betrachtete er die gegenüberliegende Wand, ehe er das Wort an Agrippina richtete: »Germanicus hat eine merkwürdige Mission erfüllt.«

Auf Agrippinas Miene zeigte sich Hoffnung, mit großen Augen sah sie Kaiser Tiberius an. Severina war sicher, dass sie ihn gern gedrängt hätte, aber ein Kaiser ließ sich natürlich nicht drängen. Agrippina musste warten, bis er in seiner langsamen, umständlichen Art endlich verraten hatte, was er von Germanicus wusste.

»Ein Bote hat mir soeben die neuesten Nachrichten gebracht«, sagte er und sah sich um, als hätte er vor, zunächst die Häupter seiner Lieben zu zählen, ehe er Agrippina die Ungewissheit nahm.

Severina konnte beobachten, wie sich der Schweiß auf Agrippinas Stirn sammelte und ihre Finger einen schnellen Rhythmus auf ihren Oberschenkeln schlugen.

»Germanicus ist von Fürst Segestes um Hilfe gebeten worden«, fuhr der Kaiser bedächtig fort. »Dessen Burg wurde von Arminius und seinen Mannen belagert.«

Severina saß mit einem Schlage aufrecht da. »Warum?«

Der Kaiser schenkte ihr nur einen tadelnden Blick und dachte nicht daran, ihren vorlauten Einwurf zu beachten. Konsequent sah er nun ausschließlich Agrippina ins Gesicht. »Segestes ist immer ein Römerfreund gewesen und stand nie auf Arminius' Seite. Anscheinend rechnet er damit, dass die Germanen uns über kurz oder lang unterliegen werden. Er weiß, dass der Sieg gegen Varus lediglich eine Folge unglücklicher Umstände gewesen ist. Nun will er rechtzeitig seine Position stärken.« Lächelnd betrachtete er Agrippina, der jetzt der Schweiß an der Schläfe herunterlief. »Das ist verständlich, oder?«

»Ja, völlig verständlich«, flüsterte Agrippina, doch Severina war sicher, dass sie gar nicht wusste, wovon sie redete.

»Segestes hat beschlossen, sich mit seiner Familie unter römischen Schutz zu stellen. Er fürchtet sich vor der Gewalt des eigenen Volkes und beruft sich darauf, dass er Varus vor Arminius gewarnt hat. Er hat ja recht. Hätte Varus auf Segestes gehört, wäre es nie zur Vernichtung der drei Legionen gekommen. Germanicus hat richtig gehandelt, als er Segestes' Wunsch erfüllte und ihm mit seiner Familie Sicherheit gewährte.«

»Es geht meinem Gemahl also gut?«, warf Agrippina nun ein. »Er lebt und ist gesund?«

»Selbstverständlich.« Tiberius lächelte sie wohlwollend an. »Mein Neffe ist ein kluger Mann. Er hat sich nicht mit mündlichen Zusicherungen zufriedengegeben, sondern wird einen lebenden Pfand nach Rom bringen, einen Bürgen, damit Segestes es sich später nicht anders überlegt, damit er ein Freund der Römer bleibt. Sicherheitshalber wollen wir Arminius' Position schwächen, wann immer sich die Gelegenheit ergibt.«

Agrippina entspannte sich. Sie hatte gehört, was sie hören wollte, der Rest des Gespräches interessierte sie nicht.

Anders dagegen Severina! »Warum ist Germanicus von Segestes um Hilfe gebeten worden?«

Nun war Tiberius bereit, sich ihr zuzuwenden. »Weil er von Arminius belagert wurde. Segestes musste befürchten, dass Arminius seine Burg stürmt.«

»Warum sollte er das tun?«, fragte Severina verständnislos.

»Weil Segestes sich kurz zuvor seine Tochter zurückgeholt hat – Arminius' Gemahlin.« Tiberius' Lächeln vertiefte sich, während er Severinas Reaktion beobachtete. Er schien zu ahnen, was in ihrem Kopf vorging. »Als Arminius hörte, dass sie entführt worden war, ist er gleich wieder losgezogen, obwohl er gerade erst aus dem Kampf gegen Germanicus zurückgekehrt war.«

»Und mein Bruder? Auch er hatte gerade einen Kampf hinter sich.«

»Aber er wusste, dass Arminius sich auf dem Rückzug von vielen seiner Krieger trennen würde, die zu ihren Stämmen zurückkehrten. Vor der Eresburg würde Germanicus in der Überzahl sein, das wusste er. Und so war es auch. Arminius musste irgendwann unverrichteter Dinge abziehen, Segestes und seine Familie wurden befreit.«

Severina sah, dass Gaviana hastig einen Teil der Veilchenblüten, die Silvanus verloren hatte, vom Boden aufsammelte und sie ihm vorsichtig wieder in die Hände legte. Sie sah es, aber es löste keine Reaktion in ihr aus. Schließlich schöpfte sie tief Atem, als sollte der Gedanke, der sich in ihr gefestigt hatte, ihren ganzen Körper ausfüllen. »Dieses lebende Pfand, von dem Ihr gesprochen habt, Onkel – ist das … ist das Arminius' Eheweib?«

Nun lächelte Tiberius so, als wäre ihm eine lustige Geschichte erzählt worden. »Ganz richtig! Segestes ist nicht weniger klug als Germanicus. Wenn Rom sich für die erlittene Schmach rächt, wird Segestes nichts geschehen. Er hat sich abgesichert. Und Germanicus ebenfalls.« Er betrachtete Severina so aufmerksam, als wollte er sich ihren Gesichtsausdruck für immer einprägen. »Ich werde mit meinem Neffen dafür sorgen, dass Segestes einen Wohnsitz am gallischen Rheinufer bekommt.«

»Und Arminius' Eheweib?«

»Sie wird nach Rom gebracht. Alles andere hätte keinen Sinn.«

Der Herbst wurde von heftigen Stürmen übers Land getrieben, unter dem Winter schien das Leben der Germanen zu erstarren. Das Frühjahr brach zögernd an, es blieb kühl, auch der Sommer hatte keine heißen Tage. Es regnete viel, die Ernte war schlecht, das Leben in Germanien war schwer in diesem Jahr. Hungrige Vögel kreisten über den Dörfern, schrien ihre Warnungen hinab, stießen auch gelegentlich unvermutet zur Erde, holten sich ein schwaches Leben oder etwas, was zum Leben so dringend benötigt wurde.

In diesem Sommer stieß Germanicus ins Landesinnere vor, wurde jedoch von Arminius aufgehalten, der sich ihm entgegenstellte. Manche Schlacht wurde geschlagen, aber kein Sieg errungen, weder auf römischer noch auf germanischer Seite. Germanicus gelang es zwar, zwei Legionsadler zurückzuerobern, aber von einem Sieg konnte keine Rede sein.

Er griff nicht nur die Cherusker und damit Arminius höchstpersönlich an, er führte sein Heer auch gegen die Chatten und die Brukterer und verwüstete das Land zwischen Ems und Lippe, nicht weit vom Teutoburger Wald entfernt, wo Varus und die Reste seiner Legionen noch unbestattet lagen.

Als Germanicus das klar wurde, nutzte er die Gelegenheit, den gefallenen Legionen die letzte Ehre zu erweisen, und Arminius, der sich kampfbereit in der Nähe aufhielt, ließ ihn gewähren. Er fühlte sich sicher. Mochte Germanicus daran denken, dass der Anblick der vernichteten Legionen seine Wut, seine Entschlusskraft, seinen Siegeswillen nähren würde, so glaubte Arminius, dass Germanicus' Mut schwinden müsste beim Anblick dessen, was nach dem Sieg der Germanen zurückgeblieben war.

Germanicus schickte Späher voraus, die die Waldgebiete durchforschen und Brücken und Dämme im Sumpfland anlegen sollten, dann betrat er das Schlachtfeld, durchwanderte es, blieb vor dem einen oder anderen Skelett stehen, betrachtete abgetrennte Gliedmaße und an Bäume geheftete Totenschädel. Er fand auch die Altäre, auf denen die höheren römischen Offiziere hingeschlachtet worden waren, die Galgen, die für die Gefangenen aufgestellt worden, und die Gruben, in die die Enthaupteten gestürzt waren.

Hatte Germanicus der Mut verlassen angesichts der schrecklichen Niederlage? Oder fühlte Arminius sich stärker und sicherer denn je, als er noch einmal mit dem größten Triumph seines Lebens konfrontiert wurde? Vielleicht war es aber auch der persönliche Verlust, der ihm noch mehr Kraft gab! Todesmut sogar! Oder den Willen zu siegen, komme, was da wolle? Die Entschlusskraft, Germanicus zu bezwingen, gerade ihn, wuchs über alles hinaus, was möglich war und machte es dadurch möglich. Germanicus' Name war mit dem grausamen Verlust verbunden, den Arminius erlitten hatte, sein Hass und sein Vergeltungswille machten ihn unangreifbar.

So musste Kaiser Tiberius schließlich einsehen, dass die Eroberung Germaniens nicht gelingen konnte, der Aufwand an Menschen und Material wurde zu hoch. Außerdem konnte sich das Heer nicht vom Land ernähren und musste den gesamten Bedarf an Nahrungsmitteln mit sich führen, dieser Aufwand wurde auf die Dauer zu groß. So beschloss der Kaiser, die Verschiebung der Grenzen aufzugeben und den Befehl zurückzunehmen, aus Germanien eine römische Provinz zu machen. Er berief seinen Neffen zurück, die Eroberung Germaniens hatte sich als undurchführbar erwiesen. Zukünftig würde wieder der Rhein die Grenze darstellen, die sie seit Caesars Zeiten gewesen war. Augustus' Plan, die Grenze an die Elbe zu verlegen, musste von Kaiser Tiberius aufgegeben werden.

Unzufrieden empfing er Germanicus in Rom, hatte er doch erwartet, dass sein Neffe über kurz oder lang als Sieger, als Rächer der Varusschlacht heimkehren würde. Stattdessen hatten sich die römischen Soldaten in einem Kampf aufgerieben, der nicht zu gewinnen war. Der Kaiser begrüßte seinen Neffen wie einen Verlierer, da er keine Schlacht siegreich beendet und Arminius kein einziges Mal vernichtend geschlagen hatte. Wer nicht gesiegt hatte, der hatte verloren!

Darüber waren drei Jahre vergangen. Erneut fegten Stürme übers Land, aber diesmal waren sie milde und führten nur wenig Regen mit sich. Germanien atmete auf, das Leben konnte weitergehen. Dass Arminius immer noch den Plan verfolgte, die germanischen Stämme zu vereinen, sie unter die Führung eines einzigen Herrschers zu stellen, schien immer unwichtiger zu werden. Schon bald erntete Arminius kaum noch Dankbarkeit, er wurde lästig in seinem Bemühen, aus dem erfolgreichen Zurückdrängen der Römer die Konsequenz abzuleiten, dass man gemeinsam stärker war. Immer mehr Neider traten auf den Plan, die Arminius die Königswürde nicht gönnten, die seine Alleinherrschaft ablehnten, die wieder so leben wollten wie früher …

III. BUCH

20.

Rom erwachte, als der Lastkarren in die Stadt rumpelte. Auf breiten Straßen hatte er sich zunächst bewegt, nun wurden sie immer enger und holpriger. Gepflasterte Straßen! Nie zuvor hatte Thusnelda so etwas gesehen. Und nie zuvor war etwas derartig Gewaltiges vor ihren Augen herangewachsen. Rom!

Trotz ihrer schrecklichen Lage stieg Staunen in ihr auf. Das also war eine Stadt. Eine riesige Stadt! Die größte Stadt der Welt, das hatte der Kerl zu verstehen gegeben, der vorne auf dem Lastkarren saß und die beiden Ochsen antrieb, die ihn zogen.

Die Straßen Roms wurden nun dermaßen eng, dass die Häuser den Himmel und die Sonne verstellten. So hoch und schief waren sie, neigten sich so gefährlich über die Straße, dass man sich fragte, warum sie noch nicht eingestürzt waren. Der Ochsenkarren hatte Mühe voranzukommen, an seinen beiden Seiten drängten sich eilige Fußgänger vorbei und machten den Weg damit noch schmaler, als er sowieso schon war. Überall lagen Dreck und Abfall herum, Exkremente von Menschen und Tieren schwammen durch die Gosse. Streunende Hunde und große Vögel machten sich darüber her und pickten sich aus dem Unrat, was sie gebrauchen konnten.

Geschäfte aller Art säumten die Straßen. Sie sah Römer, die Blumen und Obst verkauften oder Öl und Wein. Kleine Holzgestelle gab es an jeder Häuserecke, auf denen Kräuter und Gewürze angeboten wurden. Als sie an einem Markt vorbeikamen, sah sie ein Wasserbecken, in dem Fische schwammen, die wohl schon gegen Mittag in einer Garküche landen würden. Schlächter boten das Fleisch von Schweinen, Hammeln, Ziegen, Rindern und Kaninchen an, auch Gänse und andere Vögel hingen in den Eingängen der Fleischereien. Thusnelda sah Frauen, die die Waren prüften und sich dabei mit den Händlern unterhielten. Sie wurden zur Seite gedrängt, wenn frische Waren angeliefert wurden.

Neben fast jedem Geschäftseingang hockte ein zerlumpter Bettler, der die Hand ausstreckte, sobald sich ihm jemand näherte. Aus Kellerkneipen strömte schon jetzt, am frühen Morgen, fetter Bratengeruch, Getränkeverkäufer stellten sich auf, die Garküchen postierten Stühle und Tische auf die Straßen und behinderten den Verkehr dadurch. Rom erwachte erst, aber schon wenn die Stadt sich zu regen begann, wusste man, dass sie zu keiner Zeit wirklich geschlafen hatte.

Der Ochsenkarren wurde langsamer, die Tiere zögerten, der Wagenlenker griff nach seiner Peitsche und schlug auf sie ein, damit sie nicht anhielten. Prompt begannen die Ladenbesitzer zu schimpfen, als der Karren sich rücksichtslos an ihren Auslagen vorbeidrängte. Dann fiel eines der kleinen hölzernen Gestelle um, auf denen ein Händler in tönernen Gefäßen Honig anbot. Er ergoss sich in den Dreck, gerade in dem Moment, als der Ladenbesitzer mit seinem Nachttopf aus dem Laden trat, wo er nicht nur sein Geld verdiente, sondern auch wohnte. Er wollte den Nachttopf in der Gosse entleeren, da sah er die Bescherung und schleuderte ihn nun wütend gegen den Ochsenkarren. Treffen sollte der stinkende Inhalt den Wagenlenker, der verantwortlich dafür war, dass der Honigverkäufer an diesem Tag ein schlechtes Geschäft machte, aber in seiner Wut warf er blind in die Richtung, in der das Ärgernis entstanden war.

Der Nachttopf traf Thusneldas Hinterkopf. Bevor sie ohnmächtig wurde, spürte sie noch, wie sich der stinkende Inhalt über sie ergoss, und wie ein Blitz schoss die Erkenntnis durch ihren Kopf, dass so ihre Zukunft und die ihres Kindes aussehen würde: schutzlos dem Dreck und der Gewalt ausgeliefert …

Sie fuhr mit einem leisen Schrei in die Höhe. Immer wieder dieser schreckliche Traum! Immer wieder das Erinnern an ihren

Eintritt in die fremde Welt, jede Nacht erneut das Entsetzen und die Verzweiflung. Wann würde sie endlich vergessen können? Schon stieg das Würgen wieder in ihre Kehle, der Ekel schüttelte sie. Vergessen! Endlich vergessen! Wenigstens im Traum! Wie gern würde sie von ihrer Kindheit auf der Eresburg träumen, von ihrer großen Liebe zu Arminius, von ihrem wunderbaren Leben mit ihm, von dem großen Glück, als sie schwanger geworden war, von der gemeinsamen Freude auf das Kind! Aber vielleicht … vielleicht würde ihr Leben in Rom dann noch unerträglicher. Womöglich war es besser, das Glück zu vergessen und das Elend ständig gegenwärtig zu halten, damit es von Tag zu Tag ein bisschen leichter wurde, weil es von Tag zu Tag selbstverständlicher geworden war – viel selbstverständlicher als die Hoffnung, dass es Arminius gelingen könnte, sie zu befreien!

Thusnelda tastete nach der Liebesrune an ihrem Hals, nahm sie fest in die Hand und lauschte auf das Atmen der Frauen, die mit ihr in diesem Raum schliefen, und auf das der kleinen Kinder, die bei ihnen sein durften, wenn ihre Herrin, die Nichte des Kaisers, es erlaubte. Sie tat es nicht immer. Wenn sie zornig war, mussten die Kinder, auch die kleinsten, im Garten schlafen, nah genug, dass die Mütter ihr Weinen hören konnten.

Die Luft in diesem Raum neben der Küche war verbraucht, das Atmen würde noch schwerer fallen, wenn die Sonne höher stieg. Dann würde auch der weiche Duft von Zimt und Koriander vergehen, von den Ausdünstungen schwitzender Leiber überdeckt.

Behutsam griff Thusnelda nach der weichen Kinderhand, dann zog sie ihren kleinen Sohn dicht an ihre Seite. Er seufzte leicht, steckte den Daumen in den Mund und schmiegte sich an sie. Tränen stiegen Thusnelda in die Augen. »Thumelicus«, flüsterte sie. »Wenn dein Vater dich sehen könnte! Niemals würde er dir antun, was mein Vater mir angetan hat …«

Sanft streichelte sie Thumelicus' Arm, fuhr mit gespreizten Fingern zärtlich durch seine blonden Locken. Der Schmerz war noch ganz nah. Vermutlich würde er sich niemals von ihr lösen.

Die Worte ihres Vaters hatten sich in ihr Gedächtnis gebrannt, kein einziges davon würde sie je vergessen können.

Als Arminius sich zurückziehen musste, weil gegen die römische Übermacht nicht anzukommen war, erschien Germanicus wie ein Sieger in der Eresburg und wurde von Fürst Segestes wie ein Sieger empfangen. Erst jetzt begann Thusnelda zu ahnen, was er vorhatte, erst in dem Augenblick, in dem er sich Germanicus ergab, begriff sie.

»Ihr habt mir Hilfe gewährt gegen die Gewalt eines Mannes, der gegen die Römer Krieg führen will«, begann Fürst Segestes. »Ich will diese Kriege nicht, habe sie nie gewollt. Arminius, den Verräter, habe ich sogar beim Namen genannt, aber Varus wollte mir nicht glauben. Ich habe Rom stets gedient. Fest und ohne zu wanken, habe ich in der Treue zum römischen Volk und seinem Kaiser gestanden. Nun bitte ich Euch um Schutz. Nicht nur gegen diesen einen Angriff Arminius', sondern auch weiterhin. Wenn den Römern ihre Rache gelingt, wenn sie Arminius vergelten, was er Rom angetan hat, wenn sie Germanien bestrafen für das, was unter Arminius' Führung geschehen ist, bitte ich Euch um Schutz. Ich habe nicht gewollt, was Arminius getan hat!«

Einen Moment lang sah es so aus, als wollte Fürst Segestes sogar vor Germanicus auf die Knie sinken. Dann jedoch bemühte er sich um Würde, was Germanicus interessiert lächelnd beobachtete.

»Wenn Ihr Germanien einnehmt und das Land so hart bestraft, wie Arminius und seine Anhänger es verdienen, dann verschont mich! Ich habe es nicht verdient, bestraft zu werden.«

In Germanicus' interessiertes Lächeln stieg ein wenig Verächtlichkeit. »Ich weiß«, antwortete er bedächtig, »dass Ihr damals Varus gewarnt habt, und bedaure es außerordentlich, dass er nicht auf Euch gehört hat.«

»Also wisst Ihr«, warf Segestes ein, »wie sehr ich den Römern verbunden bin!«

Germanicus nickte. »Ihr ward es, und Ihr seid es wohl noch heute. Aber wer sagt mir, dass Ihr es bleibt?«

Segestes brauchte nicht lange zu überlegen. Thusnelda begriff sofort, dass der Vorschlag, den er Germanicus machen wollte, nicht in diesem Augenblick entstand, sondern sorgsam überlegt war. Nun wusste sie genau, dass ihr Vater sie belogen hatte. Er hatte sie nicht auf die Eresburg geholt, damit er sie schützte. Er hatte etwas anderes mit ihr vor! An diesem Tag erhielt sie die Strafe dafür, dass sie ihrem Vater ungehorsam gewesen war.

Er griff nach ihrem Arm und schob sie Germanicus entgegen. »Seht her! Das ist meine Tochter!«

Germanicus warf Thusnelda einen flüchtigen Blick zu, dann runzelte er die Stirn, als wolle er Segestes bitten, ihm nicht die Zeit zu stehlen. Sein Blick wurde jedoch aufmerksam, als Segestes fortfuhr: »Ich gebe zu, sie ist nicht freiwillig hier, ich habe sie unter Zwang auf die Eresburg bringen lassen. Denn sie ist nicht nur meine Tochter, sie ist auch Arminius' Weib. Und sie trägt sein Kind unter ihrem Herzen. Nun sagt mir, edler Germanicus, was wiegt mehr? Dass dieses Weib die Frucht meines Leibes ist? Oder dass sie die Frucht des Verräters in sich trägt?«

Germanicus brauchte nicht lange zu überlegen. »Letzteres wiegt schwerer«, sagte er mit großer Bestimmtheit. »Arminius' Weib und Arminius' Kind werde ich mitnehmen nach Rom. Beide sollen das Pfand dafür sein, dass Ihr ein treuer Freund Roms bleibt, Fürst Segestes! Eure Tochter und Euer Enkel werden nur so lange am Leben bleiben, wie Ihr Euch nicht gegen Rom stellt. Und Arminius werde ich die gleiche Warnung zukommen lassen.«

Thusnelda starrte die Dunkelheit an, wie sie damals ihren Vater angestarrt hatte. Der Schmerz, der in ihr wütete, war heftiger als jede Demütigung, die sie hier erfahren hatte, in diesem Hause, in dem sie Sklavenarbeit verrichten musste, als eine Sklavin von vielen. Oder nicht? Nein, sie war nicht eine von vielen. Dass sie die Frau des verhassten Verräters war, wurde ihr Tag für Tag aufs

Neue vor Augen geführt. Meistens von der Herrin selbst, der schönen Severina, die Arminius zu hassen schien wie kaum ein anderer.

»Ich kann nicht mehr kämpfen! Ich darf nicht mehr kämpfen! Es ist sinnlos zu kämpfen! Warum lebe ich überhaupt noch?«

Inaja warf einen Blick auf die beiden Männer, dann widmete sie sich wieder ihrer Näharbeit. Wie ihr das Gejammer zusetzte! Da saßen zwei Krieger am Feuer, die mehr als einmal dem Tod ins Auge geblickt hatten, die es gewöhnt waren, mit dem Schwert zu erkämpfen, was ihnen zustand, die sich keiner fremden Macht gebeugt hatten. Und diese Männer klagten und jammerten nun wie schwache Weiber!

Wenn Inaja auch einerseits dankbar war, dass die Römer sich fürs erste zurückgezogen hatten, so sehnte sie andererseits die Zeit zurück, die zwar voller Gefahren, aber auch voller Hoffnung gewesen war, voller Zuversicht. Nun jedoch führten sie auf der Teutoburg ein Leben ohne Zukunft. Jedenfalls kam es Inaja so vor, und sie wusste, dass Arminius genauso fühlte. Die Vergangenheit war schön gewesen, die Gegenwart dagegen unerträglich, an die Zukunft mochte er gar nicht denken.

Hermut dagegen hätte gern weiterhin auf die Zukunft vertraut, das wusste Inaja. Doch seit jenem verhängnisvollen Tag, an dem sie geglaubt hatte, auch ohne ihre Herrin zu einem Leben zu kommen, von dem sie seit frühester Jugend träumte, taumelte Hermut seinem Freund immer öfter den vielen Fragen hinterher, auf die es keine Antworten gab.

»Wofür habe ich gekämpft?«, begann Arminius von neuem. »Varus und seine drei Legionen habe ich besiegt, alle Rachefeldzüge der Römer zurückgeschlagen, aber meine geliebte Frau habe ich nicht schützen können. Verloren habe ich sie! Und mein Kind ebenfalls. Hat sich dafür das Kämpfen gelohnt?«

Inaja umfasste die beinerne Nadel fester, mit der sie Hermuts Hose flickte. Von der letzten Jagd auf einen Braunbären war er mit zerrissener Kleidung heimgekehrt. Inaja hatte daraufhin das

Garn, das sie mit der Handspindel gesponnen hatte, in der Farbe der Hose gefärbt und war nun schon seit Tagen damit beschäftigt, die Risse zu schließen. Sie spürte die argwöhnischen Blicke, mit denen Hermut sie neuerdings häufig beobachtete, aber sie reagierte nicht darauf. Ihr war nicht einmal klar, welchen Argwohn er eigentlich gegen sie hegte. Hatte er ihr nicht geglaubt, obwohl er es immer wieder versichert hatte? War er etwa der Wahrheit auf der Spur und wagte nur noch nicht, sie auszusprechen? Diese Sorge bedrängte Inaja. Anscheinend wusste Arminius nicht, was sich zugetragen hatte. Aber wenn Hermut darüber schwieg, konnte der Grund eigentlich nur sein, dass er sich seiner Frau schämte und es nicht darauf ankommen lassen wollte, dass Arminius sich seines Bruders gleichermaßen schämte.

»Wie kann ein Vater sein eigenes Kind opfern, um selbst ungeschoren davonzukommen?« Arminius spuckte ins Feuer. »So ein Feigling!«

»Und noch dazu war alles vergeblich«, ergänzte Hermut. »Segestes fürchtete die Rache der Römer, dabei haben sie es längst aufgegeben, Germanien einzunehmen. Er hat völlig umsonst seine Ehre und seine Tochter geopfert.«

»Und sein Zuhause verloren«, fügte Arminius bitter an. »Nun sitzt er irgendwo am Rhein, muss den Römern gefällig sein, während die Eresburg verrottet.«

»Halbfreie sollen sich dort niedergelassen haben«, meinte Hermut.

Inaja sah ihren Fürsten strafend an, als er erneut ins Feuer spuckte. So etwas hätte Arminius früher niemals getan und ebensowenig geduldet. Er war ein anderer geworden, seit er Thusnelda verloren hatte. Ihr ungewisses Schicksal, die Frage, ob sie überhaupt noch lebte, hielt ihn derart umklammert, dass nichts anderes an ihn herankam. Er verwahrloste zusehends, aß nicht genug, kleidete sich nachlässig, ließ Haare und Bart wuchern und wusch sich nur selten. Das Einzige, worauf er noch sorgfältig achtete, war die Kordel, die Thusnelda ihm als Hochzeitsgeschenk geknüpft hatte. Sie legte er jeden Morgen an und hängte sie am Abend vor dem Zubettgehen gewissenhaft über einen Haken an der Tür.

»Wenn ich nur wüsste, wie ich sie befreien könnte«, stöhnte er auf. »Aber ich weiß ja nicht einmal, wo sie ist.«

»In Rom!«, warf Hermut ein. »Wo sonst?«

»Rom ist eine Millionenstadt! Wo sollte ich sie suchen?«

»Du kannst sie nicht suchen. Man kennt in Rom dein Gesicht. Kannst du dir vorstellen, was man mit dir machen wird, wenn man dich erkennt?«

»Und mit Thusnelda«, ergänzte Arminius dumpf. »Germanicus hat mich gewarnt. Thusnelda ist nicht nur Segestes' Pfand. Germanicus hat sie auch zu meinem gemacht.«

»Man wird sie im Amphitheater öffentlich hinrichten«, sagte Hermut, »wenn du etwas tust, was Germanicus oder dem Kaiser nicht gefällt.«

»Wenn sie überhaupt noch lebt.«

Inaja legte ihre Näharbeit zur Seite und betrachtete das dumpfe Brüten der Männer. Arminius tat ihr zwar von Herzen leid, aber dachte er auch nur ein einziges Mal daran, dass Thusnelda nicht nur von ihm schmerzlich vermisst wurde? Auch für sie, Thusneldas Dienstmagd, war das Leben auf der Teutoburg nicht mehr lebenswert ohne ihre Herrin. Sie hatte ihr Schicksal immer eng mit Thusneldas verknüpft! Warum hatte Fürst Segestes nicht auch die Magd seiner Tochter entführen lassen? Mit Freuden wäre Inaja ihrer Herrin nach Rom gefolgt. Dorthin, wo Flavus sie erwartete! Sie lächelte leicht, prompt streifte sie wieder Hermuts Blick, diesmal war er nicht argwöhnisch, sondern fragend. Nein, Hermut wusste nichts von ihren Gefühlen, weder von ihrer Liebe noch von ihrem Hass. Nachdem Flavus erkannt und sogar laut ausgesprochen hatte, dass er Gerlefs Vater war, glaubte Inaja wieder an Wunder. Niemals jedoch würde sie Hermut verzeihen, dass er sie um die größte Chance ihres Lebens gebracht hatte!

»Ich habe nichts erreicht«, klagte Arminius weiter.

»Das stimmt nicht«, gab Hermut zurück. »Du hast uns von den Römern befreit!«

»Aber mein Volk hat nichts dadurch gelernt. Noch immer haben wir kein großes vereintes Germanien, obwohl alle wissen, dass wir Rom nur durch Einigkeit besiegen konnten. Aber nun will wieder jeder Stamm seine eigenen Gesetze haben, seinen eigenen Herrscher, seine eigenen Götter und Rituale. Germanien wird erneut geschwächt. Was ist, wenn die Römer das durchschauen? Dann werden wir womöglich noch Jahre nach der Schlacht gegen Varus leichte Beute für sie.«

Doch Hermut schüttelte den Kopf. Obwohl er nicht über staatsmännischen Weitblick verfügte, sagte er: »Ich glaube nicht, dass Tiberius denselben Fehler machen wird wie Augustus. Der neue Kaiser weiß am besten, wie schwer es ist, Germanien zu besiegen. Er hat es ja selber oft genug vergeblich versucht.«

Als Arminius erneut ins Feuer spuckte, stand Inaja auf. Arminius nahm es nicht zur Kenntnis, Hermut allerdings beobachtete sie mit scharfem Blick. Spürte er, dass sie ihn hasste? Vielleicht! Aber vermutlich konnte er sich nicht vorstellen, was ihren Hass hervorgerufen hatte. Wie sollte er auch? Oder war der Argwohn in seinen Augen entstanden, weil er ahnte, was in ihr an jenem Tag vorgegangen war? Nein, unmöglich! Ein Mann wie Hermut hatte keine solchen Gedanken. Er schrieb sich ihren Hass vermutlich selbst zu. Grund genug hatte er. Noch nie vorher hatte er sie geschlagen. An jenem Tag jedoch hatte er so lange und so heftig auf sie eingeprügelt, bis wieder einmal das Blut an ihren Beinen heruntergelaufen war. Zum Glück war sie danach nie wieder schwanger geworden …

21.

Es war Inajas Idee gewesen, Flavus um Hilfe zu bitten. »Er lebt in Rom! Er wird wissen, wohin meine Herrin gebracht worden ist. Er kennt vielleicht auch einen Weg, sie zu befreien und zurückzubringen.«

Zunächst hatte Arminius sie nur verächtlich angesehen. »Du weißt, dass das Verhältnis zu meinem Bruder nie besonders herzlich war. Warum sollte er dieses Risiko eingehen?«

»Weil Ihr vom selben Blute seid! Wenn es darauf ankommt, halten Brüder zusammen.«

Sie sah, dass Arminius nachdenklich geworden war. Ihr Vorschlag gefiel ihm zwar nicht, er glaubte auch nicht daran, dass mit ihm etwas zu erreichen war, aber da er keinen anderen Weg sah, auf dem Thusnelda zu ihm zurückkehren konnte, ging er schließlich auf Inajas Vorschlag ein.

Im Kampf vor der Eresburg hatten sie Gefangene gemacht, die nun auf der Teutoburg Sklavenarbeit verrichteten. Einer von ihnen wurde nach Rom entsandt, um Flavus heimlich eine Nachricht zu bringen. Dort sollte er sagen, dass Arminius gnädig zu ihm gewesen sei und ihn in die Freiheit entlassen habe, und dann unbemerkt Flavus die Bitte seines Bruders übermitteln. Sobald der Beweis erbracht war, dass der Mann seine Aufgabe erfüllt hatte, wollte Arminius auch den anderen Gefangenen, darunter zwei Brüder des Mannes und sämtliche Söhne seiner Schwester, die Freiheit schenken.

Inaja war von da an voller Zuversicht gewesen, Arminius jedoch wollte seiner Hoffnung noch keinen Namen geben, sie nicht nähren und ihr keinen Zugang zu seinem Herzen verschaffen. »Der Bote wird vielleicht nur an sein eigenes Leben denken«, sagte er jedes Mal, wenn er Inajas fragenden Blick bemerkte. »Und selbst wenn er willens ist und es ihm gelingt, bei Flavus vorzusprechen, ist nicht sicher, dass mein Bruder bereit ist, etwas für mich zu tun. Vergiss nicht, er ist ein Römer geblieben! Und ich bin der Germane, den die Römer hassen wie keinen anderen.«

»Aber er ist Euer Bruder«, beharrte Inaja.

Doch Arminius wappnete sich hartnäckig gegen allzu große Enttäuschung. »Selbst wenn er mir helfen will, heißt das nicht, dass er mir helfen kann.«

»Wenn er weiß, wo Eure Gemahlin ist, und ihr eine Nachricht

von Euch zukommen lassen kann, dann würde es sich schon dafür lohnen. Sie ist in einer verzweifelten Lage. Eine Nachricht von Euch wird ihr Hoffnung geben!«

Dann kam Flavus tatsächlich. Am frühen Abend war es, als die Rufe der Wärter über die Teutoburg schallten. Ein Reiter mit seinem Gefolge näherte sich. »Ein römischer Reiter!«

Noch nie war die Begrüßung der Brüder so herzlich gewesen wie an diesem Tag. Arminius umarmte Flavus gerührt und schlug ihm immer wieder auf die Schulter. »Das werde ich dir nie vergessen!«

»Leider kann ich nicht viel für dich tun, Bruder. Ich weiß nicht, was mit Thusnelda geschehen ist, ich habe nichts von ihr gehört. Wohin man sie gebracht hat? Ich kann es dir nicht sagen.«

Inaja sah, dass Flavus' Blick sie suchte und dann auf ihrem Gesicht haften blieb. Das Glück war so heftig, dass es schmerzte. Ein berauschendes Glück! Ein Glück, das zu fühlen war, das auf der Haut brannte, das wehtat. Flavus war nicht gekommen, um seinem Bruder zu helfen. Nein, er hatte die Gelegenheit genutzt, sie wiederzusehen! Nun endlich wusste sie, dass Flavus sie auch liebte, so sehr wie sie ihn. Die Sprache seiner Liebe war nicht leicht zu verstehen, aber nun konnte sie sicher sein!

Sie drückte sich den ganzen Abend außerhalb des Hauses herum, blieb aber immer in der Nähe des Eingangs. Flavus saß mit Arminius am Feuer und redete über die Möglichkeiten, Thusnelda zu befreien, ohne dass es Flavus zum Nachteil gereichte. Arminius sah ein, dass sein Bruder sich nicht offen für ihn einsetzen konnte, er hielt es schon für ein kleines Wunder, dass Flavus dem Kaiser die Erlaubnis abgerungen hatte, nach Germanien zu reisen. »Er muss sich deiner Loyalität sehr sicher sein«, hörte Inaja ihn sagen, und die Bitterkeit in seiner Stimme konnte Flavus nicht entgehen.

»Der Kaiser ist ein Familienmensch« antwortete Flavus und sah auf seine Hände, als hätte er etwas zu verbergen. »Er hat Verständnis dafür, dass ich meinem Bruder beistehen will.«

»Obwohl ich sein ärgster Feind bin?«

Inaja stand in diesem Augenblick dicht neben der Tür und konnte das Schweigen beobachten, das wie beißender Rauch zwischen den Brüdern stand. Sie sah, dass Arminius seiner Hoffnung nicht glauben mochte, dass er sich jedoch verzweifelt darum bemühte. Der wachsame Krieger, der umsichtige Feldherr musste eigentlich der einfachen Lösung misstrauen. Einfache Lösungen erwiesen sich meist als heimtückische Fallen, in die man tappte, weil der Duft der Hoffnung so köstlich war. Aber auch Arminius konnte der winzigen Hoffnung nicht widerstehen, seine geliebte Thusnelda zurückzubekommen. Eine Chance, an die er einerseits nicht glauben mochte, die er aber andererseits auch nicht vergeben wollte.

Dann endlich bat Flavus darum, sich schlafen legen zu dürfen. Der lange Ritt hatte ihn ermüdet, er brauchte Ruhe, um neue Kraft zu sammeln. Schon in wenigen Tagen musste er ja wieder aufbrechen und nach Rom zurückkehren.

Inaja wich von der Tür zurück und drängte sich in ein nahes Gebüsch. Sie beobachtete, wie Flavus das Haus verließ und sich suchend umsah. Erst als sie sicher sein konnte, dass sie es war, die er suchte, machte sie sich bemerkbar. »Hier bin ich, Herr!«

Ohne ein Wort griff er nach ihrem Arm und zog sie mit sich. Er musste sie nicht führen, sie kannte den Weg, folgte ihm zum Heuschober, als gäbe es dort für sie ein Zuhause.

Inaja ging auf den Heuschober zu, der ihr seitdem nie wieder ein Zuhause gewesen war. Ihr schien, als hörte sie Flavus' Stimme: »Ich werde dich mitnehmen nach Rom. Auch Gerlef! Ich weiß doch, dass er mein Sohn ist.«

Wie köstlich war der Schmerz dieses Glücks gewesen! Inaja tastete nach den winzigen Narben auf ihrer Brust, die ihr bleiben würden, die sogar einen Namen bekommen hatten. »Nach Rom!« Sie griff nach ihrem Schambein, das keinen Druck mehr ertragen konnte. »Unser gemeinsamer Sohn!« Gerlef würde erfahren dürfen, dass er der Sohn eines Fürsten war, er würde sogar irgendwann wie der Sohn eines Fürsten leben.

»Aber ich will erst wissen, dass du mich wirklich liebst«, hatte Flavus geflüstert, »dass du alles für mich tust! Einen Liebesdienst musst du mir zunächst erweisen!« Er griff in den ledernen Beutel, den er bei sich trug, und holte ein kleines metallenes Gefäß hervor, das mit einem Korken fest verschlossen war. »Das gibst du Arminius in seinen Met. Gleich morgen! Hörst du?«

»Was ist das?«, fragte Inaja mit schwacher Stimme, obwohl sie sofort begriffen hatte, worum es sich handelte.

»Das brauchst du nicht zu wissen«, gab Flavus zurück.

Inaja starrte ihn an. »Du willst deinen Bruder töten? Warum?«

»Das geht dich nichts an. Wenn du mit mir nach Rom willst, dann darfst du nicht fragen.«

»Was ist mit meiner Herrin?«, fragte Inaja, um Zeit zu gewinnen.

»Sie wird nie wieder auf die Teutoburg zurückkehren. Aber in Rom wirst du sie wiedersehen können. Sie ist eine römische Gefangene. Ich werde sie zu deiner Sklavin machen, wenn du willst.«

Wie kam er nur auf den wahnwitzigen Gedanken, sie könnte Freude daran haben, dass sich die Verhältnisse verkehrten? Aber bevor sie auf diesen ungeheuerlichen Vorschlag etwas erwidern konnte, hatte er schon ihren Rock hochgeschoben und ihre Beine gespreizt. Gerade hatte sie sich der Faust ergeben, die ihren Leib aufzureißen drohte, da stand plötzlich Hermut neben ihnen.

Inaja betrat den Heuschober und starrte auf den Fleck, an dem Hermut ihre Zukunft in Rom zerstört hatte. Getobt hatte er, geschrien, gewütet, nicht nur gegen sie, sondern auch gegen Flavus.

Der aber hatte sich nur grinsend aus dem Heu erhoben und gemächlich seine Kleidung abgeklopft. Hermuts Gebrüll hatte er mit keiner Silbe beantwortet, hatte nur heimlich wieder das Gift an sich genommen und war gegangen. Und Hermut hatte nicht gewagt, ihn aufzuhalten. Auch seine Freundschaft zu Arminius änderte nichts daran, dass Flavus ein Fürstensohn war, gegen den Hermut nichts ausrichten konnte. Für seine Wut und seine Verzweiflung gab es für ihn nur Inaja.

Er holte aus und schlug ihr mit der flachen Hand ins Gesicht. »Hure!«

Sie schützte sich mit den Händen, so gut es ging, und beugte sich von ihm weg. »Ich kann nichts dafür. Er hat mich gezwungen!«

Hermuts Enttäuschung war jedoch zu gewaltig, um sich von Worten besänftigen zu lassen. Er schlug weiter auf sie ein, trat sogar nach ihr, griff nach ihren Haaren und ihren Gelenken, als wollte er sie brechen. »Soll ich deinen Ehebruch auf dem nächsten Thing verhandeln lassen?«

Nun erschrak Inaja heftig. Sie kannte mehrere Ehebrecherinnen, die zur Strafe im Moor versenkt worden waren. Auf einem Thing ging man unerbittlich mit Frauen um, die ihren Männern nicht treu waren, und da Arminius schon lange nicht mehr an den Thing-Versammlungen teilnahm, konnte sie nicht mit einem Fürsprecher rechnen.

»Ich bin vergewaltigt worden«, stieß sie immer wieder hervor, »ich konnte nichts dafür.«

Hermut ließ erst von ihr ab, als er keine Kraft mehr zum Schlagen hatte. »Stimmt das wirklich?«

Inaja richtete sich vom Boden auf, wischte sich das Blut aus dem Gesicht und nickte. Aber erst als sie Hermut die Verletzungen zeigte, die Flavus ihr beigebracht hatte, wollte er ihr glauben. Er wollte … aber glaubte er ihr wirklich? Hatte er vielleicht die Liebe in ihren Augen gesehen und den Schreck und die Angst, als er im Heuschober erschienen war? Und hatte er während der folgenden Tage den Hass in ihrem Blick heranwachsen sehen, als er sie nicht mehr aus den Augen ließ?

Dass Arminius nichts davon erfuhr, was im Heuschober geschehen war, bewies ihr, dass Hermut nicht an Flavus' alleinige Schuld glaubte. Hermut schämte sich seiner Frau, sonst hätte er Flavus bei seinem Bruder angeklagt. Hermut wollte sein Unglück nicht teilen, wollte den Fall aber zum Glück auch nicht vor ein Thing-Gericht bringen. Entweder weil er sich seiner Sache nicht ganz sicher war oder weil er seine Frau noch liebte.

Vielleicht auch, weil er seinem Sohn nicht die Mutter nehmen wollte. Inaja lächelte, ohne es zu merken. Dass er Gerlef nach wie vor seinen Sohn nannte, machte ihren Hass auf Hermut erträglicher.

Sie ging ins Haus zurück, wo Arminius und Hermut noch immer beieinander saßen. In der Tür blieb sie stehen, ohne dass die beiden sie bemerkten, und betrachtete Hermuts Gesicht. Dieser Mann war einmal ihre Hoffnung gewesen! Aber nun war er nur noch der, der ihre Hoffnungen zerstört hatte. Flavus hatte die Teutoburg verlassen müssen, ohne ihr das Gift zu geben, mit dem sie ihm ihre Liebe hätte beweisen können. Hermut hatte es verhindert, indem er nicht von Inajas Seite wich, solange Flavus auf der Teutoburg war. Er hatte sich ihr in den Weg gestellt, als sie nach Rom aufbrechen wollte. Wie sie ihn dafür hasste!

Severina hatte zum Gastmahl geladen. In ihrem Speisezimmer, dem Triclinium, waren drei Tische aufgestellt worden, um die sich jeweils drei Liegesofas gruppierten, die sogenannten Klinen. Die vierte Seite blieb frei, damit die Sklaven Platz hatten, die Speisen zu servieren. Der am höchsten stehende Gast, der Kaiser, bekam den bequemsten Platz, das war wegen der größten Bewegungsfreiheit der unterste auf dem mittleren Speisesofa. Severina als Gastgeberin belegte den ersten Platz und konnte sich so jederzeit dem wichtigsten Gast zuwenden.

»Schick das Barbarenweib mit den Vorspeisen«, sagte sie zu Gaviana und wandte sich leutselig lächelnd an den Kaiser. »Da Ihr mir das Weib des Verräters als Sklavin zugestanden habt, sollt Ihr auch in den Genuss ihrer Dienste kommen.«

Der Kaiser lächelte, auf den anderen Klinen wurde aufgemerkt. Jeder wusste, dass Severina sich die Frau des Verräters als Sklavin erbeten hatte, aber niemand hatte sie bisher gesehen. Triumphierend blickte Severina Flavus an, der auf der Kline ihr gegenüber lag. Mochte er bisher geglaubt haben, der bevorzugte Platz an ihrem Tisch hätte etwas mit ihrer Zuneigung zu tun, dann wusste er jetzt, dass er sich geirrt hatte. Bisher hatte

Severina seine Bitte respektiert, ihn nicht mit Thusnelda aufeinandertreffen zu lassen, aber die Zeit, in der sie Rücksicht genommen hatte, war vorbei. Flavus hatte sie nicht verdient. Wer eine große Chance verpasst hatte, durfte sich nicht beklagen und ganz sicherlich keine Forderungen stellen. Flavus war mit dem Gift, aber ohne Arminius' Kopf aus Germanien zurückgekehrt! Wenn er sich jetzt dieser kleinen Unannehmlichkeit aussetzen musste, dann trug er ganz allein die Schuld daran. Vielleicht war sie sogar dazu angetan, die Angelegenheit noch einmal in Angriff zu nehmen und diesmal mit Erfolg durchzuführen? Severina hatte sich nicht ohne Grund entschlossen, gerade an diesem Abend Arminius' Eheweib vorzuführen. Es wurde Zeit, dass etwas geschah.

Der Kaiser hatte sie sogar bei der Begrüßung hämisch grinsend gefragt: »Wo bleibt der Kopf, den du mir versprochen hast, schöne Nichte?« Er hatte keinen Hehl daraus gemacht, dass er für Silvanus nichts tun würde, wenn sie ihr Angebot nicht erfüllte.

Severina trug eine Tunika aus leuchtend blauer Seide, die mit Purpur und Gold bestickt war. Ihre Sandalen waren ebenso üppig verziert mit kleinen blauen Perlen, in genau der gleichen Farbe wie die Tunika. In der Höhe des mittleren Zehs gab es jeweils einen daumennagelgroßen Rubin. Alles an Severina funkelte und glitzerte an diesem Abend, am meisten jedoch ihre Augen, die sogar den Glanz ihres Diadems überstrahlten. Gaviana hatte die Lippen ihrer Herrin diesmal mit Ocker gerötet und damit ein weiteres Mal bewiesen, wie unersetzlich sie war. Vom schwarzen Antimonpuder hatte sie nur ganz wenig auf Severinas Wimpern gegeben, die Lider ihrer Herrin stattdessen mit blauem Glimmerstaub gefärbt und ihr Gesicht nur leicht mit Kreide aufgehellt.

An Livia, Tiberius' Mutter, die am benachbarten Tisch den besten Platz erhalten hatte, war entschieden zu viel getan worden. Ihr Gesicht war unnatürlich weiß, der Antimonpuder rieselte bereits jetzt auf ihre Wangen und grub sich in ihre Falten. Severina schüttelte heimlich den Kopf und dachte an Terentilla. Auch sie war nicht in der Lage gewesen, ihre Herrin vorteilhaft zu schminken. Hoffentlich kam Livia nicht irgendwann in den Sinn, Severina um ihre Hauptsklavin zu bitten, weil die es wie keine andere verstand, den Körper ihrer Herrin zu pflegen und aufzuputzen. Severina würde eine solche Bitte nicht abschlagen können.

Alle Gespräche verstummten, als Thusnelda den Raum betrat, jeder blickte ihr neugierig entgegen. Wenn auch eine Sklavin für gewöhnlich keinerlei Beachtung erfuhr, wollte nun jeder wissen, wie die Frau aussah, die mit Arminius, dem Verräter, verheiratet und von ihrem eigenen Vater als lebender Pfand nach Rom ausgeliefert worden war.

In Severinas Augen stieg Kälte auf, das Glitzern darin, das bisher hell und hochgemut gewesen war, gefror. Sie spürte plötzlich, dass es womöglich ein Fehler gewesen war, Thusnelda zu präsentieren. Diese Frau war einfach zu schön, trotz ihres einfachen Sklavengewandes, trotz fehlender Schönheitsmittel. Ihre blasse Haut hatte keiner Aufhellung bedurft, ihre Augen waren vom reinsten Blau, ihre Wimpern lang und dicht, und ihr blondes Haar, das in dicken Flechten um ihren Kopf lag, glänzte, obwohl es nicht gepflegt worden war, genauso wunderbar wie Severinas Haar, das Gaviana mit duftendem Öl zum Schimmern gebracht hatte. Thusnelda war zu schön, um verächtliches Lachen zu ernten, eine solche Schönheit erregte immer Bewunderung – oder auch Mitleid. Beides jedoch wollte Severina nicht auf den Gesichtern ihrer Gäste sehen.

Zum Glück sprang ihr Livia zur Seite. Ob aus Solidarität oder aus ganz persönlichem Hass, war Severina nicht klar. Aber das spielte auch keine Rolle. Wichtig war nur, dass die Mutter des Kaisers sagte: »Widerlich, diese Barbarenweiber! Groß und kräftig wie Männer! Sind das überhaupt richtige Frauen?«

»Ich kann ja mal nachsehen«, antwortete Severina und hatte damit die Lacher auf ihrer Seite. »Jedenfalls hat sie kürzlich ein Balg zur Welt gebracht, also wird sie wohl alles haben, was eine Frau braucht.«

Severina stellte fest, dass der Kaiser der Einzige war, der nicht lachte. Er verfolgte jede Bewegung Thusneldas mit aufmerksamen Augen. Auch Flavus starrte sie an, als wäre er von ihrer Erscheinung geblendet. Während an allen drei Tischen und auf sämtlichen Liegesofas über die germanische Sklavin getuschelt wurde, beobachtete Severina, wie Arminius' Frau jedem Gast die Platte hinhielt, auf der die Vorspeisen angerichtet waren: Spargelauflauf mit gebackenen Drosseln, mit Fisch gefüllte hartgekochte Eier, Schweineeuter mit Austern, in Milch und Honig gekochte Ziegenleber und gebratene Flamingobeine. Als Thusnelda die Vorspeisenplatte ihrem Schwager reichte, sah sie zum ersten Mal auf. Ihr Blick traf sich mit Flavus', ihre Augen drückten prompt eine Bitte aus. Severina hatte damit gerechnet. Vorsichtshalber hatte sie schon am Vormittag ein strenges Verbot aussprechen lassen: Keiner der Sklaven durfte auch nur ein einziges Wort mit einem Gast sprechen, selbst dann nicht, wenn der Gast es ausdrücklich forderte. Nur deshalb war Flavus an diesem Abend die Ehre zuteil geworden, auf einer Kline am Tisch der schönen Severina liegen zu dürfen. Sie wollte ihn unter Kontrolle haben.

Sie sah, dass Thusneldas Augen die Fragen formulierten, die sie nicht stellen durfte: Wie geht es Arminius? Wann kommt er, um mich zu befreien? Und dann: Sag ihm, wo er mich findet. Sag ihm, dass ich auf ihn warte!

Ob sie merkte, dass Flavus' Augen ihr nicht antworteten? Er hatte gemerkt, dass er von Severina aufmerksam beobachtet wurde. Und was hätte er auch antworten sollen? Alles Barmherzige wäre eine Lüge gewesen.

Wieder erklang Livias Stimme: »Was geschieht mit dem Balg, das dieses Weib zur Welt gebracht hat? Wollt Ihr das Kind des Verräters etwa bei Euch durchfüttern?«

Severina lächelte sie dankbar an. Dieser Einwand Livias gefiel ihr außerordentlich.

Dann aber, bevor Severina antworten konnte, ergänzte die Mutter des Kaisers: »Dieser Arminius hat lange in Rom gelebt. Wer weiß, wie viele Bastarde mit blonden Haaren und blauen

Augen hier herumlaufen. Was soll eigentlich mit denen geschehen?«

Der folgende Augenblick war entsetzlich. Es war der Moment, in dem Severina aufgezeigt wurde, wie tödlich die Gefahr war, in der Silvanus sich befand. Diese Anzüglichkeit Livias würde Folgen für ihren Sohn haben, das wurde Severina schlagartig klar. Von nun an würden auch die, die bisher keine Ahnung gehabt hatten, darüber tuscheln, warum die schöne Nichte des Kaisers einen Sohn mit blonden Haaren und blauen Augen hatte. Besonders diejenigen, die damals dabei gewesen waren, als Kaiser Augustus dem blonden, blauäugigen Arminius die römische Ritterwürde verliehen hatte. Anscheinend war ihr das Gerücht keine große Hilfe mehr, dass Flavus der Vater ihres Sohnes sein könnte. Die römische Gesellschaft verlangte nach Sensationen und liebte sie. Dass der Bruder des Verräters mit der Nichte des Kaisers ein Kind hatte, war für eine Weile interessant gewesen, vor allem deshalb, weil Severina sich bis jetzt weigerte, ihn zu heiraten. Aber viel unterhaltsamer war die Überlegung, Silvanus könnte der Sohn Arminius' sein, des Mannes, der in Rom immer noch gehasst wurde wie kein zweiter.

Severinas Augen waren die eines gehetzten Tieres. Sie rasten zu Livia, deren Runzeln sich unter ihrem boshaften Lächeln vertieften, zu Flavus, der hilflos zwischen Thusnelda und Severina hin und her blickte, und zum Kaiser, der seine Nichte ruhig lächelnd betrachtete.

Dann hatte sie sich gefangen. Mit spitzen Fingern griff sie zu einem Flamingobein. »Warum soll ich den Sohn des Verräters nicht bei mir durchfüttern?«, fragte sie mit dieser Mischung aus Gleichgültigkeit und Hochmut zurück, die niemand so gut beherrschte wie sie. »Er scheint ein großes, kräftiges Kind zu werden. Selbstverständlich wird er auf die Gladiatorenschule geschickt, wenn er alt genug ist. Rom braucht viele große und starke Gladiatoren. Es wird uns ein Vergnügen sein, dem Sohn des Verräters beim Sterben zuzusehen.«

Sie lächelte den Kaiser an, in dessen Augen Bewunderung

aufstieg. Die Situation war gerettet! Jedenfalls fürs Erste. Severina verlor sogar ihr Lächeln nicht, als Thusnelda die Platte aus den Händen glitt und die Vorspeisen auf dem Fußboden landeten.

Mit einem knappen Wink holte Severina ihren Sklavenaufseher herbei, während die anderen Sklaven sich beeilten, die Vorspeisen vom Boden aufzuheben und in die Küche zurückzutragen. »Zehn Stockschläge für dieses ungeschickte Weib«, sagte Severina und schob sich das Flamingobein in den Mund, während Thusnelda vom Sklavenaufseher grob am Arm genommen und weggeführt wurde.

»Ein amüsanter Abend.« Der Kaiser lächelte und hob sein Weinglas.

Er wartete, bis die Unterhaltung wieder in Gang gekommen war, dann neigte er sich seiner Nichte zu. »Nur … reicht es dir inzwischen, Arminius' Eheweib zu drangsalieren? Ich hatte mehr von dir erwartet, Severina!«

Gaviana hielt Thusneldas Hand. Mehr war ihr nicht zugestanden worden. Eine Sklavin wurde nicht gezüchtigt, um sie später zu hätscheln, hatte der Aufseher gesagt, sie wurde gezüchtigt, damit die Schmerzen sie lange an das erinnerten, was sie falsch gemacht hatte.

»Sei froh, dass sie dich nicht zwingt, weiterhin die Gäste zu bedienen«, sagte Gaviana. »Die schöne Severina ist phantasievoll im Erfinden von Strafen.«

Thusnelda nickte. »Ich weiß. Was hätte ich nur getan, wenn du mir nicht heimlich geholfen hättest, als Thumelicus zur Welt kam!« Sie versuchte ihren Körper aufzurichten, aber ihr zerschundener Rücken ließ es nicht zu. Stöhnend krümmte sie sich wieder zusammen. »Aber es wird bald ein Ende haben. Flavus weiß nun, wo ich bin. Er wird dafür sorgen, dass Arminius mich befreit. Und Thumelicus auch. Nein, mein Sohn wird nicht als Gladiator enden.« Sie spürte, dass ihr die Tränen in die Augen stiegen, aber tapfer bekräftigte sie: »Niemals!«

»Besser, du erwartest nichts von deinem Schwager«, gab Gaviana zurück. »Flavus tut alles, was unsere Herrin verlangt, und nichts, was ihr missfällt.«

»Warum?«

»Weil er sie liebt und heiraten will.« Gaviana erhob sich, als der Aufseher in die Küche zurückkam. »Und du irrst dich, wenn du glaubst, dass Flavus bisher nicht wusste, wo du bist. Er weiß es seit langem. Er wusste es von Anfang an.«

Der Aufseher ging dazwischen, ehe Thusnelda etwas erwidern konnte. »Was soll das Getuschel? Gaviana, die Herrin verlangt nach dir! Und das Barbarenweib geht wieder an die Arbeit!« Er zeigte auf eine große Schüssel, die zur Hälfte mit Mehl gefüllt war. »Die Gewürzfladen sind noch nicht fertig! Oder willst du dir zehn weitere Stockschläge einhandeln, weil unsere Herrin ihre Gäste aufs Essen warten lassen muss?«

Thusnelda biss die Zähne zusammen und erhob sich. Ihr Rücken schmerzte, aber noch mehr brannte die Demütigung in ihr. Sie, die Gemahlin eines germanischen Fürsten, hatte den Rücken entblößen und sich schlagen lassen müssen! Wie viele Herabwürdigungen würde es noch für sie geben?

Sie stellte sich an den Trog und begann zu rühren, während sie gleichzeitig versuchte, sich heimlich am Rand abzustützen, um ihren Wunden Erleichterung zu verschaffen. Zu dem Mehl gab sie Salz, Anis- und Kümmelsamen, dann schüttete sie Öl und Traubensaft hinzu. Schon vor Monaten hatte sie gelernt, diese Gewürzfladen herzustellen. Ach, wie vieles hatte sie lernen müssen in der Zeit, die sie in Severinas Haus verbrachte! Vor allem hatte sie gelernt, Schmerz und Demütigung hinzunehmen. Diese Stockschläge waren nicht die ersten gewesen. Die Demütigung allerdings hatte diesmal alles übertroffen. Wie konnte Flavus zulassen, dass sie so in ihrer Würde verletzt wurde?

Sie rührte und rührte, um nachdenken zu können, ohne sich auf Zutaten und ihre Mengen konzentrieren zu müssen. Wenn Gaviana recht hatte, wenn Flavus längst wusste, wohin sie gebracht worden war – warum war er nie zu ihr gekommen?

Wollte er ihr nicht helfen? War er durch und durch ein Römer geworden? Ein Germane, der hasste wie ein Römer, selbst diejenigen, die zu ihm gehörten? Nein, das konnte, das durfte nicht sein! Flavus würde nicht zulassen, dass sie als Sklavin ihr Leben fristete. Und vor allem würde er nicht zulassen, dass Thumelicus im Amphitheater zum Vergnügen der römischen Gesellschaft sein Leben ließ. Der Sohn seines Bruders!

Der warnende Blick Gavianas, die soeben wieder die Küche betrat, entging Thusnelda zum Glück nicht. So konnte sie schnell genug zum Ziegenkäse greifen, bevor der Aufseher erneut auf sie aufmerksam wurde. Vorsichtig mischte sie den Käse unter das gewürzte Mehl und begann zu kneten. Lange und ausgiebig musste der Teig gewalkt werden. Zeit für all die Gedanken und Erinnerungen, die schrecklich wehtaten, die aber das Einzige waren, was ihr ganz allein gehörte.

Mit der linken Hand stützte sie sich unauffällig ab, um ihren Rücken zu entlasten, mit der rechten knetete sie den Teig. Ihr Rücken schmerzte höllisch, die blutigen Striemen hätten längst versorgt werden müssen. Jetzt klebte das Blut an ihrem Überwurf, bei jeder Bewegung scheuerte der grobe Stoff über die blutigen Risse. Sie wusste jedoch, dass sie sich nichts anmerken lassen durfte. Gaviana hatte ihr erzählt, dass der Sklavenaufseher umso gnadenloser zuschlug, je lauter der bestrafte Sklave schrie. Nachsicht übte er nur mit denen, die tapfer den Schmerz ertrugen.

Als die Wehen eingesetzt hatten, war Thusnelda auch beauftragt worden, einen Teig zu kneten. Der Sklavenaufseher hatte jedes Mal, wenn sie sich in einer Wehe gekrümmt hatte, die Peitsche mit der Rechten in seine linke Handfläche geschlagen. »Wenn das Kind kommt, kannst du dich hinlegen! Keinen Moment früher!«

Ausgerechnet in diesem Moment hatte Severina die Küche betreten, und wider besseres Wissen hatte Thusnelda geglaubt, eine Frau, die selbst Mutter war, könnte ihr helfen wollen. In ihrer Not hatte sie sogar Severinas Lächeln falsch gedeutet.

»Sie soll sich neben den Misthaufen legen«, sagte Severina zu dem Sklavenaufseher, »und sehen, dass sie ihr Kind irgendwie auf die Welt bringt.« Dann hatte sie allen anderen verboten, Thusnelda zu helfen. »Die Barbaren sind hart im Nehmen. Entweder, sie schafft es allein – oder eben nicht.«

An das, was dann kam, konnte Thusnelda sich nicht mehr erinnern. Sie wusste nur noch, dass sie sich in ihre Ohnmacht ergab, in den Schmerz, in die Schwäche. Ihren Lebenswillen gewann sie erst zurück, als plötzlich Gaviana neben ihr im Gras kniete.

»Ich helfe dir«, flüsterte Severinas Hauptsklavin. »Und wenn das hier vorbei ist, zeige ich dir, dass sich auch eine Sklavin rächen kann.«

Seitdem wusste Thusnelda, dass es für Gaviana eine heimliche Genugtuung war, in die Getränke zu spucken, die sie Severina kurz darauf mit unterwürfigem Lächeln reichte.

»Bist du endlich fertig?«, fuhr der Koch in ihre Erinnerungen. »Die Fladen müssen in den Ofen.«

Thusnelda formte aus dem Teig eine riesige Kugel und brachte sie dem Koch an den Ofen, wo er sie zerteilte, flach klopfte und dann auf einer Schaufel in den Ofen schob.

Als Thumelicus auf der Welt war, hatte sie sich geschworen, ihre innere Größe zu bewahren, so klein Severina sie auch gemacht hatte. Sie wollte schweigend alle Strafen erdulden, ohne zu weinen, und dankbar dafür sein, dass es in diesem Hause eine Frau wie Gaviana gab. Sie war die Tochter von Sklaven, als Sklavin geboren und ohne die Hoffnung, jemals ein freier Mensch mit einem freien Willen zu werden. Trotzdem hatte sie den Mut gehabt, Thusnelda zu helfen. Obwohl die Strafe für solchen Ungehorsam schrecklich war.

Später, als Thusnelda ihr dankte, sagte Gaviana: »Ich habe die schlimmste Strafe bereits bekommen. Nicht, weil ich ungehorsam war! Nein, ich bin nie ungehorsam gewesen.«

»Wofür bist du dann bestraft worden?«

»Dafür, dass ich meine Herrin schwach gesehen habe.«

Nähere Erklärungen wollte sie nicht geben. »Vielleicht später. Jedenfalls habe ich keine Angst mehr vor Strafen.«

Manchmal sagte sich Thusnelda, dass sie sich an dem festhalten musste, was sie hier Gutes erlebte. Es war nicht viel, aber es kam ja nur darauf an, welches Gewicht sie dem Guten verlieh, damit all das Grauen leichter wog. Und Gutes hatte sie nicht nur von Gaviana erfahren, nein. Sie würde nie die kleine, weiche Hand vergessen, die sich in ihre geschoben hatte, als sie unter einer Wehe aufstöhnte, die kleine, weiche Hand, die sie streichelte, das zarte Stimmchen, das ihr etwas vorsang, was sie trösten sollte. Wie war die harte, ungerechte Severina nur an diesen weichherzigen Sohn gekommen? Als Thusnelda die Augen aufschlug, saß der kleine Silvanus noch immer neben ihr und sah sie mitleidig an. Begriff er, was mit ihr geschah? Nein, das wohl nicht. Er sah nur, dass sie litt, und tröstete sie, so gut er konnte. Thusnelda sah in seine blauen Augen und versuchte, sein blondes Haar zu ertasten, bevor die nächste Wehe kam. Was für ein wunderbares Kind! Thusnelda konnte nicht ahnen, dass sie sich die Frage stellte, die seit Silvanus' Geburt auch von der römischen Gesellschaft gedreht und gewendet wurde: Wie kam Severina an dieses blonde, blauäugige Kind?

Severinas Gäste hatten sich mittlerweile dem Spiel zugewandt. Sie waren satt, der Wein hatte ihre Zunge schwer gemacht, die Gespräche auf den Klinen waren schlüpfrig geworden, leichtsinnige Scherze flogen hin und her, wenn der eine oder andere für Augenblicke vergessen hatte, dass der Kaiser und seine Mutter mit am Tisch lagen. Zeit für Spiele also, ehe sich einer um Kopf und Kragen redete, etwas verriet, behauptete oder weitergab, was er am nächsten Tag bereuen würde.

Am Tisch des Kaisers wurde gewürfelt. Livia, die Kaisermutter, hatte um das Brett fürs Soldatenspiel gebeten und sich Agrippina als Mitspielerin ausgesucht. Gaviana brachte das Brett und die 32 Spielsteine aus buntem Glas, die dazu gehörten. Sie wurden über horizontale und vertikale Linien gezogen mit dem Ziel, dem Gegner möglichst viele Steine abzunehmen oder sie einzuschließen und bewegungsunfähig zu machen.

Severina entschuldigte sich beim Kaiser, gab Flavus einen Wink und ging ihm voran ins Atrium. Die Nacht war süß und schwer, kein Vogel regte sich, nur gelegentlich raschelte es im Gras. Der Wind bewegte müde ein paar Blätter, die Fackeln, die den Garten beleuchteten, zuckten nicht einmal.

Flavus griff nach Severinas Arm, kaum dass sie ein paar Schritte ins Atrium hinein gemacht hatte. »Ich hatte Euch gebeten, mich nicht mit meiner Schwägerin zu konfrontieren.«

Severina lächelte spöttisch. »Skrupel? Die stehen Euch nicht, mein Lieber!«

»Und Euch würde etwas mehr Anstand recht gut stehen!« So heftig, so unverblümt hatte Flavus noch nie mit Severina gesprochen.

»Anstand? Dass Ihr dieses Wort überhaupt kennt! Jemand, der losgezogen ist, seinen Bruder umzubringen.«

»Jemand, der es nicht getan hat!«

»Weil er zu feige war!« Severina wandte ihm den Rücken zu und ging in die Dunkelheit des Atriums hinein, wo nur wenige Fackeln standen. »Wie es scheint, ist Euer Wunsch, mich zu heiraten, nicht besonders ausgeprägt.«

Flavus folgte ihr mit schnellen Schritten. »Das stimmt nicht. Ich liebe Euch, das wisst Ihr. Es ist mein größter Wunsch, Euch zu meiner Gemahlin zu machen.«

Severina drehte sich so plötzlich zu ihm um, dass Flavus wie angewurzelt stehen blieb. »Und warum seid Ihr dann unverrichteter Dinge aus Germanien zurückgekehrt? Weil irgendein dummes Weib es nicht geschafft hat, Arminius Gift in den Met zu mischen!«

»Ich habe Euch doch erklärt …«

»Warum habt Ihr es nicht selbst getan?«

»Auch das habe ich Euch erklärt. Ich kann nicht mit eigener Hand meinen Bruder töten. Ich habe es einfach nicht fertiggebracht!« Flavus machte ein paar Schritte hin und her, er wagte nicht, Severina ins Gesicht zu sehen. »Außerdem … ich durfte nicht in Verdacht geraten. Eigentlich war mein Plan gut. Ich hätte dafür gesorgt, nie allein zu sein, während die Magd die Gelegenheit hatte, das Gift in Arminius' Met zu mischen. Auf mich wäre so kein Verdacht gefallen. Entweder wäre die Magd überführt worden, oder man hätte an einen Anschlag von Arminius' Gegnern gedacht. Er hat mittlerweile viele. Niemand will ihn mehr reden hören vom vereinten Germanien. Sein Herrschaftsanspruch über das vereinte Germanien hat ihm viele Gegner eingebracht. Und wer nicht gegen ihn ist, dem ist er zumindest lästig.«

»Hört auf, mir die Politik zu erklären«, fuhr Severina dazwischen. »Das interessiert mich nicht. Ich will, dass Ihr Euer Versprechen erfüllt, mehr nicht!«

Flavus' Blick wurde plötzlich lauernd. »Kann es sein, das Ihr noch ein anderes Ziel damit verfolgt? Soll Arminius wirklich deshalb sterben, damit Ihr frei für mich seid?«

»Welchen anderen Grund sollte es geben?«

Flavus zuckte mit den Schultern, aber in seinem Blick züngelte bereits wieder die Hoffnung, die Severina nur ein wenig anfachen musste, um daraus loderndes Begehren zu machen. »Mir kam es so vor, als hättet Ihr auch ein Abkommen mit Kaiser Tiberius«, sagte er leise, als hätte er Angst vor seinen eigenen Worten. Seine kleinen Augen waren nun so schmal, dass sein Blick sich in ihren Schlitzen verstecken konnte.

»Ihr fragt zu viel!« Severina trat einen Schritt vor und berührte kurz seine Brust. »Eine Chance will ich Euch noch geben – eine einzige.«

Flavus' Augen weiteten sich, das Feuer darin war wieder zu erkennen. »Beim nächsten Mal wird es mir gelingen, ganz sicher. Nur … wie soll ich dem Kaiser die Erlaubnis abringen, noch einmal nach Germanien zu reisen?«

»Das lasst nur meine Sorge sein!« Severina lächelte, während sie sich mit Daumen und Mittelfinger eine Locke in die Stirn zupfte. »Das nächste Mal werde ich die Sache selbst in die Hand nehmen.«

Flavus starrte sie an. »Wie meint Ihr das? Ihr wollt doch nicht etwa …?«

»… selbst nach Germanien reisen? Doch, genau das will ich. Ihr werdet mich natürlich begleiten. Ich brauche jemanden, der sich auskennt im Land der Barbaren. Auch Silvanus wird dabei sein. Er gehört zu meinem Plan.«

Flavus atmete schwer. »Und der Kaiser?«

»Der Kaiser ist mein Onkel. Er kann mir keinen Wunsch abschlagen. Außerdem wird er es begrüßen, wenn der Verräter nicht mehr am Leben ist.«

Sie winkte einer Sklavin, die sofort herbeieilte, um den Fall ihrer seidenen Tunika zu kontrollieren.

»Was habt Ihr vor?«, fragte Flavus atemlos.

»Das werdet Ihr früh genug erfahren.« Severina stieß die Sklavin mit der Fußspitze weg, als sie der Meinung war, dass die spielerische Seide ihrer Tunika dem sicheren Gang ihrer Füße nicht mehr gefährlich werden konnte. »Nun lasst uns wieder hineingehen, damit der Kaiser uns nicht für unhöflich hält.« Sie schenkte Flavus das Lächeln, das sie zur schönsten Frau Roms gemacht hatte. »Und damit seine Mutter nicht denkt, wir täten etwas Ungebührliches hier draußen, so ganz allein.«

Flavus war mit zwei schnellen Schritten an ihrer Seite und griff nach ihrem Arm. »Und was wird die Mutter des Kaisers sagen, wenn sie erfährt, dass Ihr mit mir nach Germanien reist?«

Severinas Lächeln vertiefte sich, wodurch sie prompt einen Teil ihrer Schönheit wieder verlor. »Sie wird es nicht erfahren, aber sie wird verstehen, dass ich Erholung brauche. Ein paar Wochen am Meer werden mir gut tun. Aus Baiae werde ich mit frischen Kräften zurückkommen. Ihr wisst ja, die Thermalquellen tun gut. Und fast jede Villa dort hat einen Fischteich, in dem Muränen gezüchtet werden.« Sie führte Daumen und Zeigefinger zu ihren Lippen. »Eine Delikatesse!«

»Und der Kaiser?«

»Er wird der Einzige sein, der weiß, dass ich nicht nach Baiae reise.«

22.

Hermut hatte lange auf Arminius eingeredet, damit er endlich wieder ein Thing besuchte. »Du vergisst deine Verpflichtungen als Stammesfürst. Außerdem spielst du deinen Gegnern in die Hände! Sie fühlen sich bestätigt! Sie werden sagen: Seht her, der Fürstenthron der Cherusker ist ihm nicht mehr gut genug! Er denkt nur noch an die Krone, die er sich als Herrscher über ganz Germanien aufsetzen will.«

Inaja hatte Hermut zugestimmt. Während dieser Zeit hatte es sogar ein paar Augenblicke der Eintracht zwischen ihnen gegeben. In Inaja hatten sie für Erleichterung gesorgt, sie hatte aufgeatmet, sich ein paar Tage von Hermuts ständig schwelendem Misstrauen erholt. Aber die Liebe und die Begehrlichkeit, die daraufhin prompt wieder in Hermut erwachte, hatten ihr die Freude an der kurzen Harmonie wieder genommen und ihr den Hass zurückgegeben. Dennoch war er weicher geworden, dieser Hass, hatte seine scharfen Spitzen verloren, konnte noch immer verletzen, war aber nicht mehr tödlich.

Die Tage nach dem Thing hatten für weitere Einigkeit zwischen Inaja und Hermut gesorgt. Sie brauchten alle Kraft, ihre gemeinsame Kraft, um Arminius aus der Depression herauszuholen, in die er gefallen war, nachdem er in die Teutoburg zurückgekehrt war. Auch diesmal hatte man Front gegen ihn gemacht. Von seinen Verdiensten war keine Rede mehr gewesen, nur noch von der Gefahr, die er durch seine harte Haltung heraufbeschwor.

»Sie genießen den Frieden, den Alltag, der wieder so aussieht wie früher. Sie denken nicht mehr an die Verluste und glauben, dass es Rom nie wieder in den Sinn kommen wird, uns anzugreifen. Sie fühlen sich sicher!« Arminius warf sich auf einen Schemel am Feuer und spuckte in die Glut. Dann wies er Inaja an, ihm sein Trinkhorn mit Met zu füllen. »Keiner ist mehr bereit, für die Freiheit zu sterben!«, stieß er hervor. »Notfalls wären alle bereit, mit dem geringeren Übel zu leben.«

»Geringeres Übel?« Hermut runzelte die Stirn. »Was ist damit gemeint?«

Wieder spuckte Arminius ins Feuer. Inaja hatte es längst aufgegeben, ihn mit strafenden Blicken davon abzuhalten. »Mein Onkel Ingomar jedenfalls hält immer noch große Stücke auf die römische Kultur. Er glaubt nach wie vor, dass Germanien von Rom profitieren kann und hat vorgeschlagen, mit Rom zu kooperieren. Er sagt, damit wäre der Frieden in Germanien gesichert. Zugeständnisse auf unserer Seite und dafür Waffenstillstand auf römischer Seite!« Arminius stieß ein Lachen aus, das sich anhörte wie ein Schluchzen, und legte sein Gesicht in die Hände. »Dass alles wieder von vorne anfangen kann, wenn wir nicht endlich ein vereintes Germanien werden, daran glaubt niemand.«

Hermut setzte sich zu ihm ans Feuer, während Inaja den Getreidebrei rührte, den es am nächsten Morgen zum Frühstück geben sollte. Sie sah, dass Hermut einen Arm um Arminius' Schultern legte. »In einem mögen sie recht haben«, sagte Hermut leise. »Rom wird vielleicht nie wieder versuchen, uns anzugreifen. Zurzeit jedenfalls können wir unbesorgt sein.«

»Zurzeit!«, wiederholte Arminius wütend. »Und was ist in ein paar Jahren? Es ist unvernünftig, an eine Freundschaft mit den Römern zu glauben und sich nicht zu wappnen. Gegen ein vereintes Germanien wird Rom nie wieder angehen, weil Tiberius weiß, dass wir in der Einigkeit unbesiegbar sind. Wenn aber Germanien wieder in die vielen Stämme zerfallen ist, dann wird er wissen, dass es eine neue Gelegenheit gibt, uns zu schlagen.« Nun raufte Arminius sich die Haare und sah sogar so aus, als wollte er sie sich einzeln ausreißen. »Wofür habe ich gegen Varus gekämpft? Hat denn dieser große Sieg überhaupt keinen Sinn gehabt?«

Hermut wurde nun ungeduldig. »Du kannst niemanden zu seinem Glück zwingen. Hör auf, an dir selbst zu zweifeln. Du hast uns alle gerettet. Wenn die anderen es auch nicht sehen wollen.«

Aber Arminius schien ihm gar nicht zuzuhören. »Hat sich das alles gelohnt? Für mich nicht! Ich habe Frau und Kind dabei verloren!«

»Vermutlich wollen die anderen Stammesfürsten dir deshalb deinen Hass auf Rom ausreden«, meinte Hermut. »Sie glauben, dass du erneut gegen Rom Krieg führen willst, weil sie deine Gemahlin gefangen halten.«

Arminius sprang auf und lief im Raum hin und her. Hermuts Augen folgten ihm besorgt, auch Inaja hörte auf, den Brei zu rühren, und betrachtete ihren Herrn aufmerksam.

Schließlich ging Arminius in sein Schlafgemach und kehrte mit seinem Kurzschwert zurück, das er nach der Rückkehr vom Thing auf sein Schlaffell geworfen hatte. »Das ist das Schwert meines Vaters!«, rief er. »Ich muss es irgendwann an meinen Sohn weitergeben! Das habe ich meinem Vater versprochen!« Er ließ es sinken und sah seinen Freund bittend an. »Versprich mir, Hermut, dafür zu sorgen, dass mein Sohn einmal dieses Schwert erhält.«

»Warum ich?«, fragte Hermut und versuchte zu lachen. »Wer sagt dir, dass ich länger lebe als du?« Er wurde jedoch schnell wieder ernst. »Und wer sagt dir, dass ich die Gelegenheit dazu haben werde?«

Arminius' Blick wurde nachdenklich, seine Stimme leise. »Es ist eine Ahnung. Sollte ich eher sterben als du, sollte ich sterben, ohne meinen Sohn gesehen zu haben ...« Er brach ab, als fühlte er sich dem Tode näher, wenn er aussprach, was er dachte.

Also ergänzte Hermut: »... dann werde ich dafür sorgen, dass das Schwert weitergereicht wird.«

Agrippina war außer sich, als sie Severinas Schlafzimmer betrat. Die Sklavinnen, die in ihrer Begleitung waren, hatten ihre liebe Mühe, den Saum ihrer Tunika ihren schnellen Schritten folgen zu lassen.

Severina war erschrocken. Agrippina war der sanftmütigste Mensch, den sie kannte. Wenn sie derart aus der Fassung gebracht worden war, musste etwas Außergewöhnliches geschehen sein.

Sie hatte ihre Schwägerin eingeladen, sich gemeinsam ihrer Schönheitspflege zu widmen, was ohne Gesellschaft ein langweiliges Unterfangen war. Gaviana, die sich auf das Herstellen sehr wirkungsvoller Gesichtsmasken verstand, beschäftigte sich gerade mit einer Rezeptur, die der Haut neue Spannkraft verleihen sollte. Sie mischte Gerste und Erve, eine weidenartige Hülsenfrucht, zu gleichen Teilen, gab Hirschhorn dazu und zwölf Narzissenzwiebeln. Weiter kamen Zwiebelknollen dazu und Getreidespelt sowie ein ganzes Pfund Honig, das die Maske zum Fließen bringen sollte.

»Euer Gesicht wird glatter strahlen als Euer Spiegel!«, hatte Gaviana behauptet.

Agrippina ließ sich stöhnend auf dem Stuhl nieder, den die Sklavinnen neben Severinas gestellt hatten, und sich einen Hocker unter die Füße schieben. »Der neue Kaiser will Germanicus loswerden. Mit einem Triumphzug will er ihn abspeisen, und Germanicus soll ihm dafür auch noch dankbar sein!«

Aufatmend legte sie ihren Kopf in den Nacken, wo eine Sklavin stand, die ihn in ihre beiden Hände nahm und ihn stützte, damit Agrippina es bequem hatte.

Severina machte es genauso und fragte, während Gaviana ihr die Haut mit Eselsmilch wusch: »Nun mal ganz von vorne! Was ist passiert?«

Agrippina gab sich große Mühe zu erzählen, ohne das Gesicht zu verziehen, aber Gaviana hatte trotzdem Schwierigkeiten, die Gesichtsmaske aufzutragen, die jedesmal von Agrippinas Haut tropfte, sobald sie sich erregte. »Der neue Kaiser hat Germanicus nach Syrien versetzt«, begann sie. »Er soll dort die politischen Verhältnisse ordnen. Was immer das heißen mag!«

»Was ist daran so schlimm?«, fragte Severina.

Agrippina fuhr empört in die Höhe, was Gaviana einen kleinen Schrei entlockte. Die Gesichtsmaske lag in Agrippinas Schoß, wo sie sofort von ihren Sklavinnen aufgenommen wurde, die sich anschließend unverzüglich daranmachten, ihre Tunika zu reinigen. Während Gaviana erneut die Maske auf Agrippinas Gesicht strich, stieß Severinas Schwägerin hervor: »Ich will nicht weg aus Rom.«

»Musst du doch nicht. Du bist deinem Gemahl schließlich

auch nicht nach Germanien gefolgt, als Tiberius ihn dorthin geschickt hat.«

»Das war etwas anderes. In Germanien war er, um das Land zu erobern. Dort hatte ich nichts zu suchen. Und natürlich wusste ich, dass Germanicus irgendwann nach Rom zurückkehren würde. In Syrien aber soll er bleiben. Seine Laufbahn als römischer Feldherr ist zu Ende!«

Severina konnte ihre Schwägerin nun verstehen, ihre Aufregung allerdings teilte sie nicht. »Germanicus war nicht besonders erfolgreich in Germanien.«

Das hätte sie nicht sagen dürfen! Agrippina fuhr erneut auf, noch ehe die Bescherung auf ihrem Schoß beseitigt worden war, die nun Ausmaße annahm, die auch die aufmerksamsten Sklavinnen überforderte. »Germanicus ist Arminius nie unterlegen gewesen, wenn er ihn auch nicht bezwingen konnte!«

»Auf Siege kommt es an«, gab Severina zurück und schloss die Augen.

Plötzlich entstand Stille im Raum. Die Stille, die aufbricht in einem Schwall von Worten, in einer langen Rede. Severina öffnete die Augen, die Stille hatte sie erreicht.

»Tut es dir gar nicht leid«, fragte Agrippina nun leise, »dass wir uns dann nicht mehr sehen werden?«

»Doch, natürlich würde mir das leid tun«, beeilte sich Severina zu versichern. »Nur … ich glaube nicht daran, dass ihr lange in Syrien bleiben werdet. Du wirst wieder nach Rom zurückkommen, ganz sicher! Sobald Tiberius eine neue Aufgabe für Germanicus gefunden hat.«

Agrippina schüttelte den Kopf. Dann wies sie Gaviana an, die Reste der Gesichtsmaske zu entfernen, ohne auf die erhoffte Wirkung gewartet zu haben. »Ich glaube es nicht«, sagte sie. »Ich befürchte sogar das Schlimmste. Auch deshalb muss ich unbedingt meinem Gemahl nach Syrien folgen.«

Severina sah sie beunruhigt an. »Wovor hast du Angst?«

»Dass Germanicus nach Syrien geschickt wird, weil er dort unauffällig beseitigt werden kann.«

Nun fiel auch Severina die Gesichtsmaske in den Schoß. Gaviana hatte sich vergeblich bemüht. »Du meinst, Tiberius will ihn umbringen lassen?«

Agrippina hob die Schultern und ließ sie ausdrucksvoll wieder fallen. »Du weißt, Germanicus ist beim Volk beliebt. Aber Tiberius will ihn nicht als Nachfolger. Livia auch nicht. Das Volk jedoch wird ihn wollen, wenn es einmal so weit ist. Tiberius hätte es leichter, wenn es Germanicus nicht mehr gibt.«

Sie erhob sich und machte sich auf den Weg zur Tür, während Severina stumm dasaß und Agrippinas Worte auf sich wirken ließ.

»Germanicus ist dein Bruder«, sagte Agrippina zum Abschied. »Du kannst auch nicht wollen, dass er mit einem Triumphzug abgespeist wird, bevor er nach Syrien verbannt wird.« Sie warf einen letzten Blick zurück. »Und erst recht kannst du nicht wollen, dass man ihm nach dem Leben trachtet.«

Arminius' Zustand verschlechterte sich zusehends. Aus dem Krieger war ein Müßiggänger geworden, aus dem germanischen Fürsten ein Bauer, der keine Kraft zum Arbeiten hatte und seinen Besitz verkommen ließ. Inaja und Hermut taten zwar ihr Bestes, um für die Teutoburg zu sorgen, aber die Autorität des Fürsten fehlte an allen Ecken und Enden. Dazu kam, dass auch Hermut und Inaja keinen Tag mit Freude begrüßten. Hermut wurde oft von der dumpfen Schwermut seines Freundes angesteckt, und Inajas Gedanken kreisten sowieso mehr um das, was sie verloren hatte, als um das, was ihr geblieben und zu erhalten war.

Das Leben auf der Teutoburg schleppte sich dahin. Die Tage verrannen, brachten nichts Neues. Arminius sprach nur noch von Thusnelda, weinte um sie und klagte sein Leid von früh bis spät. Das vereinte Germanien interessierte ihn nicht mehr, seine Pflichten als Stammesfürst jedoch genauso wenig. Ein Thing wollte er nie wieder besuchen, von den Beschlüssen, die dort gefasst wurden, nichts hören. Sie waren ihm gleichgültig. Alles war ihm gleichgültig geworden – sein ganzes Leben

Einmal sagte er: »Wenn die Römer heute ins germanische

Land einfielen, würde ich ihnen unbewaffnet entgegentreten. Sollen sie mich doch töten oder gefangen nehmen. Beides würde mich Thusnelda und meinem Kind näherbringen. Eines wie das andere wäre richtig. Richtiger als alles, was ich jetzt habe.«

Inaja und Hermut redeten auf ihn ein, ermahnten ihn, machten ihm manchmal Mut, manchmal Vorwürfe, doch er hörte gar nicht zu.

Am Ende stand immer nur: »Eins würde ich gerne noch tun, bevor ich sterbe: Segestes mit meinem Schwert durchbohren!« Er stieß dann ein Lachen aus, unter dem Inaja das Blut in den Adern gefror. »Mein lebenslanger Feind!«

Der Tag, an dem sich alles veränderte, unterschied sich zunächst in nichts von allen anderen gleichförmigen Tagen, die vorangegangen waren. Ein milder Frühlingstag war es. Der Wind hatte noch kalte Spitzen, die Sonne war noch bleich und die Erde noch feucht. Aber was heranwuchs, trug bereits seinen Duft übers Land, die Natur wurde bunter und das Leben leichter. Ob Arminius das alles spürte, wusste niemand, aber in Inaja erwachte neuer Lebensmut. Weil sie unbedingt den Winter, die Kälte, die Dunkelheit hinter sich lassen wollte, redete sie sich ein, ihre Herrin habe zu gegebener Zeit eine Hoffnung gesät, die nun bald zu ernten war. Dass diese Hoffnung auch mit Flavus zusammenhängen konnte, diesen Gedanken verbot sie sich. Besser war es, nicht mehr an ihn zu denken, da alles dafür sprach, dass sie ihn niemals wiedersehen würde. Gelegentlich kam es ihr sogar so vor, als wäre es gut, dass sie seine Bitte nicht hatte erfüllen können. Der Weg nach Rom war damit zwar abgeschnitten worden, doch immerhin hatte sie keine Schuld auf sich laden müssen. Ihr Gewissen war rein geblieben. Und je öfter sie sich einredete, dass dies ein großes Glück war, desto sicherer glaubte sie es.

Sie hatten gerade ihr Mittagessen eingenommen und saßen träge beieinander – da erscholl der Ruf über die Teutoburg: »Ein Kurier! Ein Bote aus Rom!«

»Aus Rom?« Inaja stand schon in der Tür, ehe der Wächter

das Wohnhaus des Fürsten erreicht hatte. Er war so atemlos, das er nur zu Mauer weisen konnte.

Mit ein paar Sätzen war Inaja dort, Hermut folgte ihr augenblicklich. Nur Arminius blieb in der Tür seines Hauses stehen und schien nicht glauben zu können, dass ein Bote aus Rom ihn etwas anging.

»Tatsächlich«, flüsterte Inaja. »Er führt ein römisches Banner mit sich.«

»Was kann das zu bedeuten haben?«, flüsterte Hermut zurück und tastete nach Inajas Hand. Dann drehte er sich zu Arminius um. »Komm her, und sieh dir das an!«

Doch an Arminius' Gleichgültigkeit änderte sich erst etwas, als der Kurier vor ihm stand und ihm einen Papyrus hinhielt.

»Thusnelda!«, stieß Arminius hervor. »Es muss um Thusnelda gehen.«

Hermut und Inaja, die beide nicht lesen konnten, starrten ihn an, während er den Papyrus studierte, und das Lächeln, das sich auf Arminius' Gesicht ausbreitete, als er aufsah, bekam einen Widerschein in den Gesichtern der beiden.

»Eine gute Nachricht?«, fragte Hermut atemlos.

Arminius nickte, aber bevor er eine Erklärung abgab, sorgte er dafür, dass der Kurier bewirtet wurde, ein anständiges Nachtlager erhielt und Zeit, um sich auszuruhen.

»Ich muss so schnell wie möglich nach Rom zurück«, sagte der Kurier. Er war aber doch dankbar für das weiche Schlaffell, das ihm angeboten wurde. Den Getreidebrei, den Inaja ihm vorsetzte, löffelte er so gierig, als hätte er lange nichts in den Magen bekommen. Während er aß, erfuhren sie, dass dieser Kurier bereits der vierte war, der die Nachricht weiterbeförderte. »Der Weg ist weit«, erklärte er. »Und der Transport ist sicherer, wenn immer wieder ein frischer Kurier die Nachricht übernimmt und weiterträgt.«

»Vor allem liegt am Ende der Absender der Nachricht im Dunkeln«, ergänzte Hermut misstrauisch.

Der Kurier zuckte mit den Schultern. »Ich kenne den Namen des Absenders nicht.«

Erst als er in den Stall geführt worden war und sich schlafen gelegt hatte, erfuhren Hermut und Inaja, was in dem Brief stand. »Er kommt von einer Römerin«, berichtete Arminius zögernd, »die mich aus meiner Zeit in Rom kennt.«

»Und?« Hermut beugte sich gespannt vor. »Wie heißt sie? Was will sie von dir?«

Arminius zuckte mit den Schultern. »Ihren Namen verrät sie nicht. Sie schreibt, sie hätte Angst, dass der Kurier überfallen, dass ihm der Papyrus abgenommen wird und jemand, der lesen kann, ihren Namen erfährt. Das dürfe nicht geschehen.«

»Warum nicht?«

»Weil man sie in Rom dafür verachten würde, dass sie mir helfen will.«

»Und warum will sie dir trotzdem helfen?«, fragte Inaja.

Arminius lächelte, wie er schon lange nicht mehr gelächelt hatte. »Sie schreibt, schon immer hätte sie auf der Seite der Germanen gestanden, weil sie klüger und mutiger seien als die Römer. Und erst recht wäre sie auf meiner Seite und hätte niemals Varus' Dummheit beklagt, sondern nur heimlich meine Klugheit gerühmt, mit der ich ihn überlistet habe.«

Hermut runzelte die Stirn. Was er von diesem Brief hielt, war unschwer zu erkennen. »Was will sie von dir? Da steckt doch etwas dahinter!«

Nun schien Arminius endlich glauben zu können, dass diese Nachricht sein Leben veränderte. Seine Stimme wurde eifrig, sein Gesicht leuchtete. »Sie will nichts von mir, sie macht mir ein Angebot.« Aufgeregt klopfte er auf den Papyrus. »Sie weiß, wo Thusnelda sich befindet. Und sie schreibt, dass ich einen Sohn habe.« Er schwieg einen Augenblick, dann wiederholte er mit weicher Stimme: »Einen Sohn! Er heißt Thumelicus, er lebt und ist gesund. Und Thusnelda auch!«

Inaja wurde ungeduldig. »Was ist das für ein Angebot, das sie Euch macht?«

Arminius' Stimme zitterte. »Sie schreibt, sie könne mir Thusnelda und meinen Sohn zurückbringen, sie hätte sich für beide eingesetzt und erreicht, dass sie freigelassen werden. In Kürze wolle sie sich mit ihnen auf den Weg nach Germanien machen.«

Arminius sah seinen Freund an, dann blickte er Inaja ins Gesicht. In seinen Augen war etwas von dem Wunder zu lesen, auf das jeder hofft, dem großes Leid widerfahren ist, und an das er glaubt, weil es nichts anderes gibt, woran er glauben kann.

Hermut sprang auf. »Das ist eine Falle!«

»Wer sollte mir eine Falle stellen?« Arminius sah Hermut erstaunt an. »Ich bin für Rom keine Gefahr mehr.«

»Aber es gibt noch viele, die sich an dir rächen wollen«, antwortete Hermut. »Glaub nicht, dass die Schlacht gegen Varus in Rom schon vergessen ist!«

»Und wenn du dich irrst?«, fragte Arminius. »Wenn dies meine Chance ist, Thusnelda zurückzubekommen?«

»Es ist zu gefährlich«, beschwor Hermut ihn, aber Inaja brachte ihn mit einer energischen Handbewegung zum Schweigen. Sie wandte sich an Arminius: »Wie soll die Sache vonstatten gehen?«

Arminius las den Papyrus noch einmal, ehe er antwortete: »Sie will mir Thusnelda und meinen Sohn zuführen. Die Übergabe muss allerdings in aller Heimlichkeit stattfinden. Ich muss ganz allein zu dem Treffpunkt kommen ...«

»Also doch eine Falle«, warf Hermut ein.

»... und ich muss absolutes Stillschweigen bewahren.« Arminius sah erst Hermut, dann Inaja eindringlich an.

Die Handbewegung, mit der Hermut reagierte, war ihm Antwort genug. Natürlich konnte er sich auf seinen besten Freund verlassen, das wusste er genau. Er verließ sich auch dann auf ihn, wenn er anderer Meinung war.

»Ich soll dem Kurier eine Nachricht mitgeben, wenn er morgen wieder aufbricht.«

Hermut beschwor seinen Freund, nicht auf das Angebot einzugehen, aber Arminius war unbelehrbar. Er sah nur die Chance, Thusnelda und seinen Sohn zurückzubekommen, die Gefahr interessierte ihn nicht. »Ich werde es hinnehmen, wenn ich dabei den Tod finde. Aber niemals könnte ich es hinnehmen, aus Angst oder Vorsicht Thusnelda nicht wiederzusehen.«

Inaja saß schweigend neben den beiden. Von den Gedanken, die durch ihren Kopf gingen, ahnte keiner der Männer etwas. Hermut hätte vielleicht die aufrechte Haltung seiner Frau stutzig gemacht, wenn er Inaja beachtet hätte, das Lächeln, das in ihren Augen stand, ihr aufmerksamer Blick, der sich nach innen richtete und doch so viel verriet. Aber er hatte vollauf damit zu tun, Arminius die Idee auszureden, dieser Römerin zu glauben, die nicht einmal bereit war, ihren Namen zu nennen. Doch Arminius fand viele Gründe, ihr Verhalten zu erklären, und weitere, warum er ihr unbedingt glauben wollte. »Sie findet es erbärmlich, dass Thusnelda von ihrem Vater verraten wurde. Lasst uns froh sein, dass es Menschen gibt, die sich dafür einsetzen, ein Unrecht wiedergutzumachen.«

Am Ende konnte Hermut seinem Freund nur diese eine Zusage abringen: »Also gut, du darfst mich begleiten.«

Hermut war halbwegs beruhigt. »Wenn du in einen Hinterhalt gelockt werden sollst, werde ich es herausfinden.«

Arminius las den Brief immer wieder. »Sie hat die Lichtung genau beschrieben, als würde sie sich hier auskennen.«

Hermut wurde erneut sehr nachdenklich. »Vielleicht ist sie gar keine Römerin, sondern eine Germanin? Wer weiß, welchen Grund sie hat, ihre Identität zu schützen.«

Arminius war anzusehen, wie unwichtig ihm diese Frage war. »Sie wird mir von der letzten Station ihrer Reise eine weitere Nachricht schicken und mir den genauen Zeitpunkt des Treffens mitteilen. Ich soll mir keine Sorgen machen. Wenn ich sie sähe, wüsste ich schon, warum die Geheimhaltung so wichtig ist.« Er ließ den Brief sinken und sah nachdenklich vor sich hin. »Anscheinend kenne ich sie.«

Plötzlich konnte Inaja Arminius' hoffnungsvolles Gesicht nicht mehr ertragen. Ohne ein Wort stand sie auf und verließ das Haus. Die Sorge, dass Hermut ihr folgen könnte, hatte sie nicht. Grotesk war es, dass er nun seinen Argwohn verloren hatte! Gerade jetzt, da in ihrem Kopf nur ein Name pochte: Flavus! Vor ihr öffnete sich eine breite, helle Straße, die direkt nach Rom führte! Dass Flavus etwas mit diesem Brief zu tun hatte, war Inaja vollkommen klar. Und sie würde auch noch dahinterkommen, was es war. Flavus erwartete das von ihr.

Rom stand kopf. Tausende säumten schon die Straßen, noch bevor Germanicus die höchste Ehrung zuteil wurde, die der Senat und der Kaiser zu vergeben hatten: der Triumphzug des siegreichen Feldherrn. Das Volk ahnte nicht, dass Germanicus' Siege über Germanien in Wirklichkeit nur das Vermeiden germanischer Siege über Rom gewesen waren und dass Kaiser Tiberius diesen Triumphzug angeordnet hatte, um Germanicus darüber hinwegzutrösten, dass es mit den Rachefeldzügen gegen Germanien ein Ende hatte und seine Zeit als Feldherr abgelaufen war. Mit diesem Triumphzug sollten seine militärischen Leistungen beschönigt und er selbst besänftigt werden, damit er sich, ohne zu murren, nach Syrien schicken ließ.

Severina fragte sich, ob Germanicus den Schachzug des Kaisers wirklich nicht durchschaute, denn ihr Bruder gab sich stolz und strahlend, als hätte er diesen Triumphzug wirklich verdient. Möglich aber auch, dass es ihm nur darauf ankam, die Häme seiner Gegner im Keim zu ersticken. Jedenfalls gebärdete er sich wie ein wahrer Triumphator und nahm jedes Beutestück in seinen Triumphzug auf, das sich ihm bot, damit er lang und eindrucksvoll wurde.

Severina hatte sich für diesen Anlass eine dunkelrote Tunika aus Seide anfertigen lassen. Sie war mit breiten Goldborten besetzt, die Busenbänder, die die Tunika unter der Brust rafften und für einen schönen Faltenwurf sorgten, waren mit Perlen bestickt. Ihr schwarzes Haar war hoch aufgetürmt, darunter steckten dunkle Haarteile, welche die eigene Pracht unterstützen. Goldene Reifen klimperten an ihren Handgelenken, an ihren Ohren hingen große goldene Ringe.

Als sie mit ihren Sklavinnen die Räume ihres Bruders betrat, rechnete sie fest damit, dass frohe Stimmung und ausgelassene Vorfreude sie erwarteten. Doch das Gegenteil war der Fall. Agrippinas schrille Stimme war schon zu hören, bevor Severina sich von dem Türsteher die Tür öffnen ließ. Was war nur mit ihrer Schwägerin los? Seit sie von der Versetzung ihres Gemahls nach Syrien erfahren hatte, war es mit ihrer Sanftmut vorbei.

»Wie kannst du so etwas tun!«, fauchte sie Germanicus an. »Diese arme Frau! Und das unschuldige kleine Kind!«

»Sie sind Beutestücke!«, schrie Germanicus zurück.

»Hast du sie erbeutet?«, ereiferte sich Agrippina. »Sind sie dir nicht eher von einem verantwortungslosen Vater ausgeliefert worden?«

»Ich habe ihn nicht gezwungen! Er hat sich damit seine Sicherheit erkauft!«

»Eine großartige Feldherrenleistung«, höhnte Agrippina. »Besser, du würdest Fürst Segestes in deinem Triumphzug mitführen!«

»Agrippina!«, fuhr Severina dazwischen, damit ihre Schwägerin endlich merkte, dass sie den Raum betreten hatte. »Was ist los mit dir?«

Agrippina fuhr zu ihr herum, ihre Augen blitzten. Trotz der Kreide auf ihrer Haut waren ihre Wangen voll roter Flecke.

»Du musst dich noch einmal schminken lassen«, sagte Severina so ruhig wie möglich.

»Wozu?«, kam es kampflustig zurück. »Ich werde an diesem Triumphzug nicht teilnehmen. Nicht, wenn mein Gemahl über eine hilflose Frau und ihr unschuldiges Kleinkind triumphiert. Ich würde mich ja zu Tode schämen.« Sie wollte an Severina vorbeigehen, um das Zimmer zu verlassen. »Oder findest du das etwa in Ordnung?«

Severina hob die Schultern. Selbstverständlich fand sie das in Ordnung. Was war schon dagegen einzuwenden, wenn das Eheweib eines Verräters, der Rom größten Schaden zugefügt hatte, als Beutestück hergezeigt wurde? Gar nichts! Dass es auch ihr ganz persönlicher Triumph war, musste ja niemand wissen.

Allerdings schluckte sie ihre Meinung angesichts von Agrippinas Empörung herunter. »Du musst am Triumphzug teilnehmen«, sagte sie stattdessen. »Du sollst mit deinen Kindern in einem Wagen fahren. Germanicus will stolz auf seine große Familie sein.«

»Es gibt genug Sklavinnen, die auf die Kinder aufpassen können«, antwortete Agrippina und verließ ohne ein weiteres Wort den Raum.

Severina sah ihren Bruder hilflos an. »Was nun?«

Germanicus wollte sich anscheinend nicht ärgern. »Du hast ja gehört … es gibt genug Sklavinnen.« Er warf Severina einen schnellen Blick zu. »Und du? Hast du einen guten Grund gefunden, Silvanus zu Hause zu lassen? Wie wär's mit einer Kinderkrankheit?«

Severina betrachtete ihren Bruder verdutzt. »Warum soll Silvanus nicht mitfahren? Er freut sich schon darauf.«

Germanicus machte einen Schritt auf sie zu. »Hast du dir das Kind des Verräters noch nicht angesehen?«

Severina starrte ihn schweigend an, dann schüttelte sie langsam den Kopf.

»Das dachte ich mir. Sonst wüsstest du, dass Silvanus große Ähnlichkeit mit diesem Kind hat. Was ist, wenn auch andere es bemerken?«

»Was ist, wenn du auf deine Gemahlin hörst und darauf verzichtest, Arminius' Weib als Beutestück vorzuführen?« Severinas Stimme zitterte, und als ihr Bruder nur verächtlich lächelte, ergänzte sie: »Oder wenigstens ihren Sohn.«

»Du solltest dir endlich etwas einfallen lassen«, sagte Germanicus nur und wandte sich ab, um sich von seinen Sklaven den Lorbeerkranz aufs Haupt setzen zu lassen.

Severina betrachtete ihn eine Weile schweigend, dann drehte sie sich um und verließ den Raum. Vor der Tür sagte sie zu Gaviana: »Silvanus bleibt zu Hause. Tu was, damit er sich trösten lässt. Ich will kein Gejammer hören, wenn ich zurückkomme.«

Der Triumphzug begann auf dem Marsfeld, führte dann durch das Zentrum Roms, passierte das Forum der Via Sacra, berührte den Circus Maximus und endete schließlich auf dem Kapitol.

Er gliederte sich in drei Teile. Trompeter führten den Zug an, danach folgten die Beutestücke und Gefangenen, die den Zuschauern vorgeführt werden sollten. Auf großen Tafeln, die getragen oder, wenn sie sehr schwer waren, auf Wagen gefahren wurden, hatte man Germanicus' militärische Leistungen festgehalten. Im Mittelteil des Zuges fuhr der Wagen des Triumphators. Amtsdiener, Magistrate, Senatoren und seine männlichen Verwandten schritten ihm voran, er selbst stand auf einem prächtig geschmückten Wagen, der von vier Schimmeln gezogen wurde. Germanicus trug ein mit Goldstickerei durchwirktes Purpurgewand und den Lorbeerkranz auf dem Haupt, über den ein Sklave eine schwere Goldkrone hielt. In der rechten Hand schwenkte er einen Lorbeerzweig, in der linken hielt er ein Elfenbein-Zepter. Den Schlussteil des Triumphzuges bildeten die in militärischer Ordnung marschierenden Offiziere und Soldaten mit ihren Waffen und Ehrenabzeichen. Höhepunkt sollte das Opfer sein, das Germanicus auf dem Kapitol darbringen würde. Ein festlich geschmückter Stier war es, der im Triumphzug mitging, der vor dem Jupiter-Tempel geopfert werden sollte.

Thusnelda schnitt es ins Herz, wenn der kleine Thumelicus lachte. Ihm gefiel die Musik, die vielen Gesichter, an denen sie vorbeigingen, betrachtete er mit großer Neugier. Dass sie manchmal bespuckt wurden, bemerkte er nicht, ebenso wenig, dass seine Mutter gezwungen war, sich in kleinen Schritten vorwärts zu bewegen, da ihre Füße durch schwere Ketten miteinander verbunden waren. Thusnelda drückte ihren Sohn an sich und flüsterte ihm Koseworte zu. Wie gut, dass er noch so klein war! Er verstand nichts von dem, was sich hier ereignete, und er würde sich später nicht an die Schmach erinnern, die seine Mutter erdulden musste.

Mühsam schleppte sie sich voran. Ihre Füße schmerzten, die

Sonne brannte auf ihrer Haut, die schweren Ketten zerrten an ihren Gelenken, jeder Schritt war eine Qual. Doch sie zwang sich, aufrecht zu gehen und ihre Pein nicht erkennen zu lassen. Eine stolze Germanin war sie, und dieser Triumphzug würde ihren Stolz nicht brechen! Hocherhobenen Hauptes schritt sie voran und sah auch denen ins Gesicht, die sie auslachten, verhöhnten oder beschimpften. Immer wieder löste sie eine Hand von Thumelicus und vergewisserte sich, dass sie ihre Liebesrune noch trug. Das weiche Holz in ihrer Hand, die Zeichen, die ihre Fingerspitzen erspürten, die Gewissheit, dass es Arminius gewesen war, der jede einzelne Rune ins Holz geschnitzt hatte, das alles gab ihr Kraft.

Als der Zug den Circus Maximus erreichte, war sie völlig erschöpft. Thumelicus war zum Glück eingeschlafen, so dass sie sich ganz auf die Kraft ihrer Arme, die ihn hielten, und ihr Vorwärtskommen konzentrieren konnte. Mittlerweile schaute sie nur noch auf ihre Füße, die Verächtlichkeit der Menschen, die sie mit jedem Schritt traf, zehrte an ihrer Stärke.

Dann aber hob sie kurz den Blick und sah die Tribünen, die auf dem Circus Maximus aufgebaut waren. Auf ihnen saßen die erhabenen Persönlichkeiten Roms, alles, was Rang und Namen, Geld und Ansehen hatte. Sicherlich saß auch Severina dort und sah verächtlich auf sie hinab. Plötzlich war es Thusnelda, als spürte sie wieder die Stockschläge auf ihrem Rücken. Nein, an dieser Frau, die sie ihre Herrin nennen musste, würde sie nicht mit gesenktem Kopf vorbeigehen. Hier bot sich die Gelegenheit, Severinas Hass mit Stolz zu begegnen.

Thusnelda mobilisierte ihre letzten Kräfte, richtete sich auf, drückte ihr Kind fest an ihre Brust und sah den vornehmsten Zuschauern des Triumphzuges fest in die amüsierten Gesichter. Mochten sie reden über sie, wie sie wollten! Niemand sollte später sagen, dass die Gemahlin von Fürst Arminius in römischer Gefangenschaft ihren Stolz verloren hatte.

Später dachte sie oft, es wäre besser gewesen, auch hier, vor der Tribüne der Ehrengäste, den Blick gesenkt zu halten. Dann wäre ihr wenigstens dieser Anblick erspart geblieben. Zu allem, was sie zu erdulden hatte, nun auch noch das?

Sie blieb wie angewurzelt stehen. Auch die Schreie der folgenden Gefangenen und nicht einmal die Peitsche des Sklaventreibers, der darauf zu achten hatte, dass sich der Zug ohne Zögern fortbewegte, konnten sie zwingen weiterzugehen. Was sie sah, lähmte sie, machte es ihr unmöglich, weiterhin einen Fuß vor den anderen zu setzen, weiterhin darauf zu achten, dass ihre Schritte klein genug waren, damit die Ketten nicht an ihren Fußgelenken zerrten und sie wund scheuerten, weiterhin ihr Kind zu halten, damit es nichts merkte von der Schmach. Sie konnte nur dastehen und den Mann anstarren, der in der zweiten Reihe inmitten der Ehrengäste auf der Tribüne saß. Es war Fürst Segestes, der mit unbewegter Miene zusah, wie seine Tochter und sein Enkel in Ketten an ihm vorbeigeführt wurden.

Der Kaiser neigte sich an Severinas Ohr, seine Stimme jedoch war so laut und deutlich, dass jeder der Umsitzenden hören konnte, was er sagte. »Ich habe gehört, du willst schon in den nächsten Tagen nach Baiae abreisen?«

»Ganz recht, Onkel«, gab Severina zurück. »Ich werde eine Weile wegbleiben. Die wunderschöne Lage des Badeortes in dieser herrlichen Bucht und die Thermal-Quellen, die der Gesundheit so gut tun … das alles will ich ausgiebig genießen.«

»Wenn du erfolgreich zurückkehrst, könntest du dir überlegen, dir dort eine Villa zu bauen. Neben meiner Sommerresidenz gibt es ein geeignetes Grundstück.«

Severina stieg heiße Freude in die Wangen. Das war ein deutlicher Hinweis, wie sehr auch dem Kaiser daran gelegen war, dass sie Rache übte.

Nun wurde Tiberius' Stimme leiser, er sprach direkt an Severinas Ohr. »Es ist sehr vernünftig, dass du dir Flavus als Reisebegleiter ausgesucht hast. Germanien ist ein unwegsames Land. Ohne jemanden an deiner Seite, der sich dort auskennt, hätte ich dich nicht reisen lassen.«

Auch Severina senkte die Stimme, obwohl sich in diesem Augenblick jeder in ihrer Umgebung auf den Triumphzug konzentrierte und niemand ihr Gespräch mit dem Kaiser beachtete. »Es wird eine mühsame Reise werden. Zumindest jenseits der Grenze! Wie ich hörte, gibt es in Germanien keine befestigten Straßen.«

Der Kaiser nickte. »Den Germanen fehlt ein mächtiger Herrscher.« Er wies mit einer kleinen Geste auf Thusnelda, die soeben vor der Ehrentribüne erschien. »Arminius hat immer auf ein großes vereintes Germanien gedrängt. Und er hatte aus seiner Sicht recht. Nur ein festgefügter, von oben nach unten organisierter Staat mit einem starken Herrscher kann solche großen Leistungen vollbringen wie die Befestigung von Straßen, die durchs ganze Land führen. Wie gut, dass Rom ein solcher Staat ist.« Er lächelte zufrieden. »Sieh dir das an, Severina! Das wird dir gefallen!« Er zeigte noch einmal auf Thusnelda und machte seine Nichte dann auf Fürst Segestes aufmerksam, der mit versteinertem Gesicht unter den Ehrengästen saß. »Der Fürst hat sich lange gesträubt. Es sah sogar so aus, als wollte er sich mit Krankheit aus der Affäre ziehen. Aber schließlich hat er es doch nicht gewagt und ist hier erschienen. Ich finde, das hat er verdient! Meinst du nicht auch?«

»Unbedingt!« Severinas Lächeln war genauso breit wie das des Kaisers, das boshafte Glitzern in ihren Augen machte sie ihrem Onkel sehr ähnlich.

Kaiser Tiberius wurde jedoch schnell wieder ernst. »Es ist schwer, in Germanien zügig voranzukommen«, führte er das Gespräch sachlich fort. »Die Täler sind im Frühjahr und im Herbst häufig überschwemmt, die Flüsse sind reißend oder für Schiffe nicht tief genug. Am sichersten sind die Wege, die über Gebirgskämme führen.« Er betrachtete seine Nichte kritisch, als hätte er plötzlich Zweifel, dass sie einer so beschwerlichen Reise gewachsen war. »Am besten hältst du dich an die Wege, die die römischen Händler nehmen, die in Germanien Geschäfte machen. Schließlich wirst du selbst zu ihnen gehören.« Er stieß ein kurzes Lachen aus. »Meine Nichte, eine Händlerin! Verkauf die Seide nicht zu billig, die ich dir mitgeben werde, sonst wird man dir schnell auf die Schliche kommen.«

Severina runzelte ärgerlich die Stirn. »Ihr erwartet nicht von mir, dass ich höchstpersönlich die Waren anpreise, die Ihr mir besorgt habt?«

Der Kaiser wurde wieder ernst. »Ich erwarte, dass du dich so verhältst, dass niemand erkennt, wer du wirklich bist, damit du sicher und erfolgreich nach Rom zurückkehrst.« Er betrachtete Severina so lange, bis es ihr unangenehm wurde. »Mütter sind etwas Wunderbares«, sagte er dann. »Es ist wirklich erstaunlich, was sie für ihre Kinder auf sich nehmen. Sogar eine selbstsüchtige, verwöhnte und anspruchsvolle Frau wie du, die sich für keinen anderen Menschen auf ein Abenteuer einlassen würde! Nicht einmal für sich selbst.«

»Wollt Ihr mir Angst machen?«

Tiberius winkte ab. »Natürlich nicht. Ich bin sicher, du weißt, worauf du dich einlässt. Zum Glück wird Flavus ja an deiner Seite sein. Er wird wissen, was zu tun ist.«

»Hat er schon erfahren, dass du ihn nach Syrien schickst, um dort die Ankunft meines Bruders vorzubereiten?«

Der Kaiser nickte. »Aber dass Syrien für ihn in Germanien liegt, wird er erst heute erfahren. Ebenfalls, dass er für eine Weile nicht mehr römischer Offizier, sondern Seidenhändler sein wird.«

Er begann zu lachen, immer lauter, immer ungestümer, und schlug sich schließlich sogar auf die Schenkel vor Lachen. Severina stimmte unverzüglich ein, weil jeder einzustimmen hatte, wenn der Kaiser zu lachen begann. Kurz darauf schwankte die ganze Tribüne unter dem Gelächter der Ehrengäste, von denen keiner eine Ahnung hatte, warum er lachte. Fürst Segestes war der Einzige, der ernst blieb.

23.

Die Nacht war hereingebrochen. Eine Nacht, die anders roch, andere Farben und andere Geräusche hatte, weil ein Tag vorangegangen war, der ebenfalls ein ganz anderer gewesen war – mit anderen Gerüchen, anderen Farben und anderen Geräuschen. Der Tag des Triumphzuges war erfüllt gewesen von den Düften der Speisen, die überall von den Straßenhändlern angeboten worden waren. Geröstete Maronen, warmer Honigkuchen, gekochtes Hühnerfleisch oder Erbsensuppe, die mit Fischsoße gewürzt wurde und ihren Duft in allen Straßen verbreitete. Die Menschen hatten in den Gassen gefeiert, reiche wie arme, und der verdünnte Wein, den Germanicus an die Armen ausschenken ließ, sorgte dafür, dass noch in der Nacht auf allen Straßen gelärmt wurde.

In Severinas Haus jedoch war davon nichts zu hören. Trotzdem war auch hier in jeder Ecke zu spüren, dass der Tag anders gewesen war. Das Fest, das Germanicus gefeiert hatte, war nicht unbeschwert gewesen. Für ihn und seine Familie nicht, aber auch nicht für die Sklaven, die ihm dienten. Sie wussten mittlerweile, dass ihr Leben sich ändern würde. Entweder durften sie Germanicus nach Syrien folgen, oder aber sie würden in Kürze auf dem Sklavenmarkt stehen und einem neuen Schicksal entgegensehen. Da alle wussten, dass Agrippina eine gnädige Herrin war, sah einer wie der andere besorgt in die Zukunft.

Der große Raum neben der Küche, in dem die Sklaven schliefen, war leer, als Thusnelda hineinhumpelte. Severina hatte darauf bestanden, dass sie als interessantestes Beutestück des Triumphzuges Germanicus' Gäste bediente. Sie alle hatten bedauert, dass Agrippina einen attraktiven Teil des Unterhaltungsprogramms verhindert hatte, indem sie darauf bestand, dass Segestes nicht in ihr Haus eingeladen wurde. So mussten sie sich damit begnügen zu beobachten, wie Flavus von seiner versklavten Schwägerin bedient wurde. Immerhin auch ein pikantes Vergnügen!

Dann aber hatte Agrippina dafür gesorgt, dass Thusnelda sich schlafen legen durfte, obwohl sie sich damit Severinas Zorn zugezogen hatte. Doch seit Agrippina wusste, dass sie ihrem Gemahl nach Syrien folgen musste, hatte sie einen Teil ihrer Konzilianz abgelegt. Aus ihrer Bitterkeit war eine Härte entstanden, die sich nicht – wie bei vielen Römern – gegen ihre Sklaven richtete, sondern gegen ihresgleichen.

Stöhnend ließ Thusnelda sich auf den harten Boden sinken, der zum Glück die Hitze des Tages gespeichert hatte und noch immer angenehm warm war. Sie griff nach ihren Fußgelenken, zuckte aber gleich wieder zurück. Sie waren stark geschwollen und brannten wie Feuer. Nachdem sie ihren Vater auf der Ehrentribüne gesehen hatte, war sie nur noch vorwärtsgestolpert, ohne daran zu denken, dass sie sich schonen musste, um den weiten Weg des Triumphzuges durchzuhalten. Ausnahmsweise war sie nun froh, dass die Säuglinge in dieser Nacht nicht bei ihren Müttern schlafen durften. Es wäre ihr schwergefallen, Thumelicus zu trösten, wenn er aufgewacht wäre, zu sehr bedurfte sie selbst des Trostes. Wie groß ihr Ungehorsam auch gewesen war – hatte sie eine so schwere Strafe verdient?

Plötzlich hörte sie ein Rascheln, nackte Fußsohlen auf dem Boden. Erschrocken richtete sie sich auf – und sank erleichtert zurück, als sie Gaviana erkannte. Severinas Hauptsklavin legte einen Zeigefinger auf ihre Lippen. »Pscht. Unsere Herrin feiert. Ich glaube, sie braucht mich zurzeit nicht.«

Sie ließ sich vor Thusneldas geschundenen Füßen nieder und betrachtete sie. Dann erhob sie sich wieder und ging in die Küche. Bald darauf kam sie mit einem duftenden Öl zurück und machte sich daran, Thusneldas Fußgelenke einzureiben. »Das wird dir gut tun.«

Thusnelda legte sich auf den Rücken und schloss die Augen. Dass sich jemand um sie kümmerte, das allein tat ihr gut. »Früher hatte ich eine Dienstmagd«, flüsterte sie. »Inaja! Sie hat mir oft die Füße geölt. Obwohl sie nie geschmerzt haben.«

Aber Gaviana, die sonst gern zuhörte, wenn ihr aus einem anderen Leben erzählt wurde, war diesmal nicht bei der Sache. »Hör zu, Thusnelda! Wir werden uns eine Weile nicht sehen. Ich habe gerade erfahren, dass unsere Herrin nach Baiae reisen will. Es scheint, dass sie länger dort bleiben wird.«

Erschrocken richtete Thusnelda sich auf. »Ich soll ohne dich hierbleiben?«

»Du wirst es müssen. Sei jedoch unbesorgt, die schöne Severina wird Rom bald vermissen. In ein paar Wochen werde ich vermutlich zurück sein.«

»Vielleicht hat mich bis dahin Arminius befreit. Es kann nicht mehr lange dauern.«

Gaviana ließ so plötzlich von ihren Fußgelenken ab, dass Thusnelda sie beunruhigt ansah. »Du glaubst nicht daran?«

Gaviana betrachtete sie nachdenklich. »Wie gut kennst du deinen Gemahl?«

»So gut wie sonst niemand!«, rief Thusnelda.

Gaviana öffnete den Mund, wollte etwas sagen ... da erklangen Schritte vor der Tür. Sie kamen nicht von nackten Fußsohlen, nein, sie klapperten auf leichten Ledersandalen heran. Mit einem Satz war Gaviana auf den Beinen und im nächsten Augenblick in der Küche verschwunden. Thusnelda hörte noch ein kurzes Scharren, dann herrschte Stille.

Im nächsten Augenblick stand Severina vor ihr. Thusneldas Augen weiteten sich entsetzt, als sie hinter Severina eine Sklavin entdeckte, die Thumelicus im Arm hielt.

»Gib ihr das Kind«, sagte Severina und sah zu, wie Thusnelda ihren Säugling entgegennahm und an die Brust drückte. »Du kannst froh sein, dass ich so großherzig bin«, ergänzte sie. »Du darfst diese Nacht noch mit ihm verbringen. Der Bastard hat seine Schuldigkeit getan. Er war eine niedliche Beigabe zum Triumphzug meines Bruders. Und dein Vater wird sicherlich froh sein, dass er seinen Enkel wenigstens einmal zu Gesicht bekommen hat.« Ihre Augen wurden zu kleinen Schlitzen, während sie Thusnelda betrachtete. »Nun wird er zu dem gemacht, zu dem kräftige Sklavenkinder am besten taugen.«

Thusnelda versuchte sich zu erheben, aber ein Fußtritt Severinas warf sie zurück. »Ab morgen wird er in der Gladiatorenschule aufwachsen. In ein paar Jahren beginnt er mit der Vorbereitung auf sein Leben als Gladiator. Vielleicht hat er Glück – und es wird ein langes Leben.« Sie wandte sich an die Sklavin, die mit niedergeschlagenen Augen hinter ihr stand. »Morgen früh holst du ihn ab, wie ich es dir befohlen habe. Und bevor du ihn in die Gladiatorenschule bringst, schneidest du ihm das Muttermal heraus.«

Severina lächelte, als sie sich wieder umwandte. »Vielleicht hat er ja noch mehr Glück, und er überlebt diese kleine Operation nicht.«

Thusnelda zuckte erschrocken zurück, als Severina sich plötzlich zu ihr hinabbeugte. Und sie schrie auf, als deren Hand zu ihrem Hals fuhr. Ein kurzer Schmerz, dann wusste Thusnelda, dass man ihr nach ihrer Würde und ihrem Kind nun auch das Letzte geraubt hatte, was für ihr Leben Bedeutung hatte.

Severina betrachtete verächtlich die Liebesrune, die in ihren Händen lag. »Was ist das für ein Ding?« Ihre Faust schloss sich darum. »Nun, das spielt keine Rolle. Fest steht, dass es für dich sehr wichtig zu sein scheint. Oder meinst du, ich hätte nicht bemerkt, dass du es bei jeder Gelegenheit umklammerst und es sorgfältig vor mir versteckst?« Ihr Lächeln wurde siegessicher. »Es ist deine Erinnerung an Arminius, nicht wahr? Er hat dir dieses Ding geschenkt, deswegen ist es für dich so kostbar.«

Thusnelda antwortete nicht. Was hätte sie auch sagen können? Und Severina schien keine Antwort zu erwarten.

»Was klammerst du dich daran? Er kommt ja doch nicht, um dich zu holen. Hast du darauf gehofft? Hoffst du womöglich immer noch darauf?« Ihr böses Lachen schien den ganzen Raum zu füllen. Thusnelda hätte sich am liebsten die Ohren zugehalten. »Arminius' Weibchen! Klammert sich an eine Erinnerung! Wartet auf ihren Gemahl!« Wieder dieses Lachen! Dieses schreckliche, grausame Lachen! »Er hat dir nie allein gehört! In Wirklichkeit hat er eine andere geliebt. Deswegen wird er auch nie kommen, um dich zu befreien. Und dein Sohn? Der interessiert ihn nicht. Er hat einen anderen Sohn! Sein Erstgeborener! Nur auf den kommt es an!« Noch einmal lachte sie, dann drehte sie sich um und verließ den Raum, gefolgt von der Sklavin, die sich aufgeregt um den Saum ihrer Tunika kümmerte.

Thusnelda war starr vor Entsetzen. Als Gaviana ihr Versteck in der Küche verlassen hatte und sich wieder neben sie hockte, war sie noch zu keiner Bewegung fähig. »Ich wollte ihn im Arm halten, wenn Arminius kommt, um uns zu befreien«, flüsterte sie schließlich. »Wie soll er Thumelicus finden, wenn er mich holen kommt?« Sie starrte Gaviana mit großen Augen an. »Warte ich wirklich vergeblich? Hat er eine andere geliebt? Hat er nie mir allein gehört? Und Thumelicus …« Sie schluchzte auf, aber ihre Augen blieben trocken. Sie tastete zu ihrem Hals, als säße dort ein Schmerz, der ihr die Luft abdrückte. »Und warum will sie ihm das Muttermal herausschneiden? Warum sollen ihm diese Schmerzen zugefügt werden?« Ihre Stimme wurde immer lauter, immer schriller. »Warum? Warum wird Arminius nicht kommen? Woher weiß sie das?«

Gaviana wartete lange, bis sie antwortete: »Hast du wirklich nie bemerkt, dass Silvanus genau das gleiche Muttermal an genau der gleichen Stelle hat?«

Die letzten Wochen und Monate waren quälend langsam vergangen. Aber nachdem die Nachricht der geheimnisvollen Frau die Teutoburg erreicht hatte, war es Inaja zunächst so vorgekommen, als hätte jemand die Zeit angestoßen und zum Laufen gebracht. Arminius veränderte sich zusehends, er schöpfte Hoffnung, kümmerte sich wieder um Haus und Hof und pflegte sich, wie er es früher getan hatte. Während sein Haar noch an dem Tag, an dem die Nachricht eintraf, wie helles Gras, das auf dem Feld vergessen worden war, auf seine Schultern wuchs, so flocht er es schon am nächsten Tag wieder zu einem Suebenknoten, wie es bei freien Germanen üblich war.

Dann aber lief die Zeit wieder langsamer, das Warten wurde

schwer. Die Frage, wie lange es dauern würde, hemmte den Lauf der Tage aufs Neue, und Hermuts Sorge tat ein Übriges. Nach einigen Wochen der Zuversicht und Hoffnung schleppte sich die Zeit wieder dahin, und die Frage »Wann wird es so weit sein?« machte das Warten unerträglich. Am Ende wünschte Inaja sich, die Nachricht der Römerin wäre nie eingetroffen.

Arminius jedoch klammerte sich an diese einzige Hoffnung, die ihm geblieben war. Alle anderen Spuren waren ja im Sande verlaufen. Vorsichtig hatte er nach Thusneldas Entführung alte Kontakte in Rom wieder aufleben lassen, hatte Händler mit der Suche nach Thusnelda beauftragt und jedem reichlich Belohnung versprochen, der nach Rom unterwegs war und die Gelegenheit hatte, nach Thusneldas Verbleib zu forschen. Alles vergeblich! Auch von Flavus war keine Nachricht gekommen. Bei seinem Abschied von der Teutoburg hatte er zwar versprochen, alles zu tun, damit Thusnelda befreit wurde, aber seitdem hatte niemand etwas von ihm gehört.

Inaja war die Einzige, die das nicht wunderte. Sie wusste ja, warum Flavus in seine Heimat gekommen war. Nicht, um Arminius zu helfen, o nein! Ihm kam es anscheinend nicht in den Sinn, dass sein Bruder ihm niemals gefällig sein würde. Erst recht hielt er es nicht für möglich, dass Flavus ihm nach dem Leben trachtete. Wie sollte er auch? Liebe und Vertrautheit hatte es zwischen den Brüdern zwar nie gegeben, aber diesen Hass konnte sich nicht einmal Inaja erklären. Warum Flavus den Tod seines Bruders wollte, war ihr ein Rätsel.

Dann aber kam wieder eine Nachricht. Ein Händler brachte sie, dem sie angeblich im Hause eines Bauern, bei dem er übernachtet hatte, anvertraut worden war. »Dort war kaum noch Platz für mich«, berichtete er. »Ein Händler mit großem Gefolge hatte sich dort breitgemacht. Und er hat mir viel dafür geboten, dass ich Euch diese Nachricht bringe.« Er streckte Arminius eine Papyrusrolle hin. »Das Gleiche bekomme ich noch einmal, wenn ich eine Nachricht von Euch zurückbringe.«

Arminius war sehr aufgeregt. Wieder hörte er nicht auf Hermuts Warnungen, der ihn erneut beschwor: »Geh nicht darauf ein! Es ist zu gefährlich!«

Inaja allein bemerkte den verschlagenen Blick des Händlers, der dafür sorgte, dass Arminius nicht zum Nachdenken kam. Ehe er etwas auf die Warnungen seines Freundes erwidern konnte, erwähnte der Händler, dass er auch eine schöne blonde Frau und einen kleinen blonden Jungen gesehen habe. »Sie sprachen von Euch, Herr! Das habe ich genau gehört.«

Nun wurde auch Hermut unsicher. Trotzdem fragte er ein weiteres Mal: »Warum kommen sie nicht einfach zur Teutoburg? Wozu dieses heimliche Treffen?«

Arminius zeigte auf das letzte Wort der Nachricht. »Diesmal trägt sie eine Unterschrift.« Er runzelte die Stirn. »Severina«, sagte er leise. Und dann noch einmal. »Severina?«

»Kennst du eine Frau mit diesem Namen?«, fragte Hermut aufgeregt.

Arminius schüttelte langsam den Kopf. »Nein! Oder …« Er dachte noch einmal intensiv nach, dann erschien in seinen Augen etwas, was Inaja aufmerksam machte. Von einer Erinnerung war da etwas zu lesen, obwohl Arminius heftig den Kopf schüttelte. »Sie war keine Händlerin, sondern … etwas ganz anderes.«

»Sie muss keine Händlerin sein«, sagte Hermut. »Vielleicht hat sie sich einer Händlergruppe angeschlossen und sich als eine der ihren ausgegeben. In einem Tross von Händlern reist es sich am sichersten.«

Arminius blickte über Inaja und Hermut hinweg. Sah er eine Frau namens Severina vor sich? Inaja wartete mit angehaltenem Atem auf eine Erklärung. Aber plötzlich winkte Arminius ab. »Ich will nichts mehr davon hören. Beim nächsten Vollmond werde ich auf dieser Waldlichtung stehen, wie sie es verlangt.«

Der Händler wurde üppig bewirtet. Auf Arminius' Geheiß setzte Inaja ihm Brotfladen mit Käse vor und füllte sein Trinkhorn bis zum Rande mit Met.

Der Händler betrachtete sie eingehend, dann sah er sich vorsichtig um. »Bist du Inaja?«, fragte er flüsternd.

Inaja nickte. »Ja, das bin ich.«

»Dann habe ich auch für dich eine Nachricht …«

Die höchsten Zweige des Waldes griffen nach dem Mond. Knöcherne schwarze Finger, die sich nach ihm reckten. Sein silbernes Licht stand über den Bäumen, doch je länger sie sich im Wald aufhielten, desto tiefer sickerte es hinab. Als sie den Planwagen tief ins Gebüsch geschoben hatten, waren ihre Augen bereits mit dem Mondlicht vertraut, es war hell genug, sie fanden sich in der Umgebung zurecht.

Silvanus schlief im Planwagen, er hatte sich längst daran gewöhnt, während der Reise zu schlafen, und liebte mittlerweile sogar das Rumpeln und Schaukeln des Wagens. Zwar hätte er gerne Sosia bei sich gehabt, von der er sich am liebsten in den Schlaf singen ließ, aber schließlich fand er sich damit ab, dass Sosia bei dem Bauern bleiben musste, bei dem sie Quartier bezogen hatten. Der größte Teil ihres Gefolges musste dort warten, Severinas Koch mit seinen Gehilfen, ihr Schneider, ihr Friseur, ihre Haarentfernerin und etliche Sklavinnen, die für ihre persönliche Bedienung notwendig waren. Nur die bewaffnete Truppe, die der Kaiser ihnen mitgegeben hatte, war ihnen zu der Lichtung gefolgt und wurde nun von Flavus in Stellung gebracht. Außerdem war Gaviana bei ihnen, die Silvanus' Schlaf zu bewachen hatte und für alle anderen Wünsche ihrer Herrin zuständig war.

Severina lehnte am Planwagen und starrte in die Wildnis, die sie umgab. »Was für ein schreckliches Land!«, sagte sie zu Gaviana. »Keine Straßen, keine Städte! Nur Wälder und Sümpfe, Dreck und Finsternis!« Sie schüttelte sich. »Aber bald ist es ja vorbei. Dann kannst du Thusnelda etwas von ihrer wunderschönen Heimat erzählen.«

Sie begann zu lachen und hörte erst auf, als es im Gebüsch knackte und Flavus neben ihr erschien. »Meine Männer sind bereit. Sie warten auf Euer Zeichen, dann werden sie herausstürmen und Arminius überwältigen. Er hat keine Chance.«

Severina nickte zufrieden. »Also sind wir endlich am Ziel angekommen.«

Flavus betrachtete sie nachdenklich. »An Eurem Ziel, ja. Aber auch an meinem?«

»Wir haben ein gemeinsames Ziel.«

»Haben wir das wirklich? Warum werde ich das Gefühl nicht los, dass es ein Ziel gibt, von dem ich nichts weiß? Eins, das nur Ihr und der Kaiser kennt?«

Severina stieß sich von dem Planwagen ab und machte ein paar Schritte hin und her. »Das geht Euch nichts an. Tatsache ist, auch Ihr habt Euer Ziel erreicht.«

Flavus stellte sich ihr in den Weg. »Also werdet Ihr mich heiraten, sobald mein Bruder nicht mehr lebt?«

Severina betrachtete ihn nervös. »So war es abgemacht.«

»Und ich kann Euch trauen, schöne Severina?«

Sie zog den großen schwarzen Umhang um ihren Körper und die weite Kapuze tief ins Gesicht, als ginge es bereits jetzt darum, nicht erkannt zu werden. »Diese Frage stellt Ihr Euch zu spät, Flavus. Ihr seid mir in Eure Heimat gefolgt, der Augenblick ist gekommen.«

»Ich hatte keine Wahl. Es war ein Befehl des Kaisers, Euch zu begleiten.«

»Ein Befehl, der sich mit Euren Wünschen deckt und Euch zum Vorteil gereichen wird!«

Wieder begann Severina hin und her zu gehen. Erst, als sie auf eine glitschige Unebenheit trat und beinahe ausgeglitten wäre, stellte sie sich wieder neben Flavus an den Planwagen. »Wärt Ihr mit Eurem ersten Versuch nicht so jämmerlich gescheitert, hätten wir uns diese Reise sparen können!«

Flavus schwieg einen Moment, als müsste er Severinas Tadel zunächst überwinden, dann sagte er mit leiser Stimme, die voller Staunen war: »Warum nehmt Ihr das alles auf Euch? Ihr, die Ihr an Luxus gewöhnt seid, die Ihr den Luxus liebt und braucht! Ausgerechnet Ihr nehmt die Strapazen und Unannehmlichkeiten einer solchen Reise auf Euch! So gern ich glauben würde, dass Ihr das alles für mich tut – ich kann es nicht.«

Severina stieß ein kurzes Lachen aus. »Es geht vor allem um meinen Sohn. Für Silvanus tue ich alles. Ich will, dass er ein gutes Leben hat, eine sichere, eine große Zukunft.«

»Wenn er offiziell mein Sohn ist, kann er das alles haben.« Wieder war Flavus' Stimme angefüllt mit Zweifel.

»Ich will mehr für ihn«, entgegnete Severina. »Ich will Thronansprüche!« Sie berührte Flavus' Arm und stellte zufrieden fest, dass diese kleine Geste nicht ohne Wirkung blieb. »Malt Euch aus, wie es wäre«, flüsterte sie, »der Vater des römischen Kaisers zu sein! Und dann redet noch einmal von Euren Zweifeln.«

Flavus' Antwort war Schweigen. Schließlich seufzte er auf und entfernte sich mit einem nachdrücklichen Schritt von Severina. »Ich werde Euch einen Offizier schicken zu Eurem Schutz. Ich selbst gehe nun zu meinen Leuten. Wenn Euer Zeichen kommt, hören sie auf mein Kommando.« Er drehte sich noch einmal zu Severina um, trotz der Dunkelheit konnte sie sehen, dass er lächelte. »Nun kommt die Zeit des Wartens. Ihr wisst, es war wichtig, lange vor Arminius am Treffpunkt zu erscheinen, damit er nichts von unseren Vorbereitungen mitbekommt. Lasst die Lichtung nicht aus dem Auge. Sobald Arminius erscheint, tretet Ihr hervor. Lasst ihn nicht warten. Er kennt diesen Wald von Kindheit an. Wenn er Zeit hat, auf seine Stille zu lauschen, wird er merken, dass er nicht allein ist. Dann weiß er bald, dass Krieger auf ihn warten.«

Inaja hockte in der Nähe der Burgmauer, lauschte und wartete. Diese Nacht war wie alle Vollmondnächte, voller Unruhe und angefüllt mit Warten. Bisher war es immer das Warten auf den nächsten Tag gewesen, auf die nächste Nacht, die wieder ruhigen Schlaf bringen würde. Aber diesmal war es das Warten auf Gewissheit. Diese Nacht würde alle Fragen beantworten, mit dem Morgen würde alles Ungewisse verblassen. Der Weg nach Rom! Erneut hatte er sich ihr geöffnet, und diesmal würde sie ihn beschreiten. Aufrecht und mit großen, schnellen Schritten! So schnell und aufrecht wie Flavus!

Als sie Geräusche hörte, blickte sie über die Mauer. Arminius und Hermut führten ihre Pferde vors Tor und redeten leise miteinander. Dann saßen sie auf und ritten langsam auf den Wald zu, in gemächlichem Tempo. Schließlich sah Inaja, dass Arminius zurückblieb. Die Wiese wurde vom Mondlicht überflutet, so konnte sie erkennen, dass er sein Pferd grasen ließ, während Hermut geradewegs auf den Wald zuhielt. Inaja wusste, er wollte die Umgebung der Lichtung auskundschaften und Arminius warnen, falls er einen Hinterhalt entdeckte.

Kurz darauf war sie auf den Beinen und holte leise, ohne dass einer der Knechte es merkte, ein Pferd aus dem Stall. Noch nie hatte sie allein ein Pferd bestiegen, keine germanische Frau ritt, ohne einen Mann hinter sich zu haben, der die Zügel in der Hand hielt. Aber darauf kam es jetzt nicht mehr an. Es würde niemanden geben, der ihr später Vorhaltungen machen konnte.

Sie hatte Arminius fest im Auge, während sie das Pferd um die Burgmauer herumführte. Erst als sie im langen Schatten der Bäume, die das Mondlicht warf, angekommen war, wagte sie aufzusitzen und auf den Wald zuzureiten.

Sie brauchte nicht lange zu suchen. Von den drei Eichen hatte der Händler gesprochen, von der verkrüppelten alten Weide und dem winzigen Weiher dahinter, der im dichten Gebüsch kaum auszumachen war. Drei Baumstämme weiter führte ein schmaler Pfad nach rechts und dort … Würde Flavus dort wirklich auf sie warten?

Inaja stockte, als sie das Wasser des kleinen Weihers im Mondlicht glitzern sah, und lauschte. Fremde Geräusche gab es in diesem Wald. Nicht nur das Herabfallen eines trockenen Astes, nicht nur das Rascheln eines aufgeschreckten Tieres, nicht nur der Ruf der Eule. Es war etwas anderes. Flavus' Nähe? Sie starrte in die Dunkelheit, ging langsam um den Weiher herum. Ein Baumstamm, ein zweiter, der dritte. Sie starrte in die Dunkelheit, das Mondlicht erreichte den Teil des Waldes nicht, in den der schmale Pfad führte, der unter dichten Laubkronen verborgen war. Vorsichtig wagte sie Schritt für Schritt, setzte einen Fuß vor den anderen. Und wieder dieses Geräusch, das nicht zum Wald gehörte! Ein Atmen, das aber auch ein Windhauch sein konnte. Vielleicht nur das Wittern eines Tieres? Sie blieb wie angewurzelt stehen und schloss die Augen, damit sie besser hören konnte. Ein winziges metallenes Geräusch vernahm sie, und nun wusste sie genau: Ein Mensch war in ihrer Nähe. Sie spürte es, nun roch sie es sogar. Mehrere Menschen! Menschen, die schwiegen, die den Atem anhielten, die sich durch Gesten verständigten. Ja, das war es, was dieses kaum wahrnehmbare Vibrieren erzeugt hatte, das wohl nur der fühlte, der es erwartet hatte. Sie wagte einen weiteren Schritt, dann hörte sie ganz deutlich das Ausatmen. Aber schon als sich ein Arm von hinten um ihren Hals legte, wusste sie, dass irgendwas ganz anders war, als sie erwartet hatte …

Severina löste sich vorsichtig aus der Nähe des Planwagens. Fest wickelte sie den schwarzen Umhang um ihren Körper, damit er kein Geräusch verursachte und sich nirgendwo verhakte. Gaviana rührte sich nicht, wie gebannt starrte sie ihre Herrin an. Seit sie begriffen hatte, dass die Reise nicht nach Baiae, sondern nach Germanien ging, hatte sie kaum ein Wort gesprochen. Dass sie Thusneldas Heimat besuchen sollte, erschien ihr wie blanker Hohn, wenn sie an deren Verzweiflung dachte, weil sie ihrer Heimat so fern war. Und die Frage, welche Absichten ihre Herrin hegte, quälte sie, seit sie die Grenze überschritten hatten. Dass nun eine Entscheidung fallen sollte, war ihr klar. Nur … welche? Wann erfuhr sie endlich, was ihre Herrin plante?

Severina kniff die Augen zusammen und blickte angestrengt auf die Lichtung. »Ich glaube, es geht los«, flüsterte sie und wandte sich zu Gaviana um. »Die Zeit ist da. Also geh und hol Silvanus aus dem Wagen. Aber sorg dafür, dass er nicht aufwacht.«

Gaviana sah sie verständnislos an. »Das Kind? Aus dem Wagen nehmen?«

Sie hatte nicht begreifen können, warum Silvanus an diesem Abend mitkommen sollte. Dass sie ihn nun sogar im Schlaf stören sollte, verblüffte sie völlig. Sonst war Severina der ruhige Schlaf ihres Sohnes heilig.

»Bist du schwerhörig? Los, nimm ihn auf den Arm, halt ihn wie ein kleines Kind. Sorg dafür, dass er jünger aussieht, als er ist. Wenigstens aus der Entfernung.«

Gaviana gehorchte, wie sie immer gehorchte, obwohl sie nach wie vor nicht verstand, was vor sich ging. Zum Glück erwachte Silvanus nur kurz, als sie ihn von seinem Lager hob, schmiegte sich jedoch, als sie ihn auf dem Arm hielt, an sie und schlief sofort wieder ein. Gaviana atmete auf. Wenn sie auch nicht wusste, worauf es ankam, ging sie doch davon aus, dass Lautlosigkeit von ihr erwartet wurde. Vorsichtig stieg sie wieder aus dem Planwagen und trug Silvanus zu seiner Mutter.

»Bleib immer hinter mir«, zischte Severina, »egal, was kommt. Verstanden?«

Gaviana nickte; zu sprechen wagte sie nicht.

»Hast du deine Stimme verloren?«

»Ja, ich bleibe immer hinter Euch, Herrin.«

»Und jetzt ruhig!«

Severina machte einen weiteren Schritt voran, Gaviana folgte ihr mit einem genauso großen Schritt und starrte in die gleiche Richtung wie ihre Herrin. An Severinas Haltung bemerkte sie, dass sich auf der anderen Seite der Lichtung etwas tat. Severina richtete sich auf, reckte den Hals, spannte den ganzen Körper. Tatsächlich, etwas löste sich aus der Dunkelheit des Waldes, eine große Gestalt, breit und kräftig, ein Mann, der ein Pferd am Zügel hielt. Er machte ein paar vorsichtige Schritte, dann blieb er stehen, drehte sich nach rechts und links und verharrte dann reglos.

»Es geht los«, flüsterte Severina und betrat nun ebenfalls die Lichtung.

Ein Ruck ging durch die Gestalt des Mannes, das war selbst auf die Entfernung zu erkennen. Zögernd setzte er sich zunächst in Bewegung, dann kam er mit großen Schritten auf

Severina zu, sein Pferd folgte ihm ganz selbstverständlich. Die letzten Schritte lief er so schnell er konnte. »Thusnelda?«

Severina nahm mit einer unnachahmlichen Geste, für die Gaviana sie heimlich bewunderte, ihre Kapuze vom Kopf. »Thusnelda konnte leider nicht kommen.«

»Ich bin nicht allein«, flüsterte Flavus. »Sei still! Ich will nicht, dass uns jemand hört.«

Inaja quälte sich seinen Fingerspitzen entgegen, die ihre Brustwarzen rieben und pressten. Das war es also, was die Stille im Wald verändert hatte! Römer! Krieger! »Wer ist noch bei dir? Diese Römerin, die die Nachricht geschickt hat? Oder auch meine Herrin?«

»Ich habe gesagt, du sollst still sein!« Wieder legte er den Arm um ihren Hals. Er zog sie mit sich, Inaja hatte Mühe, sich aufrecht zu halten, während sie rücklings über den Waldboden stolperte, sich an dichtem Gestrüpp die Beine aufkratzte und keine Zeit hatte, ihr Tuch aus den Dornen zu lösen, wenn es sich verfing. Verzweifelt rang sie nach Luft.

Schließlich ließ der Druck auf ihrem Kehlkopf nach, Flavus stieß sie gegen einen Baumstamm. Schon griff er unter ihre Schenkel und hob sie an.

»Flavus!«, flüsterte sie. »Flavus …!«

»Still!«

Sie wollte sich entwinden, wurde aber unerbittlich gehalten und gezwungen, sich zu öffnen, ohne bereit zu sein. Sie wurde gepfählt!

»Was planst du, Flavus?«, stöhnte sie. »Ist das hier ein Hinterhalt für deinen Bruder?«

»Was geht dich das an?«, keuchte er.

»Hermut ist in diesem Wald. Er kundschaftet die Gegend für Arminius aus.«

Schlagartig ließ Flavus von ihr ab. »Arminius sollte alleine kommen! Er ist gewarnt worden.«

»Hermut war es zu gefährlich. Er traut der Nachricht nicht.«

»Wenn er auf bewaffnete Römer stößt …«

Weiter kam er nicht. In ihrer unmittelbaren Nähe zerbrach Geäst, eine Waffe blitzte auf, eine Stimme drängte sich heran. »So ist das also!«

Arminius starrte Severina an, seine Hände spielten mit dem Schwert an seiner Seite.

»Ihr erkennt mich nicht?«, fragte Severina und öffnete ihren schwarzen Umhang weiter.

»Doch«, presste Arminius hervor, »ich erkenne Euch.«

»Ihr versteht nun, dass ich Vorkehrungen treffen musste? Die Nichte des römischen Kaisers kann nicht einfach einen Besuch auf der Teutoburg machen.«

Arminius nickte, als verstünde er es wirklich. »Wo ist Thusnelda?«

»Ihr wundert Euch nicht, dass die Nichte des römischen Kaisers sich für Eure Gemahlin eingesetzt hat?«

»Doch«, antwortete Arminius auch diesmal. »Ich wundere mich sehr.« Er blickte zu dem Kind, das Gaviana auf dem Arm hielt. »Ist das mein Sohn?«

»Ja, das ist Euer Sohn.« Severina gab Gaviana einen Wink, damit sie vortrat und Arminius das Kind hinhielt. »Seht ihn Euch an. Erkennt Ihr, wie ähnlich er Euch ist?«

Sie beobachtete Arminius' Gesicht, das dem Gesicht, das sie in ihrer einzigen gemeinsamen Nacht gesehen hatte, für Augenblicke recht ähnlich war – sehr weich, sehr verletzlich, sehr zärtlich. Das Gesicht eines Liebhabers, eines Vaters, nicht das eines Kriegers.

Er hatte die Hand von seiner Waffe genommen, nun aber zuckte sie zurück. »Das ist nicht mein Sohn. Mein Sohn muss viel jünger sein.«

Silvanus erwachte von der lauten Stimme. Er rieb sich die Augen und starrte den Mann an, den er noch nie gesehen hatte. Leise begann er zu weinen und drängte sein Gesicht an Gavianas Brust.

»Das ist nicht mein Sohn«, wiederholte Arminius.

Severinas Augen wurden hart. »Es ist Euer erstgeborener Sohn.« Ihre Stimme warf scharf und gefährlich, aber Arminius schien die Gefahr nicht zu erkennen.

»Ich habe nur einen Sohn.« Es klang schroff und abweisend. »Wo ist Thusnelda?«, wiederholte er.

Severina trat dichter an ihn heran. In ihren Augen stand mörderische Wut. »Ihr wisst genau, dass Ihr nicht nur einen Sohn habt. Und wenn Ihr seine Existenz noch so oft zu leugnen versucht.« Sie machte eine Geste, die Gaviana sofort verstand. Eilig trug die Sklavin den Kleinen zum Planwagen zurück. »Und wenn Ihr noch so oft versucht, unsere gemeinsame Nacht zu leugnen«, fügte Severina an.

In Arminius' Augen wuchs Verstehen heran. Severina hätte ihn schlagen mögen für diese umständliche Erkenntnis, die sich so langsam und zögerlich in seinem Blick breitmachte.

»So wenig es Euch gefällt, dass diese Nacht nicht ohne Folgen geblieben ist, so müsst Ihr nun doch dazu stehen.«

»Warum wusste ich nichts davon?«, fragte Arminius. »Und warum erfahre ich es ausgerechnet heute?«

Nur der Gedanke daran, dass ihre Rache sich in wenigen Augenblicken erfüllen würde, hielt sie davon ab, in sein erstauntes Gesicht zu schlagen. »Ihr habt es gewusst! Und heute ist der Tag der Rache. Sie kommt spät, ich weiß. Aber Ihr hättet Euch denken können, dass ich nicht die Frau bin, die sich zurückweisen lässt, ohne Rache dafür zu nehmen.«

Arminius warf einen langen Blick zu dem Planwagen, als würde er Silvanus nun gerne noch einmal betrachten. »Wir haben uns nie wieder gesehen. Wie also hätte ich von Eurer Schwangerschaft erfahren sollen?«

»Ich habe Euch eine Nachricht geschickt.«

»Ich habe nie eine Nachricht erhalten.«

Sie schob sich so dicht an ihn heran, dass sie die Kälte seiner Waffe und seine angespannten Muskeln spüren konnte. »Lügner!«, spie sie ihm ins Gesicht. »Widerwärtiger, feiger Lügner!

Flavus selbst hat mir Eure Antwort überbracht. Er hat mir mitgeteilt, dass Ihr weder an mir noch an meinem Kind interessiert seid.«

»Flavus?« Plötzlich trat ein wachsamer Ausdruck in Arminius' Augen. Er stieß Severina von sich und wich zurück zu seinem Pferd. »Ist mein Bruder auch hier? In diesem Wald? Habt Ihr ihm die genauen Ortskenntnisse zu verdanken?«

Severina antwortete nicht auf seine Frage. »Ich will Rache!«, stieß sie hervor. »Und heute bekomme ich sie. Die Rache an Eurem Eheweib hat mich eine Weile entschädigt. Nun endlich seid Ihr selbst dran.«

Arminius starrte ihre Hand an, die unter den Umhang griff und einen Lederbeutel hervorholte, der um Severinas Hals hing. Aufreizend langsam öffnete sie ihn, dann holte sie etwas hervor, was Arminius in der Dunkelheit nicht sofort erkennen konnte. Erst als es vor seinen Füßen lag, begriff er, worum es sich handelte. Als er sich bückte, um die Liebesrune aufzuheben, höhnte Severina: »Die habe ich ihrer Leiche abgenommen. Möglich, dass meine Nachricht, die der Händler überbracht hat, ungenau war. Nicht Thusnelda bringe ich Euch zurück, sondern das, was von ihr übrig geblieben ist. In einem jedoch war die Nachricht korrekt: Euren Sohn habe ich Euch gebracht. Euren ältesten Sohn! Den anderen könnt ihr in zwanzig Jahren als Gladiator im Amphitheater sterben sehen. Wenn Ihr Euch traut, nach Rom zu kommen!«

Sie lachte, während Arminius die Liebesrune anstarrte und unfähig schien, auf Severinas Hohn zu reagieren. Er erwachte erst aus seiner Erstarrung, als Severina rief, so laut sie konnte: »Rache!«

Im selben Augenblick brachen Krieger aus dem Wald hervor. Zwanzig Mann etwa, die auf Arminius zuhielten. Von einem Moment zum anderen war die Stille des Waldes mit Kriegsgeschrei erfüllt. Arminius zückte sein Schwert, noch bevor er aufs Pferd sprang. Mit einem Blick hatte er die Übermacht erkannt und beschlossen, dass es keinen Sinn hatte, es auf einen Kampf ankommen zu lassen. Hastig sah er sich um. Wo war Hermut? War er den römischen Kriegern schon zum Opfer gefallen? War er beim Aufspüren des Hinterhalts in die Falle geraten?

Doch noch bevor er diesen Gedanken zu Ende denken konnte, kam auf der gegenüberliegenden Seite ein Reiter herangeprescht. Hermut! Er sah gleich, dass Arminius der Fluchtweg abgeschnitten worden war. Auf drei Angreifer gleichzeitig stieß er sein Schwert hinab.

Severina wich nicht zurück, während der Kampf tobte. Sie kümmerte sich auch nicht um ihr weinendes Kind. Dies war der Augenblick, auf den sie jahrelang gewartet hatte. Sie wollte Arminius in seinem Blut vor sich liegen sehen. Mit Füßen wollte sie ihn treten, so wie er sie mit Füßen getreten hatte. Sie hoffte, dass er ihren Hass noch spüren würde, ehe er starb.

Es war Gaviana, die den Kampf entschied. Severina hatte nicht mehr auf sie geachtet. Schließlich hatte die Sklavin zu tun, was ihr gesagt wurde. Dass sie plötzlich an ihr vorbei auf die Lichtung lief, überraschte niemanden mehr als Severina.

»Sie lebt«, schrie Gaviana Arminius zu. »Thusnelda lebt.«

Das Gefecht wurde für einen winzigen Augenblick unterbrochen. Arminius zuckte zurück, Hermut blickte auf, ihre Gegner sahen kurz in Gavianas Richtung … das reichte, um dem Kampf einen neuen Verlauf zu geben. Arminius fing sich als Erster wieder und verschaffte sich damit einen kleinen, aber entscheidenden Vorteil. Auch Hermut konnte die kurze Unaufmerksamkeit seines Gegners nutzen und ihm die Waffe aus der Hand schlagen. Zwar musste Arminius im nächsten Augenblick einen gewaltigen Hieb vom Schwert eines Römers hinnehmen, doch obwohl sein Kopf im nächsten Moment blutbesudelt war, konnte er sein Pferd wenden und es in den Wald hineintreiben. Die Römer machten noch den Versuch, ihn zu Fuß zu verfolgen, aber Severina wusste, dass es sinnlos war. Arminius' Pferd war schnell, und er kannte diesen Wald wie kein anderer. Hermut, der Arminius nachreiten wollte, wurde von einem Römer aufgehalten, der wütend sein Pferd attackierte, um ihn wenigstens an der Flucht zu hindern. Tatsächlich brach das Pferd bald unter Hermut zusammen, den Zweikampf jedoch, der darauf folgte, gewann Hermut, der kurz darauf im Wald verschwand.

Mit wutverzerrtem Gesicht wandte Severina sich Gaviana zu.

Inaja wartete. Was sonst konnte sie tun? Es blieb ihr nichts anderes übrig als zu warten. Nachdem Hermut ihr plötzlich gegenübergestanden hatte, gab es keine Rückkehr für sie in die Teutoburg. Hermut wusste nun, dass sie ihn betrog, er hatte gesehen, dass sie Flavus liebte. Und die Wut in seinem Blick hatte ihr Angst gemacht. Nein, sie konnte nicht zurück. Hermut würde ihr diesen Ehebruch niemals verzeihen. Vielleicht würde er sogar das Thinggericht anrufen, und wie man dort über Ehebrecherinnen urteilte, wusste sie. Sie wollte nicht im Moor versenkt werden, sie wollte leben – in Rom!

Das Mindeste, was sie erwartete, war, dass Hermut sie verstieß. Sie würde dankbar sein müssen, wenn ihre Strafe nur darin bestand, dass sie ihr Hab und Gut packen und gehen musste. Sich als Bettlerin durchschlagen! Von einem Hof zum anderen ziehen, um Arbeit bitten, um eine Schüssel Brei, um einen Platz zum Schlafen. Aber das würde Flavus nicht zulassen, er liebte sie doch. Sie war sicher, dass es keine Frau gab, die seine Liebe so genoss wie sie, keine, die ihn so lieben konnte. Ja, er würde sie mitnehmen. In Rom konnten sie zusammengehören. Niemand wusste dort, dass sie nur eine Dienstmagd war. Flavus würde sie heiraten und aus ihr eine Fürstin machen. Und Gerlef würde ihnen bald folgen und als Sohn eines Fürsten ein wunderbares Leben führen.

Sie lauschte auf das Kriegsgeschrei. Was bezweckte Flavus mit diesem Kampf? Ging es auch diesmal nur darum, Arminius aus dem Weg zu räumen?

Inaja sah sich um. Die römischen Krieger hatten hier gelagert und alles zurückgelassen, als der Ruf der Römerin ertönte. Sie griff nach einer Decke und schlang sie sich um, auch das Stück Brot, das daneben lag, nahm sie an sich. Wer wusste schon, wie lange das Warten dauern würde?

Das Kriegsgeschrei entfernte sich, verstummte plötzlich. Nicht, weil der Wald es verschluckte, nein, Inaja spürte ganz deutlich, dass ein Ziel erreicht worden war. Arminius und Hermut waren geschlagen worden, oder … oder ihnen war die Flucht gelungen.

Nach und nach kehrten die Männer zurück. Inaja verbarg sich im Unterholz und beobachtete sie, soweit die Dunkelheit es zuließ. Zwar sickerte das helle Mondlicht auch in diesen Teil des Waldes, aber den moosbedeckten Boden erreichte es nicht. Inaja konnte nur ein paar große Gestalten ausmachen, einige stützten sich gegenseitig, einer wurde von zwei anderen getragen. Was sie redeten, verstand sie nicht, aber als sie sich erneut an diesem Platz niederließen, sah sie, dass jemand seine Decke suchte und ein anderer sein Brot.

Wo war Flavus? Zitternd drängte sie sich tiefer ins Gebüsch. War er etwa in diesem Kampf gefallen? Aber nein, das konnte nicht sein! Er hatte ihr erklärt, dass er sich zurückhalten, dass er den Kampf beobachten und nur im Notfall eingreifen wolle. »Auf ein Gefecht zwischen Brüdern will ich es nicht ankommen lassen«, hatte er gesagt. »Arminius muss sterben, aber nicht von meiner Hand.«

Inaja bog die Zweige auseinander und beobachtete die Römer. Anscheinend warteten sie auf jemanden. Auf Flavus? Vielleicht auch auf die Römerin, die in der Nähe der Waldlichtung ihren Planwagen stehen hatte. Inaja beschloss, sich auf jeden Fall verborgen zu halten. Bis sie wusste, was sie erwartete, wenn sie sich blicken ließ …

Wütend lief Severina am Rande der Lichtung hin und her und sah sich immer wieder nach Gaviana um. »Du dummes Weib! Hast du mit Thusnelda Freundschaft geschlossen? Bildest dir womöglich noch etwas darauf ein, mit einer Fürstin befreundet zu sein? Hast du vergessen, dass sie auch nur eine Sklavin ist? Genau wie du? Nun gut, jetzt weiß Arminius also, dass sie noch lebt! Und? Was hat er davon? Seine Zeit ist abgelaufen, und was mit seinem Begleiter geschieht, ist vollkommen gleichgültig. Flavus kennt sich in diesem Wald genauso gut aus wie sein Bruder. Er wird ihn stellen, und es wird für ihn ein Leichtes sein, Arminius zu besiegen. Du hast doch gesehen, dass er angeschlagen ist. Diese Kopfwunde dürfte keine Kleinigkeit sein. Flavus wird ihn bald eingeholt haben und mit Arminius' Kopf zurückkehren. Der Kaiser verlangt danach. Er will einen Beweis! Es wäre mir ein Vergnügen, Arminius' Kopf dem Senat zu präsentieren. So wie damals der armselige Legionär, der Varus' Kopf brachte. Andererseits ... die Fahrt von Germanien nach Rom ist lang. Wer weiß, was unterwegs mit diesem Kopf passiert! Womöglich lockt er wilde Tiere an. Aber der Kaiser wird sich auch mit einem anderen Beweis zufriedengeben. Hauptsache, er kann sicher sein, dass der Verräter nicht mehr lebt.« Sie ging zu Gaviana und stieß an deren Fußspitze. »Obwohl es natürlich nett gewesen wäre, auch deiner neuen Freundin den Kopf ihres Gatten zu präsentieren.« Severina kicherte boshaft. »Aber auch das spielt letztlich keine Rolle.« Sie blieb vor Gaviana stehen, betrachtete sie, dann trat sie ihr so kräftig in die Beine, wie sie konnte. »Was du getan hast, war dumm. Nichts hast du damit erreicht! Gar nichts! Es hat sich nichts geändert!« Angewidert spuckte sie Gaviana ins Gesicht. »Nichts!«

Sie wollte noch einmal zutreten, hielt aber plötzlich inne. Das Schnauben eines Pferdes war zu hören, auf der anderen Seite der Lichtung gab es Bewegung im Unterholz, die nicht vom Wind herrühren konnte. Ein Reiter erschien und hielt direkt auf sie zu.

Als Flavus vom Pferd stieg, trat sie ihm lächelnd entgegen. »Habt Ihr Eure Aufgabe erfüllt?«

Flavus sah sie nicht an, während er antwortete: »Ihr seid frei, schöne Severina. Sobald wir wieder in Rom sind, können wir heiraten.«

»Wo ist der Beweis?«

»Es gibt keinen.« Flavus wandte sich ab und beschäftigte sich mit seinem Pferd. »Ich konnte keinen Beweis mitbringen.«

Severina trat näher an ihn heran, griff nach seinem Arm und zwang ihn, sich zu ihr umzudrehen. »Warum nicht?«

»Es war nicht nötig, ihn zu töten. Als ich ihn kurz vor der Teutoburg erreichte, fiel er tot vom Pferd. Seine Kopfverletzung ...«

»Ich will einen Beweis!«

Flavus sah sie lange nachdenklich an, dann fragte er: »Ist Euch mein Wort nicht genug? Oder ist es dem Kaiser nicht genug?«

Severina beantwortete seine Frage nicht. »Ihr solltet mir seinen Kopf bringen.«

»Das war nicht möglich. Bevor ich Arminius erreichte, öffneten sich die Tore der Teutoburg, und die Wärter kamen heraus. Sie haben Arminius' Leichnam in die Burg geholt. Ich musste unverrichteter Dinge zurückkehren.« Er machte ein paar Schritte auf den Planwagen zu, als wollte er sich vergewissern, dass Silvanus ruhig schlief. Dann blieb er erschrocken stehen. »Was ist mit Eurer Sklavin passiert?«

»Was schon? Ich habe einen Eurer Männer angewiesen, ihr die Kehle durchzuschneiden. Oder glaubt Ihr, es bleibt ungestraft, was sie getan hat?«

Als Flavus wortlos vor Gavianas Leiche stehenblieb und auf sie hinabsah, trat Severina hinter ihn und berührte sanft seinen Arm. Zärtlich tanzten ihre Fingerspitzen hinab bis zu seinen Händen. »Nur den Beweis, Flavus, dann werden wir nach Rom zurückkehren. Sobald ich ganz sicher sein kann, werden wir aufbrechen.«

»Ich habe Euch doch gesagt ...«

»Das reicht mir nicht«, unterbrach Severina. »Ich muss ganz sicher sein. Und dafür brauche ich mehr als nur Eure Zusicherung.«

24.

Inaja war die Letzte, die sich auf den Ochsenkarren setzen durfte. Erst in diesem Augenblick stand es fest: Sie machte sich auf nach Rom! Was Hilger nicht geschafft hatte, gelang nun ihr. Wie dankbar war sie dem Schicksal, das ihr diesen Wunsch erfüllte!

Sie betrachtete die Frauen, die neben ihr saßen. Sklavinnen! Bald würde sie selbst die Herrin vieler Sklavinnen sein und in einem gut gepolsterten Reisewagen sitzen wie die edle Severina.

Flavus hatte es ihr versprochen. »Aber diesmal muss alles gut gehen«, hatte er gesagt. »Das ist deine letzte Chance.«

Und diesmal war alles gut gegangen. Flavus konnte zufrieden mit ihr sein. Als sie am frühen Morgen in sein Zelt geschlüpft war, hatte er ihr gezeigt, wie zufrieden er war. Nur daran hatte sie gedacht, als sie sich während der Nacht in die Teutoburg schlich. Sie kannte die Schlupflöcher, sie wusste, wie man ungesehen in die Burg kam, dass sie am Fuß der alten Eiche nur einen schweren Stein beiseiteschieben musste, damit sich das Loch im Gemäuer auftat, das für Inaja groß genug war.

Das Gefühl, fremd zu sein, war in dieser Nacht noch intensiver gewesen als hier auf dem Ochsenkarren, in dieser fremden Gesellschaft, vor einem fremden Weg mit einem Ziel, das ihr noch fremd war. Dass sie heimlich an den Ort zurückkehrte, der ihr Zuhause gewesen war, hatte das Vertraute fremd gemacht. Und die Angst, die sie gerade dort überfiel, wo sie viele Jahre sicher gewesen war, hatte ihr Übriges getan.

Sie wusste, dass sie mit ihrem Leben spielte. Wenn man sie bei lebendigem Leibe im Moor versenkt hätte, wäre wohl ihr letzter Gedanke gewesen, dass es sich für das große Ziel gelohnt hatte. Sie musste das Risiko einfach eingehen, niemals hätte sie sich verziehen, wenn diese Gelegenheit ungenutzt geblieben wäre. Die Reue, den Weg nach Rom verpasst zu haben, wäre quälender gewesen als die Reue, einen falschen, einen tödlichen Entschluss gefasst zu haben. Daran glaubte Inaja ganz fest.

So hatte sie nicht gezögert, als Flavus seine Bedingung gestellt hatte. »Wenn du mit nach Rom willst, dann musst du tun, was dir das letzte Mal nicht gelungen ist. Wir werden erst nach Rom zurückkehren, wenn der Beweis erbracht ist, dass Arminius nicht mehr lebt.«

Dann hatte er ihr gestanden, dass er seinem Bruder gefolgt war, ohne ihn anzugreifen. Er hatte es einfach nicht fertiggebracht. Ob aus Angst, weil er sich selbst seinem schwerverletzten Bruder noch unterlegen fühlte, oder aus Skrupel, schien er selber nicht genau zu wissen. Jedenfalls hatte er zugesehen, wie Arminius in der Teutoburg verschwand, ohne etwas dagegen zu tun.

Inaja hatte gefragt, warum die edle Severina sich Arminius' Tod wünschte, aber Flavus hatte ihr keine Erklärung dafür gegeben. »Das verstehst du nicht.«

Nur, dass die edle Severina eigens zu diesem Zweck nach Germanien gereist war, hatte er ihr verraten. Und auch, dass er geglaubt hatte, sie mit der Unwahrheit abspeisen zu können.

»Ich dachte, sie glaubt mir, wenn ich ihr sagte, dass Arminius tot ist. Aber sie will einen Beweis. Am liebsten seinen Kopf.«

Inaja hatte ihn erschrocken angestarrt. »Ich soll …«

Flavus hatte jedoch abgewinkt. »Wenn Arminius wirklich tot ist, wird es sich bald herumsprechen. Überall wird man von nichts anderem reden. Dann wird es keinen Zweifel mehr geben.«

Als Inaja nachts in Flavus' Zelt schlüpfte, war sie stolz und glücklich gewesen. Das Gift war in Arminius' Silberbecher. Wenn er am Morgen sein erstes Honigwasser trank, würde der letzte Tag seines Lebens anbrechen. Da sonst niemand diesen Becher benutzen durfte, musste ihr Plan gelingen.

Dass sie beobachtet worden war, als sie zu Flavus zurückkehrte, erzählte sie ihm nicht. Die edle Severina war es gewesen, die den Sonnenaufgang betrachtet und ihr ein amüsiertes Lächeln und einen wissenden Blick nachgeschickt hatte. Inaja wusste nicht, was das für Flavus bedeutete, deshalb schwieg sie. In Rom waren die Sitten locker, das wusste man auch in Germanien. Also würde es wohl kein Problem sein, dass Flavus in seinem Zelt die Dienstmagd empfing, die am Abend vorher darum gebeten hatte, sich dem Tross der Händler anschließen zu dürfen, um nach Rom zu gelangen.

Wieder kamen ihnen Bauern entgegen, die auf dem Weg zur Teutoburg waren. Opfergeschenke trugen sie in ihren Händen, ihre Gesichter waren ernst und traurig, manche von ihnen weinten sogar.

»Wir sind auf dem Weg zu unserem Fürsten, um ihm die letzte Ehre zu erweisen!«

Der Bauer, bei dem sie Quartier bezogen hatten, war als Erster mit der Nachricht gekommen. Ein Wärter der Teutoburg hatte sie gebracht. »Nach dem Frühstück ist dem Fürsten plötzlich übel geworden. Er musste sich wieder zu Bett begeben. Von da an sickerte das Leben aus ihm heraus. Er wurde schwächer und immer schwächer, und wenig später schloss er für immer die Augen. Die Kopfverletzung, mit der er heimkehrte, war anscheinend schwerer, als es zunächst den Anschein hatte.«

Von da an verbreitete sich die Nachricht wie ein Lauffeuer. »Unser Fürst ist tot!«

Da war er, der Beweis! Flavus hatte Inaja ein anerkennendes Lächeln gegönnt, und merkwürdigerweise hatte auch die edle Severina zufrieden in ihre Richtung genickt. Als der Tross sich zum Aufbruch fertigmachte, war Inajas Glück vollkommen. Erst später, viel später dachte sie daran, dass sie Arminius und Thusnelda einmal ihre Zukunft genannt hatte.

Das war, als die edle Severina sie eines frühen Morgens zu sich rufen ließ. Diesmal hatten sie in einer Handelsstation übernachtet, bald würden sie am Rhein sein und beim Kastell Castra Vetera ein Schiff besteigen, das sie, zusammen mit allen möglichen Waren des täglichen Bedarfs, gen Süden bringen sollte. Rom entgegen! Am Fuß der Alpen würde sie entlangziehen Richtung Inntal, das hatte Flavus ihr mit einem hochmütigen Lächeln erklärt, weil er nicht glaubte, dass sie verstand, was er ihr auseinandersetzte. Aber Inaja hatte sich alles genau gemerkt. Und was er ihr von der Überquerung der Alpen erzählt hatte, war so ungeheuerlich, dass sie sich alles von den Händlern, die schon oft den Weg über den Reschenpass gezogen waren, bestätigen ließ. Schnee würden sie zu sehen bekommen! So kalt war es dort oben, dass die Luft gefror und der Regen in dicken weißen Flocken zur Erde fiel. »Aber danach wird alles einfacher«, hieß es. »Der Weg nach Pisa ist leicht.« Dort würden sie erneut ein Schiff besteigen, das sie nach Ostia, in den Hafen Roms, bringen sollte. Inaja würde am Ziel sein!

Severina stand unter den Kolonnaden, die sich um das ganze Gebäude herumzogen. Hinter jedem Kolonnaden-Bogen öffnete sich ein Tor zum Lagerraum. Vor vielen standen Pferdefuhrwerke, die beladen wurden. Geschäftige Betriebsamkeit herrschte überall. Die schöne Römerin scherte sich nicht um die Arbeit, die um sie herum erledigt wurde, und auch nicht darum, dass sie überall im Wege stand. Sie wirkte wie ein Fremdkörper in dieser Umgebung, von allen wurde sie scheu betrachtet, aber niemand sprach sie an. Nicht einer bat sie, sich einen anderen Platz für eine Unterhaltung zu suchen, obwohl man sah, dass jeder es gern getan hätte.

Severina betrachtete Inaja mit einem Lächeln, das die Dienstmagd unsicher machte. Natürlich kannte sie Severinas Überheblichkeit längst und wusste, dass sie keine Freundlichkeit von ihr erwarten konnte. Aber dieses Lächeln war so, als wäre sie nicht einmal wert, von der schönen Römerin beleidigt zu werden. Inaja war auf das Schlimmste gefasst.

»Bist du sicher«, fragte Severina, ohne sie anzusehen, »dass du nach Rom willst? Noch ist Zeit umzukehren.«

Inaja schüttelte den Kopf. »Ich kann nicht umkehren. Und ich will nach Rom. Das wollte ich schon immer.«

Nun wandte Severina sich ihr zu. »Ich weiß, dass eine Germanin nicht selbst bestimmen kann, wohin sie geht und wie sie leben will. Warum du?«

Inaja wurde nervös, ihre Handflächen begannen zu schwitzen. Sie merkte, wie ihr Gesicht rot anlief. »Ich habe keine Eltern mehr«, gab sie zurück. »Und verheiratet bin ich nicht. Es gibt niemanden, der mir Vorschriften machen kann.«

»Wovon willst du leben, wenn du in Rom bist?«

»Ich werde arbeiten.«

»Obwohl du die Sprache der Römer nicht beherrschst?«
»Ich werde sie lernen.«
Severina lächelte verächtlich. »Ich kann mir denken, was Flavus dir versprochen hat. Und vor allem – wofür!«
Inaja sah sie ängstlich an. Was wollte die edle Severina damit sagen? Was wusste sie?
»In der Nacht, bevor Arminius' Tod bekannt wurde, habe ich dich gesehen.«
Inaja nickte beschämt und senkte den Blick. Das war es also! Sie hatte nicht damit gerechnet, dass ihr Unsittlichkeit vorgehalten werden könnte.
Severina hatte jedoch etwas anderes im Sinn. »Du warst in der Teutoburg, um Arminius Gift in seinen Becher zu tun. Habe ich recht?«
Inaja stand da wie erstarrt. Wie konnte die edle Severina davon wissen? Was sollte sie antworten? Welche Antwort würde Flavus von ihr erwarten? Welche konnte ihm schaden, welche nützte ihm?
»Er hat dich schon einmal beauftragt, Arminius zu beseitigen!«
Inaja war unfähig zu antworten. Woher wusste die edle Severina davon?
»Antworte gefälligst! Das warst du, ich bin ganz sicher! Aus irgendwelchen Gründen ist es dir nicht gelungen, Arminius zu vergiften. Flavus ist unverrichteter Dinge nach Rom zurückgekehrt. Du musst das gewesen sein!« Severina betrachtete Inaja aus zusammengekniffenen Augen. »Sag die Wahrheit! Wenn du mich belügst, werde ich dich hier zurücklassen. Dann kannst du sehen, wie du nach Rom kommst.«
Inaja starrte sie noch immer ängstlich an und wagte nicht zu antworten. Was würde ihr geschehen, wenn sie zugab, was sie getan hatte? Andererseits ... was konnte schlimmer sein, als von der Reise nach Rom ausgeschlossen zu werden?
»Du brauchst keine Strafe zu befürchten, wenn du die Wahrheit sagst«, sprach Severina weiter. »Es ist in Ordnung, was du

getan hast. Ich will nur hören, dass es so war, wie ich vermute. Ich muss es wissen! Unbedingt!«

Herausfordernd sah sie Inaja an. So lange, bis die schließlich nickte. »Ja, ich habe es getan.«

Über Severinas Gesicht ging ein Lächeln, das Inaja Mut machte. Hatte sie die richtige Antwort gegeben? Severina ließ sie im Unklaren. Aber immerhin durfte sie den Ochsenkarren wieder besteigen und die Reise fortsetzen. Und als sie am Rhein angekommen waren, versuchte Inaja, Severinas Frage zu vergessen. Es gab so vieles, was vergessen werden musste. Thusnelda, die ein erbärmliches Leben in Rom fristete. Arminius, der gestorben war, damit Inaja sich ihren Traum erfüllen konnte. Und Hermut, der einsehen musste, dass er seine Frau verloren hatte. Es würde lange dauern, um das alles zu vergessen. Aber zum Glück war der Weg nach Rom ja weit …

Epilog

Was ist das? Da vor dem Gitter? Das Leben? Nein, nicht das Leben. Flavus, er ist das Leben. Immer nur Flavus! Aber er hat sie verraten. Ist er gekommen, um Abschied zu nehmen? Nein, er kommt nicht mehr. Nie mehr! Er hat sie verlassen. Verraten und verlassen.

»Inaja! Inaja!«

Dieser Mann da draußen! Da draußen im Leben! Er kennt sie, er nennt sie beim Namen. Und er berührt etwas in ihr. Ganz tief drinnen!

»Inaja! Inaja!«

Er weint. Warum weint er? Weint er um sie?

»Inaja! Wie kommst du hierher?«

Oh, diese Erinnerung! Viel zu schön, um sie zuzulassen. Schon seit Jahren lässt sie die Erinnerung nicht mehr zu. Sie ist nicht zu ertragen! Eine freie Germanin war sie! Und sie hatte einen Mann – einen guten Mann, den sie hasste! Ja, hasste! Warum? Warum nur konnte sie ihn nicht lieben?

»Inaja! Was ist geschehen?«

Nein, keine Erinnerungen! Nur noch das Leben hinter sich bringen, Schmerz aushalten und hoffen, dass er schnell vorübergeht. Mehr nicht. Was vergangen ist, das ist vorbei. Nicht mehr wichtig. Nicht mehr zu ändern! Auch die Enttäuschungen sind vorübergegangen. Es spielt keine Rolle mehr, dass Flavus sie nach der Ankunft in Rom in das Haus schickte, in dem die Sklaven schliefen. Dass sie Sklavenarbeit verrichten musste, auch das ist nicht mehr wichtig. Dass er lachte, wenn sie ihn daran erinnerte, was er ihr versprochen hatte. Vorbei! Alles vorbei.

»Heiraten? Eine Dienstmagd? Eine Sklavin?«

»Werft mir nicht vor, dass ich eine Sklavin bin! Ihr habt mich dazu gemacht!«

Als er sie vor den anderen schlug, tat es weh, sehr weh. Aber als er sie in der folgenden Nacht in sein Bett holte, war der Schmerz wieder so köstlich wie eh und je. Er liebte sie. Nur sie! Und irgendwann würde er sie heiraten wollen. Sie musste nur geduldig warten.

Hände, die sie halten wollen. Ja, sie geben Halt. Ein Stück Leben. Zehn Fingerspitzen voller Leben! Leben! Sie will leben!

»Inaja! Rede mit mir!«

Reden? Worüber reden? Nein, es hat keinen Sinn mehr zu reden. Wer will schon wissen, wie unglücklich sie war? Wie verzweifelt! Severina war es, die er heiraten wollte, das erfuhr sie bald. Die edle Severina! Höhnisch hatte Flavus sie angegrinst. »Ihre Bedingung ist erfüllt! Arminius steht nicht mehr zwischen mir und Severina! Arminius ist tot! Ich habe dafür gesorgt, dass er stirbt. Ich bin am Ziel!« Und dann lachte er! Immer wieder dieses laute Lachen! »Du darfst Severinas Speichel lecken, wenn sie deine Herrin ist!«

Sie war einmal eine freie Germanin …

»Inaja! Was ist passiert?«

Flavus lachte nie wieder. Sie war in der Nähe, als Severina seinen Heiratsantrag ablehnte. »Ihr habt es mir versprochen, schöne Severina! Ich habe getan, was Ihr verlangt habt!«

»Ihr?« Severinas Stimme war voller Hohn gewesen. »Ihr habt Euren Bruder davonkommen lassen. Zu feige für einen Zweikampf! Zu schwach! Ein Weib habt Ihr geschickt, um den Widersacher loszuwerden! Mit Gift töten Weiber, keine Männer! Kein römischer Offizier! So einen soll ich heiraten? Ihr könnt froh sein, wenn der Kaiser nichts davon erfährt.« Severina hatte sich so dicht vor Flavus hingestellt, dass es aussah, als wollte sie ihn anspucken. »Aber er wird es erfahren, wenn Ihr weiter auf Heirat drängt, das verspreche ich Euch. Ein Mann, der seinen

Bruder mit Gift beseitigen lässt … Tiberius wird Euch verachten. So, wie ich Euch verachte.«

»Gift? Was redest du da, Inaja?«

Hermut! Ach, Hermut! Nun ist sie wieder da, die Erinnerung an eine Zeit, die so weit zurückliegt, dass sie zu einem anderen Leben zu gehören scheint. Das Leben auf der Teutoburg! Ja, sie hat Arminius das Gift gegeben. Sie musste es tun, es war Flavus' Bedingung. Aber die edle Severina hätte nichts davon erfahren dürfen. Das hat alles kaputt gemacht. Flavus' Hoffnungen, alles. Eine dumme Dienstmagd! Sie hat bewiesen, dass sie nichts wert ist.

Die Strafe war schrecklich. Seitdem kann sie nicht mehr richtig laufen. Die Fußsohlen zerschnitten, sie wollen nicht heilen. Immer wieder Salz in die Wunden, dann heilen sie nicht. Nur humpeln kann sie und nur auf Zehenspitzen. Ans Weglaufen ist nicht mehr zu denken. Weglaufen? Wohin?

»Du, Inaja? Du warst das? Du hast Arminius das Gift gegeben?«

Dann die Hochzeit mit der dicken Salvia. Flötenspieler, Fackelträger, Festmahl. Und wieder dieser Hass! Nein, Flavus liebt seine Gemahlin nicht, aber das macht es nicht leichter. Lieben kann er nur Inaja. So lieben, wie er will. Und Salvia weiß das. Sie sieht, dass Flavus seine Sklavin in sein Schlafzimmer holt. Sie sieht das Blut, die Bisse, die Striemen. Salvia kann so nicht lieben. Sie ist nicht richtig für Flavus. Richtig ist nur Inaja. Trotzdem will er sie nicht.

»Inaja! Wovon redest du?«

Hass! Er tut gut. Er hält sie aufrecht. Aber dann der Tag, an dem sie Salvia zum Einkaufen begleiten muss. So wie die andere Sklavin. So wie … Thusnelda! Sie folgt der edlen Severina. Hält einen Schirm über sie, damit die schöne Römerin nicht von der Sonne geblendet wird. Thusnelda, ihre Herrin! Eine Sklavin wie Inaja!

Nun beginnt der Hass zu quälen. Es darf nicht sein, wie es ist. Sie muss es ändern. Das Schicksal hat sich geirrt, es muss korrigiert werden. Sie hat es schon einmal getan. Arminius starb, als sie es wollte. Salvia würde auch sterben …

Hermut rüttelte am Gitter, griff hindurch, in ihre Haare, in ihr Gesicht. Er schluchzte, schlug mit der Stirn auf die Gitterstäbe. »Was hast du getan? Warum Arminius?«

Aber diesmal gelingt es nicht. Sie wird beobachtet. Eine andere Sklavin verrät sie. Und Salvia sorgt dafür, dass sie zum Tode verurteilt wird. Für sie nur der Wink einer Hand. Für Flavus' Gemahlin eine Kleinigkeit. Und eine Freude.

Angst! Diese schreckliche Angst. Und Flavus tut nichts dagegen. Obwohl niemand ihn so lieben kann wie sie …

Kaiser Tiberius war alt geworden. Hässliche Geschwüre bedeckten sein Gesicht, und viele fragten sich, ob sie der Grund für seine permanente Missstimmung oder ob die Geschwüre ein Ausdruck seiner Griesgrämigkeit waren. Neben ihm saß Severina. Auch sie war älter geworden, reifer, ihr Körper hatte seine Leichtigkeit verloren, ihr Gesicht war müde geworden. Ihre Augen jedoch sprühten immer noch, waren lebendig wie eh und je. Und noch immer war sie eine schöne Frau. An ihrer rechten Seite saß ihr Gatte Antonius Andecamus, groß, stattlich, selbstzufrieden, an ihrer linken ein schöner junger Mann, blond und blauäugig.

Silvanus hatte es schon weit gebracht. Kaum war das Mindestalter erreicht, hatte Tiberius ihn zum Senator gemacht und ihm sein erstes politisches Amt übertragen. Als Quästor war er für die Getreideversorgung Roms zuständig, ein Amt, das auch Kaiser Tiberius in jungen Jahren bekleidet hatte. Silvanus hatte eine sorgfältige und gründliche Erziehung hinter sich. Gelehrte Sklaven hatten sich um seine Bildung gekümmert. Er kannte sich in griechischer und lateinischer Literatur aus, war in Philosophie, Rechtskunde, Medizin, Architektur und Vermessungskunde unterrichtet worden und hatte lange die Vortragskunst studiert, die als Voraussetzung für einen künftigen Staatsmann galt. Die Rezitation war sehr angesehen unter den Gebildeten des Landes; nur wer sie beherrschte, konnte Ansehen und Macht gewinnen. Und Silvanus beherrschte sie zu Severinas Freude wie kein zweiter.

Sein Cousin Caligula saß neben ihm. Er galt als Thronerbe, Silvanus war einer der nächsten, die Ansprüche auf den Thron erheben konnten. Severinas Sohn allerdings erklärte seiner Mutter unermüdlich, dass er auf keinen Fall den römischen Kaiserthron besteigen wolle. Ihm genügte sein Platz in der römischen Gesellschaft, die ihn heraushob und damit befähigte, sich um die Ärmsten der Armen zu kümmern, wenn ihnen kein Recht widerfuhr. Zum Ärger seiner Mutter setzte er sich sogar häufig für Sklaven ein und hatte schon mehr als einmal die blutigen Gladiatoren-Spiele kritisiert, die dem Volk und dem Kaiser gleichermaßen wichtig waren. Es gab Senatoren, die Silvanus gern von der Liste der Thronerben gestrichen hätten, weil sie fürchteten, dass er als Kaiser sowohl die Spiele im Amphitheater als auch die Sklaverei abschaffen würde.

Caligula dagegen liebte die Spiele und hielt die Versklavung der Schwachen für ein legitimes Recht der Starken. Obwohl er als kleiner Junge von seiner Mutter Agrippina gelernt hatte, einen Sklaven anständig zu behandeln, hielt er sich daran nicht mehr. Im Gegenteil, er galt als besonders grausamer Herr. Die Strafen, die er verhängte, führten immer wieder zu Streitereien zwischen Caligula und Silvanus.

Der junge Thronfolger erinnerte sich nicht gern an seine Eltern, weil ihn ihr Schicksal wütend machte, an vieles wollte er sich auch nicht erinnern, weil er wusste, dass seine Mutter ihn zu einem anderen Leben gedrängt hätte. Der Gedanke an sie bedrückte ihn, und er liebte es nicht, wenn er vom Volk stets der Sohn des allseits beliebten Germanicus genannt wurde, statt Gaius Caesar Augustus Germanicus, der zukünftige Kaiser Caligula, dem es gleichgültig sein würde, ob das Volk ihn liebte oder nicht. Nur in einem Punkt wollte er seinem Vater nacheifern: Er wünschte sich eine Ehefrau, wie Germanicus sie gehabt hatte. Als sein Vater in Syrien einem Giftanschlag zum

Opfer fiel, war sie ihm durch freiwilligen Hungertod gefolgt. Damit wollte sie darauf aufmerksam machen, dass Germanicus keines natürlichen Todes gestorben war. Eine solch ergebene Ehefrau wollte auch Gaius einmal an seiner Seite haben.

Thusnelda erwachte aus ihrer Ohnmacht, als sie in die Loge des Kaisers geschleppt wurde.

Tiberius warf ihr nur einen flüchtigen Blick zu. »Warum bringt ihr mir dieses Weib?«

Bevor der Wärter antworten konnte, fuhr Severina auf. »Diese Sklavin gehört mir! Ich habe ihr nicht erlaubt, das Haus zu verlassen!«

»Sie hat versucht, dem blonden Gladiator eine Waffe zuzustecken!« Der Wärter hielt dem Kaiser das Schwert Arminius' entgegen.

Tiberius betrachtete es angewidert, so wie er alles betrachtete, was ihm fremd war. »Was soll das sein?« Diese Frage richtete er nicht an den Wärter, sondern an Thusnelda selbst.

Die Angst war mit einem Mal vergessen. »Ich war eine freie Germanin«, begann sie, »bevor mein Vater mich in die Versklavung schickte.«

Plötzlich war wieder die Kraft in ihr, die nötig gewesen war, ihrem Vater ungehorsam zu sein und die Entscheidung für ihr eigenes Leben selbst zu treffen, die Kraft, die sie gebraucht hatte, um zu hoffen, und die ihr half, als sie erkennen musste, dass sie vergeblich gehofft hatte, die Kraft, die es ihr schließlich möglich gemacht hatte, darauf zu warten, ihren Sohn wiederzusehen. Nun war nur noch die Kraft nötig, den Weg zu Ende zu gehen.

»Der blonde Gladiator, der heute gegen den weißen Löwen kämpfen soll, ist mein Sohn«, sagte sie mit klarer Stimme und wand sich so entschieden aus dem Griff des Wärters, dass der seine Hand tatsächlich von ihrem Arm löste. »Er soll mit dem Schwert seines Vaters sein Leben verteidigen.«

»Wie kommst du an Arminius' Schwert?«, warf Severina ein.

Thusnelda sah ihr ins Gesicht. Eine gewaltige Erleichterung durchströmte sie, als sie merkte, dass sie ihren Stolz nicht mehr verstecken musste. Endlich konnte sie Severina vor Augen führen, dass ihr Stolz nicht gebrochen war. Auch nach zwanzig Jahren Sklaverei nicht!

»Arminius' Schwert wurde mir gebracht«, sagte sie, und ihre Stimme war noch heller, noch klarer.

»Von wem?«

Wie gut es tat, dass die Angst ein Ende hatte! Dass Severinas Macht über sie in diesem Moment endlich gebrochen war! Auch der römische Kaiser, auch die mächtige Severina konnten nichts Schrecklicheres tun, als einem Menschen das Leben zu nehmen. Thusneldas Leben erfüllte sich mit dieser letzten Aufgabe. Die große Angst, die der Kaiser und seine Nichte wie eine Waffe in Händen hielten, gab es nicht mehr. Sie standen nun ohne diese Waffe da, ohne die Angst ihrer Sklavin, sie konnten ihr nichts mehr anhaben. Mit der Angst war es vorbei.

»Ich werde ihn nicht verraten.«

Kaiser Tiberius winkte so gleichmütig ab, als sei ihm gesagt worden, es habe nicht genug Flamingos gegeben, deren geröstete Beine er sich als Zwischenmahlzeit gewünscht hatte. »Werft sie mit den anderen Weibern dem Löwen zum Fraß vor.«

»Moment!« Severina erhob sich und streckte die Hand aus. »Gib mir das Schwert«, sagte sie zu dem Wärter. »Es gehört meinem Sohn. Ihm steht es zu.«

Alle Blicke gingen zu Silvanus. Jeder erwartete, dass er protestieren würde, aber er rührte sich nicht. Er schwieg und beobachtete Thusnelda sehr konzentriert.

»Und lasst mich selbst die Strafe für diese Sklavin bestimmen«, ergänzte Severina, an den Kaiser gewandt. »Sie gehört mir.«

Das Gesicht des Kaisers nahm einen interessierten Ausdruck an, wie es nur noch selten vorkam. Aufmerksam betrachtete er das Schwert, das Severina umklammerte, als sollte es ihr entrissen werden. »Was schlägst du vor?«

»Lasst sie in der Arena anketten und den Sohn holen. Er soll versuchen, sie vor dem Löwen zu beschützen. Versprecht ihm sein Leben, wenn es ihm gelingt.« In den Augen Severinas loderte ein Feuer, das auch diesmal von der Rache entfacht worden war. Noch immer war sie nicht gestillt worden, diese Rache schwelte nach wie vor in ihr. »Diesem aussichtslosen Kampf soll sie zusehen. Mit ihren eigenen Augen soll sie verfolgen, wie ihr Sohn zerfleischt wird.« Sie hob das Schwert, betrachtete es und reichte es dann Silvanus, der es zögernd entgegennahm. »Die schlimmste Strafe für eine Mutter!«, rief sie aus. »Thusnelda hat sie verdient.«

Kaiser Tiberius gefiel dieser Vorschlag. »Ich bewundere dich für deine Phantasie, schöne Nichte! Auf dieses ungewöhnliche Schauspiel will ich nicht länger warten. Also holt noch vor der Hinrichtung der ungehorsamen Sklaven den blonden Gladiator in die Arena.«

Erwartungsvolle Stille lag plötzlich auf den Rängen. Das Volk spürte, dass etwas anders war, dass der Kaiser eine ungewöhnliche Entscheidung getroffen hatte. Bisher hatten die Spiele immer mit den Hinrichtungen begonnen, die die Zuschauer mehr oder weniger gelangweilt verfolgten, während sie aßen, tranken und sich unterhielten. Nun sollte die Attraktion vorweggenommen werden. Das musste einen Grund haben.

Thusnelda spürte nicht die Augen, die auf sie gerichtet waren, sah nicht die Gier darin. »Die schlimmste Strafe für eine Mutter!« Dieser Satz Severinas gellte in ihr. Sie hatte gedacht, im Tod könnte Severina ihr nichts mehr anhaben. Aber sie hatte sich getäuscht. Severina entschied sogar über das Sterben, über den Tod, über die höchste Qual. Denn bei aller Grausamkeit, zu der sie fähig war, war sie auch eine Mutter, die wusste, dass es noch etwas Schlimmeres gab als den Tod.

Trotzdem war Thusnelda ruhig, als sie in die Arena geschleift wurde. Sie hatte sich in die Macht der schönen Severina ergeben. Gerade noch hatte sie geglaubt, dass die Macht mit dem Besiegen der Angst ein Ende hatte, aber es gab etwas, was schlimmer war als Angst. Und Severina wusste das.

Ein Pflock wurde eilig in die Erde gerammt, man band ihr die Arme auf den Rücken. Dann wurde das Seil fest um den Pfosten gewunden, so dass sie sich nicht bewegen konnte. Die Stimmen auf den Tribünen wurden nun wieder lauter, ein Löwe brüllte in ihrer Nähe, anscheinend trennte ihn nur noch ein leichtes Gitter von der Arena.

Träge flossen die Gedanken durch ihren Kopf. Es war, als hätte sie die erste Schwelle zum Tod bereits überschritten. Ihr Leben hatte sich schon verlangsamt, es lief aus, würde bald versiegen. Angesichts der großen Gewalt war sie plötzlich nur noch zu kleinen Gedanken fähig. Wo mochte Hermut sein? Hatte er rechtzeitig die Flucht ergriffen? Oder musste er mit ansehen, was jetzt geschah? Dann eine schnelle Erkenntnis, die ihr zeigte, dass sie noch lebte, nicht nur im Augenblick, sondern auch in der Erinnerung. Ja, die Gefangene in den Katakomben war tatsächlich Inaja gewesen. Inaja in Rom! Inaja dem Tode geweiht! Was war nur geschehen? Aber so bedeutsam wie die Frage konnte die Antwort nicht mehr sein. Fragen gab es noch, Antworten nicht mehr.

Auf der gegenüberliegenden Seite wurde eine Tür geöffnet, Thumelicus betrat die Arena. Groß, stark und schön! So schön, dass man ihn nur lieben oder … hassen konnte. Mit einem lächerlichen Krummdolch in der Hand trat er auf sie zu. Das Schwert seines Vaters, Thusneldas letzte lebendige Hoffnung, sie lag in Severinas Händen. Ihr Leben, ihre Hoffnung, ihr Sterben – alles gehörte Severina. Auch Thumelicus, sein Leben und sein Sterben. Warum hatte sie geglaubt, es gäbe etwas, was stärker war als Severina?

Thumelicus kam mit großen, ungläubigen Augen auf seine Mutter zu. Ja, die schöne Severina würde zufrieden sein. Das Entsetzen war groß genug, um ihr Freude zu machen. Sie gehörte auch zu den wenigen, die hörten, dass Thumelicus leise »Mutter« sagte. Und noch einmal: »Mutter!«

Dies war der Augenblick, in dem Thusnelda seit langer Zeit wieder an ihren Vater dachte, an Fürst Segestes, der sie verraten hatte. Und an Arminius! Ihre große Liebe, der Vater ihres Sohnes, der nicht gekommen war, um sie zu befreien. Warum war er nicht gekommen?

»Weil du es ihm nicht wert bist, sich in Gefahr zu begeben«, hatte Severina gesagt, als sie aus Baiae zurückgekehrt war. »Und nun brauchst du nicht mehr zu warten. Arminius ist tot! So tot wie deine Freundin Gaviana!«

Noch immer lag Stille über den Rängen. Erst als das eiserne Gitter hochgezogen wurde, hinter dem der weiße Löwe wartete, schlug die Stimmung um, der Jubel setzte ein, die Freude auf einen spektakulären Kampf. Arminius' Sieg über Rom war zwar verschmerzt, aber nicht vergessen. Dass der Sohn des Verräters und dessen Mutter nun in der Arena eines römischen Amphitheaters ein schreckliches Ende fanden, gefiel allen. Und die außergewöhnliche Spielregel wurde schnell von jedem erfasst. Denn Thumelicus tat genau das, was von ihm erwartet wurde. Er stellte sich vor seine Mutter und breitete die Arme aus.

Der weiße Löwe näherte sich vorsichtig, das Geschrei des Publikums schien ihn zu verunsichern. Thumelicus fixierte ihn und machte ein paar Schritte auf ihn zu, den Krummdolch erhoben. Er wartete. Und der Löwe wartete ebenfalls. Anscheinend war er nicht besonders hungrig. Man hatte ihm zu fressen gegeben, damit der Kampf nicht zu schnell zu Ende gehen würde. Der Löwe sollte sich nicht auf seine Beute stürzen, um sie zu verschlingen. Das Publikum wollte spannende Angriffe und verzweifelten Widerstand sehen.

Seit die Angst von ihr abgefallen war, seit das Entsetzen zu groß war, schossen Thusnelda Gedanken und Bilder durch den Kopf, die die Angst verstellt hätte, die im kalten Licht der Grausamkeit jedoch klar zu erkennen waren. Sie konnte Thumelicus betrachten und stolz auf diesen schönen, starken Sohn sein. Sie sah Thumelicus an der Seite seines Vaters durch das Cheruskerland reiten, sah die beiden zum Thing aufbrechen, sah sie im Eingang der Teutoburg stehen und über ihr Land blicken. Deutlich stand es vor ihren Augen, wie Arminius stolz einen Arm um die Schultern seines Sohnes legte.

Der Löwe öffnete den Rachen und gähnte. Dann schüttelte er sich und zog sich langsam, ohne Thumelicus aus den Augen zu lassen, an den Rand der Arena zurück. Dort drückte er sich nun entlang, als scheute er das große sandbestreute Rund, als wollte er sich unauffällig verhalten.

Die Zuschauer in den ersten Rängen beugten sich über die Balustrade und feuerten ihn an. »Zerreiß ihn! Greif ihn an!«

Thumelicus fixierte den Löwen, präsentierte sich ihm stets frontal. Ja, er präsentierte sich tatsächlich! Seiner Mutter wandte er den Rücken zu, verstellte dem Löwen den Blick auf sie, als wollte er hoffen, das Tier könnte Thusnelda nicht bemerken.

Wie groß würde der Schmerz sein, wenn sie Thumelicus schreien hörte? Wenn sie sein Blut sah, sein verzerrtes Gesicht? Wenn er sie noch einmal anblickte, ein letztes Mal? Wenn sich der Löwe über ihn hermachte, bis er dann endlich vor ihr stehen und dem Schmerz ein Ende machen würde …

Da plötzlich ein heller Ruf, der nicht in dieses Amphitheater passte, wo die Stimmen schrill, aggressiv, hämisch und fordernd waren. Dieser Ruf war anders. So hell und klar, dass er sich gegen das Publikum zu richten schien und sogar gegen den Kaiser. Es folgte ein gellender Schrei, dann hielt es auf den Rängen niemanden mehr auf dem Sitz. Was in der Loge des Kaisers geschah, war ungeheuerlich. Noch nie war so etwas passiert …

Aus dem Gedanken an das Ende, neben dem nichts Platz gehabt hatte, lösten sich plötzlich kleine, schnelle Gedanken, verhakten sich in der Gegenwart und sogar in der Zeit, die so weit zurücklag, dass es Inaja erschien, als hätte sie nichts mehr mit dieser Vergangenheit zu tun. Aber nun war Hermut bei ihr, und das Leben holte sie zurück. Den Gedanken an Gerlef hatte sie nicht mitgenommen in ihr Verlies, die Reue, ihre Schuld und auch die Sehnsucht nicht. Jetzt aber war ihr all das nachgekommen, und das Sterben wurde noch schwerer.

»Warum Arminius?«, fragte Hermut immer wieder. »Du hast von ihm nur Gutes erfahren. Und wie konntest du glauben, dass sein Bruder es ernst mit dir meint?«

Inaja löste ihre Fingerspitzen von seinen und zog sich in ihr Verlies zurück, wo es so finster war, dass ihr die Erinnerungen dorthin nicht folgen konnten. Weg von Hermut, weg vom Licht, das sie gerade hinter sich gelassen hat.

»Inaja! Hast du gar nicht an Gerlef gedacht, als du uns verlassen hast?«

Nein, nicht Gerlef! Nicht nach ihm fragen! Egal, was Hermut antwortete, es würde unerträglich sein.

Hermuts Stimme versuchte ihr zu folgen, aber die Worte erreichten sie nicht mehr. »Inaja, es war schrecklich, als du von einem Tag zum anderen nicht mehr bei mir warst. Jahrelang habe ich nach dir gesucht, überall nach dir gefragt. Aber es gab nirgendwo eine Spur von dir. Gerlef hat dich so sehr vermisst. Später dann hat er eine Bauerntochter geheiratet, lebt auf einem Hof in der Nähe der Teutoburg. Es geht ihm gut. Aber er spricht noch oft von dir.« Hermut klammerte sich an die Gitterstäbe, als brauchte er Halt für seine Erinnerungen, als wäre er eigentlich zu schwach für sie. »Erst dein Verschwinden und dann Arminius' Tod! Zuerst dachte ich, er sei an seiner Kopfverletzung gestorben. Aber dann roch jemand an seinem Silberbecher, und es war klar, dass Gift in seinem Honigwasser gewesen war. Eigentlich hatte ich seinen Onkel in Verdacht. Arminius war Ingomar ja schon lange ein Dorn im Auge. Er hätte nach Segimers Tod gern das Erbe seines Bruders angetreten und musste es Arminius überlassen. Und seit Fürst Segestes die Heimat verlassen hat, steht Ingomar allein da. Nach Arminius' Tod ist er sofort in die Teutoburg übergesiedelt. Seitdem …«

Hermut brach ab, weil er merkte, dass er Inaja nicht mehr erreichte. Er sah nur noch ihre helle Haut und das Weiß ihrer Augen. Sie hatte sich zurückgezogen in ihr Sterben. Das Leben drang nicht mehr zu ihr vor. Erneut hatte sie ihn allein gelassen. Sie atmete noch, ihr Herz schlug noch … aber sie wollte nichts mehr fühlen. Ihre Zeit war vorbei, weil sie wollte, dass ihre Angst endlich ein Ende hatte.

»Ich habe nicht mehr daran geglaubt, dass du lebst«, sagte Hermut, weil er plötzlich nicht mehr aufhören konnte zu reden. Er kam gegen das Bedürfnis, alles auszusprechen, alles, was sich ereignet hatte, aus dem Schatten der letzten Jahre zu reißen, nicht mehr an. »Ich habe auch geglaubt, dass Thusnelda tot ist. Und ich hatte keine Hoffnung, dass Thumelicus noch lebt. Aber ich musste Arminius auf seinem Sterbebett versprechen, seinen Sohn zu suchen und ihm das Schwert seines Vaters zu bringen.« Hermut starrte in die Finsternis, er sah, dass Inaja sich bewegte, sah, dass sie sich an die feuchte Wand drückte, um sich so weit wie möglich von ihm, vom Leben, von der Vergangenheit zu entfernen. »Viele Jahre hat es gedauert, bis es mir gelungen ist, Thumelicus' Spur aufzunehmen. Und dann habe ich mich als Händler verkleidet und an die Tür der Römerin geklopft, die Arminius damals in den Wald gelockt hat. Dort, so hoffte ich, würde ich in Erfahrung bringen, was aus Thumelicus geworden ist, wo er lebt. Und dort …« Hermut schluchzte auf und klammerte sich an das Gitter, das ihn von Inaja trennte. »Dort fand ich Thusnelda. Dort fristet sie seit Jahren als Sklavin ein schreckliches Dasein.«

Verzweifelt streckte Hermut seine Finger durchs Gitter, um Inaja zu berühren, aber sie bewegte sich ihm nicht entgegen. Für ihre Angst gab es keinen Trost. Trotzdem beschloss Hermut, in ihrer Nähe zu bleiben. So lange, bis man sie holen kam. Und wenn man ihn hier bemerkte? Wenn es ihm so ergehen würde wie Thusnelda? Hermut wurde von einer bleiernen Gleichgültigkeit erfasst, von einer Müdigkeit, wie er sie noch nie gespürt hatte. Er ließ sich auf die Erde sinken und lauschte auf Inajas Atem, auf das Rauschen der Stimmen, das aus dem Theater bis in die Katakomben drang.

Dann plötzlich erstarb es. Kein Geräusch mehr drang nach unten. Es war, als hielte das Amphitheater den Atem an.

Hermut erschrak. »Thusnelda!«

Er erhob sich wieder und starrte den Gang entlang. Was war

mit ihr geschehen? Wohin hatte man sie gebracht? War die Zuhörerschaft erstarrt, weil ihnen die Frau des Verräters vorgeführt wurde? Weil es viele Jahre nach der Varus-Schlacht endlich Rache geben konnte? Nicht nur an Arminius' Sohn, sondern auch an der Frau, die mit ihm verheiratet war!

»Inaja! Ich habe sie im Stich gelassen!«

Aus Inajas Verlies drang kein Laut mehr.

»Das Versprechen, das ich Arminius gegeben habe. Das große Ziel!«

In diesem Moment drang ein gellender Schrei an sein Ohr. Der Schrei einer Frau in höchster Not.

Severina schrie, wie sie noch nie geschrien hatte. Angst hatte sie, wie sie noch nie Angst empfunden hatte. Und noch nie war sie derart schwach und hilflos gewesen.

»Silvanus!«

Aber ihr Sohn hörte nicht auf sie. Nachdem die Balustrade überwunden und er in die Arena gesprungen war, hatte er sich nicht mehr zu seiner Mutter umgesehen. Langsam und besonnen war er auf Thumelicus zugegangen, hatte den weißen Löwen dabei im Auge behalten, den Thumelicus vor lauter Verblüffung nicht mehr beachtete.

Das Volk auf den Rängen tobte. Warum der junge Großneffe des Kaisers sich in diese Gefahr begab, verstand niemand, aber die Sensationsgier war in diesem Augenblick wichtiger als die Antwort auf diese Frage. Auf den untersten Rängen jedoch, wo die vornehmen Familien saßen, die Adligen, die Offiziere, die reichen Kaufleute, bedachte man sich mit bedeutungsvollen Blicken. Einer nickte dem anderen zu, zwinkerte, grinste, Frauen flüsterten aufgeregt, Männer beugten sich gespannt vor. Niemand konnte jedoch hören und verstehen, was Silvanus zu Thumelicus sagte. Nur Thusnelda!

Silvanus hielt Thumelicus das Schwert hin. »Es gehört dir. Unser Vater hat es für dich vorgesehen. Für dich! Nicht für seinen erstgeborenen Sohn.«

»Sperrt den Löwen ein!«, schrie Severina gellend. »Weg mit der Bestie! Weg! Weg!«

Die Tür, die am weitesten von dem weißen Löwen entfernt war, öffnete sich. Ein Wärter erschien, der einen fragenden Blick zur kaiserlichen Loge warf.

»Fangt sie ein, die Bestie! Wenn meinem Sohn auch nur ein einziges Haar gekrümmt wird …!«

Immer noch wagte der Wärter nicht zu reagieren. Unschlüssig stand er da, machte einen Schritt vor, dann wieder zwei Schritte zurück.

»Meine Mutter glaubt, dass ich meinen Vater nicht kenne«, sagte Silvanus in diesem Moment. »Aber ich weiß, dass ich der Sohn eines germanischen Fürsten bin. Genau wie du!«

»Sperrt den Löwen ein!« Severinas Stimme kippte über, als Thumelicus das Schwert in Empfang nahm.

»Wenn es um die Rache an Arminius geht«, sagte Silvanus, »dem Fürsten der Cherusker, dem Sieger über Varus, dem Bezwinger Roms … wenn es um unseren Vater geht, dann müssen wir beide kämpfen.«

»Es geht auch um meine Mutter«, sagte Thumelicus und drehte sich dem Löwen zu, der langsam näher kam.

Prompt stellte Silvanus sich an seine Seite und beobachtete das Tier genauso aufmerksam und intensiv wie Thumelicus. »Ich kämpfe auch mit dir zusammen für deine Mutter«, sagte er leise, so leise, das ihn außer Thusnelda niemand verstand. »Gleichzeitig kämpfe ich auch für meine Mutter. Sie hat viel wieder gutzumachen. Und irgendwann wird sie dankbar dafür sein, dass sie in diesem Moment die Gelegenheit dazu bekommt.«

Endlich entschloss sich der Kaiser zu einer müden Geste. Mehrere Wärter erschienen nun mit großen Netzen in der Arena. Vorsichtig näherten sie sich dem Löwen, zuckten zurück, sobald er eine Bewegung in ihre Richtung machte, und versicherten sich immer wieder mit einem Blick zur kaiserlichen Loge, dass sie das taten, was der Kaiser von ihnen erwartete.

»Fangt ihn! Sperrt ihn ein!«, brüllte Severina. »Ich lasse euch alle kreuzigen, wenn meinem Sohn etwas passiert!«

Ein Wärter machte den Versuch, das Netz über den Löwen zu werfen, doch es streifte ihn nur und weckte damit seine Aggression. Zwar verharrte das Tier nun auf der Stelle, doch es schien jeden Augenblick losspringen zu wollen. Die beiden Brüder spannten sich, Thumelicus hob das Schwert seines Vaters …

Beim nächsten Versuch, das Netz über den Löwen zu werfen, hob er die Tatze und schlug danach. Er knurrte böse.

»Fangt ihn! Weg mit ihm!«

Severina atmete schwer und griff sich ans Herz. Der Kaiser machte eine ungeduldige Handbewegung, das Volk versuchte die Wärter anzutreiben. Einige wollten, dass sie dem Löwen freie Bahn ließen, andere wieder wollten, dass der Großneffe des Kaisers ungeschoren davonkam. Die Geschichte, die sich um ihn, um den blonden Gladiator und seine Mutter rankte, interessierte sie mehr. Sie sollte nicht mit ihnen sterben.

Schließlich richtete sich die Wut der Zuschauer gegen die Wärter, denen es nicht gelang, den Löwen wieder einzufangen. Mit Schmährufen wurden sie bedacht, mit Beleidigungen überschüttet.

Der Kaiser gab den beiden ein unmissverständliches Zeichen. Wenn sie nicht bald dafür sorgten, dass sein Großneffe in Sicherheit kam, würde sie eine harte Strafe erwarten.

Die beiden Wärter begriffen sofort, dass auch ihr Leben auf dem Spiel stand. In geduckter Haltung kamen sie, das Netz zwischen sich gespannt, in die Arena und bewegten sich vorsichtig auf den Löwen zu, der immer unruhiger wurde. Zwar entfernte er sich von ihnen, ließ sie aber keinen Augenblick aus den Augen und fauchte leise. Das Publikum durfte nun hoffen, dass er sich gegen das Netz mit aller Kraft zur Wehr setzen würde. Die Aufmerksamkeit richtete sich auf die beiden Wärter, auf Thumelicus, Silvanus und Thusnelda achtete kaum jemand.

»Fangt ihn!«, schrie Severina aufs Neue. »Ich lasse euch schlachten, wenn meinem Sohn etwas zustößt!«

Das gemeine Volk johlte, sämtliche Gäste in der kaiserlichen Loge saßen da wie gelähmt, in den unteren Rängen hielt der römische Adel den Atem an.

Nun endlich schien der Löwe bereit zum Angriff zu sein. Mit einem gefährlichen Knurren kam er den beiden Wärtern entgegen, die prompt wieder zauderten und zitternd stehen blieben.

»Fangt ihn! Fangt ihn!«

Der Löwe schlug mit der Tatze, obwohl er noch mehrere Schritte von den Wärtern entfernt war. Von der Stirn des einen tropfte der Schweiß, der andere schluchzte vor Angst. Dennoch bewegten sich beide vorsichtig weiter. Der Druck, den der Kaiser und seine Nichte ausübten, wog schwerer als ihre Angst.

Sie verständigten sich mit einem Blick. Der eine Wärter wich daraufhin nach rechts aus, der andere nach links. Sie spannten das Netz, der eine stieß einen kurzen Ruf aus, dann stürmten sie los, damit der Löwe nicht ausweichen konnte, bevor ihn das Netz umfing.

Tatsächlich überraschten sie das Tier. Erschrocken wich es zurück, als die Tatzen in die Netzmaschen griffen und sich prompt verfingen. Wütend brüllte der Löwe auf und warf sich herum, um vor dem Netz zu fliehen, bevor die Wärter es hinter ihm schließen konnten. Mit der ganzen Gewalt seines schweren Körpers, mit der ungeheuren Kraft, die in ihm steckte, sprang er einem der beiden Wärter entgegen, der erschrocken die Arme hochriss, um sich zu schützen. Er fiel auf den Rücken, versuchte, sich im Sturz von dem Löwen wegzudrehen, ihm den Rücken zuzukehren, als wäre damit sein Leben zu retten, aber die Pranke traf mit voller Wucht seinen Hals, die Schulter, den Oberarm. Der Mann stieß einen gellenden Schrei aus und warf sich auf den Bauch, als wollte er fortkriechen. Doch schon der nächste Schlag mit der Pranke brachte ihn zur Strecke. Das Publikum schrie unzufrieden über die schnelle Entscheidung und kreischte dem zweiten Wärter nach, der das Netz fallen ließ und sein Heil in der Flucht suchte.

Der tote Wärter blutete stark, der Löwe schlug noch mehrmals auf ihn ein. Oder war es nur der Versuch, sich endgültig aus den Fängen des Netzes zu befreien? Es hatte sich in den Krallen verfangen, der Löwe konnte schlagen, wie er wollte, es löste sich nicht. Sein wütendes Gebrüll übertönte alles andere.

Nur Severinas Schrei nicht. »Silvanus! Rette dich!«

Silvanus blieb jedoch stehen, wo er stand. Neben seinem Bruder, der das Schwert des Vaters erhoben hatte. Das Schwert ihres Vaters. Thusnelda hinter ihnen, die Augen weit aufgerissen, unfähig zu sehen und zu begreifen, was geschah.

Die Wut des Löwen wuchs mit jedem Schlag seiner eigenen Pranken. Aus dem Wärter war längst ein bluttriefendes Stück Fleisch geworden, als der Löwe endlich den Kampf gegen das Netz gewonnen hatte. Ein letzes Mal schüttelte er die Tatzen, dann fasste er die drei Menschen ins Auge, die ihm gegenüberstanden.

»Mein Sohn! Holt meinen Sohn da raus!«

Severinas Schrei erhielt diesmal ein gespenstisches Echo, da sich erneut Stille auf die Ränge legte. Aus dem anfänglich vorsichtigen Löwen war ein blutrünstiges Untier geworden. Er hatte Blut gerochen und wollte mehr Blut.

Thumelicus trat einen Schritt vor, mit dem linken ausgestreckten Arm drängte er Silvanus zurück, der an seiner Seite bleiben wollte. »Steh meiner Mutter bei! Bitte!«

Dann senkte Thumelicus das Schwert, trug es vor sich her und sorgte stets dafür, dass die Spitze auf den Rachen des Löwen zeigte. Der starrte es an, wich zur Seite aus, spürte anscheinend unter seiner Tatze das warme Blut des Wärters ... dann sprang er.

Thumelicus wich geschickt aus und tänzelte einige Schritte zur Seite. Damit hatte er erreicht, dass der Abstand zu Silvanus und zu seiner Mutter größer geworden war. Anscheinend glaubte er wirklich, dass er nicht nur um sein eigenes Leben, sondern auch um das Leben seines Bruders und seiner Mutter kämpfte.

Der Löwe duckte sich nun, und auch Thumelicus ging leicht in die Knie, beugte den Oberkörper, schob das Schwert vor. Der Löwe wich geschmeidig zur Seite aus, Thumelicus tat es ihm gleich. Ohne sich aus den Augen zu lassen, umrundeten die beiden einander.

Dann – ein gellender Schrei! Der Schrei eines einzigen Menschen! Thumelicus war es, der schrie. Seine ganze Kraft fuhr mit diesem Schrei aus ihm heraus, sein Mut, die Verzweiflung, die Hoffnung und sein fester Wille. Er hatte den Löwen genau beobachtet und den Moment erkannt, bevor er zum Sprung ansetzte. Schon als der Löwe sich spannte, stieß er zu. Die Vorderläufe waren noch nicht gestreckt, da raste das Schwert dem Tier bereits entgegen, Augenblicke, bevor der Löwe Thumelicus anspringen und zu Boden werfen konnte.

Das Schwert fuhr Thumelicus voran, der Löwe sprang geradewegs hinein. Hinein in den weit geöffneten Rachen! Der Löwe kippte zu Seite, überschlug sich, brüllte einmal kurz auf, versuchte, mit schnellen Kopfbewegungen das Schwert aus seinem Rachen zu lösen, aber mit der Blutfontäne, die sich aus seinem Maul ergoss, wich das Leben aus ihm. Es strömte mit dem Blut aus ihm heraus. Zuckend legte er sich auf die Seite, dann ging ein letztes Vibrieren durch seinen Körper … und er bewegte sich nicht mehr.

Die eisige Stille wurde von einem Orkan der Begeisterung weggespült. Geschenke wurden in die Arena geworfen, Blumen, Früchte, Leckereien. Ruhig, ohne Anzeichen vor Erregung, ging Thumelicus zu dem toten Löwen und zog das Schwert aus seinem Rachen. Triumphierend streckte er es in die Höhe und nahm die Ovationen der Römer entgegen.

Dann ging er zu seinem Bruder und umarmte ihn. Gemeinsam traten sie zu Thusnelda und lösten ihre Fesseln, ohne den Kaiser vorher um Erlaubnis zu bitten.

Tiberius lächelte Severina an, die kraftlos auf ihren Stuhl zurückgesunken war. »Du hattest wirklich recht, schöne Nichte. Das war die schlimmste Strafe für eine Mutter!«

Anhang

Historische Figuren:

Thusnelda – Tochter des Cheruskerfürsten Segestes, Gemahlin von Arminius. Sie wurde von ihm aus der Burg ihres Vaters entführt, vermutlich mit ihrem Einverständnis. Schwanger wurde sie von Segestes zurückgeraubt und als Geisel an Germanicus übergeben. In römischer Gefangenschaft brachte sie ihren Sohn zur Welt, im Triumphzug des Germanicus wurde sie mit dem kleinen Thumelicus als Trophäe mitgeführt. Ihr Vater Segestes wohnte sogar diesem Schauspiel bei. Über Thusneldas weiteres Leben und ihren Tod ist nichts bekannt.

Arminius – Fürst der Cherusker, um 17 v. Chr. geboren. Er brachte den Römern im Jahre 9 n. Chr. in der Varusschlacht mit der Vernichtung von drei Legionen eine verheerende Niederlage bei. Als Kind wurde er, zusammen mit seinem Bruder Flavus, zur Erziehung und militärischen Ausbildung (und als Geisel) nach Rom geschickt, später kehrte er in die Heimat zurück, wo sein Kampf gegen die römische Zwangsherrschaft begann. Mit der Varusschlacht befreite er zwar sein Volk, dennoch machte er sich nicht nur Freunde. Sein Bestreben, die germanischen Stämme zu einem Großreich zu vereinen, misslang, weil ihm unterstellt wurde, an der Königswürde interessiert zu sein. Vermutlich im Jahre 21 n. Chr. wurde Arminius vergiftet, angeblich von seinen eigenen Verwandten.

Flavus – jüngerer Bruder von Arminius. Mit ihm wurde er als Kind nach Rom gebracht. Im Gegensatz zu Arminius, der sich später vom Römischen wieder abwandte, blieb Flavus der römischen Lebensart treu.

Agrippina – Enkelin von Kaiser Augustus. Sie heiratete Germanicus, mit dem sie neun Kinder hatte, darunter der spätere Kaiser Caligula.

Agrippina folgte ihrem Mann nach Syrien, wo er unter mysteriösen Umständen starb. Agrippina nahm sich daraufhin das Leben.

Augustus – der erste römische Kaiser, wurde als Gaius Octavius 63 v. Chr. geboren. Er starb 14 n. Chr. Er war ein kleiner Mann, der sein Leben lang von zarter Gesundheit war, und trat Caesars Erbe an, der ihn adoptiert hatte. Augustus versuchte, die römische Gesellschaft neu zu ordnen, indem er die hohen Stände mit Sittengesetzen festigte und das Volk mit Spielen und Brot bei Laune hielt. Sein Ziel, Germanien zur römischen Provinz zu machen, scheiterte. Der Verlust der drei Legionen in der Varusschlacht nahm dem alten, kranken Kaiser allen Mut. Zum Glück war zu diesem Zeitpunkt seine Nachfolge bereits gesichert, die ihm jahrelang große Sorgen bereitet hatte, denn Augustus besaß nur ein einziges leibliches Kind, seine Tochter Julia. Aufgrund zahlreicher Todesfälle der in Aussicht genommenen Thronerben war er schließlich gezwungen, seinen ungeliebten Stiefsohn Tiberius zum Nachfolger auszuersehen.

Segestes – germanischer Fürst, Vater von Thusnelda, ein Römerfreund. Im Jahre 9 n. Chr. warnte er Varus vor Arminius, den er hasste, weil er seine Tochter entführt und gegen seinen Willen geheiratet hatte. Varus hörte jedoch nicht auf ihn und tappte in die Falle, die Arminius ihm gestellt hatte. Später raubte Segestes seine schwangere Tochter während Arminius' Abwesenheit. Als der später seine Burg belagerte, um seine Frau zurückzuholen, rief Segestes Germanicus zur Hilfe. Die Römer zwangen Arminius, sich zurückzuziehen, und befreiten Segestes, der Germanicus seine Tochter als Gefangene auslieferte. Später wohnte Segestes dem Triumphzug des Germanicus bei und sah zu, wie Thusnelda und Thumelicus als Beutestücke vorgeführt wurden.

Germanicus – römischer Feldherr, Neffe des späteren Kaisers Tiberius. Als Augustus seinen Stiefsohn Tiberius adoptierte, war daran die Verpflichtung geknüpft, dass Tiberius seinen Neffen Germanicus (Sohn seines Bruder Drusus) an Sohnes statt annahm. Germanicus heiratete Agrippina, mit der er neun Kinder hatte, darunter den späteren Kaiser Caligula. Germanicus' Aufgabe war es, die Varusschlacht zu rächen, aber obwohl er zwei Jahre lang mit acht Legionen Germanien durchzog, konnte er Arminius nicht besiegen. Tiberius berief ihn schließlich zurück und gestand ihm einen Triumphzug zu. Anschließend wurde Germanicus nach Syrien entsandt, wo er einem Giftanschlag zum Opfer fiel.

Tiberius – Kaiser von Rom, Nachfolger von Kaiser Augustus. Er regierte von 14 bis 37 n. Chr. Tiberius war der Stiefsohn von Augustus, der Tiberius' Mutter Livia heiratete, nachdem er Tiberius' Vater gezwungen hatte, sich von Livia scheiden zu lassen. Auch Tiberius wurde von Augustus gezwungen, sich scheiden zu lassen, um Augustus' Tochter Julia zu heiraten. Die Ehe war jedoch bald zerrüttet, und alles sah danach aus, als wollte Augustus nicht mehr Tiberius, sondern einen seiner Enkelsöhne zum Nachfolger machen. Erst nachdem Julias Söhne starben, galt Tiberius wieder als Thronerbe. Er war 55 Jahre alt, als er den Thron besteigen konnte. Bald darauf zog er Germanicus und seine Truppen aus Germanien ab und beendete die Versuche, Germanien zur römischen Provinz zu machen.

Thumelicus – Sohn von Arminius und Thusnelda. Er wurde in Gefangenschaft geboren, bekam seinen Vater nie zu Gesicht. Vielleicht endete Thumelicus als Gladiator in Ravenna. Belegt ist das jedoch nicht.

Segimer – cheruskischer Fürst, Vater von Arminius und Flavus, der zunächst mit Rom paktierte, sich später jedoch gegen die römische Zwangsherrschaft wandte.

Caligula – hieß eigentlich Gaius Caesar Augustus Germanicus, wurde aber Kaiser unter seinem Spitznamen. Er regierte als Nachfolger von Tiberius von 37 bis 41 n. Chr. Seine Gewaltherrschaft endete nur vier Jahre nach seiner Thronbesteigung mit seiner Ermordung.

Claudia Pulchra – Nichte von Kaiser Augustus, verheiratet mit Varus, der 9. n. Chr. in der Varusschlacht sein Leben ließ. Claudia Pulchra wurde 26 n. Chr. wegen Hochverrats hingerichtet. Angeblich hatte sie versucht, Kaiser Tiberius zu vergiften.

Mein Dank geht an:

meinen Sohn Jan, der jedem Tippfehler und jedem logischen Fehler auf die Spur kam

meine Freundin Gisela Tinnermann, die jede Seite aufmerksam gelesen und mir mit ihrer ehrlichen Meinung sehr geholfen hat

meinen Freund Hermann Fricke, der mich unermüdlich mit Material versorgt hat

den Fernsehregisseur Armin Ulrich und die Schriftstellerin Rebekka Wulf, die mit mir zusammen diesen Stoff entwickelt haben

BETTINA DARRÉ
Die Wächterin
Das Geheimnis der Hildegard von Bingen
Roman
354 Seiten
ISBN 978-3-7466-2547-8

Das geheime Vermächtnis

Im Jahr 1179: Hildegard von Bingen, die charismatische Klostergründerin, liegt im Sterben und diktiert der Novizin Margarete ihre letzte Vision. Von Engeln und Edelsteinen ist die Rede. Kaum ist die Mystikerin tot, schließen ihre sieben engsten Vertrauten einen Pakt. Sie wollen das geheime Wissen der Äbtissin bewahren – doch schon bald werden sie von den Schergen des Bischofs gejagt.

Eine hochspannende Verschwörungsgeschichte, die auf dem Leben Hildegards beruht.

Mehr Informationen erhalten Sie unter www.aufbau-verlag.de oder in Ihrer Buchhandlung

aufbau taschenbuch